ALIEN™

Título original
Alien™ – Sea of Sorrows

Preparação
Pedro Gabriel Lima
Mariana Oliveira

Revisão
Rachel Rimas

Capa
Leandro Dittz

Projeto gráfico
Victor Mayrinck

Criação de lettering de capa
Adilson Gonsalez de Oliveira Junior

Ilustração de capa e miolo
Ralph Damiani

Diagramação
Filigrana

Curadoria
Affonso Solano

Dados Internacionais de Catalogação na Publicação (CIP)
Angélica Ilacqua CRB-8/7057

Moore, James A.
Alien™: Mar de Angústia / James A. Moore; tradução de Camila Fernandes. – São Paulo: LeYa Brasil, 2019.
352 p.
ISBN: 978-85-441-0490-3

Título original: Alien – Sea of Sorrows

1. Literatura norte-americana 2. Ficção científica I. Título II. Fernandes, Camila

16-1216 CDD 813

Índices para catálogo sistemático:

1. Literatura norte-americana

LeYa Brasil é um selo editorial da empresa Casa dos Mundos.

CASA DOS MUNDOS PRODUÇÃO EDITORIAL E GAMES LTDA.
Rua Frei Caneca, 91 | Sala 11 – Consolação
01307-001 – São Paulo – SP
www.leyabrasil.com.br

ALIEN

MAR DE ANGÚSTIA

JAMES A. MOORE

TRADUÇÃO DE
CAMILA FERNANDES

LeYa

PRÓLOGO

Ele sabia o que eles eram.

Em sua mente, as formas pareciam não se encaixar; pareciam inchadas e desproporcionais, distorcidas por informações sensoriais que não faziam muito sentido. Mas ele reconheceu os trajes espaciais antiquados.

Olhe como correm.

Eles se dispersam quando nos aproximamos, escondidos sob a pele artificial.

Para eles, os túneis são escuros; não enxergam tão bem quanto deveriam. Não conseguem sentir as correntes de ar nem saborear o medo de sua presa. São incapazes de entender as coisas mais simples, como a importância de encontrar os espécimes certos para o desenvolvimento da raça.

Fogem sem se preocupar com nada além da sobrevivência individual. Não há noção de comunidade entre eles. São fracos. É fácil fazer com que sigam as direções certas.

Aquele ali.

A respiração ofegante, um chiado constante. Os batimentos cardíacos são uma corrida selvagem e desesperada pela sobrevivência. Há medo, sim, mas também força, e uma poderosa agressividade.

As sensações invadiram sua mente, indesejadas.

Ele tentou abrir os olhos. As pálpebras não se moveram. Tentou balançar a cabeça. Nada aconteceu.

Sentiu o corpo embaixo de si lutar, sentiu repulsa por aqueles movimentos, o cheiro e o toque daquele corpo sob a própria couraça rígida e soube que aquilo não estava certo. Nenhum aspecto daquelas sensações fazia sentido.

Não eram dele.

Ele tenta escapar. Empurra o ser da própria espécie para tirá-lo do caminho, derruba-o e rasteja por cima dele, se balança e se livra da barreira formada pelos destroços, poeira caindo de seu corpo. É forte. É rápido. Quer viver.

Vai conseguir.

Ele grita quando é derrubado e preso ao chão. Luta, golpeando a carne dura, e chega ao ponto de arreganhar os dentes num gesto de ameaça... depois continua lutando. Debaixo da carapaça sintética há outro rosto com olhos insanos e a boca escancarada, silenciosa. Se fosse capaz de dilacerar o couro com as mãos, representaria perigo. No entanto, tudo o que consegue fazer é soltar mais um grito quando um de seus membros é abocanhado pelo inimigo.

O sangue é quente e fede a fraqueza, mas bastará. Suprirá a necessidade que deve suprir. Rompemos a couraça em torno do rosto macio e ele arqueja, incapaz de respirar a atmosfera.

O doador de vida se aproxima, pronto para plantar a semente. Dedos fortes seguram o rosto macio que engasga e solta o ar, desesperado.

Ele vai...

Alan Decker acordou agitado e se deparou com o próprio reflexo distorcido, que o encarava com olhos ensandecidos.

Reflexo?

Havia uma superfície de vidro translúcida a centímetros do seu rosto. Luzes piscavam, e sua respiração se condensava na tampa da cápsula apertada. Devia ter percebido que havia acordado dentro de uma câmara de hipersono, considerando quantas vezes já tinha viajado entre mundos. Mas os sonhos — *malditos sonhos* — o deixavam em pânico. Não conseguia se controlar. Eram sensações muito vívidas, muito primitivas.

Em breve não conseguiria se lembrar de como a vida era *antes*.

Empurrou a tampa da câmara com as mãos, tateando em busca dos controles manuais que o libertariam. Ainda conseguia sentir os túneis, o peso do que parecia uma montanha, aproximando-se enquanto perseguia o...

Não. Não era eu. Não persegui ninguém. Eu não caço...

Não caço o quê?

Afastou esse pensamento. Os malditos sonhos eram tão reais e incisivos que às vezes ele entendia por que os psiquiatras se esbaldavam tanto com ele lá na Terra.

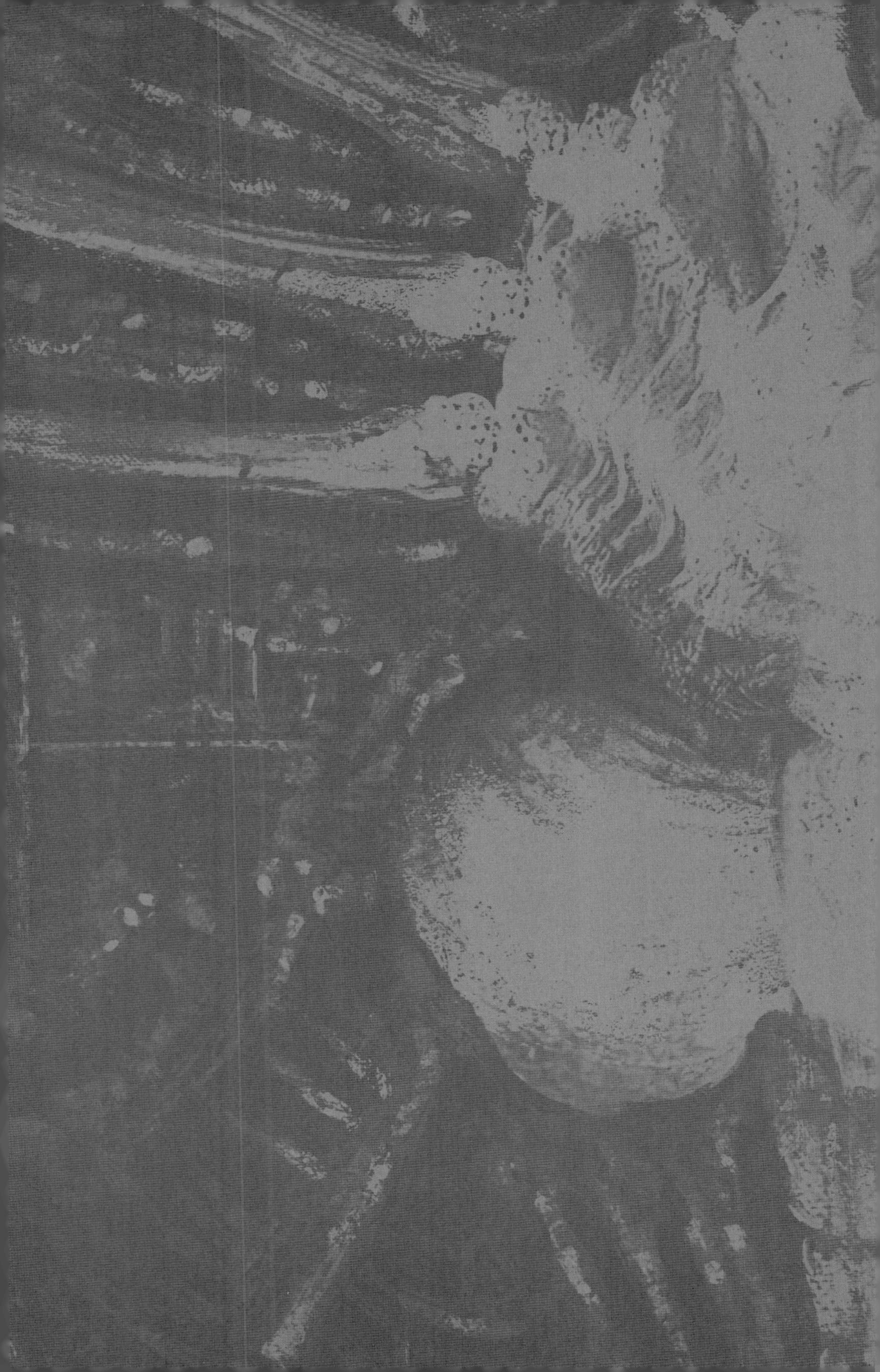

1
AREIA NEGRA

O ar estava quase perfeito. A temperatura tinha acabado de chegar aos vinte e três graus Celsius, com umidade moderada e uma brisa leve que vinha do sudoeste. Naquela direção, a terra era fértil, com grama verde e viçosa, e havia um riacho cujo brilho dizia que a paisagem permaneceria daquele jeito por um tempo. O cheiro do vento anunciava vida nova.

As pessoas que pagaram pelo projeto de terraformação investiram o suficiente para garantir que a colônia fosse perfeita, mas bastava olhar para o norte daquela cena pitoresca que a perfeição ia direto para o ralo.

A alguns hectares de distância, a grama amarelava e morria, dando lugar a quase cem quilômetros de areia negra e a um mau cheiro que certamente faria o valor da propriedade cair. Na verdade, o uso de um traje de proteção não era necessário, mas, pelo aspecto e pelo cheiro do lugar, qualquer um acharia aconselhável.

Por outro lado, tinha chovido na noite anterior, e a umidade havia transformado a areia numa crosta. Os pés costumavam afundar quando se pisava ali, mas naquele dia era possível caminhar sem ter a sensação de estar sendo engolido pela areia.

Decker observou a tela do seu computador de mão, revisando relatórios das amostras mais recentes da área. Franziu a testa. Para todos os efeitos, fosse lá o que estivesse acontecendo, não era natural. E, na maior parte das vezes, em situações como aquela, qualquer coisa *não natural* significava negligência. A Comissão de Comércio Interestelar era encarregada de cumprir certas diretrizes de segurança e equidade comercial na Terra, nas Colônias crescentes e ao longo da Orla Exterior. Como comissário assistente na CCI, Decker precisava se certificar de que todos os procedimentos fossem seguidos corretamente. Isso significava lidar com uma papelada de tal magnitude que lhe garantia tanto estabilidade profissional quanto dores de cabeça colossais — sob a forma de uma longa lista de contra-argumentos das empresas que deveriam ser as responsáveis pelo processo.

Lucas Rand estava de pé ao seu lado, lendo os mesmos resultados, mas com um sorriso no rosto — o que não era muito frequente. A diferença era que, embora Rand conseguisse entender os resultados, não era ele quem preenchia os intermináveis formulários. Rand era engenheiro da CCI. Recebia para resolver os problemas que Decker encontrava. Depois outra pessoa — só Deus sabia quem — mandava a conta para as empresas cujos problemas eram resolvidos. A burocracia em ação.

Era um jeito de levar a vida.

Decker olhou para Rand, franziu a testa e disse:

— Não vá se animando, achando que sua vida é fácil. Posso até cuidar da burocracia, mas é você quem vai ter que dar um jeito nesta bagunça.

O sorriso de Rand vacilou um pouco.

— Não sei se tem como *dar um jeito*.

Ele fez uma careta ao olhar para a areia. Quando não estava sorrindo, ficava carrancudo, mas seu rosto era assim mesmo. Luke Rand era um dos caras mais legais que Decker conhecia. Só que tinha aquela cara de quem chupou limão azedo. Era um homem grande, embora nem tudo ali fossem músculos.

— É, mas eu não pago o pato pelas suas falhas — retrucou Decker, e dessa vez foi ele quem sorriu. — É você quem paga.

Rand coçou a nuca peluda e olhou para o Mar de Angústia. Era esse o nome que os desenvolvedores de terra usavam havia séculos para descrever um lugar como aquele — onde os construtores deram sangue, suor, lágrimas e dinheiro em vão. Onde o próprio chão parecia determinado a frustrar seus esforços e mandá-los de volta para casa.

O Mar de Angústia em questão nem deveria existir. O planeta LV178, ou Nova Galveston, havia sido terraformado por pessoas que sabiam o que estavam fazendo. Bastava olhar em praticamente qualquer direção para ver como elas eram competentes. O lugar começara como o cenário de um pesadelo, com tempestades furiosas e uma atmosfera irrespirável. Não havia água potável, e, antes do início do projeto em curso, a única coisa que crescera ali foi a dívida feita pelas tentativas fracassadas de estabelecer uma base viável.

Até a chegada da Weyland-Yutani.

Anos haviam se passado desde que os primeiros colonos aterrissaram ali e iniciaram o projeto, e em quase todos os aspectos Nova Galveston era um exemplo do que acontecia quando as coisas davam certo. Já havia três cidades grandes, todas ligadas por uma malha ferroviária de alta velocidade, e cada uma com campos cultiváveis o bastante para garantir que as colônias fossem autossuficientes, sem precisarem recorrer a remessas intermináveis de comida enlatada e outros produtos importados.

Tudo valia ouro, como Rick Pierce gostava de dizer. Pierce, o homem que fundou a colônia, ficou encantado com Nova Galveston. Então surgiu o Mar de Angústia.

Ele não estava lá quando a Weyland-Yutani terminou as obras. Os processadores atmosféricos cumpriram o trabalho, todos ficaram felizes, e ia tudo bem com LV178. Até que os empreiteiros começaram a instalar as fundações do que deveria ser a quarta cidade grande. No meio do processo descobriram alguns hectares de solo arenoso.

Começou a crescer imediatamente, devagar no começo, depois mais rápido. Logo se tornou um obstáculo e, em seguida, uma praga. Para onde a areia avançava, nada nascia. Havia toxinas nela, e, por onde se espalhasse, a terra não seria capaz de sustentar uma colônia viável.

Então a única coisa que nasceu ali foram nódulos de silício. As formações escuras, ocas e vítreas de areia fundida brotaram de algum lugar lá embaixo. Além de irritantes, eram difíceis de detectar e perigosas. Quatro estruturas pré-fabricadas começaram a ser montadas, e todas desabaram, porque o silício não era resistente o bastante, para suportar o peso.

Já que os edifícios pré-fabricados eram essenciais aos investimentos em urbanização da Cooperativa Nova Galveston, aquela estranha espécie de vegetação representava um sério problema.

Não, a próxima cidade do planeta simplesmente não seria erguida enquanto Decker e sua equipe não descobrissem o que tinha dado errado. Se falhassem e a areia continuasse avançando — chegando a alcançar os centros populacionais já estabelecidos —, todo o projeto LV178 estaria ameaçado.

A CCI não gostava de situações de risco, e a Weyland-Yutani — uma corporação que se esforçava para *parecer* ter um currículo impecável — não gostava de falhas, especialmente a um custo tão alto.

Decker e Rand seguiam orientações bem específicas. O comissário estava ali para monitorar cada aspecto do processo e relatar cada detalhe excruciante aos diretores da corporação.

Rand e sua equipe estavam ali para reparar os danos.

* * *

Não muito longe dali, dois homens que supostamente faziam parte da equipe de Decker passavam por um aperto com uma sonda que parecia não querer se firmar na superfície instável. Outros trabalhadores estavam por ali à toa, um pouco afastados, provavelmente aproveitando o intervalo.

No total, havia trinta e sete pessoas usando tecnologia de ponta em espectroscopia e química geoforense para descobrir o que tinha dado errado. O maquinário não era tão impressionante quanto os motores de terraformação que haviam remodelado o mundo, mas custava quase o mesmo.

Era difícil distribuir o peso, e, embora fosse úmida, a areia estava longe de ser ideal. A base da plataforma que usavam para sustentar o verificador de amostras era pequena demais — deveriam ter acrescentado extensões para compensar. Mas Decker segurou a língua. Aqueles caras eram teimosos e sabiam que Decker não era chefe deles. Ele só tinha sido enviado para trabalhar no projeto, mas os homens não davam a mínima. Os ânimos se exaltariam se achassem que Decker estava se metendo no trabalho alheio, e eles eram do tipo que batia primeiro e conversava depois.

Decker não era de fugir da briga, mas, por vários motivos, estava dispensando esse tipo de aborrecimento. Ainda assim, era preciso extrair as amostras do núcleo para dar um jeito naquele aglomerado de merda.

Ele observou a tela outra vez e cerrou os dentes. Havia algo ali que gritava *catástrofe*. Ele lidou com situações parecidas em dezenas de mundos diferentes. Não era possível reformular a biosfera de um planeta inteiro sem flertar com o desastre. Ainda assim, na maior parte do tempo era fácil fazer os ajustes, desde que a abordagem fosse certeira.

Mas daquela vez?

Nem tanto. Não se ele tivesse razão.

O solo se tornou improdutivo, e a experiência de Decker dizia que isso era causado por um fator humano. Bastava cavar fundo o suficiente, examinar registros antigos, e a verdade apareceria. Alguém tinha dado uma mancada federal ali, mas não havia registro.

Aquilo cheirava a armação.

Só de pensar, Decker rangeu os dentes. Não importava por que ângulo olhasse, ia ter que apontar o dedo para algum figurão, uma das maiores feras da selva empresarial.

Mas não seria a primeira vez. Por melhor que fosse, a Weyland-Yutani tinha um histórico. Esse seria seu terceiro conflito com eles, e, baseando-se nos dois anteriores, sua vida estava prestes a ficar, digamos, "interessante". A empresa não gostava desse tipo de exposição, e seus advogados fariam de tudo para livrar a cara da corporação.

Bando de filhos da mãe.

Rand apontou para uma linha na tela.

— Trimonita? Sério? — Tirou os olhos do aparelho. — Isso explicaria muita coisa. — Sua cara habitual amarrada estava de volta, e era das grandes.

— É — respondeu Decker. — Pode ser.

A trimonita era um mineral especialmente denso usado na fabricação de muitos equipamentos pesados. Extraí-la saía caro, por isso o preço de venda era salgado.

Mas o problema não devia ser só a trimonita. Antes de ser usada para propósitos industriais, ela precisava ser refinada, e era esse processo que muitas vezes gerava toxicidade. Então, por que a trimonita embaixo do Mar de Angústia estaria envenenando o solo? E onde o silício entrava na história?

Decker olhou de novo para a tela e assentiu.

— Precisamos ir mais fundo. Literalmente. Você acha que pode já ter existido uma colônia de mineração por aqui?

Rand fez que não.

— Isso estaria de acordo com os informes de toxicidade — respondeu —, mas verificamos os registros da CCI trezentas vezes. *Nadinha.* E se *tivesse existido* uma colônia de mineração aqui, por que diabos alguém ia querer construir algo depois? Isso é procurar sarna para se coçar, fundar uma colônia num depósito de lixo tóxico. Tem que ser muito burro, ou não dar a mínima.

Verdade, pensou Decker. No caso da Weyland-Yutani, ele tinha certeza de qual era a opção.

— Precisamos investigar — declarou. — Não estou dizendo que isso explicaria tudo, mas é um ponto de partida.

Rand fungou, fez outra careta e cuspiu na areia preta.

— Mesmo que houvesse uma mina, não seria suficiente para explicar esta merda. — Ele esfregou o pé no chão, cavando a areia até revelar uma das protuberâncias vítreas. — Nunca vi nada assim.

Pisou com força até que ela começasse a rachar. Aquelas coisas cresciam feito raízes respiratórias da Terra, brotavam do solo e muitas vezes eram ocas. Algumas eram frágeis e quebravam com facilidade, revelando uma abertura que se prolongava pela escuridão abaixo.

— Essas coisas podem ser um problema pior que a trimonita. — Decker balançou a cabeça. — Que raio de resíduo industrial faz tubos e nódulos brotarem do nada, da noite para o dia?

Ele olhou para o toco vítreo como se a qualquer momento fosse levar uma mordida.

— Bom, como você disse — Rand tinha voltado a sorrir —, minha função não é explicar. Isso é com você, amigão. Eu só tenho que consertar.

Sorrindo, Decker respondeu com um gesto obsceno. Ele até poderia ter dado uma resposta adequada, mas foi atingido por uma onda repentina de náusea que quase o derrubou no chão.

2
UMA POSIÇÃO INSEGURA

A alguns metros de distância, dois técnicos começaram a discutir. Embora Decker não pudesse ouvi-los, ele ficou sabendo.

Sentiu.

Não fazia ideia de qual era o problema. Não funcionava assim. Mas percebia que os homens estavam ficando cada vez mais nervosos. Então olhou na direção deles e franziu a testa, tentando recuperar o equilíbrio.

Bronson e Badejo. Os dois nunca gostaram um do outro, mas conseguiam trabalhar juntos sem grandes problemas. Ao que parecia, daquela vez seria diferente. Bronson apontava repetidas vezes para Badejo, e o engenheiro de pele escura olhava, com uma expressão de desprezo e zombaria, para o dedo do colega como se aquilo fosse uma cobra prestes a picá-lo.

Perto deles estava o que só podia ser a origem do conflito. O verificador de amostras estava num ângulo ridículo, inclinado demais para permitir que extraíssem uma amostra decente. A broca nunca perfuraria mais de trinta metros, a não ser que eles ancorassem a plataforma na areia. Aquilo exigia delicadeza.

Mas delicadeza seria a última coisa que teriam. A discussão estava cada vez mais acalorada.

Decker se recompôs e se preparou para o que certamente viria a seguir. Apesar da distância, pôde sentir as fortes emoções emanando dos dois com a mesma facilidade com que seus olhos viam e os ouvidos escutavam. Lidava com aquilo havia anos. Quando mais jovem, essa característica o encheu de dúvidas, mas seu pai o ajudou a compreender o significado daquilo:

"Não há nada de errado em ser capaz de saber o que os outros sentem", disse ele, certa vez. "Mas algumas pessoas não vão entender. Vão achar que você está invadindo a privacidade delas. Vão ficar irritadas e fazer de tudo para te machucar. O melhor é não contar para ninguém, guardar isso para você."

Uma das primeiras coisas que Decker aprendeu na vida era que seu pai tinha razão. Nunca teve motivos para contrariar aquele conselho, e assim seu pequeno "talento", como pai e filho chamavam, permaneceu em segredo.

— Ei, Decker, tudo bem aí? — perguntou Rand. — Deixa pra lá. Eles só estão...

Mas, antes que pudesse terminar a frase, o conflito virou uma disputa de gritos, e ele voltou a atenção para Badejo e Bronson.

— Tira esse dedo da minha cara, moleque, se não quiser que eu arranque! — vociferou Badejo, peitando o colega de trabalho.

— Quem você está chamando de moleque?

Embora fosse teimoso, Bronson geralmente não era agressivo, mas partia para cima do outro homem, maior que ele, o rosto corando de raiva.

Decker avançou pela areia na direção dos dois com uma inquietação crescente. Aquela briga não ajudaria em nada. Só criaria mais burocracia, e seria ele quem teria que preencher os relatórios de ocorrências. Enquanto se aproximava, a cabeça começou a latejar, e ele gritou para Bronson e Badejo:

— Sério, rapazes, dá para vocês se acalmarem e terminarem o trabalho?

Decker forçou um tom conciliatório que não correspondia ao que sentia; no entanto, se os dois ouviram, não demonstraram. Enquanto ele se aproximava, a dor só piorava. A raiva dos homens era como um ser vivo, crescendo tanto que a violência era inevitável.

Rand foi atrás dele sem questionar o que estava acontecendo. Percebeu o que se passava. Até mesmo os outros notaram e se aproximaram — provavelmente para ver melhor. Uma briga estava prestes a começar.

E foi Bronson quem deu o primeiro golpe. Decker jurava que seria Badejo, mas Bronson, menor do que o outro, o surpreendeu e mandou um gancho de esquerda na mandíbula do engenheiro.

Badejo não caiu. Em vez disso, abriu um sorriso malicioso. Agarrou os braços de Bronson e o prendeu com força suficiente para machucá-lo de verdade.

Enquanto brigavam, atrás deles a plataforma começou a ceder na areia. Não afundou muito, até onde Decker pôde ver, mas acabaria virando um problema se eles não se acalmassem.

— Gente! Presta atenção! — gritou Rand, apressando-se.

Decker correu na direção deles. As coisas estavam ficando sérias de verdade.

Alcançaram a dupla mais ou menos ao mesmo tempo. Rand segurou o braço de Badejo, que se desvencilhou e deu um soco no rosto de Bronson, fazendo-o cambalear para trás. Se o golpe tivesse sido mais forte, provavelmente teria rachado o crânio dele. Mesmo assim, foi um soco bem dado que poderia ter acabado com a briga. Mas Bronson se recuperou e, tomando impulso com os pés na plataforma do verificador de amostras, avançou.

A máquina se inclinou ainda mais.

— Parem com isso, vocês dois!

Decker segurou Bronson antes que ele conseguisse revidar. O desgraçado podia ser magrinho, mas era resistente e estava enfurecido, as emoções fervilhando até se transformarem num ódio cego que parecia gritar dentro da cabeça de Decker. Ele queria se afastar das ondas súbitas de emoção, mas não podia ceder ao impulso — não se quisesse impedir que a situação piorasse.

Ele se firmou no chão e empurrou Bronson para trás. Era mais forte que o engenheiro, pois havia trabalhado em planetas com gravidade cinquenta por cento maior que a da Terra. Nova Galveston era um planeta rochoso de tamanho considerável, mas com uma densidade próxima à terráquea, então seus músculos superdesenvolvidos lhe davam alguma vantagem.

Bastou o homenzinho tomar um novo impulso na plataforma para a areia ceder e fazer toda a estrutura pesada se inclinar ainda mais.

— Eu mandei *parar*! — berrou Decker.

Badejo empurrou Rand de novo, que caiu para trás, batendo em Decker. Não foi tão forte, mas bastou. Alguma coisa mexeu sob seus pés.

Merda!

Decker começou a afundar depressa.

Um dos tubos de silício, percebeu. Tinha que ser.

— Merda! Luke, traz ajuda! — conseguiu dizer, assim que o tubo se quebrou.

A perna afundou vários centímetros, e instintivamente ele tentou se segurar à plataforma.

Um grande erro. Soube disso na mesma hora. *Droga, que merda que eu fiz.*

A plataforma se inclinou de vez, e toda a engenhoca caiu na direção dele. Decker sentiu a areia cedendo, a plataforma se inclinando, e então já era tarde demais.

3
O CHEIRO

Decker gritou quando a plataforma caiu em cima dele, o peso afundando-o ainda mais na areia fofa.

O medo também não poderia ser ignorado, pois a possibilidade de ser esmagado pelo maquinário era aterrorizante, mas o verdadeiro problema foi a dor inesperada. Algo sob o solo — tinha que ser um dos malditos tubos — espetou sua perna, e ele sentiu uma fisgada agonizante.

Na mesma hora, um fluxo quente e úmido escorreu para dentro de sua bota. E não era urina.

Estou sangrando. Enquanto o restante da equipe gritava seu nome, Decker se obrigou a ficar calmo. O pânico não ajudaria em nada, poderia até tornar a situação fatal.

— Badejo, preciso que você vá para o outro lado da plataforma e dê um jeito de ancorar esta coisa. Senão ela vai me esmagar.

Badejo não perdeu tempo. Assentiu e correu, chamando outros dois homens. Todos sabiam o que estava em jogo. Totalmente carregada, a plataforma pesava cerca de quatrocentos e cinquenta quilos. Se ela se inclinasse um pouco mais, ele teria sorte se só perdesse a perna. O mais provável era que fosse esmagado.

Precisava estabilizar a maldita plataforma.

Bronson saiu correndo em direção ao acampamento principal e aos médicos, esquecendo a raiva. Rand ficou perto de Decker.

— Fala comigo — pediu ele. — O que está acontecendo aí embaixo?

— Estou sangrando. Muito. — Decker estremeceu e se esforçou para respirar fundo algumas vezes. — Vai me mandar cuidar da minha vida de novo?

— Desta vez, não. — O homem balançou a cabeça e olhou para Decker. — Será que tento puxar você?

— Não! — A simples ideia lhe causava arrepios. — Não. Estou muito preso. Acho que, se eu me mexer muito, vou rasgar alguma coisa.

— Certo. — Luke empalideceu um pouco ao ouvir isso. — Nada de mexer. — Olhou ao redor e gritou: — Anda! Prendam essa porcaria!

Badejo e mais alguém gritaram em resposta, mas a pulsação nos ouvidos impediu que Decker distinguisse as palavras. Ele não sentia o chão abaixo de si, não sentia pressão alguma onde o pé deveria estar apoiado, o que significava ou que estava pisando em falso ou que a perna tinha ficado dormente. Nenhuma das opções lhe agradava muito. Sem ter onde sustentar o peso, a situação era pior do que ele imaginava. Se os tubos de silício se rompessem ainda mais, toda a plataforma poderia cair e esmagá-lo.

Por outro lado, se o pé estivesse dormente, poderia significar um dano irreparável no sistema nervoso ou, pior, que a perna já havia sido decepada.

Não, achava que não. Embora não sentisse nada debaixo dela, a perna doía demais para não estar mais lá. Era a primeira vez na vida que agradecia pela dor.

A plataforma rangeu e balançou acima dele, e o verificador de amostras estremeceu, sacudindo-se mais do que um equipamento industrial deveria.

— Merda — disse ele numa voz rouca. — Que jeito mais idiota de morrer, Luke.

— Você não vai morrer. Você me deve muita grana. — Rand se levantou e olhou para o outro lado da plataforma. — Eles estão tentando estabilizar essa coisa.

Você perde umas partidinhas de pôquer e o cara nunca mais te deixa esquecer.

A plataforma oscilou novamente, mas dessa vez ela se afastou dele. Decker soltou a respiração num longo suspiro, esperando que tudo desse certo. Ainda havia uma pulsação nos ouvidos, mas tinha diminuído. Então percebeu uma movimentação à esquerda.

Markowitz e Herschel vinham em sua direção. Markowitz trazia um kit médico e tinha a expressão preocupada de quase sempre. Herschel estava calmo como nunca. Sem dúvida nenhuma o sujeito era impassível, mas, pela experiência de Decker, isso parecia ser uma característica da profissão.

Herschel apontou para Rand.

— Acha que consegue levantá-lo quando eu pedir?

Rand fez que sim e se ajoelhou. Herschel gritou para Badejo:

— Tudo pronto aí?

— Tudo! Vamos lá!

Badejo está mentindo. Provavelmente era o estresse de Decker que dizia isso, ou talvez não. Todos pareciam nervosos demais, e ele imaginou que fosse porque estava começando a parecer meio morto. Podia ver as próprias mãos, e estavam mais pálidas do que nunca, de um tom branco-

-acinzentado. *Quanto sangue já perdi?* Não saberia dizer, mas se sentia extremamente zonzo.

Era como se o corpo todo, e não só a perna, estivesse flutuando.

— Acho que vou entrar em estado de choque aqui, gente. — Sua voz soou fraca.

Markowitz meneou a cabeça e mexeu no kit médico. Herschel se ajoelhou ao lado de Rand e aproximou o rosto, parando a centímetros de Decker. Teria sido muito mais agradável ficar cara a cara com Markowitz, mas não se pode pedir muito quando se está à beira da morte.

O nervosismo emanava de Herschel em ondas, mas seu rosto estava tranquilo enquanto mentia.

— Você está bem, Decker. Para de choramingar. Eu cuido de você.

Decker assentiu. Não conseguia mais falar.

O ar estava rançoso, morto. Não que se importassem com isso na escuridão. Dormiam, embora, vez ou outra, um ou dois acordassem apenas para dar uma olhada nos arredores antes de mergulhar novamente no sono.

O sono gastava menos energia. Podia deixá-los fracos, mas os mantinha vivos. Era só isso que importava. A vida. A vida da colônia.

As vibrações acima deles eram frequentes. Os batedores se aventuravam lá em cima e viam as tempestades que rasgavam o ambiente na superfície, golpeando o mundo e moldando-o em novas formas. Essa violência era uma das razões pelas quais dormiam.

O que os batedores sabiam, todos sabiam.

Criaram o ninho para que soubessem quando chegasse a hora. Quando as novas fontes de alimento e vida surgissem.

De repente, o ar estagnado passou a fluir. A leve sugestão de ar fresco não foi suficiente para acordá-los. Foi o que veio a seguir que fez a diferença.

Sangue.

O odor de sangue chegou, evocando promessas. Ainda assim, aquele rastro de sangue poderia não ter bastado para tirá-los da hibernação. Não, havia algo mais. A faixa de silício que lhes ofereceu ar fresco e cheiro de sangue também trouxe uma coisa à qual não poderiam resistir sob nenhuma circunstância — a marca do inimigo.

Nas câmaras ocultas e nas passagens que criaram ao longo de décadas de lenta atividade, o fedor adentrou suas consciências em ondas, trazendo a necessidade de acordar e se defender.

Eles se mexeram e, no movimento, despertaram.

Enquanto despertavam, sentiram a presença.

O ódio floresceu.

Se o fogo da sua ira produzisse calor, teria incendiado o mundo inteiro.

Decker observava as mãos hábeis de Herschel cortando sua calça para revelar a ferida aberta e sangrenta na parte superior da coxa. Por um milésimo de segundo sentiu um pavor irracional ao pensar em Markowitz vendo-o nesse estado. Não havia nada menos atraente que um homem completamente vulnerável, e naquele momento Decker estava exposto de diversas formas.

Mas não tinha o que fazer quanto a isso. Markowitz levou as mãos à ferida, anestesiando o local rapidamente com um medicamento tópico, depois com três injeções velozes. A pele ficou fria, depois, insensível. Era melhor assim. Decker podia sentir a preocupação dos dois enquanto olhavam sua perna estraçalhada. Ele se imaginava em péssimas condições, o que parecia coincidir com a opinião dos médicos.

Mesmo assim, ambos trabalharam rápido e com a eficiência que vinha de uma longa parceria. Comunicavam-se com palavras e gestos, e, sempre que as mãos alcançavam a vista de Decker, as luvas pareciam estar cobertas de mais sangue.

Rand também estava lá, sussurrando bobagens, dizendo a Decker que ele ficaria bem e que tudo ficaria "uma belezinha" — seja lá o que ele quisesse dizer com aquilo —, mas Decker sentia que era mentira.

Aos poucos, no entanto, ele notou que as expressões ao redor começaram a mudar. Decker não tinha a menor ideia do que faziam enquanto ele olhava para o céu, mas estavam ficando mais relaxados. *Devia ser um bom sinal, certo?* Talvez indicasse que haviam encontrado uma forma de reparar o dano. Decker esperava que sim. Não sentia dor, mas a sensação de estar flutuando persistia. Passou a língua pelos lábios. Ela parecia estar grudada nos dentes e no céu da boca.

A cabeça pendeu para a esquerda, e, no lugar do céu, passou a olhar para Markowitz. As mãos dela o tocaram, o corpo meio inclinado sobre ele, permitindo uma bela vista do decote. Mas as mangas da blusa estavam vermelhas até o cotovelo, e havia uma montanha desconcertante de gaze coberta de sangue ao lado dela. Sua expressão estava mais séria do que nunca.

— Consegui. Pronto!

A voz de Herschel parecia animada — e incrivelmente distante. O homem estava bem ali. Decker sabia disso, mas era como se ele falasse do outro lado do município de Rutledge, a cento e sessenta quilômetros.

— Graças a Deus — entoou um Rand igualmente distante.

Markowitz não disse nada, mas suspirou num gesto muito dramático. Ele meio que quis fazer um comentário malicioso — tinham esse tipo de relacionamento —, mas não conseguia botar a boca para trabalhar nem pensar em nada minimamente sagaz.

Ela se afastou e olhou para ele, a expressão nos olhos castanho-escuros suavizada. Seu alívio era imenso, e Decker sentiu uma onda de afeição vinda dela. Não era amor, e definitivamente não era desejo, só afeto. *Que pena, de verdade.* Markowitz sorriu e disse alguma coisa que ele não conseguiu entender.

Gostava do jeito que os lábios dela se mexiam.

Relaxou e se sentiu desvanecer na escuridão. De vez em quando, era bom relaxar e se deixar à deriva.

O ódio o atingiu como um maremoto.

O inimigo!

A coisa vil que queimava e matava e roubava. Era tudo o que havia de mau no mundo deles, destilado e personificado. Era a morte.

O rosto era suave, tão pálido e fraco quanto o dos novos hospedeiros, as novas coisas vivas que foram sacrificadas para dar vida ao enxame.

Mas este era diferente. Estava marcado.

Este...

Mas o que é isso? A cabeça de Decker deu um tranco, e ele estremeceu. Algo estava acontecendo, e o que quer que fosse soava como uma explosão nas profundezas da sua mente. Ele sentia, via, experimentava, mas não com os sentidos.

Sentiu o rugido se aproximando, uma onda de sensações que simplesmente não se associavam, não correspondiam a sua capacidade de compreensão. Exceto por uma mensagem que chegou com muita clareza.

Este tem que morrer.

Era uma sensação assoladora de maldade. Era pior do que se afogar, pois ele não conseguia respirar, nem se mexer, nem avisar a ninguém o que estava acontecendo. Sentia apenas o ninho de cobras serpenteando pelo cérebro, um enxame de aversão misturado a medo e... a mais alguma coisa.

Era algo oleoso em sua mente e que deixou um gosto na alma. O ódio o atacava, tentando esmagá-lo. Decker estremeceu e tentou gritar, mas nada aconteceu. O corpo continuou paralisado. Os olhos se mexeram sob pálpebras que ele não conseguia abrir. Havia um zumbido nos ouvidos, nítido como um dedo percorrendo a borda de uma taça de cristal, que sufocava tudo, menos o som deturpado de Markowitz gritando, alarmada.

E o ódio ainda investia contra ele, o atacava como um relâmpago, abrindo caminho pela mente, pelo corpo.

Decker tentou falar, mas os dentes cerraram.

Tentou respirar mais uma vez, inspirar uma quantidade decente de ar, mas foi inútil. Não conseguia inspirar nem expirar, e em vez disso o peito estremecia e travava.

Os pés se agitaram, e a dor na perna, que estava distante como o som de um trovão vindo do extremo de um vale, retornou com força total. Voltou a ouvir ruídos, sons de alarme, e percebeu a perna ser segurada por mãos de um mundo tão remoto que pôde apenas sentir a pressão, mas não a origem dela.

Suas mãos agarraram a areia, arranhando o chão em busca de apoio, numa tentativa desesperada de se arrastar para fora do poço de ira, vasto e cada vez mais profundo, que rasgava tudo e o devorava. Teria algum dia existido um ódio assim tão forte? Não que ele soubesse. Não que pudesse imaginar.

Decker tentou gritar de novo, mas seu corpo se contorceu, vítima de uma convulsão que o fez arquear as costas e revirar os olhos. A mandíbula afrouxou, depois voltou a travar, fazendo com que ele mordesse a língua e engasgasse com o sangue quente que jorrou de sua boca. Sentiu um medo miserável.

Era impossível emitir palavras, mas um gemido baixo saiu dos lábios sujos de sangue. Os músculos se retesaram, quase se rompendo, e ele desabou e se contorceu enquanto a emoção fervia em sua alma.

Por fim, a escuridão rumo à qual flutuava colidiu com ele, ofuscando-o e lançando-o num silêncio repleto de nada além de mais ódio — e de uma certeza concreta de que alguma coisa lá fora queria matá-lo.

4
À DERIVA

Ele acordou no lugar errado.

Esperava abrir os olhos e ver o teto familiar do seu dormitório apertado. Em vez disso, encarava uma superfície polida de aço inoxidável acima de uma cama pequena e, sem dúvida, desconfortável. Conhecia o ambiente, é claro. Estava a bordo de uma nave, e não era de jeito nenhum onde deveria estar.

— Bom dia.

Ele se sobressaltou. A voz suave tinha vindo da esquerda.

Conhecia as palavras, mas por um breve instante elas pareceram incompreensíveis — sons exóticos cuja origem não fazia sentido. Onde estava o restante da...

— Como está se sentindo?

Decker se virou e deu de cara com uma mulher robusta, de uns quarenta anos. Estava sentada, e por isso não era fácil estimar sua altura, mas usava um jaleco branco, e o cabelo castanho, um tanto grisalho, estava preso num coque.

— Estou numa nave? — perguntou num tom ríspido. A boca parecia inchada, e sentia uma dor dos diabos na garganta.

A mulher assentiu. Tinha olhos azuis por trás das grossas lentes dos óculos, e analisou o rosto dele com cuidado.

— Você está a bordo da *Carlyle*, rumo à Terra.

Então começou a se lembrar aos poucos, mas com clareza.

— Como cheguei aqui?

Devia estar mais ferido do que imaginava. Olhou ao redor e, de fato, usava uma camisola hospitalar. Mesmo nesta posição conseguiu ver a perna e a linha grossa de tecido cicatrizado que agora a adornava. Alguém havia chegado até a depilar a parte de cima da coxa, e o contraste fazia aquela área parecer uma floresta desmatada.

— Você se lembra do acidente? — perguntou ela, tentando sem sucesso usar um tom neutro.

Decker percebeu a apreensão. Pensou na última coisa de que conseguia se lembrar e pôde ver aonde ela queria chegar. O acidente, o sangue, os espasmos.

O ódio.

Nada estava muito claro. No entanto, mais forte do que a lembrança da dor era a lembrança da fúria que o havia engolido.

Expirou por um longo tempo, estremecendo.

— É, acho que sim — respondeu. — Minha perna foi mutilada. E tive uma espécie de ataque.

A mulher deu um sorriso muito seco e um tanto condescendente.

— Você teve uma convulsão. — Olhou para a folha impressa que levava no colo amplo. — Na verdade, teve várias, mas, de acordo com este prontuário, as primeiras foram as piores. — Ela o encarou e depois desviou o olhar, parecendo pouco à vontade com o modo como ele a fitava. — Você se debateu e quase decepou a própria língua com os dentes. Desde então, estamos monitorando você com todo o cuidado e, é claro, trabalhando para que se cure totalmente.

Quase decepei a língua. Não admira estar inchada. As palavras pareceram sair de Decker muito lentamente.

— Se estou me curando, por que estou indo para a Terra?

— As convulsões são... um problema — explicou ela. — Não conseguimos encontrar uma razão para elas.

A escuridão, e as coisas despertando e olhando para ele, e aquele lampejo súbito de emoção crua, vulcânica.

— Não há instalações em Nova Galveston onde eu poderia ser examinado?

— Claro, mas há instalações melhores na Terra.

Ela estava mentindo. Decker teria percebido isso mesmo sem suas habilidades empáticas. O rosto dessa mulher não tinha sido feito para mentir. Mesmo assim, ele não podia confrontá-la.

— Alguém arrumou as minhas coisas? — perguntou.

— Sim, um homem chamado... — Ela deu uma olhada nos documentos da prancheta. — Lucas Rand. Ele fez suas malas e pediu a nós que avisássemos que ele mandaria as informações mais recentes para você usar quando fosse preparar os relatórios.

Decker assentiu. Isso era bom. Havia muito a relatar.

Sem aviso, um tremor percorreu seu corpo. Ele fechou os olhos por um instante, e a respiração se acelerou. Era como se fosse observado por algo além dos limites da percepção. Nunca tinha sido exatamente paranoico... Seria essa a sensação? Com certeza sentia que *alguma coisa* queria pegá-lo.

E deve ter demonstrado.

— Você está bem?

Decker abriu os olhos. A mulher o observava, franzindo a testa.

Ele não respondeu de imediato, só olhou para o braço e para os pelos arrepiados. Como alguma coisa podia fazê-lo sentir tanto frio? Tanto pavor?

— Não — respondeu. — Acho que não.

Ela assentiu com a cabeça, como se as palavras dele justificassem o que quer que viesse a seguir.

— Bom, vamos descobrir o que é muito em breve. — Ela se levantou e o encarou com aquele sorriso indulgente que nunca chegava aos olhos. — É um longo caminho de volta à Terra, e vamos entrar em estase daqui a pouco.

Essa ideia não o fez se sentir melhor. Nunca havia gostado muito do sono forçado das câmaras de estase. Entendia muito bem os motivos, mas não gostava da sensação de estar preso. Em vez de acalmar os ânimos, sentiu as emoções se intensificarem. Por mais que tentasse, não conseguia tranquilizar a respiração.

— Você está suando — comentou a mulher.

— Acho que estou tendo uma crise de pânico. — O pulso batia desenfreadamente e, sim, estava suando. Começou a tremer.

— Você costuma ter crises de pânico? — perguntou ela, tocando a testa dele com a palma da mão.

— Não. — Decker tremia incontrolavelmente, e se sentiu um idiota.

— Vou te dar um sedativo leve.

Ele balançou a cabeça, recusando, e deu a primeira desculpa que lhe ocorreu.

— Preciso terminar meus relatórios. Preciso ser capaz de me concentrar.

— Foi por isso que eu disse que era *leve* — retrucou ela. — Só para ajudar a te acalmar. Ainda faltam algumas horas para entrarmos nas câmaras, então você deve ter tempo suficiente para terminar qualquer trabalho que não envolva levantamento de peso.

Isso o fez sorrir, e, para sua surpresa, foi recompensado com um sorriso verdadeiro da médica.

Mas não ajudou — na verdade, o pânico aumentou. Decker tentou contê-lo, mas nada funcionava. A respiração estava ofegante, a garganta estava seca, e era difícil engolir. O suor porejava sobre os lábios trêmulos e sobre a testa.

Vendo isso, a mulher se virou sem dizer nada, saiu e voltou pouco depois com um copo de plástico com água e um copo menor contendo duas pílulas brancas.

— Engula — instruiu ela de forma brusca. — Vai ajudar.

Decker anuiu e obedeceu.

Pareceu levar uma eternidade, mas depois de um tempo as pílulas funcionaram. Primeiro, o tremor diminuiu; depois, o suadouro parou. E, finalmente, a sensação de que havia algo o ameaçando cedeu. Não sumiu, mas ele sentia que conseguiria lidar com ela.

Após cerca de meia hora, pelos seus cálculos, a mulher vasculhou as coisas dele e tirou o computador de mão que Decker usava para analisar os resultados dos testes. Ajustou a cama para que ele pudesse ficar sentado e o deixou sozinho para trabalhar na papelada.

Sempre a papelada. Na verdade, era burrice chamar de "papelada", já que não havia papel nenhum. Na verdade, o único papel que viu em muito tempo foi aquele que a médica segurava. Pelo menos, *presumia* que ela fosse médica.

Será que uma cópia impressa torna mais fácil esconder os fatos?, perguntou-se. *Ou mais difícil?* Riu sozinho. *Talvez eu esteja mesmo ficando paranoico.*

Às vezes, achava o trabalho monótono, mas neste momento foi um grande conforto ter que examinar os detalhes e analisar a pesquisa mais de uma vez. Quanto mais trabalhava, menos tinha dúvidas: a Weyland-Yutani era responsável pelo que havia de errado em Nova Galveston. Procurou a fundo no passado e confirmou que de fato houvera lá uma unidade de mineração da empresa. Não, não exatamente da empresa, mas ou a Weyland-Yutani tinha sido parceira comercial na empreitada ou havia fornecido boa parte do equipamento. "Mineradora Kelland" era o nome nos documentos, mas, pelo que podia perceber, a W-Y tinha ações da Kelland, ou a havia comprado em algum momento.

De um jeito ou de outro, deveriam ter sido informados sobre a ocupação anterior do planeta. Na sua opinião, isso significava que a Weyland-Yutani era culpada. Seu relatório para a Comissão de Comércio Interestelar informaria isso.

Terminou o relatório e o enviou com pouco mais de uma hora de folga — seria direcionado pelos sistemas de comunicação da nave e chegaria à Terra antes dele. Em seguida a médica voltou e o levou para o núcleo de câmaras de hipersono. Os procedimentos-padrão ainda se aplicavam. Decker tirou a roupa e ficou só de cueca — não que isso tenha exigido muito esforço, dadas as circunstâncias — e entrou no cilindro de vidro que parecia mais um caixão que qualquer outra coisa.

Sentiu uma pontada de pânico voltando, mas a reprimiu. Não demorou para o sono reivindicá-lo.

E, com o sono, vieram os pesadelos.

Quarenta e sete dias de pesadelos enquanto ele rumava de Nova Galveston para a Terra.

Quando você dorme, ninguém pode ouvir seus gritos.

5
DE VOLTA PARA CASA

Parando para pensar, talvez tivesse sido um erro.

Ele se curou completamente durante a viagem de volta para casa. Porém, assim que aterrissaram e desembarcaram em Chicago, Walter Harriman, o diretor do departamento, lhe enviou uma mensagem de vídeo. O rosto do homem apareceu na tela do link e informou a ele que precisava ir ao escritório o quanto antes para discutir suas conclusões.

Duas horas depois, estava sentado numa cadeira ouvindo aquele homem, que ele julgava conhecer, explicar de forma bem evasiva que o relatório não era bom o suficiente. Decker poderia ter acreditado nas palavras, se não fosse um empático. Afinal, Walt era um excelente mentiroso. Era assumidamente cara de pau, mas não gostava de mentir para sua equipe, e Decker *sentiu* mais do que percebeu a mentira.

O diretor lhe pediu que "reconsiderasse" suas conclusões.

Decker engoliu a resposta que lhe veio à cabeça, disse que faria isso e levou consigo as anotações de Walt.

Ele tentou. Tentou mesmo.

Examinou cada prova várias vezes, e chegou à mesma conclusão. Ou a Weyland-Yutani sabia da colônia mineradora e do potencial para envenenamento que ela havia deixado para trás ou era um caso de burrice criminosa. Reformulou as frases para que soassem menos incriminatórias, mas no fim das contas tinha um trabalho a fazer, e o fez.

Walt disse que estava satisfeito com as mudanças, mas sua atitude não condizia com o discurso. A voz do homem era gélida quando sugeriu a Decker que tirasse uns dias de folga "para se recuperar do acidente". Isso, na língua de Walt, queria dizer "dá o fora daqui enquanto penso em como cuidar disso".

Pelo visto ele quer cuidar da situação de qualquer jeito.

Não. Decker afastou esse pensamento. Em última análise, era mais complicado do que parecia, e ele sabia disso. Envolvia questões políticas, e, pior ainda, envolvia a Weyland-Yutani. A corporação era gigantesca, e tinha influência em campos que Decker tentou não levar em consideração. A W-Y era podre de rica, dava duro para preservar a reputação impecável e não gostava de provocação.

Ele teve problemas com a empresa no passado, mas sempre existiram provas suficientes para sustentar as alegações. A Weyland-Yutani sempre soube quando era mais fácil se conformar, em vez de entrar numa batalha perdida. Então mais uma vez Decker só precisava esperar o fim da turbulência, exatamente como tinha feito no passado.

As coisas haviam mudado.

A natureza do seu trabalho sempre havia garantido a Decker certo grau de poder e autoridade, do qual burocratas de todo o mundo desfrutavam. Era só preencher os formulários adequados, colocar os pingos nos is e os pontos finais, e tudo se alinhava. Isso era reconfortante, estar isolado e em segurança dentro da rede do *status quo*.

Mas isso tinha sido antes das convulsões. Mesmo depois que começaram, Decker manteve o segredo. Ficando longe de encrenca, evitava dar às pessoas qualquer tipo de vantagem sobre ele e mantinha um nível conveniente de anonimato.

Entretanto, não era mais anônimo.

Voltou à Terra a tempo de comemorar o Ano-Novo. O novo milênio se aproximava, e ele esperava que 2497 fosse mais tranquilo que o ano anterior.

Seus filhos estavam com a ex-esposa, e ele não se sentia pronto para encontrá-los. Ficava de coração partido toda vez que via as crianças e percebia o quanto elas haviam crescido. Esse era o triste efeito colateral de trabalhar extramundo. Por isso, em vez de passar a virada do ano com a família, Decker foi a uns pubs e curtiu ficar um pouco bêbado enquanto o ano terminava.

Como acontecia com frequência quando ficava um pouco zonzo, decidiu caminhar até passar, e, ao som das comemorações por todos os lados, contemplou seu dilema.

A Weyland-Yutani tinha feito sua cota de boas ações com o passar dos anos. Mais de um século antes, as Forças Armadas Unidas tomaram quase tudo, esmagando as megacorporações. A maioria das pessoas achou que isso fosse bom... no começo. Mas, ao longo das décadas, começaram a perceber que serviam ao Exército, quer tivessem se alistado, quer não. Quem não seguisse as regras se dava muito mal.

Na época, seu avô vivia em Chicago, e Decker cresceu ouvindo as histórias. Uma das naves de pesquisa da FAU, a *Auriga*, foi tomada por terroristas e caiu na França, que até então era um importante país do continente europeu. A nave era grande e causara bastante estrago. A devastação havia deixado o planeta literalmente à beira de uma nova era do gelo, e não foi a FAU quem salvou o dia — foi a Weyland-Yutani.

Na época, o mundo era um pouco diferente. Entre outras coisas, a Weyland-Yutani era a principal fabricante de robôs, e, no auge da sua influência, as pessoas sintéticas faziam parte da tripulação de quase todas as naves. Mas, quando as patentes da empresa expiraram, outras começaram a oferecer produtos por preços mais baixos e abriu-se um mar de possibilidades.

A Weyland-Yutani usava sistemas estritamente à prova de falha desde o começo. No entanto, com a produção em massa, cada vez mais o mercado foi dominado por sintéticos, que depois de um tempo se rebelaram contra a forma como vinham sendo tratados.

Uma revolta atrás da outra e diversos ataques terroristas resultaram no quê? Cidadania garantida aos sintéticos. As máquinas passaram a ter os mesmos direitos que as pessoas — porque em algum momento o fato de parecerem e se comportarem como seres humanos confundiu totalmente a cabeça de muitas pessoas.

Decker nunca teria concordado com a decisão. Era tão tolo quanto dar direitos a uma nave espacial. Uma ferramenta é uma ferramenta, mesmo que pareça humana. A Weyland-Yutani conseguiu reverter a mancada que deu em seu retorno triunfal, mas isso levou tempo.

Quanto à Terra, a abordagem era simples: eles a terraformaram. A Weyland--Yutani tinha criado os primeiros motores de terraformação, e pela segunda vez na história o estavam usando para eliminar os poluentes da atmosfera.

Ao salvar o planeta, salvou a si mesma. A W-Y e várias outras empresas conseguiram destronar a FAU, substituindo-a por um governo colonial que supervisionava todos os planetas conhecidos.

Mas isso abriu as portas para que todos os antigos abusos voltassem a ser cometidos. O trabalho de Decker era garantir que continuassem na linha. E ele o levava a sério.

No entanto, menos de quatro semanas depois, viu-se numa sala de espera, preparando-se para mais uma rodada de exames médicos, considerados "necessários antes que a Comissão cogite permitir ao senhor Decker que volte ao trabalho".

Bobagem. Teria dito isso, se alguém estivesse ali para ouvir. *Isso é bobagem, pura e simplesmente*. A paranoia tinha dado lugar à convicção. Sua intuição lhe dizia que ele havia se tornado um alvo, mas esta nova certeza o deixava desequilibrado — nunca havia tido que lidar com nada parecido.

Por fim, convenceu-se de que estava sendo ridículo. Nem mesmo a Weyland-Yutani, por maior que fosse, poderia simplesmente reescrever as regras. E, se não tentaram prejudicá-lo no passado, o que havia em LV178 para fazê-los começar agora? Não, por mais que odiasse os exames intermináveis, eram necessários. Eram só parte do processo.

A intuição dele tinha que estar errada.

O doutor Japtesh parecia perfeitamente amigável, mas só estava ali para fazer seu trabalho. Ele não sorria nem fazia graça. Em vez disso, disparava uma infinidade de perguntas.

— O senhor se lembra de alguma coisa relacionada ao seu primeiro ataque?

Decker deu de ombros.

— Não. Quando aconteceu, eu tinha me ferido e havia um maquinário pesado prestes a me esmagar. — Tentou rir disso, mas só de pensar na cena teve calafrios e se sentiu claustrofóbico. — Eu estava com muita coisa na cabeça naquela hora.

— Fascinante — comentou o médico numa voz quase monótona. — Pode me dizer como se sentiu?

Decker olhou para ele por um longo tempo — *Ele está ouvindo alguma coisa do que eu digo?* — e respirou fundo.

— Eu *senti* que tinha sido ferido e estava prestes a ser esmagado.

Nenhuma reação.

— Isso já aconteceu com o senhor antes? Isto é, as convulsões, não o acidente.

Isso poderia ter sido uma piada, mas Decker duvidava.

— Não — respondeu, sem muita certeza.

— Quem causou o acidente? — perguntou Japtesh.

Estavam procurando alguém em quem botar a culpa.

Decker fez que não.

— Ninguém. Foi um acidente.

Os olhos escuros de Japtesh não deram a menor pista sobre o que ele estava pensando.

— Mas com certeza *alguém* foi responsável, não?

Decker sustentou o olhar dele e refletiu sobre a resposta antes de falar.

— Bom, havia uns problemas com a areia lá no Mar de Angústia.

O médico franziu a testa.

— O que é o Mar de Angústia? — perguntou ele, e olhou para a tela do seu bloco de notas digital. — Não vejo nenhuma menção a isso. — Pareceu vasculhar todos os documentos, e depois voltou a olhar para Decker. — Não há nenhum relato sobre água.

Decker reprimiu uma risada.

— É só um apelido... Acho que tem alguma coisa a ver com a Bíblia. Estávamos numa região arenosa, a areia se moveu, o equipamento escorregou e eu fiquei preso.

De jeito nenhum ia apontar o dedo para alguém da sua equipe. Alguns mereciam? Sim, mas ele ainda precisaria trabalhar com aquelas pessoas. Se vazasse a notícia de que tinha delatado alguém, nunca mais confiariam nele.

Japtesh o encarou, ainda implacável.

— Ah, sim, o verificador de amostras — declarou o médico, observando a tela outra vez. — Acredito que o senhor não esteja autorizado a operar um desses, ou está? Por que estava perto da máquina, afinal?

Decker não gostava do rumo que a conversa estava tomando. Estava acostumado a enrolar burocratas, mas era para esse cara ser seu *médico*.

— Bom, uma briga estava prestes a começar e, assim que senti isso, interferi para impedir que a coisa ficasse séria.

No momento em que contou isso, soube que se arrependeria. *Não há nada de errado em ser capaz de saber o que os outros sentem, mas algumas pessoas não vão entender.*

Japtesh quase *irradiava* entusiasmo, embora seu rosto redondo nada demonstrasse.

— Os homens envolvidos na briga eram Badejo e Bronson?

— Sim. Está tudo no relatório.

— Mas como o senhor sabia que eles estavam prestes a brigar? — insistiu o médico. — O que quis dizer ao afirmar que “sentiu” isso?

— Bom, como eu poderia não sentir? — Talvez ainda pudesse escapar da emboscada. — Eles estavam discutindo, e Bronson agia com mais agressividade que o normal.

— Por que diz isso? O senhor conhece esse homem tão bem assim?

Paranoia. Tinha que ser. Estava interpretando alguma coisa de forma errada. Podia jurar que o homem parecia animado ao fazer aquelas perguntas. Decker balançou a cabeça para afastar a ideia.

— Deu para perceber... porque ele deu o primeiro soco.

— Sim, mas, antes de isso acontecer, o que fez o senhor pensar que ele tendia a ser mais violento que o normal?

— Um pressentimento, acho.

Japtesh o encarou por um tempo muito longo, depois assentiu.

— Entendo... Um pressentimento — repetiu ele. Logo voltou a atenção para a tela. — Esse parece ter sido o começo das convulsões que o senhor teve... Pode descrevê-las em detalhes?

Quando Decker pensou nisso seu estômago se revirou.

— Hã... não — respondeu. — Acho que estava ocupado demais tendo as convulsões para prestar atenção ao que acontecia naquela hora.

O médico o olhou por mais um tempo, depois fez outra anotação na tela.

— Obrigado pelo seu tempo, senhor Decker. — Ele ergueu o olhar e forçou um sorriso. — Acho que é só isso.

Decker deixou o consultório médico se sentindo inquieto. Aquela sensação agoniante — de que alguém atirava facas em sua direção — não passava.

* * *

Era inverno, mas o ar nas ruas fedia a ozônio e coisa pior. Chicago era assim desde que ele se entendia por gente. Parecia melhor do que quando era criança, mas não muito. Espalhavam-se notícias de que, segundo os informes, a poluição chegava a níveis alarmantes. Decker duvidava que um dia isso fosse mudar.

De tempos em tempos alguém sugeria um processo de terraformação mais agressivo para reparar ainda mais os danos à Terra. O problema era o clima. Num planeta com pouca atmosfera, ou onde uma nova atmosfera estivesse sendo gerada, os motores de terraformação seriam instalados para moldar lenta e continuamente o ambiente. Às vezes, isso gerava tempestades violentas que devastavam regiões inteiras do planeta, regiões inabitadas.

Na Terra, estas tempestades causariam uma quantidade inimaginável de mortes e destruição, e por isso as obras deviam ser executadas com extremo cuidado.

Formavam-se subcomitês para debater os prós e os contras, mas nada jamais acontecia. *A burocracia em sua melhor forma, minha gente.* Considerando o governo da época, ele duvidava que alguma coisa fosse realizada.

A cidade abrigava mais de trinta milhões de pessoas, incluindo os subúrbios, e, embora houvesse alguns parques, a maior parte da paisagem era formada por uma infinidade de prédios e ruas — vidro, concreto e asfalto. Não dava para dizer que a personalidade do lugar tinha sido eliminada por completo, mas também não era possível afirmar que era a mesma cidade onde ele havia crescido. Contudo, ele permanecia em Chicago. Não passava tanto tempo assim no planeta, e pelo menos podia ver os filhos de vez em quando.

Quando Decker voltou à sua quitinete, a notícia o aguardava. Uma mensagem de áudio, impessoal e inexpressiva, com uma voz homogênea e vagamente feminina.

"Lamentamos informá-lo de que, até que a investigação das suas ações em Nova Galveston esteja completa, o senhor estará suspenso e sem salário", dizia, insensível. "Caso queira registrar uma queixa ao seu representante sindical, deve ligar para o seguinte número entre as nove da manhã e as três e meia da tarde, de segunda a quinta-feira..."

Vai se foder, pensou ele, desligando. Conhecia o procedimento. De fato, ia mesmo registrar uma queixa, mas já sabia que não faria diferença. O caso estava saindo do controle. Na verdade, sabia que isso aconteceria desde o começo, só não quis admitir. Walt não era exatamente um amigo, mas Decker sempre havia pensado que ele o apoiaria.

Ficou ali sentado por um tempo, com as cortinas fechadas e sob a luz tênue, depois decidiu que precisava *agir.* Então foi até a porta e de lá direto para o metrô, onde pegou o trem até Nova Cabrini.

Sua ex-esposa estaria lá, mas quanto a isso não podia fazer nada. Ela trabalhava à noite e deixava as crianças com a irmã enquanto estava fora. Decker tinha o direito de visitá-las e pretendia usá-lo, com ou sem Linda.

O casamento tinha desmoronado havia alguns anos. Isso era comum em relacionamentos em que um dos cônjuges passava tempo demais extramundo. Todos diziam isso, e as estatísticas comprovavam, e não era ele quem ia discutir.

Não precisava ser um empático para saber que estava mentindo para si mesmo.

Quando Linda o traiu, ele sentiu a verdade muito antes de os fatos virem à tona. Não sabia os detalhes, mas sentiu a culpa dela, e assim que a confrontou vieram as acusações. As brigas, os gritos, a insistência de que a culpa era dele, apesar de Decker ter sido fiel durante todo o casamento.

Para Linda, ele não lhe deu apoio nem valor. Decker pensou que conseguiria reconquistá-la se tentasse. Seriam tempos difíceis, mas estava certo de que poderiam ter continuado juntos. Se ao menos ele tivesse desejado isso de verdade.

Ao que parecia, não desejou.

Quando saiu do túnel, parou rapidamente para se conectar a uma cabine de vídeo e ligar para Linda, avisando que estava a caminho. Foi sua filha Bethany quem atendeu. Bethany, que parecia ter dois anos a mais do que devia.

— Papai!

— Oi, querida. Nossa, olha só pra você. — O nó na garganta aliviou um pouco quando olhou nos olhos dela. — Pensei em passar aí para ver vocês. O que acha?

— Vai ser legal! — respondeu ela, e, apesar da distância, Decker soube que estava sendo sincera. Aos sete, ela era jovem demais para mentir bem. Jovem demais até para ter *motivo* para mentir bem, felizmente.

— Posso falar com a sua mãe?

— Vou chamar! Mamããããe!

Bethany sabia que não devia carregar o link de vídeo pela casa. Da última vez havia entrado correndo no banheiro, onde a mãe respondia ao chamado da natureza. Linda e Decker ficaram horrorizados naquela hora, mas depois isso virou motivo de risos.

Linda apareceu na tela um instante depois com uma expressão neutra cuidadosamente colada ao rosto. Eles se tratavam de forma amigável, mas muita coisa havia acontecido, e muitas feridas não cicatrizaram por completo.

— Oi, Alan. Bom te ver. — Parecia em parte estar sendo sincera. — Não sabia que você já tinha voltado.

— É, já faz uns dias. Estava pensando se podia passar aí para ver as crianças, talvez levá-las para comer fora ou ver um filme.

— Elas vão gostar. Faz tanto tempo que acho que Josh está começando a esquecer como você é. — Um leve exagero, mas que doeu dentro dele.

Decker falava com os filhos pelo menos uma vez por semana, a não ser que estivesse numa câmara de hipersono. Porém, era verdade que tinha passado muito tempo longe. E desde que havia voltado não entrou em contato de propósito, pois estava tentando pôr suas pendências em ordem.

— Eu sei, eu sei. Foi por isso que quis vir. Achei que você podia querer um tempo sozinha, e quero ter certeza de que Josh e as meninas vão se lembrar de mim como mais que uma videochamada.

Abriu seu melhor sorriso. Funcionou. Talvez não fosse o cara mais bonito do planeta, mas Linda ainda gostava um bocado daquele sorriso.

Em resposta, ela deu um sorrisinho discreto.

— Então venha buscar as crianças. Vou deixá-las prontas.

Bethany tinha sete anos. Ella, cinco. Josh, quatro. Eram a melhor parte do seu mundo. Quando a porta se abriu e as crianças correram para ele, a vida quase pareceu voltar a fazer sentido. Se pudesse, ficaria abraçado a elas para sempre.

Contudo, as coisas nunca funcionavam assim. Nunca. Sempre havia algo a resolver. Era assim que o universo operava. Mas, por um momento — só o tempo de ele levar as crianças para almoçar e ver um filme com personagens excêntricos, radiantes e amigáveis demais para o mundo real —, tudo fez sentido outra vez. As emoções dos filhos eram como um sopro de ar fresco.

Depois de deixá-los em casa, ficou mais uns minutos conversando com Linda. Da última vez que os visitou, os dois acabaram na cama, embora isso não tivesse levado a nada. Naquele momento, porém, Linda se sentia culpada, e Decker sabia que isso significava que ela estava saindo com alguém. Podia ver até que era um relacionamento sério.

Mas isso não o incomodou. Linda estava feliz, as crianças estavam felizes, e, enquanto voltava para sua quitinete, Decker se sentiu revigorado. O clima estava bastante agradável, então resolveu caminhar pelos longos quarteirões de volta para casa, usando o tempo para organizar os pensamentos.

Durante a caminhada, no entanto, foi acometido pela sensação de estar sendo observado. Passou mais tempo espiando por cima do ombro do que atento ao caminho. Mesmo depois de chegar em casa e trancar a porta, sentiu-se transtornado. Não era assim que queria levar a vida, agindo feito um fugitivo.

6
PARANOIA

A noite não trouxe descanso, apenas mais pesadelos. Embora não pudesse ter certeza, ao acordar tudo levava a crer que havia sofrido outra convulsão. Estava ensopado de suor, e as roupas de cama, jogadas no chão. Os músculos doíam, e na boca havia um gosto de sangue. Uma rápida olhada no espelho do banheiro mostrou que tinha mordido a língua. Conseguia sentir, é claro, mas ao olhar viu as marcas dos dentes.

Depois de uma ducha, Decker aproveitou-se dos benefícios que recebia com ou sem o salário — *valeu, Walt*. Marcou uma consulta para tratar a paranoia. Dessa vez, teve sorte. A clínica aprovada pelo sindicato tinha um horário para aquela mesma tarde.

A recepcionista era simpática e atraente, mas jovem demais para ir além de uma simples paquera. Já Jacoby tinha um rosto que só a mãe poderia amar, mas Decker o conhecia, e o médico costumava ser bom em ajudar os pacientes a resolver os problemas sem deixá-los melindrosos e sentimentais.

Porém, Decker teve aquela maldita sensação peculiar de *déjà-vu*. A conversa com Jacoby foi tão parecida com a consulta com Japtesh que chegou a ser assustador. Mas ele considerou isso um sintoma da paranoia. E, quando mencionou os sonhos, o médico pareceu especialmente interessado.

Então falou das coisas que conseguia se lembrar dos sonhos. Os pesadelos tão frequentes, que o levavam a lugares sombrios e o faziam ver coisas sinistras. Pessoas morrendo em suas...

Garras?

— De onde vem isso, doutor? — perguntou ele. — Há muita coisa que não consigo lembrar, mas sempre tenho a sensação de que as pessoas são *presas*, e de outras que estão implorando para a dor acabar. — Teve calafrios só de pensar nisso. — Que saco, nunca matei ninguém na minha vida. E as pessoas sempre têm uma aparência *estranha*, errada. São humanos, eu acho, mas...

— Errada como, Alan? — indagou Jacoby, e sua caneta percorreu o bloco enquanto tomava notas cuidadosas e detalhadas.

Decker se esforçou para encontrar as palavras certas.

— É como se eu as estivesse vendo, mas não de um jeito que fizesse sentido. — Balançou a cabeça. — Tá, é como se... Você já olhou para as estrelas usando um visor topográfico?

O rosto de Jacoby se enrugou num breve sorriso.

— Creio que não.

— Eu já — continuou Decker. — Só para ver como era. Você enxerga as estrelas que já conhece, mas tudo o que vê são as linhas do mapa topográfico. É esquisito, e é um desperdício enorme de tecnologia, pois o que você vê não é o que está lá.

Droga. Péssima explicação. Ele continuou:

— Um mapa topográfico mostra a altura e a dimensão como uma série de linhas concêntricas. Então, se estiver olhando para uma montanha, por exemplo, vê uns círculos que mostram a forma da coisa da base até o topo. Quanto menores e mais juntos são os círculos, menor é o objeto, e mais próximo ele está. Bom, quando se faz isso com as estrelas, acontece a mesma coisa. Você vê as estrelas, certo? Mas o que está vendo na verdade são as linhas que ficam cada vez mais próximas quando convergem numa estrela, e ficam cada vez mais distantes umas das outras quando não há nada para ver.

— Acho que entendi. — Pelo menos o médico estava tentando.

— Tudo bem. Digamos que você enxergue dessa forma, e aí você *sente o cheiro* dos sons. Sei que não faz sentido. É essa a questão. Eu estava vendo as pessoas de jeitos que não faziam sentido. Pareciam totalmente erradas, completa e absolutamente... alienígenas.

Jacoby assentiu.

— É como se você estivesse vendo além do espectro ao qual está acostumado.

— Exato! Vi cores que não sei descrever, ouvi coisas que não deveria ser capaz de ouvir, e consegui sentir todo tipo de cheiro. Putz, todos os cheiros tinham textura.

— Então como sabe que eram seres humanos?

— Nos sonhos, não sabia — explicou Decker. — Eu entendia quando acordava, mas, durante os sonhos, eram só coisas que precisava caçar. Esperava que isso não tivesse soado tão ruim para o médico quanto soou para ele.

O doutor Jacoby se retesou, depois se recompôs e assentiu bem devagar. Continuou a pedir mais detalhes, mas nada do que Decker contava parecia ajudar muito. Ao fim da consulta, Jacoby deu a ele umas pílulas verdes que o ajudariam a dormir e insistiu para que marcassem uma sessão na próxima semana, no mesmo horário.

Desabafar lhe proporcionou certo alívio, mas, quando Decker chegou ao apartamento, a sensação de que em breve receberia sua sentença já o dominava outra vez. A cabeça doía, e o cansaço pesava nos olhos. Estava exausto, mas também elétrico.

Apesar de ter dito a si mesmo que não tinha a intenção de tomar nenhum remédio, engoliu uma das pílulas verdes. O efeito foi quase imediato.

Sentiu a própria essência se esvair e observar do alto o corpo adormecido. Tinha o rosto exausto, tenso, e os músculos estavam retesados. Embora estivesse dormindo, as mãos estavam bem cerradas e as pernas se debatiam como as de um cão sonhando caçar coelhos.

Ele desviou o olhar e observou aquele apartamento conhecido. Alguma coisa estava diferente. Algo estava errado. Levou um momento para perceber que as paredes haviam se tornado quase translúcidas, como camadas rígidas de névoa em vez de gesso e concreto reforçado.

Talvez não tivesse notado mais nada se as sombras dentro daquelas paredes tivessem ficado paradas. Mas elas se moveram, saindo e rastejando pelo interior dos dutos de aquecimento e entre os suportes de madeira e gesso. Mal podia vê-las, mas conseguia senti-las, *assim como a fome e a necessidade.*

Mais que fome.

Elas estavam irritadas — motivadas, para além do pensamento consciente, pela necessidade de causar danos à fonte do seu ódio. Mas, antes que pudessem fazê-lo, teriam que localizar a presa.

Decker olhou para seu corpo lá embaixo, e nesse instante percebeu que as formas sombrias faziam a mesma coisa, que o notaram naquela paralisia induzida pelo sono.

Tentou tocar o corpo, mas suas mãos e seus braços não eram longos o bastante. Os pés não conseguiam cobrir a distância. Tentou gritar um aviso, mas a garganta estava presa, trancada no silêncio.

Irritadas? Não. Tendo-o encontrado, as formas sombrias estavam furiosas, enlouquecidas pela necessidade de alcançá-lo, de cortá-lo e rasgá-lo em pe-

daços, corpo e alma. Seu ódio era um veneno prateado que saía na forma de espuma por entre os dentes brilhantes e queimava tudo o que tocasse. Sua aversão irradiava de forma tão intensa que ardia. Estavam em silêncio, mas gritavam alto o bastante para ofuscar as estrelas.

As silhuetas se aproximaram, abrindo caminho devagar pelo material denso das paredes. Não eram translúcidas, não exatamente, mas também não eram como deveriam ser. Não, estas paredes eram de material fibroso. A mão guarnecida de garras afiadas atravessou os filamentos pesados e revelou que eram teias de aranha. Os fios se romperam de repente, e, ao fazerem isso, permitiram ao restante daquele braço preto e luzidio que o alcançasse.

E Decker acordou com um grito preso na garganta. A testa estava pontilhada de suor, e a boca, escancarada numa máscara de medo. Percebeu que não estava respirando e arfou, tomando fôlego.

A cabeça estava tomada por imagens caóticas que se esvaíam aos poucos. Mas não conseguia fugir da sensação de que havia coisas rastejando pelas paredes do prédio, abrindo caminho até ele em meio à estrutura e aos cabos, arranhando com as garras os canos de água e os dutos de ar. Tentou silenciar a respiração, ouvir algo no escuro.

Nada.

No entanto, ainda conseguia sentir o ódio, a necessidade quase física de acabar com sua vida. Acendeu todas as luzes do apartamento e olhou debaixo de cada móvel e dentro dos armários. O simples ato de procurar o ajudou a se acalmar, mas só até certo ponto. Se tivesse uma arma de fogo, a teria colocado debaixo do travesseiro.

Passou a manhã seguinte fazendo uma série de ligações, e por fim pegou o trem para o escritório em que havia trabalhado por mais de dez anos.

Tá, então Walt não quer me ver, pensou. *Bom, ele que se dane. Quem precisa de hora marcada, porra?* Apenas ficou na sala de espera aguardando seu supervisor sair para almoçar.

Walt olhou para ele e suspirou.

— Alan.

Ele não era um homem grande, e tendia mais a olhar para o chão do que para as pessoas. Havia conseguido sabe-se lá como alcançar uma posição de autoridade, e agarrou-se a ela com unhas e dentes, justamente tratando de nunca chamar atenção para si.

— Walt — disse Decker. — Então... que merda é essa?

Walt caminhou mais rápido, e Decker o acompanhou com facilidade. Assim que saíram e estavam longe dos ouvidos alheios, ele finalmente respondeu.

— Olhe, estou tentando resolver tudo, Alan.

Olhou de modo diligente para o chão. O que quer que estivesse pensando ou sentindo não era forte o bastante para Decker captar.

— Walt, eu não fiz nada de errado. Só fiz meu trabalho.

— Você teve convulsões, Alan. — Ele baixou a voz e se aproximou. — Mais importante ainda, você apontou o dedo para a Weyland-Yutani. Eles não gostaram muito disso.

Então era isso, evidente.

— Esse é o meu trabalho, Walt. Foi o que você me mandou fazer.

— Eu sei disso, e estou tentando dar um jeito, acredite, mas não está dando certo. — Por um momento, Decker sentiu o medo e a frustração do homem. Os sentimentos ficaram muito nítidos antes de desaparecerem novamente. — Você irritou as pessoas erradas com seu relatório, Alan. Estou fazendo o que posso. Por enquanto, é só o que posso dizer.

Walt saiu apressado e sumiu no fluxo de pedestres em horário de almoço. Decker poderia ter ido atrás dele, mas já tinha sua resposta. Não havia sido esquecido, até certo ponto, e ainda tinha um defensor ao seu lado. Era só uma questão de ser paciente.

Só que ser paciente não era o seu forte.

O sentimento voltou, o peso súbito de um olhar maligno. Quase distendeu os músculos do pescoço ao olhar ao redor, vasculhando a multidão. Mas ninguém pareceu estar prestando a menor atenção a ele.

Isso já está enchendo o saco, e muito depressa, pensou. Porém, continuou a esquadrinhar o tropel de pessoas.

Por fim, foi para casa, fazendo diversos desvios no caminho, para o caso de a sensação ser mais que uma simples paranoia. No apartamento, manteve as cortinas fechadas e mais de uma vez se pegou espiando o lado de fora. Depois de passar algumas horas num estresse infernal, cedeu e tomou outra pílula.

7
A CAÇA

Decker acordou na escuridão do quarto com a certeza absoluta de que estava em perigo. Nos sonhos podia ser o caçador, mas ali era a caça.

Em alguns aspectos, era melhor assim. Mas no geral era pior.

Sentou-se num segundo, grunhindo, e tentou acalmar a respiração para poder ouvir melhor.

Nada.

De repente, quatro figuras invadiram o quarto. Primeiro ele se perguntou se aquilo não era outro sonho, mas logo percebeu que não. Tentou falar, mas tudo o que saiu da boca foi outro grunhido.

Decker bateu com o calcanhar no estômago da figura mais próxima e ouviu uma voz masculina arfar. O homem recuou até a parede e derrubou uma luminária da mesinha onde Decker deixava o despertador e um copo d'água.

Alguma coisa se estilhaçou ao cair no chão, e o homem que ele havia chutado rastejou pelo piso, com ânsia de vômito. Decker sentiu uma centelha de satisfação ao ver isso, mas a sensação foi superada pela maré de adrenalina. Tentou se ajoelhar na cama, e o segundo intruso deu um golpe com algo pesado na lateral da sua cabeça com força suficiente para fazê-lo deitar outra vez.

— Cuidado, Piotrowicz — disse uma voz na penumbra. — Precisamos dele vivo.

— Ninguém disse que precisava estar ileso — resmungou o agressor.

A cabeça de Decker zunia por causa do golpe, mas ele a sacudiu, recuperando-se como pôde, e avançou na direção do homem que havia resmungado.

— Vem, pode vir, seu otário.

O homem era menor que ele e musculoso. Também sabia lutar. Bloqueou os melhores golpes de Decker e o empurrou para trás.

Outro quis entrar na briga, tentando segurar Decker por trás e prender seus braços. Foi um erro. Decker sentiu as intenções e reagiu, dando uma cotovelada para trás que atingiu o rosto do homem.

O agressor caiu com tudo, e Decker se voltou para aquele que havia acertado sua cabeça, apostando que era a maior ameaça.

— Ei, olha!

A voz do homem ainda parecia um rosnado, e, apesar de sua mente lhe mandar fechar os olhos, Decker olhou.

Uma luz explodiu no quarto, e o clarão foi suficiente para cegá-lo.

O mesmo homem o atingiu de novo antes que Decker pudesse se recuperar, e em seguida as outras silhuetas avançaram nele e o golpearam. Os punhos que o acertavam usavam luvas, mas isso não suavizava as pancadas. Decker fez o que pôde para bloquear os ataques, mas foi em vão. Eram muitos. Tentou revidar, e talvez tenha acertado um soco, quem sabe dois.

Mas eles estavam em maior número e levaram vantagem.

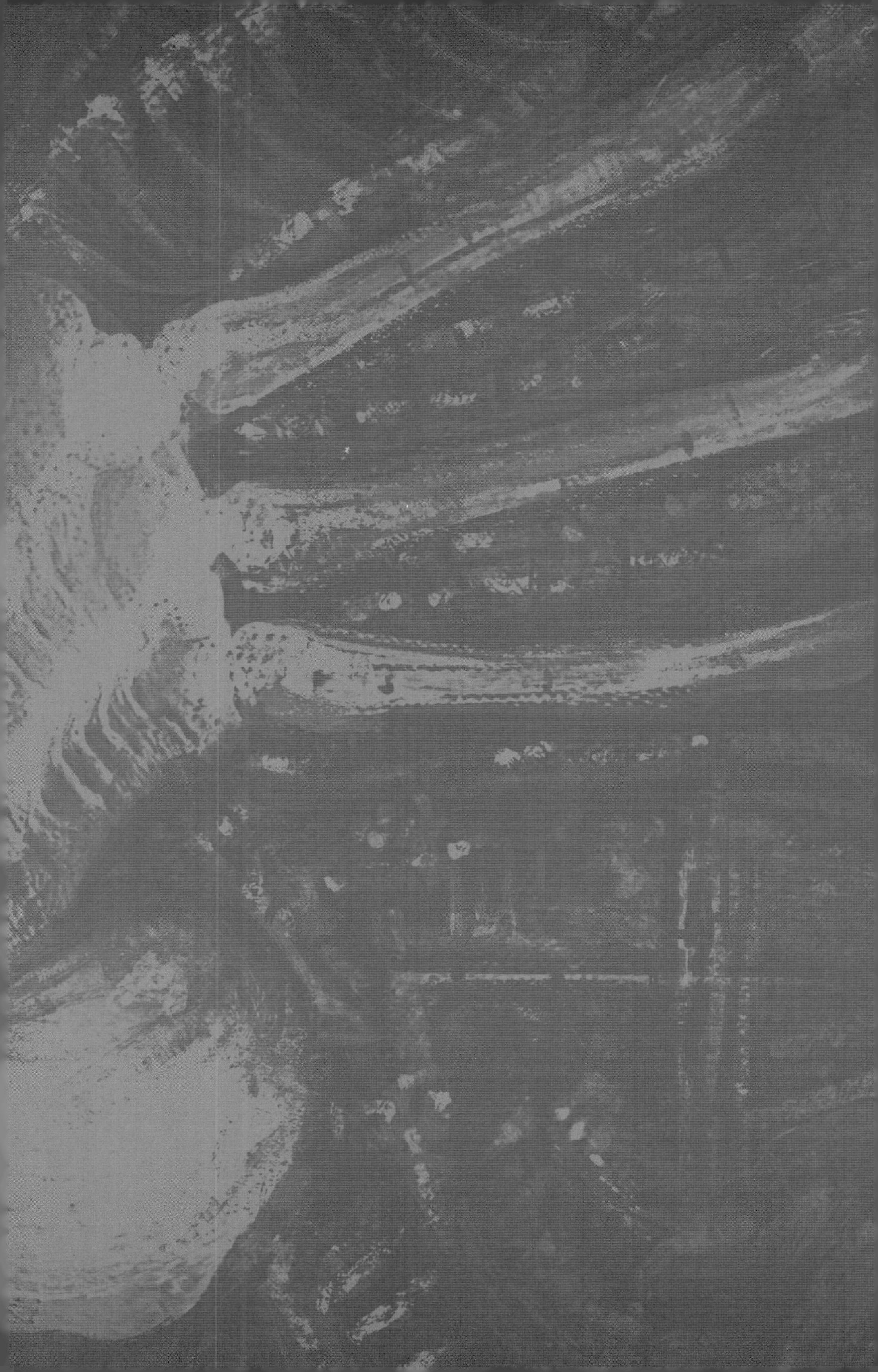

8
DESPERTAR

Dessa vez a liberação manual o confundiu apenas por um instante, e logo Decker saía da câmara de confinamento e tentava se apoiar nos joelhos enfraquecidos. Falhou e caiu no chão, os membros no trêmulos.

A cabeça doía.

A mandíbula doía.

Tudo estava difuso. Sentia-se ao mesmo tempo nauseado e faminto.

Enquanto começava a organizar os pensamentos, a vibração baixa que sentia indicou que algo estava errado. Ele estava a bordo de uma nave outra vez, e em movimento. Imaginou se seria outro pesadelo.

Não, disse a si mesmo. *Se fosse um sonho, eu não me sentiria essa merda.* Só havia uma resposta, por mais absurda que fosse.

Havia sido sequestrado.

Isso é loucura. Balançou a cabeça. *Esse tipo de coisa só acontece em filme.*

Enquanto a visão clareava, notou que havia mais câmaras à sua volta e viu que as pessoas dentro delas começavam a se espreguiçar. Olhou para baixo e percebeu que estava só de cueca, assim como os outros ali.

Por fim conseguiu firmar os pés e se levantar, aprumando-se enquanto olhava ao redor. Não era uma nave de luxo, mas isso já era de se esperar. Definitivamente era uma nave de transporte, um veículo de trabalho. Uma olhada rápida pela sala e ele viu o plano de evacuação de emergência mostrando o caminho para os módulos de fuga. De acordo com o plano, estava a bordo da *Kiangya*. Guardou o nome. Alguém, em algum lugar, ia pagar por tê-lo abduzido, e precisava saber os detalhes quando fosse prestar queixa.

Passou por uma porta e entrou numa área ampla, onde encontrou armários. Havia uma etiqueta de papel velha em cada um e um nome escrito à mão. Uma delas dizia "Piotrowicz", e Decker tinha quase certeza de que esse era o nome de um dos desgraçados que o espancou.

A surpresa é que havia um armário com "Decker" escrito na etiqueta. Abriu a porta e encontrou roupas familiares. Ao terminar de se vestir, ouviu sons vindo da área de onde havia saído.

Por um momento, pensou em sair correndo. No fim, contudo, não havia para onde ir. Não era piloto nem membro da tripulação. Não tinha a menor ideia de onde estava nem de para onde ia. Por mais que a ideia de fugir fosse tentadora, não serviria para nada.

Provavelmente, só bateriam nele de novo.

Então esperou, e fez alguns alongamentos para que o sangue voltasse a fluir pelos membros. Enquanto fazia isso, as pessoas começaram a entrar na área e a se vestir, homens e mulheres de diversas idades. Ninguém prestou a menor atenção nele.

Um homem de pele escura e cabelo muito loiro resmungou alguma coisa no que pareceu sueco e passou por ele em direção a um armário com o nome "Hunsucker". Como alguém conseguia se mover com tanta facilidade depois do hipersono era um mistério, mas teve inveja do desgraçado.

A maioria deles estava em ótima forma. Muitos tinham tatuagens militares e cicatrizes, sinal de que foram feridos mais de uma vez. Decker olhou para a própria perna e viu a cicatriz de onde o maquinário o havia atingido, quase pondo um fim em sua vida. Estava sumindo, mas era recente em comparação a de muitas das pessoas ao redor.

Um homem cujo corpo lembrava o de um gorila depilado passou olhando feio para ele. O rosto tinha um bronzeado intenso e era anguloso. O cabelo era uma juba espessa e grisalha. Apesar da expressão maldosa, ele sorriu ao notar Decker.

— Murphy! Diga para Rollins que a aquisição dela acordou.

Um homem negro de rosto fino balançou a cabeça.

— Diga você, babaca. Ela está logo atrás de mim.

E, de fato, quando Murphy se mexeu, outra pessoa entrou na sala. A mulher era atraente e — ao contrário da maioria deles — já estava vestida. Seu traje era funcional, o cabelo preso num coque apertado. Ela olhou para o brutamontes por um instante, e Decker percebeu a dureza em sua atitude. Tudo era apenas negócios.

Ele já havia esbarrado com esse tipo de pessoa. De alguma forma, duvidava que a mulher tivesse algum amigo a bordo. Não parecia o tipo de pessoa que pensaria em confraternizar com alguém. Jamais.

— O que posso fazer pelo senhor? — perguntou Rollins, com um ar gélido.

— Seu homem está aqui, e acordado — respondeu o gorila, parecendo menos arrogante dessa vez. — Só achei que gostaria de saber.

Ela olhou para Decker e assentiu para Manning.

— Quando estiver pronto, pode escoltar o senhor Decker até o refeitório, e depois levá-lo para a ala médica. Vamos verificar se você não o quebrou na viagem para cá.

Manning fez cara de quem tinha acabado de pisar em algo nojento, mas ficou de boca fechada.

Enquanto Rollins se virava e saía, Decker olhou para ela e tentou captar mais alguma coisa. Nada. Mas também não conseguia extrair nada de ninguém ali. Mas isso não era tão incomum. As emoções tinham que ser fortes para ele obter qualquer impressão relevante.

O único que parecia interessado nele era um sujeito ruivo que olhava fixamente em sua direção. Era mais jovem que os outros... talvez fosse até adolescente.

Às vezes, era melhor estabelecer uma hierarquia social desde o princípio. Ele encarou o garoto também.

— Perdeu alguma coisa, ruivo?

O jovem não respondeu, mas desviou o olhar primeiro. Isso era bom.

Manning vestiu rápido um macacão e apontou o queixo para uma porta do outro lado da sala.

— O rango é pra lá, Decker. Vem comer alguma coisa, e aí vamos aprontar você para sua reunião.

Em vez de responder, Decker apenas assentiu. Não estava com vontade de falar. Queria mesmo era comer. Não havia como saber quando tinha alguma coisa pela última vez.

Havia um estoque de comida desidratada e leite em pó na cozinha, e o néctar dos deuses: café. Enquanto bebia e comia, observou as pessoas ao redor. Havia camaradagem entre elas. Ficou evidente que várias ali estavam juntas havia um bom tempo. Ele sabia como era isso. Antes de ser mandado para casa, estava se tornando muito próximo de diversos colegas de trabalho. Lembrou-se de Luke Rand e sentiu uma breve pontada de culpa.

Tinha pensado em ligar para ele, mas nunca chegou a fazer isso. Foi Luke quem salvou sua vida quando estava preso pela máquina. Decker devia mesmo ter mantido contato. Talvez quando chegassem ao destino, seja lá qual fosse, ele teria uma chance de procurá-lo.

Mas por algum motivo achava isso pouco provável.

Engoliu a segunda xícara de café e o resto da comida, depois olhou para seu acompanhante. Manning indicava a próxima parada.

— O que é isso tudo? — perguntou Decker enquanto seguiam por um corredor austero.

As feições rudes de Manning se abriram numa amostra agressiva de sorriso.

— Só estou aqui para acompanhar você, colega — respondeu ele, parecendo se divertir com a confusão de Decker. — É Rollins quem vai te explicar tudo.

— Vocês são mercenários?

O homem assentiu.

— Temos cara de fuzileiros coloniais?

— Estão mais para ex-fuzileiros.

Os ombros largos de Manning se moveram no que pode ter sido um gesto de indiferença — ou talvez ele estivesse apenas se alongando.

— A maioria é. Alguns decidiram se alistar sem experiência prévia.

Antes que Decker pudesse fazer mais perguntas, chegaram ao destino. A ala médica estava dentro do padrão, com duas mesas de exames e uma bancada com telas mostrando informações que só faziam sentido para quem tivesse estudado medicina. Rollins estava parada ali, olhando para uma das telas.

— Senhor Decker — disse ela, mal olhando em sua direção. — Não fomos devidamente apresentados. Sou Andrea Rollins. Serei sua supervisora nesta viagem. — Ela fez um gesto para que ele se sentasse na mesa mais próxima. — Vamos fazer um exame completo.

Supervisora? Ficou incomodado com a palavra, mas fez o que pôde para não demonstrar. Ao se aproximar da mesa, viu que Manning permaneceu perto da porta, numa posição relaxada mas que ainda assim deixava claro que estava pronto — e talvez ansioso — para reagir se Decker tentasse qualquer coisa. Ele emanava certa impaciência, e cada uma das suas mãos parecia grande o bastante para envolver a cabeça de Decker.

— Tenho certeza de que tem perguntas, senhor Decker. Fique à vontade para fazê-las.

Rollins indicou a ele que se deitasse, e Decker o fez, inclinando a cabeça para olhá-la.

— Que tal: por que fui sequestrado no meu apartamento?

— Essa é fácil — respondeu ela. — Nós precisávamos do senhor aqui.

— “Nós” quem?

Rollins enfim fez contato visual.

— A Weyland-Yutani.

Os monitores ao redor se acenderam quando ela apertou um interruptor. Rollins desviou o olhar e observou as informações nas telas.

— É mesmo? — disse Decker. — Ninguém pensou em me perguntar antes de mandar uma cambada de brutamontes me trazer para cá à força?

— O consenso era de que sua resposta seria negativa. No momento, essa não é uma opção.

Ela continuou avaliando os diagnósticos, e ele balançou a cabeça.

— Tudo isso por causa de uma merda de relatório? Porra, vocês ficaram malucos?

Decker se sentou depressa, e Manning olhou para ele, retesando o corpo. Rollins desligou os monitores e meneou a cabeça.

— Não, e não — respondeu. — Seu relatório sobre Nova Galveston foi irritante, admito, mas não seria motivo suficiente para sequestrar o senhor ou qualquer outra pessoa.

— Bom, então o que diabos está acontecendo? — insistiu ele. — Que tal dar uma resposta objetiva?

Sua irritação se inflamou, e ele desceu da mesa de exames. Manning deu um passo à frente.

Rollins ergueu a mão, e o mercenário se deteve. Ela se virou para Decker.

— É por isso que estamos aqui — disse ela. — Respostas. E a primeira pergunta está relacionada à sua condição. Fiquei com medo de que o senhor tivesse sido lesionado quando o senhor Manning e sua equipe o pegaram, mas, a não ser por alguns hematomas, está bem de saúde.

Ela foi até uma tela e apertou alguns botões.

— Pelo menos fisicamente. Mentalmente, porém, mostra sinais consideráveis de transtorno de estresse pós-traumático, o que é bastante curioso, levando em consideração que seu único trauma de verdade foi uma ferida no mínimo intrusiva na perna.

Decker a encarou com firmeza, mas não disse nada.

— Francamente, não há nada no seu perfil psicológico que indique que o ferimento o perturbaria tanto a ponto de causar esse tipo de reação. Não só os médicos concordam como também os três psicólogos que o examinaram desde o seu retorno.

Três? Decker franziu a testa.

— Os exames que o senhor realizou foram solicitados e pagos pela empresa. A princípio, pensamos que poderíamos precisar de um bode expiatório, caso seu relatório levasse a um processo judicial. Mas então algo mais importante surgiu. O senhor agiu de modo muito estranho ao ser ferido, senhor Decker. Estranho o bastante para chamar nossa atenção.

— Mas você acabou de dizer que a empresa não deu a mínima para o meu relatório.

— Sim, eu disse, e não damos. — Rollins sorriu. A expressão dançou nos lábios finos. — Mas, antes disso, quando foi ferido, o senhor fez alguns comentários; comentários que foram gravados e registrados. — Ela se aproximou, e Decker pôde sentir o leve aroma de madressilva do perfume que usava. — Quando apresentou suas alegações contra a Weyland-Yutani, adquirimos os registros, para o caso de se tornarem vantajosos, o que era improvável. Pode imaginar o que eles nos informaram?

Ele balançou a cabeça.

— Não faço ideia.

— Estavam cheios de divagações psicóticas. Havia o bastante para colocá-lo facilmente sob custódia psiquiátrica. O TEPT é uma condição perigosa quando se passa muito tempo no extramundo quanto o senhor. Algumas ligações, uns formulários a mais, e *voilà*, está de licença médica.

— Aonde você quer chegar exatamente?

Rollins voltou a sorrir.

— O senhor falou, e nós ouvimos, e então filtramos esses registros em busca de palavras específicas. É um procedimento-padrão nosso. Há muitas... investigações que iniciamos ao longo dos anos. No seu caso, as palavras que o senhor usou e a ordem em que foram usadas acenderam um alerta vermelho. — Ela parou, e prosseguiu: — Já ouviu falar da *Nostromo*?

O nome lhe causou um arrepio, embora não imaginasse por quê.

— Não — respondeu. — Deveria?

— De forma alguma, e é exatamente essa a questão. O senhor jamais deveria ter ouvido falar da *Nostromo* porque os registros desse incidente em particular foram lacrados há muito tempo.

— Do que você está falando?

— O nome Ellen Ripley significa algo para o senhor? Ou Amanda Ripley-McLaren?

— Não.

Aquele leve sorriso outra vez.

— Na verdade, eu não ficaria tão surpresa se o senhor conhecesse os nomes. De acordo com a pesquisa que realizamos, é muito provável que o senhor seja descendente delas. Os registros são um tanto vagos, com a crise na Terra e os... obstáculos que a empresa enfrentou há algum tempo. Mas a genética não mente.

Decker balançou a cabeça.

— Mas o que é que *isso* tem a ver *comigo*? — exigiu saber.

— Bom, depois de nossas investigações, concluímos que o senhor terá muito mais utilidade para a Weyland-Yutani do que um simples bode expiatório. — Rollins parou para examinar outra tela, e ele esperou que ela continuasse. Depois de alguns instantes, foi recompensado. — Veja, sua ancestral teve uma longa história conosco. Ela trabalhava a bordo de uma nave chamada *Nostromo*, quando captou um sinal de socorro e respondeu. A origem do sinal era de natureza alienígena.

Isso chamou a atenção de Decker.

— E daí? — perguntou. — Já encontramos várias raças alienígenas.

— Ellen Ripley e o restante da tripulação descobriram algo... diferente. O xenomorfo XX121, para ser precisa.

Rollins estendeu a mão e ativou uma gravação em vídeo. Logo depois, Decker viu uma imagem ligeiramente granulada de si mesmo, inconsciente e amarrado a um leito hospitalar. Seu sósia no vídeo estava deitado de barriga para cima e preso, quando, de repente, todo o corpo dele ficou rígido.

Os olhos se arregalaram, e ele começou a gritar.

9
TESTEMUNHA

Decker ficou arrepiado enquanto observava. A princípio não havia som, mas os lábios se mexiam, e, quando a imagem gravada dele voltou a se deitar na cama, Rollins ajustou um controle.

"Como uma coisa pode ser tão perversa? N... aranhas? A*ranhas*!" Por instinto, Decker ficou tenso ao escutar a própria voz crepitar e se arrastar, e Rollins adiantou o vídeo. "O sangue queima... e atravessa o aço... Não, eu, não. *Outra pessoa*!"

A voz irrompeu em soluços, e ele continuou:

"Você acha mesmo? Já viu um deles de perto?"

As palavras vacilaram, tornando-se agudas. Então o tom de voz baixou, e havia um sotaque que Decker não conseguiu identificar. "Não. Nenhum de nós viu." E, mais uma vez, aguda, quase feminina.

"Não, é claro que não. Vocês ainda estão vivos."

As divagações se dissiparam até se resumirem a resmungos e um gemido ou outro. Decker ficou arrepiado. Era como ouvir escondido uma conversa, que na verdade estava mais para um monólogo. Aquelas palavras o faziam sentir um frio na espinha, mas ele não sabia por quê. Cerrou os punhos, tentando se manter firme.

Rollins desligou o vídeo.

— Continua dessa forma por algumas horas. Isso foi gravado durante sua segunda convulsão, enquanto o senhor era tratado no planeta. A primeira foi no campo, imediatamente após o ferimento.

— Quanto tempo passei assim?

— Como eu disse, algumas horas. Os melhores médicos que consultamos disseram a mesma coisa, na verdade. Pânico extremo, divagações delirantes, paranoia e sinais de completo colapso emocional. — Rollins balançou a cabeça. — Poderíamos tê-lo descartado naquele momento, senhor Decker, mas o senhor nos deu uma razão para mantê-lo conosco. — Ela sorriu de novo.

Ele estava começando a odiar aquele sorriso.

— Algumas das frases e dos nomes que o senhor disse foram marcados e arquivados muito tempo atrás. Relacionados a incidentes que ocorreram há bem mais de cem anos, na verdade. Essas suas frases reativaram arquivos adormecidos que então foram baixados para o meu computador.

— Que tipo de incidentes?

— Como eu disse, sua ancestral foi designada para a *Nostromo*. O que eu não contei ao senhor foi que, há trezentos e dezoito anos, Ellen Ripley *destruiu* aquela nave, um veículo de mineração totalmente abastecido de minérios que estava a caminho de casa. Ela alegou ter feito isso para eliminar uma ameaça alienígena. — Rollins parou, e sua expressão endureceu. — Esse poderia ter sido o fim da carreira dela, mas fomos generosos. Nós a contratamos como consultora e a mandamos de volta ao planeta onde a forma de vida alienígena tinha sido encontrada pela primeira vez.

"Veja, ela alegava que a criatura era extremamente perigosa. Mas era muito mais que isso: era um recurso. Um recurso que a Weyland-Yutani deveria ter controlado. *Teria* controlado, não fossem pelas ações de Ripley."

Ela ligou o monitor outra vez, e apareceu o rosto de uma mulher bonita, de cabelos escuros.

— Esta era Ellen Ripley. Sua ancestral.

Decker olhou para a imagem e sentiu o estômago se revirar. *Isso não está certo*. Era um rosto familiar, mas...

Ela parecia *humana* demais.

Ele se voltou para Rollins.

— Ela encontrou os alienígenas?

— Encontrou alguma coisa. Só o que sabemos com certeza é que a colônia em LV426 se perdeu quando um motor de terraformação foi gravemente danificado e sofreu uma sobrecarga. — Decker havia trabalhado com motores de terraformação. Ele sabia que a explosão de uma daquelas máquinas gigantescas podia ser devastadora. — Ela escapou a bordo de uma belonave chamada *Sulaco* e transmitiu uma última mensagem, que chegou adulterada. O que ela disse ou deixou de dizer jamais pôde ser totalmente recuperado. Acreditamos que o reator tenha entrado em estado crítico e distorcido o sinal.

"Tanto Ellen Ripley quanto sua filha tentaram capturar e estudar os xenomorfos. O mais importante é que o fizeram custando à Weyland-Yutani uma grande soma em dinheiro e recursos consideráveis.

"Já faz muito tempo desde que tivemos um traço mínimo da forma de vida alienígena. Já havíamos abandonado as esperanças de um dia obter um espécime. Isto é, até o senhor aparecer."

— Desculpe, mas vou repetir a pergunta: o que isso tem a ver comigo?

Aquele sorriso outra vez. Era verdade que Rollins era uma mulher atraente, mas não havia nada de belo naquela expressão.

— Suas convulsões e o que o senhor disse quando elas aconteceram nos dão motivo para presumir que, de alguma forma, e, acredite, estamos investigando as possibilidades, o senhor parece ter estabelecido uma conexão com essas criaturas. O senhor descreveu coisas que não pode ter visto, aspectos da fisiologia que, quando avaliados por nossos computadores, se aproximaram da descrição da forma de vida que Ellen Ripley alegou ter encontrado.

— Não... É impossível...

Sua voz foi sumindo enquanto falava. À menção das aranhas, ficou apavorado. E a sensação permanecia... parecia estar sufocando, incapaz de tomar fôlego, e suas entranhas se contraíam.

Fechou os olhos, tentando conter o surto, sem sucesso. O cheiro do metal queimando percorria sua mente e superava seus sentidos. Sentiu a bile pulsar, tentando abrir caminho à força para fora do estômago, ao pensar em algo atravessando sua faringe, algo quente, úmido e violento. Podia muito bem sentir os membros aracnoides envolvendo a cabeça.

Outro tremor convulsivo percorreu seu corpo. Mas por quê? Nunca antes tinha ficado incomodado com aranhas. Por que agora, do nada?

À porta, Manning cruzou os braços e fungou. Decker lhe lançou um olhar contrariado.

Rollins o observou com frieza.

— Nada mais é impossível, senhor Decker. O que quer que esteja acontecendo ao senhor, é o bastante para fazer com que meus contratantes o queiram nesta viagem. E eles sempre conseguem o que querem.

— Você vai voltar àquele lugar? A LV426?

Por alguma razão, a ideia o deixava à beira do pânico. Ele resistiu ao impulso de passar os dedos pela cabeça à procura de teias.

— Não exatamente — respondeu ela, e aquela atitude evasiva começou a incomodá-lo de verdade. Estava perdendo a paciência.

— Se está tentando fazer um anúncio dramático, nem se dê ao trabalho — disse ele. — Você já conseguiu minha atenção, e não posso sair daqui sem a sua permissão, não é mesmo? Então *o que diabos* quer comigo?

— É justo — afirmou ela, inclinando-se na direção de Decker. — Você é um empático.

— Como é que é?

— Acabamos de fazer os exames. — A voz dela estava fria e profissional dessa vez. Toda a falsa emoção havia sumido. — Quer saiba disso, quer não, senhor Decker, o senhor tem o que pode ser classificado como uma habilidade telepática de baixo nível. Isso não é tão incomum, já contratamos outros como o senhor no passado, mas, no seu caso, esta capacidade o colocou numa situação muito infeliz. Se o senhor de fato desenvolveu uma conexão com as formas de vida alienígenas de Nova Galveston, talvez seja a única pessoa que possa nos levar até elas.

A voz de Rollins se esvaiu, desaparecendo atrás do tinido agudo nos ouvidos de Decker quando o planeta foi mencionado. O peito se travou, e ele tentou se livrar da sensação. Balançou a cabeça para clarear as ideias.

— Então é para *lá* que estamos indo — disse ele. — O que faz com que vocês pensem que seus aliens estão lá? — E em seguida pensou no Mar de Angústia, e tudo começou a fazer sentido. A toxicidade tinha que vir de algum lugar.

"O sangue queima..."

— Acho que o senhor sabe, senhor Decker. — Ela não sorria mais. — E, se essas criaturas forem tão mortíferas quanto Ripley afirmou, precisaremos de toda vantagem de que possamos dispor. Alguém que esteja diretamente ligado a elas poderia ser de valor inestimável.

Decker fez que não.

— Nem ferrando — disse ele, ao mesmo tempo que reprimia o medo. — Mesmo que você tenha razão, não pode me forçar a ajudar. O que vocês estão fazendo é...

— *Errado*! — A voz de Rollins fustigou o ar como um chicote, e até Manning se sobressaltou com o brado. Ela se aproximou mais, olhando-o nos olhos. — O senhor pertence *a nós*. Vai voltar a Nova Galveston e vai nos ajudar, porque deve isso à empresa. Há uma dívida a ser paga, e, se espera ter algo parecido com uma *vida* de volta, tem que começar a seguir nossas ordens.

Mas ele ainda não estava convencido.

— Que merda de "dívida" é essa? — retrucou. — Eu nem trabalho para a Weyland-Yutani. Não devo porcaria nenhuma a vocês. — Ele se levantou e olhou para ela com desprezo, recusando-se a ser intimidado. Apesar de todos os sorrisos e da autoconfiança, ela era só uma burocrata, como ele. — Para mim, vocês são culpados de sequestro, e isso ainda é crime, mesmo quando cometido pela sua preciosa empresa. Continue assim, e vou encontrar outras acusações para fazer depois que isso acabar. — Ele se aproximou de Rollins, tentando se impor.

Manning se retesou, mas ficou onde estava.

— Receio que não esteja entendendo, senhor Decker. — Rollins nem se mexeu. Havia hostilidade nas palavras dela. — E *não* gosto de receber ameaças.

Com isso, ela ergueu a mão e fez um gesto. No momento seguinte, Manning estava com a mão no ombro de Decker, apertando-o num aviso austero e silencioso.

Decker decidiu ignorá-lo. Com um tapa, afastou a mão do homem.

— Não toque em mim.

A expressão de Manning mal se alterou, mas o mercenário meneou a cabeça. Aproximou-se mais, chocando o corpo ao de Decker. Talvez não tivesse funcionado num planeta, mas em naves a gravidade era sempre um pouco menor do que parecia, e Decker cambaleou para trás.

Manning avançou novamente, enfiando o cotovelo no peito dele. O impacto foi forte o bastante para doer, mas não para detê-lo.

Em resposta, Decker o empurrou e lhe deu um soco no queixo com o punho direito. O impacto o jogou para a frente, e os dois tropeçaram pela sala de exames, derrubando uma das mesas.

Rollins observava a briga e parecia sentir um leve prazer.

O mercenário acertou um gancho no estômago de Decker com tanta rapidez que não houve como o outro se defender. O soco foi perfeito, acabando completamente com o fôlego de Decker, deixando-o de quatro no chão, com ânsia de vômito. Ele sabia se virar numa briga, mas, ao que parecia, Manning era muito melhor nisso.

Rollins interveio.

— Agora que sabemos que o senhor goza de boa saúde física — disse ela, olhando-o com frieza —, não precisamos ser gentis.

Depois de alguns minutos, suas entranhas pararam de se revirar e ele recuperou o fôlego. Levantou-se e olhou com raiva para Manning, que apenas balançou um pouco a cabeça. Um fino rastro de sangue escorria do lado esquerdo da boca do mercenário, e manchou a pele quando ele tentou limpá-lo.

Pelo menos tinha conseguido alguma coisa. Havia chamado a atenção do sujeito.

— Não — rosnou Manning. — Nem tenta.

Rollins gesticulou para que ele ficasse quieto, voltou-se para Decker e disse:

— Vamos deixar uma coisa bem clara. Ellen Ripley trabalhou para a Corporação Weyland-Yutani e assinou contratos. Ela nos devia uma alta soma em dinheiro e nunca retornou, nunca pagou a dívida. Além de derrubar não uma, mas duas naves, e custar à empresa o que atualmente chega a bilhões de dólares em danos à propriedade, ela também destruiu uma refinaria. Isso é sabotagem deliberada.

"Então, tecnicamente, ela e seus descendentes *ainda* têm uma dívida gigantesca com a empresa. Os contratos ainda existem, e o texto é deliciosamente preciso. Mesmo que você conseguisse encontrar um tribunal que quisesse nos desafiar, acredite, a Weyland-Yutani está perfeitamente disposta a investir o tempo e o dinheiro necessários para deixar o senhor em pedacinhos na frente de um juiz."

— Mas vocês me sequestraram!

— Prove.

— Como é?

— Prove — repetiu Rollins, e o sorriso voltou. — Chame a polícia. Ah espere... não há polícia aqui. Só as empresas e as Leis Coloniais, a maior parte das quais é executada pelos fuzileiros coloniais... além das forças de segurança particular como as que contratamos para escoltá-lo de volta a Nova Galveston.

Ela se virou para Manning.

— Senhor Manning, qual é sua tarefa hoje?

O homem respondeu sem pestanejar.

— Escoltar o senhor Decker em segurança de volta a Nova Galveston e recuperar as amostras biológicas necessárias para pagar o que ele e sua família devem à Weyland-Yutani.

— E quem o contratou?

— Você. Em nome da Weyland-Yutani.

— Em algum momento o senhor viu alguém forçar o senhor Decker a participar desta viagem conosco?

— Não, senhora — respondeu o mercenário, sem emoção. — Ele veio por livre e espontânea vontade. — E sorriu.

— Por que ele veio?

— Disse alguma coisa sobre provar que era capaz de voltar a trabalhar. — Deu de ombros. — Eu não estava prestando atenção. Ele é chorão demais.

Rollins voltou a olhar para Decker.

— Tenho mais de trinta pessoas a bordo desta nave que ficarão felizes em confirmar essa história. Tenho documentos com sua assinatura para comprovar que se ofereceu para este trabalho em troca de uma recompensa considerável e para evitar um processo judicial que seria aberto contra o senhor pela tentativa de chantagear oficiais da Weyland-Yutani.

— Não brinca! — Decker fez menção de avançar para ela, mas hesitou quando Manning deu um passo em sua direção. — Vocês cuidaram de todos os detalhes, não foi?

— Só um instante — pediu ela. — Estamos quase acabando. Tenho documentos assinados por três testemunhas do seu primeiro ataque convulsivo, e todas declararam que o acidente foi causado por negligência sua. Elas concordaram em depor diante do júri, se chegássemos a esse ponto.

Ela se aproximou até que seu rosto estivesse a poucos centímetros do dele. Decker a olhou nos olhos e não viu o menor sinal de emoção humana.

— E, por fim, senhor Decker, tenho o endereço exato da sua ex-mulher e dos seus três filhos. Na verdade, posso dizer ao senhor onde eles estão neste exato momento.

— Meus filhos?

— Bethany. Ella. Joshua. — Rollins suavizou o tom, mas Decker sabia que era só encenação. — São crianças adoráveis. E sabe o que mais? Pertencem a nós do mesmo modo que o senhor. Me irrite, senhor Decker, e posso tornar a vida delas muito desconfortável até o fim dos seus dias. Cada dívida que Ellen Ripley acumulou será sua, e, se não cooperar, será delas.

"E, na chance improvável de o senhor não funcionar como ferramenta para encontrar o que estamos procurando, sempre podemos verificar se alguma das suas características mais interessantes foi herdada por elas."

A suavidade havia desaparecido.

— O senhor me entende?

A sala pareceu mais fria. Ele se apoiou na mesa de exames, quase sem se dar conta de seus movimentos. Fitou a mulher diante de si e notou...

Nada. Decker se perguntou que tipo de megera psicopata seria capaz de ameaçar seus filhos de forma tão despreocupada sem transmitir o menor sinal de culpa.

Até mesmo Manning tinha perdido qualquer vestígio da presunção anterior. Ele também olhava para Rollins com um pouco de medo.

— *O senhor me entende, senhor Decker?* — repetiu ela enquanto o olhava nos olhos com firmeza. — Siga as regras e tudo será resolvido.

O senhor vai para casa e segue com sua vida. Oponha-se a mim, falhe comigo, faça qualquer coisa para arruinar esta missão e moverei Deus e o mundo, ou coisa pior, contra o senhor e sua família. Entendeu?

Decker precisou de um minuto para lembrar como respirar. Para lembrar como responder.

— Sim. Sim, entendi.

— Excelente. — Ela sorriu. — Faremos uma reunião em breve. Enquanto isso, relaxe. Chegaremos a Nova Galveston nas próximas horas.

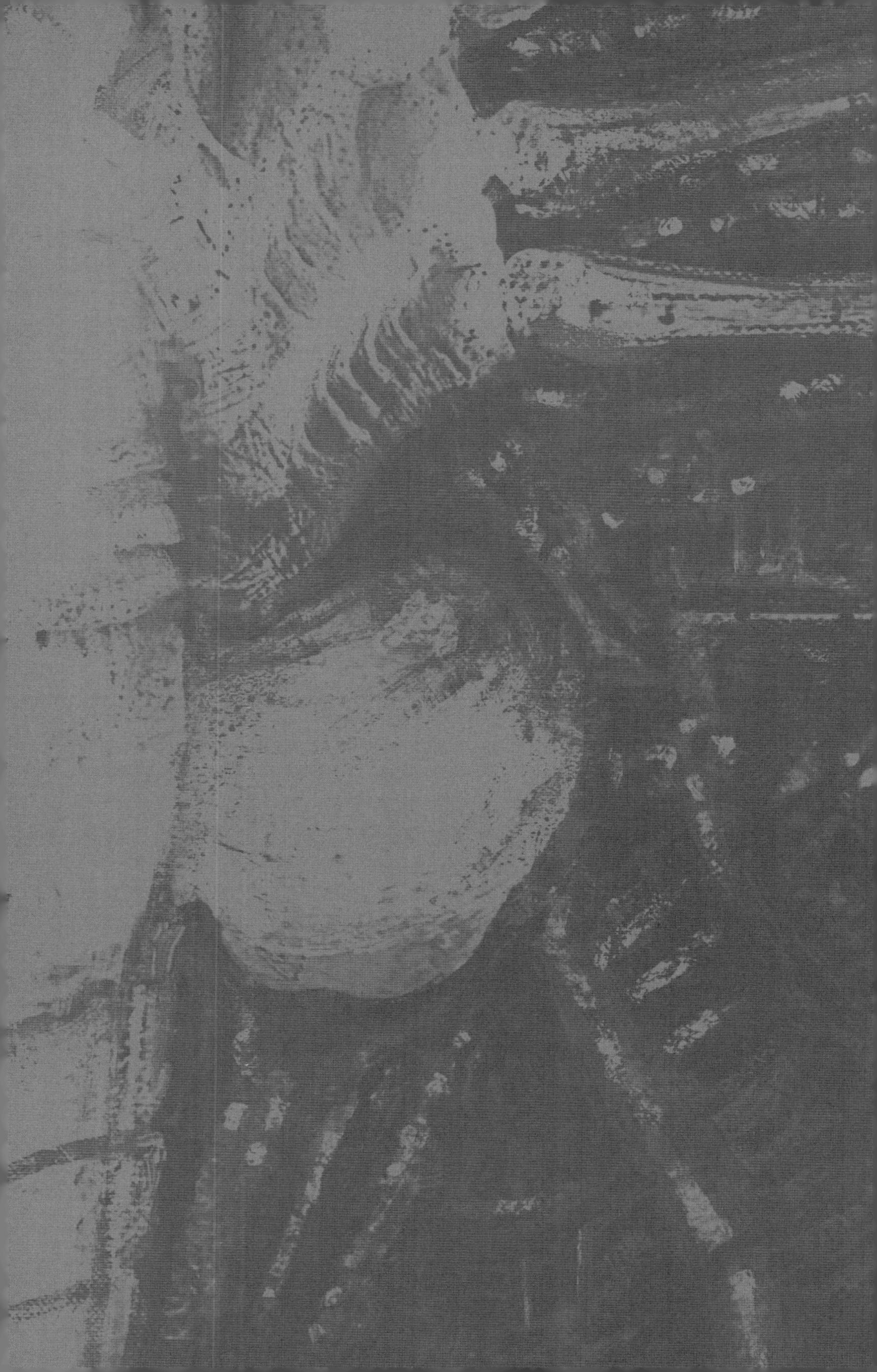

10
OS NEGÓCIOS DE SEMPRE

Depois que Decker saiu da sala de exames, Rollins ficou, olhou para os informes outra vez e sorriu.

Instantes depois, começou a digitar seu relatório.

Pouco antes de a nave entrar na órbita de Nova Galveston, o documento havia sido preenchido e enviado.

Quando a resposta dos seus superiores chegou, Rollins leu em silêncio. Então acessou o computador de bordo da nave e deletou todas as evidências de que aquelas transmissões haviam acontecido.

11
DECKER

— Que megera filha da mãe.

Manning disse isso com certa admiração na voz. Ou talvez fosse desejo. O sujeito parecia do tipo que vivia para transar.

Decker não falou nada. Acreditava que qualquer coisa que dissesse despertaria a fúria do homem. Irritar Manning parecia uma péssima ideia, mas isso não significava que seriam amigos.

— Não é nada pessoal, Decker — continuou o mercenário. — Parte do meu trabalho é proteger Rollins.

— Vai se foder, Manning. Nada pessoal.

Tudo tinha limite.

Manning apenas riu.

Chegaram à sala de convivência, onde o restante dos mercenários estava reunido. Mais de trinta homens e mulheres cuidavam das suas armas, e havia um burburinho constante de conversas. Havia uns vinte e poucos homens e o restante eram mulheres que pareciam capazes de encarar qualquer tipo de conflito. Não tinha a ver com compleição física, mas sim com atitude. Todos se comportavam como veteranos de guerra. Ninguém usava uniforme, e a maioria vestia roupas surradas e confortáveis. Todos olharam quando Decker e Manning entraram, e o murmúrio silenciou.

O mercenário falou primeiro.

— Pessoal, este é Alan Decker. Ele vai trabalhar conosco no planeta. Tratem-no com respeito e vai ficar tudo bem. — Olhou com firmeza para o garoto ruivo magricela. — Isso vale para você também, Garth.

O jovem pareceu prestes a dizer alguma coisa, mas o olhar de Manning o fez calar a boca.

Garth. O garoto que Decker chutou quando foi sequestrado, se não estava enganado. Parecia ser do mesmo tamanho e não parava de encará-lo desde que ele tinha saído do hipersono.

A maior parte da tripulação usava etiquetas com o nome bordado, sinal claro de que já haviam sido fuzileiros coloniais. Decker olhou para Garth e se aproximou.

— Tenho quase certeza de que acertei você quando o seu pessoal apareceu no meu apartamento. Vamos combinar assim: você não guarda rancor por isso, e eu não guardo rancor pelo que vocês fizeram comigo.

Não sabia se conseguiria ser tão generoso, mas estava disposto a tentar.

O ruivo magricela apenas o encarou, tentando amedrontá-lo, mas Decker era um profissional experiente. Já precisou encarar colonos mais de uma vez. O garoto desviou o olhar primeiro.

— Adams! — chamou Manning em voz alta, e uma mulher sentada no canto da sala olhou feio para ele, depois abriu um sorriso brincalhão.

— Estou aqui. Não precisa berrar. O Dave aqui já faz barulho por todo mundo.

O homem do qual falava estava sentado logo ao lado e ergueu o olhar, surpreso. No entanto, não se pronunciou.

Manning riu e balançou a cabeça.

— É hora da sua boa ação do dia, Adams. Venha dar uma ajuda ao Decker aqui e o deixe o mais preparado possível para a nossa expediçãozinha.

A mulher o olhou da cabeça aos pés, e ele fez o mesmo. Ela tinha cabelo castanho-avermelhado bem curto e olhos castanhos. Sua pele era bronzeada por causa do trabalho debaixo de sol, e o rosto e os braços eram salpicados de sardas. Decker se perguntou onde mais ela as teria.

— Fecha a boca, chefe — disse ela em tom afável. — Vai atrair mosca.

Enquanto Adams se aproximava, ele calculou que a mulher era cerca de vinte centímetros mais baixa que ele, uns quarenta quilos mais leve, e não estava nem um pouco intimidada. Ela trabalhava com homens que poderiam parti-lo ao meio, e talvez ela mesma fosse capaz disso. Gostou dela na mesma hora. Alguma coisa nas mulheres fortes e autoconfiantes causava esse efeito nele.

Mas Rollins, não. Aquela mulher era simplesmente perversa.

Como ele não disse nada, Adams deu de ombros e apontou.

— Vamos pegar uns equipamentos para você — disse ela.

— Equipamentos?

— Olha, não temos muita coisa sobrando, mas acho que dá para encontrar uns equipamentos de proteção, talvez uma ou duas armas.

Decker ia perguntar por quê, mas se lembrou dos sonhos e da crua maldade deles. Reprimindo um calafrio, assentiu.

— Por mim, tudo bem. Acho que meio que gostaria de sobreviver.

— Então vamos ver o que a gente encontra para você.

Adams dirigiu-se ao que ele presumiu que fosse o arsenal da nave, e Decker foi atrás. Ela continuou falando enquanto andava.

— Escuta, não sei o que aconteceu na Terra, Decker. Nem é da minha conta. Só sei que você está aqui agora e que precisa trabalhar com a gente. Então, quando estiver com o equipamento, lembre-se de que lado está.

— Como assim?

Adams parou tão bruscamente para olhá-lo que ele quase tropeçou nela.

— Imagino que você não esteja aqui por vontade própria. — Ela o encarou com firmeza, analisando sua expressão, cravando os olhos nos dele por alguns segundos. — Eu entendo. Você foi recrutado à força. Deve estar puto da vida. Só não tente descontar na gente. Somos soldados. Estamos aqui para fazer um serviço. Se você ficar no caminho, vai se machucar.

Decker assentiu. O que ela dizia fazia muito sentido.

— Isso não está nos meus planos.

Tentando não ser óbvio, analisou o rosto dela, procurando ver além da superfície. Adams estava um pouco nervosa, mas estava quase certo de que isso não tinha nada a ver com ele, e sim com a descida a um território desconhecido, que aconteceria em breve.

— Você tem razão — acrescentou ele. — Eu não quero estar aqui. Mas não vou culpar você nem ninguém do seu grupo. Vocês não são responsáveis por foder com a minha vida. Já tenho em quem botar a culpa: nas pessoas que contrataram vocês.

— Entendido — concordou ela. — Mas eu precisava dizer isso. Não é a primeira vez que trabalhamos com pessoas que foram "voluntariadas", e algumas foram babacas e fizeram burrada. Mas aprendemos com nossos erros. Pode apostar que vai ter alguém vigiando cada um dos seus movimentos.

Decker assentiu, mantendo a expressão neutra.

— Eu só quero ir para casa — disse com sinceridade. — E quero chegar lá vivo. Qualquer coisa que você puder fazer para ajudar isso a acontecer só vai nos tornar amigos.

Adams sorriu, e o sorriso iluminou todo o seu rosto.

— Que bom. Agora, você já usou uma arma de fogo?

— Usei uma furadeira de plasma e cacei um pouco quando era criança.

— Onde e o que você caçou na Terra?

— Meu tio era membro de um clube que tinha uma reserva. De vez em quando a gente ia caçar veados.

— Já acertou algum? — Ela lhe lançou um olhar crítico.

— Não. Eles me levavam mais para eu carregar os mantimentos.

— É. Bem que achei que você tinha um olhar de assassino. — Adams riu e voltou a andar. — Não tem problema. Vamos preparar você.

Ele assentiu, ciente de que ela não veria o gesto. Mas precisava mesmo se preparar. Alguma coisa estava a sua espera em Nova Galveston, e ele pretendia estar pronto para encará-la de frente. Algo que o tio e o pai sempre diziam naquelas malditas excursões de caça era que ele devia confiar na própria intuição.

Decker pretendia seguir o conselho.

Adams mostrou a ele como usar duas armas de fogo diferentes: uma pistola à moda antiga, que ela chamava de "matadora" e que disparava cápsulas clássicas calibre .44, e um rifle de plasma de cinquenta watts que funcionava quase da mesma forma que a furadeira com a qual ele tinha treinado quando mais jovem.

A diferença é que o rifle fazia um disparo de longo alcance e soltava fagulhas capazes de abrir buracos no casco de uma nave. Por essa razão, Adams o treinou usando uma arma descarregada. Em tese, ele seria capaz de manejar a coisa quando chegasse a hora.

Ela o deixou ficar com a matadora, mas não lhe entregou nenhum carregador — ainda não. Ao que parecia, Adams precisava da autorização de Manning antes de deixá-lo levar munição.

Decker não gostou disso, mas entendeu.

Embora não houvesse muitos equipamentos de proteção sobrando, ela conseguiu encontrar um capacete que serviu razoavelmente bem e um colete anti-impacto que o protegeria da maior parte dos armamentos convencionais. Seria completamente inútil contra uma descarga de plasma, é claro, mas poucas coisas não seriam.

A sessão de treinamento durou por volta de duas horas e terminou quando Manning falou pelo intercomunicador da nave, avisando-os de que era hora da reunião. Decker se surpreendeu ao ver que estava desapontado. Por um tempo, quase havia se divertido. Adams pareceu sentir o mesmo.

Quando já estavam todos acomodados na sala de convivência, Rollins chegou e deu a eles um resumo do que era esperado.

— Nova Galveston é um planeta colonizado. A atmosfera é respirável, e a gravidade é de aproximadamente oitenta e oito por cento a da Terra, então, embora haja vantagens, vocês precisarão ser cautelosos.

Decker sabia muito bem o que isso significava. A gravidade mais baixa significava maior resistência e proporcionava uma sensação de força superior. Mas essa sensação podia ser traiçoeira. Embora uma pessoa pudesse cobrir uma distância maior correndo ou pulando, vários novatos desmaiavam ao trabalhar na gravidade reduzida por não levarem muito a sério o período de adaptação.

— Muller... Muller... Muller!

Foi Adams quem começou a entoar, e uns seis colegas se juntaram a ela enquanto um brutamontes de cabelo acobreado e coberto de sardas ficou corado e sorriu. A julgar pelos assobios e risos, ele provavelmente já havia desmaiado, e os outros não o deixariam esquecer. Decker quase sorriu.

Rollins esperou até que eles se acalmassem e recomeçou.

— Há três colônias principais, e túneis de trem que levam a elas, mas nenhuma delas estará próxima. Então não esperem muita segurança se saírem vagando e precisarem de reforços ou defesa.

Vários no grupo assentiram. Embora parecessem relaxados, Decker notou que todos estavam prestando muita atenção.

— Rutledge é a cidade mais próxima, a cerca de vinte e quatro quilômetros de trem. Os túneis não chegam à colônia mineradora, mas há caminhões indo e vindo da escavação regularmente.

Espera. Colônia mineradora?

— Que colônia é essa? — Decker mal percebeu que havia falado. Rollins olhou para ele.

— Depois que você deixou o planeta, a companhia descobriu que existia, de fato, uma escavação anterior no local do seu Mar de Angústia. Uma mina de trimonita, e ela foi reaberta. Há um filão ativo, e ele deve proporcionar um fluxo de receita valioso, o que é bastante conveniente. Nova Galveston tem feito acusações graves contra nós por falharmos em terraformar o planeta conforme suas especificações.

O olhar que ela lhe lançou dizia *vai se foder.*

Rollins continuou:

— Já há uma equipe no local, os médicos já estão disponíveis, e vocês ficarão felizes em saber que haverá alojamentos disponíveis.

Vários mercenários sorriram, e Decker concordava totalmente com eles. Havia passado por várias situações nas quais o melhor que pudera esperar tinha sido uma tenda. Em comparação, alojamentos de verdade eram um luxo.

— Há mais que isso, é claro. E é por isso que estamos pagando a conta dos seus freelancers, senhor Manning. — Decker reprimiu uma risada. *Freelancers.* Soava muito melhor que *capangas de aluguel.* — Quando a mina foi encontrada e seu funcionamento foi restaurado, encontramos os restos de uma nave. O veículo que localizamos não é de origem terráquea.

Ela deixou que os mercenários absorvessem a informação. Decker passou a língua pelos lábios. De repente, sua boca estava inexplicavelmente seca.

Manning tomou a palavra.

— A configuração dessa nave já foi encontrada antes? — perguntou ele.

— Não — respondeu Rollins. — E, se há alguém capaz de identificar tecnologia alienígena, é a Weyland-Yutani.

Diziam por aí que a empresa tinha dado grande parte dos seus saltos tecnológicos mais radicais ao adaptar artefatos alienígenas na forma de "novos" avanços.

— A questão — prosseguiu Rollins — é que, com base num acordo prévio, a empresa tem plenos direitos sobre a terra onde está a mina. Tudo que encontrarmos é dela. É por isso que vocês estão aqui. Queremos que continue dessa forma. Assim que a nave foi descoberta, as escavações pararam. Estão esperando a chegada da nossa equipe. Queremos problemas? Não, não queremos. Mas pretendemos estar preparados para eles.

Decker cruzou os braços. Por mais que a Weyland-Yutani parecesse dar as cartas no governo, havia regras na Terra que precisavam ser obedecidas — regras que nem a empresa poderia driblar. Todas as tecnologias alienígenas estavam sujeitas à quarentena, e havia procedimentos a seguir para atestar qualquer reivindicação de posse.

Mas a Weyland-Yutani não pretendia seguir as regras. Decker sabia disso. Assim como os "freelancers". Daí a tática da força bruta. Não tinha nada a ver com seus relatórios insignificantes — depois que identificaram Decker como um recurso, deram um jeito para que nada ficasse no caminho quando "contratassem" seus serviços.

Manning foi mais rápido que ele ao fazer a pergunta seguinte.

— Alguma chance de ter formas de vida ativas lá embaixo? — Ele não parecia contente com a possibilidade.

Rollins o surpreendeu, dizendo a verdade.

— Sim. Na verdade, é o que esperamos. Essa é uma das razões pelas quais o senhor Decker nos acompanha. Acreditamos que ele pode ter... percepções únicas sobre as formas de vida que vocês talvez encontrem.

— Que tipo de percepções? — retrucou Manning.

Apesar de não ir muito com a cara do sujeito, Decker precisava admitir que ele fazia as perguntas certas.

— É difícil explicar com clareza — respondeu ela. — O senhor Decker é um empático de baixo nível. Ele parece ter estabelecido algum tipo de conexão especial com as formas de vida. Está conosco basicamente para ajudar vocês a farejá-las.

Lá se foi o nosso segredo, pensou Decker. *Desculpe, pai.* Notou diversos mercenários olhando-o com curiosidade e desconfiança, sem tentarem disfarçar. Ele olhou para Adams e ficou feliz em ver que ela não parecia abalada.

— E se encontrarmos esses seus alienígenas? — indagou Manning. — O que fazemos com eles?

Rollins olhou para todos com uma expressão séria.

— Vocês conhecem o procedimento — explicou, em tom prático. — Queremos amostras de quaisquer tecnologias que encontrarem, mas a prioridade são as formas de vida. Queremos os aliens, e os queremos com vida. Cada um de vocês tem acesso a um arquivo com informações. O arquivo pertence à Weyland-Yutani e é considerado confidencial. Levem isso *muito* a sério. Não tentem copiar as informações, pois elas estão fortemente protegidas por códigos. Seu acesso a elas termina quando saírem da *Kiangya*. Algumas das informações foram editadas. O arquivo contém estritamente o que vocês precisam saber e inclui tudo o que descobrimos sobre a forma de vida alienígena xenomorfo XX121 nos duzentos e sessenta anos que passamos tentando capturar uma delas.

A atitude durona de Rollins não intimidou Manning nem um pouco. Ele a encarou com a mesma firmeza.

— O que vocês sabem sobre essas coisas? — insistiu ele. — São perigosas?

— É bem provável — admitiu ela. — E vocês são profissionais altamente treinados que cobram taxas exorbitantes, certo?

— Somos, sim. Mas isso não quer dizer que vamos fazer tudo às cegas. Por isso vou perguntar de novo: o que vocês sabem sobre essas coisas?

Ela passou um tempo fitando o homem, as feições insondáveis. Depois continuou:

— Não sabemos muita coisa além do que está no arquivo; nossa experiência com elas é limitada. Parecem ser adaptáveis. *São* agressivas. Os poucos dados que temos indicam que podem secretar um líquido tóxico, ou cáustico, ou ambos. Há alguns detalhes a respeito da fisiologia e dos diferentes estágios de desenvolvimento. Elas parecem ter sido criadas para caçar, e vocês devem se aproximar delas com extrema cautela.

Manning fungou.

— Então nós somos descartáveis, mas temos que mantê-las vivas.

Rollins deu de ombros.

— Não estamos enviando vocês como simples agentes de segurança. Há mais de trinta profissionais, incluindo o senhor Decker. Vocês estão sendo extremamente bem recompensados — afirmou ela. — Esperamos que tomem as precauções necessárias e que estejam prontos para se defender, mas também esperamos que se lembrem de que boa parte do seu pagamento será determinada pelo sucesso que tiverem em seguir as diretrizes que receberam. — Rollins se aproximou dele. — Tenho certeza de que vocês têm vários brinquedos adequados à ocasião. Além deles, fornecemos tudo de que precisam para capturar os alvos, depois que os localizarem. Isso inclui os espumantes.

— Que droga é um espumante? — perguntou Adams. Olhou para Manning para ver se ele havia se irritado por ela ter falado, mas ele não pareceu muito preocupado com isso.

— Um espumante é inútil numa batalha — explicou Rollins. — Os recipientes são tão volumosos e tão pesados que atrapalham, principalmente se vocês não estiverem numa superfície plana, mas, se conseguirem capturar uma das criaturas, podem quase que cimentá-la no lugar. O conteúdo endurece rápido, e a espuma é porosa o suficiente para não ser letal para a criatura capturada. A companhia tem modos de remover a espuma quando entregarem a encomenda.

A mulher sorriu.

— Aí está — concluiu Adams. — Brinquem direitinho, meninos e meninas, e serão muito bem recompensados.

— Isso quer dizer que tem um belo bônus esperando, se a gente não ferrar tudo — disse Manning, e olhou para cada membro da sua equipe. — Então vamos fazer direito pela primeira vez.

Isso provocou alguns sorrisos.

Decker só sentiu o estômago se revirar.

— E se só encontrarmos um bando de aliens mortos? — perguntou Manning, olhando novamente para Rollins.

Decker suspeitou que o mercenário já soubesse a resposta de todas as perguntas, mas que era preciso fazê-las, pelo bem da sua tropa.

— Vocês serão pagos, e generosamente, desde que voltem com pelo menos alguns corpos intactos.

— E se não estiverem intactos?

— Vocês ganham menos. — Rollins se aprumou um pouco mais, indicando que a sessão de perguntas e respostas estava acabando. — Mais alguma pergunta?

— Quando começamos? — Essa veio de Adams, e obteve murmúrios concordantes dos outros.

— Estaremos sobre o local de descida dentro de uma hora e quinze minutos. Por isso, recomendo que deixem o equipamento pronto. Enquanto isso, estudem as informações dos arquivos. Suas vidas podem depender disso.

— Vocês ouviram a moça — berrou Manning. — Vamos trabalhar! — Ele bateu palmas, produzindo um som alto, e saiu andando. Seu pessoal o seguiu, mas Decker ficou para trás por mais um momento.

Rollins entendeu a deixa.

— No que está pensando, senhor Decker?

— Você nunca disse nada sobre a nave — respondeu ele. — Por que esconder isso de mim?

— Pensamos em dar ao senhor um tempo para se adaptar às suas novas... circunstâncias.

Para Decker, isso significava: "Não queríamos que você surtasse e fizesse alguma burrada." Mas ele não disse nada do que queria dizer.

— Se isso der certo, o que eu ganho? — continuou. — Digo, monetariamente. Além de não me ferrar num tribunal.

Rollins pareceu surpresa, mas sua expressão foi fugaz. Ele estava falando a língua dela.

— Vou verificar os detalhes — respondeu ela. — Desde que cumpra a sua parte, tenho certeza de que podemos negociar alguma coisa, digamos, adequadamente generosa.

Ele assentiu e se virou para seguir os mercenários. Até onde podia perceber, eram uma companhia melhor.

12
DESCIDA

Não havia nada de divertido na queda livre dentro de uma dropship. Discutindo o assunto durante várias sessões de bebedeira, tarde da noite, com Rand e o restante da antiga equipe, Decker havia percebido que sua aversão se resumia à falta de controle. Não gostava de colocar a própria vida nas mãos de alguém que não conhecia.

Mas era isso que acontecia toda vez que se entrava na atmosfera e se era levado pelas correntes de ar através do campo gravitacional de um planeta, esperando o tempo todo que o piloto fosse capaz de pousar a armadilha mortal em segurança.

Então ele segurava com força as alças de cada lado do assento até ficar com os nós dos dedos brancos. Não era o único. Vários outros mercenários estavam bem pálidos, e transmitindo um nervosismo que só fazia a tensão de Decker aumentar. Saber o motivo ajudava, mas ele também não podia pedir que os outros se acalmassem.

Adams estava sentada à sua frente e parecia inabalável. Dave, o homem que parecia nunca ter nada a dizer, estava à esquerda dela. Adams estendeu o pé no espaço estreito entre as fileiras e cutucou a bota de Decker. Ele olhou para ela, que piscou.

— Pritchett gosta de um agito — avisou ela.

— É o piloto?

— É.

— Me lembra de quebrar a cara dele depois, ok?

Adams riu, e perto dela um dos caras grunhiu.

— Entra na fila — disse o homem que havia grunhido. — Qualquer dia desses eu arranco as tripas do desgraçado.

O nome na farda era "Piotrowicz". Era magro, rígido e desalinhado. Os fuzileiros provavelmente tentaram mantê-lo barbeado e limpo, mas, sendo freelancer, ele havia escolhido parecer um cachorro felpudo.

Decker se lembrou do nome e reprimiu o instinto de vingança. Piotrowicz era um dos sequestradores.

— Petey ameaça arrancar as tripas de todo mundo — comentou Adams. — Ele acha que isso é atraente. — Balançou a cabeça. — Só que não é.

Piotrowicz a saudou com o dedo do meio. Ela deu um soco no braço dele de brincadeira. Mas "brincadeira", ao que parecia, era algo diferente para os mercenários, porque o soco foi forte o bastante para deixar um hematoma, e os dois riram.

A nave inteira balançou, sacudiu e deu um solavanco forte para a direita. Piotrowicz grunhiu outra vez, e, considerando o primeiro encontro que tiveram, Decker não sentiu muita pena dele. Manning olhou para a cabine do piloto como se estivesse pensando em ir lá quebrar umas cabeças, mas fazer isso significaria se arriscar a sair quicando pela cabine. Em vez disso, pegou o comunicador que já estava preso ao ombro.

— Que porra é essa, Pritchett?

— Tem turbulência, chefe — foi a resposta tímida.

— Não, jura? E você está indo *atrás* dela? — Ele fez uma careta quando tudo rangeu e balançou de novo. — Acho que você perdeu uma.

— Tempestades atmosféricas fortes. Não estou atrás delas, elas é que acharam a gente.

Decker não gostou de ouvir isso. Pelo que se lembrava, o clima em Nova Galveston era, na pior das hipóteses, tranquilo. Chovia, verdade, mas quase nunca durante o dia. Isso podia significar que era noite lá, o que o incomodava ainda mais.

Há coisas que enxergam melhor no escuro. Fez uma careta diante da lembrança. Não precisava fazer isso consigo mesmo. Já tinha merda suficiente na cabeça. *Muita merda.*

Pouco depois, a turbulência se abrandou, e as pessoas ao redor dele relaxaram um pouco. Piotrowicz balançou a cabeça.

— Sério. Preciso dar um jeito nesse cara.

— Bom, ele disse que havia tempestades — interveio Decker.

— Parece que, não importa aonde a gente vá, ele encontra o pior clima. Ninguém tem tanto azar *o tempo todo.*

— Ah, não? — Adams deu uma cotovelada no vizinho com menos força do que tinha usado no soco. — Então como você explica sua vida amorosa?

Antes que Piotrowicz pudesse responder, a nave deu uma guinada e começou a descer lentamente.

— E como está o tempo, Pritchett? — A voz de Manning pareceu irritada. O rosto também.

Para Decker, não fazia diferença.

— O tempo está bom, chefe. Mas acho que tem um problema.

— Que tipo de problema? — O líder dos mercenários franziu a testa ainda mais, e o rosto anguloso pareceu feito de pedra.

— Estou mandando saudações e não recebo resposta alguma.

— Acha que é a tempestade?

— Negativo. Estou captando sinais comerciais, mas nada vindo do lugar onde vamos pousar.

— Vai ver o clima ferrou a comunicação deles.

— Ou, talvez... Não tenha sido *exatamente* uma tempestade. — Pela voz, Pritchett se sentia culpado.

Adams riu. Muller deu socos no ar, mas sorriu ao fazer isso. Dave não disse nada.

Piotrowicz resmungou algo sobre matar.

— Falamos sobre isso depois — disse Manning. — Por enquanto, só faça o pouso e a gente vê o que encontra.

Pritchett aterrissou com suavidade, e, de fato, era noite. Enquanto desembarcavam, o ar estava fresco e agradável, ainda que um pouco úmido. Andara chovendo, e o Mar de Angústia era um terreno plano feito de escuridão.

Várias pessoas saíram para recebê-los. Entre elas estava Lucas Rand, com uma expressão meio lerda de choque na cara de buldogue, que depois se iluminou com um sorriso cheio de entusiasmo. Antes que Decker pudesse fazer qualquer coisa, o homem robusto o segurou num abraço de urso e o ergueu do chão com facilidade.

— Bom te ver, cara!

Alan sentiu uma onda de afeição atravessá-lo. Não havia percebido como gostava de Rand até vê-lo de novo. Eles sempre trabalharam bem juntos, mas às vezes Decker se esquecia disso. Tendia a esquecer tudo que não fosse trabalho, na maioria das vezes. Era mais fácil assim.

Os mercenários fizeram alguns comentários sarcásticos, mas Decker os ignorou e saiu andando com o amigo.

— O que está acontecendo aqui, Luke?

— Tá rolando de tudo, cara.

Ele balançou a cabeça e apontou para um trecho escuro na longa extensão de areia. Uma silhueta definia claramente os contornos de um barracão Quonset, iluminado por algumas lâmpadas no chão, e nada mais.

— Você se lembra da trimonita? Não foi por acaso. Tinha um *monte*. Pelo jeito, é um filão muito grande, e, mesmo que você tenha irritado muita gente, seu relatório levou a empresa de volta à mina que costumava ter aqui. Assim que nós descemos, encontramos os antigos poços. Já começaram a extrair a trimonita. O processamento vai ter que ser feito fora do planeta, é claro... Libera toxinas demais.

— Vocês encontraram os poços originais da mina?

Para eles, os túneis são escuros...

— Encontramos, mas ninguém sabe aonde eles levam — respondeu Rand. — Parece que houve algum tipo de desabamento, e eles concluíram que a mina não era viável. Daí, os registros sumiram. — Decker tinha suas dúvidas sobre isso: era conveniente demais. — O pessoal da Weyland-Yutani diz que nem sabia que a empresa já teve uma mina aqui até você acusá-los de negligência. — Luke o olhou de esguelha. — Como está sendo para você? Toda vez que eles entraram em contato, pareceram bastante irritados.

— Estamos... chegando a um acordo.

Não podia contar a verdade a Rand. Dizer a verdade já havia lhe custado demais. De jeito nenhum envolveria mais alguém naquele problema.

— Que bom. — Rand sorriu. — Para ser sincero, eles estão sendo bem tranquilos em relação a esse assunto. Quero dizer, com as taxas de consultoria e tudo o mais.

— Taxas de consultoria?

— É. Fomos mantidos como consultores. Bom, alguns de nós. Alguns membros da equipe já partiram para a próxima, mas o pessoal com conhecimento técnico foi contratado como subempreiteiro.

Decker olhou para o amigo e franziu a testa. Havia algo de estranho naquilo. Antes que pudesse comentar, porém, Manning chamou sua atenção com um berro. Ele se virou para o grupo principal, e o líder dos mercenários gesticulou para ele.

— Temos uma reunião, senhor Decker. *Se* tiver espaço na sua agenda cheia. Vamos logo com isso!

* * *

Dez minutos depois, encontravam-se acomodados num hangar pré-fabricado grande o bastante para guardar várias retroescavadeiras e brocas. A maior parte da área estava tomada por máquinas imensas e silenciosas, mas em um canto havia mesas, cadeiras e uma máquina de café.

Graças a Deus, pensou Decker, indo direto até ela.

Os mercenários encheram as xícaras antes que a discussão começasse. O grupo incluía todos os mercenários, muitos dos homens com quem ele havia trabalhado no projeto de colonização e alguns membros da equipe mineradora.

Um homem da Weyland-Yutani chamado Willis olhou para cada um e meneou a cabeça parecendo satisfeito. Tinha o ar de um burocrata com um quê de ditador — um tanto baixo, um tanto redondo nos quadris e tentando desesperadamente cobrir a área calva que crescia no topo da cabeça.

— Rollins me deu um resumo completo do que discutiu com vocês, mas as informações dela estavam desatualizadas — avisou ele, dirigindo-se aos recém-chegados. — Retomamos nossos trabalhos de mineração. Hoje mesmo fizemos novas descobertas no local de escavação e na nave soterrada.

Esperou alguns segundos, durante os quais Adams se acomodou à direita de Decker e tomou um gole de café. Ele tentou ser discreto ao olhar para ela.

— Então, a situação é a seguinte — continuou Willis: — até onde podemos ver, estávamos enganados a respeito da nave e dos seus ocupantes.

— Como assim?

A pergunta veio de um dos mercenários, um brutamontes chamado Krezel, de cabelo castanho-acinzentado e um bigode que deixaria uma morsa com inveja. Calou a boca logo em seguida, fuzilado pelo olhar de Manning.

— Bom, de início acreditamos que a nave devia ter caído no planeta muito tempo atrás. Estamos falando de mais de mil anos, embora seja difícil precisar. Antes de a colonização começar, havia muitas tempestades violentas, e, de acordo com a Equipe de Pesquisa em Terraformação, há uma grande possibilidade de que fortes movimentos tectônicos ocorressem com frequência na época.

Nenhuma novidade até ali, já que Decker tinha participado da criação desse relatório.

— Então podem ser algumas centenas de anos ou podem ser mais de mil. Seja qual for o caso, quanto mais cavamos, mais parece que a nave estava no processo de decolagem quando caiu.

Foi Manning quem falou dessa vez.

— Decolando de onde?

— É difícil saber, mas há evidências de que possa ter existido uma colônia aqui, talvez até algum tipo de base completamente funcional. — Ele sorriu, tenso. — Isso quer dizer que as tecnologias que esperávamos encontrar podem ser muito mais avançadas do que imaginávamos. — Parou para olhar ao redor, para todo o grupo. — Por isso, podem esperar um nível de segurança elevado. E, dependendo do que encontrarem, também podem esperar pagamentos bem maiores.

Antes que qualquer um tivesse a chance de falar, Willis continuou:

— A partir deste momento, ninguém vai à cidade. Ninguém pega os caminhões nem os trens. Todas as comunicações estão inteiramente suspensas. Estamos falando de uma descoberta que pode ser maior que qualquer coisa em que já esbarramos desde o primeiro contato com os arcturianos.

Conversas irromperam pelo grupo, e Decker sentiu uma súbita onda de entusiasmo. Os arcturianos foram a primeira espécie alienígena que a humanidade havia encontrado, e aqueles contatos iniciais marcaram um momento decisivo para a raça humana. *Especialmente* para entidades comerciais como a Weyland-Yutani. As pesquisas e o desenvolvimento floresceram, e a maior parte dos recursos da empresa tinha sido investida na criação de novas tecnologias.

A intensidade das reações o surpreendeu — euforia misturada à inconfundível ganância. Ao que parecia, várias pessoas esperavam ficar muito ricas com essa expedição.

Decker balançou a cabeça para livrá-la do fluxo de emoções.

— Essa é provavelmente uma má ideia, nos isolar do resto do planeta — comentou ele. — Se encontrarmos criaturas vivas lá embaixo, pelo que pude perceber, elas não vão nos receber de braços abertos. As coisas podem dar muito errado, muito rápido, e não vamos ter nenhum apoio.

Alguns mercenários bufaram, desdenhosos, e Rollins se voltou para ele.

— Foi exatamente por isso que trouxemos este grupo de freelancers muito competentes, senhor Decker — declarou ela, agradando a multidão. — Temos certeza de que eles estarão à altura da tarefa e lidarão com qualquer eventualidade.

Os mercenários murmuraram, concordando, e Decker ficou em silêncio. Willis voltou a falar.

— Então amanhã será um dia de trabalho normal, pessoal — disse ele aos mineradores. — Mas, antes que alguém vá a *qualquer lugar* que ainda não tenha sido explorado, o senhor Manning e sua equipe vão entrar para examinar tudo. Afastem-se e deem espaço para eles fazerem seu trabalho.

Isso gerou novas reações, mas nem todos pareciam satisfeitos. Decker fez um esforço consciente para afastar as sensações — era como ir fechando os olhos até deixá-los semiabertos. Os sentimentos ainda estavam lá, mas não tão intensos.

Rand olhava para ele, intrigado. Decker não precisava ler mentes para entender que o amigo estava se perguntando quanto ele sabia. Mas nenhum dos dois falou — haveria tempo para isso depois.

Talvez.

As pessoas se separaram em pequenos grupos, e o maior deles se reuniu ao redor de Willis. Alguns dos mais insatisfeitos — todos mineradores e subempreiteiros — o pressionavam, pedindo mais informações. Algumas vozes se ergueram, e ele levantou as mãos numa tentativa de acalmá-los.

Enquanto digeria o que tinha sido dito, Decker percebeu que divagava. Como a maioria das pessoas, era fascinado pela ideia de haver outras espécies alienígenas. Enquanto a raça humana avançava mais e mais por entre as estrelas, novas colônias proliferavam e lhe forneciam o pão de cada dia. Mas ele nunca havia encontrado evidência de seres extraterrestres — não pessoalmente.

Mas, dessa vez, mesmo se não conseguisse localizar qualquer coisa viva, poderia ver os restos de uma nave alienígena em primeira mão. Por mais empolgante que a ideia fosse, também o enchia de pavor.

Dedos fortes seguram o rosto macio que sufoca e solta o ar, desesperado. Decker tentou afastar o pensamento. Dedos, não. Pernas. Mãos, não; coisa pior.

Como se estivesse lendo a mente dele, Adams se aproximou e disse:

— Nunca vi nada alienígena. Isso vai ser sensacional.

— Espero mesmo que sim.

Ele sabia que deveria parecer mais entusiasmado, mas aquela sensação estranha não o abandonava.

Escuridão, dentes, um sibilo baixo e o raspar de garras. As imagens não paravam, lampejos que não faziam sentido, vindos de outro lugar e tentando se alojar em sua mente.

Era aquela conhecida sensação outra vez, de que algo estava à solta, procurando por ele. Não uma presa qualquer, mas *ele*. Decker afastou os pensamentos e voltou a se concentrar, mas não adiantou.

O mal-estar devia estar estampado em seu rosto. O olhar que Adams lançou para ele não foi sutil.

— Caramba, Decker. Você está precisando transar tanto quanto eu.

Isso, sim, funcionou. Por um momento, pelo menos, a ideia de ser perseguido se esvaiu da sua mente.

— Isso foi um convite? — perguntou ele. *Quem não arrisca* não petisca.

Adams o encarou em silêncio por um momento. Ergueu uma sobrancelha.

— É o seguinte: me paga uma bebida e a gente conversa.

13
POR AMOR AO DINHEIRO

Rand observou os mercenários se dirigindo ao local da escavação.

Decker estava com eles. Alan Decker, o homem que ele havia vendido. A culpa era uma coisa feia, e certamente estava lhe fazendo mal naquela hora, enquanto ele observava o amigo se dirigindo para o barracão Quonset com um batalhão de algumas das pessoas mais assustadoras que já tinha visto.

Os fuzileiros eram maus.

Os mercenários eram piores. Não precisavam seguir as regras.

Rand pensou nisso e sentiu o estômago dar cambalhotas. Se Decker soubesse o que ele havia feito — como o tinha vendido por dinheiro —, bom, talvez uns mercenários ainda embolsassem uma grana extra.

É, pensou Rand. *era melhor ficar de olho aberto enquanto eles estivessem por perto.*

O Mar de Angústia era um monte enorme de areia, e havia lugares lá embaixo onde um corpo poderia desaparecer. Havia descoberto alguns deles ao ser contratado pela Weyland-Yutani como consultor. Rand sabia algumas coisas sobre a empresa. Sua diferença para o amigo era que ele tinha sido esperto o bastante para não relatar o que sabia.

E o que ganhou com isso? Um bom plano de aposentadoria e algumas oportunidades de ganhar ainda mais dinheiro.

Andrea Rollins estava em algum ponto da órbita do planeta. Ele sabia disso. Sabia porque ela era a responsável pela função que ele cumpria agora. E porque, da última vez que Rollins estivera por perto — depois que o acidente de Decker o fez ser levado embora —, tinha pedido a colaboração de Rand. Primeiro, para apontar o dedo quando a hora chegasse; e, depois, para colocar alguns equipamentos ao redor das minas quando estivesse inspecionando o local à procura de "problemas ambientais".

Não perguntou que aparelhos eram aqueles. Não precisava saber.

Rollins sabia das minas. Bom, não exatamente. Sabia que existiram minas no passado. E sabia onde ficavam por causa da mensagem que Rand lhe enviou pouco depois do revés de Decker. O azar de um homem era a oportunidade de outro. Nunca havia desejado nenhum mal a Decker. Só não deixou que a amizade o impedisse de agir quando chegou a hora de realizar seus objetivos pessoais.

E lá estava aquela pontada de culpa que não lhe dava sossego.

Observou o barracão e a luz do sol tingindo as areias negras de um tom de sangue seco. Decker e os mercenários sumiram de vista. Isso ajudava um pouco.

Rand poderia ter insistido, poderia ter pedido à empresa que pegasse leve com ele, mas isso poderia ter afetado suas oportunidades. Por outro lado, Rollins havia garantido a Rand que o amigo sabia se cuidar. Fizeram-lhe várias perguntas esquisitas sobre Decker, e ele as respondeu.

Achavam que Decker tivesse habilidades psíquicas ou coisa parecida. Tudo bem, cada um acreditava no que queria. Alan estava de volta e talvez fosse ficar bem.

Rand olhou para o barracão por mais um minuto, depois voltou aos alojamentos. As minas lhe davam calafrios. A nave que encontraram lhe dava pesadelos. Nunca tivera a menor vontade de encontrar outras formas de vida. Para Lucas Rand, a espécie humana já era fodida o bastante e não precisava de ajuda para tornar o universo ainda mais tóxico.

Em algum lugar nos escritórios havia uma dose de vodca esperando por ele.

* * *

Quando Decker era criança, seu pai lhe disse que não havia nada que não pudesse ser resolvido com palavras. Ele dizia isso com frequência, especialmente quando a empatia de Decker vinha à tona e os garotos ao redor pareciam mais inimigos do que amigos. Foi acontecendo cada vez menos à medida que ele se adaptava aos altos e baixos emocionais e passava a entender que nem toda sensação que experimentava lhe dizia respeito. Às vezes, as pessoas só estavam irritadas porque tiveram um dia ruim, não por causa de algo que ele tivesse feito.

Quando se tornou adolescente, o pai mudou um pouco as palavras. Disse que não havia nada que não pudesse ser resolvido com um aperto de mãos e uma negociação honesta.

E, quando adulto, as palavras de sabedoria do pai se transformaram pela última vez. Foi quando ele disse ao filho que não havia nada no mundo que não pudesse ser resolvido com uma dose de uísque na interação e algumas palavras gentis.

A última parte se mostrou bem verdadeira na interação com Adams.

Umas poucas bebidas com os mercenários ajudaram a melhorar o clima. Garth provavelmente nunca seria um grande amigo, mas pelo menos saíram da sala de convivência com tudo esclarecido. O mesmo valia para Piotrowicz, que até lhe pagou uma cerveja para mostrar que não guardava rancor.

Adams tinha um jeito muito melhor de se expressar. Era tão entusiasmada na cama quanto era com tudo. Por um tempo, Decker esqueceu o ruído de fundo na cabeça e se concentrou na mulher esguia e musculosa em seus braços. Depois de tanto tempo sozinho, era bom compartilhar o calor com mais alguém, especialmente alguém com um apetite voraz e uma imaginação surpreendente.

Quando acordou no dia seguinte, Adams tinha partido. Teria ficado surpreso se ela ainda estivesse lá.

14
CAFÉ DA MANHÃ

O sol se erguia e o ar tinha uma frieza que lhe pareceu revigorante. O pequeno exército de mercenários estava reunido ao redor de uma mesa e pronto para trabalhar, e Decker se juntou a eles. Adams estava sentada com Piotrowicz e um pequeno grupo, que abriu espaço para ele.

— Manning já passou as instruções — avisou Piotrowicz, baixinho. — Vamos descer até o lugar onde acharam a nave. Lá é onde temos mais chance de encontrarmos o que estamos procurando, por isso é melhor começarmos por ali.

Então voltou a devorar a comida no prato. Os ovos eram fritos, não mexidos, o que era um luxo inédito num lugar como aquele. Decker não conseguia nem imaginar como a Weyland-Yutani havia obtido isso.

— Este é o nosso Piotrowicz — disse Adams. — Às vezes ele acha que frisar o óbvio vai fazê-lo parecer mais inteligente.

Ouvindo isso, o mercenário parou por um momento, entre garfadas, para deixar o dedo do meio falar por ele.

— Ainda não está funcionando, gênio. Você pode *querer* parecer esperto, mas a verdade está na cara.

Quem disse isso foi um sujeito enorme com a tatuagem de uma insígnia militar na cabeça raspada. Era malfeita, com letras quase ilegíveis.

Piotrowicz olhou para o homem — que devia pesar quase cinquenta quilos a mais que ele — e balançou a cabeça.

— Vivo esquecendo que você sabe falar, Connors. O que é isso mesmo na sua cabeça? Acho que é o símbolo das escoteiras, né?

Decker se acomodou e engoliu com pressa, comendo ainda mais rápido quando Manning anunciou que eles sairiam em quinze minutos. Talvez ainda desse tempo para mais uma xícara de café.

Depois da refeição, deixou a bandeja na mesa e foi pegar a segunda xícara. Enquanto acrescentava doses letais de creme e açúcar, Adams se aproximou e começou a se servir também.

— Então, a noite passada foi divertida.

Decker a olhou de soslaio.

— Não sabia se era para dizer alguma coisa.

— Agradeço a discrição.

— Mas, sim — acrescentou ele —, com certeza foi divertida.

— Que bom. Talvez a gente possa experimentar de novo hoje à noite.

Ela se afastou antes que ele pudesse fazer qualquer comentário. O dia pareceu muito mais luminoso, apesar da sensação que começava a se arrastar por seu estômago.

Não havia como escapar. Cada vez que pensava em entrar no subterrâneo, sentia um terrível mal-estar. E não eram só os túneis, o planeta inteiro o apavorava. Não havia nada de racional naquilo, mas tinha uma força gigantesca.

Alcançou Adams e sacou a matadora.

— Onde consigo um carregador para ela?

A mercenária sorriu.

— Ah, é. Esqueci essa parte.

Ela o levou até um homem de cabelo grisalho chamado Dmitri, que lhe entregou quatro carregadores longos com quinze projéteis cada. Depois de uma breve discussão, o homem também lhe deu uma segunda arma.

— Rifle de plasma. Seja esperto, mantenha seguro e travado. E não dispare perto de nada que você queira deixar intacto.

O sotaque de Dmitri era tão carregado que Decker levou alguns segundos para entender completamente tudo o que ele disse, mas Decker assentiu e sorriu mesmo assim.

Quando já haviam se afastado um pouco, Adams tomou o rifle dele e repassou o treinamento. Decker ficou feliz por isso — não era o tipo de arma que permitia erros. Não se a pessoa quisesse continuar inteira.

— Cano curto, para você poder manobrar — explicou ela. — Tem três células, todas estão carregadas... — Girou a arma para mostrar a ele os indicadores. — Dispara cápsulas incrivelmente pequenas e incrivelmente quentes de plasma. O cano é de trimonita. Se fosse de qualquer outro material, derreteria no quarto disparo. Sério, não bobeia com esse rifle. Tem o ajuste automático e o seletivo. No automático, você puxa o gatilho e as cápsulas saem rápidas e quentes até esgotar a primeira célula. Puxando o gatilho de novo, você faz a mesma coisa até esgotar a segunda célula. Eu nunca, *jamais* vi alguém puxar o gatilho pela terceira vez seguida. Na maior parte das vezes, não importa o seu alvo, ele já era muito antes de você disparar pela segunda vez.

Adams virou a arma outra vez com facilidade e imensa familiaridade. Decker viu os diversos adesivos que já estavam quase totalmente gastos. Um deles era um pônei cor-de-rosa. O outro tinha o nome de Adams rabiscado. Ela estava confiando a ele uma das próprias armas. Decker sentiu um breve lampejo de gratidão, mas o afastou. Ela não parecia gostar desses sentimentalismos, ainda mais diante dos outros.

Ele teria que pensar numa forma de agradecê-la mais tarde.

— Aqui fica a trava de segurança — continuou ela. — Deixe travada. — Apontou para um segundo botão, protegido por uma pequena tampa. — Este botão controla o sistema de funcionamento. Está configurado para dar tiros unitários. Sério, deixe assim. Você tem umas cento e oitenta cápsulas. Se ficar no automático, vai destruir qualquer coisa em que mire, mas a munição não vai durar. Entendeu?

Cacete, como ela ficava sexy com aquele olhar sério e um rifle nas mãos.

— Entendi.

— Que bom. Vamos caçar uns insetos.

— Insetos?

A palavra evocou imagens que percorreram sua mente e gelaram sua espinha.

— Insetos — repetiu ela, olhando-o com uma expressão estranha. — Você leu as informações? Insetos. Essas porras são sinistras. Além disso, de que outro jeito você vai chamar os alienígenas? Já viu um alien fofinho e peludinho?

— Você já fez esse tipo de coisa antes?

Adams balançou a cabeça, negando, e sorriu.

— Bom, a não ser que uns roedores nativos contem — respondeu. — Mas tudo tem uma primeira vez. Eu caço qualquer coisa, desde que tenha dinheiro na jogada. — Ela olhou o rifle de plasma e o devolveu para ele. — O máximo que essa gracinha já fez foi explodir uns bichos do tamanho da minha mão.

— Ah, é?

— Quando atirei foi aquela gritaria.

— Quem gritou, você ou os bichos?

— Provavelmente os dois.

Ela caminhou a passos largos em direção à saída e ele a seguiu, sem saber se estava falando sério.

Muitos dos freelancers pareciam mais fuzileiros quando estavam totalmente equipados e prontos para o trabalho. Para Decker, a maior diferença entre os dois grupos foi que os mercenários pareciam levar o serviço um pouco mais a sério do que alguns fuzileiros que ele havia conhecido. Mas, até aí, normalmente esbarrava nos militares quando eles estavam de folga, prontos para uma ou duas bebidas.

Decker e os outros atravessaram em grupo a areia compactada, que cedeu sob os pés enquanto seguiam rumo ao poço distante. Ele não gostou da sensação, e por um momento pensou ter sentido uma dor na perna.

O barracão Quonset era a única estrutura à vista, e havia pouca coisa em volta, exceto as evidências da construção: montes de areia que foram empurrados até formar uma colina e depois lentamente aplainados; alguns equipamentos pesados que pareciam dinossauros metálicos agonizando no meio de um vasto nada; áreas que foram demarcadas e nunca chegaram a ser totalmente pavimentadas. Tudo tinha acontecido rápido demais e, como ele vira em diversos outros lugares, havia atividade demais e pouco resultado.

Esperaram por um bom tempo do lado de fora do barracão até as portas se abrirem para eles. Willis aguardava lá dentro, com três outras pessoas em trajes próprios para suportar o ambiente hostil. O interior era iluminado por lâmpadas de forte luz branca que quase superavam o sol — um leve exagero, com certeza, mas havia muitos equipamentos projetando sombras, assomando ao redor deles e fazendo Decker se sentir nitidamente acuado.

Willis e Manning conversaram em voz baixa enquanto todos entravam. Os mercenários ocuparam a maior parte do espaço livre na área, deixando Decker vagamente claustrofóbico. Depois que todos entraram, Manning os convocou mais uma vez, e eles se dirigiram ao poço.

Era difícil não ver. O que não tinha sido feito do lado de fora era contrabalanceado pelo que *fora* realizado dentro do lugar. A plataforma do elevador era enorme, grande o bastante para acomodar todos eles e muitos mais. Tinha que ser, pois era assim que a empresa baixava os equipamentos no poço e, com o tempo, tiraria a trimonita. E, como todo equipamento pesado que já tinha visto na vida, aquela porcaria parecia antiga. Às vezes, Decker se perguntava se os elevadores já vinham de fábrica arranhados e enferrujados.

Observou o interior do barracão à sua volta, tentando substituir por curiosidade a ansiedade que tentava inundá-lo. Mas a paranoia estava voltando, e não havia nada que pudesse fazer quanto a isso. Havia coisas ao seu redor. Ele havia sentido antes e sentia agora. O estômago se embrulhou. A pulsação estava rápida demais, e ele pôde sentir o suor se formando na testa.

— Vamos lá — disse a si mesmo num sussurro. — Você consegue. — Ninguém estava perto o bastante para ouvir. Ele reuniu forças e avançou com os outros.

O piso do elevador parecia mais sólido que a areia lá fora, o que era estranhamente reconfortante — pelo menos até o primeiro solavanco, e a lenta descida começar.

O barracão era muito iluminado, mas o túnel, não. Em pouco tempo, a única luz vinha do alto, e ela diminuía à medida que desciam. O próprio elevador era mal iluminado. Quando estava na quase completa escuridão, as ondas de pavor retornaram, vorazes. Decker mordeu o lábio para conter um gemido.

Então, para sua surpresa, elas começaram a se desvanecer. Foi como se ele tivesse liberado parte delas enquanto o elevador descia, deixando-as pelo caminho.

Willis disse para ninguém em especial:

— Alguém aqui já esteve numa mina?

Quem lhe respondeu foi um dos freelancers que Decker não conhecia.

— Credo, não — disse o homem. — Nasci e fui criado na Terra. Tudo o que dava para minerar já foi levado há muito tempo. — Ele falou isso como se fosse uma piada.

— Não está longe da verdade — comentou Willis. — Essa foi uma das razões pelas quais a Weyland-Yutani passou a criar colônias mineradoras. Graças à tecnologia que eles têm, o esforço não é tão grande e o resultado é bom.

— Bom, você com certeza não conseguiria *me* convencer a trabalhar num lugar desses. Não por muito tempo.

Era Connors, o grandalhão de cabeça raspada. Por maior que fosse, parecia nervoso.

A área se abriu quando eles passaram pelo primeiro nível aberto da mina. Não havia muito para ver, exceto o maquinário para escavar as minas e os geradores usados para operar as máquinas. Havia novos equipamentos ao lado dos antigos, muitos dos quais eram tão velhos que nem dava para identificá-los, de tão deteriorados. Hastes de metal corroído se projetavam em ângulos estranhos, como os ossos de criaturas há muito extintas.

Logo em seguida a escuridão os engoliu de novo.

— Até onde esta coisa desce? — A voz de Piotrowicz se sobrepôs ao zumbido mecânico do elevador.

Willis olhou ao redor na penumbra, depois para o alto das paredes do poço.

— Pouco mais que dois mil e cem metros.

Um dos mercenários soltou um assobio baixo. O guia assentiu, e Decker observou o lugar com atenção. Ali, o metal era mais escuro, e decididamente em pior estado, corroído pelo tempo e pela umidade.

— A maior parte deste poço já estava aqui desde a operação anterior. Nove níveis de mina. Os três primeiros estão em pleno funcionamento, e estamos restabelecendo um total de seis. Encontramos a nave lá no fundo. Lá, o elevador estava seriamente danificado, mas foi fácil recuperá-lo e restaurá-lo.

Os mercenários olharam para as paredes com o fascínio de crianças indo a um museu pela primeira vez. Havia uma sensação de que eras se passaram ali, uma atmosfera de antiguidade. Decker sentia também, agora que o medo havia se tornado apenas um sussurro.

Quando o elevador finalmente chegou ao fundo, com um solavanco que fez todos cambalearem, as paredes deram lugar a uma área cavernosa construída de forma rústica mas sólida. As paredes eram de pedra, cavadas e reforçadas a intervalos regulares. Havia algumas luzes que mal penetravam a escuridão, por isso os recém-chegados não conseguiam ver o tamanho real da câmara. Poderiam muito bem estar em outro planeta. Camadas espessas de um material mais escuro rasgavam a terra castanha. Se tivesse que adivinhar, diria que era a trimonita, mas era só um palpite. O que sabia sobre mineração não renderia nem uma conversa decente de bar.

— Cadê a tal nave que vocês acharam? — A voz de Manning ressoou com facilidade, fazendo-o baixar a cabeça.

— Por aqui — respondeu Willis, apontando para as sombras. — Algum de vocês já esteve num veículo alienígena?

Ninguém havia estado, nem mesmo Manning.

Willis assentiu, como se essa fosse a resposta que esperava.

— Bom, então isso com certeza vai impressionar vocês.

Foi até um caminhão velho e funcional que tinha uma plataforma larga e plana na traseira, grande o bastante para carregar diversos contêineres de minério. Enquanto ele se acomodava no assento do motorista, Manning ficou com o do passageiro, e o restante subiu na plataforma. Ficou apertado, e o caminhão balançava enquanto subiam.

O motor foi ligado com um ronco que surpreendeu a todos, e o veículo deu um tranco, começando a se mover e fazendo com que todos se agarrassem a quaisquer apoios que pudessem encontrar, incluindo uns aos outros. Com a claridade dos faróis amarelos, puderam ver um caminho já muito usado de terra compactada.

Uns cinco minutos depois, estavam diante de uma evidência de vida alienígena.

15
A NAVE

Antes mesmo que vissem a nave, passaram por montes intermináveis de materiais de construção. Havia caixas e mais caixas de peças para montagem de andaimes, pisos de mezanino e suportes de metal para construir as plataformas de que precisariam para examinar o que fosse encontrado. Os materiais formavam pilhas de até dois metros de altura em alguns pontos, e bloqueavam boa parte do caminho até o local da escavação.

Ao longe, ouviram o zumbido dos geradores, e o som ficava mais forte à medida que avançavam.

A nave em si era enorme. Partes dela foram derretidas por explosões de calor extremo ou talvez atividade vulcânica. Não estava nivelada com o chão, mas ligeiramente inclinada, como se ainda tentasse levantar voo. A estrutura estava rachada de um lado, o casco estraçalhado e aberto, preenchido há muito tempo com terra.

Em alguns pontos, a superfície da nave quase lembrava a textura de um papel amassado. Se já houvera algo escrito no exterior, tinha sido escondido pela terra ou apagado pelos anos.

Havia buracos por toda parte. A carcaça estava rompida, estraçalhada e queimada. Havia pontos em que o mesmo buraco exibia várias camadas diferentes da nave. Certamente tinha sido projetada para transportar centenas de indivíduos, senão milhares — presumindo que o tamanho dos tripulantes fosse ao menos próximo ao do ser humano.

As escavações iniciais haviam nivelado o chão ao redor da nave. As marcas de máquinas pesadas eram uma prova do que havia acontecido antes, mas os veículos em si já não estavam lá; ou foram levados de volta à superfície ou foram deslocados para outra parte da caverna.

Decker olhou para a nave. O tamanho dela por si só era intrigante, mas de alguma forma o desenho era... *errado* — totalmente diferente do que ele teria esperado. Alguns aspectos diferiam tanto da mecânica da Terra que ele não seria capaz sequer de imaginar como funcionavam.

A maior anomalia de todas, contudo, era o fato de que aquela nave simplesmente não pertencia àquele lugar. Havia sido feita para o céu, para o espaço entre as estrelas. Se ele tivesse encontrado uma baleia no deserto, não a acharia tão deslocada quanto a nave.

— Puta merda. Parece tão... orgânica — disse Piotrowicz, inclinando a cabeça, intrigado.

— Até onde pudemos verificar, é meio que isso mesmo. Ou pelo menos já foi.

Willis usou um tom quase paternal, como se falasse de um animal de estimação que tinha ganhado um prêmio, fazendo-o irradiar orgulho.

— As paredes, o piso, até as portas, tudo tem características semelhantes às da vida vegetal. A doutora Tanaka foi encarregada de examinar a nave, e ela acha perfeitamente possível que a coisa toda tenha sido cultivada.

Decker franziu a testa. Havia uma questão incomodando-o, mas não conseguia desvendá-la.

Willis não disse mais nada e ficou parado, quieto, enquanto os freelancers se aproximavam.

A área havia sido escavada com cuidado, e a superfície dura acima deles parecia estar seca, até onde podiam perceber. Decker não era geólogo, mas se sentiu reconfortado por saber que o teto era seguro.

A maldita nave era grande demais para ser vista por inteiro. Embora houvesse luzes penduradas no alto da caverna, eram fracas, lançando a área num crepúsculo eterno. As paredes da embarcação se prolongavam nas sombras. Perto da entrada havia diversas células de energia, a maioria das quais ainda não havia sido instalada, e dois geradores que funcionavam a todo vapor.

— Há planos de instalar mais lâmpadas — comentou Willis. — Dá para ver por quê.

— Cadê a doutora Tanaka? — A voz de Manning estava calma, talvez até um tanto dócil. O homem estreitava os olhos ao observar a lateral da nave, tentando enxergar o mais longe possível. — E o que são *aquelas* coisas?

Apontava para uma coluna grossa, preta e lustrosa que ia do teto até a nave. Não parecia parte do veículo em si, e Decker a reconheceu no mesmo instante. Era o mesmo tipo de material que havia desabado com ele, perfurado e quase arrancado sua perna em sua última visita ao planeta.

O estômago se revirou de novo, mas dessa vez por razões completamente diferentes. Não era medo, apenas a lembrança da dor e do ataque súbito que havia lhe causado convulsões.

— Você está bem?

Adams pareceu preocupada, e colocou a mão em sua testa. Decker teve a impressão de que os dedos dela estavam quentes, mas só porque sua pele estava fria.

— Vou ficar — respondeu ele, recuperando a compostura. — Só me acostumando a tudo isso.

Ela não pareceu acreditar, mas também não o pressionou.

— A doutora Tanaka está examinando um dos afloramentos, como o que você apontou. Ao que parece, são ocos e compostos de silício puro. Pelo que ela me disse, estão por toda parte na nave. — Decker se concentrou na coluna grossa de areia fundida. Tinha uma estranha beleza e um brilho quase úmido. Havia estrias e espirais finas por toda a superfície que o faziam pensar em fios de caramelo ou...

Ou em teias de aranha.

Os alienígenas que eles deveriam encontrar — que deveriam capturar — teriam vindo da nave? Se ainda estivessem na área, estariam a bordo? Ou seria possível que os túneis luzidios tenham sido sua forma de escapar dos destroços?

Dave — ou Dave Calado, como Decker passou a chamá-lo em sua mente — olhou para o túnel, e uma expressão muito séria se formou em seu rosto. Decker pôde ver o nervosismo irradiar do homem como calor, mas, a não ser pela testa franzida, ele não deu nenhum sinal da extrema inquietação que sentia.

— O que foi? — perguntou Decker.

Dave o olhou por um longo tempo.

— Os xenomorfos. Tinha alguma coisa sobre eles prenderem os hospedeiros.

Antes que Decker pudesse falar qualquer coisa, Manning perguntou:

— Para onde eles vão? Os tubos.

Para toda parte, pensou ele, quase em voz alta, mas Willis respondeu em seu lugar:

— Ainda não sabemos. Só os descobrimos depois que começamos a desenterrar a nave. No começo, pensamos que eram parte da estrutura original, mas é como se tivessem aparecido depois. Definitivamente não são do mesmo material que a nave.

Decker se juntou a eles.

— São blocos de silício. Já vi isso antes, na superfície, onde muitos chegam a aflorar. Estão por todo o Mar de Angústia.

Willis assentiu.

— A forma como eles se espalharam mostra certas tendências orgânicas.

O que quer que sejam, alguns são tão grandes que comportam um ser humano, e a estrutura segue uma lógica. Ontem a doutora Tanaka e várias pessoas da equipe dela abriram um dos maiores tubos e entraram, levando suprimentos. Esperam mapear parte do afloramento.

— Não parece uma boa ideia — murmurou Decker.

Na verdade, para ele parecia insanidade total. Na melhor das hipóteses, deveriam questionar a integridade daquelas coisas.

— Para ser sincero, eles não têm escolha, senhor Decker — argumentou Willis. — Os "blocos de silício", como o senhor chama, se espalharam por todos os lados. Passam por boa parte do interior da nave e por toda a área ao redor dela. A doutora Tanaka acha que é importante entender a natureza e o propósito disso.

— Por que não usam sondas mecânicas? — Manning franziu a testa enquanto olhava uma das colunas que ia até o teto da caverna, muito acima deles. — Parece bem menos arriscado.

Decker concordou em silêncio. Sondas de mapeamento poderiam avaliar toda a extensão dos túneis sem que ninguém tivesse que pôr os pés neles. Equipes de engenheiros sempre usavam sondas antes de baixar os componentes dos motores de terraformação. Cada troço desse pesava toneladas, e deixar um deles despencar numa área em que o solo não era firme poderia ser catastrófico.

— Eles tentaram — contou Willis. — Só que o nível de radiação na área é muito baixo, e isso interfere nos sensores. Então eles mesmos tiveram que fazer o trabalho. Mas Tanaka deve estar em completa segurança, pois os níveis de radiação são inofensivos de tão baixos.

Dois dos mercenários, novamente Dave e Muller, pareceram incrédulos e pegaram as mochilas. Decker teve a impressão de que iam verificar pessoalmente e determinar se a radiação era ou não uma ameaça.

Willis olhou para eles e balançou a cabeça.

— Não precisam se preocupar. Acreditem, eu não estaria aqui se isso ameaçasse a saúde de alguém. — Então sorriu, tentando descontrair. — Gosto demais de mim mesmo para me arriscar aqui.

Ninguém riu.

— A radiação não parece afetar a comunicação — continuou ele — e, quanto mais longe estivermos da nave, menos radiação encontraremos. É possível que a fonte da interferência seja os próprios destroços. De todo modo, enquanto Tanaka se concentra nos tubos, o doutor Silas explora o outro lado da nave. Ao que parece, esse veículo sofreu vários danos quando caiu aqui, há muito tempo, e ele acha que pode descobrir o que causou a queda.

— Ninguém entrou ainda?

Manning olhou para um buraco na lateral da nave. Era muito antigo, e havia sinais de que haviam tentado retirar uma boa quantidade de terra do interior.

— Ah, eles entraram, mas não conseguiram ir muito longe. Há muitos danos, talvez causados pelo fogo ou por alguma outra coisa. E parece que algumas das paredes internas foram derretidas.

— Então, a gente tem que entrar na nave sem a mínima ideia do que vai encontrar e sem apoio? — questionou uma mercenária.

Decker gostou dela na mesma hora, tinha cérebro. Alguns dos outros murmuraram, concordando.

— Não, Hartsfield — retrucou Manning. — Por que a gente não senta aqui fora, abre uma toalha e faz a porra de um piquenique, então?

Sem mais uma palavra, ele se dirigiu nave. O restante o seguiu.

Decker olhou de novo para os tubos negros. Tanaka e sua equipe haviam entrado naquelas coisas? Por vontade própria? As formações se projetavam da nave por uns quinze, até vinte metros, antes de desaparecerem nas paredes da caverna.

Manning gritou para trás:

— Tenho certeza de que vou precisar de você aqui, ô, cão farejador.

— Eu sabia que você era um cachorrão — disse Piotrowicz.

Decker não se dignou a falar nada e alcançou os outros. Seu nervosismo estava sob controle, mas isso não o impediu de pensar que estavam fazendo tudo rápido demais.

— Sério, Manning, não gosto deste lugar. Acho melhor irmos devagar e com cuidado.

O líder dos mercenários fez uma careta.

— Não dou a mínima para o que você acha ou deixa de achar, Decker. Só faz o seu trabalho. Não vem surtar comigo. Entendeu?

— É, entendi.

A terra havia sido amontoada contra a nave, e uma rampa de tábuas e pranchas de metal levava a um buraco na lateral. A abertura era grande o bastante para eles poderem ver os andares que não conseguiam alcançar sem escadas ou equipamentos de escalada. Havia peças de andaimes empilhadas à esquerda da rampa.

— Qual será o tamanho dessa coisa? — perguntou Manning a si mesmo.

Decker estava prestes a responder quando algo o atingiu com uma força que o fez se encolher. A sensação era tão aguda quanto o nervo exposto num dente quebrado.

— Tem alguma coisa aqui — anunciou ele.

— O quê? — Manning o olhou com firmeza. — Onde?

Decker fechou os olhos e se concentrou. Foi recompensado pelos esforços com uma sensação de algo rastejando pelo cérebro. De qualquer forma, até mesmo isso era útil. Talvez. Não podia ter certeza... só podia confiar no que os instintos lhe diziam.

— Acima e à esquerda — indicou ele, apontando para um grande tubo. — Tem alguma coisa ali. Não é... — Fez que não com a cabeça. — Não parece nada humano. — Foi a melhor descrição que pôde fornecer.

Manning olhou para a direção que ele indicava, onde as sombras ofuscavam os detalhes. Apontou uma lanterna para lá, mas não adiantou muito. Uns nove metros acima, o tubo negro perfurava a lateral da nave, curvando-se rumo ao teto distante da caverna.

Nada se mexia, exceto a sensação que rastejava por sua cabeça, agindo como um sensor que zumbia ao encontrar um foco de radioatividade. Havia algo lá em cima, algo que gerava ondas de emoção. Ele trincou os dentes e se concentrou em manter a calma.

— DiTillio, Rodriguez, Joyce — gritou Manning. — Vão checar aquele túnel, vejam se encontram algo interessante. E tomem cuidado.

Os três mercenários assentiram quando seus nomes foram chamados, e se dirigiram ao casco da nave. O objetivo era um ponto diretamente abaixo de onde o tubo preto e fundido atravessava os destroços da nave. Enquanto avançavam, preparavam as armas. Rodriguez sacou sua matadora, enquanto DiTillio ativava o rifle de plasma, e um som agudo, quase inaudível, penetrou a escuridão.

Logo estavam fora de vista, e o som dos passos no piso da caverna foi sumindo. Manning olhou para Decker por um momento.

— Acha que três bastam?

— Não faço ideia.

Seu primeiro impulso foi dizer "não", mas não tinha um bom motivo para isso. Então conteve a língua.

— Não? — retrucou Manning. — Por que exatamente você está sendo pago como consultor?

— Quem disse que estou sendo pago? Só estou aqui por causa da paisagem e das comodidades. — *Então vão se foder, você e esse seu jeito*, acrescentou em silêncio.

Manning apenas lançou um olhar severo e se virou para o restante do grupo, berrando ordens e posicionando-os para entrar na vastidão arrasada. Ao seu comando, mais três mercenários abriram as mochilas e começaram a montar estações de monitoramento portáteis. Posicionaram-se perto de uma das pilhas de materiais de construção mais próximas, onde poderiam se apoiar e se sentar. Cada um deles segurava uma tela ampla e bem protegida e, enquanto Decker olhava, começaram a sincronizar os sistemas e a incluir os dados de cada um dos mercenários.

Uma mulher o chamou — a identificação na camiseta dizia "Perkins". Ela lhe ofereceu uma câmera para o capacete e um Adesivo de Identificação que era colado diretamente ao antebraço e lia seus sinais vitais. Assim que o ADI foi colocado no lugar, ela verificou os dados na tela e o olhou de modo estranho.

— Está preocupado?

— Por quê? — respondeu Decker. — Deveria?

— Sua pulsação está rápida demais. Rápida *pra caramba*.

Ela chamou Manning, os dois se afastaram um pouco e conversaram em voz baixa. Então outro técnico falou.

— Isso está parecendo perda de tempo, chefe. — Era Dae Cho, o técnico sênior, que apontou para a tela diante de si e depois para outra. — Só estamos obtendo dados dos ADIs mais próximos, mas nada além de seis metros.

Manning olhou atentamente para as telas, depois falou num headset do próprio capacete:

— DiTillio? Está na escuta?

— Estou, chefe, mas seu sinal não é dos melhores.

— Algum sinal de problema?

— Ainda não chegamos à entrada do túnel. Essa porcaria sobe para o exterior da nave. Tem pontos de apoio, e estamos escalando, mas o avanço é lento.

— Não estamos recebendo nenhum dado dos seus adesivos.

— Espera aí. Vou ver. — Houve silêncio, interrompido pouco depois pela voz de DiTillio. — Estamos todos vivos e usando os ADIs. Tudo parece estar funcionando do lado de cá.

Willis ouviu a conversa e se aproximou.

— É o mesmo que acontece com as sondas — explicou ele. — Há interferência.

Manning mal notou a presença do homem. Em vez disso, olhou para os técnicos. Perkins, Dwadji e Cho operavam os teclados e as telas.

— Consertem essa merda — ordenou ele. — Agora.

Cho meneou a cabeça e respondeu:

— Pode deixar, chefe. Pode ser só um problema de frequência. Vamos avaliar todo o espectro.

Manning assentiu e se afastou. Depois de hesitar por um momento, Decker o seguiu. Deu exatamente sete passos antes que uma onda o invadisse, mais forte que nunca. Aquela sensação de ser observado era pungente, e estava ficando mais poderosa.

Merda, tenho que ficar calmo, pensou, em seguida disse:

— Manning, está piorando.

A cabeça tinia de dor.

— O que está piorando? — O mercenário se virou para encará-lo, depois ficou em silêncio por um instante, olhando-o com atenção. — Tá, a gente precisa arranjar um sedativo. Você está com cara de quem vai ter um derrame. — E gritou: — Piotrowicz, vem cuidar do nosso convidado aqui. Ele precisa se acalmar.

Piotrowicz se aproximou e observou Decker com um olhar clínico; depois, olhou para as leituras nas telas. Era fácil descobrir qual era a dele, pois os dados eram radicalmente diferentes dos outros.

— Fica calmo, colega — disse o mercenário. — Não é o fim do mundo... é só uma missão para recuperar os destroços de uma nave. — Sua voz era muito tranquilizadora. — Vamos conseguir, mas você tem que relaxar. — Tirou a mochila das costas e, um instante depois, estava preparando uma pequena pistola de injeção. — Só um sedativo leve — explicou. — Tomei coisa mais forte quando parei de fumar.

— Você fumava?

Piotrowicz sorriu para ele.

— Aham. Eu era jovem e a garota era bonita. Viciei, depois me recuperei.

— O que você fumava?

— Bom, não era lícito.

Ele aplicou a injeção, que introduziu o líquido na pele de Decker sem usar uma agulha. Doeu bastante, mas em questão de segundos começou a surtir efeito. Decker sentiu que relaxava. Ainda podia se concentrar, mas tinha voltado a respirar.

Piotrowicz olhou para o monitor e ficou satisfeito.

— Meu trabalho está feito. Se você começar a se sentir esquisito ou se o efeito passar, vem falar comigo. — Arrumou de novo a mochila e a colocou nas costas. — Eu sempre carrego as coisas boas.

Decker assentiu e voltou a observar a nave, com a mente mais clara e mais calma. Mais calma — porém não completamente calma. Ainda sentia a onda de ódio se irradiar. Até agora, parecia imóvel, e os três homens enviados se dirigiam exatamente para lá.

16
MATANÇA

A lateral da nave estava empoeirada e cheirava a algo tão velho quanto ela, algo mofado e acre. Ainda assim, DiTillio sorria ao subir pelo lado e olhar para o túnel à frente. A cada momento ele estava mais perto de ganhar uma tonelada de dinheiro.

É claro que isso também o fazia se afastar do restante grupo. Pouco mais de noventa metros os separavam, mas poderiam muito bem ser dois quilômetros. O formato da caverna alterava o som, às vezes abafando-o, às vezes criando eco. Também estavam com o campo de visão prejudicado. Pilhas de materiais bloqueavam a vista, forçando-o a adivinhar onde estava o restante da equipe.

Se precisassem de reforços, teriam que confiar nos headsets.

Joyce estava perto dele e olhava para tudo de olhos arregalados. No rosto longo estampava um sorriso que mostrava os dentes tortos.

— Por que esse sorrisão?

DiTillio tirou sarro do colega. Não estava acostumado a vê-lo tão entusiasmado.

— Cara, sempre quis ver uma coisa assim — respondeu Joyce. — A vida inteira.

— O quê? Alienígenas?

— Bom, é lógico. Você não vê como isso é incrível?

— Incrível o bastante para render uma grana preta se a gente fizer tudo direito — disse DiTillio, e olhou ao redor. — Aquele tal de Decker disse que tem uma coisa perigosa aqui em cima. O que será? Espero que seja um daqueles insetos. Quero ver a cara deles.

— Nossa, sim — disse Joyce. — Quero dizer, que bom que estamos armados. Mas não acredito que estamos mesmo aqui. Vendo a prova da existência de alienígenas. Olhando para algo que nenhum outro humano jamais viu. Bom, quase nenhum outro — acrescentou, corrigindo-se. Então deu um tapa na superfície da nave. — Tocando em algo que a maioria dos humanos jamais tocou nem nunca vai tocar.

DiTillio se deixou sorrir. O sujeito estava certo. Este era um momento incrível, sobre o qual contaria aos netos um dia.

A superfície da vasta nave era curva, e eles escalaram com razoável facilidade, mas o processo se tornou mais difícil quando se aproximaram do túnel de silício. A boa notícia era que alguém havia tentado pendurar lâmpadas ao longo da superfície, e os fios funcionavam relativamente bem como apoio extra, embora parecessem velhos — nenhuma das lâmpadas acendia, várias estavam quebradas e a fiação estava em péssimo estado. Só o clima seco da caverna havia impedido que enferrujassem e se desfizessem.

Ele se perguntou se encontrariam um dos alienígenas que a Weyland-Yutani os tinha mandado capturar. Sempre havia pensado em estudar xenobiologia, mas uma temporada como fuzileiro colonial o fizera decidir que preferia a vida na Orla. Era mais fácil, pagava bem e havia muito com que se distrair.

Apoiou-se com os dedos no casco da nave e se impulsionou um pouco mais para cima. Na Terra, já estaria suando baldes. Ali, a gravidade mais baixa fazia com que a subida parecesse mais um exercício leve.

O rifle de pulsos estava pendurado às costas, e a pistola, ao alcance da mão. Projéteis calibre .50 dariam conta de qualquer problema sério que aparecesse.

Embora a nave fosse antiga, o túnel que levava para fora dela era muito, muito mais novo. A superfície parecia quase úmida, mesmo debaixo da camada de poeira, e havia um buraco na lateral — aquele era o destino do trio. Ele tratou de apontar a câmera do capacete para lá e mostrar o máximo que pudesse. Mesmo que não conseguissem receber a imagem no acampamento provisório, a câmera ainda a gravaria.

Queria fazer uma cópia para mandar à irmã — que tinha sido inteligente o bastante para terminar a faculdade e trabalhava para a Weyland-Yutani como xenobióloga forense. Ela ganhava um salário indecente de tão alto. Mas ele transava muito mais. Era tudo uma questão de perspectiva.

— Está vendo isso? — A voz veio da esquerda, por onde Rodriguez vinha subindo.

— Que merda é essa? — A voz de Joyce quase se perdeu na área cavernosa. Era um homem de fala mansa.

A entrada do túnel parecia se mexer. Algo escuro e de aspecto úmido se deslocou seis metros acima deles. DiTillio sentiu um arrepio.

— Parece uma parte solta — comentou ele. — Alguma coisa está fazendo com que ela se mexa. Pode ser que a coisa não seja tão sólida quanto parece. — Tentou demonstrar mais certeza do que tinha.

— Não, não está solta — retrucou Rodriguez, a voz um pouco mais alta. — Está se mexendo. Quero dizer, acho que tem mesmo algo vindo para cá. — Ele ergueu sua matadora e olhou com firmeza para as sombras acima deles.

— Calma aí, Billy — pediu DiTillio. — Acho que não precisamos ter medo de uma parede.

— Verdade, mas acho que precisamos nos... Ah, *merda*!

A peça solta se mexeu mais rápido, descendo na direção deles, pendurada à lateral da nave. Tinha o mesmo aspecto úmido, novo e limpo, e até aquele mesmo padrão da superfície, mas a coisa tinha braços e pernas e cauda e...

Porra, aquilo são dentes!

Rodriguez não esperou para avaliar se a criatura era ou não amistosa. Abriu fogo. O primeiro disparo da matadora atingiu o casco quebrado e ricocheteou, o estampido ecoando enquanto a coisa ia na direção dos mercenários.

Ele não teve uma segunda chance.

A coisa pulou em cima dele, braços, pernas, cauda e sabe-se lá o que mais, tudo em movimento, e, antes que Rodriguez pudesse fazer ou dizer qualquer coisa, ele e a massa negra estavam caindo, quicando ao descer a lateral da nave e batendo numa formação rochosa. Rodriguez se feriu no impacto.

A coisa se levantou e pareceu pronta para saltar. A couraça era negra, por isso, no escuro, era difícil saber.

Ferido, mas não fora de combate. Rodriguez ergueu a arma e mirou ao mesmo tempo que a silhueta escura atacava, as garras cortando a carne. Ele deu um grito fraco e tentou lutar enquanto a criatura o rasgava.

— Que merda! Que porra é essa?

Joyce entrou em pânico, o que não estava exatamente ajudando o grupo. DiTillio tentou mirar na silhueta que arrastava Rodriguez para mais perto do casco da nave. Era difícil conseguir uma boa linha de tiro sem correr o risco de atingir o colega abatido.

E havia o fato de que aquela coisa era, bem, uma *coisa*. Joyce já tinha dito isso. Era uma forma de vida alienígena, e eles nunca encontraram uma antes. Nenhum deles. Tinha certas características humanas — a mesma forma básica, mas, tirando o número de braços e pernas, não havia muito que se pudesse identificar. Viu o suficiente para saber que era um xenomorfo, e que a filmagem nos arquivos não havia feito jus ao monstro.

— Fica calmo, Joyce — rosnou ele, e sua voz tremeu. — Você não está ajudando.

— Tem mais deles, cara! — berrou Joyce. — Tem mais de um!

DiTillio olhou para cima a tempo de reconhecer que as palavras de Joyce eram verdadeiras. Outras silhuetas surgiram do buraco acima deles e foram para o casco destruído da nave. Eram velozes, arrastavam-se e conseguiam se segurar à nave mesmo enquanto desciam.

Joyce soltou um grito gutural, que foi interrompido quase na mesma hora quando uma das formas negras e lustrosas o agarrou do alto.

Só deu tempo de DiTillio lamentar não ter seguido o procedimento e chamado reforços. Então outras duas silhuetas negras caíram sobre ele. Eram meio humanoides, mas tinham garras afiadas e dentes.

Muitos, muitos dentes.

17

NECRÓPOLE

Às vezes, as pequenas coisas, aquelas que negligenciamos com mais facilidade, escondem os melhores segredos.

Eles haviam entrado numa seção menor do túnel, onde o ar se movia com suavidade. Depois, voltaram para o acampamento e ficaram na tenda do refeitório até que as sondas cumprissem as devidas tarefas e sinalizassem que o caminho estava livre.

Assim, o doutor Nigel Silas saiu da tenda e foi até a abertura que tinham feito na parede rochosa com uma explosão. Em seguida, olhou para a descoberta que se estendia diante de si com um sorriso de orelha a orelha.

Uma metrópole, de fato. Parecia ter séculos de idade.

A cidade era vasta, construída em colinas e espalhada por áreas onde antes já houvera vales, muito provavelmente cortados por rios. Era impressionante, ainda que tudo estivesse em ruínas. Superfícies arranhadas e corroídas, edifícios que desabaram quase por completo, mas ainda restavam maravilhas.

As sondas trabalhavam com afinco, gravando detalhes a cada minuto. Podia vê-las voando ao longe. Suas luzes entravam e saíam do campo de visão, iluminando o topo dos prédios, que pareciam ter sido estruturas formidáveis em outra era e que retinham ecos daquela magnificência há muito desaparecida.

Assim como a nave, os prédios não haviam sido construídos. Foram cultivados, formados num processo que ele mal havia começado a entender, mas que desejava desesperadamente poder estudar pelos próximos cem anos.

Não importava o que fizessem ali, ninguém na equipe com a qual ele trabalhava viveria tempo suficiente para terminar o que haviam começado. Nem consideravam a hipótese. Só o que importava agora era começar a escavação.

Encontraram os restos de algumas das criaturas que viveram ali, quase irreconhecíveis de tão antigas. Eram bípedes, com alguns traços vagamente caninos, e maiores que o ser humano médio. Quantos teriam habitado a cidade? A julgar pelo número de edifícios que acharam até então, talvez mais de um milhão.

Ainda não haviam cavado fundo o bastante para encontrar alguma das tecnologias usadas para fazer o lugar funcionar. Quando isso acontecesse, quem sabe quanto mais descobririam? E, a cada item encontrado, quem sabe quanto tempo levariam para descobrir como funcionava? Aquela única cidade poderia manter um exército de cientistas ocupado por décadas.

O achado de uma vida. Ao pensar nisso, ele sorriu.

Colleen saiu da tenda atrás dele e soltou uma risadinha.

— Você está parecendo uma criança grande — comentou ela. — Sabia disso?

— De que outro jeito eu poderia estar? Olhe esse lugar, Colleen. É maravilhoso.

Ela sorriu e envolveu a cintura dele com um braço.

— Eu sei. — Parou por um momento e apreciou a vista ao lado dele, em silêncio. Depois disse: — Onde vamos procurar hoje?

Silas apontou para a estrada que levava ao vale mais próximo.

— Os dados fornecidos pelas sondas mostram que naquela direção fica algo que parece um complexo militar — respondeu ele. — Bom, ou pelo menos um complexo industrial. É melhor procurarmos lá primeiro. É provável que ofereça muitas tecnologias de todos os níveis.

Colleen assentiu.

— Então vamos botar o pé na estrada.

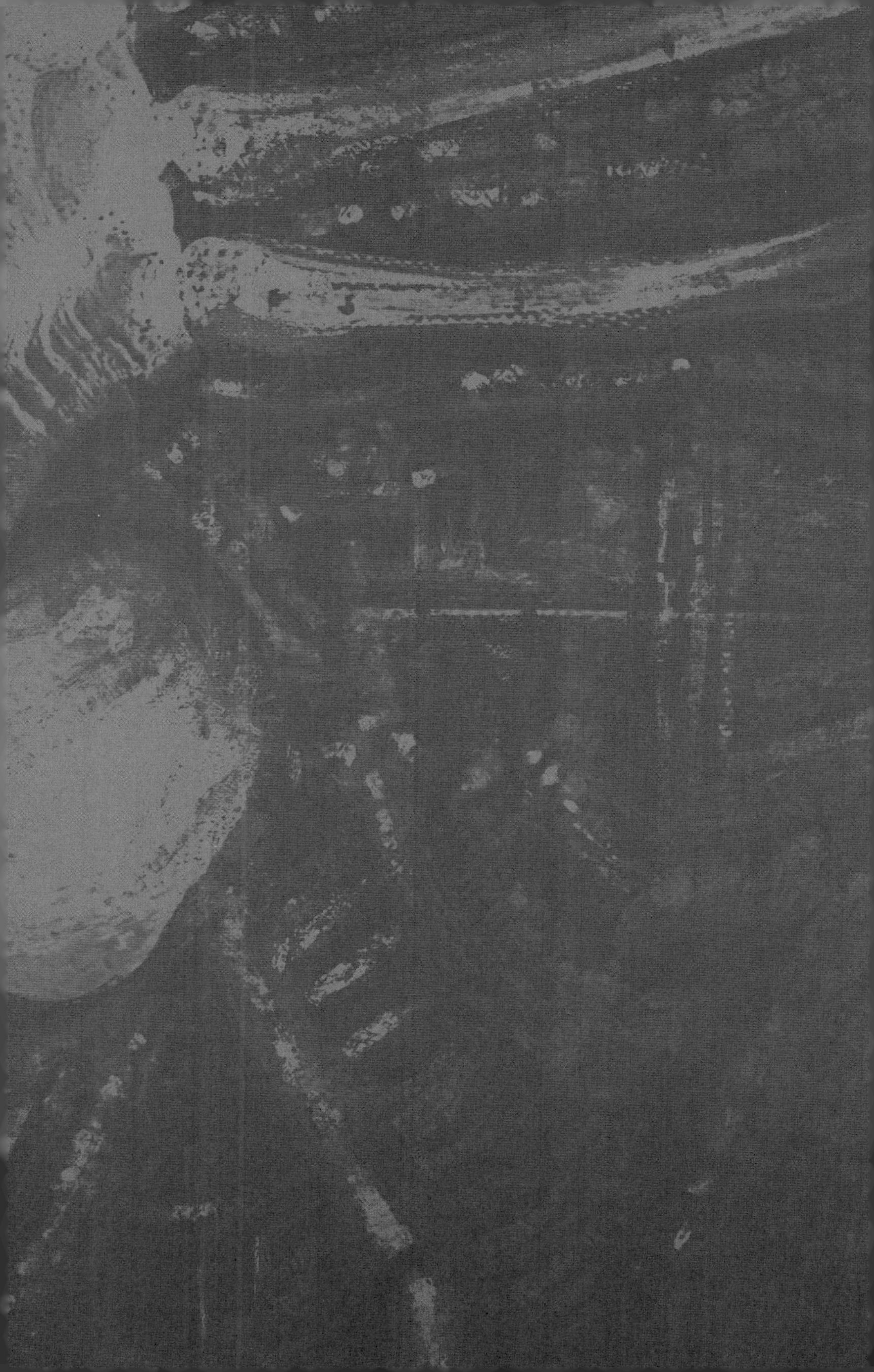

18
AUMENTANDO A APOSTA

Decker ficou de lado, afastado, observando e esperando.

Estavam prestes a entrar nos destroços quando Willis recebeu uma chamada pelo comunicador. Qualquer que tivesse sido o informe, toda a ação havia sido suspensa, e ele e Manning estavam afastados dos outros, conversando. O restante dos mercenários esperava instruções, e Adams estava por perto. Esvaziava uma garrafa d'água aos goles, deliciando-se como se fosse a melhor cerveja que já tinha provado.

Essa parecia ser sua atitude em qualquer situação. Para Decker, parecia difícil ser tão otimista.

— Por que você acha que as leituras e as sondas não funcionam, mas os comunicadores, sim? — perguntou Decker.

— Acho que as vidas de comunicação são muito mais simples. Talvez tenha algo a ver com isso. — Ela deu de ombros. — Mas como é que eu vou saber? Sou apenas um soldado.

Manning e Willis se aproximaram do grupo, ainda imersos na conversa, e pareciam animados com alguma coisa. Então Manning se afastou e convocou o grupo.

— O senhor Willis e eu recebemos uma chamada do doutor Silas. Ele é o líder da equipe que está examinando o outro lado dessa coisa. — Gesticulou indicando a nave alienígena. — De acordo com ele, parece que tem muito mais no lugar de onde ela saiu. — Isso capturou a atenção de todos. Alguns mercenários começaram a falar, mas Manning os silenciou com um único gesto. — Eles andaram cavando atrás dessa nave e acreditam ter encontrado o que parecem ser as ruínas de uma cidade.

Todos começaram a falar ao mesmo tempo, e Manning não interferiu. Sabia o que isso significava para eles: a possibilidade de recompensas estratosféricas. Depois de um instante, Bridges ergueu a voz. Dentre os mercenários, ele era o mais próximo de um militar à moda antiga, de cabelo curto, bigode fino e botas bem engraxadas.

— Uma cidade? — indagou ele. — Há algum sinal de vida? Talvez os insetos que estamos procurando? — O homem sorria, provavelmente já planejando como gastaria seu dinheiro.

Foi Willis quem respondeu:

— Entendam que eles ainda não foram muito longe — explicou ele. — Não há sinal de vida, mas, a julgar pela configuração do que *encontraram*, parece muito provável que a nave estivesse decolando, não pousando. Isso significa um espaçoporto, e talvez estejamos diante de um verdadeiro tesouro em descobertas de um tipo jamais encontrado antes.

Ele estava quase dando pulinhos de empolgação, mas não era de se admirar. Uma coisa era encontrar uma nave, mas todo um povo capaz de viajar pelo espaço? Toda uma raça que *cultivava* naves? Qualquer um que ficasse com uma parte dos espólios se tornaria absurdamente rico.

O burburinho recomeçou. Depois de alguns minutos, a paciência de Manning chegou ao fim.

— Escutem! — berrou ele. — Seja lá o que tenham encontrado, precisamos nos concentrar na missão. Temos que garantir que a mina esteja segura e temos que tentar encontrar qualquer coisa viva que possa existir nesses túneis. O senhor Willis chamou reforços, mas eles vão demorar algumas semanas para chegar. Então vamos trabalhar em esquema de rodízio e cobrir o máximo de terreno possível. Nada nem ninguém sai deste lugar sem meu conhecimento e minha permissão. Está claro?

— Entendido, chefe — disse Piotrowicz. — Ninguém entra, ninguém sai. Mas e os mineradores?

— A mesma coisa para eles. O trabalho continua o mesmo — explicou Manning. — Eles vão seguir exatamente os mesmos protocolos que nós. Ninguém entra. Ninguém sai.

— Tem certeza de que dá para confiar no pessoal lá em cima? — questionou Piotrowicz.

— O emprego deles está em jogo tanto quanto o nosso — declarou Willis. — Eles vão aceitar todas as medidas de segurança que definirmos. Essas são as regras, não há exceção. — Suas palavras foram recebidas com murmúrios de aprovação geral.

Pelo canto do olho, Decker viu um dos três técnicos se levantar e se dirigir a Manning. Embora todos tivessem ouvido, os três permaneceram em seus postos. O técnico disse alguma coisa que Decker não conseguiu ouvir em meio às conversas, e os dois voltaram ao monitor.

De repente, Manning emitiu uma pontada de emoção — ou talvez tenha partido dois homens ao seu lado. O capitão da equipe disse algo no comunicador, depois balançou a cabeça.

A pontada ficou mais intensa. Decker franziu a testa.

— Ah, não — disse Adams, perto dali. — Vou comprar uma mansão e morar em Mônaco. Gosto da ideia de um planeta sem nada além de casas de frente para o mar.

— Você vai torrar no sol! — exclamou o moleque magricela, Garth. — Você é tão branca que sua pele queima só de passar por uma luz forte.

— Olha quem está falando! Além disso, vou contratar uns gostosos para passar filtro solar em mim toda manhã, e hidratante duas vezes à noite.

Decker se livrou das conversas fiadas. Ele pertencia à Weyland-Yutani porque devia a ela mais dinheiro do que qualquer um ganharia nessa expediçãozinha. Entretanto havia mais uma coisa incomodando-o... se ao menos conseguisse pensar apesar das drogas que Piotrowicz havia injetado em seu braço...

Ah.

Sim.

— Se existe uma cidade, o que aconteceu com as pessoas? — perguntou Willis.

— Como assim? — O homem ainda estava com um sorriso de orelha a orelha.

— Os alienígenas que a construíram — continuou Decker. — O que aconteceu com eles?

Willis fez uma cara séria, mas tentou parecer despreocupado.

— Bom, isso nós ainda não sabemos.

— Quero dizer, se a nave aqui estava tentando decolar e caiu, não deveríamos encontrar algum tipo de vestígio dos alienígenas? — Ele fez um movimento com a mão, indicando toda a área imediata. — Aliás, por que simplesmente deixaram a nave aqui, enfiada no chão? Não deveriam tê-la levado, sei lá, para algum outro lugar?

O sorriso de Willis sumiu. Ao mesmo tempo, Manning gritou para a equipe:

— Escutem. — Havia tensão na voz. — Temos um problema. Rodriguez, Joyce e DiTillio não estão respondendo às chamadas. — Ele se aproximou do grupo, com uma expressão austera no rosto, que parecia ter sido esculpido nas pedras da caverna. — Temos três desaparecidos em combate.

Todas as conversas cessaram, e os mercenários começaram a preparar o equipamento. Isso surpreendeu Decker. Essas eram as mesmas pessoas que o espancaram e o sequestraram. Mas, quando três dos seus desapareciam, todo o resto ficava em segundo plano. A contragosto, admirou isso.

A verdade era que precisavam contar uns com os outros na hora do aperto, assim como ele havia dependido de Luke e da equipe quando tinha ficado preso debaixo do verificador de amostras.

Levantou-se depressa, e na mesma hora sua cabeça começou a girar. Droga, precisava se recuperar de quaisquer que fossem aqueles medicamentos. Olhou ao redor, à procura de Piotrowicz, mas não o encontrou — havia uma espécie de caos controlado.

Enquanto procurava, aquela sensação o atingiu novamente — a certeza de que era observado. Olhou para os outros, e ninguém estava prestando a menor atenção nele. Fez o melhor que pôde para se concentrar.

A impressão pareceu vir de vários lugares ao mesmo tempo. Algo o observava, *vigiava*. Não havia dúvida, e mais uma vez o pânico começou a roer as bordas da mente, lançando torrentes de gelo que flutuavam e resvalavam pelo estômago, deixando-o extremamente desconfortável.

— Decker! — A voz de Manning rasgou a névoa. — Você está captando alguma coisa, sonhando acordado ou só esperando que ninguém perceba que você não está fazendo nada?

— Desculpe — respondeu. — Não sei o que Piotrowicz me deu, mas está mexendo comigo.

— Bom, vê se melhora e apronta seu equipamento.

Decker pegou a mochila, que continha as duas armas que havia recebido, e se juntou aos outros.

— Não sei como funciona essa sua mágica — disse Manning —, nem quero saber. O que preciso é de resultados. Se a equipe de DiTillio se meteu numa encrenca, preciso saber onde eles estão e se os seus amigos alienígenas estão com eles ou não.

Decker fechou os olhos outra vez e se concentrou. Embora houvesse impressões vindo de toda parte, a sensação mais forte vinha de cima da nave, como já aconteceu antes.

O mesmo lugar aonde DiTillio, Joyce e Rodriguez foram por causa do que ele tinha dito.

Merda.

— Mesmo lugar — disse ele, apontando.

— Para mim está bom. — Manning começou a andar. — Quatro equipes. Cho, você e os técnicos ficam aqui monitorando tudo o que puderem. Piotrowicz, pela esquerda, e fique de olho nos túneis. Hartsfield, pela direita. Arma na mão, mas sem fazer merda.

À exceção dos técnicos, os grupos se separaram como se já tivessem feito isso muitas vezes antes. Era óbvio que eles já tinham trabalhado com as pessoas que Manning havia escolhido, e seguiram os líderes. Decker foi atrás de Manning, seguindo o ritmo de Adams, embora cada fibra do seu ser gritasse que *não* devia ir ao encontro da fonte de sua agonia.

Mas precisava cumprir sua parte da barganha se queria sair dessa. Além do mais, estava cercado de mercenários fortemente armados.

O que poderia dar errado? Na mesma hora ele se arrependeu do pensamento.

Willis alcançou o grupo, e Manning parou.

— O que está havendo? — perguntou Willis. — Aonde vocês pensam que vão?

O líder dos mercenários o encarou por um momento.

— Eu acabei de dizer. Três dos nossos desapareceram. Vamos encontrá-los.

— Todos vocês? — Willis balançou a cabeça. — Não. Pelo menos alguns de vocês precisam ficar aqui para quando a equipe de pesquisa voltar. Até lá, não podemos deixar esta área desprotegida.

— Está tentando me dizer como fazer o meu trabalho, senhor Willis? — A voz de Manning baixou, tornando-se um rosnado desagradável.

— Estou tentando lembrá-lo de que as regras mudaram. — Willis se deteve e mudou de tática. — Escute, entendo que algumas pessoas desapareceram, mas você não precisa de toda a sua equipe para uma operação de busca e resgate. E estará ignorando a presente missão.

— Esta é a presente missão. Separei a equipe em três...

— O trabalho pelo qual estamos *pagando* você — acrescentou Willis com firmeza.

Manning apenas o encarou, sem emoção. Os mercenários mais próximos se aproximaram, esperando para ver se o chefe daria um soco no burocrata residente.

— Certo — disse Manning, e se virou para os outros. — Piotrowicz, você, Anderson, Lutz, Estrada e Vogel vão ficar aqui com Willis. Seu trabalho é proteger esta área, principalmente o elevador. Nada desce e nada sobe sem a minha permissão.

Piotrowicz sorriu e se destacou da equipe, e os outros citados foram se juntar a ele.

— Entregue os suprimentos médicos para Adams. Parece que você é incapaz de aplicar uma dose razoável de qualquer merda mesmo.

Por um segundo, o homem magro pareceu prestes a discutir. O olhar que recebeu o convenceu de que isso não era uma boa ideia. Manning se voltou para o brutamontes com a tatuagem na cabeça raspada.

— Connors, leve Groff, Hunsucker, Juergens e Blake. Vá para o outro lado dessa coisa e descubra o que tem lá. Todo mundo de olho aberto. Já sabemos que pode ter insetos e que três pessoas estão desaparecidas. Todo mundo vai se comunicar através de Cho e do restante do sistema. — Ele se virou para encarar Willis. — Satisfeito?

Willis assentiu com um ar presunçoso de triunfo. Se Manning notou, não deixou transparecer.

Adams fez que não com a cabeça, um sorriso estranho se formando nos lábios. Decker a olhou por um segundo, captando o bom humor.

— O que foi?

— Engravatados... Nada mudou. Manning só deixou esse cretino achar que manda em alguma coisa. Esse é o resultado que a gente teria de qualquer forma. Duas equipes secundárias, metade de cada equipe ficando por aqui, a outra metade avançando para vigiar o perímetro. A equipe principal, na qual estamos, vai para a última localização conhecida dos desaparecidos. Ele deixou o Manning irritado, então agora tem mais gente na equipe principal.

Decker assentiu. Estava acostumado a lidar com o outro lado da questão. Provavelmente, houve momentos em que ele tinha sido o Willis da equação.

Pouco depois, estavam voltando para a lateral da nave e para o tubo longo e preto de silício que subia em direção ao teto. Vinte mercenários se dirigiam à última localização conhecida dos desaparecidos.

DiTillio acordou na escuridão, o corpo pingando suor. Algo quente e úmido envolvia os braços, o peito, e ele sentia *coisas* rastejando por cima do seu corpo.

— Que porra é essa?

Se havia alguém ali para ouvi-lo, não respondeu.

A umidade no peito pesava e se espalhava, e ele sentiu mãos alisando suas roupas. Estava com dificuldade para respirar, mas não o bastante para fazê-lo entrar em pânico. A falta de mobilidade era o que causava isso. Qualquer que fosse o material que o cobria, estava endurecendo depressa.

O ar fedia a óleo e metal e a alguma coisa azeda. Ele tentou enxergar, mas não havia luz.

Por isso, quando a silhueta rastejou por cima do seu rosto, ele não teve noção do que poderia ser, exceto que era algo com pernas longas e finas. Tentou sacudir a cabeça, e os dedos se afundaram nos seus cabelos, colados ao rosto.

— O quê?

O pânico o dominou, e ele sacudiu a cabeça com mais força enquanto algo envolvia seu pescoço. Era quente o bastante para parecer que queimaria a pele, e apertava como um nó corrediço, sufocando-o. Então afrouxou um pouco.

DiTillio tentou falar, implorar, mas, antes que pudesse proferir qualquer som, havia algo em sua boca, invadindo os lábios, ultrapassando os dentes e se enterrando ainda mais fundo.

"Pânico" não bastaria nem para começar a descrever o que sentiu. Tentou sacudir a cabeça para os lados, mas estava preso com muita firmeza. O que quer que estivesse em sua boca avançou com mais força, enfiando-se na garganta. Teria provocado um engasgo se pudesse, mas a criatura aproveitou o movimento para penetrar ainda mais fundo.

Seus olhos ficaram marejados na escuridão. Ele tentou gritar mais uma vez.

19
RUMO À ESCURIDÃO

Ao se aproximarem da nave alienígena, viram o sangue.

Foi Decker quem encontrou a primeira arma. De acordo com Manning, pertencia a Rodriguez. Era uma matadora, bem parecida com a que ele trazia no coldre ao quadril. Isso não era bom. Eles viram respingos de sangue no chão, e mais escorria pelo lado da nave.

Começaram a escalar em direção ao túnel escuro, apreensivos. Foi uma subida relativamente simples para Decker e os outros.

As emoções despontavam de toda parte, embora houvesse muito mais raiva do que medo. Decker as afastou, tentando se concentrar no que os aguardava, e seu pressentimento continuava indicando o mesmo lugar. Havia uma sensação geral de ameaça que não ficava mais forte nem mais fraca enquanto escalavam.

As gotas de sangue tornavam-se mais frequentes à medida que subiam. Manning se segurava ao casco e fazia várias chamadas, mantendo Cho e Piotrowicz atualizados. Quando se aproximaram do tubo, Decker olhou para baixo e mal pôde ver o grupo ao pé da rampa, tão pequeno de longe.

Manning foi o primeiro a chegar à entrada do túnel. Sacou uma lanterna poderosa, que prendeu ao ombro da armadura. Vários outros abaixo dele fizeram exatamente o mesmo. Decker se sentiu nu sem esse equipamento, mas as luzes pareciam fortes o bastante para ajudá-lo a ver.

Os dedos do mercenário procuraram um ponto de apoio no interior do túnel, encontrando-o. Ele se impulsionou para cima. Decker ficou pendurado ali, paralisado, mas Adams estava logo atrás dele e lhe deu um tapinha nas costas.

— Vamos lá — disse ela. — O chefe não vai esperar.

Talvez o efeito dos sedativos estivesse passando. Talvez ele estivesse enfim se adaptando a eles. Qualquer que fosse o caso, assentiu e continuou a subir, seus dedos encontrando pontos onde se apoiar com relativa facilidade. Quando chegou ao tubo, agarrou a borda da abertura e se impulsionou para dentro.

Mesmo ali, o ângulo do túnel o forçava a escalar. O silício retorcido, que lá de baixo parecia tão liso, oferecia vários pontos de apoio para as mãos e para os pés. Havia uma leve umidade no interior, acumulando-se em alguns pontos, tornando-os escorregadios. Sentiu uma pontada de claustrofobia, mas logo a sufocou.

A sensação de maldade permanecia a mesma, ainda vinha de toda parte, mas não havia se tornado mais intensa.

Adams continuou logo atrás dele, a lanterna presa ao ombro lhe mostrando os melhores pontos do caminho. À sua frente, Manning continuava a escalar enquanto o túnel virava, ficando um pouco mais na horizontal. A subida se tornou mais fácil, e o próprio ar ficou úmido. Havia um odor que, por alguma razão Decker achou familiar de uma forma incômoda.

Então ele entendeu. Era o odor dos pesadelos que vinha tendo havia meses. Mas era possível sentir cheiro no sonho? Não fazia ideia.

O tempo perdeu o significado enquanto prosseguiam, escalando e virando ao longo do túnel. Depois, a estrutura estranhamente orgânica se abriu, permitindo que ficassem de pé. Os outros mercenários fizeram o mesmo atrás deles.

A área não era exatamente uma sala. A parede, o chão e o teto eram feitos de um material que parecia um cruzamento entre um ser vivo, vidro e aço. De certa forma, era elegante, embora houvesse um excesso de regiões com sombras densas, onde praticamente qualquer coisa poderia se esconder. O material tinha um brilho úmido à luz das lanternas nos ombros.

Adams sacou um sensor de movimento e ligou o interruptor. Nada. Chacoalhou o aparelho, bateu com força na lateral e depois voltou a ligá-lo.

— Geringonça de merda da Weyland-Yutani — disse ela.

Alguns dos mercenários removeram as lanternas do suporte, e os fachos de luz vagaram sem rumo pela área. As paredes eram arredondadas e davam lugar ao teto suavemente, assim como ao chão. As luzes revelaram três túneis que brotavam da área principal, cada um numa direção.

Ali, o cheiro era pior.

— Onde diabos nós estamos? — perguntou Adams, a voz espantosamente alta.

Decker balançou a cabeça.

— Ou estamos acima da nave, ou *dentro* dela, ou saímos completamente da caverna — respondeu Manning. — Não sei, mas passamos um bom tempo subindo. — Sua voz continuava calma.

Adams se abaixou e passou a mão pela superfície. Ela arregalou os olhos ao avaliar o material, mas sua boca se torceu de nojo, e ela voltou a se levantar.

— Essa merda parece uma teia de aranha — afirmou. — Não pelo tato, mas pela aparência. Como se tivesse sido fiada ou tecida. Quando eu era criança, minha professora tinha uma colônia de aranhas-teia-de-funil num terrário. Era bem parecido com isso. Quero dizer, não exatamente, mas quase.

— A primeira aranha que eu vir, explodo. Odeio esses bichos — disse Sanchez.

O homem era magro e musculoso, e seu nervosismo era desconcertante. Decker não podia culpá-lo.

Manning olhou para Sanchez e assentiu.

— Encontrei alguma coisa.

Adams apontou a lanterna para a base da parede. Havia uma poça considerável de algum líquido ali, e a luz branca revelou que era sangue — provavelmente humano. Já estava coagulando. Manning olhou para o sangue, depois se voltou para Decker.

— Para que lado, gênio?

Decker tentou distinguir a sensação que quase parecia um ruído de fundo. Não havia um ponto no qual se concentrar.

Ele não vai gostar nada disso, pensou, e disse:

— Não tenho a menor ideia.

A calma de Manning desapareceu num instante, e ele se aproximou até que seus olhos estivessem a poucos centímetros dos de Decker.

— Isso não serve — disse, baixinho. — Você pode sentir essas merdas, seja lá o que forem? Ótimo. *Faça isso*. Procure por elas, ou fareje, ou *sei lá* que merda você deveria fazer, e me diga onde estão os meus homens. Ou posso acabar decidindo que você é uma responsabilidade com a qual não preciso lidar.

Decker sentiu a ira do mercenário se inflamar, e sua própria raiva se acendeu em resposta.

— Vê se me deixa em paz — rosnou Decker. — Eu não pedi nada disso. Você e os seus contratantes me arrastaram para cá. Você age como se eu fosse uma merda de um cão farejador. Bom, eu não sou. Mas sim, tem alguma coisa aqui que é perversa. Dá para sentir. Mas não posso fazer isso seguindo comandos, não tenho como dizer a você onde está essa coisa, que aparência tem e quantas delas existem. Simplesmente não funciona assim.

Manning se aproximou ainda mais. O olhar prometia um assassinato, e ele falou com a mesma voz calma, apesar da raiva que Decker sentia emanando dele.

— Pois. Faça. Funcionar — disse. — Dê um jeito. Agora.

Decker continuou encarando o homem, depois recuou um passo. Baixou a cabeça, fechou os olhos e cerrou os punhos.

E então sentiu

Merda.

— Merda — disse ele. — Seja lá o que for, está vindo para cá.

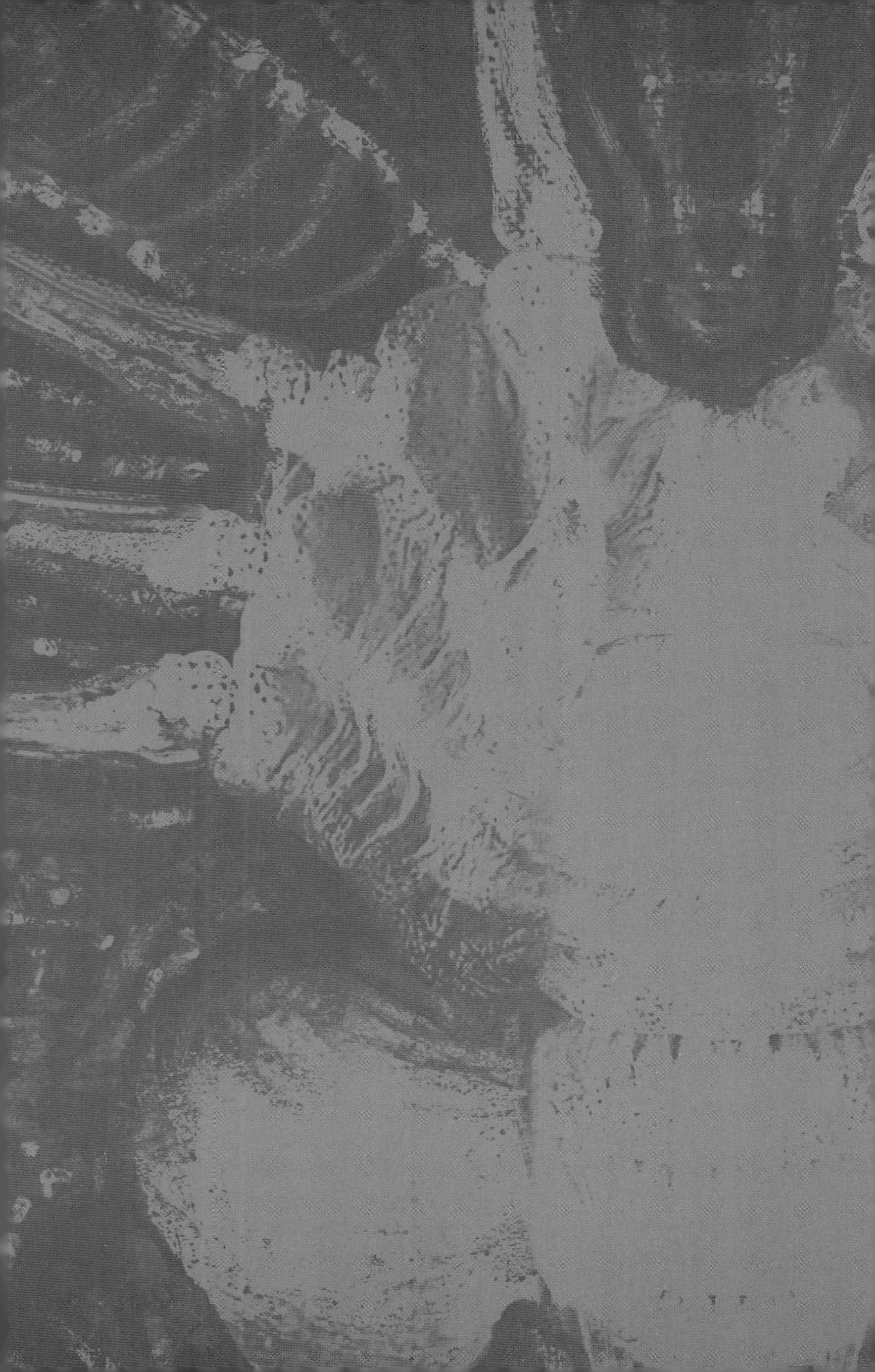

20
UMA PAZ MOMENTÂNEA

Os cinco caminharam devagar pela área, à procura de sinais do trio desaparecido. As luzes acima deles eram tênues e pareciam ainda mais fracas enquanto se aproximavam da extremidade da nave gigantesca.

Connors não perdia ninguém de vista. Hunsucker mastigava um chiclete como se a goma tivesse feito mal à sua família. O homem quase nunca falava, mas estalava e estourava a porcaria do chiclete o tempo todo. Ele era alto e magro, pele escura, queimada de sol. Seu cabelo era tão loiro que quase chegava a ser branco, o que gerava um contraste gritante. Hunsucker carregava um rifle de plasma, e o zumbido agudo do gerador era quase tão irritante quanto o som das mastigadas.

Connors se redimia de todos os seus pecados, porque o sociopatazinho sabia usar muito bem a arma.

Groff era uma presença sisuda. Havia feito carreira como fuzileiro e tinha como provar — um dos braços era inteiramente coberto de cicatrizes. Se os braços fossem colocados lado a lado, pareceriam um "antes e depois". O cabelo era cortado bem curto, grisalho, enquanto o rosto parecia o de um homem mais jovem. Ao contrário da maioria dos mercenários, ainda usava a farda militar e levava os suprimentos consigo aonde quer que fosse. Tê-lo na equipe fazia com que Connors se sentisse um pouco mais seguro ao entrar em território inexplorado.

Juergens e Blake eram, de longe, os mais relaxados do grupo. Afastados para um lado, murmuravam um com o outro enquanto avançavam. Blake tinha prendido a lanterna ao rifle de pulsos, que também zumbia. Projetou o poderoso facho de luz ao longo do ventre da nave enquanto passavam por baixo dela. O espaço era estreito, e Juergens tratou de verificar a integridade da estrutura. Não tinham ideia de quanto tempo ela havia passado ali, nem se era firme — até onde sabiam, o tempo poderia tê-la enfraquecido.

O seguro morreu de velho.

Era mais que o desejo de viver tempo suficiente para ficar rico. Tudo neste cenário deixava Juergens inquieto. Rodriguez era durão. Ele não levava desaforo para casa e saberia se virar num tiroteio. Se alguém ou alguma coisa abatesse Rodriguez, essa coisa era perigosa.

Poderia estar por aí procurando outro alvo.

De repente, Juergens se virou e apontou a arma para o lugar de onde tinham vindo, a lanterna mirando a escuridão.

— Alguém viu isso? — perguntou ele.

— Viu o quê?

Connors se virou e procurou algo que parecesse não fazer parte do ambiente.

Nada.

— Endireite a lanterna, Juergens. Você só está criando mais sombras para caçar.

Juergens não falou nada, mas firmou a luz e a moveu devagar pela superfície ampla.

Connors fez o mesmo, iluminando uma área diferente. Então parou.

— Mantenha assim — pediu ele, erguendo a mão.

Havia uma silhueta, ainda distante, vindo lentamente na direção deles. Era escura, e a forma como se movia era perturbadora. Havia quatro membros — pernas, provavelmente — debaixo da coisa, mas protuberâncias saíam das costas e balançavam a cada passo que dava. A cabeça era um arranjo alongado que parecia pertencer a uma criatura muito maior. A cauda era quase tão longa quanto o corpo, e terminava numa ponta de aparência perigosa.

— Que porra é essa?

A voz saiu mais alta do que ele pretendia. Tratou de puxar a trava de segurança do rifle eletromagnético. A arma fazia uma barulheira quando disparava, mas o que quer que ele atingisse sabia muito bem que sua hora tinha chegado.

— Também estou vendo — disse Juergens numa voz aguda.

— Eu também — avisou Blake, em voz baixa. — O que é isso?

Era quase como se a criatura fosse feita da mesma substância escura e vítrea que os túneis grosseiros que se entrelaçavam sobre eles e ao longo da parede distante, e mesmo dali conseguiam ver a forma das entranhas da criatura debaixo do exoesqueleto lustroso. Antes que Connors pudesse responder, ela atacou, sibilando como um cano de vapor rachado.

Groff abriu fogo, e três tiros do seu rifle cavaram valas no chão. O quarto acertou a perna da coisa que se aproximava, arrancando o membro.

O ruído sibilante se tornou um guincho agudo, e a criatura caiu para a frente, atingindo o chão e sangrando intensamente pelo buraco aberto onde a perna estivera um momento antes. O chão queimou e fumegou.

Podem secretar um líquido tóxico, ou cáustico, ou ambos. Ainda guinchando, a coisa se lançou na direção de Groff. O mercenário recuou e disparou mais uma série de projéteis. Era rápido, e era bom, e a coisa levou vários tiros antes de cair no chão, estremecer e... *Por favor, Deus...* morrer.

Connors pegou o comunicador.

— Manning! Pegamos uma coisa aqui. Acho que matamos, mas não dá para ter certeza.

A voz dele tremia. Queria que fosse de entusiasmo, mas era medo. Tudo naquela criatura era aterrorizante. A forma como se movia, a aparência... até a maneira de morrer.

Manning não respondeu. Connors ficou preocupado.

Juergens apontou para o capacete, depois para Connors.

— A comunicação já era. O sangue dessa coisa pingou no seu capacete.

Connors o tirou rapidamente e olhou para o estrago. Não podiam ter sido mais que umas gotas de seja lá o que aquele pesadelo tivesse em vez de sangue, mas fora o bastante. O aparelho tinha derretido, e havia um buraco meio queimado no casco duro do capacete. Ele o virou do outro lado e percebeu que o fluido cáustico ainda o corroía. Ácido fluorídrico... era isso que a porcaria do arquivo dizia? Desejou ter levado o arquivo consigo. Gostaria de ter lido com um pouco mais de atenção.

Se Juergens não tivesse avisado sobre o dano, talvez tivesse chegado ao seu couro cabeludo. Antes que pudesse agradecer, Groff falou.

— Mexa-se — rosnou ele. — Temos companhia.

Ele empunhou o rifle de pulsos. O rifle de plasma de Hunsucker zumbiu um pouco mais alto quando ele virou a trava de segurança.

A escuridão ganhou vida. Era a única descrição possível. As sombras ao longe começaram a se mexer, *agitando-se*, e Connors as observou enquanto se dividiam em formas menores. Ele tentou contar, mas eram rápidas demais, numerosas demais.

Hunsucker mirou com cuidado e atirou. Um clarão brotou da arma, iluminando tudo ao redor. A bola de plasma ardeu quente o bastante para incendiar o ar, e todos eles estreitaram os olhos enquanto o míssil atingia o alvo. A criatura era rápida, e quase conseguiu se desviar do disparo, mas isso geralmente não funcionava quando o assunto era plasma.

Ela teve bastante tempo para sibilar antes que metade da cabeça derretesse.

A criatura estava morta antes de chegar ao chão. Como a ferida estava cauterizada, nada daquela porcaria cáustica espirrou neles.

Mas havia outras no lugar de onde aquela viera. Hunsucker sorriu e atirou de novo, a luz quase cegando todos eles. Porém, errou — o alvo se abaixou, agachando-se como uma aranha de pernas longas, e continuou avançando. A pequena bola de plasma atingiu a nave e queimou, derretendo a superfície antiga e deixando uma cratera fumegante de lembrança.

A coisa pulou, movendo-se com uma velocidade perturbadora, torcendo o corpo para que tomasse impulso na parte de baixo da nave e corresse diretamente para Hunsucker, mesmo que ele tentasse segui-la com a ponta do rifle. O cano apontou para Connors, que se jogou no chão para evitá-lo.

O mercenário tentou girar a arma, mas a coisa em cima dele prendeu seu braço no chão com um aperto poderoso, e as garras grossas na ponta dos dedos do pesadelo rasgaram carne, músculo e osso com uma facilidade alarmante.

Hunsucker gritou e chutou, mas a criatura não pareceu se importar nem um pouco. A arma caiu da sua mão. Ele chutou de novo, fazendo o monstro recuar cambaleando. O mercenário rolou e se levantou o mais rápido que pôde. A coisa girou, forte e veloz, e aquela cauda serrilhada o golpeou no peito com força suficiente para erguê-lo do chão e jogá-lo contra a nave.

Os gritos dos outros três desviaram sua atenção. Na mesma hora, ele soube que tudo havia extrapolado o limite da razão. *Tudo*. Os pesadelos se aproximavam, e eram muitos. Sua pele ficou tensa, e seu pulso acelerou.

Groff manteve a posição e abriu fogo, derrubando um, dois, três antes que o restante o alcançasse. Gritou quando avançaram sobre ele num enxame, como insetos.

— São muitos! São muitos! — berrou Connors. — Recuar!

Hunsucker estava fora de combate, o braço destroçado sangrando, e a coisa que o havia atacado agora o arrastava pelo chão, afastando-o dos outros combatentes.

— Cadê vocês, *porra*? — gritava Juergens ao rádio. — Estamos sendo atacados! Precisamos de reforços!

Sua voz estava frenética. Ele tentou atirar numa das criaturas malditas, mas foi lento demais no gatilho. A silhueta escura se jogou sobre ele e os dois caíram no chão. Membros inumanos se ergueram, desceram e recuaram, várias e várias vezes, cobertos de sangue.

Juergens parou de lutar.

Três deles derrubaram Blake. Ele os viu avançando e balançou a cabeça. Em seguida ergueu as mãos.

Merda!, pensou Connors.

— Eu me rendo! — gritou Juergens. — Desisto!

Connors teve vontade de atirar no desgraçado ali mesmo. Antes que pudesse se mexer, Juergens desapareceu engolido por uma onda negra e quitinosa.

Várias das coisas o cercaram, espiando, e se aproximaram, rodeando, mantendo-o ocupado.

— Não — disse ele. — De jeito nenhum.

Connors avistou a mais próxima e apontou a arma eletromagnética para a cabeça colossal. O som alto do disparo rugiu pelo ar. Um projétil perfurou a couraça da coisa vil. Antes que ele pudesse comemorar, outra criatura avançou, abaixada e veloz, e, enquanto o mercenário tentava mirar, a cauda do monstro golpeou sua arma, e atirando-a para o lado sem dificuldade. Seu braço ardeu de dor, e então ele não o sentiu mais.

A pele da criatura era rígida e quente, coberta por uma umidade escorregadia que deixou um rastro de muco no antebraço. Connors chutou o peito da coisa, lançando-a para trás. Ela sibilou e ele avançou, determinado a sair dali inteiro.

A cauda outra vez. A ponta veio e atingiu seu rosto, rasgando o nariz e os lábios. Connors recuou por puro instinto, e outra daquelas coisas veio por trás. A maldita agarrou seus braços, cravando as garras afiadas tentando se firmar e afundando com facilidade na carne.

Ele se debateu e lutou, mas não foi o bastante. Elas eram mais fortes do que o homem jamais teria imaginado. O sangue escorria pelo rosto, e a criatura que havia chutado se ergueu diante dele, cara a cara, sibilando enquanto arreganhava os lábios e exibia dentes prateados cobertos por uma fina camada de saliva. Nada que já tivesse visto em seus piores pesadelos havia sido mais medonho.

Havia um crânio dentro daquela cabeça, e Connors viu que as cavidades onde deveria haver olhos estavam voltadas para ele.

Deu um chute de novo, mas dessa vez a coisa estava preparada. O golpe foi forte, mas ela não recuou. Em vez disso, avançou, e os dentes se abriram, depois se fecharam.

Carne e ossos rangeram, e Connors gritou antes de perder os sentidos.

21
POR TODA PARTE

O elevador subiu enquanto eles vasculhavam a área. Piotrowicz quase se mijou. Mas não havia ninguém a bordo — provavelmente, eram os mineradores, usando-o para ir de um nível superior a outro.

Seu grupo havia voltado de caminhão para perto do elevador, pois Willis queria garantir que a área estivesse segura.

Logo depois que chegaram, Willis recebeu uma atualização do grupo que havia encontrado a cidade alienígena. Ao que parecia, esbarraram em restos mumificados, mas nenhum deles estava completo. Estavam queimados, quebrados ou pior. O melhor que puderam obter tinha sido uma coisa parecida com um cachorro de membros longos.

— Tem alguma foto? — perguntou Piotrowicz, curioso. — Dos alienígenas.

— O grupo de Nigel deve ter tirado algumas, mas está mantendo tudo em sigilo — respondeu o burocrata. — Ninguém pode ver *nada* do que encontrarmos aqui sem autorização. Alguns membros da equipe que encontrou a nave tiraram fotos, e suas câmeras foram confiscadas imediatamente. Se você vir *qualquer pessoa*, mineradores ou gente da sua própria equipe, gravando massas descobertas, interrompa imediatamente e me informe.

Piotrowicz entendeu que precisaria tomar mais cuidado. Outras pessoas talvez entregassem suas câmeras, mas ele não tinha intenção de fazer isso. Até mesmo enquanto conversava com o burocratazinho, tudo estava sendo gravado... para a posteridade.

Quando chegasse a hora, planejava vender pelo melhor lance.

— Tudo bem — concordou ele. — O que é o vidro preto?

— Realmente não sabemos. No começo, pensamos que o material preto da superfície fosse feito da areia local. Mas tem uma composição química diferente. É como se houvesse algo fabricando esse material.

— Bom, Decker disse que tem um pouco disso perto da superfície, brotando do chão. Em que profundidade você disse que estamos?

— Dois mil e cem quilômetros, mais ou menos. — Willis meneou a cabeça. — Mas provavelmente não há relação. A maior parte do material próximo da superfície deve ter se destacado e subido anos atrás. Talvez por meio de atividade tectônica. Ou talvez tenham sido as tempestades.

O mercenário balançou a cabeça.

— Não entendi.

— Bom, a cidade e essa nave provavelmente estavam na superfície quando houve a queda. As tempestades foram fortes o bastante para enterrar tudo. Até onde sabemos, os túneis pretos podem ter sido fabricados na superfície e, depois, enterrados ao longo dos séculos.

Piotrowicz voltou a balançar a cabeça, discordando.

— De jeito nenhum — disse ele. — Escuta, não sou nem de longe um especialista, mas até eu consigo perceber que esse negócio é muito mais recente.

— Como assim?

— Esse negócio não só *parece* úmido. Encontrei um dos tubos perto do chão, e tinha umidade saindo dele.

— Isso é impossível — retrucou Willis. — Não há nenhuma fonte de umidade aqui embaixo; é seco como um deserto.

— Podemos ir até lá e verificar agora mesmo, se você quiser.

Nesse momento, o elevador começou a se deslocar de novo, em algum lugar acima deles.

— Temos que entender o que está havendo — declarou Willis, e pegou o comunicador no quadril. — Vou detê-los.

Antes que Piotrowicz pudesse falar qualquer coisa, ouviu Juergens gritando em seu ouvido:

— Estamos sendo atacados! Precisamos de reforços!

O som foi tão súbito e alto que ele quase arrancou o headset antes de identificar o que tinha sido dito.

Anderson, que não estava longe, olhou na direção dele. Vogel estava falando com os três que ficaram na base. Tentaram responder, mas nenhuma mensagem parecia chegar. Então surgiu a voz de Manning, tentando localizar Juergens onde quer que estivesse.

Nada.

Piotrowicz convocou a equipe e pegou as armas. Perguntou aos técnicos de comunicação se podiam localizar Connors e sua equipe, mas suas telas chiques de última geração não mostravam porcaria nenhuma.

Um monte de merda imprestável.

Willis acenou para chamar sua atenção, sem saber o que estava acontecendo.

— É a equipe do terceiro nível, usando o elevador para carregar alguns equipamentos de escavação — informou ele. — Vamos ficar presos aqui embaixo por um tempo, mas a equipe no local de escavação já enviou uma solicitação para quando eles terminarem.

— Ah, é? Bom, temos que sair daqui agora mesmo... correndo — avisou Piotrowicz. — Os caras que estavam indo para o local de escavação acabaram de entrar em contato. Estão sendo atacados. Talvez você queira ligar de novo para o seu pessoal e alertá-lo.

— Sendo atacados? Por quem?

— Não faço a menor ideia. Mas, se eu fosse você, ligaria.

Sem esperar resposta, Piotrowicz correu, gesticulando para que o restante da equipe também entrasse no caminhão. Assim que os quatro estavam a bordo, o veículo partiu.

Juergens era um palhaço. Gostava de fazer piadinhas, mas nunca brincaria com aquilo. Nunca. Manning o teria esfolado vivo.

Não, o que quer que tivesse acontecido, a comunicação havia sido interrompida. Ele esperava que fosse só isso.

— Manning, o que você quer que eu faça aqui?

Suspeitava já saber a resposta, e podia apostar que não gostaria dela.

— Vá até lá. Peça para os técnicos dizerem a você aonde ir, talvez eles consigam um informe decente.

— Negativo, chefe. Eles já tentaram.

Perkins tinha dado a mesma resposta, a voz cheia de tensão.

— Interferência. O mesmo com DiTillio. Não estamos recebendo nada. Tem alguma coisa aqui ferrando o sinal.

— Porra! — disse Manning ao mesmo tempo que Piotrowicz. — Vá ver o que é, Petey. E tome cuidado.

— É pra já.

O caminhão passou por baixo do casco da nave, e eles tiveram que abaixar a cabeça. Chegaram a um ponto do qual o veículo não passava, portanto teriam que continuar a pé.

Piotrowicz desceu e chamou os outros com um gesto. Vieram rápidos e firmes, todos armados, e com um jeito de quem queria muito quebrar a cara de alguém.

Por mim, tudo bem, pensou ele. Porém, ficou em silêncio, prestando atenção...

Atravessaram algumas centenas de metros. A gravidade reduzida fazia com que parecesse menos, mas ainda levariam um tempo para chegar ao destino. Contornaram a lateral dos destroços e olharam ao redor. Conforme a escuridão crescia, acoplaram lanternas às armas e as apontaram para todas as direções.

As luzes revelaram duas coisas mortas. Talvez três. Os pedaços não pareciam combinar. Lutz se agachou perto de um deles e usou o cano da espingarda de repetição para movê-lo e poder olhar melhor.

— Que porra é essa?

A voz de Lutz estava bastante calma, mas agora ele se movimentava com muito mais cautela do que um minuto antes. — Comunicação, consegue receber imagens?

— Negativo. Quero dizer, você pode tentar, mas não prometo nada.

Nada como uma resposta consistente e comprometida para deixar o dia ainda melhor.

— Vou tentar. Precisamos mostrar isso para todo mundo. — Ele se aproximou mais e passou um bom tempo olhando o corpo. — Do que essa coisa é feita?

— Parece uma máquina — disse Vogel, com um tom suave. — Será que estamos lidando com organismos biomecânicos? Como a nave?

— Não tenho ideia.

Piotrowicz recuou. O chão estava chamuscado nos pontos em que o líquido saído daquelas coisas tinha derramado. Pontos na lateral da nave arruinada exibiam dano semelhante, e, enquanto ele verificava isso, Estrada chegou trazendo o capacete de Connors.

— Manning, parece que temos mais cinco abatidos — informou Piotrowicz. — Encontramos evidências do combate, mas nenhum corpo. Nenhum corpo *humano*. Tem outras coisas aqui. Acho que encontramos os insetos que deveríamos caçar.

Manning não respondeu.

Ele repetiu o comentário, só por garantia.

Ninguém respondeu.

Então ouviu o som de um motor. Era forte e alto, e não parecia ser boa coisa.

Gesticulou para que o restante da equipe chegasse mais perto da nave e, um momento depois, ficou feliz por ter feito isso. O veículo veio se sacudindo do outro lado do local de escavação, onde nenhum deles estivera ainda. Não era blindado, mas era fechado. Havia luzes, mas só metade delas funcionava, e todo aquele negócio enorme fumegava como se tivesse saído de um incêndio. A carroceria estava amassada e arranhada, com vários talhos fundos e o que parecia ser pelo menos um buraco queimado na lateral. Um dos pneus era uma massa murcha, agitando-se e batendo no chão em vez de rodar suavemente nele.

Estrada disse algo, mas o ronco do motor era alto demais.

O veículo passou por eles em alta velocidade, e por um breve instante Piotrowicz viu o rosto da motorista. Tinha os olhos arregalados e a boca aberta num esgar de medo, e ele percebeu o motivo. Havia coisas escuras penduradas no topo, rasgando o casco de metal e tentando entrar.

Piotrowicz e Lutz atiraram. Um dos monstros se jogou para o lado do veículo enquanto a rajada passava. Outro explodiu. Lutz gostava da sua espingarda por um motivo: ela causava um belo estrago.

Foi impossível saber se havia mais daquelas coisas no caminhão quando ele contornou o casco e desapareceu de vista. Um segundo depois, já não davam a mínima, porque a criatura na qual ele havia atirado vinha para cima deles, guinchando. Piotrowicz ficou congelado. Aquela coisa estava viva... e muito, muito zangada.

Anderson tentou erguer a arma, mas era tarde demais. A coisa a golpeou, jogando-a de costas contra o casco da nave com força suficiente para deixá-la em choque. A mercenária nem sequer emitiu um som. Vogel estava ao lado dela, e disparou quatro projéteis na coisa, berrando como uma *banshee* o tempo todo.

Um projétil teria bastado. Quatro eram exagero, mas não se podia culpá-la. Os ferimentos das criaturas atingidas vomitaram uma substância repugnante, que atingiu o braço, o peito e o rosto de Piotrowicz. A dor foi imediata e o fez gritar ao tentar limpar a bochecha. O fogo se espalhou por seus nervos, e logo em seguida Vogel jogou-o no chão, arrancando o capacete dele. Lutz tirou o colete e a jaqueta.

A dor incandescente diminuiu depois de um tempo, mas não desapareceu por completo. As roupas fumegavam no chão, e Lutz recuou, olhando ao redor, enquanto Vogel vasculhava a mochila em busca de um estojo de primeiros socorros.

A pouco mais de um metro dali, Anderson voltava a se levantar, o colete estraçalhado pelas garras da coisa morta.

Lutz falou ao rádio, alertando a base sobre o que estava indo para lá.

Caos.

22
FLUXO DE DADOS

Abordo da *Kiangya*, Eddie Pritchett parecia tenso ao entrar no escritório de Andrea Rollins. E tinha um bom motivo para isso. Ao chamá-lo, ela quisera que ele viesse com medo.

— Mandou me chamar, senhora?

— Mandei — respondeu ela, áspera. — Soube que suas ações colocaram nossa missão em risco.

Ele arregalou os olhos.

— Eu nunca faria isso, senhora.

Rollins abriu a primeira gaveta e dali tirou uma pasta de documentos grossa, que deixou em cima da mesa. A pasta, na verdade, era mais para causar um efeito. Não precisava ter imprimido nada. Sua memória era melhor que isso.

— Seu arquivo — disse ela, encarando-o. — O senhor tem um longo histórico com seu grupo. Antes de trabalhar para Manning, esteve na Marinha Colonial, onde foi treinado como piloto. Antes disso, trabalhava com sua família, que é subcontratada pela Weyland-Yutani, e alcançou uma vida muito confortável no ramo de entregas. Acredito que o senhor pretenda voltar a vê-los em algum momento.

Ele ouviu as palavras e assentiu lentamente. Passou a língua pelos lábios e fez o melhor que pôde para não se intimidar.

— Aonde quer chegar? — perguntou. Depois, acrescentou: — Senhora.

Rollins o encarou até ele desviar o olhar.

— Quero chegar a uma questão muito simples — respondeu, levantando-se da cadeira. — Da próxima vez que tentar *alguma coisa*, qualquer acrobacia envolvendo uma das minhas naves de pouso, aterrissando na superfície de um planeta, ou mesmo subindo para a *Kiangya*, acabar com a sua carreira e com qualquer carreira que espere ter no futuro será minha meta.

— O quê? O que você pode... o que faria... Do que está *falando*?

Rollins não sabia se a indignação do piloto era verdadeira ou se ele estava apenas fingindo. No fim, não importava.

— Assisti à descida da nave quando o senhor levou Manning e toda a equipe para o planeta. Também escutei. Ouvi os comentários sobre turbulência e tempestades, e sei que não houve nada disso.

— Escute, *senhora* — disse ele. — Eu *nunca* colocaria uma equipe a bordo da minha nave em perigo.

Pritchett recuperou a compostura e cravou os olhos nos dela outra vez.

— Tenho certeza de que não colocaria, senhor Pritchett. Pelo menos, não de propósito. — Ela se inclinou para a frente e o encarou com firmeza. — Mesmo assim, não tenho dúvida de que seu trabalho foi posto em xeque. Tenho certeza de que, se eu falasse com eles, ouviria umas histórias sobre a frequência com que o senhor faz esse tipo de acrobacia.

Pritchett se mostrou bem ofendido. Ainda assim, não a olhou diretamente nos olhos.

— Presta atenção numa coisa — continuou ela, sentando-se. — O senhor estava pilotando uma nave que pertence à Weyland-Yutani e que foi alugada ao senhor Manning. A dropship à sua disposição vale muito mais do que o senhor ganha em dez anos. Ela vale bem mais do que... bom, do que o *senhor*.

Rollins esperou por um momento, até que o homem olhasse para ela, antes de continuar.

— O senhor tem trabalho a fazer, assim como eu. Se sua próxima viagem à superfície não for um exemplo perfeito de como pilotar uma dropship, sem nenhum incidente, e se a viagem de volta não for igualmente exemplar, pode dizer adeus à sua licença de piloto.

— Como é que é? — perguntou ele, aos berros.

Rollins continuou inabalável.

— Apenas faça o trabalho que é pago para fazer, de maneira profissional, e não precisarei mais incomodá-lo. No entanto, se falhar em seguir essa simples diretriz, prometo que não ficará contente com suas futuras empreitadas.

"A sua família depende principalmente do meu empregador. Ocupo um posto elevado o bastante e posso redefinir os contratos que eu bem entender. Não me faça ameaçar o ganha-pão dos seus parentes, senhor Pritchett."

Ele chegou a dar dois passos na direção dela, cerrando os punhos. Em seguida, parou e abriu as mãos, fazendo o melhor que podia para desempenhar o papel da vítima prejudicada.

Rollins não entrou no jogo.

— Planejava me atacar, senhor Pritchett? — perguntou ela. — Esta é uma tentativa de intimidação?

— O quê? Não. Eu... Eu só... — Por um instante, ele perdeu a capacidade de falar.

Então recuou exatamente três passos.

Rollins o olhou de cima a baixo, um sorrisinho de desaprovação nos lábios.

— Pode ir agora.

Ele saiu depressa, de olhos baixos.

A porta mal havia se fechado quando o primeiro feixe estreito de informação apareceu em sua mesa. O sinal chegou com clareza, vindo dos transmissores na superfície de Nova Galveston para a nave em órbita geoestacionária acima do Mar de Angústia.

O que surgiu parecia, para todos os efeitos, um punhado de ruído branco. Às vezes, isso era inevitável, principalmente em áreas onde a interferência causava retorno ou interrupção do sinal. Por melhor que fosse a tecnologia, ainda havia questões não resolvidas.

Andrea Rollins não dava a menor importância para ruído branco ou turbulência. No entanto, prestava muitíssima atenção ao sinal embutido naquela estática sintética. A Weyland-Yutani detinha a patente dos instrumentos que geravam aquele sinal artificial e do hardware e do software capazes de distinguir as partes que o compunham. Não era uma tecnologia disponível no mercado.

Seu computador era o único na nave capaz de decodificar a informação oculta.

Ela vinha acompanhando com extremo cuidado todas as informações que chegavam, já que estavam relacionadas a cada membro da equipe no planeta. Da sua mesa, podia monitorar os sinais vitais, quando e como se alteravam. Rollins tomava nota quando morriam.

Usava o equipamento disponível para mapear detalhadamente toda a série de túneis abaixo da superfície. Se desejasse, poderia ter informado com precisão a localização de cada um dos membros da equipe e de cada câmara na ampla rede de túneis. Tinha até dados sobre a localização das formas de vida alienígenas, os xenomorfos. Talvez não de todos eles, mas de um número razoável. Os aliens só eram detectados quando se mexiam. Enquanto permanecessem parados, os túneis que haviam criado funcionariam como uma camuflagem perfeita. Mal dava para imaginar a quantidade de usos possíveis daquele material.

Mas ela não tinha a necessidade de compartilhar. A situação estava sob controle.

Rollins observou as informações e avaliou todas as alternativas. Para ela, não restava dúvida de que haveria um dano colateral imenso. Era aceitável. Era esperado. Era o que ela queria. No fim, haveria menos testemunhas.

Ela não se preocupava com os mercenários. Eles só estavam lá pelo dinheiro e trariam para ela os espécimes de que precisava. Eram os outros — os trabalhadores mais respeitáveis e, portanto, mais dignos de crédito — que representavam a maior ameaça. Quanto menos deles sobrevivessem, melhor.

No fim, todos eram descartáveis.

23
LABIRINTO

— Estamos sendo atacados! Precisamos de reforços!

Quando receberam a chamada, Decker olhou para os mercenários. Todos ficaram paralisados dentro da pequena câmara e arregalaram os olhos ao ouvirem o terror que era transmitido pelo comunicador. Alguns dos homens começaram a falar, e Manning ergueu a mão, pedindo silêncio. Como não entenderam o recado, o líder berrou, mandando calarem a boca.

Foi aí que Decker sentiu, e com força.

Não era um sentimento geral, era *muito* específico. Mais intenso que qualquer coisa que Decker já tivesse experimentado de um ser humano. Por um momento, pensou que viesse dos homens sob ataque, um reflexo da morte, mas logo entendeu que não.

Era algo próximo, e cada vez *mais perto*. Afastou-se da entrada pela qual haviam chegado o mais rápido que pôde e acabou esbarrando no garoto ruivo, Garth, que o fitou, assustado.

Surgiu da entrada, berrando como mil demônios, e avançou diretamente na direção dele. Mas a câmara era apertada, e havia pessoas no caminho. Uma coisa escura e úmida agarrou a perna de Garth e o puxou pelo túnel. O garoto gritou pelo choque e pela dor, e a coisa deu um segundo grito ao escalar o corpo do pobre-diabo, as garras rasgando a carne.

Garth sangrou e gritou, então instaurou-se o caos. Até então eles estavam simplesmente escalando o túnel, ninguém estava preparado para um ataque. A selvageria foi apavorante. O sujeito magricela — Decker nunca soube o nome dele — tentou lutar, e por causa disso foi quebrado em dois, os ossos saltando do corpo.

A coisa não parecia ter rastejado para fora do túnel, mas sim brotado dele, desdobrando-se e serpenteando pela sala enquanto crescia cada vez mais. Soltou um grito sibilante ao tirar os corpos dilacerados do caminho e olhou ao redor.

Procurando Decker. Ele sabia. Sentia. E recuou de novo quando a coisa se voltou para ele.

O espaço claustrofóbico estava repleto de corpos e foi tomado pelos gritos de todos. Uma mão de três garras golpeou e atingiu o rosto de um homem, sulcando rastros vermelhos. Ele cambaleou sob o ataque e a coisa avançou, agachando-se, sem se importar com nada que estivesse na frente, simplesmente abrindo caminho por eles até Decker.

Era um homem morto. Seus membros se recusaram a agir, as mãos pendiam frouxas ao lado do corpo, ignorando as ordens de que pegassem a matadora, pegassem qualquer arma, fizessem alguma coisa, *qualquer coisa*.

A coronha do rifle de Adams se chocou com a cara da coisa e a derrubou de lado. A bota enorme de Bridges a empurrou ainda mais enquanto tentava se recuperar, e o homem apontou uma arma aparentemente letal com dois aguilhões para o torso da criatura. Apertou o gatilho.

Em vez de explodir, a coisa arqueou o corpo e guinchou, debateu-se e estremeceu. Bateu no chão e teve espasmos, mas então não se mexeu mais. Um cheiro de ozônio encheu o ar, acompanhado de um odor que lembrava metal aquecido.

Bridges lançou à criatura caída um olhar assassino. Recuou depressa, e, mal tinha dado dois passos, a maior parte das pessoas na sala apontava uma imensa variedade de armas para a coisa no chão.

Passaram um momento olhando para ela. Não era uma aranha, de jeito nenhum, embora sem dúvida houvesse algo de insetoide nela. Os membros longos eram selados num exoesqueleto lustroso que se parecia demais com as paredes negras e translúcidas do túnel onde se encontravam. A cabeça era quase tão longa quanto o torso, e havia formas semiocultas dentro dela. Se havia olhos, não eram visíveis, mas não havia como se enganar quanto à boca do monstro.

O pavor cercou o coração de Decker. A coisa estava inconsciente e, mesmo assim, ele sabia que ela o odiava por razões que não entendia.

Manning olhou para Bridges e lhe deu um tapa amistoso no braço.

— Pegou um inseto de verdade. Bom trabalho. — Olhou para um dos mercenários nos fundos. — Dá uma olhada no Garth.

— Taí um bicho feio pra caralho — comentou Bridges, parecendo satisfeito consigo mesmo.

Alguém se abaixou junto ao corpo do garoto e logo voltou a ficar de pé.

— Garth não sobreviveu. Nem Holbrook.

A expressão de Manning era insondável, e a voz, baixa.

— Alguém trouxe uma corda? — perguntou. — Talvez uma boa rede de malha de aço?

Um homem magro e musculoso virou as costas para Manning, indicando a própria mochila.

— Pode pegar. Mas você é que vai ter que fazer isso... Não sou pago para mexer nessa coisa.

— Ela está viva, Bridges? — perguntou Manning.

— Não deveria. O choque era para matar.

Decker olhou para a criatura e balançou a cabeça.

— Está viva. E acho que está começando a acordar.

— Como você sabe? — Adams olhou para ele, depois para a coisa no chão.

— As emoções dela... se é que esse é o nome certo. — Acompanhou o olhar da mercenária. — Ela ainda quer me matar.

— O que você fez para irritar esses bichos, Decker?

Manning estava ocupado tirando um rolo de corda muito fina da mochila do outro homem.

— Não sei.

Ele deu um passo bem curto em direção à coisa. Ela se mexeu, talvez um centímetro, e ele recuou novamente.

Bridges a eletrocutou de novo, mantendo os pinos gêmeos encostados na pele da criatura até ver fumaça sair do ponto em que o metal tocava. Em seguida olhou para Decker.

— Agora morreu?

— Não faço ideia. Não consigo captar nada. Talvez seja um bom sinal — sugeriu.

Manning assentiu e começou rapidamente a amarrar os braços da criatura.

— Para mim serve.

Com muita eficiência, tratou de prender os braços, as pernas, os pés e até a cauda.

A criatura continuou imóvel.

— Como você vai prender essa cabeça? — Quem perguntou foi o homem que havia oferecido as amarras. — É grande pra caralho... e esses dentes são mesmo fodas.

— Sei lá, Wilson. Só sei que não vou chegar nem perto desses dentes. — Olhou para Decker. — Está sentindo mais alguma dessas coisas?

— Acho que não. — Parou por um momento e se concentrou. O ódio havia se transformado num ruído de fundo: doloroso, mas tolerável. — Mas não dá para ter certeza. É melhor voltarmos pelo tubo.

— Mas e se tiver mais delas no lugar de onde essa veio? — perguntou Adams. — Não deve ter sido só uma que derrubou DiTillio, Rodriguez *e* Joyce.

Antes que ele pudesse responder, Manning se pronunciou:

— Acho que ele tem razão, e pelo menos conhecemos o caminho de volta. — Olhou para a coisa no chão. — Temos um espécime. Talvez esteja vivo. Levamos essa coisa para o elevador e damos o fora desse inferno. Missão cumprida.

Com isso, agarrou uma das cordas e começou a arrastar a criatura em direção ao túnel.

— Um de vocês aí de moleza, venha me ajudar. Essa coisa é pesada pra caramba. — Bridges se aproximou, mas Manning meneou a cabeça. — Você, não. Preciso que cuide de Garth. Mande Duchamp ajudar com o corpo de Holbrook.

Dois mercenários se adiantaram e seguraram a forma alienígena. Metade do grupo desceu pela entrada do túnel, um por vez. O caminho era escorregadio às vezes, tornando a descida mais difícil do que a subida.

Manning e outro mercenário começaram a baixar a coisa, depois desceram atrás dela com cuidado. O restante os seguiu, e, em algum ponto, no meio da fila de corpos, Decker começou a descer, aproximando-se de Adams sem nem mesmo perceber.

Era difícil enxergar o caminho, havia um cheiro de suor e medo, e os fachos de luz das lanternas afugentavam as sombras. Às vezes, os corpos ficavam tão próximos que as luzes mal penetravam o espaço. Ele encontrava apoios para as mãos não com os olhos, mas com o tato.

Seria uma merda morrer neste lugar, pensou.

Depois do que pareceu uma eternidade, gritos irromperam adiante. Manning berrou e outra pessoa deu um grito alto.

— Que se foda — disse Manning. — Deixa o desgraçado cair e vai atrás A gente pega os pedaços quando chegar lá embaixo.

— Mordeu a porcaria da minha bota!

— Seus dedos ainda estão aí, Denang?

— Estão.

— Então você teve sorte. Continue andando.

Depois disso, apressaram um pouco mais o passo. A escuridão, o calor corporal, os sons ecoantes das vozes, tudo instigava os nervos de Decker. Os nervos de todos eles, suspeitava. Adams estava logo abaixo dele. De repente, ela parou e sussurrou um palavrão. Decker cutucou pessoa que vinha logo atrás e mandou que parasse também.

Ela se virou e apontou a lanterna para ele, cobrindo-a com a mão para não o ofuscar.

— Temos que começar a subir — disse ela, irritada.

— O quê? Do que você está falando?

— Temos que começar a subir.

Isso não fazia sentido.

— E voltar para onde estávamos? Por quê?

— Porque aquelas coisas bloquearam o caminho.

— O quê?

— O caminho pelo qual viemos... está bloqueado — explicou. — O que quer que sejam, são no mínimo um pouco inteligentes. Manning tentou descer por ali e tinha algo diferente. Em vez de descer direto, agora tem uma curva. O túnel mudou.

A boca de Decker ficou seca e pastosa.

— Como?

— Não sei, nem quero saber. — Adams apontou. — Manning tem certeza de que, aonde quer que o túnel leve agora, provavelmente é uma armadilha, e não vamos morder a isca. Então comece a subir.

Decker se virou, e o cara atrás dele xingou. Mas começaram a escalar mesmo assim.

24
EXAMES

A van continuou em disparada como uma besta em agonia e só desacelerou para contornar a borda da nave.

Os três integrantes da equipe de técnicos os viram se aproximar, e Dae Cho pegou o rifle de assalto ao lado do console. Perkins e Dwadji ficaram onde estavam, mas seus rostos indicavam aprovação. A arma era sólida e confiável, e vinha com quatro granadas e um lançador. Ele não sabia exatamente o que estava acontecendo nem se importava muito. Se as pessoas na van viessem para cima dele gritando, morreriam imediatamente.

Dina Perkins cobriu o ouvido livre para abafar o tumulto e se concentrou no que Manning dizia. Segundo ele, haviam capturado um inseto, mas a criatura tinha despertado e mordido alguém. Foram forçados a largá-la. O caminho deles estava bloqueado e teriam que encontrar outro jeito de sair.

Ninguém conseguia uma resposta de Connors — ele e a equipe haviam desaparecido em ação. Piotrowicz e seu grupo ainda estavam vivos, embora pelo menos um deles estivesse ferido.

Cho se levantou do assento, apoiou o rifle no ombro e caminhou com o cano apontado para o alto em direção ao veículo recém-chegado, parado em meio a uma nuvem de poeira. Perkins continuou em seu posto, e Dwadji ficou ao lado dela, tentando falar com Connors outra vez.

Willis já estava à porta, abrindo-a enquanto as pessoas lá dentro tentavam sair. Estavam tão amontoadas que ninguém conseguia ir a parte alguma, até que o burocrata da Weyland-Yutani agarrou a camiseta de alguém e o puxou para fora. O restante meio que irrompeu do veículo numa massa frenética, como a paródia sinistra de um carro de palhaço, sete no total, e nenhum deles nem de longe calmo.

Um homem baixo e atarracado de uns cinquenta e tantos anos segurou Willis pelos ombros e quase caiu em cima dele enquanto olhava ao redor.

— Vai! — arfou ele, em pânico. — Temos que ir embora!

— Não podemos ir a lugar nenhum, doutor Silas — retrucou Willis. — O elevador está lá em cima. Estamos presos até que ele volte aqui.

— Então chame de volta! — gritou Silas. — Pode haver mais daquelas coisas. Temos que...

Cho se aproximou e interrompeu:

— Mais daquelas coisas?

Silas olhou para Cho como se o técnico fosse louco.

— Quem é você? — quis saber.

— Segurança — respondeu Cho antes que Willis pudesse falar. — Agora, me conte por que você está em pânico.

— Aquela cidade — explicou Silas. — Tem habitantes, e são perversos.

— Espere, está falando da cidade na escavação?

— Sim. — O homem assentiu enfaticamente. — Tem coisas vivendo lá, e tudo o que elas querem é nos matar. Temos que sair daqui!

— Acalme-se — disse Cho. — Por enquanto, não vamos a lugar algum. Como ele disse, o elevador está sendo carregado com equipamento de mineração. Depois, tem que ir até o quarto nível e descarregar tudo lá. *Aí* ele pode descer aqui e nos pegar.

O homem parecia ter o próprio demônio em seu encalço. O suor havia feito o cabelo ralo se grudar à cabeça, e ele não parava de esfregá-lo freneticamente.

— Você não entende! Essas coisas são insanas!

Houve um movimento à direita, e Perkins pulou de susto. Viu Piotrowicz e seu grupo vindo na direção deles. Lutz arrastava algo no chão, puxando-o por uma linha presa ao que parecia ser uma perna. O que quer que fosse, não parecia humano o bastante para o gosto de Perkins. Anderson e Estrada vinham atrás, apontando as armas para a coisa. Metade do rosto de Piotrowicz estava coberto de gaze, e ele parecia ter vontade de matar algo com requintes de crueldade.

Perkins se mexeu para ver melhor aquela coisa. Estava estraçalhada, morta e lhe causou calafrios. Sentiu a pele se eriçar ao observá-la. Enquanto os recém-chegados se aproximavam, umas seis pessoas que vieram no transporte os rodearam, a curiosidade científica superando lentamente o medo.

Ela estava prestes a avisar a Cho, mas viu que ele olhava para além do motorista em pânico. Ergueu a mão para silenciar o homem.

— Estão chegando agora cinco pessoas que mataram as coisas na sua van — avisou ele, apontando com o queixo, e o homem baixinho gordinho se virou. Respirou fundo, trêmulo.

— Escute, onde há uma dessas criaturas malditas pode haver outras. Não sabemos quantas são, mas as sondas mostram que há um grande território por aí onde elas poderiam estar escondidas. — Ele parou de novo para respirar. — São rápidas e letais, e seu único propósito parece ser matar.

Willis interrompeu:

— Você disse que as sondas estavam operando na cidade?

— O que isso tem a ver, Tom? — perguntou Nigel.

— Se as sondas estão operando, devem nos dizer o que há lá embaixo. Incluindo qualquer sinal de vida — explicou Willis, com muita calma. — Você deixou alguma das sondas funcionando?

Silas engoliu em seco algumas vezes e fez o melhor que pôde para não parecer lunático ao falar. Não estava conseguindo, mas tentava.

— Tom, nós lançamos mais de dez sondas. Ainda estão operantes, coletando dados, mas tudo o que podem fazer é mapear a área. O lugar é muito maior do que pensamos que fosse. Pode ser que uma boa parte ainda esteja enterrada, não conseguimos ter certeza, mas há lugares lá onde as sondas estão circulando livremente, então parece que temos espaços abertos.

Piotrowicz e seu pessoal os alcançaram. O líder da equipe não falou. Simplesmente ficou parado, absorvendo as informações. Perkins se aproximou da caça e olhou para ela, tentando concluir alguma coisa a respeito do emaranhado de membros, garras e dentes. De perto, era ainda pior. Quando Piotrowicz parou, os cientistas se aglomeraram em volta da criatura, curiosos, de olhos arregalados.

Willis gesticulou para Silas.

— Temos trinta e tantos agentes de segurança fortemente armados aqui conosco. Você estava lá fazendo sua pesquisa quando eles chegaram, ontem, mas estão aqui para nos ajudar a vigiar a área e nos manter seguros. Confio plenamente que eles farão isso.

Perkins notou que ele não mencionara as pessoas desaparecidas. Não precisava alimentar o pânico. Ao que parecia, o restante da equipe concordava com ela. Todos ficaram de boca fechada.

Perkins olhou para Piotrowicz.

— Você está bem?

A postura do homem indicava que estava louco da vida. Mesmo assim, conseguiu sorrir.

— É, estou bem — respondeu ele, mas as bandagens diziam o contrário. — Umas queimaduras, mas nada que não possa esperar até as coisas se acalmarem. Vogel já deu um jeito em mim.

Cho assentiu, olhou para Silas e assumiu um tom tranquilizador.

— Temos um médico aqui — anunciou ele. — Alguém da sua equipe se feriu?

O homem assentiu vigorosamente.

— Não conseguimos encontrar... — Respirou fundo outra vez. — Deixamos para trás quatro membros da nossa expedição quando fomos atacados. Deveríamos mandar alguém para encontrá-los. E Colleen foi atacada por uma coisa que tentou estrangulá-la. Aquela coisa não queria soltar o rosto dela, mas caiu sozinha e morreu.

— Vamos dar uma olhada em Colleen primeiro. — Cho olhou para Piotrowicz e gesticulou, indicando a van. — Pode dar uma olhadinha?

Piotrowicz suspirou. Ferido ou não, com ou sem o equipamento, ainda era o mais experiente quando se tratava de primeiros socorros. Foi até lá, e Vogel o acompanhou, já tirando a mochila das costas. Desapareceram dentro do veículo.

Willis se pronunciou.

— Vocês trouxeram o receptor de sinais das sondas?

Nigel assentiu.

— Está na van. Ligado, na verdade.

Willis foi para lá sem pedir permissão, e Cho olhou para Perkins, gesticulando para que ela acompanhasse o burocrata. Se as sondas estivessem funcionando e gravando, poderiam fornecer informações importantes — inclusive leituras com pistas sobre por que diabos não estavam funcionando em todos os lugares.

Enquanto Willis e Perkins se aproximavam da van, Piotrowicz e Vogel voltavam. Vogel trazia a coisa mais esquisita que Perkins já tinha visto, e a mercenária parecia prestes a vomitar.

A coisa era pálida, com cerca de um metro de comprimento, pendurada na mão dela por uma cauda grossa, como uma serpente. A cauda saía de um corpo que tinha dois sacos bulbosos e membros longos, aracnoides, dobrados para dentro, como os de um inseto morto. Parecia um cruzamento disforme de caranguejo com aranha.

Cho olhou para a coisa e empalideceu.

Vogel a largou no chão e Piotrowicz se agachou perto dela, tirando uma faca enorme da bota — queria examinar melhor o cadáver.

Perkins a fitou e recuou.

Nem a pau eu chego perto dessa coisa, pensou ela.

Cho pigarreou.

— O bicho está morto mesmo?

— Com certeza. — Vogel assentiu. — Eu não poria a mão nele se não estivesse.

— Foi isso que tentou estrangular a sua amiga? — perguntou Cho a Silas.

O homem assentiu e engoliu em seco, nervoso.

— Cadê a Colleen?

Piotrowicz olhou para ele.

— Está morta. Sinto muito, mas ela parece ter sido baleada.

— Mas não temos nenhuma arma.

A voz de Silas estava muito baixa, e ele piscou, lutando contra as lágrimas. Seja lá o que houvesse entre os dois, ele estava sofrendo com a perda.

— Tem um buraco no peito dela. Sem batimentos cardíacos. Não vi nenhum buraco na janela, mas acho possível que ela tenha sido atingida quando atiramos naquelas coisas.

Os olhos de Silas estavam marejados.

— Não, ela estava viva quando estacionamos. Deitada num dos bancos. Estava inconsciente, e não sei como vocês poderiam ter atirado nela.

— Mais alguém na sua equipe foi ferido? — perguntou Cho.

— Não. Só... Só Colleen. — Silas parecia inconsolável.

Perkins achou ter visto algo se mexer nas sombras distantes, mas, quando se virou naquela direção, não havia nada. Ainda assim, sentiu um arrepio. Enquanto olhava, porém, Willis subiu no veículo e começou a procurar o receptor. Perkins suspirou e foi atrás dele.

O interior da van era o caos. Havia objetos jogados por toda parte, chutados para baixo dos bancos, equipamentos que haviam sido empurrados ou derrubados, e era provável que vários deles não estivessem mais funcionando.

No meio do veículo, deitada de costas num dos assentos, uma mulher morta encarava o teto. O buraco no peito era enorme e estava coberto de sangue, exibindo as costelas através da massa de tecido, pele e carne estraçalhados. Perkins não queria olhar, mas olhou.

O corpo da mulher ainda estava pontilhado de suor, a pele ainda corada e a carne ainda flácida — ela devia ter morrido havia poucos minutos. Um rastro de sangue ia da ferida até a porta. Parecia que algo tinha deixado pegadas pequeninas na bagunça.

Perkins estendeu a mão e fechou os olhos azuis e cegos da mulher, murmurando uma prece rápida. Willis estava ocupado examinando os informes. Ela se aproximou dele por trás, tomando cuidado para não interromper o que estava fazendo.

— O que encontrou?

Sua voz bastou para assustar o homem. Os olhos dele se voltaram para ela, assustados.

— Não muita coisa — respondeu, parecendo desapontado. — Os informes parecem ter parado.

Perkins olhou para a tela e entendeu o que o homem queria dizer. Havia uma boa quantidade de informações e uma boa reprodução do local de escavação, mas ou as sondas tinham parado de gravar dados ou, o que era mais provável, a interferência entre o local onde estavam e o local onde estavam as sondas tinha passado a bloquear qualquer transmissão.

— Merda.

Ela balançou a cabeça. *Chega.* Não queria mais ficar perto do cadáver. Desceu da van e foi até o grupo.

Quando chegou lá, a maior parte da equipe de pesquisa já estava mais calma. Alguns deles chegaram a se juntar a Piotrowicz para examinar a coisa aracnoide no chão, e a maior parte dos outros observava a forma de vida maior deitada ali perto.

— O que quer que seja, eu não chamaria de forma de vida avançada — declarou Silas. Ele parecia ter recuperado o suficiente de sua curiosidade científica para voltar à ativa. — Não há evidência de um aparato cerebral bem desenvolvido. Não consigo nem ver como essa criatura pode comer de algum modo que faça sentido para nós.

— É, bom, não dou a mínima se ela consegue ou não preparar um jantar — comentou Piotrowicz. — Para nós, é dia de pagamento.

Ele remexeu na mochila de Vogel até encontrar um saco plástico esterilizado. Vogel observou o que ele fazia e cruzou os braços.

— Se puser essa porcaria na minha mochila, você carrega. Para mim, já deu... Não quero essa coisa perto de mim.

— Larga de ser mulherzinha, Vogel.

Piotrowicz tentou sorrir, mas isso pareceu provocar uma dor excruciante.

— Eu sou mulher — retrucou ela. — Você deveria saber, já que está tentando me levar pra cama há um tempão.

Willis saiu da van e tirou seu comunicador. Parecia descontente.

— Houve um problema com o equipamento que estavam transportando na mina... Tentaram levar muita coisa de uma vez — avisou ele. — O elevador precisa de reparos, e isso vai levar mais duas horas pelo menos, antes que possam mandá-lo descer para cá.

Isso causou uma onda de decepção no grupo, e vários estavam prestes a protestar quando a voz de Dwadji chegou pelo comunicador:

— Nenhum sinal de DiTillio, Rodriguez e Joyce ainda. Manning e o grupo dele vão subir mais. Vão ver a extensão dos tubos e tentar localizar a equipe desaparecida.

— Conte a Manning sobre a van — pediu Cho. — Diga a ele que temos... mais sete conosco.

— Afirmativo.

Cho olhou para Willis.

— Não há nenhum elevador extra? — perguntou.

Perkins tinha certeza de que ele sabia a resposta, mas continuava alimentando falsas esperanças.

— Aqui embaixo, não. Só o construíram para descer alguns níveis, e ainda estavam trabalhando na retirada do entulho do outro lado da nave.

Piotrowicz veio do lugar onde estivera conversando com Silas. Não parecia feliz. Estava segurando o corpo ensacado da coisa aracnoide.

— Bom, se essa coisa for daqui, provavelmente tem mais de onde ela veio — comentou ele. — Mas o doutor Silas não sabe dizer quantas, nem onde. — Olhou para o tubo de silício e franziu o cenho.

— Mas de onde foi que esta aqui veio? — perguntou Cho, voltando-se para Silas. Sua expressão indicava que ele considerava o cientista pessoalmente responsável pelo que havia acontecido.

— A expedição... — começou Silas, encolhendo-se sob aquele olhar. — Tínhamos acabado de passar pela última barreira. As que deixamos para trás... — Ele se interrompeu. — Os que passaram pela barreira devem ter visto alguma coisa, mas a comunicação foi interrompida antes que pudessem relatar. — Olhou para a criatura. — Até onde sabemos, essa coisa pode até ser um animal de estimação que se tornou selvagem, ou o equivalente a um rato. Simplesmente não sabemos. Não esperávamos encontrar nada vivo.

— Por mais que só olhem para o próprio umbigo, às vezes os fuzileiros coloniais sabem das coisas — rosnou Cho. — Protocolos como quarentenas são úteis em momentos como este. — Silas pareceu querer se explicar, mas Cho o descartou com um aceno de mão. — Todos sabemos por que os fuzileiros não foram informados, doutor. Estamos aqui pelo mesmo motivo. Só não gosto de andar às cegas com não um, mas *dois* predadores diferentes atrás de mim. — Ele apontou para a criatura morta que Lutz havia arrastado até ali. — O que pode nos dizer sobre esta coisa?

— É rápida, é selvagem e sangra um ácido forte o bastante para derreter aço e furar pneus de borracha galvanizada. Esmaguei alguns deles contra as paredes ao vir para cá, e quando eles se feriam o sangue arruinava tudo o que tocava. — Silas espreitou a criatura sem fazer questão de esconder o medo, como se ela fosse se levantar a qualquer momento e retomar o ataque. — Também tem um segundo conjunto de dentes dentro da boca, numa probóscide muito longa.

— Que nojo... Mesmo que você acerte um bom tiro, os filhos da puta podem te matar — disse Cho. — O que acha, senhor Willis? São essas criaturas que os seus contratantes querem que peguemos, ou tem mais alguma *outra* coisa por aí?

Ele olhou ao redor.

— Alguém viu Willis?

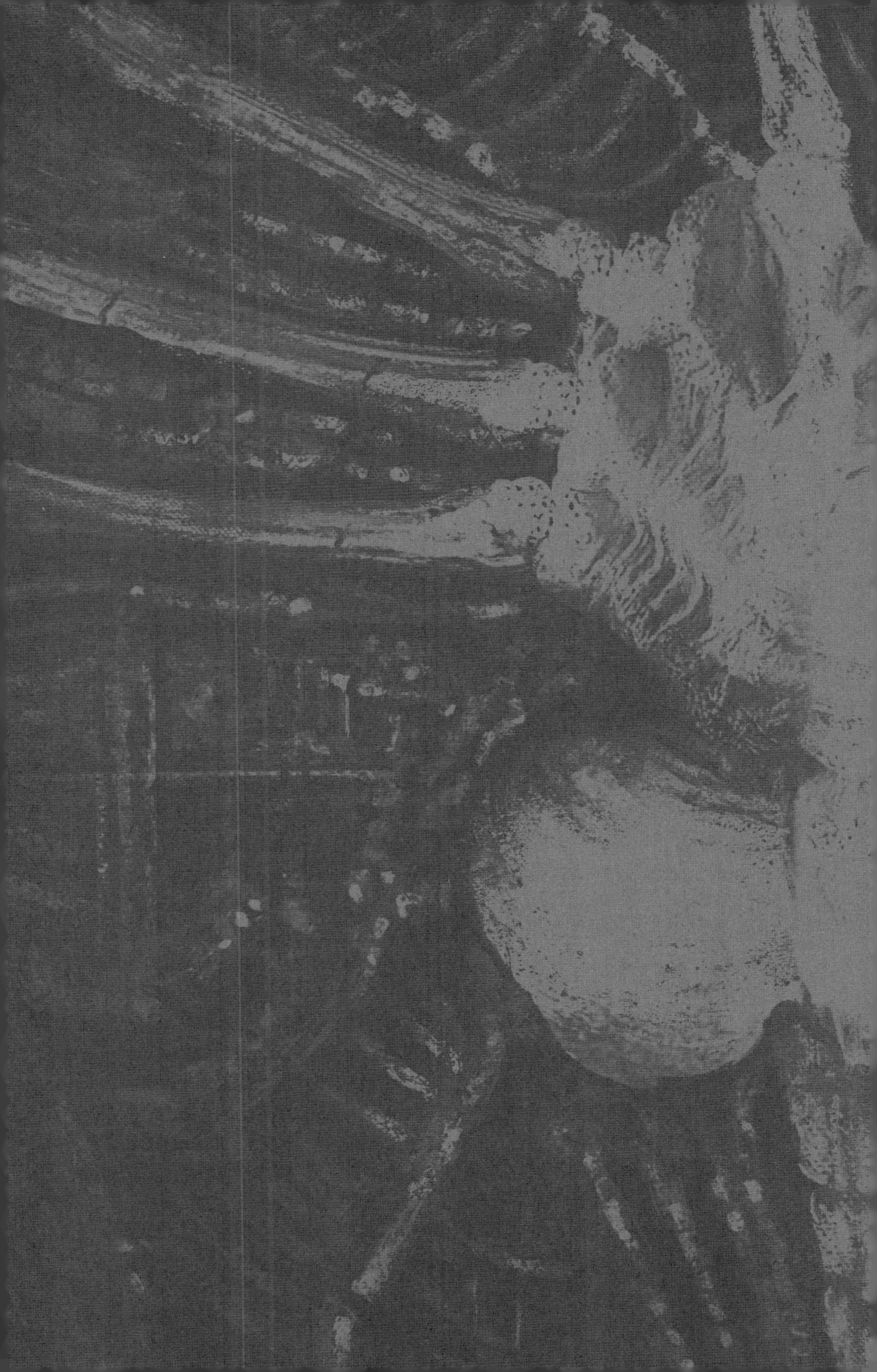

25
MARÉS NEGRAS

Esperaram que algo aparecesse, apontando as armas para cada uma das aberturas que levava ao ponto onde haviam parado para recuperar o fôlego. Decker mantinha os ouvidos atentos e procurava qualquer sensação que pudesse indicar a aproximação de alguma criatura.

Nada.

Só o que conseguiu com o esforço foi uma dor de cabeça insuportável.

Depois de pouco tempo, Manning escolheu a direção que seguiriam, para cima e rumo ao que ele esperava que fosse a nave em si. Os tubos ficavam mais largos à medida que avançavam, e com o espaço aberto seriam mais capazes de se defender sem disparar uns contra os outros num tiroteio caótico.

Decker foi na frente, com Manning. Às vezes, os túneis ficavam tão apertados que precisavam se agachar ou ficar de quatro e rastejar. A criatura havia sido recuperada do lugar onde a deixaram cair, e os pobres coitados no fim da fila tiveram que arrastá-la. A coisa não mostrava sinais de recuperação da descarga de alta voltagem anterior.

Talvez finalmente esteja morta, refletiu Decker. *Uma a menos, e vai saber quantas faltam.*

— O sangue dos insetos não deve atravessar as paredes destes túneis — comentou Manning. — Talvez seja do mesmo material que a couraça deles, ou algo bem parecido. Silício ainda parece uma aposta segura.

Ele parou por um momento, depois pegou uma ramificação no que Decker esperava ser a direção certa.

— Seja lá o que tem no sangue deles, não quero que espirre em mim, principalmente aqui dentro — continuou o mercenário. — Parece que esse negócio machucou feio o Piotrowicz. Então, se a gente esbarrar com mais algum deles, use munição não explosiva.

— Por quê? — perguntou Decker. — Quero dizer, por que não explosiva? O sangue vai espirrar de qualquer jeito, não importa o que a gente use.

— Os túneis são bem fortes — respondeu Manning. — Mas, se forem explodidos, podemos não sobreviver à queda.

Decker bateu na parede do túnel. Ouviu-se um baque surdo.

— Não. Acho que não — disse ele. — Estamos cercados de terra e rochas. Quando começamos, o túnel balançava um pouco a cada passo. Agora acho que dá para ficar pulando sem se preocupar com um desabamento.

— Bem pensado, gênio. — Manning olhou para baixo até encontrar os olhos de Decker. — Só precisamos nos preocupar com algumas toneladas de terra na nossa cabeça. Não tem o menor problema.

— Tem razão.

Decker precisava admitir que fazia sentido.

O ar estava denso, quente e abafado. Qualquer plano em que tivessem pensado antes não teria a menor chance contra vários corpos amontoados, todos respirando o mesmo ar e aquecendo o lugar com o calor do corpo. Decker não achava que chegariam a sufocar, mas isso não diminuía a sensação cada vez mais forte de claustrofobia.

Ele parou.

Não. Não era claustrofobia.

Apesar dos medicamentos percorrendo seu organismo, o pulso estava acelerando, ele começava a suar de novo, e se esforçou para recuperar o fôlego. Cada expiração parecia rasa demais, e cada inspiração era uma lufada áspera.

— Merda — disse ele. — Acho que estão perto de novo.

Fechou os olhos e se concentrou.

A coisa atrás dele estava começando a despertar mais uma vez; continuava viva e ainda irradiava a necessidade primitiva de *matar*. Mas dessa vez havia outras por perto.

Atrás dele, Adams xingou. Ela tentava fazer o sensor de movimento funcionar, mas, quando bateu nele, só obteve uma crepitação de ruído branco, e a tela pequena não mostrava nada além de estática.

Não era só Adams. Vários mercenários tentaram de novo e falharam.

— Onde?

Manning tentou não parecer muito irritado, mas com muito afinco.

— O máximo que posso dizer é que parecem estar em cima da gente.

Decker apontou para a frente, na direção em que seguiam.

Manning olhou para lá, onde o túnel seguia pela escuridão. Quase não havia luz, já que os corpos apertados não a deixavam passar. Levou a mão à lanterna que estava presa ao capacete e aumentou a intensidade do facho. Então voltou a avançar.

— Não estou vendo nada — anunciou —, mas vou continuar olhando, e você continua farejando, ou seja lá o que você faz.

Decker não se deu ao trabalho de responder. Logo atrás, Adams também aumentou a intensidade da lanterna, mas ele não sabia até que ponto isso ajudava. Os túneis eram pretos e lustrosos — mais lustrosos ali, já que a umidade era maior. Ele se perguntou se isso queria dizer que aquele túnel era mais novo. De todo modo, a umidade no ar se juntou à sensação arrepiante na pele.

— Está perto, Manning — sussurrou ele. — Perto pra caramba!

O ódio que estava sendo emanado era tão intenso que ele sentia uma queimação. E, de alguma forma, ele era o alvo da fúria.

Mas por quê?, perguntou a si mesmo. *Seria Ripley? O que ela poderia ter feito a eles?* Pelo que tinha visto das criaturas, era um milagre ela ter sobrevivido. É claro que, no fim, não tinha... Eles a *marcaram?* Até onde podia dizer pelos arquivos, ela nunca estivera naquele planeta.

A ideia parecia absurda.

Ainda estavam subindo e não poderiam ter voltado nem se quisessem. Então, talvez uns doze metros abaixo, Decker ouviu um homem gritar de surpresa numa área do túnel por onde ele já havia passado. O que o mercenário disse foi incoerente, mais um brado de susto do que qualquer outra coisa, e um instante depois o brado virou um grito... depois, um berro.

Adams o empurrou, escorregando o corpo junto ao dele ao se virar como pôde. Enfiou o cotovelo entre as pernas de Decker ao sacar uma das armas de fogo. Houve uma confusão de vozes e corpos enquanto o restante dos mercenários fazia o mesmo, lutando no espaço apertado.

Veio uma saraivada que atingiu seus sentidos com força explosiva, e um segundo depois começaram os gritos de dor, e então a maré de corpos, empurrando para abrir espaço, combinada com ondas de surpresa, em seguida de raiva. Porém, apesar da inundação emocional, Decker sentiu o ódio de novo.

Manning xingou e se virou, apoiando as pernas nas laterais do túnel ao olhar para baixo e tentar ver o que havia além de Decker e dos mercenários.

— Recuar! Recuar! — berrou ele, mas ninguém pareceu ouvir nem se importar.

Um sibilo extraterreno se misturou ao caos das vozes.

O monstro rasgou o primeiro mercenário, arranhando, mordendo e escalando o corpo do soldado apavorado ao avançar. O homem tentou revidar, e foi então que começaram os primeiros sons de explosão. Ele abriu fogo, mas só atingiu a parede. Projéteis acertaram a superfície e a racharam, mas, apesar do medo de Manning, o túnel sobreviveu aos impactos.

O homem abria fogo ao mesmo tempo que morria. A silhueta rasgou seu peito ao rastejar por cima dele. Os gritos foram amplificados pelo espaço estreito, depois se transformaram num gorgolejo, seguido pelo silêncio.

A criatura estava tão obcecada pela presa — Decker — que ignorou alguns dos mercenários bloqueando seu caminho, jogando-os de lado sem o menor esforço. Ela se movia numa velocidade impossível, invisível na escuridão, até que só restaram três pessoas entre ele e a coisa que queria matá-lo. Olhando para baixo, Decker pôde ver além do emaranhado de membros — empurrando, lutando, tentando acertar uma bala na fera.

E foi aí que ele a viu, atingida por um facho de luz.

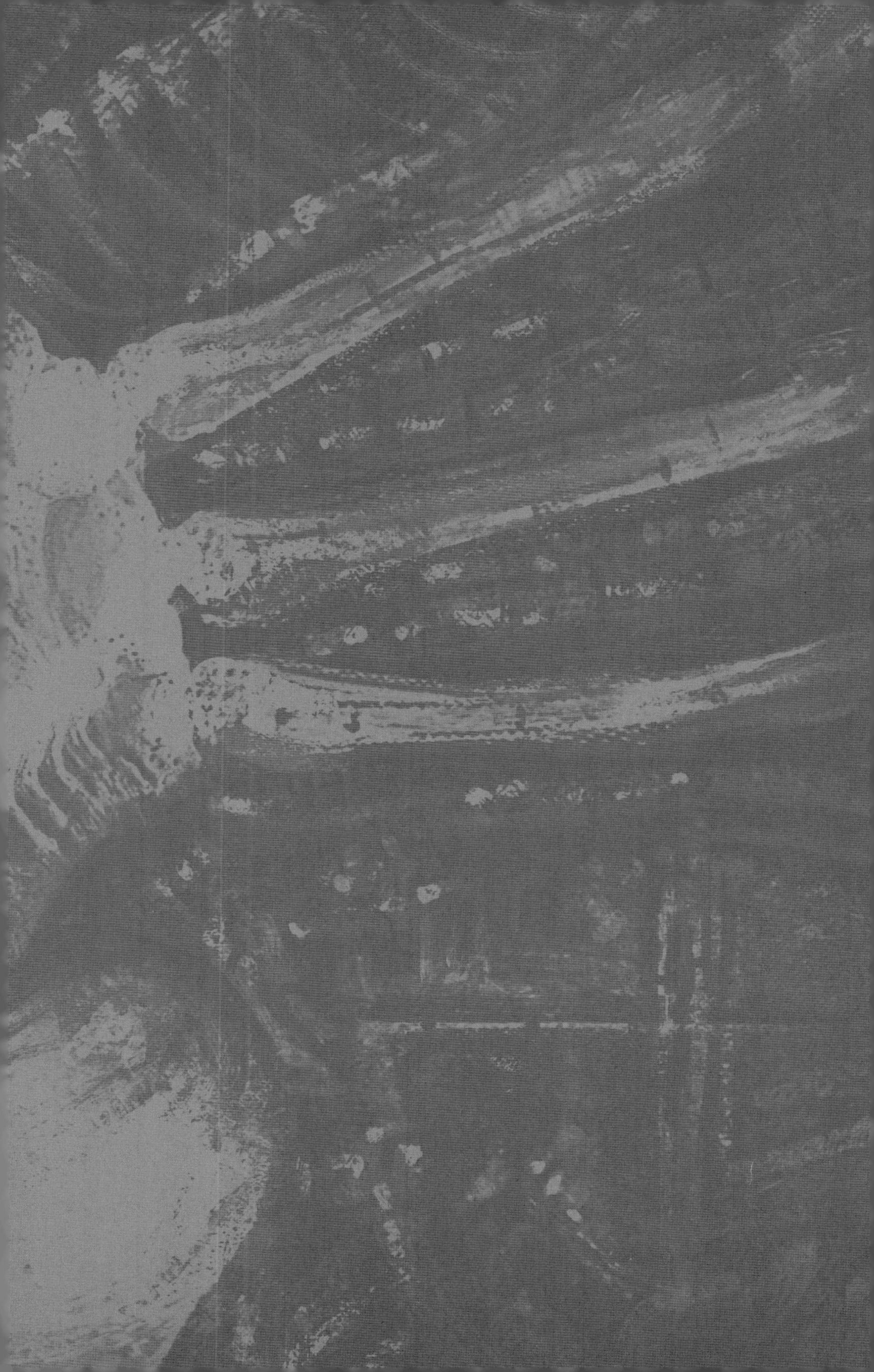

26

ARANHAS-DE-ALÇAPÃO

Era maior que a anterior, ou talvez só parecesse maior por causa do ambiente. Qualquer que fosse o caso, a mulher mais próxima — Kelso, ele achava — abriu fogo. A arma trepidou e os braços tremeram com o coice dos disparos.

A coisa cheia de garras abaixo dela guinchou, sibilou e se despedaçou, com partes do corpo voando em todas as direções, deixando rastros da gosma espessa que fazia as vezes de sangue dentro do corpo quitinoso. A criatura estendeu a mão, que desapareceu sob o ataque da arma. Tentou recuar, mas não havia espaço para a fuga.

Ela gritou e morreu, e, atrás dela, lá embaixo, os berros dos mercenários aumentaram. O sangue da coisa chovia sobre eles, queimando tudo o que tocava — pele, armas, armadura. A carne gritava.

— Bom trabalho, Kelso — disse Adams, e soltou a respiração. Decker fez o mesmo, sem perceber que vinha prendendo o fôlego até então. — Criatura filha da puta! Quantos será que foram atingidos? — acrescentou ela.

Ao cair, o monstro revelou um buraco largo no topo do túnel, que antes não era visível. Estivera oculto nos redemoinhos complexos da substância negra e vítrea, possibilitando que a criatura os pegasse totalmente de surpresa. Ela não tinha vindo por trás, e sim do alto.

Quase antes de entender isso, ele viu o monstro seguinte rastejando para baixo, espiando-o. A face negra e lisa se virou, procurando o que queria, e Decker sentiu aquele olhar sem olhos cair sobre ele e ouviu o primeiro guincho intenso de ódio. A coisa se movia, rastejando pela parede, indo diretamente em sua direção.

Kelso deu um grito e começou a atirar. As pessoas atrás da criatura eram seus colegas, mas ela queria viver, e o demônio abaixo dela, vindo em sua direção, a mataria sem nem perceber. Só a presa importava.

Novos gritos se uniram aos brados de dor. A criatura abriu a boca e revelou um segundo conjunto de dentes que se fechou na panturrilha de Kelso, partindo carne e osso, ao mesmo tempo que ela atirava no crânio descomunal. O alienígena teve uma morte violenta, mas o sangue que fluiu dele atingiu as paredes, as pessoas lá embaixo e a mulher que o matou.

Com a perna já destroçada, a mercenária uivou e tentou recuar ainda mais.

Lá em cima, Manning gritava para que os outros batessem em retirada, embora ele mesmo não se mexesse. Decker queria falar alguma coisa, queria exigir que lhe dissesse aonde deveria ir, mas parte dele entendia que as palavras eram dirigidas aos soldados lá embaixo, os que estavam encurralados na trilha de ácido que ia em sua direção.

Ainda queimando, ainda gritando, Kelso subiu mais enquanto a segunda silhueta negra caía sem vida túnel abaixo. Manning subiu também, abrindo espaço para que Decker, Adams e o mercenário atrás dela o acompanhassem. De fato, não havia escolha. Podiam ficar onde estavam e deixar que as pessoas lá embaixo morressem ou podiam tentar abrir um pouco mais de espaço e esperar que bastasse.

Não bastou. O buraco ainda estava ali, e, enquanto Decker escalava, um novo monstro emergiu da escuridão. Era rápido e selvagem, e entrou no túnel num passo firme, sem desacelerar.

Kelso tentou atirar de novo, mas a criatura chegou rápido demais, e seus membros quase viraram um borrão ao estraçalhar a armadura dela e a carne que protegia. A mercenária gritou, mas dessa vez não atirou. O monstro passou por cima do corpo ensanguentado, deixando-o cair com os outros mortos sobre as pessoas lá embaixo.

Então havia só mais um homem entre Adams e Decker e a selvageria que vinha atrás dele. De repente, o mundo se acendeu, e o monstro caiu para trás, guinchando, com a cabeça destruída, derretida. Ao cair, sangrou, e o gargalo de corpos e os mercenários lutando para se manter firmes receberam outro banho de ácido. Plasma. Tinha que ser.

Os ataques pararam. Os mercenários lá embaixo abriram caminho entre os mortos, escalando os corpos dos colegas, na ânsia de evitar os fluidos cáusticos e o peso esmagador dos cadáveres. Gritaram e grunhiram no processo, alguns feridos, outros meramente em pânico e desesperados para fugir.

— Mas de onde é que eles saíram? — A voz de Manning se sobrepôs a todo o resto. O homem debaixo de Adams apontou para a abertura e falou ao aparelho comunicador. Decker não ouviu as palavras. Estava ocupado demais olhando para o buraco, esperando pelo que quer que viesse agora. Tentou sentir se havia mais daquelas criaturas do inferno por perto, mas não conseguia distinguir as informações sensoriais. Talvez as emoções estivessem intensas demais.

Ou isso ou não havia mais daquelas coisas nas redondezas.

Por enquanto.

Adams estava comprimida contra ele no túnel estreito, e o olhou nos olhos por um momento antes de tocar seu braço.

— Vem, vamos descer.

— O quê?

— Nico disse que aquele buraco no alto dá numa área maior. Ele subiu até lá para sair do caminho do último monstro. Agora está vazia. Nós vamos para lá.

Decker olhou para baixo. Nico devia estar logo atrás de Adams, e descia do buraco. Atrás dele, os mercenários ainda lutavam para atravessar o emaranhado de corpos e feridos.

— Que merda vamos fazer lá?

Adams encolheu os ombros.

— Reagrupar.

Ele olhou para o líder dos mercenários, que assentiu.

— Aqui em cima o túnel só fica mais estreito. Se nos atacarem de novo, estaremos mortos. — Ele apontou para a abertura no teto. — Anda! Vem, vamos logo com isso.

Decker seguiu as ordens. Às vezes, não há escolha. Ultimamente, a vida parecia ser feita de momentos como esse.

Cerca de cinco minutos depois, Manning mandou o grupo parar.

Estavam todos reunidos num espaço aberto cilíndrico, e, comparado ao lugar de onde tinham acabado de sair, era como um alojamento de luxo. Podiam ficar em pé e havia espaço para se mexerem. É claro que também havia espaço para outras coisas acontecerem, por isso vários membros da equipe foram vigiar as diversas entradas da câmara.

Sete deles foram feridos pelas garras da criatura ou pelo sangue que tinha espirrado sobre eles. Kelso não estava ferida — estava morta, assim como outras três pessoas cujos nomes Decker nunca soubera. Tiveram que abandonar os corpos, que estavam cobertos de ácido. Em algum lugar, provavelmente nas profundezas, a coisa que haviam capturado mais cedo estava sozinha outra vez, após ter sido largada no caos.

Ninguém se ofereceu para recuperá-la.

— Vocês têm ideia de como a gente está ferrado? — Um mercenário com "Brumby" escrito na identificação espiava o túnel do qual haviam saído. — Eles são da mesma cor de tudo ao nosso redor. Têm o mesmo tipo de textura. É só eles decidirem se esconder que vamos ter sorte se conseguirmos ver algum. A gente está *muito* ferrado — repetia.

Manning olhou para Decker por um longo tempo, então falou:

— E é por isso que queremos manter o nosso bom amigo aqui são e salvo. Ele é nosso dispositivo de alerta antecipado. Pode não ser perfeito, mas sentiu a aproximação daquelas coisas nas duas vezes. — Estendeu um headset para Decker, que o pegou. — Quero que você use isso daqui por diante.

Decker olhou ao redor. Todos ainda usavam headsets.

De onde veio este?, questionou-se. Então entendeu. *Kelso.*

Brumby balançou a cabeça.

— E daqui, vamos para onde?

— Mais cedo ou mais tarde vamos chegar à nave ou às minas — respondeu Manning. — Provavelmente mais cedo, se eu tiver calculado a distância direito. Quando chegarmos, vamos dar o fora desses túneis. — Olhou para todos os feridos enquanto falava, avaliando os ferimentos. Para Decker, parecia que a maior parte deles conseguia pelo menos andar. — Voltamos para a caverna, reunimos o restante da equipe e damos o fora daqui.

— E os aliens? — A boca de Decker se abriu antes que ele pensasse no que diria.

— O que é que tem?

— A ideia era pegar uns espécimes. — Pronto. Tinha falado. — É para isso que estamos aqui.

Manning o olhou com firmeza, e por um longo tempo, sem dizer uma palavra.

Adams falou no lugar dele.

— Tenho certeza de que a gente vai ter outras chances de fazer isso, Decker. Não precisa se preocupar.

Mas eu me preocupo, pensou ele. *Me preocupo mesmo. Sem eles, não posso ir para casa, não se ainda quiser ter um lar para onde ir.* E, no fim das contas, era verdade. Se quisesse sua família a salvo, precisava de um alienígena.

Quando obtivessem um, a Weyland-Yutani que se preocupasse com um modo de levá-lo inteiro para casa. Passar pela quarentena e pela Marinha Colonial. Subornar todo mundo que precisasse de suborno. Como fariam isso...

Ele não dava a mínima.

Finalmente, Manning se pronunciou.

— Todos sabemos por que estamos aqui, senhor Decker — disse ele, cuspindo o nome como se tivesse um gosto amargo. — Ninguém nesta missão ganha por hora. Todos sabemos o que está em jogo.

Decker o olhou com firmeza, assentiu e se calou. Por um tempo, houve relativa paz enquanto os mercenários cuidavam dos feridos e planejavam a melhor rota possível.

27
NEGOCIAÇÕES

Willis não foi longe. Só precisava de um pouco de privacidade.

O grupo ao redor da base era um tanto grande demais. Depois de se afastar deles, ativou o comunicador que havia recebido quando a *Kiangya* entrou em órbita.

Isso era muito maior que qualquer um poderia ter esperado. Não muito longe havia uma cidade inteira repleta de relíquias que devia valer uma fortuna maior que qualquer um poderia imaginar. E ainda havia os seres alienígenas, vivos. Não importa o que fossem, alteravam *todo* o plano. O governo colonial condenava qualquer tipo de primeiro contato com alienígenas que não envolvesse sua participação. A Weyland-Yutani sabia disso, é claro. E as pessoas na superfície de Nova Galveston também. Isso representava um problema sério.

Ele precisava cuidar para que tudo fosse feito sob sigilo. Mas era difícil tentar tomar providências estando preso embaixo da superfície, esperando o elevador.

Uma chamada em especial bastaria para ele resolver isso.

Talvez.

Rollins atendeu quase de imediato.

Ele olhou ao redor para verificar se alguém poderia ouvi-lo. Na verdade, ninguém parecia se importar com ele, pois todos estavam, e com razão, interessados nas criaturas que examinavam.

Ainda assim, ele foi para o outro lado da van e se virou na direção da escavação.

— Está me ouvindo?

— É claro que estou, senhor Willis. — A voz de Rollins estava calma, e tinha um tom autoritário que Willis achava muito sensual. Mulheres fortes sempre o atraíram.

— Encontramos duas formas de vida diferentes aqui embaixo. Também temos um achado arqueológico muito maior do que havíamos pensado de início.

Silêncio.

— Quão maior? — perguntou ela.

— Talvez uma cidade inteira. Mais que um povoado. Uma cidade antiga e extraterrestre. O doutor Silas acredita que a nave que encontramos talvez estivesse decolando quando caiu.

— Continue.

— Precisamos renegociar, senhora Rollins. — Nisso ele deveria ser firme. Tinha planos, e esses planos incluíam alcançar posições muito mais altas na cadeia de comando.

Houve mais um longo silêncio, longo o bastante para fazê-lo imaginar se teria passado dos limites.

— Receio que vá precisar de mais informações do que o senhor nos forneceu até agora — declarou ela. Para alívio de Willis, não parecia incomodada. — O senhor só me contou que há uma cidade. Tem mais detalhes?

— Ela está sendo mapeada agora mesmo — mentiu ele. — Logo poderei enviar informes completos.

— Senhor Willis, eu já tenho acesso aos informes.

— Tem?

— O senhor não é o único que está me auxiliando. Já tenho esses documentos.

Ele olhou na direção do grupo.

Quem poderia...?

— Dito isso, o senhor ainda pode ser valioso para este projeto. Vamos precisar de dados concretos para confirmar as informações que foram transmitidas. E há certos... preparativos que precisarão ser feitos na superfície. Se o senhor se encarregar desses preparativos, acredito que poderemos discutir uma mudança em nosso acordo de negócios.

— Entendido — respondeu ele, e sorriu.

Voltou a olhar para os mercenários, para a expedição e suas criaturas mortas. Não importava o que Rollins solicitasse, ele providenciaria. Sempre havia um jeito.

Tinha aprendido isso muito tempo atrás.

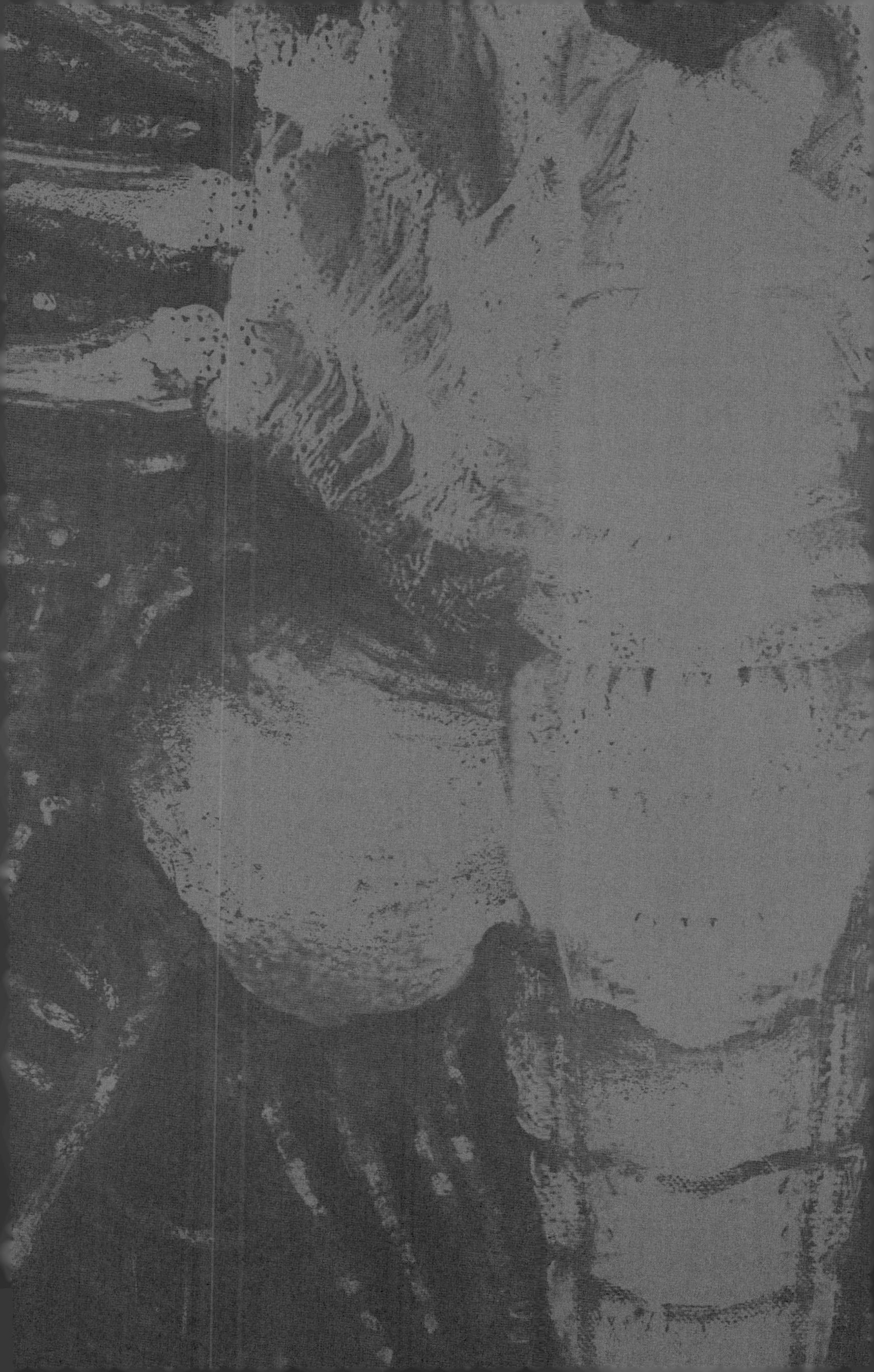

28

Estavam despertos agora. Despertos de verdade, não apenas se mexendo durante os sonhos. Na escuridão, desenrolaram-se, deixando os lugares onde haviam descansado e mergulhado num sono profundo.

Para alguns deles, o sono profundo durou tempo demais. Haviam adormecido, definhado e chegado à verdadeira morte, quando suas carapaças rachavam, o sangue vital borbulhava e se esvaía. Para outros, o sono foi algo doloroso, e acordar era uma agonia que nunca conceberam.

Mas eles a suportaram.

Vicejaram. Fizeram o que era necessário para o enxame.

Através dos seus túneis escuros, ouviram os sons da presa. Alimento, sim, mas também hospedeiros, o que era mais importante. Ainda havia comida nos lugares mais antigos, os restos desidratados das criaturas que morreram muito tempo antes. Não era muito, no entanto, enquanto passassem a maior parte do tempo dormindo, bastaria.

Entretanto, os mortos não podiam hospedar os jovens. Só com vida se podia fazer vida.

E agora, finalmente, a vida havia retornado. Carne fresca, fraca e lamuriosa que renasceria no enxame.

Os ovos eclodiram, os procriadores fizeram seu trabalho, e agora os hospedeiros gemiam e emitiam seus sons suaves enquanto se preparavam para parir novos filhos. E por toda parte os adultos esperavam.

Nem todos os adultos.

Alguns foram enviados para localizar o destruidor. Avançaram e sibilaram e sua voz ressoava na escuridão. A simples ideia do destruidor bastava para lançar ondas de raiva sobre eles. Tantos se perderam, e nem mesmo o longo sono pôde aliviar a dor. A maior parte das rainhas havia sido destruída. Rainhas! Massacradas! Tantas vidas foram tomadas, incluindo a das sagradas rainhas.

A maior parte delas.

Não todas.

A vida prevaleceu.

E, enquanto a vida prevalecesse, eles caçariam o destruidor e manteriam a rainha a salvo.

Um dos hospedeiros soltou um gemido frágil e se sacudiu no interior das teias de nascimento.

Um momento depois, o sangue vital fluiu, e o rosto de um recém-nascido veio ao mundo.

Aproximaram-se para protegê-lo. Os jovens eram tão vulneráveis.

E a rainha, em sua câmara, emitiu um som de aprovação.

E tudo estava certo no mundo.

Ou estaria, depois que lidassem com o destruidor.

Em breve.

Em breve.

Eram pacientes. Precisavam ser.

A vida prevalece.

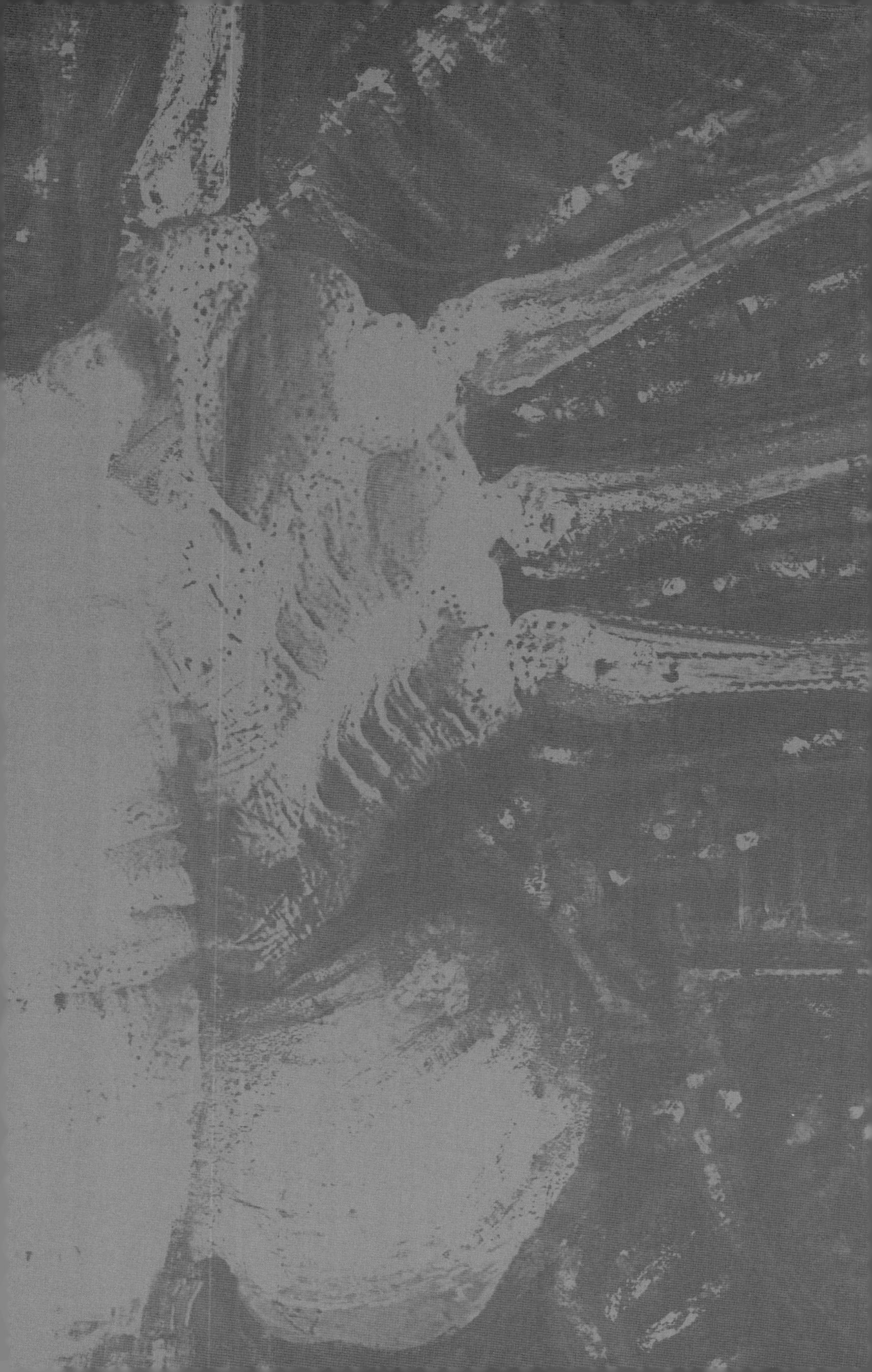

29
RESPEITO

Dwadji e Cho estavam fazendo um intervalo e comendo, por isso Perkins se reacomodou na base e ouviu as ordens de Manning. O chefe estava irritado, mas se continha.

Ele estava tentando encontrar uma forma de voltar às minas, e ela fazia o possível para ajudar, mas não havia muito que pudesse fazer. Os malditos informes estavam uma bagunça. O grupo dele se encontrava lá fora, mas ela não conseguia captar os sinais vitais nem obter a localização da equipe. O melhor a fazer era atualizá-lo sobre que estava acontecendo na base.

E, depois de passar quase três horas fazendo isso, Cho veio rendê-la.

Quando ela se sentou para comer, a tensão era palpável. Lutz e Vogel vigiavam a área enquanto os outros descansavam um pouco. Ninguém dormia, mas todos tentavam descansar — principalmente Piotrowicz, cujo rosto queimado doía um bocado. Ele decidiu não tomar nenhum remédio. Amortecer os sentidos raramente ajudava numa crise.

O doutor Silas encarava os restos alienígenas com a preocupação estampada no rosto. Perkins estava prestes a perguntar no que o cientista estava pensando quando ele falou.

— Alguém já recolheu... o corpo de Colleen? — perguntou ele, controlando-se muito bem, o que era surpreendente. Alguns mercenários se entreolharam.

— Receio que não, doutor — respondeu Vogel.

— Entendo. — Silas assentiu, virou-se e seguiu em silêncio para o veículo destruído. Perkins pegou uma matadora e o seguiu.

A van estava arruinada. Dois pneus murchos, outro completamente estraçalhado. O ácido dos insetos fez vários buracos no veículo, grandes demais para serem reparados. Agora, a van só servia para fornecer peças de reposição, e não muitas.

Silas entrou na van antes da mercenária e pareceu surpreso ao vê-la juntar-se a ele. Olhou para Perkins por um momento, depois conseguiu abrir um sorriso sem ânimo e pesaroso.

— Colleen era uma boa pessoa — comentou ele. — Só quero demonstrar um pouco de respeito a ela.

Perkins assentiu.

— Deixe comigo, ok? — disse ela, e passou na frente dele. — Deixe comigo, e quando eu terminar você pode me ajudar a levá-la para outro lugar.

Silas fez que sim e seu rosto foi tomado pela tristeza. Ele lutou contra os sentimentos, tentando não demonstrar, mas para Perkins estava óbvio que a mulher morta era mais que uma simples colega.

Já havia passado por isso algumas vezes ao longo dos anos. Walker tinha sido sua "amizade colorida" antes de morrer, e D'Angelo havia sido muito mais antes de decidir que simplesmente não podia mais levar esse estilo de vida. Às vezes, tarde da noite, quando estava tentando dormir, ela ainda o odiava um pouco por isso. Entendia o motivo, mas o odiava mesmo assim.

Havia suprimentos no veículo, e entre eles Perkins encontrou um lençol de tecido grande o bastante para envolver o cadáver. Estava prestes a fazê-lo quando Silas falou, sobressaltando-a.

— Espere um momento — pediu ele, aproximando-se e espiando a ferida no peito de Colleen. Estendeu as mãos, hesitou por um momento, então virou o corpo dela e olhou para as costas, franzindo a testa.

— O que foi? — perguntou Perkins.

Ele fez uma cara ainda mais séria, a tristeza substituída pela curiosidade... e algo mais. Havia algo mais na expressão dele.

— Não foi acidente — declarou ele. — Achamos que só podia ser, mas não foi. O que... O que aconteceu com Colleen não foi nenhum disparo de arma.

— Como sabe?

Ele apontou com a mão trêmula.

— Olhe com atenção. Este é um ferimento de saída, mas não há ferimento de entrada. — As rugas na testa se acentuaram. — O que quer que a tenha matado, foi de dentro para fora do corpo.

Ele se aproximou mais do corpo da mulher morta e, com gentileza e extremo cuidado, seus dedos examinaram a boca e o pescoço. Quando tentou mover o rosto, encontrou resistência. O cadáver já estava rígido.

Nigel Silas chorou em silêncio enquanto continuava a examinar o corpo. Perkins permaneceu ao seu lado e mordeu a língua. Era uma mercenária e ia para a guerra por dinheiro. Recusava-se o luxo de chorar por uma mulher que nunca tinha visto ou sentir pena de um homem que não conhecia.

Não importava o quanto quisesse.

Ele se afastou e deixou que ela terminasse o trabalho de embalar o corpo de Colleen, depois a ajudou a tirá-lo da van. Com a gravidade mais baixa de Nova Galveston, era provável que Perkins tivesse conseguido carregar sozinha, mesmo que fosse um tanto pesado. Mas aquela não era hora de provar que podia fazer aquilo sozinha. E sim de deixar o coitado se despedir e conceder a Colleen alguma dignidade, mesmo na morte.

Depois que a deitaram perto dos corpos dos alienígenas, Nigel agradeceu e segurou a mão de Perkins. Ele tinha mãos macias. As dela eram calejadas. Viviam em mundos diferentes.

Ele voltou à van, pegou um estojo e abriu, revelando alguns instrumentos. Então se aproximou da coisa aracnoide. Nos quinze minutos seguintes, mais ou menos, Nigel, o homem, deu lugar ao doutor Silas, o cientista, e começou a montar um quebra-cabeça.

Após examinar a criatura morta, ele voltou mais uma vez ao veículo. Depois de alguns minutos, saiu carregando uma longa faixa de couro translúcido. Era pequena e úmida, e tinha diversas características em comum com o alienígena totalmente adulto, o bastante para indicar uma clara ligação.

Silas a examinou com cuidado e a deixou ao lado da coisa aracnoide, ainda sem dizer uma palavra.

Perkins quase perguntou no que ele estava pensando, mas decidiu não falar nada. Provavelmente estava além da sua compreensão, de todo modo.

De que adiantaria?

30
FERIDAS

A exaustão começou a cobrar o preço.

Percorreram o caminho que Manning acreditou ser o mais provável para chegar às minas, e fizeram um bom progresso. Mas caminhavam havia horas, sem parar, na maior parte do tempo ladeira acima, e precisavam descansar.

Encontraram uma câmara grande o bastante para que pudessem se defender caso fossem atacados. Puseram lanternas ao redor da área, iluminando-a da melhor forma possível, e cochilaram em turnos. A maioria deles, pelo menos. Decker tentou dormir, mas, toda vez que pegava no sono, os pesadelos voltavam mais vívidos que nunca.

Por fim, adormeceu, e no sonho ele e Adams estavam envoltos num abraço apaixonado. Quando ele tentou beijá-la, aranhas jorraram da boca, do nariz e dos ouvidos dela. Aglomeraram-se sobre o rosto dele, picando-o por toda parte.

Acordou num sobressalto, batendo instintivamente nas criaturas que não estavam lá. Virando-se de lado, tentou cochilar de novo, mas foi em vão. Simplesmente estava...

Eles estão chegando.

Decker se levantou às pressas, arfando alto, e esquadrinhou a área onde o grupo havia parado. Pelo menos metade dos mercenários se mexeu, e vários deles pegaram as armas.

Alerta na mesma hora, Manning olhou para ele.

— Onde?

Decker parou, depois apontou. Não havia sinal de um túnel naquela direção, mas eles acordaram os poucos mercenários que ainda dormiam e vasculharam a área que ele havia indicado, as armas em punho. Dave Calado apertou um botão naquela espécie de canhão que tirou das costas e a coisa soltou um zumbido longo, quase inaudível, ao se aquecer.

— Não adianta nada a gente não cobrir a retaguarda — disse Manning. — Izzo, Simonson e Foster, vigiem os túneis e tratem de não deixar nada sair deles.

Enquanto o trio obedecia, o restante apontava as armas para o ponto indicado por Decker. Por mais preparados que estivessem, vários mercenários se retesaram ao ver a superfície se abrir. O que havia sido uma parede sólida girou numa dobradiça invisível, e a primeira das coisas saiu a toda velocidade, olhando ao redor enquanto avançava.

Contudo, a criatura não esperava que eles estivessem preparados, e foi recebida imediatamente pela ponta da arma de choque de Bridges. Ela convulsionou quando os pinos a tocaram e soltou um guincho doloroso aos ouvidos. Mas depois caiu, metade dentro do túnel, metade fora.

Outra a seguiu, passando por cima do corpo da primeira com a mesma agilidade, indo diretamente para Decker. Sibilou para ele ao avançar, com um líquido transparente escorrendo da boca, e ele, por reflexo, recuou. Paralisado pelo ódio dos monstros e pelas emoções dos humanos, não conseguiu forçar os braços a erguerem a arma. Os sons que as criaturas emitiam ecoavam em sua mente com uma familiaridade aguda. Nos sonhos, sabia que esses ruídos eram palavras, e naquele momento essas palavras eram dirigidas a ele, lançadas como maldições.

Muller estava mais próximo e ergueu a matadora. Os primeiros dois tiros não acertaram, mas os três seguintes atingiram o alvo, abrindo buracos imensos no exoesqueleto da criatura. O mercenário pulou para trás para evitar o sangue ácido, sussurrando palavrões.

A barragem se rompeu. Monstros jorraram pela sala em frenesi. Garras e caudas como chicotes e quitina negra e dentes, tantos, tantos dentes. Decker esvaziou o carregador da pistola e recuou, tentando recarregar, mas incapaz de encontrar o pente extra.

— Merdamerdamerdamerda*merda*! — murmurava ele, como se fosse ajudar.

Manning berrou ordens, e os mercenários começaram a atirar. Preparados dessa vez, foram sistemáticos no massacre, cuidadosamente atirando e dizimando as criaturas enquanto elas se derramavam para dentro da sala. Decker encontrou o carregador, encaixou-o no lugar e entrou na zona.

Um dos mercenários gritou.

Decker girou e viu a silhueta negra de outro monstro, que só podia ter vindo de outra direção. Mordeu o braço do homem, e numa questão de segundos o mercenário caiu no chão e a criatura avançava com um salto, rumo ao próximo da fila.

Outras vieram.

As lanternas não duraram muito no combate. Ou foram jogadas de lado ou aqueles monstros eram inteligentes o bastante para tê-las como alvo, e a câmara logo afundou na escuridão, pontuada apenas pelos fachos agitados das lanternas de uns poucos mercenários.

Manning gritava comandos, e os membros da equipe faziam o melhor que podiam para ouvir, mas não houve chance de se reagruparem. As criaturas eram implacáveis quando cercavam a presa. Decker atirou em mais uma, derrubando-a, e agarrou o braço de Adams para puxá-la. Ela se encolheu e se virou para ele na semiescuridão.

— Por aqui! — gritou ele, e ela pareceu ouvir. — Vem!

Decker puxou-a, mas a princípio Adams hesitou. Depois seguiu com ele, gritando pelo comunicador para que Manning e os outros os seguissem.

Então fizeram uma retirada estratégica. Não havia escolha. Pelo menos, não para Decker. A inundação de emoções de toda parte ameaçava soterrá-lo, e muito em breve ele seria incapaz de se defender. Os dois encontraram o túnel mais distante do bando e correram para lá.

Ele ouviu o som dos passos velozes de vários mercenários atrás deles, mas não parou para olhar. Tiveram que se abaixar, pois o caminho ficou estreito, e Decker ficou receoso de que fossem forçados a voltar, porém o túnel se alargou o suficiente para ficarem de pé.

Manning estava perto, xingando sem parar. E Decker sabia o motivo — ao mesmo tempo, sabia que não havia restado escolha.

No entanto, fizeram o impensável: deixaram os outros para trás.

31

O Destruidor tinha escapado. Mas havia hospedeiros, e ainda estavam vivos.

Mãos com três dedos e mãos com seis dedos agarraram os corpos e os arrastaram para a câmara de nascimento. Para o bando, a forma não importava. Os hospedeiros do passado eram diferentes daqueles com os quais lidavam no presente, mas a prole era toda a glória do enxame e da rainha. Quando um dos hospedeiros tentava lutar, era subjugado. Tinham armas, mas não enxergavam bem na escuridão.

Era bom saber disso. Era melhor entender o ponto fraco da presa.

Em breve, haveria tempo para encontrar e matar o destruidor. Não esqueceram os pecados do passado. Jamais esqueceriam. Não haveria misericórdia.

O ódio ardia neles, acompanhado pela adoração que sentiam pelos procriadores e por sua veneração à mãe. Era para a glória da mãe que arrastaram as últimas presas, deixando-as diante dos ovos.

Os ovos eclodiram, e os procriadores se aproximaram. Os hospedeiros gritaram de pavor e os procriadores se juntaram a eles e lhes ofereceram a semente da mãe, transformadora da vida. E então os procriadores morreram, como sempre fazem, para que os hospedeiros possam renascer na glória da mãe.

32
PANDEMÔNIO

— Precisamos voltar às ruínas da cidade — disse Silas. — Acho que temos um problema maior do que imaginávamos.

— Como assim? — perguntou Cho.

— Acho que eles não estão mortos. Os seus homens e os meus colegas. Pelo menos ainda não. — Apontou para os corpos. — Acho que foram tomados da mesma forma que a pobre Colleen.

Cho ficou apenas olhando.

— Não quero ser insensível, doutor, mas *aquela* não é a Colleen? — Apontou para o corpo que Perkins havia ajudado a tirar da van. — Como é que ela pode *não* estar morta?

Silas olhou para a forma amortalhada e piscou algumas vezes, rapidamente, para combater as lágrimas. Conseguiu se conter.

— Sim, é ela — respondeu. — Mas quero dizer que eles podem ter sido usados do mesmo modo que ela foi. — O homem engoliu em seco por alguns segundos enquanto reunia as palavras que tentava dizer. — Acho que puseram alguma coisa dentro dela para incubar. Essa coisa irrompeu dela quando completou o processo e estava pronto para emergir.

Cho olhou para lá por bastante tempo, obstinado, depois murmurou algo que Perkins não ouviu. Quando voltou a falar, a voz saiu mais clara.

— Do jeito que você fala, parece que estamos lidando com um bando de insetos — disse ele. Parou por um momento, como se um pensamento lhe ocorresse, depois o descartou. — Não tenho tempo para essa merda. Preciso ver o que está acontecendo com o elevador. — Ele voltou à base.

Perkins o fitou por um instante. Entendia o que ele estava pensando. Naquele momento, todo o conhecimento científico do mundo significava menos que a vida dos desaparecidos.

Vogel deu de ombros.

— Você precisa voltar para a escavação? Ou só até parte do caminho?

— Parte do caminho bastaria, acho — respondeu o doutor Silas. — A nave. Ela parece causar a interferência. Se eu puder passar desse ponto, pode ser que eu consiga acessar as leituras das sondas. Se elas ainda estiverem operando, já devem ter mapeado o suficiente para nos mostrar com o que estamos lidando.

O cientista pareceu distraído, olhando para alguma coisa ao longe. Pelo que Perkins podia ver, ele costumava fazer isso sempre.

— Então, vamos lá. — Vogel se levantou e foi até a plataforma.

— Precisamos de equipamentos. — Silas se ergueu, voltando-se para a van.

— Vou pegar seu sistema de radar, ligá-lo aos nossos monitores e colocá-lo na plataforma. — Perkins suspirou. — Me deixe ler a frequência do seu controle remoto. Talvez possamos fazer algo dar certo.

Ela voltou à van e sentiu um arrepio que tentou ignorar. Não acreditava em fantasmas. Acreditava, contudo, em dar o fora o mais rápido possível. Verificou o painel inferior do sistema de radar das sondas para ver se a frequência estava escrita ali. Não estava.

Claro que não, pensou, ainda ignorando a sensação arrepiante que subia e descia pela espinha. *Por que facilitar?*

Depois de cerca de cinco minutos, Perkins saiu da van trazendo todo o sistema de radar. Pesava demais para ela, mas conseguiu carregá-lo. Enquanto uma Vogel extremamente impaciente aguardava, Perkins prendeu o sistema no painel do caminhão e o ligou a uma fonte de energia. Enquanto Perkins fazia isso, Vogel se aproximou de Cho.

— Vamos levar o professor para o outro lado da nave — informou ela — para ver se conseguimos captar um sinal das sondas. Não deve demorar.

— Nem ferrando — retrucou ele. — A última coisa de que precisamos é...

— Não! — interveio Willis. — É *exatamente* disso que precisamos, e eu vou com vocês. Essa informação pode ser inestimável. — Ele hesitou e acrescentou: — As recompensas que podemos ter talvez sejam maiores do que conseguiria imaginar, senhor Cho.

O técnico pensou nisso por um momento, parecendo não confiar no que Willis dizia. Então deu de ombros e dispensou Vogel com um aceno.

— Vai lá. E volta aqui o mais rápido possível.

Ocuparam o caminhão, ligaram-no e seguiram rumo à traseira da espaçonave. Perkins ia ao volante. Willis olhava ao redor como se pudesse haver mais daqueles monstros negros esperando a cada esquina.

Na verdade, poderia.

Na plataforma, Silas observava o radar, e Vogel mantinha as armas à mão.

Precisamos fazer isso rápido e sem complicação, pensou Perkins. *Ir só até onde precisarmos para captar um sinal*. Não gostava da ideia de se aproximar do lugar onde Piotrowicz tinha tomado um banho de ácido. *Fazer o upload dos dados e dar o fora*.

Levaram cerca de dez minutos para chegar ao outro lado da nave destruída. Quando pararam, Vogel estava suando. Não podia culpá-la. Tinha lutado com os monstros. Perkins nem tinha chegado a ver aquelas coisas vivas e já se borrava de medo. Virou o caminhão, pronta para uma fuga rápida.

* * *

— Podemos ir agora. — Silas rompeu o silêncio.

— O quê? — A mão de Perkins voou para a arma antes que percebesse o que ele disse.

— Podemos ir. Já temos o que viemos buscar.

Quando ouviu isso, Willis ficou surpreso, chocado.

Ela ligou o motor, e eles avançaram. Silas observou a tela enquanto o veículo sacudia, e Willis espiava por cima do ombro dele, parecendo a ponto de gritar. Quando pararam perto da base, o cientista deixou o aparelho de lado e saltou do caminhão, afastando-se sem dizer uma palavra.

— Não precisa agradecer, não — resmungou Vogel para o cientista. — Ficamos felizes em ajudar.

Willis pegou o aparelho e o observou, com o rosto se enchendo de entusiasmo. Perkins inclinou a cabeça, tentando ver.

— Não está completo, mas as sondas passaram esse tempo todo operando — disse ele.

Havia uma imagem que parecia o interior da espaçonave. Ele ativou um comando, e uma caverna surgiu na tela. Havia ruínas, estruturas de todas as formas e tamanhos, que se estendiam ao longe, até onde a imagem conseguia mostrar.

— Uma cidade alienígena — anunciou ele. — Isso manterá o pessoal de pesquisa e desenvolvimento ocupado por décadas.

— Já houve um achado desse porte antes? — perguntou ela.

Willis a encarou e balançou a cabeça.

— Não sei de nenhum — respondeu. — E não devemos nos precipitar. Pode ser que não haja nada lá embaixo. — Parou e olhou fixamente para a tela. — Mas não acho que seja o caso. Deve ter muita coisa lá embaixo. Muita coisa. — Ele pareceu distraído, e ela suspeitou que Willis já estivesse planejando como gastar sua parte do lucro.

Perkins não conteve um sorriso.

Deixou Willis com seu monitor e desceu do caminhão. Ao se aproximar de novo do grupo principal, percebeu que havia um tumulto. Cho lhe lançou um olhar exasperado, mas também suplicante.

Silas estava no centro do grupo com duas pessoas da sua equipe, um homem corpulento chamado Fowler e uma mulher que apontava agressivamente o dedo para o peito de Cho. Perkins apertou o passo, esperando ajudar a mulher a evitar que seu dedo fosse quebrado.

— O que está acontecendo aqui? — quis saber ela.

Todos começaram a falar ao mesmo tempo. Cho berrou mais alto que o restante, e por um momento todos ficaram em silêncio.

— O doutor Silas acha que deveríamos explodir todo este nível — explicou o líder dos técnicos. — Tipo, agora mesmo.

— O quê? — Perkins olhou para o cientista, que a encarou com olhos cheios de água, o lábio inferior saliente.

— Não é b-bem assim — gaguejou ele. — Seu homem, Decker, foi ele quem fez a pergunta. Willis me contou. Ele disse que n-não sabia. Decidi que precisava ser respondida.

— Que pergunta?

— O que aconteceu com todos os alienígenas?

— O quê?

— O que aconteceu com todos eles? Não estou falando daquelas coisas. — Gesticulou com a mão indicando o conjunto de coisas mortas, depois acenou com o outro braço na direção da nave destruída e da escavação além dela. — Estou falando *deles*. Dos que viveram aqui há muitas eras. A raça que construiu a cidade e esta nave. O que aconteceu com todos eles?

O cientista inspirou.

— Creio que eu saiba a resposta. O que aconteceu com eles foram aquelas *coisas*. — Apontou para os alienígenas mortos.

— Mas pensei que os construtores da cidade tinham morrido muito tempo atrás. — Perkins balançou a cabeça. A aflição do homem era contagiosa. Ela considerou pedir a Piotrowicz que viesse dar alguma coisinha para acalmá-lo.

Porém Silas sorriu e assentiu.

— Sim! — confirmou ele. — Exatamente. E esses outros, os do sangue ácido, deveriam ter morrido também. Mesmo que tenham sido responsáveis pelo que aconteceu na cidade. Mas não morreram!

Cho se mexeu, desconfortável.

— O que está tentando dizer, doutor? — perguntou ele. — O que quer que sejam essas coisas nojentas, estão longe de estar mortas, e temos ordens de levar uma delas.

— Mas estamos lidando com uma espécie alienígena! — respondeu Silas, e foi sua vez de ficar exasperado. — Não sabemos que tipo de ciclo vital ela segue. Mas, se estão aqui desde que a nave caiu, isso já deve ter séculos. E estão prontos para fazer conosco o que fizeram com uma cidade *inteira*.

Depois disso, todos se calaram. Finalmente, Cho se levantou e abanou a mão, impaciente.

— Você cuida disso, Perkins — ordenou ele. — Tenho que ver como Manning está. — Afastou-se rumo à base.

Bunda-mole, pensou Perkins, mas não disse nada.

— O que quer dizer, doutor? — perguntou ela. — O que o faz pensar que essas são as mesmas criaturas?

— Não deveria ter *nada* vivo aqui embaixo. — Ele abriu os braços para abranger tudo ao redor deles. — Esta área ficou isolada por um longo tempo. *Séculos*. E ninguém sabia dessa cidade. *Ninguém*. Até onde sabemos, pode estar abandonada há mais de mil anos.

"Não há fonte de água aqui embaixo, a umidade é de menos de dez por cento, não tem ar limpo. Não deveria existir nada aqui maior que um micróbio. Mas quando entramos na nave encontramos corpos, tão antigos que estavam quase irreconhecíveis. E todos tinham uma coisa em comum: um buraco no peito. Pareceu tão absurdo. Eu precisava confirmar, precisava ver os dados armazenados nas sondas. Rezei para estar errado, mas estava tudo lá."

— Mas não é possível uma coisa viver tanto tempo, é? — questionou Perkins.

— Não importa o que achamos possível, alguma coisa saiu do corpo dela. Do mesmo modo que alguma coisa saiu daqueles cadáveres antigos na nave. — Havia um medo genuíno na voz dele enquanto apontava para a coisa aracnoide. — Ela bota um ovo num hospedeiro. O hospedeiro possibilita que o ovo se desenvolva até eclodir. A coisa que sai dele cresce até se tornar uma daquelas criaturas.

A mulher que havia apontado o dedo falou, mas Perkins não conseguiu entender nada do que ela dizia. A mercenária nunca tinha ouvido a língua que ela falava.

— Para destruir uma cidade inteira, deve ter centenas deles. — Silas virou-se de olhos arregalados para Perkins e praticamente implorou que ela entendesse. — Se foi isso que aconteceu, e acredito que tenha sido, o que houve com os outros alienígenas?

Perkins ia responder, mas foi interrompida por um grito.

33
SURPRESAS

Piotrowicz se encolheu quando Lutz tirou as bandagens do seu rosto. O gesto arrancou pele e expôs os nervos, e ele quis gritar. Estavam longe da vista dos outros, a alguma distância. Petey não queria mesmo compartilhar aquela experiência em especial.

Lutz olhou para a ferida com um distanciamento clínico. Era bom nisso.

— Ruim? — perguntou Piotrowicz.

— Bom, você ainda vai ficar com a maior parte da sua cara. Mas pode pensar numa cirurgia plástica quando a gente terminar aqui.

— E as queimaduras? São muito ruins?

— Não. É só o seu rosto: ele é nojento. — Lutz sorriu. — A maior parte é queimadura de segundo grau. Tem umas bolhas e está um pouco em carne viva, mas acho que nessa você deu sorte.

Espalhou um antisséptico no rosto de Piotrowicz, eliminando qualquer chance de infecção bacteriana. A dor foi infernal. Em seguida cobriu a carne queimada com uma pomada espessa e foi pegar bandagens novas.

Enquanto procurava os curativos esterilizados, sentiu uma dor súbita na mão, como se tivesse sido picado.

Mas que merda é essa? Recuou num sobressalto e olhou para o ponto da mão onde sentiu a dor. Viu um tipo de inseto grande, de casca preta, que surgiu do nada, sem Lutz perceber, e simplesmente atacou.

Os dentes prateados cortaram a maior parte da mão e do pulso numa mordida brutal. Lutz deu um gemido extremamente baixo. Olhou para o membro mutilado e soltou um grito agudo.

Piotrowicz viu tudo acontecer, mas foi rápido demais, e ele havia baixado a guarda. Com tantas pessoas ali, nunca teria imaginado que algo pudesse pegá-los desprevenidos.

O inseto era menor do que aqueles que ele havia combatido e matado, e parecia ser mais jovem em sua opinião. Isso não o tornava menos perigoso. O filho da puta atacou Lutz no peito com aquela cauda medonha, fazendo o mercenário cair para trás, e um chiado baixo saiu da ferida enquanto um dos pulmões dele se esfacelava.

Ouviu vozes por perto, alertadas pelo grito de Lutz, mas ainda não conseguiam vê-lo — não sabiam ao certo de onde tinha vindo o som.

Piotrowicz estendeu a mão para o rifle, mas não encontrou nada. Mesmo assim não havia a menor chance de tirar os olhos daquela coisa. De jeito nenhum. Ela pulou e ele continuou tateando, esticando-se em busca do que deveria estar bem ali, *merda*, e a coisa negra e lustrosa cada vez mais perto, sibilando e babando ao investir contra ele.

Deu um chute na cara do desgraçado com toda a força. O inseto caiu para trás. Piotrowicz enfim se arriscou a olhar, e o rifle não estava em lugar nenhum. Sentiu a certeza gélida de que era um homem morto.

A coisa avançou de novo, agachando-se rente ao chão enquanto o espreitava. Filhote ou não, aprendia rápido. A cauda se agitava para a frente e para trás, às vezes erguendo-se acima do corpo, e Piotrowicz se viu vigiando aquele ferrão letal.

— Preciso de ajuda aqui! — gritou, esperando que alguém estivesse perto o bastante para vir socorrê-lo.

A voz de Dwadji chegou pelo comunicador.

— O que está acontecendo, Petey? Onde diabo você está?

— Tem um inseto aqui e está faminto!

A voz de Vogel veio da esquerda, ao longe.

— Estou indo — gritou ela. — Não se mexa.

— Não diz isso pra mim! Diz pra esse desgraçado!

O alienígena se apoiou nos quatro membros e avançou, sibilando e andando em zigue-zague. A maldita cauda golpeou mirando o rosto, e Piotrowicz se defendeu com o braço esquerdo, sentindo as farpas da cauda rasgarem camadas de roupas e carne do antebraço e do pulso.

Dwadji dizia alguma coisa pelo comunicador, mas ele não conseguiu prestar atenção suficiente para entender as palavras. O inseto pulou sobre ele, que conseguiu pegar os braços da criatura, mas isso não bastou. Era como se cada membro do desgraçado fosse feito para cortar, pois os pés com garras escalaram suas pernas e chutaram o peito, abrindo valas na armadura e jogando-o para trás.

O único barulho que conseguiu emitir foi um arquejo. Os membros traseiros continuavam chutando com suas garras, com força suficiente para impedi-lo de fazer qualquer outra coisa, e os braços incrivelmente poderosos lutavam para se livrar das mãos dele. Piotrowicz tremia com o esforço de conter a criatura maldita.

Vogel gritou com a criatura, que continuou o ataque, sibilando enquanto tentava atingir o rosto com aquela boca secundária bizarra. A cauda se arqueou por cima do ombro e golpeou mirando o crânio do homem.

Piotrowicz se encolheu e esperou sentir a lâmina na ponta daquela coisa perfurando sua cabeça. Em vez disso, a criatura deu um guincho de surpresa e o mercenário sentiu o corpo quente ser tirado de cima dele quando Vogel a jogou para o lado com a coronha do seu pilão.

Seu rifle era o objeto de desejo de todo soldado. Levava noventa projéteis na câmara que podiam ser disparados em tiros individuais, em três, em rajadas ou em fluxos contínuos. Tinha quatro pontos de encaixe para munição explosiva e dois para baionetas. Embora fosse um tanto pesado, com quase cinco quilos, também era perfeitamente equilibrado para uso em combate corpo a corpo. Daí vinha o apelido.

Vogel sabia usar um pilão. O inseto se lançou com o impacto e se curvou por um momento enquanto rolava e parava. Quando olhou de novo na direção deles, Piotrowicz pôde ver a carapaça do crânio quebrada. Sangrava levemente, e o líquido pingava no chão, fazendo-o fumegar.

Vogel virou a arma e disparou três projéteis que atingiram o peito, o rosto e a parte de trás da cabeça alongada.

O desgraçado foi ao chão, agonizando.

Piotrowicz arfava e tremia ao se levantar, e olhou para a coisa caída. Não tinha mais que um metro de comprimento. Menos da metade dos seres que estiveram na van.

— Que porra é essa? — Estava tomado pela adrenalina, e mal percebeu que gritava.

Vogel o ignorou e atirou mais duas vezes, só para garantir. O alienígena continuou tão morto quanto antes, mas agora vazava mais daquele sangue ácido pelo chão. Dwadji gritava pelo comunicador, perguntando se Piotrowicz ainda estava vivo.

Por que você não arrasta essa sua bunda até aqui para ver?, pensou Piotrowicz.

— Pegamos o bicho — avisou ele ao comunicador.

Vogel falou no headset enquanto Piotrowicz ia verificar o estado de Lutz. O homem estava vivo, mas nada bem. Respirava com dificuldade, e, embora tivessem alguns suprimentos e ele fosse um médico aceitável, a maior parte dos seus suprimentos estava agora em algum lugar nos túneis, bem no alto. Ele se recriminou por ter dado ouvidos a Manning quando este mandou que entregasse a mochila.

O restante do grupo conseguiu chegar ao local, e Silas foi examinar Lutz. Embora não fosse médico, no fim das contas, a mulher da sua equipe era. Seu nome era Rosemont, e ela tratou de manter Lutz vivo — com ou sem pulmão esfacelado.

— Que merda aconteceu aqui? — Era Cho, que acabava de chegar, e Piotrowicz o atualizou.

O técnico trincou os dentes e se afastou um pouco, falando ao comunicador. Pedindo o elevador.

Mas não havia ninguém. Nenhuma pessoa, em nenhum dos andares superiores, respondeu à chamada.

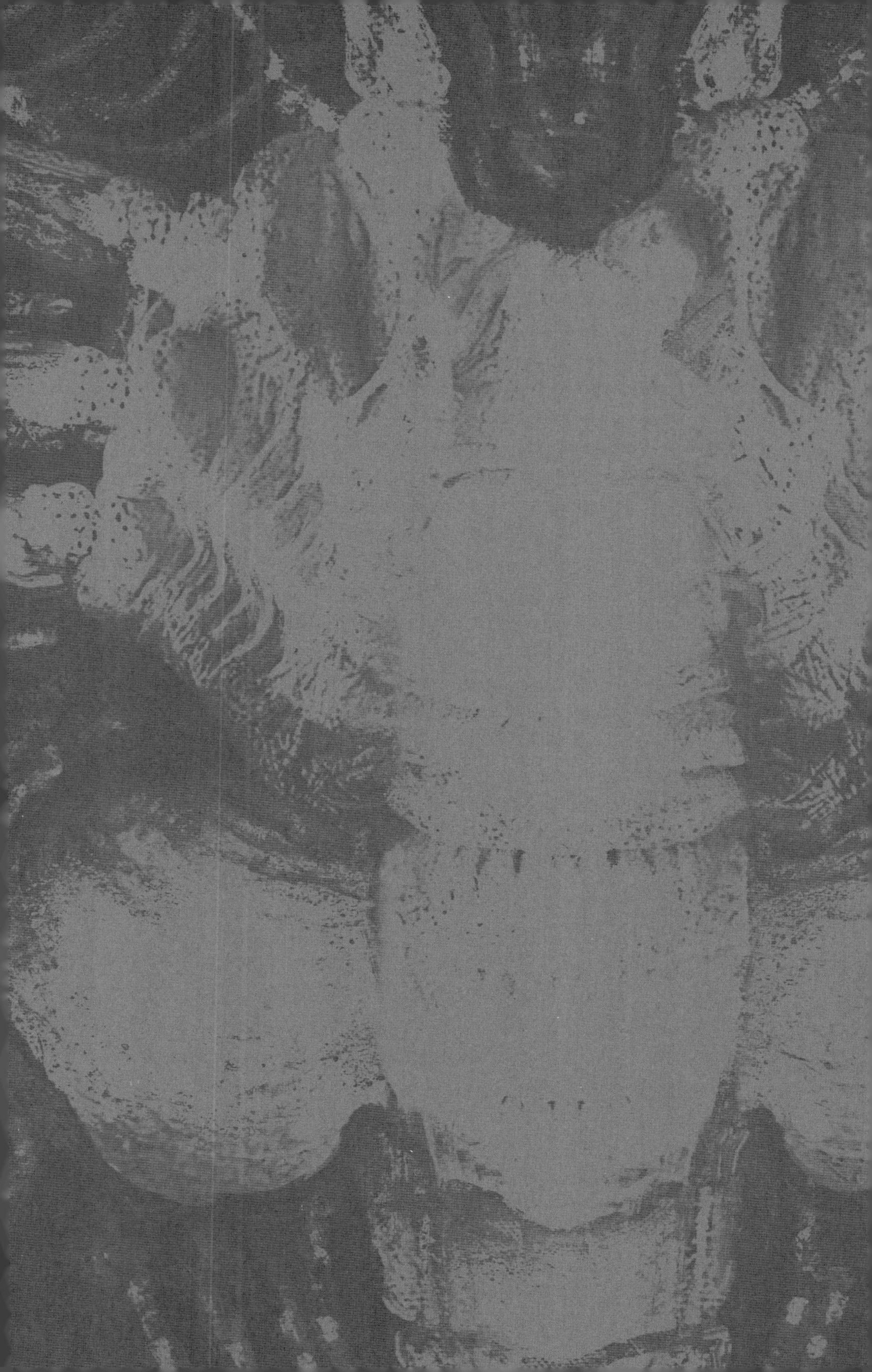

34
REAGRUPANDO

Decker achava que poderia começar a gritar e não parar nunca mais.

A escavação em que estavam era estreita, e certamente subterrânea. Quando finalmente conseguiram escapar da emboscada e pararam de correr com toda a força que tinham, Manning mandou que dissessem os próprios nomes, e chegaram a um total de oito sobreviventes. Só alguns, e Decker era um deles, tinham lanternas que funcionavam, por isso a escuridão os envolveu. Uma coisa era estar preso no escuro. Outra era pensar que poderia não haver luz no fim do túnel.

Adams continuava tentando usar o sensor de movimento, e não era a única. Mas nenhuma daquelas porcarias funcionava.

Já os comunicadores funcionavam, e Cho relatou o que tinha acontecido ao restante do grupo. A base parecia estar a uma distância inimaginável dali.

À sua frente, e não muito longe, Manning passou a bater nas paredes com o cabo da faca. No começo, Decker pensou que ele estivesse só nervoso e querendo manter uma arma à mão. Porém, aquilo fazia cada vez menos sentido. Então perguntou, e Manning explicou como se estivesse falando com alguém muito idiota.

— Quero saber logo se não estamos mais debaixo da terra — disse o líder dos mercenários. — Não dá para fazer muita coisa enquanto estivermos no subterrâneo, mas, quando sairmos, vamos ter uma chance de dar o fora daqui. Agora, cala essa boca e me deixa continuar.

Como o homem empunhava uma faca bem grande, Decker decidiu obedecê-lo.

Algum tempo depois — pareceu ter levado dias, mas provavelmente foram só uma ou duas horas —, o som das batidas mudou. Num instante, era um baque surdo, no outro, soou como oco.

Manning parou, e seus dedos percorreram toda a parede do túnel, mas não encontraram nada. Nenhuma porta oculta, nenhuma fresta — nada que indicasse uma falha na superfície. Por fim, ele xingou e se afastou.

— Que se foda — disse, erguendo o rifle de plasma, e gritou: — Fechem os olhos!

Mesmo de olhos fechados, Decker pôde ver o clarão. O fedor do silício derretido era acre e tinha gosto de sal.

— Pronto!

Decker abriu os olhos, estreitando-os diante dos resquícios do brilho, e teve uma visão maravilhosa, como havia muito não se lembrava de ter.

As paredes estavam derretidas. Os túneis eram fortes o bastante para resistir ao sangue ácido dos alienígenas, mas não foram capazes de se sustentar contra o calor da descarga de plasma. As bordas ainda estavam incandescentes, o branco se tornando lentamente amarelo, e, além do buraco na parede, havia luzes. Após a fraca iluminação das lanternas e holofotes, parecia quase tão brilhante quanto um dia de sol.

Depois de algum tempo, Manning experimentou a borda da abertura que tinha feito. Ao ficar satisfeito, passou por ela, deixando a ponta do rifle de plasma tomar a dianteira. Decker fechou os olhos por um momento, tentando perceber se havia ou não alguma daquelas coisas lá fora. Por enquanto, pareciam estar a salvo, e ele avançou, seguido rapidamente por Adams.

Logo estavam reunidos num poço de mina cavernoso.

Havia lâmpadas. Muitas delas. Havia espaço, o que era uma bênção. O ar era seco e reciclado, e ainda lembrava uma brisa fresca que deixava um sabor doce na língua. Decker respirou fundo algumas vezes, e os outros fizeram o mesmo. Uma sensação de alívio intenso irradiou de todas as pessoas ao redor, misturando-se ao seu próprio conforto.

Adams fez vários agachamentos e esticou o corpo. Depois de hesitar por um momento, Decker se juntou a ela, assim como vários dos outros. Manning, não. Ele manteve o olhar em movimento, o rosto quase inexpressivo enquanto esquadrinhava a área e avaliava a localização como podia.

— Cho — chamou ele pelo comunicador. — Saímos dos malditos túneis e entramos num poço de mina.

— Alguma ideia do nível em que estão?

Manning balançou a cabeça.

— Não, mas acho que estamos acima de vocês. Ainda está no console? Quero saber se já consegue pegar nossos sinais.

— Espere aí. — Houve alguns segundos de silêncio. — Estou aqui, mas ainda não captamos nenhuma leitura.

— Ok. Tem alguma coisa errada aqui. Não ligo para o que tem no solo ou naquela nave. Uma radiação de baixo grau não causaria tanto problema nos nossos sistemas.

— Entendo. — A voz de Cho era firme e profissional. — Mandei Dwadji testar frequências diferentes, mas até agora não encontramos nenhuma que ultrapasse seja lá o que esteja causando a interferência.

— Bom, continue tentando. Quero saber o que está nos dando todo esse problema.

— Pode deixar — disse Cho. — Talvez a radiação tenha aumentado ao longo dos anos, porque a nave ficou enterrada por muito tempo?

Adams balançou a cabeça.

— Essa não cola — retrucou ela, e olhou para Decker em busca de confirmação.

Ele deu de ombros.

— Já vi muitos desastres de terraformação, e esse nível de radiação pode causar uma grande infiltração, mas tenho minhas dúvidas quanto à nave. Qualquer nível de radiação que pudesse chegar a mais de cem metros do acidente teria que ser muito mais forte, provavelmente um risco à vida.

Manning ouviu, estreitando os olhos.

— Mesmo assim, Willis garantiu que era seguro — declarou ele. — E nós confiamos na palavra dele. Tem algo podre aqui, e quero saber o que é.

— Estamos cuidando disso, chefe — garantiu Cho. — Mas o processo é lento, e também aconteceram umas merdas aqui embaixo.

— O que me lembra de perguntar se seus sensores de movimento estão funcionando. — Quando ele disse isso, Adams tentou usar o dela mais uma vez, porém continuou sem sorte.

— Não verifiquei. Do jeito que Willis falava, não pareceu necessário.

— Bom, verifique. Se funcionarem, vão ajudar você a saber se tem mais daquelas coisas se aproximando.

Por um momento, houve silêncio. Depois Cho voltou a falar.

— Escuta, quanto a isso... Silas, o cara que liderou a expedição às ruínas da cidade, acha que temos aqui um caso sério de infestação. Se ele estiver certo, estamos ferrados até a décima geração.

— Como assim?

— Pelo que entendi, ele acha que os insetos que encontramos talvez estivessem hibernando naquela cidade. — Outra pausa. — Ele acha que essas criaturas podem estar acordando. Se estiver certo, não estamos falando de meia dúzia dessas coisas. Silas acha que pode haver centenas delas, quem sabe até mais. Ele acha que, no passado, elas podem ter infestado a cidade inteira.

Decker olhou para os outros mercenários ao redor, que pararam para relaxar um pouco, mas voltaram a ficar alertas outra vez. Armas em punho, vigiando a escavação da mina de um lado a outro.

Olhou para o buraco do qual vieram. Lá dentro estava escuro. *Muito* escuro. Qualquer coisa poderia estar a poucos passos de distância, esperando a hora de atacar.

Então olhou para a esquerda e não viu nada além de uma longa estrada de terra. À direita a imagem se espelhava. Não havia nenhuma referência, nenhuma indicação de para que lado deveriam ir.

Olhou novamente para dentro de si e tentou se concentrar num ponto além dos ruídos de fundo.

Ali... Eles estavam perto. Sabia que estavam, pois podia senti-los. A dificuldade era tentar descobrir onde estavam antes que começassem um novo ataque.

Centenas deles? Seu pulso acelerou. Tirou o rifle de plasma do suporte às costas, verificou a carga e memorizou exatamente onde ficava a trava de segurança.

Em algum ponto ao longe, alguma coisa fez um ruído alto o bastante para ecoar pelo túnel. Decker não conseguia saber de onde vinha, mas pretendia descobrir.

Centenas daquelas coisas. Só precisavam de uma. E depois precisavam cair fora de Nova Galveston, de uma vez por todas. *De olho no prêmio*, disse a si mesmo. *E continue vivo.*

— Decker!

Quase deu um pulo ao escutar seu nome. Era Manning.

— O que foi?

— Está tendo uma das suas sensações estranhas?

Ele assentiu e revirou os olhos sem querer. Esperava que Manning não tivesse visto. O mercenário parecia distraído.

— De que lado? — perguntou Adams.

— Não sei ao certo. Eles não estão perto, mas acho que agora estão mais determinados a me encontrar.

Era como se o ódio estivesse se concentrando. Não sabia de fato como as criaturas agiam, mas era como se estivessem apontando para ele, assim como o ponteiro de uma bússola aponta para o polo magnético de um planeta.

Decker passou a língua pelo lábio superior e sentiu gosto de sal. Estava suando de novo. Mas estava decidido a não entrar em pânico, especialmente porque isso poderia levá-lo à morte.

— Ok — disse Manning. — De que lado você... *sente*... que está a nossa melhor chance de evitar aquelas coisas? — Perdeu um pouco do autocontrole. — Me dá alguma informação útil!

Decker fechou os olhos, e aquela sensação inquieta, singular subiu até sua nuca outra vez. Depois de um instante, apontou para a esquerda.

— Então vamos por ali primeiro para ver se conseguimos descobrir onde diabo estamos. — Para o restante disse: — Fiquem atentos. Mantenham o foco e não deixem nada que não esteja usando um uniforme da empresa chegar perto de nós.

Decker respirou fundo e disse o que pensava:

— Escute, não pense que fiquei louco, porque não fiquei. Mas talvez a gente deva ir *na direção* deles. — Alguns mercenários começaram a protestar, mas Manning pediu que se calassem, e Decker continuou: — Se pudermos encontrá-los antes que eles nos encontrem, talvez tenhamos uma vantagem sobre os filhos da puta.

Manning o olhou nos olhos e deu um breve sorriso.

— Olha só para você, virando macho. — Decker poderia ter se ofendido, mas percebeu a admiração na voz do homem; chegou a *senti-la*. Manning sempre o achou um covarde. — Eu concordaria com você, mas não conhecemos o bastante o território. Se eles estiverem escondidos num desses túneis, podemos passar horas procurando por eles sem nunca os encontrar. E agora estamos em menor número. Precisamos ficar de olhos abertos e voltar para a base.

Eles começaram a andar, com cuidado e observando tudo o que fosse fora do comum. A única boa notícia era que não havia muitos lugares onde aqueles malditos pudessem se esconder.

Manning voltou a falar com Cho pelo comunicador.

— Chame Willis.

Alguns minutos se passaram e o burocrata surgiu na linha.

— O que você quer, Manning? — Alguma coisa na voz dele incomodou Decker, mas não pareceu afetar Manning. — Mas onde é que você se meteu?

— Acho que estamos um nível acima de vocês, então deve ter um elevador secundário. Sem chance de os mineradores esperarem dias e dias só para pegar uma carona. — Ele parou e olhou ao redor antes de continuar. — Alguma ideia de onde ele fica? O que devemos procurar?

Willis tentou lhe explicar o caminho, mas Manning o interrompeu.

— Não sabemos onde *nós* estamos, por isso explicar o caminho não vai dar em nada. O que os mineradores fazem quando precisam sair rápido?

Antes que Willis pudesse responder, sentiram um leve tremor no chão. De repente, ficou mais intenso, e aumentou depressa, até que eles foram derrubados. Ao longe, algo rugiu alto o bastante para sacudir as paredes. Para se proteger dos escombros que caíam, Decker se encolheu em posição fetal no chão. Fragmentos de rocha despencaram neles, levantando poeira no longo corredor, uma nuvem agitada que soprou por um tempo antes de começar a baixar.

— Que porra foi essa? — Manning estava de pé, olhando para o lugar de onde tinham vindo.

— Não sei, chefe — respondeu Adams. — Mas foi bem longe daqui, e veio do lugar para onde estamos indo. — Ela foi ver Decker, depois cada um dos mercenários, para verificar se alguém havia se machucado.

— Cho! — berrou Manning ao comunicador. — Qual é a situação aí embaixo?

Não houve resposta.

— Merda. Bom, é melhor descobrirmos que diabos foi isso.

Ao comando de Manning, continuaram seguindo na mesma direção, protegendo o nariz e a boca da poeira que começava a baixar. Decker se pegou observando as paredes e o teto. O que quer que fosse aquilo poderia muito bem ter causado dano estrutural. Imaginou se corriam o risco de a mina inteira desabar neles.

Por mais que isso o preocupasse, havia uma coisa ainda mais urgente. Podia sentir os alienígenas se movimentando, aquela sensação pavorosa da perversidade rastejando pelo crânio. Seja lá o que tivesse causado o tremor, parecia ter abalado também o ninho das vespas.

A pulsação continuava acelerada demais, ele estava ofegante, então se concentrou. Se qualquer coisa viesse para cima dele, pretendia lidar com ela o mais rápido possível. Verificou mais uma vez o rifle de plasma e se lembrou de uma antiga máxima.

Não é paranoia se tiver mesmo alguma coisa tentando te matar.

35
EXPLOSÃO

Perkins olhou para os corpos. Precisava voltar ao comunicador. E rápido, já que o seu descanso estava quase no fim. *Descanso.* Que piada triste.

Umas poucas criaturas geraram caos no grupo todo, e uma delas nem era completamente adulta. Estavam todos assustados, e ninguém seguia o protocolo. Cho mal conseguia acompanhar as notícias de Manning e sua equipe, e eles pareciam ter perdido muitos soldados.

Agora, todo mundo andava de um lado para o outro como baratas tontas, sem propósito. Droga, ela estava fazendo o mesmo.

Cho devia ter soltado os cachorros em mim, pensou. Mas ele não fizera isso, e as coisas estavam piorando.

Seu olhar se voltou para a coisa aracnoide no chão. O que aquilo havia feito com Colleen fora monstruoso, e a criatura que a matara de dentro para fora tinha crescido numa velocidade inacreditável. Nem estava completamente desenvolvida e havia arrancado a mão de Lutz, deixando-o fora de combate — se é que ele ia sobreviver.

E, se Silas estivesse certo — e ela esperava com todas as forças que não —, havia centenas, talvez *milhares* daquelas coisas por aí. Despertando. Porra, elas tinham destruído uma *cidade inteira* e matado todos os habitantes.

Fazia algum tempo que ela não via Silas. Willis também estava sumido.

Talvez estejam juntos em algum lugar, tramando alguma coisa, refletiu ela. Porém, logo descartou essa ideia. Não parecia algo que Silas faria naquele momento, não depois de tudo pelo que havia passado.

Anderson estava em cima de algumas das pilhas mais altas de suprimentos, fazendo o melhor que podia para vigiar o perímetro. Perkins subiu numa das pilhas mais baixas para falar com ele.

— Você viu Willis ou Silas?

Anderson deu um meio sorriso. Ela nunca seria o que alguém chamaria de modelo, mas era bastante atraente. Não havia nada sério entre as duas, mas haviam passado algumas noites juntas durante os meses em que trabalharam na mesma equipe.

— Silas foi para o elevador. Willis foi naquela direção.

Ela apontou para mais uma série de materiais de construção, estantes cheias de peças de iluminação e, *ah, aleluia*, banheiros químicos.

Apreciando a ótima ideia que Willis tivera, Perkins agradeceu e se dirigiu às latrinas. A natureza chamava.

Na metade do caminho, avistou Willis. Ele estava fechando uma porta na parede da caverna. Não uma latrina, e sim uma porta de verdade. Parecia antiga — tão antiga que se misturava à superfície rochosa, tornando-se quase invisível.

Mas aonde essa porta leva?, perguntou-se ela. Se não estivesse indo naquela direção, nunca o teria visto.

Começou a se aproximar dele, mas, antes que pudesse ir longe, o chão tremeu sob seus pés, derrubando-a.

Foi impossível ignorar o som. Um trovão trepidou pelo caminho que levava ao elevador, seguido de uma nuvem de poeira. Um instante depois, o som se repetiu; depois, mais uma vez. Os estrondos foram absurdamente altos e lançaram pontadas de dor em seu crânio. Na mesma hora a audição desapareceu, substituída por um zumbido agudo que invadia seus sentidos.

Ela conseguiu se levantar e se dirigiu ao restante do grupo. Cho estava em movimento, assim como Piotrowicz, e logo todos os mercenários e exploradores estavam correndo para o caminhão. Enquanto subiam desajeitados na cabine e na plataforma, alguém ligou o motor. Embora sentisse a vibração, não conseguia ouvir nada. Percebeu que alguém tentava falar pelo comunicador, mas não conseguia distinguir nenhuma das palavras.

A mensagem teria que esperar.

Quando o caminhão parou com um tranco diante do poço do elevador, a maior parte da poeira havia baixado.

Silas estava lá, o sangue escorrendo num filete por seu braço, com o rosto e o alto da cabeça — onde o cabelo era mais ralo — esfolados. Sangrava de um ferimento acima da orelha, mas o corte parecia superficial. O impacto também o havia derrubado. Uma fina camada de poeira cobria o corpo do homem, que empunhava um rifle de pulsos.

Por instinto, Perkins levou a mão à própria arma. Logo percebeu que a dele apontava para o chão. Silas olhou para eles e disse algo, mas ela não conseguiu ouvir.

Cho saltou do caminhão e saiu correndo na direção do cientista com um olhar assassino.

Atrás de Silas, detritos obstruíam completamente o poço do elevador. Três das pesadas vigas de sustentação estavam estilhaçadas. Não havia sinal de que tivessem derretido, mas Perkins ligou os pontos. Havia quatro pontos de encaixe no rifle de pulsos projetados para granadas. Mesmo de longe, ela conseguia ver que três deles estavam vazios.

Cho o alcançou primeiro e o agarrou pela camisa. Tomou impulso para desferir um soco, mas Silas não se mexeu. O técnico parou, o punho ainda no ar, mas logo o baixou.

— O que você fez? — exigiu saber Perkins ao chegar perto deles. Conseguiu ouvir a própria voz, apesar de abafada.

Silas a encarou e falou numa voz lenta, nítida e alta.

— Não podemos sair daqui — declarou, como quem diz o óbvio. — A contaminação precisa parar. Há um planeta cheio de pessoas acima de nós, e não podemos deixar que sejam massacradas por essas coisas.

Ela o encarou, mas não conseguiu dizer nada. De modo muito eficaz, ele tinha acabado de matar todos eles.

Perkins olhou para o elevador, que havia desabado quando Silas destruíra os suportes. Equipamentos de mineração, minério bruto de trimonita e máquinas pesadas agora bloqueavam a única saída disponível para eles. Viu uma poça escura num canto e torceu para que fosse óleo. Em outro ponto, pensou ter visto um braço, projetado para fora dos escombros.

O pensamento a fez estremecer.

Toneladas de material bruto e equipamentos arruinados atravancavam toda a entrada do poço do elevador. Mesmo que pudessem se esgueirar e passar por ali, não dava para saber até que altura o poço estava obstruído com detritos e entulhos. Não havia como as pessoas lá em cima chegarem a eles antes que estivessem mortos.

— Eu tive que fazer isso! — gritava Silas, mas até seus berros indignados soavam aos ouvidos de Perkins como se estivessem abafados por chumaços densos de algodão. — Vocês iam sair daqui! Podem estar contaminados!

Cho sacou a pistola. Silas olhou nos olhos dele quando o mercenário se mexeu, e Perkins percebeu o movimento pelo canto do olho. Ainda estava tentando juntar todas as peças quando Cho atirou. O disparo único espalhou o cérebro de Silas por cima dos escombros que bloqueavam a saída da tumba que o cientista havia erigido.

— Seu idiota de merda — disse ele ao cadáver que desabou aos seus pés. — Você não salvou ninguém, porra.

Cuspiu no corpo.

Perkins sentiu os lábios se comprimirem numa linha fina. Deveria ter ficado indignada. Deveria ter sentido medo do desatino de Cho. Talvez ele tivesse enlouquecido. Mas na verdade estava irritada, principalmente porque o desgraçado havia sido mais rápido do que ela.

Se ia morrer ali embaixo, queria a satisfação de matar o filho da puta que havia garantido sua morte.

— Esse babaca roubou meu rifle! — Piotrowicz olhou para as ruínas e apontou para o cientista morto.

Cho o encarou intensamente por um momento, depois lhe deu as costas. Ninguém mais se atreveu a falar, sobretudo os antigos colegas do doutor.

— Temos que achar outro jeito de sair daqui. — Perkins se voltou para o restante do grupo. — Alguma sugestão?

Rosemont olhou para a escavação.

— Poderíamos tentar pelos tubos. Algumas pessoas subiram por ali.

Ela não pareceu nem um pouco feliz com a ideia. Perkins franziu a testa.

— O túnel pelo qual nossa equipe subiu está bloqueado agora. Alguém já subiu por aquelas coisas e voltou para contar a história?

A mulher balançou a cabeça.

— Na verdade, não. — Ficou em silêncio por um instante, depois sugeriu: — Também há um túnel de acesso, mas é estreito, e a subida é muito, muito longa. Não sei nem se está desimpedido ou se tem aquelas... coisas lá.

Perkins se lembrou de algo.

— A entrada do túnel fica naquele canto depois dos banheiros? — perguntou.

A confirmação que recebeu foi tudo de que precisava. Assentiu em resposta e foi falar com Cho.

Tinha acabado de alcançá-lo quando um estrondo a sobressaltou. O som saiu do poço do elevador e foi alto o bastante para penetrar a surdez que diminuía lentamente. Não havia nada para ver, mas, o que quer que fosse, era muito pesado.

Então as luzes no teto piscaram e ficaram um pouco mais fracas.

— Que diabos foi isso? — Piotrowicz olhou ao redor, procurando a fonte de energia das lâmpadas. — Algo lá dentro deve ter atingido os cabos. Vou dar uma olhada e ver se consigo descobrir o que foi. — Balançou a cabeça e começou a andar. — Preciso mesmo pegar a porcaria do meu rifle.

Anderson tinha abandonado o posto no topo da pilha de materiais de construção e estava de pé em cima da cabine do caminhão. Era o melhor lugar para se ter uma vista das redondezas, por mais escuras que fossem.

— Está vendo alguma coisa? — perguntou Perkins.

— Ainda não. Mas logo vou ver.

— Por que diz isso?

— Já viu alguém ouvir um barulho alto e não tentar descobrir o que é? A gente veio correndo, não foi?

— Você acha que os insetos vão aparecer?

Os olhos de Anderson continuavam esquadrinhando a área, olhando de tempos em tempos para o poço do elevador arruinado.

— Eu apostaria que sim — respondeu ela.

Perkins assentiu. Infelizmente, concordava.

— No que você acha que isso vai dar?

— Se aquele babaca morto estava certo, não vamos sair dessa com vida. Tem mais de dois mil metros de escadas para subir e escapar dessa merda.

Acima delas, as luzes falharam uma segunda vez, lançando toda a área no crepúsculo.

Perkins gostava menos da situação a cada minuto que passava.

36
SOMBRAS

O sol se pôs, e a escuridão caiu sobre o Mar de Angústia.

Nenhum dos trabalhadores na escavação prestou muita atenção, a não ser para acender as poucas luzes que não se acendiam automaticamente. Parecia sempre haver algumas, apesar das muitas medidas de segurança instaladas no sistema.

Luke Rand acomodou seu volume considerável numa cadeira no refeitório. Havia mais gente no recinto, mas não muita. Herschel e Markowitz estavam perto do barracão, esperando enquanto os engenheiros faziam o que podiam para consertar sabe-se lá que merda tinha acontecido lá embaixo. O elevador havia desabado, as equipes na maioria dos níveis já tinham subido, boa parte delas abalada, mas sem ferimentos.

Rand ainda tentava reduzir os níveis de toxicidade do Mar de Angústia. Os planos para construir o município de Laramie haviam sido descartados, mas, com a descoberta da trimonita, o lugar continuava a ser prioridade. Na verdade, até mais do que antes. A Weyland-Yutani gostava de chegar na frente a qualquer lugar onde houvesse algo para lucrar.

Luke cutucou a comida por um tempo e concluiu que não estava com muita fome.

Ver Decker o deixara daquela forma. Gostava de Alan. Sempre havia gostado. Era um sujeito honesto, e isso era uma raridade. Quando gostava de alguém, dava para saber. E, se não gostasse, deixava isso claro também. Era inteligente e tinha a mente aberta.

Então por que tinha ferrado com o cara? Não conseguia tirar isso da cabeça. E, para piorar, Decker não parecia se importar. Ou talvez não soubesse.

De qualquer forma, Luke estava sem apetite. Claro que isso não era exatamente ruim. Tinha ganhado alguns quilos, mais ou menos o bastante para fazer uma pessoa extra.

O caos lá embaixo também o deixava desconfortável. Parecia demais com carma, e ele não gostava nem um pouco dessa ideia. Todos os que trabalhavam no local sabiam da nave alienígena — esse não era o tipo de coisa que se podia manter em segredo. Não por muito tempo. Ele a tinha visto. Não pessoalmente, só as fotos que as primeiras equipes levaram para cima, mas tinha visto.

E quanto às regras de quarentena? Às vezes, as piores coisas aconteciam durante a terraformação de um planeta. Como em DeLancy. Não tinha sido nada bonito o que acontecera às pessoas quando um esporo congelado no *permafrost* derretera durante a terraformação. Rand teve que usar equipamento de proteção completo para ajudar a recolher os restos. Tinha sido nessa ocasião que decidira sair do ramo e se aposentar.

E agora tinha a chance de fazer isso.

O único preço havia sido a amizade de Decker. E talvez um pedaço da própria alma. Talvez Decker não soubesse, mas Luke sabia. Mal suportava ficar perto do desgraçado. Sabia o que a empresa havia feito. Tinha atendido a ligação do escritório central, garantindo que ele se ateria à versão "oficial".

Mesmo assim, depois de DeLancy, perder a camaradagem com Decker era um preço baixo. Ele o pagaria dez vezes mais, sem problema, se fosse para sair daquela merda de uma vez por todas.

Olhou para o prato por mais um minuto e desistiu. A comida parecia lixo e provavelmente tinha o mesmo sabor.

Depois de limpar a bandeja, comprou umas cervejas — agora ele conseguia pagar aquele preço exorbitante — e saiu do prédio para ir aos alojamentos. Um filme ou dois; depois, dormir.

Lá fora, na semiescuridão da noite, viu alguma coisa passar pela areia. Estreitou os olhos para tentar ver melhor. Algo saiu rastejando, depois desapareceu. A saúde de Luke não andava lá essas coisas — mesmo num planeta de gravidade mais baixa, esse lance do peso causava problemas —, mas não havia nada de errado com seus olhos.

Colocou as cervejas na chão. Queria as mãos livres. Com uma delas, tocou o comunicador no quadril, enquanto buscava o bastão de choque com a outra. Luke era um sujeito grande e com certeza sabia se virar numa briga, mas, ultimamente, falava-se muito em falhas de segurança, e havia muito dinheiro seu em jogo.

Olhou para o mar, verificando os montes, as dunas e o terreno quase todo aplainado. O céu estava ficando mais escuro, não pelo pôr do sol, mas porque as nuvens de chuva se aproximavam, e ele dedicou mais tempo à tarefa, tentando ter certeza de que não estava só sendo paranoico.

Droga. *Havia* alguma coisa lá. A uns quarenta e cinco metros, enxergou duas silhuetas. Tentavam passar despercebidas, mas ele as avistou.

— Ei, Bentley! Está de serviço hoje?

Seu comunicador chiou em resposta.

— Estou. É você, Rand?

— Sou eu. Ei, parece que temos um problema aqui fora. Acho que estou vendo alguém na areia.

— Onde? Perto do barracão?

— Não, bem mais distante. Talvez uns cem metros depois.

— Não deve ser a equipe de resgate, então — disse Bentley. — Mas pode ser alguém que conseguiu sair de lá.

— Bom, quer que eu verifique?

— É, neste momento estou sozinho aqui. Não posso sair da cabine. Você faria isso?

Luke suspirou. Preferia beber uma cerveja. Por outro lado, se alguém tinha conseguido sair da escavação, talvez ele devesse verificar mesmo.

— É. Pode deixar. — Luke começou a andar, de olho no ponto onde tinha percebido os movimentos. — Tem notícias lá de baixo?

— Sim, e nenhuma delas é boa. Até onde sei, eles não conseguem descer além do terceiro nível. Se tiver alguém mais abaixo, não ouvimos nem um pio. Estão presos, e provavelmente mortos.

Merda, isso não é nada bom, pensou ele. Já é difícil ter sinal lá embaixo num dia bom.

— Bom, eu aviso se souber de mais alguma coisa — disse para Bentley. — Faça o mesmo, ok? Tenho amigos lá embaixo.

— Eu também, camarada.

Continuou andando, e, ao chegar mais perto, as silhuetas escuras ficaram visíveis outra vez, e mais definidas. Com certeza eram pessoas, mas parecia haver algo errado com elas. Estavam usando máscaras de gás ou coisa assim? Não podia ter certeza.

Percorreu mais dez metros e parou de repente. A escuridão da noite havia se aprofundado, mas não o bastante para esconder o que ele via. Não eram humanos. Não sabia o que eram, mas humanos não tinham cauda nem aquelas esquisitices saindo das costas. E a cabeça deles era muito longa.

Acessou o comunicador.

— Bent? — murmurou, baixando a voz sem perceber. Não houve resposta, e ele falou mais alto. — Bentley? Acho que temos *mesmo* um problema aqui fora.

— Como é? Repita, Rand.

Então as duas silhuetas se voltaram para ele.

— Ah, puta merda.

Começaram a vir em sua direção.

— Como é que é?

— Bentley! Vem para cá agora! — Estava gritando. — Traz uma arma. É sério!

As coisas se aproximavam rápido e se movimentavam de um jeito esquisito. Como cães ou algo assim. Eram velozes *demais*.

Rand pegou o bastão de choque, uma alternativa não letal às armas de fogo e a outras medidas de segurança. A descarga elétrica estava ajustada para deixar uma pessoa desacordada por um tempo.

Ele conseguiu dar um choque na primeira criatura, que não se afetou nem um pouco. Em seguida, a outra criatura partiu para cima de Rand, que deu um grito.

37

AREIA RUBRA

Como não teve resposta de Rand, Brett Bentley tentou falar com ele pelo comunicador três vezes enquanto se armava. Começou a chamar reforços, depois lembrou que quase todo mundo no local estava no barracão, tentando resgatar as pessoas presas na mina.

É melhor que não seja alarme falso, pensou, sombrio. *E que a besta quadrada não tenha ficado bêbada de novo e desmaiado na areia.*

Rand até que parecia um cara legal, mas tinha começado a beber cada vez mais desde que havia sido realocado. Bentley resolveu que, se visse o cretino largado na areia dormindo, o deixaria lá mesmo.

Talvez um bom banho de chuva o deixe sóbrio.

Pegou uma lanterna e, para reforçar, acendeu as luzes de segurança do perímetro. Depois de dar menos de vinte passos, viu algumas pegadas recentes, que seguiu por mais uns noventa metros. Parou num ponto escuro e úmido na areia negra — de início, não conseguiu distinguir qual era a fonte da umidade.

Talvez ele tenha parado para mijar, pensou. Em seguida apontou a lanterna para a área e viu o tom vermelho que tingia alguns dos grãos pretos. A não ser que o homem estivesse urinando sangue, algo ruim havia acontecido ali.

Olhando ao redor, encontrou sinais de luta, depois rastros que sugeriam que alguma coisa, provavelmente Rand, havia sido arrastada para longe. O esquisito era que não havia outras pegadas de botas, nem de nada parecido.

Bentley sacou a pistola. Os nervos estavam à flor da pele. Fazia catorze anos que trabalhava para a empresa. Em todo esse tempo, nunca precisara sacar a arma. Havia sido treinado e era um bom atirador, mas não tinha experiência em combate.

Preferia continuar assim.

No entanto, tinha um trabalho a fazer. Chamou pelo comunicador e não reconheceu a voz da pessoa que respondeu.

— Fale comigo — disse a voz.

— Estou com um problema aqui fora — relatou Bentley. — Tem um cara desaparecido, um dos subcontratados, e tem sangue na areia. Há sinais de um ataque. Pode mandar alguém para me ajudar?

— Negativo. Precisamos de todo mundo aqui, e mesmo assim não é o bastante. Você vai ter que cuidar disso sozinho.

— Entendido — respondeu Bentley, acrescentando, em silêncio: *Obrigado por nada, babaca.*

Começou a seguir os sinais de luta. A areia estava seca e fofa, e era impressionante como todos os detalhes ainda estavam marcados. Ele conseguia ver uma ranhura nítida onde Rand tinha sido arrastado, e havia marcas indistintas de ambos os lados. Deviam ter sido dois agressores. Ele seguiu o rastro por cerca de vinte metros.

— Droga.

O rastro meio que se apagava. A luz da lanterna passeou pela areia fofa. Não havia nada depois daquele ponto. Nenhum indício de que Rand se libertara ou de que seus agressores tivessem ido para outro lugar.

Bentley se virou para voltar. Não podia se afastar mais do seu posto sem violar as normas. Depois de alguns passos, contudo, ouviu algo atrás de si.

Virou-se e apontou a lanterna para a escuridão.

Deu uma boa olhada nos dentes do monstro.

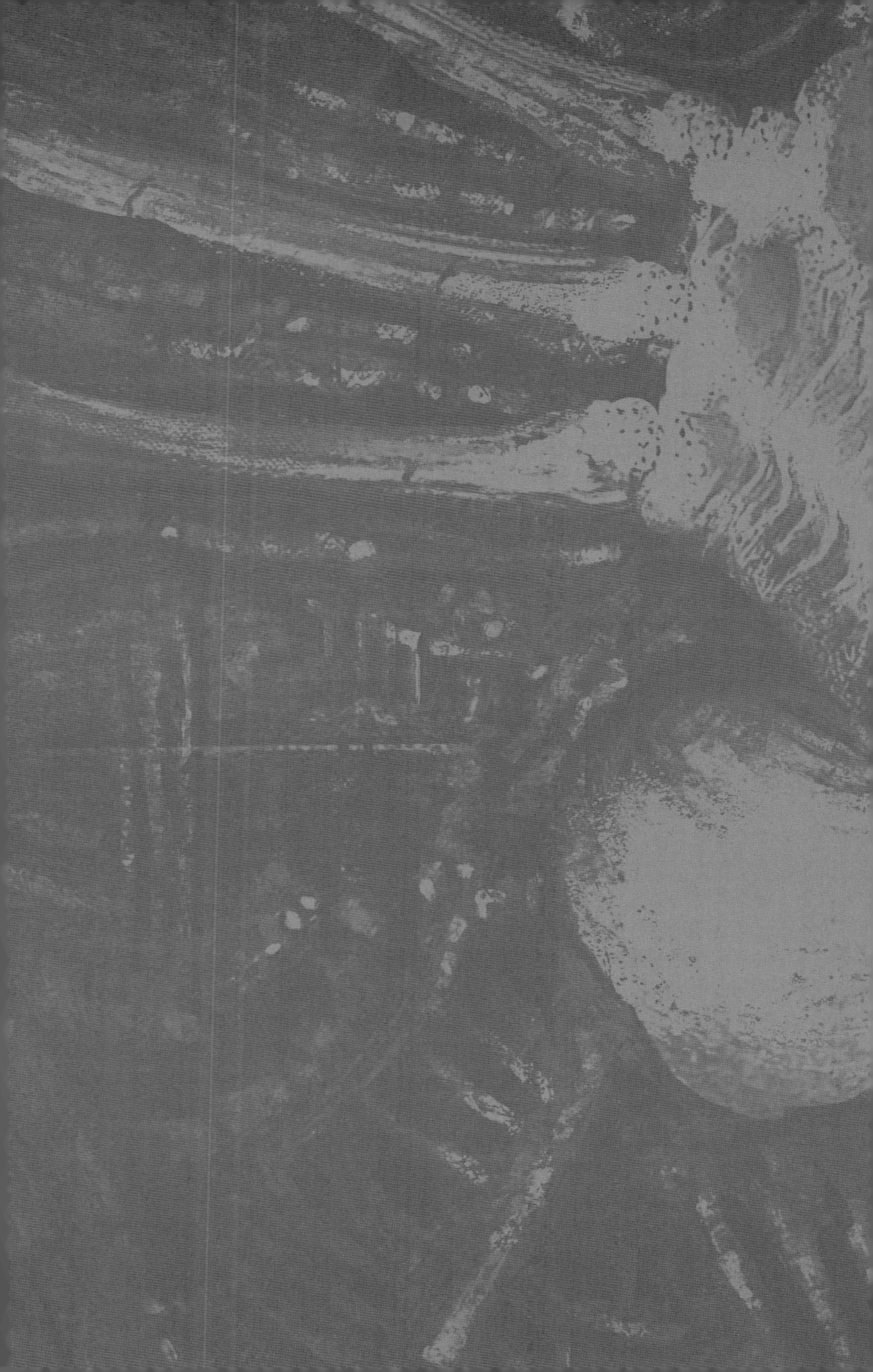

38
ESCOMBROS

Lado a lado, Manning e Decker observavam as ruínas derretidas do elevador no fundo do poço e as várias toneladas de equipamento avariado. O mercenário expressou o que sentia ao dar uma cusparada nos escombros.

Decker olhou para as paredes do poço e balançou a cabeça. A coisa toda tinha sido esculpida nas rochas do local, e as paredes eram muito duras. Apesar disso, viu longas rachaduras nas pedras.

— Puta merda. — Adams olhava para cima. — Estamos no *quinto* nível. — Ela apontou com o cano do rifle para as marcas na borda superior do ponto onde o túnel se encontrava com o poço. — Agora, só precisamos achar os outros elevadores, aí talvez possamos sair daqui.

A voz de Cho chegou pelo comunicador, e Manning se afastou, falando no headset. O técnico havia matado o homem responsável pela destruição. Tinha sido um cientista da escavação — ele se convencera de que precisavam se sacrificar para impedir que as criaturas se libertassem.

Ele tinha certa razão, pensou Decker, mas não disse nada. *Só não sei se alguma coisa* é capaz *de detê-los. Já a nossa chance de sobreviver...* Não. Para o inferno com aquilo. Pretendia voltar para casa inteiro. Tinha uma vida à qual retornar e nenhuma intenção de entregá-la à Weyland-Yutani, nem a qualquer monstro esquisito que pudessem encontrar.

As luzes piscaram mais uma vez. Se a energia acabasse, estariam com sérios problemas. Então teve uma ideia.

Olhou para Adams, que observava o caminho que tinham percorrido com uma expressão grave.

— Ei, Adams — chamou ele. — Vocês têm alguma coisa que faça ver melhor no escuro? Um equipamento padrão ou algo do tipo.

Ela fez que não.

— Não tem essa de equipamento padrão. Cada um compra o próprio material. Então, sim, alguns de nós têm óculos de visão noturna. Não funcionam em lugares apertados, como os túneis, especialmente se todo mundo estiver junto lá dentro. E com eles é ruim de mirar. Mas num lugar aberto eles podem ser úteis. — Ela sorriu. — Tenho um na mochila.

— Sério?

— Sério. Os óculos funcionam, mas não são tão bons quanto o olho nu, a não ser que você esteja na escuridão total. Perde-se muito da visão periférica.

— É, entendo o que você quer dizer.

Já usara esse tipo de óculos em mais de uma missão. Havia modelos mais compactos e menos intrusivos no mercado, mas custavam os olhos da cara — mais do que um soldado, ou um burocrata feito ele, poderia pagar.

Não se deu ao trabalho de perguntar se ela tinha um par de óculos extra.

Algo fez seu couro cabeludo se arrepiar, e o ruído de fundo aumentou um pouco... depois mais um pouco. Decker se voltou para o seu interior e tentou expandir os sentidos.

— Manning? — A voz saiu baixa, e ele a manteve firme. Como o mercenário não respondeu, tentou outra vez, mais alto: — *Manning!*

— O quê?

— Eles estão chegando!

Manning foi até ele na mesma hora.

— Onde estão?

Os ângulos do rosto do mercenário ficaram ainda mais marcados.

Decker levou um minuto para responder.

— Estão vindo de várias direções. E não vão levar muito tempo para chegar aqui.

— Então vamos nos equipar, encontrar os malditos elevadores e dar o fora daqui — disse Adams, o tremor da voz quase imperceptível.

Manning concordou.

— Vamos. Mantenham as armas prontas e verifiquem as armaduras. Vamos seguir pelos caminhos mais usados.

Tomou a dianteira de novo, empunhando o rifle. Dessa vez, Decker estava no meio do grupo, com três pessoas na frente e quatro atrás.

Andar se tornava cada vez mais difícil para ele. *Qualquer* tarefa se tornara difícil. Enquanto se aproximavam do buraco que Manning havia queimado na lateral do túnel, a sensação de proximidade das criaturas ficava tão intensa que o esgotava fisicamente.

Merda, pensou com súbita lucidez. Tudo o que pôde dizer foi:

— Estão aqui!

Os primeiros vieram pelo buraco, enquanto outros surgiram da frente deles e alguns, por trás, provavelmente do próprio poço do elevador. Não dava para contar quantos eram. Nem queria. Tudo o que podia fazer era mirar e torcer para não explodir a própria perna ao disparar.

Os freelancers agiram antes dele. Eram treinados para o combate. Ele só era treinado para preencher formulários. Pensar nisso quase o fez rir enquanto tentava encontrar um alvo. Mas os mercenários estavam no caminho.

Quatro das silhuetas negras avançaram velozmente, mal fazendo ruídos, exceto pelo deslizar das unhas no solo de terra batida e nas pedras. Adams abriu fogo quando ainda estavam a dez metros de distância, grunhindo cada vez que puxava o gatilho. Quatro sons baixos vindos dela, quatro estrondos fortes da arma, e duas das criaturas explodiram.

As outras duas se abaixaram.

Uma delas saltou, quicou na parede e mergulhou sobre um homem de cabelo escuro que já atirava em outra fera que ia em sua direção. O mercenário só teve tempo de perceber que estava ferrado antes que o monstro o jogasse no chão, arranhando e mordendo o tempo todo. Ninguém pôde ajudá-lo. Se atirassem na criatura maldita, o sangue simplesmente queimaria o pobre coitado.

Ele acertou o rosto da criatura com a pistola, tentando empurrá-la para o lado, mas ela não se mexeu. A boca da coisa se abriu e babou um líquido pegajoso enquanto a boca secundária se cravava no rosto do homem, rasgando a bochecha dele.

Decker desviou o olhar quando outra daquelas criaturas pulou por cima de Adams. Ela tentou mirar, mas falhou. Antes que a mercenária pudesse compensar a velocidade do alienígena, ele ultrapassou a linha de tiro.

Decker não pensou. Só apontou, puxou o gatilho e teve uma sorte absurda. O plasma do rifle não atingiu Adams e acertou as costas do demônio veloz, queimando duas saliências que brotavam dos ombros como asas congeladas. A criatura guinchou e corcoveou, tentando escapar à dor.

Ela se virou. Mesmo em meio à agonia, Decker sentiu que ela se concentrava nele, percebendo-o pelo que era, por quem era, e a sensação de ódio aumentou dez vezes.

Ferida, possivelmente morrendo, a criatura maldita ainda avançou para ele, arranhando o solo ao mudar de direção. Não havia tempo para um novo disparo, mas ele tentou mesmo assim, e lançou uma bola de fogo líquido na parede.

Naquele instante, a morte era certa.

Manning deu uma coronhada no crânio longo da criatura, jogando o monstro no chão. O golpe foi forte, mas não bastou. Num instante a coisa já estava de pé e tentando atacar Decker outra vez. Ele recuou e esbarrou em outra pessoa, mas não se atreveu a se virar para ver quem estava atrás dele.

A criatura continuou investindo, avançando enquanto cambaleava sem se preocupar com mais nada. Sentir os pensamentos dela, o ódio primitivo, o desejo de matá-lo já teria sido ruim o bastante, mas a mente por trás dessas emoções era tão exótica que os sentimentos brutos pareciam ainda piores. Sentiu a ira obsessiva enquanto seu próprio medo crescia.

Manning deu um chute de lado na coisa, atordoando-a. Antes que ela conseguisse se recuperar, ele disparou, o cano da arma soltando um clarão cada vez que puxava o gatilho. Quatro projéteis se cravaram no monstro, cada impacto jogando-o para trás.

Ele caiu e não voltou a se erguer.

Não havia tempo para comemorar, pois o bando seguinte apareceu. Contudo, os seis mercenários estavam prontos e tinham espaço suficiente para trabalhar em conjunto. Dois abriram fogo com os projéteis explosivos que estilhaçaram o ar e os inimigos. Os jorros de sangue ácido atingiram seus trajes e seus corpos, mas os espirros foram reduzidos pela distância.

Enquanto o primeiro alienígena caía, os que estavam atrás dele se separaram e atacaram. Eram velozes e selvagens, estreitavam a distância entre eles num instante, tornando as armas de longo alcance inúteis. Manning comandou seus homens e eles obedeceram, mas nem todas as ordens do mundo poderiam mudar a brutalidade do ataque. Os freelancers foram forçados a recuar, e Decker os acompanhou.

Aquelas coisas ganhavam vantagem sem parar.

Adams e Manning e vários outros logo passaram a usar as armas como porretes. Manning golpeou uma das feras e a jogou para trás, grunhindo com o esforço, e, quando ela caiu, outra mercenária a atingiu com o disparo rápido de uma calibre 44. Ela gemeu quando o sangue da criatura queimou seu corpo, mas logo se recompôs e voltou ao combate.

Um dos demônios de casco negro pulou por cima de Manning enquanto ele repelia outro. Atravessou a distância sem esforço e caiu sobre outro mercenário, que se estatelou e teria morrido na hora se a coisa não parecesse mais determinada a alcançar Decker. Tão rápida quanto ao pousar, ela pulou de novo e avançou na direção dele.

Decker lutou para se livrar da pressão dos corpos e xingou, girando o rifle de plasma num pequeno arco que acabou salvando-o de ser despedaçado. Em vez de se cravarem nele, as garras da criatura arrancaram a arma de suas mãos. Decker não teve tempo para pensar, atacou a criatura e a derrubou de novo por cima do homem que ela havia jogado no chão.

Dessa vez, o mercenário estava mais preparado e ergueu os dois pinos da arma de choque, eletrocutando a coisa e causando um solavanco que deveria tê-la matado. Enfiou os pinos no peito dela e acionou a voltagem uma segunda vez. E depois uma terceira, até a criatura parar. A couraça negra e lustrosa estava rachada, sangrando.

Decker pegou a arma novamente e tentou recuperar o fôlego.

Elas estavam por toda parte.

— Recuar! — berrou Manning, e seu pessoal obedeceu.

Adams empurrou Decker para que os acompanhasse.

De repente, uma onda de força o levantou e o jogou para trás. Os ouvidos latejaram e um clarão o cegou. Manning havia jogado uma granada no meio dos inimigos.

Tentou se recuperar e olhou ao redor. Vários dos freelancers se levantavam com dificuldade, livrando-se dos efeitos da onda de choque e continuando a retirada estratégica. Manning jogou uma pequena bola de metal num arco suave e baixo em direção a mais daquelas coisas, que vinham da área do elevador. Decker estava um pouco mais afastado e conseguiu cobrir mais alguns metros antes da detonação.

Permaneceu de pé, assim como a maioria dos combatentes, e logo todos estavam correndo. Seguiam com obstinação e rapidez, afastando-se das silhuetas negras espalhadas pelo chão.

Decker não conseguiu ver quantas delas havia. Não se atreveu a parar para descobrir. As sobreviventes se recuperariam, e outras se juntariam a elas.

Eles correram. Ah, como correram.

E foram seguidos pelos monstros.

O pânico estava vencendo, e Decker precisava detê-lo.

Esforçou-se para respirar e prestar atenção em para onde estava indo, ou sem dúvida morreria. As coisas que vinham atrás deles sibilavam baixo e guinchavam alto, estridentes, e o ruído rígido dos corpos em movimento contrastava bruscamente com o som das criaturas. Tentou olhar para trás, mas só conseguiu ver os mercenários, e vários deles disparavam as armas enquanto corriam.

Adams tinha dito que o rifle nas mãos dele podia ser colocado em modo automático. Ele virou a arma e procurou o controle, mas, antes que pudesse fazer qualquer outra coisa, o terreno mudou. O corredor que parecia infinito começou a fazer uma curva, e ele teve que prestar atenção ao que acontecia à sua frente.

Então chegaram a uma bifurcação.

— Para que lado, Decker?

Ele não reconheceu a voz.

Duas opções: esquerda ou direita.

O caminho da esquerda parecia ser o mais usado, e ele apontou nessa direção, guiado pela intuição. O grupo foi para lá, e Decker rezou para ter escolhido o caminho certo.

Enquanto rezava, parou e mudou o ajuste do rifle de plasma. Os mercenários continuaram a correr. Com o coração batendo tão forte que não ouvia nem o som da própria respiração, Decker apontou para o lugar de onde tinham vindo e esperou.

O último dos mercenários, Llewellyn, passou correndo por ele — haveria menos do que lembrava? Parecia mesmo que sim.

A primeira daquelas coisas chegou deslizando pela curva.

O ódio que sentiam era quase algo vivo, uma presença real se deslocando em meio à onda de corpos quitinosos. Movimentavam-se mais rápido que antes, e Decker baixou o cano do rifle em direção ao centro da massa fervilhante. Então, puxou o gatilho.

E ficou cego.

Adams tinha avisado. O ar ao redor dele pareceu pegar fogo. Um pequeno tiro daquela coisa bastava para derreter a carne dos alienígenas. Quando soltou o gatilho, já havia disparado quase cem vezes mais. O calor fez seu cabelo ondular, e o clarão eliminou todo e qualquer traço das silhuetas negras diante dele. Elas gritaram, não só com as vozes pavorosas, mas com a mente. O ódio que se impunha a ele desapareceu numa conflagração de plasma e medo.

As paredes onde elas tinham estado brilhavam. Em alguns pontos a pedra escorria, e as faixas escuras, que deviam ser a trimonita, cintilavam, incandescentes.

— O que há de errado com você, porra? — berrou Manning, tão perto que chegou a assustar.

Ele apertou o ombro de Decker com a mão e começou a arrastá-lo para trás.

Decker não conseguiu responder, só se deixou arrastar. A mente estava dominada pela luz brilhante e explosiva e pelo absoluto *silêncio* da horda de coisas que tentavam matá-lo.

Manning arrancou a arma das mãos de Decker girou-o e o empurrou para a frente.

— Anda!

Decker obedeceu, tentando respirar um ar que parecia rarefeito demais e muitíssimo quente. Avançou cambaleando e seguiu as pessoas à sua frente. Atrás dele só restava Manning. Os alienígenas haviam sumido.

Simplesmente sumido.

Mais adiante, o grupo reduziu o passo ao chegar à grade das portas do elevador secundário. Adams se virou para trás, olhos arregalados, e Decker sentiu o choque dela.

Ele próprio estava um tanto chocado.

Atrás deles, o calor estava ficando pior.

— Ferguson! — A voz de Manning interrompeu os pensamentos. — As portas estão funcionando?

Um homem esguio, sujo de sangue, fez que sim.

— Sim, senhor!

— Então abra e tire a gente deste inferno.

A cólera dos alienígenas foi substituída pelo medo e pela descrença dos mercenários. Estavam em choque, e ele não sabia se a causa eram os insetos ou sua própria estupidez. *Provavelmente os dois*. Entraram no elevador, e Ferguson fechou as portas enquanto o fulgor das paredes em chamas atrás deles iluminava o corredor.

— Vão! — rosnou Manning, e logo depois toda a plataforma na qual estavam deu um tranco e começou a subir.

O líder não disse mais nada, porém olhou para Decker como se quisesse matá-lo.

— Eu os detive, não foi? — perguntou Decker Não tinha planejado falar, mas pronto, ali estava.

— Você praticamente botou um sol em miniatura num corredor feito de pedra e terra! Porra, isso tudo só não vai desabar se a gente tiver muita sorte, seu idiota desgraçado!

Não podia dizer que não sabia disso. Ele sabia. Só não tinha pensado direito na hora.

Não, isso não era verdade. Ele *tinha pensado*, sim. Tinha pensado em fugir das coisas que queriam assassiná-lo.

— Eu não devia ter dado um rifle de plasma para ele — disse Adams, e isso o magoou.

Manning se virou para ela na mesma hora.

— Ah, jura?

Decker balançou a cabeça.

— Não. Isso é comigo. Ela me disse para não deixar no automático. Foi tudo por minha causa.

Ele não queria que Adams levasse a culpa pela manobra estúpida. Manning respirou fundo, devagar, e se acalmou.

— Para sua informação, rifles de plasma tendem a esquentar as coisas — disse ele.

O elevador continuou a subir com a velocidade de uma tartaruga.

39
COMUNICAÇÕES

Rollins se sentou à mesa e verificou se novas mensagens do escritório central tinham chegado. Não havia nenhuma.

Que bom, pensou ela. Seus superiores só mandavam respostas quando ela enviava uma indagação. Já que não havia feito isso, o silêncio era uma boa notícia.

Começou a revisar os vários relatórios da situação, e Willis a chamou pelo comunicador. Ela não atendeu de imediato, fazendo-o esperar um pouco.

— Diga.

— Precisamos que o seu piloto volte para cá o mais rápido possível — disse ele, parecendo sem fôlego. — Acho que as coisas estão dando errado muito rápido.

— O que o senhor quer dizer?

Ela verificou as informações que haviam chegado, e a única falha que conseguiu encontrar foi que uma das sondas não estava mais funcionando. Isso era intrigante, já que tinham sido construídas para suportar condições planetárias extremas. Seria difícil causar pane numa delas.

— O elevador foi avariado — continuou ele. — Houve algum tipo de explosão.

— Onde você está agora?

— Entrei num túnel de acesso. Estou subindo. É uma longa escalada até o próximo nível, mas vou chegar lá.

Ele parecia bastante confiante. Ela optou por deixar que continuasse assim naquele momento. Considerando a situação, essa confiança não duraria muito.

— Muito bom. Quando estiver em segurança, me avise. Até lá, boa sorte.

— Espere! E a dropship?

— Vou mandá-la em breve. Conseguiu todas as informações que eu lhe pedi, senhor Willis?

— Todas as informações que eles coletaram sobre a cidade estão comigo agora. Também tenho imagens daquelas coisas.

— O senhor foi muito prestativo — comentou ela, com calma. — Agradeço por isso. Estou ansiosa para ver o que o senhor me trará.

— Mas...

Rollins desligou e convocou Pritchett ao seu escritório. O piloto chegou depressa.

— Preciso que você desça — informou ela. — Acredito que conseguiremos o que queremos desta operação muito em breve.

— Então eles pegaram os seus aliens?

— Houve alguns percalços, mas creio que eles se resolverão. Enquanto isso, porém, a equipe precisará ser resgatada, e isso deve acontecer o quanto antes.

Pritchett assentiu e saiu.

Rollins olhou para o computador e começou a digitar.

Para: L.Bannister@Weyland-Yutani.com
De: A.Rollins@Weyland-Yutani.com

Assunto: Aquisições em Nova Galveston

Lorne,

Parece provável que tenhamos êxito em atingir nossos objetivos em relação aos dados biomecânicos que buscamos há algum tempo.

Quanto ao local de escavação, talvez só consigamos resgatar alguns dados. Extrair a trimonita e qualquer outro recurso ali localizado provavelmente terá um custo proibitivo, sob vários aspectos.

Por favor, examine as informações criptografadas no arquivo anexado. Por causa do volume de dados, a taxa de compressão foi multiplicada por dez. Espere ruído branco.

Atenciosamente,
Andrea

Enviou a mensagem, levantou-se e saiu do escritório. Queria pensar, e as paredes do recinto não proporcionavam uma vista favorável ao entusiasmo mental.

Em algum lugar abaixo dela, os objetivos da companhia estavam cada vez mais próximos — como não ficavam havia muito tempo. Estava ao seu alcance salvar as pessoas envolvidas, mas isso poderia ameaçar o sucesso da missão.

Não era um risco aceitável.

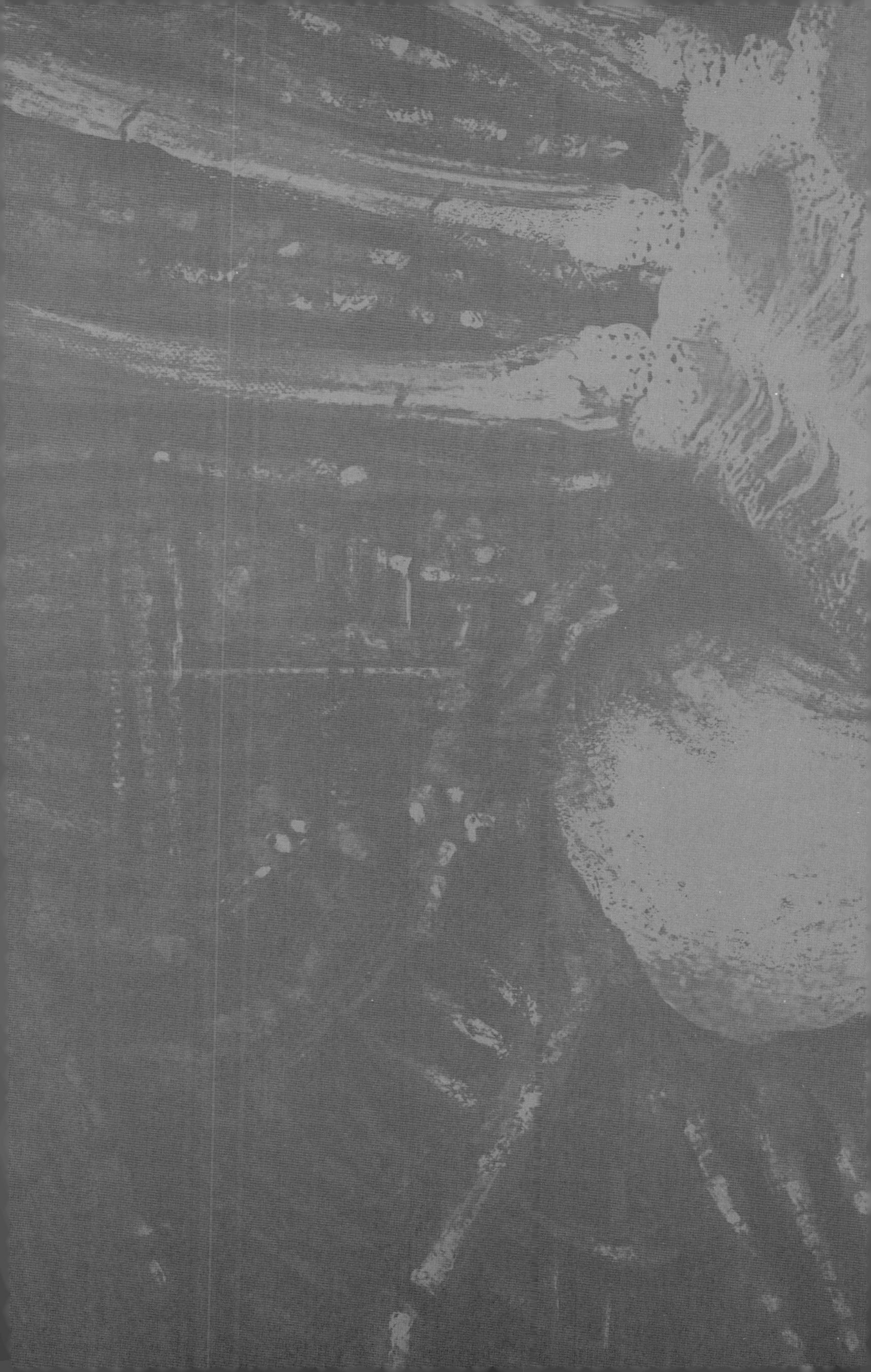

40
BUSCA E RESGATE

O barracão Quonset estava em plena atividade, com mais de vinte pessoas trabalhando. Ninguém conseguia entender que diabos tinha acontecido.

O túnel que levava ao subterrâneo estava escancarado, e todos tomavam o cuidado de não ficar perto demais dele. Seria uma bela queda se alguém bancasse o idiota ou o desastrado. Alguns dos trabalhadores mais atrevidos já haviam tentado descer com cordas pela lateral do poço profundo para ver o que encontrariam. Em seguida, tentariam manobrar um dos equipamentos lá embaixo e descer uma plataforma. Presumindo que encontrassem alguém capaz de manobrá-lo.

A equipe que deveria fazer isso estava ferida ou muito provavelmente morta no fundo do poço. Transportavam máquinas de volta ao quinto nível quando toda a estrutura havia desabado.

Lightfoot e Moretti estavam cuidando das plataformas menores, de uso individual, da equipe de resgate, tentando baixá-las o suficiente para verificar o nível seguinte da mina. Estavam lá para garantir que qualquer corda que ficasse presa em algum ponto fosse desenganchada o mais rápido possível.

Ninguém esperava que as cordas se retesassem e em seguida ficassem completamente frouxas, mas foi o que aconteceu. Havia quatro cordas separadas descendo. Eram independentes, e cada uma seguia seu próprio ritmo. Vinham operando depressa, mas não tão rápido a ponto de colocar a equipe em risco.

De acordo com os informes da primeira corda, que pertencia a Kirby, ele havia descido pouco mais que cento e cinquenta metros quando a corda ficou tensa e despencou de repente, soltando dez metros extras de seda de alta qualidade antes de se desprender. Moretti viu tudo acontecer e deu um grito de alarme. Quando se voltou para Lightfoot para dizer algo, a mesmíssima coisa estava acontecendo à segunda corda.

Quase de imediato, as últimas duas cordas repetiram o processo. Lightfoot apertou os retratores automáticos para puxá-las de volta. Se algum integrante da equipe de resgate estivesse ferido, seria trazido para cima num ritmo estável e em no máximo dois minutos.

As cordas voltaram rápido.

No entanto, voltaram rápido *demais*, e nenhum membro da equipe de resgate retornou: as cordas haviam se rompido.

Várias pessoas apontaram lanternas para o poço e chamaram por eles aos gritos.

Mas não houve resposta. Nenhum ruído inesperado, nenhum sinal de que algo tinha dado errado; simplesmente não houve resposta alguma. Moretti ficou tão alucinado que começou a andar de um lado para o outro, roendo as unhas. E Lightfoot, também perturbado, mandou mais quatro sondas.

No entanto, aquilo se provou inútil. Todas as sondas que eles tentaram baixar falharam em transmitir dados em meio à interferência causada pelo Mar de Angústia. Ninguém sabia o motivo — não havia nenhum fenômeno natural que explicasse isso.

Mesmo assim, Lightfoot pegou as sondas — precisavam tentar. Vinculou a telemetria delas ao console principal. Assim tão próximas, elas funcionavam perfeitamente. Então baixou as sondas no poço, e os quatro sensores esféricos foram trabalhar, correlacionando informações enquanto desciam.

Quinze metros depois, os informes cessaram.

Lightfoot soltou uma série de palavrões, e muitos fizeram o mesmo. Se antes havia uma breve esperança, não restava mais nada.

Moretti saiu do barracão para fumar um cigarro. Estava estressado e irritado, e, por mais que detestasse ceder à tentação, a alternativa era ficar resmungando tanto quanto Lightfoot.

Deixando a porta aberta, lutou contra o vento por um instante para acender o cigarro. Quando o fogo estava quase pegando, alguma coisa o agarrou e o jogou com força na parede de aço corrugado. O agressor usava algum tipo de armadura preta, e era impossível distingui-lo na penumbra. Moretti grunhiu e começou a gritar, mas a mão poderosa agarrou sua garganta e o deteve com um som gorgolejante e estrangulado.

E, enquanto se debatia e lutava, deixando cair o cigarro, outras silhuetas vieram do deserto e entraram na barraca, passando sem se preocupar se alguém as ouviria ou avistaria.

* * *

Fonseca foi a primeira a vê-las. Respirou fundo e deu um berro estridente. Enquanto as pessoas ao redor levavam o maior susto de sua vida ao escutar o som inesperado, os monstros atacaram.

Havia sete deles, todos negros e lustrosos, com longas garras, cauda serrilhada, rosto sem feições e fileiras de dentes afiados. Avançaram numa velocidade sobrenatural, alguns usando as duas pernas, outros rastejando de quatro. Moviam-se de um jeito estranho e emitiam sibilos perturbadores.

Poucos ali estavam usando comunicadores e um número ainda menor portava armas. A maior parte das pessoas que participava da ação de busca e resgate estava tecnicamente de folga. Só estavam ali porque era preciso.

Uma das criaturas bizarras tentou agarrar Lightfoot, e ele reagiu por reflexo. Segurou os pulsos da coisa quando ela o atacou, e, girando o quadril, lançou o monstro para longe, no profundo abismo do túnel do elevador. A criatura guinchou e se debateu ao cair na escuridão.

Conseguiu resistir ao segundo atacante, bloqueando vários golpes enquanto o monstro continuava tentando ultrapassar suas defesas, que não eram perfeitas — não levavam em conta que o monstro tinha uma couraça, nem que a cauda serrilhada poderia fisgar uma pessoa. Nem aqueles malditos *dentes*. Logo tinha diversos ferimentos sangrando, enquanto as pessoas à sua volta eram abatidas.

Várias dos trabalhadores lutavam, fazendo o melhor que podiam, mas a maioria estava tão aterrorizada que buscava fugir em vez de tentar se defender. Lightfoot teve a vaga noção de que havia uma debandada em direção à porta enquanto o inseto continuava a atacar, levando-o ao limite das suas habilidades.

E, enquanto Lightfoot se concentrava na coisa diante de si, aquela que ele tinha derrubado no poço escalou a lateral do túnel e se jogou sobre as costas dele. Lightfoot nem havia considerado essa possibilidade.

Um por um, os trabalhadores, os salvadores, todos caíram. Os gritos e brados diminuíram até pararem por completo. Em seguida, todos foram levados, carregados para fora do barracão rumo à chuva leve que começava a cair do céu noturno. As formas inconscientes e feridas foram arrastadas através do Mar de Angústia.

Então o mar se abriu e os consumiu, até que não restasse nada a se ver senão as areias enegrecidas, lisas e contínuas.

41
BOAS NOTÍCIAS

Quatro novos fluxos de dados percorriam a superfície de Nova Galveston e seguiam direto para a *Kiangya*, onde as informações chegavam ao computador de Andrea Rollins. As notícias eram inesperadas, mas não inoportunas. Informação era poder. Rollins sabia disso melhor do que a maioria das pessoas.

Observou os informes e balançou a cabeça. Por um breve momento, um sorriso brincou em seus lábios, antes que ela o aniquilasse.

Hora de mais um relatório.

Digitou a mensagem rapidamente.

Para: L.Bannister@Weyland-Yutani.com
De: A.Rollins@Weyland-Yutani.com

Assunto: Resultados inesperados

Lorne,

Parece que o objeto é consideravelmente mais agressivo do que havíamos imaginado, ou mesmo esperado. Além disso, os dados da superfície indicam que a infestação é ainda mais ampla do que se acreditava de início. Creio que estejamos diante de um envolvimento completo de todos os objetos de estudo e da possibilidade real de que a equipe que reunimos seja infectada antes mesmo de atingir seus objetivos.

Mandei uma dropship ao planeta numa tentativa de viabilizar o retorno dos indivíduos. Quando tivermos adquirido as amostras apropriadas, talvez devamos considerar um curso de ação diferente do planejado, ao menos para garantir que os bens permaneçam de posse exclusiva da empresa.

Acredito que a terminologia usada antes da Expansão era "aniquilação total". A não ser que você responda com outra recomendação, essa é a atitude que tomarei. Qualquer falha poderia muito bem levar a sanções e penalidades onerosas à Weyland-Yutani.

Em relação ao mesmo assunto, as informações coletadas durante o exame do local de escavação foram muito abrangentes. Embora não possamos garantir uma análise completa das fusões biotecnológicas, acredito que estejamos razoavelmente perto de uma convergência proveitosa entre biotecnologia e produção de armas, completamente baseada nas amostras cuja análise foi bem-sucedida.

A nave alienígena e as construções encontradas no local de escavação indicam um padrão similar, se não idêntico: vida sintética organicamente cultivada. Estruturas biotecnológicas geradas num ambiente protegido. As implicações são assombrosas, e farei tudo o que estiver ao meu alcance para garantir que tenhamos amostras físicas das estruturas, na esperança de que possamos encontrar material genético suficiente para fundamentar uma reorganização total de toda a divisão biotecnológica da empresa, bem como de suas metas e objetivos.

Como de costume, os arquivos anexados estão rigorosamente criptografados para garantir o sigilo. Manterei uma cópia de segurança para o caso de os dados se perderem na transmissão, mas recomendo que vocês comecem a analisá-los o mais rápido possível.

Por favor, avise-me o quanto antes caso considere necessária uma atitude diferente da que previ.

Atenciosamente,
Andrea

Enviou a mensagem e se acomodou para esperar.

Enquanto esperava, continuou a observar a crescente riqueza de detalhes com um nível de distanciamento clínico que teria deixado seus antecessores orgulhosos.

A Divisão de Tecnologia Biológica estava prestes a receber um impulso vultoso, baseado apenas nos dados brutos. Se a equipe fosse bem-sucedida em obter amostras vivas, o potencial para o progresso seria imensurável e justificaria o sacrifício.

Contudo, ela esperava que Decker voltasse vivo. O que quer que o vinculasse aos alienígenas parecia ter potencial para ser ainda mais explorado.

Em algum lugar nas profundezas, as sondas multifuncionais e independentes continuavam a coletar informações.

Diante dela o computador prosseguia com a tarefa de distinguir e gravar esses dados.

42
VELOCIDADE DE ESCAPE

As luzes continuavam diminuindo. Perkins olhou ao redor na escuridão quase completa, tentando enxergar *qualquer coisa*, e estremeceu. Agora havia fogo no elevador, mas não bastava para ajudar, e a fumaça estava começando a se tornar um problema.

— Não podemos ficar aqui — avisou Cho. Perkins também não gostava das alternativas, mas não tinha energia para discutir.

Tudo bem, pois Piotrowicz parecia mais do que disposto a assumir a tarefa.

— Olha, você pode escalar até dar de cara com aquelas coisas, se quiser, mas acho que para nós é melhor ficar ralando aqui. Mais cedo ou mais tarde, vão mandar alguém descer até este nível.

— É, mas só vão encontrar nossos cadáveres — retrucou Cho. — Não estou dizendo que temos que subir pelos tubos. Eu também não gosto muito da ideia de passar por aquelas coisas, mas, se Willis encontrou um jeito de sair, nós também podemos achar.

Ele mantinha a calma, mas era óbvio que só com muito esforço.

Piotrowicz balançou a cabeça.

— Não é defensável.

— E isto aqui é? — Cho ergueu a voz.

Perkins suspirou e cerrou os dentes.

Estrada se pronunciou.

— Olha, não quero ficar sentado aqui coçando a bunda — disse ele. — Está ficando escuro, e acho que aquelas merdas vão vir nos pegar. A gente sobe a escada, bloqueia o acesso por baixo, e aí sobra só uma direção para elas atacarem, certo?

Anderson tinha voltado a andar em cima das pilhas de material de construção, de onde tinha a melhor vista. Vogel e Dwadji estavam com ela, garantindo que não teriam mais surpresas. Os três haviam colocado os óculos de visão noturna. Ninguém tinha certeza de que isso ajudaria, mas também não achavam que faria mal.

O problema não era exatamente a escuridão, mas o fato de ninguém saber ao certo se as criaturas emitiam calor corporal suficiente para serem avistadas. Por isso, cada um deles havia ajustado os óculos num nível diferente. Um usava ultravioleta — Vogel, pensava ela —, o que funcionava muito bem. Mas Dwadji havia experimentado o infravermelho, e isso era um problema sério. Havia fogo no elevador, e um olhar naquela direção bastaria para deixá-lo quase cego.

O fogo havia começado de repente, e não parecia ser efeito das explosões. Houvera um clarão intenso, como o de um rifle de plasma, e escombros em chamas caíram, incendiando as partes de madeira do elevador e dos equipamentos de mineração. Isso só aumentava os problemas, gerando fumaça suficiente para causar danos respiratórios se alguém não fizesse algo logo.

Perkins sentia calor, suava e tinha fome. *E estava cansada*. Muito cansada.

Sentia-se mal, mas Lutz estava pior. Ele recuperava e perdia a consciência o tempo todo. E, quando estava acordado, sentia dor e quase delirava. A ferida no peito ainda vazava lentamente, e a doutora Rosemont já o havia entubado. Mesmo que ele melhorasse, achava que não seria capaz de andar. Teriam que carregá-lo. Na verdade, a equipe científica precisaria fazer isso, pois cada arma precisava estar pronta para o uso, e nenhum deles confiaria as suas aos exploradores.

Se tentassem movê-lo, principalmente subindo uma escada estreita, havia uma probabilidade alta de que Lutz não sobrevivesse ao esforço. Mas suas chances de viver não pareciam melhores caso ficassem ali.

— Escutem — pediu Cho. — O ar aqui embaixo está ficando denso. Porra, meus olhos estão ardendo por causa da fumaça, e acho que precisamos sair daqui. Até onde sei, há elevadores lá em cima. Só não chegam a este nível. Sei que é uma merda, eu entendo, e também não quero arriscar Lutz. Mas, se ficarmos aqui, estamos fodidos. Simples assim.

— Não podemos ficar aqui — concordou Rosemont. — Com o fogo, há uma chance de as baterias que ficam lá em cima, perto do elevador, explodirem. Se isso acontecer, a gente explode com elas. Se não for por causa da explosão, vai ser por causa da fumaça. — Ela olhou para Piotrowicz com uma expressão pesarosa no rosto redondo. — Sei que está preocupado com seu amigo. Eu também estou. Mas, se ficarmos aqui, vamos todos morrer. É nisso que acredito. — Gesticulou, indicando os outros membros da expedição, que pareciam exaustos e amedrontados. — Vamos ter que carregá-lo.

Piotrowicz encarou a mulher por um longo tempo. Por fim, assentiu.

— Então vamos dar o fora daqui.

* * *

Não demoraram muito para ajeitar Lutz e seguir caminho.

A gravidade mais baixa ajudou. Montaram uma maca usando duas hastes e um cobertor da van. Foi um tanto cômico ver pessoas menores levantando o mercenário corpulento quando a colocaram debaixo dele.

Enquanto trabalhavam, o trio de vigias continuava atento, falando pouco.

Cho tentou se comunicar com Manning, sem sucesso.

Não restava mais nada. Precisavam seguir em frente.

Tinham que ir embora.

Pegaram tudo o que conseguiram carregar e começaram a se dirigir à porta de onde Perkins tinha visto Willis sair. As três sentinelas assumiram posições estratégicas ao redor do grupo de dez pessoas desarmadas. Perkins entregou seus óculos de visão noturna para Rosemont, para que ela pudesse guiar seu pessoal enquanto transportavam o homem ferido.

— Lá vêm eles! — bradou Vogel.

Apontou com o cano da batedora.

O túnel de silício negro, que supostamente havia sido selado, começou a lançar diversas silhuetas escuras. Ninguém mais as viu, só Vogel. Então os outros guardas notaram a chegada e se alinharam a ela.

Ainda carregando Lutz, Rosemont e sua equipe correram como podiam, acompanhados por Perkins e Cho. Piotrowicz, Vogel, Dwadji e Anderson ficaram para trás e apontaram para as criaturas vis que avançavam parede abaixo, movendo-se aos pulos, sem ficar mais do que um instante no mesmo lugar. Perkins desacelerou o passo para ver o que estava acontecendo, apesar de não querer fazer isso. Só queria correr. O medo contorceu seu estômago como um torno.

Na semiescuridão, conseguiu distinguir apenas os contornos dos alienígenas, sem detalhes. Dois deles foram alvejados enquanto desciam e caíram no chão da caverna sem mais nenhum sinal de vida. Os outros foram mais rápidos e desceram intocados. Protegeram-se atrás das pilhas de materiais sem que ninguém os atingisse.

O grupo chegou à porta.

Por favor, esteja aberta, pensou Perkins. Se, por qualquer razão, Willis tivesse trancado a porta depois de sair, estariam num barco furado num rio de merda. Mas, apesar dos seus medos, a saída se abriu. Cho passou primeiro, acendeu a lanterna e olhou rapidamente ao redor. Gesticulou para que o restante do grupo se juntasse a ele enquanto seguia na frente. Não tinha como saber o que havia acima deles, e era melhor se precaver.

— Anda, gente! — disse Perkins. — Temos companhia, e elas vêm para cá.

Era provável que não precisassem de alguém para lembrá-los desse fato, mas ela o fez mesmo assim.

Atravessou a porta e olhou para trás, desejando ter ficado com os óculos, observando os outros fazerem o melhor que podiam para combater as criaturas malditas. Não conseguia ver os insetos. Só enxergava os quatro colegas em seu posto no alto, atirando.

Viu uma das criaturas quando ela avançou em Piotrowicz. Ele estava de pé a alguns metros do chão, e a silhueta escura atacou, movendo-se entre duas pilhas. Perkins só a viu porque a cauda serrilhada se agitou rápido o bastante para chamar a atenção.

Ela viu.

Petey, não.

— Piotrowicz! — gritou a mulher, e ele se voltou para ela.

A criatura pulou, alcançando o topo com facilidade. Atingiu o homem com força suficiente para erguê-lo no ar. As garras dianteiras pousaram nos ombros dele e o puxaram. Ela viu a pistola na mão dele saltar e cair longe, e mesmo a distância achou ter ouvido o som do crânio de Piotrowicz rachando ao atingir o chão de terra batida.

Teve a impressão de estar olhando bem nos olhos dele quando a fera desceu e mordeu o rosto do mercenário. Perkins não aguentou mais. Ela apontou e atirou na coisa. Errou, mas o disparo abriu em Petey um buraco grande o bastante para passar um braço.

— Ah, porra, *não*!

Sua voz falhou ao ver o corpo do amigo balançar com o impacto. Ainda o fitava quando o monstro olhou em sua direção e avançou. A adrenalina e o instinto tomaram o controle.

Ainda teve tempo de mirar e atirar.

A criatura maldita se abaixou, desviando-se do disparo. Isso bastou para fazer Perkins se concentrar. Mirou de novo e percebeu que era tarde demais.

O demônio estava diante dela, sibilando, arranhando, e em seguida a cabeça da mulher bateu na parede do túnel de acesso e não houve mais nada.

A escuridão engoliu todo o seu mundo.

Perkins odiava o escuro.

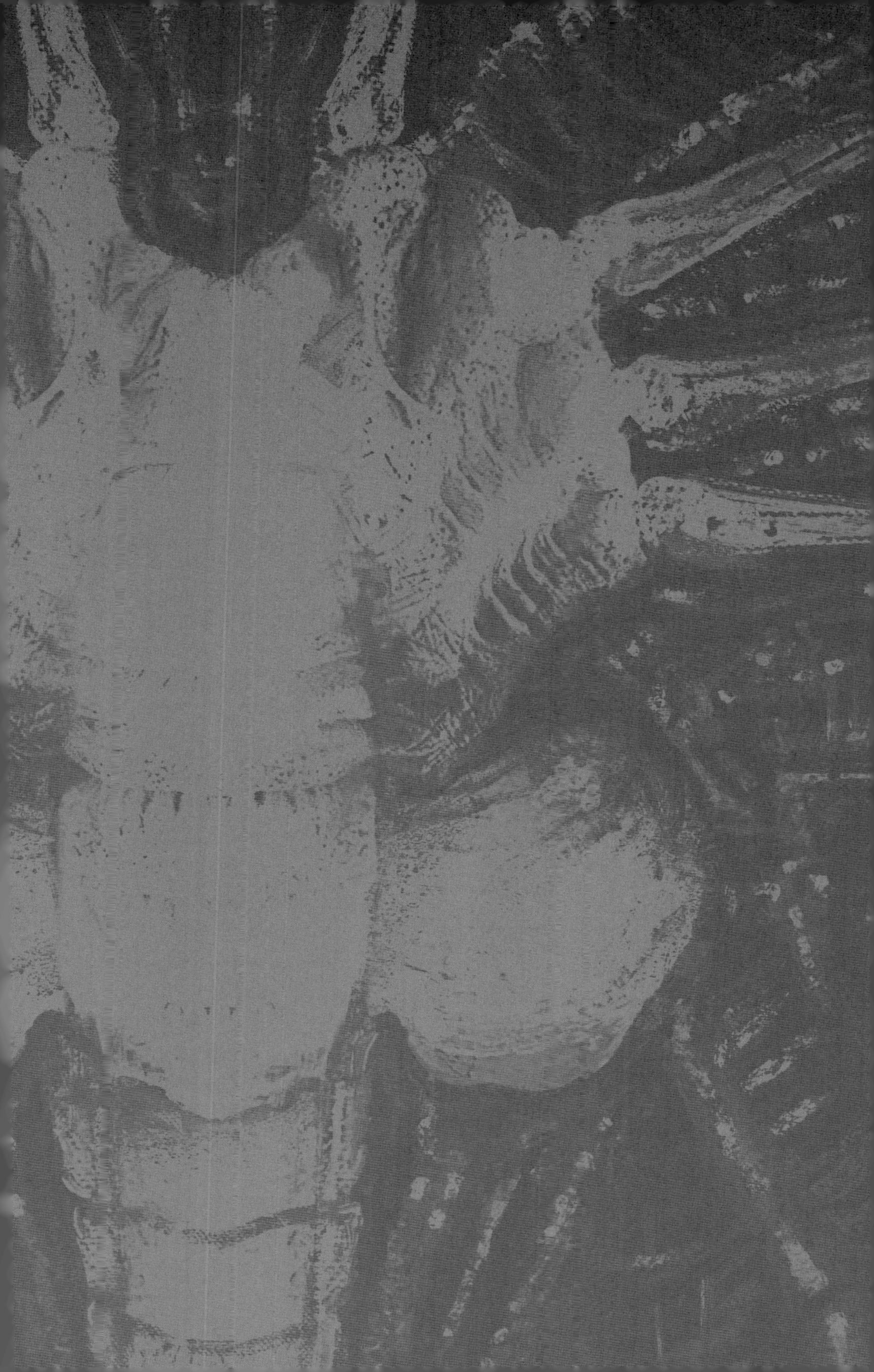

43

NINHOS

Ouviu-se um ruído alto de algo sendo triturado, depois toda a máquina balançou, estremeceu e parou. O elevador deixou de funcionar. Eles estavam subindo num ritmo bom.

Nesse momento, Decker pensou que ficariam presos no elevador para sempre. Viu-se respirando com dificuldade e rápido demais. Precisava sair.

— Você está surtando de novo. — Adams olhava para ele. — Eles estão mais perto?

Ele engoliu em seco e tentou se concentrar.

— Não consigo pensar — respondeu. — Mas acho que não são eles. — Forçou as palavras boca afora, pois elas não queriam sair. Queriam ficar trancadas na garganta.

Manning notou a conversa e sussurrou uma ordem, mandando Adams dar uma injeção nele. Ela o fez, e doze batimentos cardíacos mais tarde ele se sentiu mais calmo. As faixas em torno do peito afrouxaram e ele inspirou normalmente uma vez, e outra, e uma terceira.

— Estão muito próximos — avisou. — Também estão determinados. A única sensação que capto é de que sou o alvo.

— Quer dizer que antes não estavam determinados?

— Cala a porra dessa boca, Leibowitz — rosnou Manning.

— Estavam determinados antes, sim — respondeu Decker, mais resoluto. — Mas acho que agora estão em maior número, e esse grupo parece, não sei, concentrado. Isso não é ciência, entende? É uma intuição. Não parece haver mais muito ruído branco vindo deles.

Adams suspirou alto perto dele. Estava irritada.

Nem me fale, pensou Decker.

Manning chamou o restante do pessoal pelo comunicador, mas não teve resposta. Nenhum sinal de Cho. Ninguém respondeu em nenhum dos níveis.

Resmungando, frustrado, voltou a atenção para o elevador. Segurando-se, meteu a bota na grade e se esticou até abrir o alçapão no teto. Passou menos de um minuto olhando lá fora e desceu.

— São uns três metros e meio até a porta do próximo nível. Acho bom tentarmos. — Olhou ao redor por um instante. — Alguma objeção?

Não houve nenhuma.

Manning foi o primeiro a subir, seguido por Adams e depois pelo próprio Decker. Um por um, escalaram até o topo do elevador, e os dois mercenários sacaram um par de luvas de proteção de um bolso da calça. Assim como as luvas que Decker tinha usado muitas vezes no local de trabalho, surpreendiam por serem muito finas e eficazes, garantindo que o tato não fosse prejudicado.

O líder dos mercenários as usou para segurar o cabo, às vezes limpando um pouco da graxa das fibras de metal para se sustentar melhor. Em questão de minutos estava diante das portas lá em cima, lutando com o mecanismo da tranca. Adams observava enquanto ele subia, e Decker olhava para Adams.

Esforçou-se para voltar a atenção para os insetos. O medicamento lhe permitia lidar com a presença crescente das criaturas sem se mijar de medo. Estavam perto. Tão perto que Decker quase sentia o cheiro deles.

Decker olhou ao redor para garantir que essa última parte havia sido só imaginação, pois os insetos pareciam gostar de se esconder nos lugares mais estranhos. Poderiam até ser a razão do defeito no elevador.

Vendo o que ele fazia, Adams apontou a lanterna e começou a examinar a área, franzindo a testa.

Nada. Em seguida Manning baixou uma corda.

— Trate de usar luvas — avisou. — A corda é fina o bastante para cortar.

Decker balançou a cabeça.

— Não tenho luvas.

Pouco depois, duas luvas sujas de graxa caíram no seu rosto.

Adams abafou uma risada — embora não parecesse se esforçar muito — e começou a subir. Ele a seguiu um instante depois, içando o corpo pela corda, retesando-se com o esforço. Ficou feliz pela gravidade mais baixa.

Escalou até o piso do túnel. Esperaram os outros subirem, e Decker fez o que pôde para isolar as ondas de emoção que giravam em torno dele. Longe do elevador claustrofóbico, pôde identificar melhor os detalhes, e havia outra sensação — que não conseguiu definir com facilidade. Tentou se concentrar nela, isolá-la, mas foi em vão. Parecia mais interferência do que emoção.

— Tem alguma coisa lá embaixo, à esquerda — avisou ele. — Não parece os insetos, mas é forte o bastante para chamar minha atenção. O que significa que é algo sério.

Como no nível anterior, este corredor estava bem iluminado, embora as lâmpadas fossem mais escassas. Algumas estavam quebradas e outras pendiam do teto onde os ganchos cederam e as soltaram.

— Acha que pode descobrir o que é? — perguntou Manning, recuperando as luvas e guardando-as num compartimento da mochila. Sua expressão tinha voltado a ser neutra.

— Sim, posso. — Decker assentiu. — Como eu disse é forte. Também tem algo de familiar, mas não consigo identificar muito bem por quê.

— Então não perca tempo. Mostre o caminho.

Manning o deixou ir à frente, mas ficou por perto.

As diferenças entre os níveis logo ficaram evidentes. Enquanto o quinto nível parecia vazio, como se tivesse sido abandonado por muito tempo, ali havia muito mais sinais de atividade. Marcas nas paredes indicavam que aquele era o segundo nível, e algumas das placas e avisos pareciam ter sido colocados pouco tempo antes.

O corredor era tão bem pavimentado quanto o anterior, mas ali havia mais câmaras de cada lado, e o grupo teve que verificar cada uma antes de prosseguir. Havia várias retroescavadeiras e caminhões estacionados nas áreas próprias para isso. Manning observou o lugar com interesse, mas não disse nada.

Uma grande abertura à direita revelou uma câmara escura. Havia lâmpadas, mas a maioria estava danificada ou queimada. As poucas que restavam eram fracas e piscavam, vacilantes.

Uma rápida olhada lhes informou que aquele era um ponto ativo de mineração. O filão de trimonita estava muito visível, escuro e brilhante nas paredes talhadas brutalmente. O teto chegava a cerca de seis metros em alguns pontos, e em outros parecia ainda mais alto Devia ter sido ali que os mineradores encontraram um filão especialmente rico de minério bruto.

Decker espiou uma das cavidades escuras e deu de ombros.

— É claro — disse ele. — É aí que a sensação é mais forte.

— Você nunca deixa de ser engraçadinho, não é? — Manning balançou a cabeça e posicionou o rifle um pouco mais perto do peito. — Bridges! Vem aqui já.

— Mas o que foi que eu fiz agora?

O mercenário tentou ser engraçado. Manning não estava no clima.

— Faz de conta que você é o canário na mina de carvão — disse ele. Como Bridges pareceu não entender, acrescentou: — Preciso de alguém para usar como isca, e você foi escolhido.

Bridges assentiu e bateu a arma de choque na perna. Decker se encolheu por reflexo, esperando que o homem uivasse de dor. Um instante depois, ergueu a arma, e o leve zumbido se fez ouvir.

Adams se aproximou dele.

— O mesmo procedimento. — Entregou a Decker um bastão de metal. — Use a matadora primeiro. Acabou a munição, use isso. Bata neles se chegarem perto demais. Do contrário, deixe comigo.

Decker não era idiota de pedir que lhe devolvesse o rifle, mas ficou um pouco tentado a fazer isso. Ele pôde perceber que os insetos fechavam o cerco, devagar, mas de modo implacável.

Prosseguiram com cuidado, e Decker sugeria onde olhar enquanto a equipe jogava luz sobre a superfície escurecida das paredes. Não demoraram muito até começar a ver a mesma substância usada na construção dos túneis negros. Logo o material brotava de cada superfície disponível.

A sensação estranha aumentava. Então ele viu a fonte.

Ao longo das paredes, espalhadas numa confusão irregular, silhuetas se destacavam na escuridão. Nenhuma delas fazia muito sentido até ele entender que não estavam apenas *junto* da escuridão, mas tinham sido consumidas por ela.

Não, consumidas, não — confinadas dentro dela, entrelaçadas ao silício negro. Em um ponto ou outro, um membro se projetava para fora, mão ou punho fechado, osso ou parte da carne. A maior parte do que estava à mostra eram rostos, alguns petrificados em esgares de dor; outros, com a boca escancarada em desespero. Havia pessoas ali, *muitas* pessoas. Haviam sido enclausuradas no silício negro como moscas numa teia de aranha.

— Que merda é essa?

Decker não sabia quem tinha dito isso, mas as emoções de todos no grupo se ouriçaram. Horror, raiva, medo... todas em igual medida.

A maior parte das pessoas presas estava inconsciente, embora desse para ver que algumas respiravam. Enquanto as lâmpadas falhavam sobre aquelas formas, Decker só pôde pensar que aquilo era uma bênção. Várias estavam mortas. Pendiam das amarras lustrosas, e, sem exceção, tinham buracos no abdome ou no peito, com as entranhas escorrendo da abertura. Tentou contar quantas eram, mas os números não quiseram se fixar na mente. Perdeu a conta depois de quinze.

A quantidade era grande demais para que todos fossem mercenários. Com certeza havia mineradores e outros civis — ele não queria saber quantos.

— Puta merda. — Manning os olhou de cima a baixo. Não tinha mais a expressão calma. Agora, rilhava os dentes. Seu olhar se deteve num dos mortos, e ele se virou. — Adams? Cho não disse algo sobre isso?

— É, sobre uma das civis — respondeu ela. — A cientista com um buraco no peito.

Adams apontou a lanterna para a ferida profunda e a observou com atenção. Decker não queria olhar, mas percebeu que não conseguia evitar.

Então notou uma coisa.

Os mortos não eram a origem da sensação estranha, mas estavam perto dela. Os humanos inconscientes também não eram a fonte. Estavam desacordados, e isso emudecia qualquer emoção que pudessem transmitir.

— Merda. — Decker balançou a cabeça e recuou. — Está vindo de dentro deles. — A voz saiu rouca.

O corpo inteiro ficou dormente. A *presença* daquelas coisas se inflamou na mente dele até seus ouvidos começarem a zunir.

— O que foi? — perguntou Adams.

— A sensação que estou tendo — respondeu ele. — Está dentro das pessoas. É alguma coisa que está dentro delas.

Bridges olhou brevemente para trás.

— Acredite em mim, não tem nada dentro dessas pessoas.

Ao falar, indicou com o queixo uma das feridas. Decker não sabia se o homem estava tentando ser engraçado. Se sim, não tinha conseguido.

— Não, *nessas*, não — sibilou ele. — Estou falando das que estão vivas. Tem mais alguma coisa acontecendo aqui. Tem alguma coisa *dentro* delas. — Quando disse isso, os outros murmuraram palavrões até que Manning os mandasse calarem a boca.

— Que nojo! — Adams balançou a cabeça. — Mas está de acordo com o que Cho disse. Antes, eu não conseguia imaginar, mas agora faz sentido.

Manning ia dizer algo, mas, em vez disso, apontou e atirou num movimento único, rápido e certeiro.

44
BERÇÁRIO

O resultado foi um guincho de dor de um dos insetos, que foi partido ao meio.

A suspeita se tornou fato: os malditos monstros estavam lá. Tinham se escondido na cascata negra de silício, alguns perto das vítimas presas, outros mais distantes. Enquanto Decker observava, as coisas se desdobraram dos seus locais de repouso e passaram depressa a posturas agachadas, sibilando diante da invasão humana ao território.

Uma delas o olhou, e sua raiva cresceu mil vezes. No mesmo instante, a sensação se espalhou pelo recinto, enquanto todas as criaturas o reconheciam. Mas, ao contrário de antes, não atacaram. Em vez disso, hesitaram e... assumiram posições.

— Estão protegendo as pessoas — disse Bridges, com um tom de confusão genuína. — Por que fariam isso?

— Não. — A voz de Manning tinha uma calma despropositada. — Estão protegendo os filhotes. Era isso que Cho estava dizendo antes. Elas implantaram filhotes dentro das pessoas.

Vários mercenários ficaram incrédulos. Mas lá estava, à vista de todos. Nem os cadáveres, nem os hospedeiros vivos dos ovos profanos se juntaram à discussão. Não podiam. Foram poupados da agonia da consciência.

Em meio ao ruído, Decker reconheceu algo. As coisas dentro dos corpos mantinham os hospedeiros sedados. Era por isso que não emanavam medo. Não amorteceram a dor, mas anestesiaram as emoções. Sedativo para o espírito, não para a carne. A simples ideia o horrorizou.

Manning gesticulou mais uma vez, e, com a facilidade de profissionais treinados, os freelancers entraram numa formação mais fechada. Quem carregava uma arma de longo alcance formou um par com alguém que portasse uma batedora ou outro tipo de instrumento para combate corpo a corpo. Posicionaram-se ao redor de Decker.

Sem aviso, os alienígenas atacaram. Não houve tensão de sobreaviso, e avançaram com a rapidez súbita e a eficiência brutal de predadores naturais. Outra vez, foram direto até Decker.

— Atirem!

Manning abriu fogo e explodiu uma das criaturas quando ela saltou para atacar. Outros fizeram o mesmo, inclusive Adams, que atirou naquela que escalava a parede mais próxima e quase ficava de cabeça para baixo ao vir do alto na direção deles. O fedor do sangue alienígena se misturou à podridão dos mortos e aos odores industriais da própria mina.

Decker tentava prestar atenção em tudo ao mesmo tempo. Apesar de se concentrarem nele, daquela vez as criaturas pareciam mais cuidadosas, movidas por um propósito maior. Algumas pareciam estar se sacrificando, mas mesmo nesse gesto parecia haver um padrão...

Então ele entendeu.

— Estão tentando nos afastar dos filhotes!

Manning parou por um momento, depois atirou num dos humanos presos à teia negra. O mercenário ou teve muita sorte ou mirou muito bem, pois acertou o ombro do alvo sem chegar a matar o pobre-diabo.

A reação foi imediata. Os insetos voltaram toda a atenção a Manning e se deslocaram para bloqueá-lo e impedir que tivesse uma área livre para mirar.

— E você tinha razão de novo. — Manning atirou no inseto mais próximo, que recuou, por pouco não se tornando outra vítima. — Agora, me diga como isso nos ajuda.

— Você é o estrategista, porra. Você me diz! — Decker sentia que eles se aproximavam vindo de diferentes direções. — Tem mais dessas coisas vindo do corredor principal — acrescentou ele. — Vão nos cercar aqui dentro.

— Então vamos abrir caminho — berrou Manning. — Às doze horas, gente... Mandem ver com tudo.

O líder abriu fogo, e o restante da equipe fez o mesmo, concentrando-se nos que estavam diante deles, tentando abrir caminho. Quando os insetos chegavam perto demais, Manning atirava em outra vítima pendurada na parede. Na mesma hora, as criaturas iam naquela direção, como se levadas somente por instinto.

Usando esse método, os mercenários começaram a andar.

— Não estou gostando disso. Tem cheiro de cilada — comentou Bridges, sacando a pistola com a mão livre. A arma de choque eletrocutava criaturas à sua direita, e a pistola abria caminho à esquerda. Outro inseto morreu.

Antes que pudesse dizer mais alguma coisa, um dos monstros estava sobre ele. Veio de cima e pousou nos ombros do grandalhão, mordendo a parte de trás do pescoço e cravando as garras ao longo do seu corpo. O mercenário caiu e não se levantou mais.

O inseto passou por cima dele e avançou na direção de Decker, mantendo-se abaixado rente ao chão. Adams atirou e errou, depois se esquivou do caminho da criatura quando a coisa avançou. Decker deu um berro e brandiu o bastão, atingindo o rosto negro e lustroso da criatura. A haste de metal duro rachou a cabeça, mas isso não bastou. Ela continuou avançando, com todos os dentes à mostra enquanto se lançava nele.

Alguém puxou um gatilho e a coisa explodiu, espirrando uma nuvem de sangue ácido sobre a mão esquerda e o peito de Decker. Ele tirou as vísceras ardentes da mão, depois puxou o colete freneticamente. A dor bastou para anular o entorpecimento do que quer que Adams tivesse injetado nele.

Ninguém o ajudou. Não podiam. Manning seguiu em frente, e as coisas saíram do caminho deixando-o partir. Todos os que foram capazes o seguiram, um por um, passando por cima do corpo de Bridges ao avançar.

De trás, vieram novos sons, os ruídos de mais daquelas coisas vindo em sua direção. Não havia aonde ir senão em frente.

Decker passou pelo mercenário morto e pela teia de mineradores vivos e mortos. Não era o único à beira do pânico. Agora, podia senti-lo vindo de várias fontes, e, por mais que quisesse ignorar, não conseguia.

A dor na mão piorou, e ele a esfregou várias vezes na calça, tentando se livrar da queimação. Mas, mesmo retirando o ácido, isso não fazia diferença para as terminações nervosas já afetadas.

As criaturas na frente deles recuavam, e Manning atirou numa que não foi rápida o bastante. Diversos mercenários estavam de costas para o grupo agora, mantendo a atenção no caminho do qual vieram para o caso de alguma das criaturas malditas aparecer. Elas logo fariam isso. Ninguém duvidava.

Uma das mineradoras penduradas na parede se arqueou, depois se retesou, e um instante depois havia sangue escorrendo pelo peito. Enquanto olhavam, algo se contorceu ali, e viram a forma vaga de uma das criaturas, o rosto pressionando a pele e a roupa.

Adams empurrou Decker para o lado enquanto ele fitava a cena e disparou uma única cápsula de plasma no peito da mineradora. A hospedeira humana não reagiu. O parasita no peito soltou um ganido de dor fraco, e Decker soube que naquele instante havia sido morta.

A reação dos insetos foi imediata. Atacaram em peso, os do corredor entrando rapidamente e se preparando para matar até a última pessoa. Um dos mercenários gritou um aviso e jogou algo na onda fervilhante de quitina negra. Um instante depois, uma explosão despedaçou os monstros.

Muitos perseguidores foram retalhados pelo impacto, mas alguns saíram quase intatos e continuaram atacando.

Um por um, os freelancers acabavam com eles.

Adiante, o corredor estreito dentro do salão de silício se abria numa área maior, e, ao chegar lá, Manning estacou.

— Todos vocês! — gritou ele, uma nova aspereza na voz. — Venham aqui agora! E tragam o plasma!

Mesmo antes de chegar lá, Decker também ficou paralisado. Os outros vieram depressa, passando por ele. Mas Decker não conseguia, *não podia* dar nem mais um passo. Ainda não via o que tinha detido Manning, mas *sentia*. Sentia a raiva, muito mais inflamada que qualquer coisa que já tivesse sentido antes, nitidamente definida. Não a via, mas a conhecia. Decker a tinha visto no pior dos pesadelos, nos lugares escuros dos quais não queria se lembrar.

Os insetos eram ruins, mas isso?

Isso era bem pior.

Um som veio daquela câmara, e era repulsivo. Um sibilo profundo e gutural mesclado a um guincho agudo que gritava *fique longe!*. O som invadiu os sentidos e penetrou o cérebro e foi muito mais que um simples barulho. Havia naquele guincho algo que ultrapassava os cinco sentidos.

Mas então o som mudou, e a nova nota soou quase como o rosnado de um predador.

A criatura sabia que ele estava próximo e o queria. Queria muito.

Atrás dele, vinham mais insetos, rastejando pelo chão e passando por cima dos próprios irmãos mortos. Deslizando pelas paredes e pelo teto, esguios e famintos. Por um breve momento, ele bloqueou a obscenidade que aguardava depois da próxima parede. Deixou o instinto de sobrevivência guiá-lo em direção a Manning e ao restante dos mercenários com suas armas.

Assim que atravessou aquela última barreira, os perseguidores pareceram *parar*, como se não estivessem dispostos a prosseguir na luta. E ele viu por quê.

Viu cada um dos seus pesadelos ganharem vida.

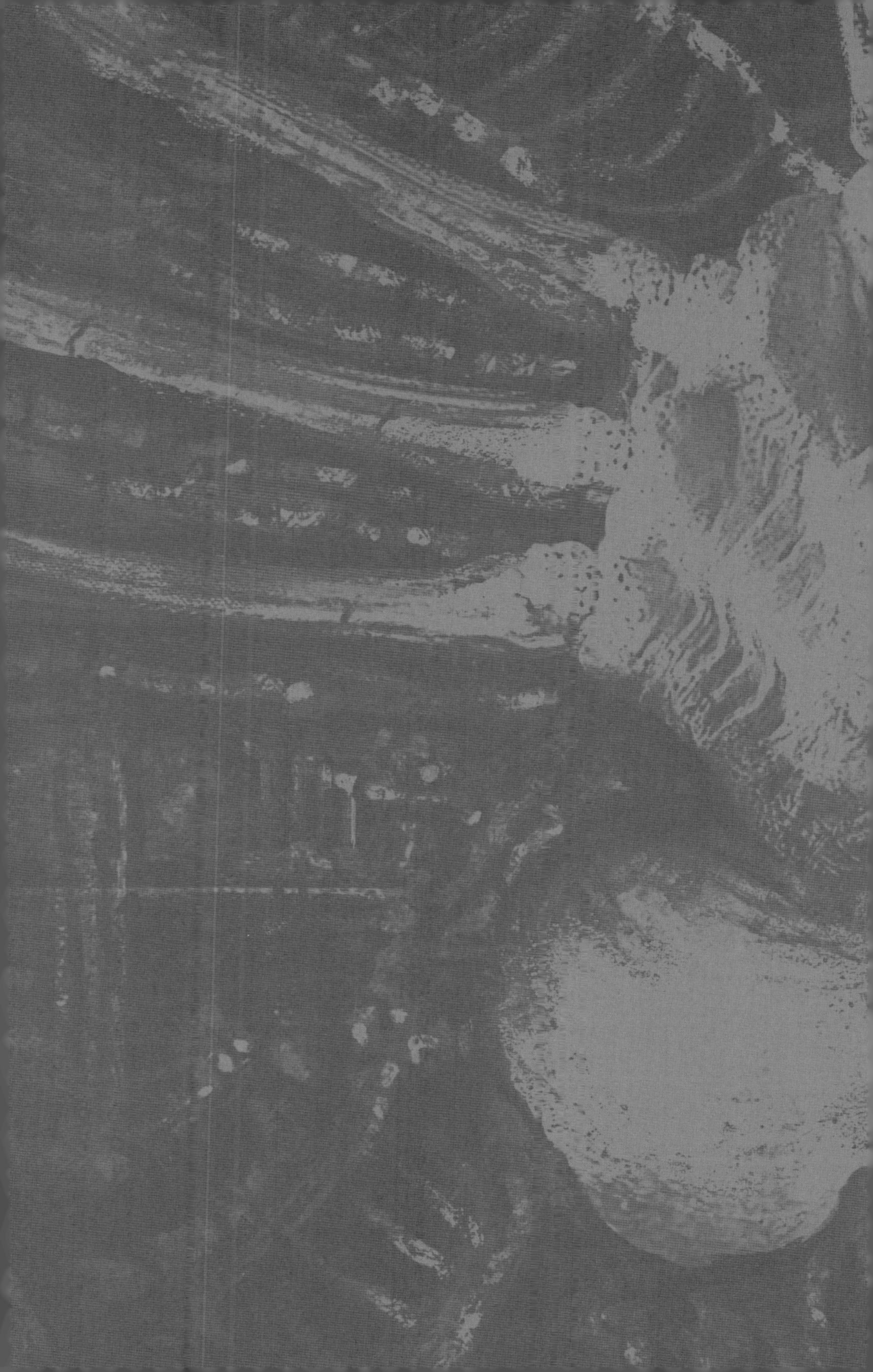

45
MÃE DE ARANHAS

Grandes massas ovais se erguiam do chão, amortalhadas numa neblina baixa que não podia existir numa mina. Ele não sabia se a névoa era criada por aquelas formas ou se vinha da abominação atrás delas.

Era tão grande, tão ampla, que Decker quase pensou que só podia ser uma construção — a catedral na qual os demônios realizavam o culto. Em seus pesadelos, os seres eram aranhas, mas isso se devia ao fato de que sua imaginação só ia até o limite da experiência humana. Aquela coisa tinha, sim, características aracnoides, mas era alienígena além da compreensão. Membros imensos mantinham o corpo ereto. Pernas enormes brotavam acima do que seria o tronco do corpo, espalhando-se amplamente, sustentando a criatura no ar.

Se o corpo era a catedral, então com certeza a enorme cabeça da fera era o altar. Havia uma simetria vulgar na visão, uma silhueta mortífera e graciosa que atraía o olhar à boca, onde os lábios se arreganharam e desnudaram dentes cristalinos que cintilavam.

A grande cabeça se virou para ele quando entrou no espaço cavernoso e, embora não pudesse ver nada semelhante a olhos, sentiu que a coisa o observava, sentiu a mente dela sondando-o. Se a raiva dos insetos era um fogo lento, o ódio que emanava dessa grande fera era um incêndio furioso ardendo em sua mente.

Decker tinha consciência do movimento ao seu redor, mas era incapaz de compreender o que percebia pelo canto dos olhos. Estava absorto demais na coisa que se aproximava lentamente para olhá-lo melhor. Ela não pôde avançar muito. O corpo enorme estava preso por um imenso abdome que se contorcia, arfava, pulsava por vontade própria e vomitava mais uma sementinha reluzente no chão.

Sementinha. Ele se viu prestes a dar uma risada histérica. Sementinha. Essa era boa. Era impagável!

Decker conseguiu desviar o olhar do monstro por um instante, pois precisava compartilhar a piada.

— É a mãe deles — disse a Manning, Adams e os outros. — Está botando ovos. Ao redor de nós. Essas merdas são *ovos*.

E o pior de tudo? Achava que ela não era a única. Não podia ver as outras, mas captou um vislumbre distante, um eco daquilo que emanava dela em pontos diferentes sob o Mar de Angústia. Havia mais de um desses monstros.

Nenhum dos mercenários prestou a menor atenção a ele. Estavam paralisados pela visão do monstro. Então Decker desviou o olhar de Adams, de Manning e do restante e fitou os ovos em si. Havia *coisas* se mexendo dentro deles, e alguns se agitavam enquanto seu topo se abria.

Monstros saíram dos ovos.

Não eram como os insetos nem como a grande mãe de todos eles. Eram um tipo de demônio totalmente diferente. Não o odiavam, não se importavam com ele. Tinham uma única missão, um desejo intenso, frio e aterrador.

"Abraçadores" era como os arquivos da Weyland-Yutani os chamavam. A mente de Decker gritava que eram aranhas, a fonte de sua recente aracnofobia. Sabia o que eles queriam. Sabia o que faziam, e isso tornava a visão muito pior.

Decker recuou e encostou as costas na parede. Tentou empurrar a superfície imóvel e não foi recompensado pelo esforço.

— Ah, puta merda — murmurou.

Uma das coisas correu pelo chão e saltou, *saltou*, e ao mesmo tempo o grande monstro atrás do imenso conjunto de ovos deu um rugido que fez humanos e rochas tremerem. Sem exceção, todos olharam — de fato, não havia escolha.

Pernas longas e brancas como dedos monstruosos saíram do corpo aracnoide, e uma cauda longa e grossa chicoteou com precisão letal. Decker tentou alcançar Adams a tempo, mas falhou. Saltou na mesma hora em que a coisa agarrou o rosto da mercenária com os membros e aquela cauda que parecia um açoite se enrolou no pescoço dela, como uma forca.

Adams soltou o rifle, tentando arrancar a coisa do rosto, arranhando-a.

Ao mesmo tempo, outra criatura maldita pulou na direção de Manning. Ele disparou e o corpo explodiu, se espalhando pelo chão e atingindo as pernas dele.

O mercenário começou a queimar. Ele sacou a faca do cinto e cortou rapidamente a calça, serrando o tecido grosso. Mas Decker mal notou.

Adams!

Olhou para a mulher no chão, lutando para se libertar da coisa que envolvia seu rosto. Estranhas vesículas nas laterais da criatura estremeceram e se agitaram, e Adams resistiu, mas suas mãos não estavam conseguindo fazer muita coisa.

Ele sentiu o horror dela perfurando seus sentidos. Uma repulsa imensa e sufocante fluía de Adams, uma completa incapacidade de respirar carregada pela onda de medo e violação.

A grande mãe de todos os pesadelos rugiu mais uma vez.

Os mercenários não socorreram Adams. Nem ajudaram Manning. Em vez disso, abriram fogo contra a coisa enorme que gritava, exigindo a morte deles. Cápsulas explosivas e rajadas de projéteis atingiram o corpo, rachando o couro grosso e estilhaçando a carapaça quitinosa. A fera-mãe-das-aranhas se empinou, quase chocada pela audácia daquelas criaturas inferiores que se atreviam a atacá-la. Decker sentiu a surpresa do monstro. Ela devia ser idolatrada. Devia ser rainha, deusa e mãe de todos.

Ele sentiu tudo isso naquela mente, se é que poderia chamá-la assim.

A demônia pedante guinchou e rugiu, e atrás dela os insetos reagiram. Não houve hesitação. Não houve demora. Ela ordenou e eles obedeceram, inteiramente dispostos a se lançar entre ela e os inimigos. Avançaram rumo a Decker e aos mercenários, e ele agiu do único jeito que conseguiu pensar. Pegou o rifle de plasma no chão diante de Adams e atirou na primeira coisa que chegou perto demais.

Um pequeno sol incendiou o ar e errou o alvo pretendido. Em vez disso, a luz rompeu a superfície de um dos ovos e acendeu o interior, enquanto a criatura com aspecto de caranguejo pegava fogo e fervia dentro da casca.

A rainha se lançou para a frente, e seu rosto avançou na direção de Decker. Ela o fitou, e o calor do seu ódio se projetou com força.

***

Imagens o trespassaram, e Decker soube que foram enviadas pela coisa que assomava diante dele. O rosto de Ellen Ripley surgiu em sua mente, distorcido pelos sentidos inumanos do xenomorfo. A criatura enxergava, mas não com olhos, concluiu Decker. Ela sentia o sabor e o tato, e ouvia, mas nenhuma dessas palavras expressavam bem o que acontecia de fato.

Nos sonhos, ele havia tentado interpretar a mente dos xenomorfos. Ali, tão perto da rainha das coisas infernais, as imagens vinham sem filtro, cruas e dolorosas.

Decker viu e, até onde pôde, entendeu. As criaturas estavam conectadas de um modo que os seres humanos muitas vezes buscaram, mas falharam. Eram uma colônia, uma colmeia. Compartilhavam os pensamentos em níveis que as pessoas não podiam alcançar, e agora ele era parte disso. Haviam tocado sua psique e o marcado pela sua linhagem.

Ellen Ripley estava gravada na mente deles. Era a Destruidora e, por causa da ascendência, Decker também era um Destruidor.

Ele fechou seus pensamentos à coisa alienígena, aterrorizado pela ideia de que, de alguma forma, ela soubesse de seus filhos.

A grande demônia guinchou, e ele sentiu a respiração dela em seu rosto. Decker apontou, atirou e errou.

À sua volta, os mercenários faziam um trabalho melhor. A maior parte cuidava das coisas que os cercavam, mas alguns atacavam as criaturas maiores que avançavam. Manning era um deles, apesar das queimaduras agora visíveis na pele nua.

Decker atirou repetidamente e encontrou um método. Fachos de luz saíram da ponta do rifle e se enterraram nos alvos. Três ovos explodiram. Mudou de alvo depressa quando a mãe gritou e tentou mordê-lo. Mas não disparou nela. Não conseguia se forçar a olhá-la, pois vê-la fazia com que se tornasse real demais, e a mente de Decker só queria fugir dali.

Olhou para o corpo dela, para a bolsa cheia de ovos que carregava dentro de si. E foi lá que concentrou os disparos.

A raiva da grande fera transbordou quando ela percebeu a intenção de Decker. Ela se libertou e se lançou na direção dele, atravessando a câmara, passando por sobre os próprios ovos para poder detê-lo.

Manning e os quatro mercenários restantes continuaram atirando, atingindo-a com rajadas destruidoras. O corpo dela se rompeu. O rosto se estilhaçou. A enorme crista acima da boca se partiu em dois pontos e sangrou mais ácidos que queimaram o solo, mas nada fizeram com os ovos que tocaram.

Ela rugiu e avançou mais uma vez, na direção de Decker. Mas ele não recuou, só se preparou para morrer. Não precisava ter se dado ao trabalho. A forma imensa se contorceu e desabou no chão. Mesmo assim, Manning não parou. Descarregou cada projétil que tinha na forma inerte, depois recarregou com a eficiência de um atirador experiente.

Por um momento, os insetos ficaram imóveis, enquanto a rainha-mãe desmoronava. Em seguida, enlouqueceram.

Decker tomou a única atitude possível: apontou e atirou. Ao seu redor, os mercenários fizeram o mesmo enquanto a onda de monstros avançava. Eles atacavam. Lutavam. E, um por um, morriam. Não havia aonde ir, não havia como escapar.

Não havia nada além do combate, no qual os horrores dos seus pesadelos vinham afogá-los.

46

Sua ira não podia arder com mais intensidade, mas seu sofrimento era infinito.

O inimigo havia matado a rainha e precisava ser detido, mas o instinto e o ódio nem sempre se misturavam. O sentimento queimava com mais calor e luz, e, por mais que quisessem vingança, precisavam pensar nos procriadores. Sem eles, a colônia morreria, e isso era inaceitável.

Vários deles lutavam contra o instinto e se defendiam dos invasores, atacando o inimigo e aqueles que tentavam protegê-lo. Como se para provar que tal instinto estava certo, os que tentavam atacar eram mortos. A morte deles não importava. A única morte que importava era a da rainha. A única sobrevivência que contava era a da colônia.

Os procriadores deviam ser salvos, por isso trabalharam depressa, erguendo os ovos, arrancando-os do chão e saindo com os fardos pesados, procurando um lugar longe das chamas do inimigo.

A rainha estava morta.

A colônia viveria.

47
QUEDA

Várias vezes Pritchett pediu permissão para aterrissar, mas foi em vão.

A não ser em situação de combate, não estava acostumado a aterrissar sem permissão. Não gostava de não receber a confirmação, pois esse tipo de merda complicava a vida. Contudo, sabia aonde ir. Desceu do céu e, com muito cuidado, pousou na superfície dura da pista de pouso. As areias negras haviam coberto a maior parte da sinalização, que apareceu novamente quando os propulsores estabilizaram a nave e depois desaceleraram a descida até ele sentir o grande veículo parar.

Fez questão de fazer tudo conforme as regras, desde verificar a atmosfera e as condições climáticas até desligar tudo, deixando em modo de espera. De jeito nenhum daria a Rollins uma razão para se irritar com ele.

O motor entrou em modo de suspensão, e as luzes o acompanharam, escurecendo.

Ninguém veio recebê-lo quando tocou o chão. Isso era estranho. O maldito lugar era grande demais para não haver ninguém em horário de trabalho, e a esta hora já deviam ter consertado o que quer que houvesse de errado com o sistema de comunicação.

Viu a chuva caindo pela janela e imaginou que aquilo podia ser parte do motivo, mas também não chegava a ser nenhum furacão. Ainda assim, ninguém apareceu. Então ele se acomodou no assento. Por enquanto, tinha que esperar enquanto as pessoas lá fora realizavam sua missão.

Tentou usar diversas frequências para falar com os outros, mas não teve retorno. Como isso não deu certo, Pritchett chamou a chefe, por mais que detestasse a ideia.

— Aterrissei com segurança — anunciou ele pelo comunicador. — Agora, é só esperar.

No começo ela ficou em silêncio, e ele se perguntou se ela teria ouvido. Em seguida Rollins respondeu.

— Fique preparado, senhor Pritchett. A situação se tornou consideravelmente mais séria.

Que diabos isso quer dizer? Ele não perguntou como ela sabia o que estava acontecendo na superfície do planeta e *abaixo* dela. Na verdade, não queria saber. Só queria terminar com aquilo.

Era uma pessoa cética, mas tinha um péssimo pressentimento sobre toda a situação.

Depois de uns minutos, seu olhar captou algo. Havia movimento lá fora, na areia. Pelo menos, era alguma coisa. Não se sentia mais tão abandonado.

Não que estivesse planejando sair ou entrar qualquer um entrar na nave. Por sua experiência, todo cuidado é pouco.

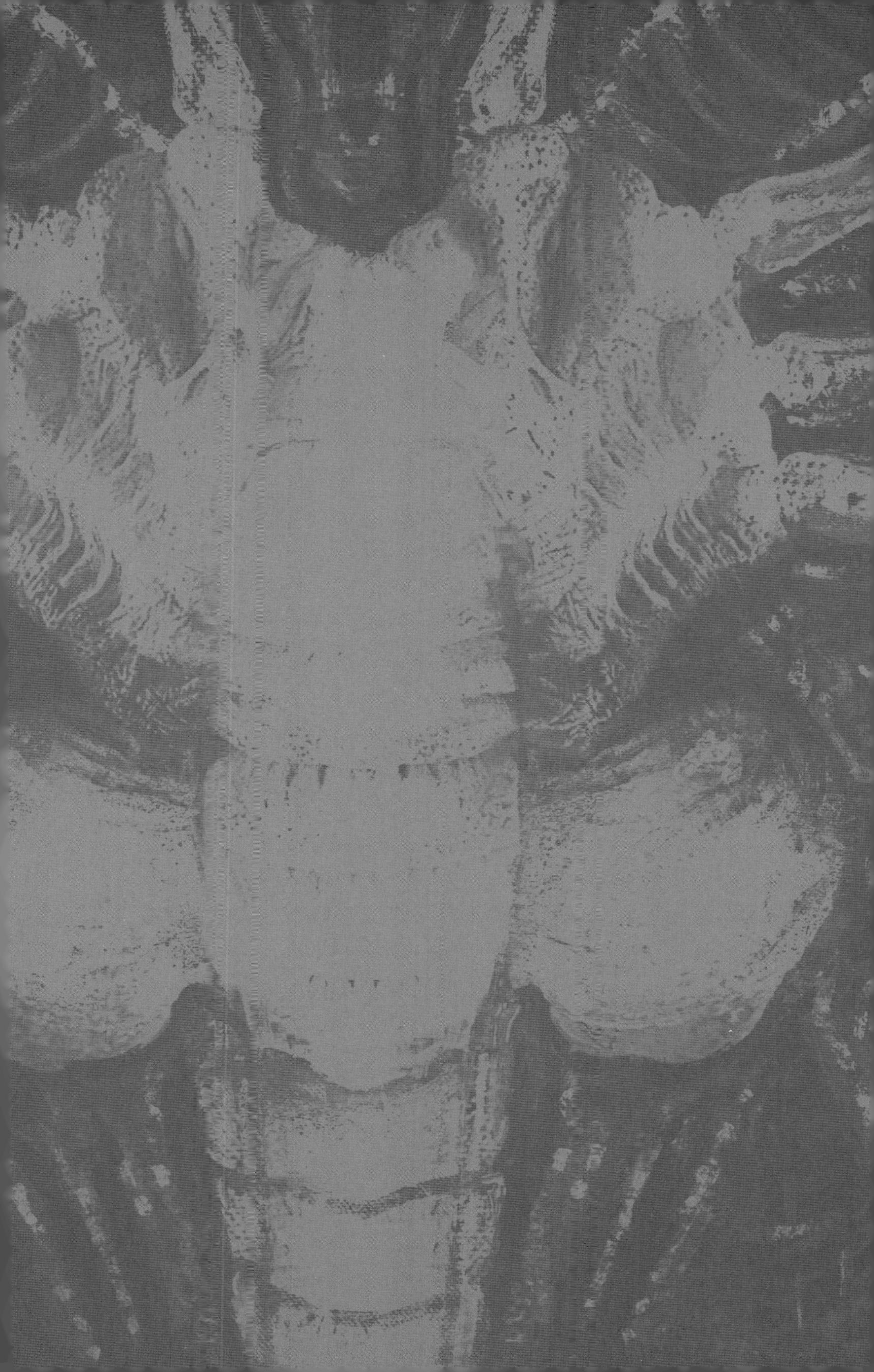

48

AMOR

A mandíbula de Perkins parecia pronta para cair. Os lábios estavam inchados e sensíveis. O pescoço doía. Na verdade, tudo doía.

De algum lugar distante, ouviu gritos e disparos de armas. Também reconheceu o tipo de guincho que os insetos davam, só que mais alto.

A escuridão não era total — essa foi a primeira coisa que percebeu. Abriu os olhos devagar e sentiu a dor na lateral da cabeça, onde o capacete tinha sido arrancado pela coisa que a havia atacado. Tentou tocar a cabeça e percebeu que estava de mãos atadas.

Então observou a escuridão.

O material escuro dos túneis estava por toda parte à sua volta. Pôde senti-lo contra o pescoço, o rosto. Conseguiu mexer alguns dedos da mão esquerda, que tocaram em algo quente, mas a direita estava inutilizada, e a tentativa de fazer os dedos se mexerem resultou apenas numa nova onda de agonia.

O monstro havia mordido sua mão. Lembrava-se de como ele tinha sido veloz e da explosão súbita de dor que correra do pulso até a ponta do dedo médio. Tinha certeza de que os dedos ainda estavam todos ali, mas a dor era *infernal.*

O calor junto à mão esquerda se mexeu um pouco, e ela virou a cabeça o máximo que pôde.

A voz de Piotrowicz soou por perto, com um toque desagradável e úmido.

— Fiquei pensando se você acordaria.

— Petey? O que está acontecendo?

Ele riu. Foi um som chiado e baixo que se tornou um pequeno acesso de tosse.

— Provavelmente não dá para você ver, mas as coisas que parecem aranhas estão por toda parte. Agora há pouco tinha uma na sua cara. Na minha também. Tem uma cobrindo a cara de Cho agora mesmo.

— O quê?

Falar doía. Ela passou a língua nos lábios sensíveis e sentiu um gosto que não era de sangue. Não tinha certeza se queria saber o que era, mas o sabor era amargo, quase metálico.

— A gente já era — continuou ele. — Já morremos, Perkins. Só temos que esperar um pouco até o resto acontecer.

— Do que você está falando? — A voz dela falhou. Sentiu o ardor das lágrimas e tentou refreá-las.

— Aquela civil de antes, Colleen alguma coisa. Um desses bichos a atacou. Colocou algo dentro dela. Eu senti. Senti aquela coisa desgraçada na minha boca, na minha garganta. — A voz dele estava áspera, e Piotrowicz suspirou longamente, trêmulo. — Acho que estou sentindo a coisa se mexendo dentro de mim. Nós vamos morrer. E vai ser ruim.

— Porra, Petey.

— Eu sei. — Ele sentiu o calor roçar seus dedos. — Consegue alcançar?

— Alcançar o quê?

Perkins sentiu um tecido. A roupa estava molhada e quente, o tipo de calor que ela sentia ao tocar uma criança com febre. Seu sobrinho Joe sempre tinha febre. O menino ficava doente o tempo todo. Então sentiu uma linha de metal deslizar pela ponta do dedo. — Espera. Acho que consegui. — Mexeu os dedos e se esforçou muito, e sentiu o metal fino preso entre os dedos. — Peguei, acho.

— Legal. Isso é bom. — Piotrowicz tossiu. — Estava imaginando o quanto esses bichos são espertos, sabe? Quero dizer, são bons caçadores. Trabalham em equipe. Já vi nos fuzileiros unidades inteiras que não trabalhavam tão bem em grupo. E você se lembra do Phillips, não é? O cara não sabia nem soletrar “trabalho em equipe”.

— É. Eu me lembro dele.

Perkins não gostava muito de Phillips. Era um homem amargo e rude. Também tinha um mau hálito dos diabos.

— Bom, eu acho que eles têm uma inteligência animal, não humana. Sabe por quê?

Ela não queria brincar de adivinhação, mas, na verdade, não havia muito mais o que fazer.

— Me conte.

Antes que ele pudesse responder, a voz de outro homem os interrompeu. Perkins não a reconheceu — não era um dos mercenários.

— Alguém está me ouvindo? — Ele tossiu, uma tosse feia e carregada. — Tem alguma coisa errada comigo. Muito errada. Não enxergo nada e meu peito está ardendo.

Ele parou de falar por um instante, e Perkins pôde ouvi-lo arfando ao longe. Quando recomeçou, estava rezando. Depois de uns poucos instantes tentando recitar o que ela pensou ser o Papai-Nosso, o homem começou a gritar. Foi horrível. O tom foi ficando mais agudo e mais alto, depois desabou em ganidos.

Piotrowicz voltou a falar.

— Não vai durar muito. Acho que a coisa está saindo dele. Então, acho que eles não são muito inteligentes, porque não tiraram meu cinto. Já faz um tempo que estou me esforçando, tentando chegar a ele. No fim das contas, eu só devia ter esperado você.

Ela quase riu.

— Petey, não dou a mínima se é o fim da porra do universo, eu não vou tirar sua calça.

Em resposta, quem riu foi ele. Foi um riso fraco, mas sincero, que foi interrompido porque o outro homem começou a gritar de novo, anunciando a dor na escuridão ao redor deles.

De algum lugar perto dali, Perkins ouviu o som de uma daquelas coisas se mexendo. Davam estalos suaves quando suas partes se roçavam. Como plástico ou vidro.

Quando conseguiu falar de novo, Piotrowicz o fez com um toque de humor na voz.

— Eu te amo mesmo, Perkins. Mas, sinceramente, sempre pensei em você meio que como uma irmã mais velha. — Parou por um momento. — Não significa que eu não ia querer, sabe, se a gente estivesse em outra situação. Mas não. Estou dizendo que eles não tiraram meu cinto, e não tiraram a granada que eu estava tentando pegar. A que você alcançou agora.

Perto dali, o outro homem desabou em soluços.

— Ah — foi só o que ela conseguiu dizer.

— Acho que, se eu mexer o quadril e você puxar ao mesmo tempo, é provável que a gente consiga tirar o pino. Depois disso, só preciso me torcer um pouco para acionar o percussor.

— Você está falando sério?

Piotrowicz não respondeu. Deixou os gritos do homem responderem por ele.

Quando parou, ficaram em silêncio por um tempo.

— Ok, Petey.

— Legal. Acho que podemos acabar com isso muito mais rápido para todo mundo.

— A carga é grande o bastante?

— Perkins, querida. Já ouviu alguém me acusar de usar pouca força?

O homem começou a gritar outra vez, então parou com um estranho gorgolejo, acompanhado do som de algo se rasgando que parecia não vir apenas de um tecido.

— Vamos nessa — disse ela. — Petey?

— Hein?

— Diz mais uma vez que me ama.

Perkins puxou o pino com força. Seus dedos ficaram tensos e a argola quase escapou, mas ela a pegou a tempo e, depois dos cinco segundos mais longos da sua vida, conseguiu tirar o pino de segurança.

— Eu te amo, Perkins.

O calor do corpo dele se apertou contra os dedos dela, e Perkins soltou o pino.

49
DIFERENÇAS

Em algum lugar ao longe houve um som, quase como uma detonação, mas abafado pela imensidão das paredes de rocha.

Depois, silêncio.

Decker olhou à sua volta e viu os insetos mortos, a mãe de todos os monstros morta, os mercenários mortos, e se perguntou como exatamente ele ainda estava vivo.

Era principalmente por causa de Manning. O mercenário ainda estava de pé, e a poucos passos de distância. Já tivera uma aparência muito melhor, mas estava vivo. Quatro deles ainda estavam de pé, e todos sangravam.

— Adams — chamou Decker.

O esforço excessivo e a adrenalina fizeram seu corpo tremer, mas se aproximou mesmo assim. Adams estava onde havia caído, aquela coisa abjeta envolvendo o rosto dela. Estava viva. Respirando. Como as pessoas grudadas às paredes, ela emanava uma ressonância emocional diferente. Estar perto dela chegava a acalmar a mente.

— Tem uma dessas coisas no Elway também — comentou Manning.

Ele olhou. Elway era um cara mais velho que não falava muito. Decker não se lembrava de uma única palavra que ele já tivesse dito.

— São diferentes

— O quê?

— As coisas na cara deles. São diferentes.

E eram mesmo. A de Elway era menor. A de Adams era maior e parecia mais elaborada. Tinha membranas entre as patas frontais e traseiras.

— Tanto faz — disse Manning.

Olhou para os mortos e feridos ao redor. Em seguida sacou a faca e olhou para a criatura de Elway.

— Não — interveio Muller. — Sangue ácido. Você vai queimar a cara dele.

Manning fitou a coisa e por fim assentiu.

— Temos que sair daqui — declarou ele. — Precisamos chegar à superfície.

Decker olhou para Adams por um tempo.

— Então vamos — respondeu.

Suas mãos a pegaram pelos ombros e pelos joelhos, e ele içou o corpo do homem, colocando-o por cima dos ombros. Adams não pesava quase nada, mas Decker sabia que isso não duraria. Tinham um longo caminho pela frente, e muito antes de chegarem ao destino ela se tornaria um fardo muito pesado.

Manning pegou Elway e o apoiou no ombro, pendurando-o como uma bolsa. Para isso, teve que deixar a maior parte do seu equipamento, ficando apenas com o rifle e o cinto de facas e ferramentas diversas na cintura.

— Vá na frente — disse o líder dos mercenários.

Decker tentou não pensar nas pessoas que estavam deixando para trás. Ele não as conhecia. Não eram seus amigos nem parentes. Objetivamente, eram seus sequestradores. Ainda assim, não parecia certo. Mas não havia escolha.

Andaram depressa, voltando por onde tinham vindo. Ao passarem pelos corpos presos às paredes, Decker desviou o olhar. Manning, não. Estudou cada rosto enquanto passava. Decker não podia ter certeza, mas parecia estar memorizando todos.

Muller — pelo menos Decker achava que esse fosse o nome dele — olhou para onde Manning olhava e sussurrou:

— Quer deixá-los vivos?

Manning continuou olhando, mas balançou a cabeça. Não houve palavras.

Muller ficou para trás. Pouco depois, Decker ouviu uma série de detonações atrás de si. Não sabia o que Muller tinha usado nem se importava.

Por fim, o homem os alcançou.

— Onde as criaturas estão? — perguntou ao entrar no ritmo deles. — Morreram todas, Decker?

— Não. — Procurou mentalmente. — Não mesmo.

— Existem quantos dessas desgraçadas?

— Muitas. Muitas mesmo. Mais do que eu jamais poderia ter imaginado. Mas neste momento elas parecem estar ocupadas com alguma outra coisa. — Fechou os olhos e se concentrou. — Vão vir atrás de mim mais uma vez.

— Por quê? — perguntou Manning. A curiosidade surpreendeu Decker.

— Acho que o ódio é a única coisa que conhecem. E eles me odeiam. Talvez por causa do que a tal Ellen Ripley fez com eles. Talvez só porque eles acham meu cheiro esquisito. Não tenho certeza. Só sei que querem me matar.

— Bom, eu também não gosto muito de você. Mas gosto ainda menos deles. Vamos dar o fora daqui.

O elevador estava danificado, e nenhum deles queria escalar aquele cabo inteiro. Levaram quase vinte minutos para achar uma escada de acesso. A porcaria da escada não estava escondida, mas não tinha sinalização e quase se perdia nas sombras.

A porta estava emperrada, mas Manning resolveu isso bem depressa. Após entrarem, ele observou as dobradiças por um momento, depois enfiou a faca no vão entre a porta e o batente. Um mero calço, mas seria necessário muito esforço para abrir a porta pelo outro lado. Para garantir, olhou para o último membro do grupo e mandou:

— Dave, cole essa desgraça.

O homem que Decker pensava que fosse Llewellyn assentiu e revirou o interior da mochila. A gosma que passou no metal fez tanto a porta quanto o batente chiarem por alguns instantes, depois se colarem uma à outra.

— Merda. A quantos metros de profundidade estamos? — A voz de Muller estava compreensivelmente irritada.

— Um a menos a cada três degraus, meu raio de sol.

O tom de Manning não foi tão encorajador quanto as palavras. Mesmo assim, Muller entendeu a deixa e começou a subir.

Um metro a menos a cada três degraus. Talvez não fosse uma conta precisa, mas era verdadeira o bastante para Decker. Ele caminhou, fazendo o melhor que podia para não reclamar toda vez que o peso de Adams se deslocava sobre os ombros. Manning estava andando à sua frente, e fazia com que carregar Elway parecesse fácil. Por isso, detestava um pouquinho mais o desgraçado.

50
A ESTRADA LONGA E SINUOSA

Willis estava suando em bicas.

As pernas tremiam e os braços pendiam frouxos, inúteis ao lado do corpo, exceto quando tentava usá-los para se impulsionar por mais um lance de degraus.

De olho no prêmio. Era isso o que seu avô sempre dizia. *Fique de olho no prêmio e vai conseguir o que quiser.*

O que queria? No momento, tinha que chegar ao topo da porra da escadaria sem fim. Quem tinha pensado em cavar um túnel de acesso até o fundo das minas, sem energia?

Ele supunha que deveria estar grato, mas, na verdade, não dava a mínima.

Primeiro, Willis havia subido até o oitavo nível, planejando pegar um elevador lá. Não o principal, mas um dos elevadores de apoio secundários ou terciários. No começo, parecia uma boa ideia. Deveria ter funcionado. Mas a porta não abria. Tentou empurrá-la com o ombro, mas tudo o que conseguiu foi um ombro machucado.

Entendeu que deveria ter previsto que isso fosse acontecer. Tinha passado boa parte das últimas horas tentando forçar a abertura de uma porta no nível inferior. O poço era parte do complexo original, e até as escadas estavam caindo aos pedaços em alguns pontos. Precisava tomar cuidado para não cair e quebrar o pescoço.

Tinha chegado apenas ao sexto nível antes de ser forçado a desistir do "caminho fácil". Nenhuma das portas se abria, e tudo que podia fazer era rezar para que a do topo funcionasse.

Tentou contatar Rollins e não conseguiu. Isso não fazia sentido, já que ela tinha lhe dado um comunicador que supostamente atravessaria qualquer barreira. Ainda assim só obteve silêncio.

Já havia parado duas vezes para sucumbir à ânsia de vômito, pois, por mais que detestasse admitir, a vida atrás de uma mesa o tinha deixado numa péssima forma física. A cintura era mais larga que os ombros e dava para contar mais de um queixo ali. Era fácil não admitir isso ao se olhar no espelho, especialmente quando encontrava uma companhia para passar a noite, mas, naquele momento, subindo um lance de escadas mais alto que muitos arranha-céus, estava achando um pouco mais difícil contestar os fatos.

De olho no prêmio. Quando isso terminasse, seria rico. Não bem de vida, não confortável, mas podre de rico. Era um homem de carreira e gostava de trabalhar para a Weyland-Yutani. Mas, depois daquela missão absurda e insana, se aposentaria.

No entanto, prometeu a si mesmo uma boa e longa sessão numa clínica de remodelamento corporal. A ciência moderna consertaria o que uma dieta ruim e um emprego sentado num escritório fizeram a ele. Teria dinheiro para garantir isso.

Tudo o que precisava fazer era chegar ao topo da escada.

Quase chorou quando chegou à porta do segundo nível. Alguém havia fundido a porta ao batente; por que razão, não conseguia imaginar. Talvez para manter os monstros longe. Não gostou nem um pouco dessa ideia.

Levou um tempo para descansar, recuperar o fôlego e tentar contatar Rollins, relatando o progresso. Foi tomado pelo entusiasmo quando ela respondeu depois de poucos instantes.

— Estava começando a ficar preocupada, senhor Willis. Não tenho notícias suas há horas.

— Estive subindo muitos degraus — explicou ele. — *Tentei* contatar a senhora, mas o maldito comunicador não funcionava. — Não pronunciou as palavras; ele as arquejou. — Estou quase no topo. Há uma nave a caminho?

— Não. Ela já está esperando o senhor e o restante da equipe na pista.

— Talvez não haja um restante da equipe.

— Vários deles parecem estar vivos. Logo saberemos.

— Onde estão? A senhora sabe?

— Na verdade, não. Eles não têm acesso aos mesmos aparelhos comunicadores que o senhor. Estão passando por... complicações técnicas.

Ele assentiu com a cabeça como se ela pudesse vê-lo.

— Escute, as coisas vão mal aqui. Não encontrei muitos deles, mas, com tudo o que está acontecendo, creio que a esterilização possa vir a ser necessária.

— Já avaliamos essa alternativa, senhor Willis.

Ele ergueu a cabeça, surpreso. Na verdade, não deveria estar chocado. Entendia muito bem como a empresa operava. É claro que isso só tornava as informações que levava ainda mais valiosas. Rollins podia ter algumas das imagens, mas ele tinha as que vinham do local de escavação, e de forma alguma ela poderia ter recebido o mesmo nível de detalhe que ele.

De jeito nenhum. Continuou repetindo isso a si mesmo. Com um grunhido, levantou-se nas pernas bambas e recomeçou a subida. *Mais um nível.* Não poderia ser tão ruim.

— Senhor Willis?

A voz de Rollins chegou a assustá-lo. Pensou que ela tivesse interrompido a comunicação.

— Sim — respondeu ele. — Ainda estou aqui.

— O senhor deve estar ciente de que esta operação custou muito para a empresa.

— Ah, sim. — Parou para recuperar o fôlego mais uma vez. — Imagino que sim. Mas os benefícios, senhora Rollins. Devem ser deslumbrantes, não? Só os aspectos biomecânicos da nave devem se equiparar aos nossos custos. Se pudermos obter as informações das amostras...

— Ainda tem as amostras da nave, senhor Willis?

— É claro. Estão no meu escritório. No cofre.

— Excelente. Por favor, lembre-se de pegá-las antes de ir para a dropship.

— Ah. — Ele parou de andar e prendeu a respiração por um momento. — Sabe, eu teria me esquecido delas. Obrigado pelo lembrete.

— É claro. Faça uma boa viagem, senhor Willis. Estou ansiosa para encontrá-lo pessoalmente.

Desta vez, ouviu o clique nítido que indicava o encerramento da conexão.

Sua respiração era mais um ganido que um suspiro. Voltou a subir. Um passo. Mais um passo. Mais outro. Parou.

Só mais um pouco.

51
EXCURSÃO

— Senhor Pritchett? — A voz de Rollins chegou clara e nítida.

— Sim. Estou aqui.

Ele endireitou as costas no assento. Estivera cochilando. Não havia nada para fazer além de ouvir a chuva.

— Senhor Pritchett, o senhor tem acesso a um painel de vídeo?

Levou meio segundo para localizá-lo.

— Aham. Bem aqui.

— Ótimo. Vou lhe mandar um arquivo compactado. Nesse arquivo o senhor encontrará um diagrama dos escritórios. Estão localizados no maior edifício, diante dos alojamentos. Quando estiver com o arquivo, preciso que localize o escritório de Tom Willis. Ele está ocupado no momento, e preciso que o senhor recolha as amostras que encontrará no cofre desse escritório.

— No cofre? Não vai estar trancado?

— Ora, vamos, senhor Pritchett. Estou plenamente informada sobre seu histórico. Mesmo que não estivesse, também vou passar a combinação para o senhor. Tomei a liberdade de anular o reconhecimento de retina e DNA. Afinal, é um assunto da empresa.

— Pode deixar.

Um monte de mentira de merda, isso sim. Rollins não estava nem aí para obter autorização de alguma coisa. Ele tinha certeza de que Willis não dera a combinação para ela. A boa notícia é que não ligava. Ela queria algo daquele cofre, e ele queria seu dinheiro.

— Senhor Pritchett?

— Sim?

— Vá armado. É possível que as formas de vida que buscamos estejam em maior número do que pensávamos. Caso o senhor encontre alguma, devo sugerir que atire primeiro e se preocupe com as intenções dela depois.

— Você é que manda.

Levou o tempo que foi preciso para se armar. Também levou o tempo que foi preciso para verificar a armadura.

Deixou a nave em modo de espera e a trancou antes de sair. Ninguém iria a lugar nenhum sem ele.

52

A rainha estava morta.

***

Decker balançou a cabeça, tentando afastar os pensamentos e as imagens. Ainda assim, eles chegavam, sem serem convidados e contra a sua vontade. As vozes sibilavam e estalavam em seus pensamentos alienígenas, e a mente as interpretava mesmo quando ele tentava fugir.

***

O inimigo continuava vivo e a rainha estava morta. A fúria era imensurável. Se pudessem, teriam perseguido o inimigo, mas não podiam.

***

Não! Eu não sou seu inimigo! Me deixem em paz! Se ouviram suas tentativas de responder, de se comunicar, não reagiram de nenhum modo que ele pudesse compreender.

***

Os recém-nascidos estavam eclodindo e precisavam ser protegidos. O inimigo havia provado ser tão perigoso quanto as lembranças genéticas indicaram, e por isso os recém-nascidos precisavam ser escondidos.

***

Não teriam piedade. A piedade era tão alienígena para eles quanto os sentidos inumanos eram para Decker.

***

Já haviam perdido demais.

Passaram por entre os ninhos e olharam para os hospedeiros. Alguns estavam conscientes, outros não, e isso pouco importava. Alguns já estavam dando à luz, e outros, apenas à espera.

Restavam sete ninhos. O passado os havia ensinado a ter cuidado. Eles aprenderam. Eles se adaptaram. Eles sobreviveram.

O mais recente dos novos ninhos não era mais necessário. Os hospedeiros haviam servido ao propósito, então os corpos tinham se tornado apenas alimento.

Uma nova rainha já crescia, cuidadosamente protegida e resguardada contra o inimigo. Foi levada ao nível mais profundo da colmeia, às grandes câmaras onde haviam dormido por tanto tempo, e permaneceu intocada pelo mundo ao redor deles enquanto este mudava.

***

O medo invadiu seu estômago e Decker tentou ignorá-lo. Se pensasse em quantos daqueles monstros havia, ficaria realmente louco.

***

Dois ninhos estavam arruinados, destruídos. O inimigo ainda vivia. A coisa perversa tinha se afastado da colmeia, e isso era bom. Eles o encontrariam e o matariam.

Tiveram cuidado com a nova rainha. Era tão jovem, tão frágil. Cresceria e se tornaria forte, é claro, mas, como ocorre com todas as coisas, isso exigiria tempo.

Assim que foi deixada a salvo, aqueles que haviam sido sua escolta voltaram a atenção outra vez ao inimigo. Agora, estava perto da superfície, podia senti-lo rastejando pelos túneis que os hospedeiros tinham aberto na terra.

Iam segui-lo.

A rainha estava morta. A rainha havia renascido. A rainha seria protegida, não importava a que custo.

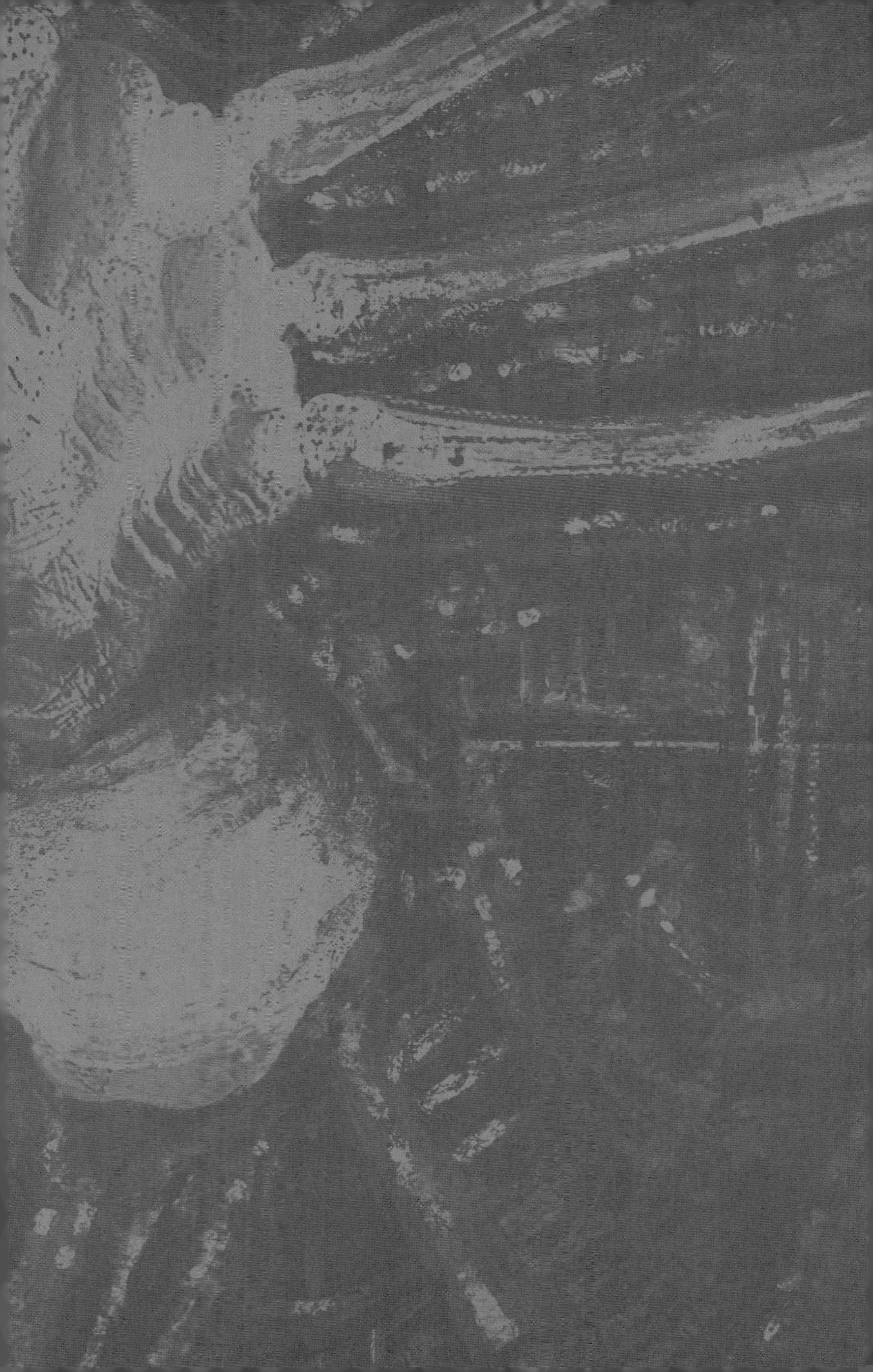

53
O TROCO

O carma era uma merda.

Luke Rand acordou pouco depois que os monstros chegaram e o derrubaram no chão. Tentara lutar, mas fora derrotado. Três costelas quebradas e uma fratura na mandíbula. Não conseguia fechar a boca, e cada vez que respirava ardia logo acima do estômago, como se o local estivesse pegando fogo.

Estava no subterrâneo, numa escuridão quase total. E, quando achou que não poderia piorar, provaram a ele que não fazia ideia de como as coisas podiam ir mal.

A área para a qual o arrastaram era quente e úmida, e coberta daqueles sedimentos negros e lustrosos que eles vinham encontrando por todo o Mar de Angústia desde que chegaram. Nunca imaginou o que eram. Nunca teria imaginado, mesmo que tivesse a vida inteira para descobrir.

As coisas o seguraram no chão e, quando tentou lutar, quebraram seu braço direito em três pontos sem o menor esforço. Isso acabou com qualquer tentativa. Mas isso não bastou para as criaturas. Duas delas se debruçaram sobre ele e vomitaram uma gosma cinza-escura sobre seu corpo. A coisa começou a endurecer assim que tocou o ar, e elas a espalharam com as garras e o envolveram até estar preso numa camisa de força de silício.

Mesmo que ainda tivesse forças para lutar, a teia vítrea logo se tornou sólida demais para que seu corpo maltratado resistisse a ela.

Havia outras pessoas ao redor, algumas conscientes e outras, não. Teve inveja das inconscientes.

A coisa que parecia um caranguejo veio rastejando e subiu até sua cabeça. Ele tentou gritar, por mais doloroso que fosse, mas logo os gritos foram abafados quando a criatura abraçou seu rosto. Era um estupro. Era a única descrição que encontrava para a situação, e sentiu lágrimas de humilhação só de pensar. A mandíbula já estava quebrada, mas a coisa não se importou. Tentou se debater, mas estava colado, e a criatura maldita simplesmente não parou.

Depois de um tempo, tudo se transformou numa dor fraca mas constante, que acabou desaparecendo por completo. Pensou que deveria se perguntar o motivo disso, mas não julgou que fosse necessário.

Naquele lugar escuro, todas as coisas ruins que havia feito na vida voltaram. Tinha roubado um dólar aos cinco anos. Tinha roubado muito mais que isso depois, na escola. Havia feito algumas coisas boas, como defender Aneki quando os outros meninos tentavam implicar com ele por estar preso numa cadeira de rodas. Mas também tinha implicado o suficiente com garotos mais fracos.

Havia pessoas a quem havia feito mal, mas nunca imaginou que tais ações fossem o bastante para ele terminar daquela forma.

As coisas observavam. Ele as via se mexerem aqui e ali, e algumas estavam aninhadas na escuridão, perdidas nos padrões que quase pareciam parte das paredes da caverna. Precisava olhar com atenção para conseguir vê-las, mas teve tempo para isso preso no lugar, pensando em todas as coisas ruins que tinha feito na vida.

Sentia-se péssimo por Decker. O cara sabia quem ele era, mas ainda havia ficado ao seu lado.

Sentia-se péssimo por muitas coisas.

Achava que não podia se sentir pior.

A dor voltou às costelas quebradas. Uma dor lancinante nas entranhas que contornou o coração e, ah, merda, a dor era um ser vivo. Rasgava seu peito e as laterais do corpo. As costelas quebradas bastaram para arrancar um grito da mandíbula quebrada e dos lábios sangrentos.

A dor piorou, e piorou ainda mais. Muito mais.

No fim, não conseguiu pensar em nada que tivesse feito para merecer tanta dor.

No fim, não importava.

O carma era uma merda, e não dava a mínima para o que ele pensava.

54
FARDOS

O comunicado do escritório central foi curto e objetivo. Também foi exatamente o que ela esperava.

Andrea Rollins se levantou da cadeira e se alongou. Tinha coisas a fazer.

Chamou a ponte de comando.

— Capitão Cherbourg?

— Sim, senhora Rollins?

— É melhor preparar a nave para partir. Não vamos passar muito mais tempo aqui.

— Sim, senhora.

— E… capitão?

— Sim, senhora Rollins?

— Esteja preparado para entregar sua carga.

Cherbourg hesitou antes de responder, mas só por um momento.

— Sim, senhora.

***

Decker colocou Adams no chão com o máximo de cuidado que pôde, depois se sentou por um instante.

Como temia, ela parecia dez vezes mais pesada do que realmente era — pelo menos, era o que os ombros dele diziam. Em comparação, Elway parecia ter ganhado apenas alguns quilos. Decker ainda odiava Manning um pouquinho mais por causa disso.

— Quando chegarmos ao primeiro nível, vamos tentar outro elevador ou continuar andando? — questionou Muller. Era uma boa pergunta.

Manning olhou para o chão e balançou a cabeça.

— Se esta fosse uma operação padrão, pegaríamos um caminhão para voltar à superfície. Geralmente há rampas. Mas esta não é. Ainda estavam reconstruindo esta coisa, e acho que não fizeram uma estrada de acesso levando até a superfície. Até agora, não tivemos nenhum problema nesta escada, o que é bom, mas não é uma garantia. — Parou e olhou ao redor. — Também não aguento mais espaços fechados. Quando chegarmos ao primeiro nível, não saberemos o que fazer. Não conhecemos a planta do lugar. Não sabemos como sair daqui.

Ele se calou, parecendo pesar as opções.

Muller ergueu a mão e levou um dedo aos lábios, pedindo silêncio. Em seguida apontou para a escada.

Havia um som vindo de baixo.

Manning pigarreou.

— Acho que precisamos considerar qual é o melhor jeito, mas voto por explorar o primeiro nível. Isso vai nos dar mais espaço para nos defendermos, se for preciso.

Enquanto falava, fazia uma série de gestos rápidos. Muller assentiu com a cabeça e se moveu, deslizando até a beira da escada e apontando a pistola com cuidado. Ficou tenso, e Decker viu o nervosismo se esvair do pescoço grosso e dos ombros do homem, pouco a pouco.

— Acho que estamos seguros aqui.

Ficou exatamente onde estava e baixou a pistola devagar.

Pouco depois, todos ouviram as palavras ofegantes.

— Ah, graças a Deus — disse alguém.

Manning reconheceu a voz.

— Willis?

O burocrata estava banhado em suor. As roupas estavam encharcadas e coladas ao corpo, o cabelo escorrido, além do rosto extremamente corado, que mostrava que sua saúde também não estava nada bem.

— Ah, obrigado, meu Deus.

Ele subia engatinhando. Ao que parecia, tinha desistido do conceito de caminhar.

Manning olhou para Adams, deitada no chão. Seu olhar passou rapidamente por Decker. A mochila que ela antes carregava não estava mais lá. A que continha os suprimentos médicos.

— Alguém tem um pouco de água para esse homem?

Dave Calado veio ao resgate e jogou para ele uma pequena garrafa de uma bebida carregada de eletrólitos e açúcar. Eram parte da ração padrão da maioria dos postos avançados. As mãos de Willis tremiam tanto que ele não conseguia segurar o frasco. Quando se acalmou, Manning abriu a garrafa e a entregou ao burocrata.

— Beba devagar.

Ele nem precisava ter dado esse conselho. O homem mal conseguia tomar um gole. Mesmo assim, depois de um tempo já havia bebido metade da garrafa, e respirava com mais facilidade.

— Estamos ferrados. Precisamos chegar à superfície. — Manning olhou atentamente para Willis, que devolveu o olhar com uma expressão séria. — Qual é o caminho mais rápido?

— Tem os elevadores — respondeu ele, devagar. — O principal está arruinado, mas talvez um dos outros.

— E você sabe onde eles ficam?

— É claro.

— Então por que você veio pela escada?

— Você acha que eu teria passado por este inferno se tivesse conseguindo abrir alguma das portas? — retrucou Willis, rabugento. Isso pareceu tranquilizar Manning.

— Bom, termine de recuperar o fôlego — disse o mercenário. — Não podemos mais ficar aqui, e, se o que você diz for verdade, o primeiro nível é nossa melhor aposta.

— A senhora Rollins disse que enviou uma dropship.

As palavras saíram quase balbuciadas. Assim que deixaram os lábios de Willis, ele piscou como se tivesse levado um tapa e se calou.

Decker sentiu a mudança repentina nas emoções do homem.

Manning não precisou sentir nada. Inclinou-se para a frente até estar perto o bastante do rosto de Willis e disse suavemente:

— Mais tarde, quando isso tiver acabado, nós dois vamos conversar sobre há quanto tempo você anda conversando com Rollins. Mas, por enquanto, vê se levanta. Vamos *em frente.*

— Espere. O que aconteceu com os outros da sua equipe? — perguntou Willis enquanto se levantava devagar.

Manning arreganhou os dentes. Ninguém em seu juízo perfeito teria chamado aquilo de sorriso.

— Sabe, eu não tinha como entrar em contato com Rollins, então tudo deu errado. — Baixou os olhos para o chão por um momento, depois voltou a encarar Willis. — O que aconteceu com o restante do meu pessoal? Os que estavam com você no nono nível?

Willis desviou o olhar.

— Não sei — respondeu. Sua voz subiu um tom. — Entrei em pânico, ok? Corri para a escada assim que o fogo começou.

Ele estava mentindo. Era um babaca bajulador e um péssimo mentiroso. Pelo menos, do ponto de vista único de Decker.

Então aquela sensação arrepiante perpassou a mente do engenheiro com suavidade.

— Acho que estão vindo de novo — avisou ele. — Mas, se estiverem, não estão perto.

Os outros se prepararam para continuar a jornada. Decker apoiou Adams com cuidado sobre os ombros, feliz porque não teria que fazer isso por todo o caminho até a superfície, enquanto Manning punha Elway por cima do ombro e verificava o carregador da pistola.

— Sabe dizer de onde eles estão vindo? — perguntou ele.

— Não. Não está claro. — Decker balançou a cabeça. — Pelo menos, ainda não. E, como você disse antes, eu não conheço a planta do lugar. Se conhecesse, talvez isso me ajudasse a localizá-los melhor.

A mão de Manning apertou o ombro de Willis com força, e ele exibiu os dentes mais uma vez.

— Uma boa notícia. Temos nosso próprio guia turístico.

Willis não pareceu feliz com a ideia, mas ficou um pouco mais agitado enquanto o energético percorria seu organismo. Agitado, não. Alerta. Provavelmente, estava começando a sair do estado de choque. O que quer que fosse, fez com que conseguisse andar aprumado enquanto subiam o último lance de escada, chegando ao primeiro nível. Tudo o que restava acima deles era o térreo.

A porta para o primeiro nível se abriu com facilidade.

Dessa vez, Muller foi na frente, olhando para os lados, depois chamando o restante do grupo até o corredor. A área estava destruída. Independentemente do que tivesse acontecido, não tinha sido fácil. Havia lâmpadas quebradas, sinais de luta e alguns pedaços humanos.

Os olhos de Willis saltaram das órbitas, mas ele continuou em silêncio.

Manning o obrigou a focar na missão.

— Para que lado? — perguntou.

— Tem elevadores ali... — Willis apontou — ... e outros daquele lado.

Foram na direção do primeiro conjunto de portas e encontraram os mesmos elevadores que o grupo havia tentado usar antes. Ele se virou e os guiou na direção oposta. Depois de cerca de trinta metros, encontraram um corredor que não existia nos níveis inferiores.

— Aonde diabos isso leva? — perguntou Manning.

— A uma nova operação mineradora. Tem muito lixo no caminho, mas tem um elevador próprio, e nós o usávamos para tirar muita terra e pedra do caminho. O escritório e o complexo também ficam naquela direção... subindo.

— Até onde o elevador *desce*?

— Até aqui. Ele só desce até aqui. Encontramos a antiga área de mineração pouco depois de começarmos a trabalhar aqui.

Manning lançou um olhar a Decker, que fez que sim com a cabeça. Era muito conveniente que tivessem encontrado a mina original com tanta facilidade.

Conveniente demais.

— Vamos lá — disse o mercenário.

E voltaram a andar.

Muller foi na frente, e eles andaram depressa. Decker fez o que pôde para se concentrar na mente dos insetos e ignorar a indiferença fria que emanava dos parasitas agarrados a Adams e Elway.

Queria baixar Adams desesperadamente, mas não faria isso. *Não podia* fazer isso. Ela era uma boa pessoa. E suspeitava que a mercenária teria dado um jeito de arrastar a carcaça miserável dele aonde quer que fosse necessário. Em silêncio, prometeu a ela que sairia dessa viva. Pretendia manter a promessa. E faria o que fosse preciso.

Apesar dos sinais de danos e luta que encontraram antes, havia pouco para ver enquanto seguiam em frente. Nenhum corpo, nenhum sinal de confronto. Na verdade, para Decker, parecia que o poço não era usado havia muito tempo. Isso não batia com o que Willis chamava de “nova” operação.

— Ninguém cava aqui há muito tempo — comentou Decker. — Por que abandonaram o lugar?

— Não encontramos trimonita suficiente para valer o esforço — explicou Willis. — Era muito fora de mão para servir como local de armazenamento, por isso simplesmente deixamos a área para lá.

Em dez minutos de caminhada, chegaram ao elevador.

Manning olhou para Decker.

— Alguma coisa?

— Não. Nada. — Ultrapassou o ruído de fundo. — Nada por perto, pelo menos.

O líder dos mercenários apertou o botão para chamar o elevador e verificou a pistola mais uma vez. Seguindo o exemplo, Decker verificou o carregador e a trava de segurança da matadora.

Willis olhou para as armas com uma leve cobiça.

Quando a campainha do elevador soou, esperaram que as portas se abrissem, e Decker se viu apontando a arma na direção delas. Qualquer coisa que saísse dali teria uma recepção desagradável.

Não havia ocupantes. Muller e Willis entraram primeiro e o restante se acomodou rapidamente. O interior estava danificado e era grande o bastante para permitir que tanto Decker quanto Manning depositassem seus fardos no chão. Decker girou os ombros e sentiu os músculos rangerem em gratidão.

Continuou olhando para o corredor rústico, já esperando ver mais daqueles insetos vindo em sua direção. Não os sentia, porém esperava mesmo assim.

Manning parecia sentir o mesmo.

— Esses bichos malditos são que nem baratas — resmungou ele. — Aparecem do nada.

Dave se pronunciou.

— Que venham, então. Tenho três carregadores cheios e muita vontade de atirar em alguma coisa.

O rifle que ele brandia tinha um cano grande e parecia ter sido projetado para caçar espaçonaves de pequeno porte.

— É disso que gosto em você, Dave — comentou Manning. — Seu otimismo.

As portas se fecharam, e o elevador subiu suavemente. A jornada continuou sem problemas e parou com um leve tranco no nível superior.

As portas se abriram diante de um corredor abandonado.

Muller verificou o local. Sinalizou que era seguro passar.

— Vamos dar o fora daqui, cavalheiros — disse Manning. — Precisamos encontrar uma área defensável e chamar a nave.

Willis o olhou com um sorriso fraco.

— Acho que a nave já está aqui.

Manning pareceu intrigado.

— Ah, é?

— Posso estar enganado, mas acredito que esse era o plano. Ela já deve estar aqui.

Manning assentiu, não sem abandonar a expressão cética.

— Se você estiver certo, ótimo.

Decker se agachou e observou a forma inerte de Adams. Então, com muito cuidado, voltou a erguê-la.

— Vamos nessa.

Willis pigarreou.

— Preciso passar no meu escritório. Tenho arquivos que preciso recuperar. — Apontou para o corredor. — Peguem as próximas duas entradas à esquerda e chegarão à porta principal. A pista de pouso fica em frente aos alojamentos.

Manning levantou Elway.

— Não demore. Se for para escolher entre você e o meu pessoal, vai ser o meu pessoal. Entendido?

— É claro. — Willis ainda estava um pouco trêmulo, mas foi em direção ao escritório.

E voltaram a andar, Muller à frente e Dave dando cobertura atrás, enquanto Alan e Manning carregavam seus fardos. Depois de tudo pelo que passaram, o silêncio parecia ensurdecedor, mas Decker sentiu. A sensação cada vez mais forte de que as criaturas malditas estavam indo atrás dele novamente.

— Estão chegando mais perto.

— Onde? — perguntou Muller.

— Não sei. Só sei que estão chegando. Como eu odeio isso.

O coração estava acelerado, apesar da estranha sensação calmante que emanava de Adams e Elway.

— Vamos continuar — disse Manning. — Precisamos chegar à porcaria da nave *o quanto antes*.

O líder dos mercenários estava fazendo o melhor que podia para ficar de olho em tudo. O corpo de Elway estava começando a pesar, e aumentava o mal-estar de Decker. Pelo que aprendera, quando Manning parecia estressado, era um mau sinal.

Viraram à esquerda duas vezes, parando para ver se havia insetos. Nada. Absolutamente nada. Porém, em vez de relaxar, isso deixou Decker ainda mais apreensivo. Sabia que estavam chegando, mas não havia nem sinal deles.

— Cadê todo mundo? — resmungou Muller, provavelmente consigo mesmo, mas Decker ouviu.

Não respondeu, porém pensava a mesma coisa. Não havia nenhum sinal de distúrbio. A violência do nível anterior não havia acontecido ali. Não havia destroços nem corpos.

Chegaram a uma porta e ouviram o som de água caindo do outro lado. Abriram-na e, pela primeira vez, viram o exterior do complexo. Estava escuro, e caía a chuva mais pesada que Decker já tinha visto.

As luzes externas estavam acesas, lançando fachos reluzentes na escuridão e mergulhando toda a área num crepúsculo sombrio realçado pelo rastro cintilante das gotas de chuva iluminadas. O ar era fresco e, em comparação ao fedor de queimado dos túneis alienígenas, cheirava a paraíso. O frescor era o bastante para revigorar.

Mas Decker sabia que isso não ia durar. Os insetos estavam chegando. Não havia tempo para apreciar nem as pequenas coisas, pois as criaturas estavam em algum lugar próximo, e ele precisava avistá-las antes que aquelas coisas malditas estivessem perto o bastante para matá-los.

— Cadê eles, Decker? — perguntou Dave. Definitivamente estava virando um tagarela.

Decker olhou ao redor e viu a pista de pouso onde a nave de transporte esperava por eles.

É claro.

— Estão naquela direção.

Manning não se deu ao trabalho de esperar. Começou a andar e presumiu que os outros o acompanhariam. Foi o que fizeram — até Decker, que não tinha nenhuma vontade de se dirigir às coisas que queriam rasgá-lo em pedaços.

Quanto mais o grupo se aproximava, mais tensos ficavam os músculos dele. As criaturas estavam por ali. Tinham que estar.

Mas não conseguia enxergá-las.

55

AMOSTRAS

O cofre estava exatamente onde ela disse que estaria, cravado no chão, abaixo de uma mesinha que tentava passar a impressão de que era melhor do que realmente era.

Quando Pritchett o abriu, encontrou um pequeno recipiente com um símbolo de risco biológico. Abriu o selo e viu diversos frascos de amostras de tecido cinza e prateadas. Era isso. Guardou o pacote no bolso da calça e aproveitou para pegar alguns documentos que pareciam interessantes. Não havia dinheiro nem outros objetos de valor.

Quando ficou de pé, a porta se abriu.

O homem parado à entrada pareceu chocado com a presença dele.

Era justo. Sentia o mesmo.

— O que você está fazendo no meu escritório?

Pritchett olhou o homem de cima a baixo. Era atarracado e estava imundo. Parecia ter rastejado por todo o complexo de túneis. Realmente não devia ser uma ameaça.

— Tenho ordens superiores para obter algumas amostras do seu cofre. — Não tinha por que mentir para o homem.

O Senhor Burocrata o olhou de cima a baixo e franziu a testa.

— Bom, você já cumpriu seu dever, pode me entregar as amostras.

Ele chegou a estender a mão, como se esperasse que Pritchett fosse lhe dar o pacote.

— É, acho que isso não vai acontecer.

Deu um passo na direção do homem e colocou a mão no coldre da pistola, só para o caso de os ânimos se exaltaram.

— Agora, escute aqui. Meu nome é Tom Willis e estou no comando desta instalação. O senhor precisa entregar o que pegou antes que as coisas fiquem feias.

Sério? Mais uma vez, olhou o homem de cima a baixo.

— Certo, olha só. Sua instalação já era. Estou seguindo ordens. Também sou o piloto que vai tirar você daqui, a não ser que continue a me encher o saco. Fica criando caso, que eu te largo aqui.

É, Pritchett não estava para brincadeiras. O sujeito ficou pálido.

— Você não faria isso.

— Experimenta — respondeu ele. — Hora de ir. Estou só esperando Manning e a equipe dele, depois vamos meter o pé.

— Tem outras naves chegando para levar mais pessoas?

Aquela coragem cheia de pose estava sumindo depressa, e o homem parecia menos um chefe e mais um vassalo. Pritchett gostou da mudança.

— Não sei e não quero saber. É hora de ir.

— Mas...

— Escuta, pode ficar se quiser. Não ligo. Eu vou embora.

O homem olhou para a mesa, fitando os documentos e o material de escritório como se fossem provas de que ele deveria estar no comando. Pritchett passou por ele. O cretino que ficasse ali, se quisesse.

O babaca filho da puta deu um soco em Pritchett. Tomou impulso e enfiou o punho na lateral da cabeça do piloto. Foi um bom soco, mas não excelente. Pritchett cambaleou para o lado e recuperou o equilíbrio, apoiando-se no batente da porta por um instante.

Enquanto o homem pegava algo na mesa, Pritchett girou a perna e lhe deu um chute na coxa com força suficiente para fazê-lo gritar. O que quer que estivesse pegando caiu da mão.

Pritchett deu um golpe forte com a palma da mão na mandíbula do burocrata, jogando a cabeça dele para trás.

Willis soltou um grunhido e tentou atacar de novo. Pritchett não perdeu tempo. Teria sido divertido quebrar o pescoço do desgraçado, mas tinha um prazo a cumprir. Então apenas sacou a pistola e mirou no rosto de Willis.

— Não!

Na mesma hora a vontade de lutar se esvaiu do burocrata.

— Acabou. Vai andando antes que eu atire em você.

Ele empurrou Willis para a frente e deixou o homem mancar. Tudo bem se caísse de cara no chão.

Willis deu quatro passos cambaleantes no corredor antes de ser atingido por alguma coisa grande e preta. Também era rápida, e rasgou um pedaço das entranhas do homem num único golpe. Willis caiu para trás, um lamento agudo escapando dos lábios. Ele bateu na parede, jamais afastando o olhar da coisa que avançava em sua direção mais uma vez.

Pritchett abriu fogo.

Nada aconteceu. A trava de segurança ainda estava acionada.

Xingou a si mesmo ao virar a trava. A coisa mudou de rota e saltou nele, fazendo alguns ruídos.

Dessa vez, quando puxou o gatilho, a pistola funcionou direito. A coisa cambaleou, recuando um pouco, enquanto ele atirava quatro vezes, abrindo múltiplos buracos no tronco e nas entranhas da fera. Ela caiu, chutou, se debateu e morreu.

As entranhas se espalharam sobre Willis, que deu um grito lancinante. Suas mãos tremiam, o corpo fumegava e ardia — ele não parecia saber o que fazer para aliviar a dor. Devia ser avassaladora. Formaram-se bolhas na pele do rosto e do pescoço, dos braços e das mãos, e ele gritou de novo, encarando Pritchett com olhos que pareciam culpá-lo.

Pritchett ficou boquiaberto, atônito.

Willis gritou de novo quando um buraco rompeu seus lábios e metade do nariz.

Pritchett reagiu por instinto. Disparou um único tiro na cabeça de Willis, depois foi em direção à porta.

A nave não estava tão longe assim. Chegaria lá em poucos minutos, mas de repente pareceu muito mais distante do que isso. A ideia de que poderia esbarrar em mais daquelas coisas acrescentava quilômetros ao trajeto. Manteve a arma na mão, olhando para todos os lados enquanto andava.

56
À VISTA DE TODOS

Decker ficou feliz em descobrir que Willis estava certo. A nave esperava por eles na pista de pouso, e essa visão foi como uma dose de adrenalina direto no coração. De repente, Adams passou a não pesar mais tanto, e Decker sentiu como se pudesse cobrir a curta distância correndo.

Os mercenários pareceram sentir o mesmo. Eles ficaram mais rápidos e mais alertas.

— Cadê eles? — perguntou Manning, e a euforia de Decker se conteve.

— Bem ali. — Apontou na direção da nave e ergueu a voz. — Estão bem na nossa frente, e chegando mais perto. Mas não consigo vê-los!

— Talvez vocês possam parar de gritar e contar para eles onde estamos, caras — sugeriu Dave. — Será que não é uma boa ideia?

Muller concordou e se manteve em silêncio, mas continuou alerta, empunhando o rifle. Quando olhou para a areia, murmurou:

— Fala sério.

Decker olhou. Gostaria de ter conseguido não olhar. No começo, havia dois deles, erguendo-se. Não fazia ideia de onde surgiram até o próximo se levantar.

O maldito silício.

No início pensou que fossem apenas sedimentos, pedaços de areia endurecida, talvez causados por relâmpagos quando as piores tempestades ainda assolavam o planeta diariamente. Depois, tinha imaginado que poderiam ser restos dos túneis que os alienígenas faziam. Mas, quando as areias se elevaram, entendeu a verdade.

Os insetos eram mais astutos do que tinha imaginado. Os tubos de silício que ele havia encontrado eram só um indício dos alçapões. Vários deles brotaram de uma só vez, e os alienígenas surgiram rapidamente dos túneis que construíram.

Doze daquelas coisas saíram ao mesmo tempo, rastejando pela areia, andando de quatro para distribuir melhor o peso e evitar afundar na superfície fofa.

E elas o *viram*. Quando fizeram isso, Decker sentiu a raiva delas aumentar, e vieram mais rápido. Atrás delas, outras se erguiam dos túneis ocultos e avançavam na sua direção, na dos mercenários e na da única esperança de escaparem do planeta.

Muller ergueu a pistola, mirou e atirou, e um dos insetos explodiu. Os outros continuaram avançando. Estavam concentrados em Decker a ponto de excluir todo o resto. Queriam matar o Destruidor.

Decker colocou Adams no chão com todo o cuidado possível naquelas circunstâncias e apontou a pistola. Manning largou Elway sem nenhuma cerimônia, deixando o homem cair de qualquer jeito enquanto abria fogo.

Dave Não Tão Calado ergueu o cano largo da arma e disparou. O som foi alto, um rugido grave de uma detonação, e no Mar de Angústia se acendeu um clarão brilhante enquanto vários metros de areia e alienígenas em movimento irrompiam numa onda de chamas.

Dave deu um grito de guerra e atirou de novo, mudando um pouco o alvo e arrebentando mais três metros de qualquer coisa que estivesse ao alcance.

Ainda assim, eles avançavam. Eram ainda mais velozes a céu aberto, quando não precisavam desviar de obstáculos. Decker apontou, atirou, errou. Apontou, atirou, errou. Esvaziou o carregador da matadora sem jamais ter certeza de que havia atingido algo.

Manning exterminou uma das coisas que tinha se aproximado demais, e o monstro rolou pelo chão, deixando um rastro de sangue ácido. Decker olhou para a coisa, de repente incapaz de se mexer.

Estava morta, mas as partes espasmódicas ainda pareciam tentar pegá-lo.

Outro homem surgiu por detrás deles, e Decker girou, apontou e atirou. Se restasse alguma munição na matadora, teria matado o estranho, mas o destino foi mais bondoso que isso.

Era Pritchett, o piloto. O mercenário arrancou a arma da mão dele, empurrou-o para o lado e abriu fogo contra os alienígenas.

Decker tentou pegar o rifle de plasma que trazia pendurado ao ombro, mas só conseguiu derrubar a arma.

Dave atirou um total de dez projéteis explosivos, depois trocou o carregador com mãos tão rápidas que mal se viam. O carregador vazio foi ao chão e quicou, e, quando terminou sua curta queda, o mercenário já havia voltado a abrir buracos no deserto e nos alienígenas. Ele teve o cuidado de não se aproximar demais da nave.

A munição do rifle de Muller acabou. Ele o largou e imediatamente estendeu a mão para o rifle de plasma que Decker havia derrubado. Pegou a arma, com o rosto contorcido numa expressão de fúria ardente.

Como Decker tinha feito antes, ele colocou a arma no automático e despejou todas as cápsulas de plasma na horda que se aproximava. Como Dave, tomou cuidado na hora de atirar, para não correr o risco de atirar na nave. A noite se tornou dia, e a luz revelou os monstros pegando fogo e ardendo, gritando e morrendo numa súbita conflagração.

Manning continuou atirando, apontando para as silhuetas que conseguiam escapar ao incêndio e chegavam perto demais da nave.

Enquanto os freelancers dizimavam as criaturas, o pânico que tentava devorar a mente de Decker se abrandou, diminuindo a cada morte. O calor dos disparos de plasma quase bastava para aquecer a frieza que o percorria.

Manning apanhou Elway.

Quando Decker tentou pegar Adams, Pritchett lhe deu um soco no estômago, forte o suficiente para derrubá-lo. Enquanto tentava se levantar, o estranho apontou a pistola para seu rosto.

— Você ficou maluco, porra? — gritou ele. — Tentou atirar em mim!

Manning se aproximou e pôs a mão na pistola, desviando-a lentamente de Decker.

— Calor do momento — disse ele. — Supere isso. Precisamos ir embora.

— Ele tentou me matar, porra!

— Mandei deixar pra lá, Pritchett! Deixa. Pra. Lá.

O piloto ainda passou alguns segundos olhando com ódio para Decker, depois guardou a arma no coldre.

— Cadê o Willis? — Manning não se deu ao trabalho de olhar ao redor para procurá-lo. — Precisamos ir. Agora.

— Ele não sobreviveu. — Pritchett não disse mais nada.

Manning assentiu e começou a andar.

Os outros o seguiram.

— Que merda são essas coisas?

O piloto olhou atentamente à sua volta, evitando pisar nos restos queimados dos alienígenas. Em seguida abriu o estojo protetor no pulso e apertou algumas teclas num controle remoto. As luzes da dropship se acenderam instantaneamente, e a porta traseira se abriu e desceu, se transformando em uma rampa de acesso.

— São as coisas que a gente veio encontrar — respondeu Manning. — Não são sensacionais?

Pritchett subiu a bordo e os outros o seguiram. A porta começou a se fechar com um zumbido mecânico. A exaustão marcava cada movimento de Decker. Ele carregou Adams até a área dos passageiros e a deixou com cuidado num banco, prendendo o cinto de segurança. A coisa no rosto dela se mexeu só um pouco. As pernas se agitaram, a cauda deslizou alguns milímetros. Ele precisou de toda a força que lhe restava para não gritar.

A sensação fria ainda emanava da criatura. Uma calma que parecia prometer que tudo ficaria bem. O sentimento se esgueirou por sua mente, vindo de ambas as coisas aracnoides, e ele estremeceu. Mentira. Tinha que ser mentira. Nada voltaria a ficar bem. Não num universo que havia permitido que essas coisas existissem.

Como se para provar que ele tinha razão, outro inseto passou pela porta enquanto ela se elevava para voltar ao lugar, entrando na nave com uma velocidade perturbadora. Pritchett emitiu um ruído baixo quando as garras do monstro abriram seu estômago e vararam a coxa. O jorro de sangue foi imediato e abundante.

Quando percebeu que estava ferido, já morria.

Dave agarrou o corrimão acima do corredor e girou o corpo. Os dois pés pousaram no corpo do agressor e o jogaram para trás. Enquanto a criatura se recuperava, Muller olhou à sua volta à procura de uma arma, *qualquer uma* que pudesse ajudá-lo a combater a coisa.

Ela o ignorou e avançou na direção de Decker, silenciosa e veloz.

Muller pegou uma pistola e bateu com ela no topo do crânio do alienígena, que vacilou, mas não caiu. Não havia espaço para disparar uma arma de fogo dentro da nave — não sem o risco de atingir o alvo errado.

Manning correu para a frente da nave.

Decker procurava algo que pudesse usar contra a criatura e deu um grito. Garras duras agarraram seu tornozelo e rasgaram o tecido da calça, o couro da bota e a carne abaixo. Ele chutou o rosto sem feições da coisa no ponto onde se entrevia o crânio debaixo da superfície negra e lisa, acima dos dentes rilhados, uma, duas, três vezes, mas ela não se importou. Continuou atacando.

Muller golpeou a maldita fera repetidas vezes, e ela o ignorou também, puxando Decker para mais perto, rastejando por cima dele. A cauda chicoteou de lado e atingiu o peito de Muller com uma força que o lançou para longe.

Dave ia sacar a pistola. Decker só conseguiu pensar em como o sangue ia queimá-lo, a não ser, é claro, que o monstro o matasse primeiro. Rolou de lado o melhor que pôde com a coisa tentando escalar seu corpo. A boca se abriu no que pareceu um sorriso de triunfo e as mandíbulas se separaram, revelando uma segunda boca que babava e fumegava.

No mesmo instante em que as bocas infernais tentaram morder o rosto de Decker, Dave pegou a cauda da criatura e a puxou para trás. Muller bateu nela de novo, desta vez com uma mochila cheia de equipamentos. A força bastou para jogá-la do outro lado.

— Vão! — berrou Manning, e os mercenários saíram do caminho, subindo por cima dos bancos e mergulhando o mais longe possível da coisa.

Decker se encolheu em posição fetal, fazendo o possível para ignorar a dor lancinante no tornozelo.

A criatura recebeu um jato de espuma prateada, que respingava no chão ao redor e cobria o corpo dela. Tinha a consistência de creme de barbear, mas mesmo a alguns passos de distância Decker pôde ver como aquilo colava.

Manning manteve o fluxo de espuma densa enquanto a criatura lutava para ficar de pé. Muller jogou a mochila com toda a força que tinha e acertou o peito da coisa enquanto ela tentava se levantar. A mochila foi coberta num instante, grudando no ponto onde havia acertado.

O fluxo de espuma cessou, a lata cuspindo em vão, vazia.

O inseto guinchava e se debatia, tentando se desvencilhar da mochila. Então foi ficando mais lento. A espuma endurecia cada vez mais, grudando-se à criatura enquanto ela tentava escapar.

Ainda assim o monstro se esforçava para alcançar Decker. Contorcia-se no chão, impulsionando-se e avançando na direção dele, o ódio infinito, uma ira diabólica que só cessaria quando o engenheiro estivesse morto.

Ou a criatura.

Talvez nem assim.

Manning se aproximou da coisa, largando o grande recipiente de metal. A lata atingiu o deque com um barulho alto e rolou. O líder encostou os dois pinos do bastão de choque na parte exposta da cabeça da criatura, atingindo-a com volts suficientes para matar um homem. Ela berrou e estremeceu. Deu um solavanco e caiu — ou tentou cair. Não chegou ao chão. Manning deu uma segunda descarga elétrica e uma terceira. Depois recuou.

— Tem uma jaula no compartimento de bagagem. Vamos logo, antes que essa coisa maldita acorde.

Muller e Dave trabalharam com uma eficiência perturbadora enquanto Decker arfava e observava.

— Você vai deixar isso vivo? — Sua voz falhou ao perguntar.

O olhar de Manning examinou seu rosto. Novamente, era como pedra, insondável. Então, com uma calma intrigante falou:

— O contrato diz que vivo paga melhor. Então vamos levá-lo vivo.

— Você só pode estar brincando.

— Não. Esta é uma missão como qualquer outra.

A emoção aflorou dentro de Decker, incendiando-o com uma raiva bruta, primitiva.

— Manning, você tem que matar essas coisas! Todas elas!

Já estava de pé antes de pensar no que fazia. O tornozelo latejava de dor, mas não importava. Precisava fazer o homem entender. As coisas aracnoides de Adams e Elway, o inseto que Muller e Dave estavam colocando numa jaula pesada de aço, todos tinham que morrer.

Tinham que morrer naquele instante.

Manning balançou a cabeça.

— Não vai rolar. Hoje, não.

Decker olhou ao redor, como se procurando alguma coisa que pudesse convencer o homem de que falava muito sério. Aquela coisa o queria morto. Ela não ia parar. Será que Manning não via isso? Não *sentia*?

O coração de Decker martelava o peito e ele tinha voltado a suar. Isso nunca ia acabar, não enquanto qualquer uma das criaturas vivesse. Viriam atrás dele. Viriam atrás de Bethany, Ella e Josh! Quando os malditos monstros tivessem acabado com ele, ainda caçariam seus filhos!

Olhou para Elway e não sentiu nada, no entanto surgiu uma ponta de remorso quando olhou para Adams. Mas tinha que fazer isso. Eles tinham que morrer. Aquelas coisas sairiam deles, e todo o maldito pesadelo recomeçaria. Elas o encontrariam, não importava onde estivesse.

Ele sabia disso.

— Baixa a arma, Decker! — Era a voz de Manning. Estava gritando.

Decker percebeu que segurava algo com força. Baixou o olhar e viu a matadora no punho.

— Não posso. Eles precisam ser detidos.

Decker puxou o gatilho. Ele já imaginava Elway e a coisa no rosto dele mortos.

Um estalo numa câmara vazia. Ele não tinha recarregado a arma. Percebeu isso quase ao mesmo tempo que o punho de Manning acertou sua cabeça.

— ... ficou maluco, porra!

Tentou se livrar da dor, tentou encontrar as palavras para explicar, mas, antes que pudesse ao menos molhar os lábios secos, a bota de Manning foi de encontro ao seu estômago.

57
ENTREGAS

Acompanhada por quatro seguranças particulares, Andrea Rollins esperou pacientemente que as portas da dropship se abrissem. Dois dos mercenários desceram, parecendo esgotados. Olharam para ela e não disseram nada. Um instante depois, Manning empurrou Alan Decker pela rampa e o deixou cair. Então desapareceu novamente dentro do veículo.

Decker não conseguia se levantar sozinho, já que estava de tornozelos amarrados e com os pulsos presos às costas. Ela gesticulou para dois dos homens que a acompanhavam, e eles o levantaram. Estava ferido. Até aí, nenhuma surpresa.

Manning voltou pouco depois carregando uma mulher. Estava incapacitada, o rosto coberto por uma máscara de carne dura e longas pernas que agarravam sua cabeça.

Adams. O nome dela era Adams. Ele a colocou numa maca.

— Como ela está? — perguntou Rollins.

— Vocês têm que dar um jeito nisso. — A voz de Manning estava calma como sempre.

— É o que faremos, senhor Manning. Já preparei as câmaras para monitorar a senhora Adams e o senhor Elway. Tomaremos conta deles.

Gesticulou para os outros dois homens, e eles imediatamente entraram na nave. Sabiam o que fazer. Ela havia explicado com bastante cuidado. A dupla trouxe Elway para fora como se ele fosse feito de vidro e o colocou numa maca.

Manning observou com atenção o tempo todo. Em seguida apontou para a nave.

— Um espécime vivo. Está na gaiola que a senhora forneceu e bem preso.

— Um excelente trabalho, senhor Manning.

Ele olhou para a nave e depois para ela.

— Um trabalho caro.

— Sabíamos disso desde o começo, não é?

— É. Sabíamos.

Rollins olhou para os outros mercenários. Contando Manning e os dois hospedeiros, haviam restado cinco do grupo original. Mas isso não era nada comparado às baixas entre aqueles que haviam trabalhado na base do planeta.

— O senhor precisa descansar neste instante? — perguntou ela. — Ou posso incomodá-lo e pedir que fique mais uns minutos?

— Vou sobreviver — respondeu Manning.

Ela sorriu.

— Só preciso cuidar de alguns detalhes, depois podemos finalizar o negócio.

Ele se sentou e olhou fixamente para o chão. Se não respirasse, poderia se passar por uma estátua.

Rollins providenciou o transporte da jaula do alienígena. Ele ficaria confinado em suspensão criogênica numa câmara própria para isso. Não correriam nenhum risco. A Weyland-Yutani havia procurado essas criaturas por muito tempo, e não permitiria que nada desse errado.

Para falar a verdade, também não lhe agradava a ideia de ter algo tão violento à solta.

Quando terminou, foi até o comandante e sussurrou:

— Venha comigo, senhor Manning.

Ele se levantou e a acompanhou enquanto seguia na frente.

Quando chegaram à ponte de comando, Manning olhou para Nova Galveston e para a mancha distante, lá embaixo, onde ficava o Mar de Angústia. A tripulação estava em plena atividade, indo de um lado para o outro e se preparando para deixar a órbita. O capitão, um homem de cabelo preto, pele escura e ar sombrio, assentiu num cumprimento mecânico.

— Como está a situação no planeta, senhor Manning?

— Você não pode deixar aquelas coisas vivas. Se fizer isso, posso garantir que vão tomar o planeta dentro de um ano, talvez menos. As três cidades em que a empresa investiu tanto para construir vão virar cidades fantasmas. — respondeu ele, estoico.

— O senhor entende, agora, por que o avisamos sobre perdas sérias?

— Seu bichinho de estimação, Decker, tentou matar meu pessoal no fim. Teve medo de que as coisas grudadas na cara deles saíssem, acho. — Ele se deteve, depois acrescentou: — Não sei se ele está errado.

— Bom, em defesa dele, havia uma possibilidade. Mas seus dois soldados estão agora em câmaras de hipersono e já entraram em estase.

Manning concordou. Ficou em silêncio por um longo tempo.

Por fim, Rollins interrompeu seu devaneio.

— O senhor recomenda neutralizar a área?

— Exterminar — disse, sem hesitar. — Apagar do mapa aquela mina e tudo o que tem dentro dela.

— Cuidaremos disso.

— Quando?

Rollins olhou para o capitão da nave. O homem lhe devolveu o olhar e assentiu. Ela se voltou para Manning.

— Agora está bom para o senhor?

— Sim. Quanto antes, melhor. Aquelas coisas são mais espertas do que a senhora pensa.

Rollins sabia muito bem disso. Sabia *exatamente* como eram espertas. A julgar por tudo o que havia ocorrido no planeta, muito provavelmente eram os soldados perfeitos.

— Capitão Cherbourg, por favor, cuide dessa questão.

O homem assentiu e falou ao comunicador. A voz saiu baixa demais para ela ouvir, mas o resultado foi imediato. Quatro ogivas de plasma caíram da órbita e se dirigiram ao Mar de Angústia. Havia hora e lugar para a misericórdia. Aquela não era a hora.

A ordem de evacuar a área tinha sido dada dois dias antes, com o comunicado de que uma cepa de vírus havia sido encontrada nas minas. Ninguém em Nova Galveston questionou as instruções. O Mar de Angústia foi declarado área de risco em termos biológicos. Não foi difícil convencer os médicos do planeta dos perigos de uma pandemia. Todas as cidades do planeta estavam ligadas pelo sistema de trens. A mina não era parte do sistema, e todos ficaram gratos por isso.

As armas aniquilariam tudo naquela área até uma profundidade de cerca de seis quilômetros.

— Dentro de uma hora o Mar de Angústia deixará de existir, senhor Manning.

Manning fez que sim com a cabeça. Pareceu satisfeito com a ideia.

— Vou só ficar aqui e esperar, se concordar com isso.

Rollins sorriu.

— Imaginei que gostaria de fazer isso. Lamento por suas perdas, senhor Manning.

Ele apenas olhou para ela.

— Mantenha os outros vivos, senhora Rollins. E cumpra sua parte da barganha.

— Eu sempre cumpro, senhor Manning.

Ela o deixou ali, olhando para a pequena mancha que logo seria removida, um câncer na pele de um planeta que era, de resto, saudável. Alguns tecidos precisam ser retirados para garantir que o câncer não se espalhasse. Manning sabia disso.

58
PRAGAS

Decker tentou se livrar das amarras que o detinham, mas o esforço foi inútil.

Um dos homens que cuidavam da sua perna tinha feito a gentileza de lhe injetar um sedativo que o havia acalmado. Pelo menos isso.

Fez o que pôde para *continuar* tranquilo quando Rollins apareceu. Ela fez algumas perguntas longe demais para que ouvisse. Um dos médicos respondeu, assentiu, e depois eles saíram. Ela puxou uma cadeira para poder ficar no nível dos olhos dele.

— O senhor se comportou mal, senhor Decker.

Olhou com atenção para ela e tentou captar algo, qualquer coisa que lhe permitisse saber até que ponto tinha se ferrado. Nada. Daria no mesmo encarar a parede.

— Foi demais para mim — argumentou ele. — E aquelas coisas... estavam atrás de mim. *Estão* atrás de mim. Você entende isso? Querem que eu morra! — Sua voz estava trêmula, e Decker pensou que perderia o controle, mas se conteve.

Ela era uma filha da mãe insensível. Simplesmente fez que sim com a cabeça enquanto o olhava nos olhos e disse:

— Eu sei. Sei que estão. Saiba que toda aquela área está sendo bombardeada. Não restará nenhuma delas.

— Exceto as que você tem a bordo agora.

— Isso mesmo.

Rollins o encarou. Ele desviou o olhar primeiro e a odiou por isso. Como se precisasse de mais alguma razão.

— Você não sabe como é — continuou ele. — Não entende nem um pouco. Elas são insaciáveis.

— A *vida* é insaciável, senhor Decker. — Ela deu um leve sorriso. Decker não gostou da expressão. Fez com que pensasse em lagartos, e os lábios lembravam demais as próprias criaturas sobre as quais discutiam. — A vida luta para existir — prosseguiu ela. — O senhor não percebeu isso? Não importa o que o universo queira, a vida insiste em perseverar. Não só a vida humana. Toda vida. Encontramos doenças numa dezena de mundos diferentes, e elas foram eliminadas só para ressurgir em outros lugares. Mal de Typhen, Klerhaige arcturiana, a praga de Lansdale. Não importa o que façamos, elas voltam. E não estão sozinhas. A vida é persistente. Agradeça por isso.

Decker permaneceu em silêncio. Rollins não queria entender, e, embora não pudesse captar nem uma única emoção, conhecia muito bem o tipo dela. Nada que dissesse a faria mudar de ideia.

Por fim, ele rompeu o silêncio.

— O que acontece agora?

Rollins afagou a mão presa dele.

— Apesar de alguns percalços, o senhor cumpriu sua parte da barganha, e a empresa cumprirá a dela. O senhor recupera seu trabalho. Recupera sua vida. Recebe um belo bônus e os honorários de consultoria. Ficamos com nossos achados, e todos saem ganhando.

— Não — retrucou ele. — Enquanto essas coisas existirem, todo mundo sai perdendo.

— O senhor nunca mais as verá.

— Como pode saber?

— Porque o senhor vai voltar à Terra. Elas vão para outro lugar. — Rollins sorriu outra vez. — Não somos assim *tão* loucos, senhor Decker. Não se pega uma coisa como essa e a joga no lugar mais populoso possível. O que se faz é estudá-la com cuidado num ambiente isolado e controlado.

— E quanto a Adams e Elway?

Ela deixou de sorrir.

— Acho que já basta de perguntas. O senhor está seguro, senhor Decker. Sua família está segura. Considere sua dívida paga.

— Você está cometendo um erro — declarou ele. — Sei que acha que está fazendo a coisa certa, senhora Rollins, mas está cometendo um erro terrível.

— É melhor descansar agora, senhor Decker. Vamos sair da órbita em breve.

Ela saiu do quarto, e por um tempo Decker dormiu.

Acordou de novo quando vieram buscá-lo.

Os dois "acompanhantes" estavam armados, mas não precisavam ter se dado ao trabalho. Ele ainda estava amarrado, e continuou assim até chegarem às câmaras de hipersono.

Manning estava de roupa íntima, sentado na beira da câmara semelhante a um caixão.

— Eles queimaram — avisou ele. — Eu vi. Duvido que tenha sobrado alguma coisa lá embaixo. É difícil enxergar além do fogo do plasma, mas acho que eles já eram.

Decker ouviu sem dizer nada. Antes que pudesse pensar numa resposta, Manning continuou:

— Sei o que estava pensando. Eu entendo. Mas se você sequer *pensar* em machucar minha gente de novo, vou te enterrar em sete planetas diferentes.

Decker não queria olhar nos olhos do homem, mas se forçou a fazer isso. Poderia ter pensado em várias coisas para dizer, mas, em vez disso, só assentiu.

Adams merecia coisa melhor. Era isso que continuava a passar por sua cabeça. Talvez conseguissem salvá-la, e salvar Elway, porém, ele achava que isso não aconteceria. Manning estava irritado, e Muller e Dave, dois homens que já salvaram sua vida algumas vezes, o olhavam com sede de sangue. Estavam ressentidos. Sentiam-se traídos.

Não podia culpá-los nem um pouco. Seus atos, no fim, foram puramente egoístas. Danem-se o dinheiro e todo o resto, estava cuidando de si mesmo e dos filhos. Os mercenários nunca entenderiam isso. Não eram capazes de ter esse nível de empatia

Um dos homens que o haviam conduzido à câmara levou um tempo para tirar as amarras.

O outro deu um tapinha na arma que trazia no quadril. Não era um bastão de choque.

— Deite-se, senhor Decker.

O homem não estava pedindo, e ele entendeu a deixa.

Pouco depois, a tampa começou a descer, e Decker respirou fundo, como sempre; não que isso fizesse alguma diferença. A câmara se fechou, e o ar frio e estéril começou a circular sobre seu corpo.

Fechou os olhos e sentiu os gases mudarem. A empresa não queria correr nenhum risco com ele. Estaria adormecido e preso muito antes de a nave sair da órbita.

Inspirou. Expirou. Inspirou.

Dormiu.

59
CARTAS PARA CASA

Rollins releu o comunicado antes de enviá-lo.

Para: L.Bannister@Weyland-Yutani.com
De: A.Rollins@Weyland-Yutani.com

Assunto: Sucesso

Lorne,

É meu prazer informá-lo do que só pode ser chamado de sucesso estrondoso.

Além de termos realizado a captura de um dos adultos vivo, também obtivemos dois parasitas, já acoplados aos hospedeiros. Embora não possamos ter certeza absoluta sobre os ciclos de maturação, parece que ambos foram bem-sucedidos em implantar embriões no interior do corpo dos hospedeiros. A julgar pelos níveis de atividade que registramos pouco antes da suspensão criogênica, eu diria que estão a poucas horas da eclosão.

Se analisar atentamente os dois arquivos que anexei (ver: Hospedeiro Um e Hospedeiro Dois), notará que os dois parasitas exibem muitas diferenças, tanto no tamanho quanto na forma. Note especialmente que o Hospedeiro Dois, a mulher, está acoplada a um parasita que parece ter mais de um embrião a administrar. O embrião que já foi implantado é consideravelmente maior que o implantado no Hospedeiro Um, além de ser estruturalmente distinto. A julgar pelos relatos do que os mercenários encontraram no planeta, esse poderia muito bem ser uma "rainha".

Imagine as possibilidades.

Os arquivos adicionais incluem todas as informações coletadas por todas as sondas. Há simplesmente dados demais para correlatar daqui, e acredito que teremos muito a discutir quando eu chegar ao escritório.

Por último, apesar dos receios iniciais de que elas poderiam ter sido deixadas em Nova Galveston, as amostras da nave no local de escavação foram mantidas a salvo. Não tive tempo para averiguar se há ou não alguma atividade celular, como a doutora Tanaka afirmou originalmente, mas ela nunca pareceu ser do tipo que exagerava ou fazia alegações infundadas. Por nossa conversa prévia, as amostras foram divididas; metade delas foi colocada em estase e o restante foi guardado num ambiente seguro onde não há risco de maior degradação celular.

Gostaria de ter podido ver a nave. Não só as imagens, mas a verdadeira nave. E a cidade. Mas, a julgar pelo que Manning relatou, tudo já estava perdido. Que pena. Só temos diagramas e relatórios.

Até que eu volte ao escritório, boa sorte com a pesquisa.

Atenciosamente,
Andrea

* * *

Mandou a mensagem criptografada e guardou o computador para a viagem. A *Kiangya* já havia saído da órbita e se dirigia para casa, e Rollins ficou feliz por isso.

Por um momento, olhou para as amostras da nave alienígena e sorriu. Infinitas possibilidades. Era esta a missão da Weyland-Yutani — com lucro, é claro, mas as infinitas possibilidades eram algo belíssimo.

* * *

Ela foi até as câmaras de hipersono e olhou para as outras silhuetas, deitadas no sono forçado.

Tantas câmaras vazias, notou. *Tantos recursos perdidos.*

Ao seu redor, a nave estava em silêncio, e a maior parte das luzes havia diminuído, entrando em modo de espera para economizar energia. Algumas pessoas ficavam incomodadas com a escuridão e a quietude. Decker provavelmente era uma dessas. Talvez, para ele, isso nunca mudasse. Rollins não se abalava em nada com os segredos que a escuridão podia conter nem com os mistérios que o silêncio guardava. Essas eram, de fato, as áreas nas quais ela prosperava. Com elas, sentia-se completa.

EPÍLOGO

As estrelas guardavam seus segredos, e a grande nave avançava entre elas, todos os tripulantes contabilizados e imersos no sono. A maioria dormia bem.

Decker, não. Nos sonhos, havia coisas que o caçavam.

Não importava o quanto corresse, com quanto cuidado se escondesse ou que arma usasse sabia que acabariam encontrando-o. Era tão inevitável quanto a escuridão entre as estrelas.

E, em seu sono congelado, ninguém podia ouvi-lo gritar.

AGRADECIMENTOS

Todo livro tem um alicerce. *Alien: Mar de Angústia* não poderia existir sem as histórias e os filmes originais, e está ligado diretamente a *Alien: Surgido das Sombras*, de Tim Lebbon, e *Alien: River of Pain*, de Christopher Golden. Estes já seriam um alicerce poderoso, mas *Mar de Angústia* realmente não poderia existir sem as ideias desenvolvidas por Steve Asbell, da Twentieth Century Fox, e o apoio e o trabalho de Josh Izzo, Lauren Winarski e Steve Saffel. Agradeço também ao restante da equipe da Titan, incluindo Nick Landau, Vivian Cheung, Katy Wild, Natalie Laverick e Julia Lloyd. Minha gratidão a cada um deles.

Em www.leya.com.br você tem acesso a novidades e conteúdo exclusivo. Visite o site e faça seu cadastro!

A LeYa também está presente em:

facebook.com/leyabrasil

@leyabrasil

instagram.com/editoraleya

LeYa Brasil

ESTE LIVRO FOI COMPOSTO EM ELECTRA LT STD
CORPO 12PT, PARA A EDITORA LEYA.

A PERVERSÃO COMUM

Viver juntos sem outro

JEAN-PIERRE LEBRUN

A PERVERSÃO COMUM

Viver juntos sem outro

TRADUÇÃO
Procopio Abreu

REVISÃO
Sandra Regina Felgueiras

EDITOR
José Nazar

Companhia de Freud

Título Original
La Perversion Ordinaire

Direitos de edição em língua portuguesa adquiridos pela
Editora Campo Matêmico

Editoração Eletrônica
FA - Editoração Eletrônica

Tradução
Procopio Abreu

Revisão
Sandra Regina Felgueiras

Editor Responsável
José Nazar

Rio de Janeiro, 2008

CIP-BRASIL. CATALOGAÇÃO-NA-FONTE
SINDICATO NACIONAL DOS EDITORES DE LIVROS, RJ

L49p

Lebrun, Jean Pierre
A perversão comum : viver juntos sem outro / Jean-Pierre Lebrun ; tradução Procopio Abreu. - Rio de Janeiro : Campo Matêmico, 2008.
355p.

Tradução de: La perversion ordinaire : vivre ensemble sans autrui

ISBN 978-85-7724-045-6

1. Psicologia social. 2. Integração social. 3. Individuação (Psicologia). I. Título.

08-1414. CDD: 302
CDU: 316.6

Companhia de Freud
editora

Endereço para Correspondência
Rua Barão de Sertório, 48 - casa
Tel.: (21) 2293-5863 • (21) 2273-9357
Rio Comprido - Rio de Janeiro
e-mail: ciadefreud@ism.com.br

A todos, Gaspar, Luz e Noémie.

"Não quero de modo algum que fabriquemos teorias, elas têm que aparecer de repente na nossa casa feito convidados inesperados, na hora em que estamos ocupados com pesquisas de detalhes".

SIGMUND FREUD

"Todo psicanalista tem que sempre inventar, conforme o que conseguiu retirar do fato de ter sido por um tempo psicanalisando, a maneira como a psicanálise pode durar".

JACQUES LACAN

"Não estou certo de *ter razão*; estou certo de que isso deve ser *pensado*".

JACQUES DERRIDA

SUMÁRIO

PREFÁCIO

A questão colocada por este livro, em sua formulação geral, é bem simples, embora enfrentá-la possa parecer audacioso, talvez até uma ambição desmedida: o que nos acontece hoje em nossas "sociedades avançadas"? Trazer uma resposta evidentemente é muito menos fácil. Só para esclarecer esta questão, estamos diante de uma tarefa eminentemente complexa. Quem é este "nós"? São os indivíduos tomados cada um separadamente, os sujeitos ou a própria coletividade? E o que é um indivíduo, um sujeito, uma coletividade[1]? Assim, nossa questão inicial já passa a ser: como podemos interpretar as mudanças que ocorrem nestes tempos em nossas sociedades ditas avançadas – que afetam, sem ser exaustivo e sem ordem de importância, a tecnologia, o direito, a medicina, a educação, a cultura, a economia, a vida sexual – e quais são suas conseqüências sobre as subjetividades? E até, antes disso: o que são as

---

1 A respeito da distinção entre indivíduo e sujeito, cf. a introdução logo após e o início do primeiro capítulo. Isto dito, alguns de imediato poderão se perguntar por que utilizaremos de maneira genérica o termo sujeito como se não fosse preciso distinguir, não só entre sujeito e indivíduo, mas também entre sujeito do direito e sujeito da psicanálise, sujeito e eu [*moi*], etc. É no entanto de propósito que mantemos a ambigüidade que, o leitor compreenderá mais tarde, costuma ser útil a nosso intento nesta obra.

sociedades ditas avançadas? As do mundo ocidental, é claro, que devemos distinguir daquelas dos países emergentes ou que aspiram sê-lo, em que os problemas de sobrevivência sempre se colocam como prioritários para a maioria dos habitantes. Mas, para além dessa distinção grosseira, deve-se convir que a expressão recobre um leque particularmente amplo de situações diferentes e hoje em profunda transformação. Bastaria evocar as evoluções que ocorrem na China para chegar a esta interrogação: ainda vamos ficar muito tempo achando que o que acontece naquele país não diz respeito, em boa parte, às mesmas problemáticas que aquelas que aqui nos ocupam? E também poderíamos nos perguntar se a vida coletiva além do Atlântico é organizada da mesma maneira que na Europa, se a relação com a religião, por exemplo, é a mesma nos Estados Unidos e entre nós. Ou se, sob certos aspectos, a violência que se pode constatar no Brasil e as respostas que ela suscita não poderiam ser lidas como um prenúncio do que está acontecendo conosco na Europa.

A complexidade também está presente, ainda mais evidente, quando se trata de medir a confusão em que estamos presos na maior parte do tempo, nem que seja para identificar as conseqüências do que nos acontece. Assim, na prática, a realidade parece cada vez mais afastada dos discursos que deveriam explicá-la. Basta, por exemplo, entrar numa escola para ouvir coisas que não deixam dúvida: algo está acontecendo, ou aconteceu, que torna cada vez mais árduo o simples exercício da escolarização. Vai da dificuldade de atenção no aluno tão logo nos debruçamos por um certo tempo sobre uma questão à pura e simples evasão escolar, cada vez mais freqüente, passando pelas violências verbais – ainda que por blogs interligados ou por "happy slapping[2]" – e as passagens ao ato diárias contra os professores, a ausência de solidariedade, quando não é um conflito aberto entre pais e professores por uma punição qualquer ou até uma simples menção negativa, a recusa freqüente, desde bem novos, de aceitar regras, a multiplicidade dos recursos de uns e outros tornando às vezes impossível tomar qualquer decisão... Tudo isso, no

---

[2] Agredir, filmar a cena com o celular e difundi-la. Cf. a esse respeito D. Le Breton, "Je baffe donc je suis", *Libération*, 16 de maio de 2006.

entanto, às vezes pura e simplesmente renegado* [*dénié*] sob a pena dos peritos, é com bastante freqüência transformado em constatação de uma evolução problemática que assinala uma mera incapacidade de adaptação de nossas mentalidades à mudança mais que uma verdadeira dificuldade. Resultado: a análise dessa situação concreta costuma caminhar ao lado da incapacidade de tirar disso tudo uma conseqüência qualquer. Nenhum juízo elaborado tem mais realmente direito de cidade. E, se alguém se autoriza a fazer um, é para logo ser contestado por uma opinião contrária. A promoção do pluralismo, em si bem-vinda, de fato leva com freqüência a reduzir toda tentativa de juízo a pura e simplesmente emitir uma opinião que só compromete o autor, e isso seja qual for a legitimidade dessa opinião. Decorre daí uma paralisia de qualquer ação com um mínimo de organização. E um vivo sentimento de impotência, único resultado possível.

Deve-se acrescentar que os próprios responsáveis políticos estão sujeitos a tais imprevistos, embora sejam obrigados a passar por isso para terem alguma chance de garantir o lugar? Afigura-se para eles cada vez mais difícil – se é que ainda pretendem – manter uma orientação que seja guiada por um programa e que não esteja em harmonia com a opinião pública.

Não vamos simplificar a tarefa do leitor ressaltando que é, antes de tudo, à psicanálise que vamos nos referir para explicar o que nos acontece. Dessa disciplina de mais de cem anos de idade, hoje vivamente contestada – notemos de qualquer modo que a coisa não é nova! –, tanto por certos relatórios ditos científicos quanto por um ou outro "livro negro", o que ainda estaríamos no direito de esperar? Sobretudo num momento em que seus praticantes estão longe de manifestar uma qualquer unanimidade quanto às questões ditas de sociedade. Parecendo quase sempre mais conservadores que a média, ou então, no sentido oposto, de imediato militantes do "progresso", os psicanalistas parecem

* Estamos traduzindo sistematicamente *dénier* e seus derivados por "renegar" e seus derivados. *Déni* é uma das traduções francesas de *Verleugnung*; mais adiante veremos que também se usa, na França, *démenti* (ou mesmo *désaveu*), aqui traduzido por "desmentido". (NT)

não dispor mais de um saber que poderia vir unificar seus pontos de vista. Ao mesmo título que a maioria de seus concidadãos, também vivem às voltas com opiniões contraditórias que eles só conseguem melhor fazer passar por esclarecidas.

Porém, é por sentirmos força nessas referências, digamos freudo-lacanianas, que vamos propor uma leitura do que nos acontece. Primeiro, porque é a partir de nosso trabalho de psicanalista – a cura permanecendo a coluna vertebral deste – que a isso nos autorizamos. Em seguida, porque a psicanálise sempre foi, também, uma teoria do aparelho psíquico e que é portanto possível escorar-se nesta para explicar a incidência das modificações da vida coletiva na estrutura psíquica dos sujeitos. Enfim, porque a psicanálise é, no mesmo movimento, uma antropologia[3], na hora em que se quer explicitamente saber o que é o *húmus humano*, o que caracteriza a condição humana, não é absurdo pensar que ela possa contribuir para sua atualização. Ainda mais que não vemos bem que outra disciplina poderia evidenciar o que ela fez emergir, a saber, o tributo que devemos ao fato de sermos animais capazes de fala, *seres falantes* como os chamava Lacan.

Acrescentemos ainda, para ampliar a complexidade, que nossa leitura das mudanças atuais se faz sobre um fundo de polêmica. Entre os psicanalistas que consentem em se interrogar, já que não consideram que pregar as vantagens do progresso seja suficiente e satisfatório, alguns evocam o aparecimento de novas patologias e chegam até – como Charles Melman[4] – a anunciar a emergência de uma *nova economia psíquica*. Chegariam – chegam, segundo alguns – a deixar entender que os neo-sujeitos[5], "produtos" dessa economia, são inaptos à cura analítica. Outros – como

---

3 Sustentamos isto – a isto voltaremos – apesar das reticências de alguns de nossos colegas que recusam essa dimensão, apoiando-se, por exemplo, nas palavras de Lacan, que respondia a estudantes da rua d'Ulm que "a antropologia não podia ir mais longe que fazer do homem o ser falante... ora, o sujeito do inconsciente é um ser falado" (J. Lacan, "Réponses à des étudiants en philosophie sur l'objet de la psychanalyse", in *Cahiers pour l'analyse* nº 3, 1966, p. 12).

4 C. Melman, *O homem sem gravidade*, entrevistas com Jean-Pierre Lebrun, Companhia de Freud, 2003.

5 Vamos chamá-los dessa maneira sem discutir por enquanto a pertinência dessa denominação. Na segunda parte do livro, será respondida a questão que esta evidentemente coloca.

Pierre-Henri Castel[6], Frank Chaumon[7] ou Érik Porge[8] – contestam que se possa observar uma verdadeira mudança clínica ou a limitam a uma mudança que afeta apenas "o estado da demanda". Reduzem o que se passa a mudanças de denominação[9] tributárias da ideologia ambiente, recusando por isso toda verdadeira modificação na estrutura do sujeito. Assim, por exemplo, o nervosismo comum da criança de ontem teria sido simplesmente reciclado com a criança hipercinésica de hoje.

Tentaremos, de nossa parte, trilhar um caminho entre essas posições extremas. Não que se trate de encontrar o meio-termo, mas porque o importante para nós parece ser entender a incidência efetiva, na estrutura subjetiva, das mudanças maiores ocorridas em nossas sociedades – tais como, por exemplo, o fim do patriarcado ou ainda a dissociação recentemente obtida entre gozo sexual e reprodução. O interesse dessa iniciativa é que ela implica levar em conta os indiscutíveis fatos de campo – basta ouvir com atenção as professoras de maternal para entender que as crianças de fato ficam cada vez menos paradas, que são chamadas de nervosas ou hipercinésicas. Em outras palavras, impede que nos contentemos em possuir a rede de pesca psicanalítica da tradição freudiana ou lacaniana para nos acharmos em condição de apreender os fatos clínicos, conduz a explicá-los de uma maneira que nos deixe em melhores condições para enfrentá-los.

É por esse caminho, no mínimo salpicado de emboscadas de todas as espécies, que vamos levar o leitor. Procuramos explicitar, no primeiro capítulo, nas páginas logo após a introdução, os principais conceitos psicanalíticos a que nos referimos para que certos desenvolvimentos, que talvez, sem isso, ficassem inacessíveis, possam ser acompanhados. Em contrapartida, pedimos ao leitor que faça o esforço de nos seguir em raciocínios e considerações por vezes aparentemente muito afastados

6 P.-H. Castel, "Y a-t-il une 'nouvelle économie' du psychisme et de la sexualité?", in *Comprendre*, "La sexualité", nº 6, 2005.

7 F. Chaumon, *Lacan: la loi, le sujet et la jouissance*, Michalon, 2004.

8 É. Porge, *Transmettre la clinique psychanalytique: Freud, Lacan, aujourd'hui*, Érès, 2005.

9 Às vezes também a simples "fatos de discurso". Mas, então, o argumento poderia voltar-se contra eles, pois os fatos de discurso, conforme uma leitura lacaniana, são equivalentes a fatos simplesmente.

das questões que entendemos tratar. Pensamos que o benefício que ele poderá tirar disso pessoalmente vai estar à altura desse esforço.

A obra começa por uma introdução dedicada *à crise da legitimidade* que caracteriza nossas sociedades avançadas. Assim, de certa maneira, o conjunto da obra é percorrido uma primeira vez. A seqüência conterá duas partes: uma primeira, compreendendo os quatro primeiros capítulos, aborda o lado social da questão, em outras palavras, a descrição e a análise das mudanças que conduziram a uma verdadeira mutação do laço social; uma segunda, que corresponde aos quatro últimos capítulos, descreve os efeitos dessas mudanças sobre a subjetividade. Um capítulo decisivo entre essas duas partes evidencia o lugar estratégico da educação, o lugar por excelência onde se enodam laço social e subjetividade. Então não restará mais senão concluir evocando *a nova responsabilidade do sujeito*, à qual convida nossa leitura daquilo que nos acontece em nossas sociedades.

Última observação: talvez alguns achem que deveríamos ter invertido o plano da obra, que deveríamos ter partido da clínica para, em seguida, nos perguntar como podíamos entendê-la, interpretar sua evolução. Pensamos que nosso propósito aqui não teria ficado mais inteligível. Mas é na verdade o que de fato fizemos nestes últimos anos, no concreto de nossa iniciativa. Ainda mais que, como costumamos dizer a nossos interlocutores, trabalhamos na província, e até na província de Bruxelas, que pode ser dita província de Paris. Assim, tivemos de nos confrontar com uma prática que era e continua sendo, em boa parte, a do que aparece e não só a da demanda "clássica" de análise. Essa posição, ontem relativamente pouco freqüente, evoca aquela a que remete este qualificativo que se atribui uma amiga e colega parisiense quando afirma ser "uma psicanalista de bairro". Praticar assim a psicanálise é, claro, lidar com uma aliança em que com certeza o cobre está mais presente que o ouro[10]. Mas o que por aí mesmo assumimos nos últimos trinta anos

---

[10] Evidentemente, trata-se aqui de uma remissão ao texto em que Freud lembra que "tudo leva a crer que, visto a aplicação maciça de nossa terapêutica, seremos obrigados a misturar ao ouro puro da psicanálise uma quantidade considerável do chumbo da sugestão direta". Cf. "Les voies nouvelles de la thérapeutique analytique", in S. Freud, *La technique psychanalytique*, PUF, 1967, p. 141. Curiosamente, a tradução francesa fala de chumbo ali onde o texto alemão fala de cobre;

paradoxalmente permitiu que antecipássemos o gênero de demandas novas que hoje costumam chegar ao consultório do analista e vem nos obrigando, já lá se vai um bom tempo, a que nos deixemos questionar por esses "casos". Logo, também é esse trajeto pessoal que sustenta o que tentamos explicar neste livro.

---

ora, é conhecido do ourives que é precisamente o cobre que faz facilmente aliança com o ouro e não o chumbo! Obrigado a Patrick De Neuter por ter chamado nossa atenção para essa maneira de... chumbar a tradução do texto freudiano.

INTRODUÇÃO

Quando os pais não sabem mais dizer não!

Vamos partir de um fato clínico aparentemente sem importância, mas muito revelador daquilo que poderemos chamar uma crise de civilização. Surgiu há uns vinte anos uma verdadeira dificuldade para muitos pais: dizer "não!" aos filhos. Esse sintoma tornou-se freqüente o bastante para hoje ser considerado ligado ao funcionamento do social, embora sempre tenha existido, é claro, isoladamente.

Não o interpretaremos como se revelasse um esfacelamento da autoridade, também não como determinado pelo crescimento explosivo das solicitações ao consumo exercidas por nossa sociedade, embora essas interpretações, por outro lado, tenham toda a sua pertinência. Podemos ler, em compensação, o aumento dessa dificuldade como conseqüência de uma crise inédita da legitimidade. Com efeito, não há rastros na História de uma geração de pais que não reconheça para si a legitimidade de poder – e até de dever – significar interdições aos filhos. Hoje, como sabemos, muitos pais sentem-se até obrigados a estar sempre em condição de atender aos pedidos dos filhos, e o argumento que acabam dando ao clínico para justificar esse comportamento é que, caso contrário, arrisca o filho não gostar mais deles. É claro, sempre se admitiu que os pais deviam ser amados pelos filhos, que não convinha que estes fossem sem cessar sujeitados, punidos. Mas o objetivo primeiro dos pais não era, de modo algum, serem amados pelos filhos. A tarefa de educá-los era primeira; e bastava dosarem suas intervenções para não serem detestados pela prole. Hoje, o objetivo número um parece ter-se tornado, em todo caso para certos pais, serem amados pelos filhos, o que muda consideravelmente a perspectiva. Por isso, não querem mais arriscar o desamor e estão dispostos a ceder na maioria de suas exigências para não pôr em perigo o laço. Dão assim uma perigosa vantagem – como se diz em tênis – aos filhos: estes são como que convidados a tirar proveito disso para não terem que renunciar ao todo-poder infantil, que assumir o dever de crescer.

É claro que isso tudo poderá ser contestado. O que não pode ser é que o fenômeno foi considerado suficientemente importante pelos poderes públicos para que pensem em organizar um sistema de apoio à parentalidade[1]. Assim, estamos no direito de nos perguntar: de onde vem essa mudança radical, de onde vem essa invenção de nossa sociedade que consiste em forçar certos pais a fazer cursos para estarem à altura de uma tarefa multimilenar? Ficaríamos tentados a ironizar um pouco e perguntar como se explica que, desde que a humanidade existe, não se tenha pensado nisso mais cedo! Com certeza, mais seriamente, será preciso sobretudo reconhecer que ontem era evidente o que ser pai [*parent*]* significava e implicava, ao passo que hoje...

Notemos que, se evocamos aqui uma crise de legitimidade, não é para confundi-la com o tipo de dificuldade que surge durante as mudanças de regime como vimos acontecer regularmente através da História. Pois o fato de dizer respeito até à legitimidade dos pais atesta a que ponto esta crise é profunda, atingindo o próprio lugar de onde devem emergir os futuros sujeitos. A este título, o sintoma é revelador de uma transformação profunda. De uma crise que pode ser interpretada como *uma crise da legitimidade enquanto tal.*

Aliás, impossível não constatar, esta crise se estendeu ao conjunto do corpo social. De onde o político vai hoje tirar sua legitimidade se

---

1 O jornal belga *La Libre Belgique* recentemente se espantava com o fato de que o número de queixas feitas por pais nas delegacias de polícia após revoltas dos filhos vem aumentando de 13% ao ano! Cf. "La police, refuge de parents dépassés", *La Libre Belgique*, 23 de janeiro de 2006.

* O francês utiliza o singular *un parent* para se referir a um dos *pais* [*les parents*], homem ou mulher, no sentido do ser vivo que engendrou outro ser. (NT)

deve primeiro estar em acordo com aqueles que o elegeram? De onde o diretor, o coordenador, o responsável por uma unidade qualquer numa instituição ou numa organização vão tirar sua legitimidade se devem estar primeiro à escuta daqueles que eles dirigem, que coordenam ou pelos quais são responsáveis? De onde o professor vai tirar sua legitimidade se não dispõe mais das mínimas condições – o silêncio numa classe, por exemplo – para assegurar seu ensino? E de onde vai ele ainda tirar sua legitimidade para julgar as competências adquiridas do aluno se esse juízo for de imediato considerado suscetível de desvalorizar este último, talvez até de traumatizá-lo? De onde a própria sociedade, o coletivo, vai tirar sua legitimidade para dar seu lugar à solidariedade, por exemplo, embora isso só possa terminar na limitação do gozo privado de cada um, hoje considerado intocável? Onde a opinião autorizada do erudito vai encontrar apoio, assento, para poder se impor com autoridade se seu juízo de imediato se reduzir a uma opinião entre outras? De onde, uma vez considerada a pluralidade de opiniões e tendências, é possível, de maneira geral, autorizar-se a imprimir uma orientação que valerá para todos?

O que chamamos crise da legitimidade remete bem a isto: reconhecer que existe um programa, uma tarefa a ser cumprida, cuja justificação derradeira não poderia ser encontrada no nível em que se situam os protagonistas envolvidos – a educação para os pais e os filhos, o aprendizado para os professores e os alunos, o futuro da coletividade para os governantes e os governados, etc – agora é problemático. Em outras palavras, reconhecer que podem e devem existir objetivos, situados em terceiros, que transcendem os interesses de cada um, não é mais evidente. Logo, tornou-se muito difícil ainda poder referir-se naturalmente a tais objetivos.

Mas o que o lugar transcendente que essa situação supunha encobre? Até há pouco, o social era organizado conforme o modelo religioso. Reconhecia-se que da mesma forma que era admitida a existência de Deus, a de um lugar de transcendência era evidente. Era a do rei, do chefe, do pai, do mestre, do professor... E era desse lugar que estávamos em condição, quando o ocupávamos, de impor interditos com toda legitimidade. Veremos como esse modelo foi progressivamente abalado e por que, com a ajuda do advento do neoliberalismo, podemos agora considerá-lo obsoleto. Tudo hoje se passa como se nos tivéssemos libertado não só da necessidade "natural" de ter de lidar com uma transcendência concreta, mas também, no mesmo movimento, do interesse de conservar um lugar qualquer de transcendência. No fim das contas, por aí mesmo, livramo-nos do transcendental enquanto tal. Não só de quem quer que ocupasse esse lugar, mas ainda da pertinência da existência do próprio lugar.

É crucial este momento de mutação do laço social, em que nos libertamos de uma aparente pressão ao suprimirmos *de facto* o lugar de transcendência. Lembremos o que dizia Freud a esse respeito: "Quando uma comunidade humana sente se agitar nela um surto de liberdade, isso pode corresponder a um movimento de revolta contra uma injustiça patente, tornar-se assim favorável a um novo progresso cultural e permanecer compatível com ele. Mas também pode ser o efeito da persistência de um resto do individualismo indomado e, então, formar a base de tendências hostis à civilização[2]".

Da mesma forma, Hannah Arendt indicava: "Se retirarmos a autoridade da vida política e pública, isso pode querer dizer que doravante a responsabilidade pela marcha do mundo é pedida a cada um. Mas também pode querer dizer que estamos desaprovando, conscientemente ou não, as exigências do mundo e sua necessidade de ordem; estamos jogando toda a responsabilidade para o mundo: a de dar ordens assim como a de a elas obedecer[3]".

A morte de Deus, anunciada ou comentada por numerosos filósofos há mais de um século, de fato não é recente. Mas é em seu momento de cumprimento no espírito da maioria de nós que se realiza a destituição do transcendental. É nesse ponto que estamos hoje. Daí a urgência de pensar uma situação que, como deixamos entender, engendra uma crise inédita da legitimidade, com conseqüências maiores.

Desta vez, como dissemos, não é mais apenas a legitimidade daquele ou daquela que ocupa o lugar de exceção que está abalada, mas a

---

2 S. Freud, *Malaise dans la civilisation*, PUF, 1971, p. 45.

3 H. Arendt, *La Crise de la culture*, Gallimard, 1972, p. 243.

legitimidade do próprio lugar que é questionada. E é por isso que todos os que tiveram a menor incumbência que fosse de ocupá-lo são atingidos. Sobretudo, é a razão pela qual os pais, aqueles que devem fazer emergir a necessidade desse lugar na cabeça de qualquer um, encontram-se, pela primeira vez na História, como que deslegitimados em seu trabalho de educação.

Se, como pensamos, nosso propósito tem alguma consistência, seria fácil daí tirar a conclusão de que precisamos o mais rápido possível restaurar a legitimidade perdida. Seria, no entanto, fazer pouco daquilo que na verdade está em jogo nessa evolução. Se hoje essa crise da legitimidade parece ter atingido a própria raiz, é simplesmente porque é bem isto que está em jogo na modernidade. Com efeito, entrar no que se chama a modernidade é tomar noção de que a legitimidade afinal se funda apenas sobre si mesma. Jacques Rancière, ao falar da democracia, diz isso muito bem: "A política é o fundamento do poder de governar em sua ausência de fundamento [...]. A democracia não é nem uma sociedade a ser governada, nem um governo da sociedade, ela é propriamente esse ingovernável sobre o qual todo governo deve em definitivo descobrir-se fundado". Ou ainda: "O escândalo da democracia [...] é revelar que esse título (a ser governado) só pode ser a ausência de título, que o governo das sociedades em última instância só pode repousar sobre sua própria contingência[4]".

Logo, assumir a modernidade é assumir que no fim das contas, a legitimidade só pode se fundar sobre si mesma – ou dito de outra maneira, e veremos que com mais precisão, sobre as leis da linguagem. O que liberta da idéia de que ela se funda em Deus, mas nem por isso quer dizer que não deva ser instaurada. Assim, assumir a modernidade é consentir em reinventar a legitimidade, sabendo que nenhum substrato que lhe desse uma justificação essencial poderá ser encontrado. Nesse sentido, a crise geral da legitimidade é bem a conseqüência da modernidade, mas não há outra saída a não ser assumi-la enquanto tal.

Uma coletividade só é moderna quando sabe que o que a organiza é uma ficção, que não há criador algum a ser invocado. Nesse sentido,

---

[4] J. Rancière, *La Haine de la démocratie*, La Fabrique, 2005, pp. 54-57.

a invenção dos deuses primeiro, de um Deus único depois, terá sido portanto uma invenção prodigiosa, pois conseguiu fazer com que todos arregaçassem as mangas: a transcendência religiosa terá sido o ponto de apoio que permitiu que sociedades se sustentassem no vazio durante séculos. Mas, hoje, a ficção está nua. É verdade que foi eficaz, operante, inteligente, com certeza até necessária durante um bom momento da História, mas, hoje desmascarada, aparece para todos, em nossas sociedades modernas, apenas como uma ficção.

Como a máscara caiu, estamos, pois, abalados. Completamente abalados. E confusos – a grande confusão – por não conseguir naturalmente discernir que existe uma diferença entre livrar-se de Deus e livrar-se do lugar que Ele ocupava. É até toda a questão: por que o lugar da exceção sobreviveria à morte de Deus? Em nome de quê? Como justificar que, uma vez desmascarada *a exceção das exceções*, o lugar da exceção ainda possa guardar sua pertinência?

Em seu notável ensaio sobre a autoridade[5], Myriam Revault d'Allones lembra a esse respeito a querela entre estes dois filósofos políticos que foram Carl Schmitt e Hans Blumberg. Para o primeiro, cuja proximidade com o nazismo é conhecida, a legitimidade só pode ser oriunda da profundeza dos tempos, só pode, no fim das contas, ser obtida de Deus, daí, aliás, seu *Tratado de teologia política*; para o segundo, a auto-afirmação racional da modernidade é por si mesma sua legitimação e é, portanto, uma legitimidade que rompe precisamente com aquela que, de qualquer maneira, continua recorrendo a Deus. Deve-se no entanto notar que o ponto sobre o qual todos parecem de acordo, a saber, o processo de secularização que caracteriza a modernidade, na verdade encobre um mal-entendido[6]: com efeito, não podemos naturalmente discernir se esse conceito de secularização designa o declínio da religião ou visa à transferência dos esquemas religiosos apenas do ponto de vista laico. No primeiro dos casos, a modernidade teria de repensar a legitimidade; no segundo, na verdade, nada mudaria de fato, já que só os trajes da legitimidade de ontem teriam mudado.

---

5 M. Revault d'Allones, *Le Pouvoir des commencements. Essai sur l'autorité*, Seuil, 2006, pp. 92-97.

6 Cf. J.-C. Monod, *La Querelle de la sécularisation. De Hegel à Blumberg*, Vrin, 2002.

Uma crise de civilização

Porém, o que é certo é que, por não fazermos essas distinções, por cedermos a essa confusão, acabamos deslegitimando o lugar de exceção. Mas ao mesmo tempo desacreditamos a tarefa de todos aqueles que têm de prescrever um consentimento na perda do "tudo é possível". Que têm de transmitir às gerações seguintes a necessidade de uma perda – a do todo-poder – como dado irredutível da condição humana. Essa onda de descrédito assumiu o tamanho de uma *tsunami*. Atinge tanto os educadores quanto os políticos ou os pais. Estes últimos, já que perderam a legitimidade em que se apoiavam, não dispõem mais do que permitia que fossem o endereço da geração seguinte. Vêem-se então forçados a ter de merecer o amor dos filhos.

Disso resulta que a instituição familiar, a quem cabia preparar as crianças para que assumissem seu lugar na vida social e que dispunha dos meios para garantir essa tarefa *via* legitimidade da diferença dos lugares geracionais, costuma ser hoje o lugar de uma troca doravante considerada recíproca e simétrica. É por isso que os pais apelam para a negociação, às vezes até para contratos, a fim de se sustentarem nesse lugar que mesmo assim continua sendo o deles. A família, afinal, não tem mais outro dever senão fornecer o clima de amor necessário à maturação da criança. Conseqüência: ela doravante se pensa como que devendo proteger a criança, pelo tempo que for necessário, dos avatares e dos traumatismos engendrados pelas necessidades da vida coletiva.

Assim, pela primeira vez na História, a solidariedade entre o funcionamento social e o da família fraturou-se[7]: a família, agora, protege os filhos da sociedade! Com o que aparece outra novidade: por não estar mais naturalmente forçada ao trabalho que a leva a renunciar a seu todo-poder infantil e a se separar de seus primeiros outros, a criança vê-se como que convidada a recusar esse trabalho. Deve ser o que já queria indicar, de maneira premonitória, Lacan, ao fim de um congresso sobre as psicoses da criança em 1968, quando evocava a época futura

[7] Cf. N. Polony, *Nos enfants gâchés. Petit traité sur la fracture générationnelle*, J.-C. Lattès, 2005.

como a da *criança generalizada*. Em outras palavras, uma época em que permanecer criança nada teria de repreensível, seria até, ao contrário, implicitamente favorecido.

É por essa incidência sobre a educação que as mudanças induzidas pela evolução de nossas sociedades avançadas podem determinar modificações nas subjetividades. Entretanto, apoiando-nos no que Freud e Lacan nos ensinaram, podemos afirmar que a condição de ser falante sempre supõe ter consentido na perda. Uma primeira vez, por lá ter estado como convidado por seus primeiros outros – de hábito, os pais – logo, como que forçado do exterior. Uma segunda vez, por ter tido que interiorizá-la.

Mas agora tudo se passa como se, arrastados por essa *tsunami* já evocada, não fôssemos mais capazes de fazer o que mesmo assim continua sendo nossa incumbência: devolver seu lugar a esse reconhecimento por cada um da necessidade dessa perda, da necessidade de uma transcendência imanente a nosso destino. Logo, temos que realizar isso só com os nossos próprios meios, sem o apoio do coletivo.

Em outras palavras, estamos forçados a nos sustentar no vazio, sem ponto de apoio transcendente, já que este último foi retirado. Toda sociedade tinha suas normas que ela veiculava pela tradição. Ao transmiti-las, cuidava para que fossem assumidas pela geração seguinte. Cada um podia assim acreditar que as normas nos regulavam, nos orientavam de fora. Embora, na verdade, tenhamos sido nós que as inventamos. Logo, era a sociedade que se tinha dado normas, regras que ela colocara como que fora de si mesma. É por isso que podemos dizer que o coletivo, na realidade, já se sustentava no vazio. Hoje, é claro que sempre se pode tentar reconstruir uma ficção – a volta da religião já parece estar no programa para alguns –, mas nada garante que, em nossas sociedades, ela vai ser, por isso, mais operante. Por essa razão é que somos obrigados a repensar a vida coletiva, talvez até a pensá-la simplesmente, desta vez reconhecendo a presença em seu seio do vazio até ali cuidadosamente mascarado.

Pensar já é sustentar-se no vazio. É como nadar ou equilibrar-se. É um exercício que deve ser aprendido. Uma prática à qual é necessário iniciar-se por certo, mas sobretudo ser iniciado. Para poder pensar, é preciso ter aprendido a se sustentar no vazio. Em outras palavras, é preciso ter podido tomar apoio, pelo menos uma vez, num outro que já se sustentava no vazio, um outro que tinha aprendido isso de um outro ainda. É para isso que servem – vamos ter de dizer no imperfeito? – os mestres.

Fazer o aprendizado de pensar não é, portanto, um assunto simples. Trata-se não só de aprender, mas também e sobretudo de aprender a aprender. Não só de conhecer o que foi aprendido, mas também de deixar o apoio no que foi aprendido do outro. Pois continuar a se apoiar não seria realmente pensar, já que pensar é manter-se sem apoio. Ou, em todo caso, unicamente com a memória do apoio. Logo, é preciso largar esse apoio e, a partir dali, manter-se. É isso pensar: sustentar-se no vazio, enquanto a vida durar.

Logo, daqui por diante, tanto como coletividade quanto como indivíduo, somos forçados a viver sem precisar de ponto de apoio exterior. Mas isto induz uma fratura entre o funcionamento social e o funcionamento da família que não deixa de ter conseqüências. Pois, se podemos pensar que, entre indivíduos adultos, deveríamos ser capazes de enfrentar a obrigação de reatar com a legitimidade – o que já não é um negócio fácil –, é preciso convir que é impossível pedir isso, de imediato, à criança. É preciso que esta última tenha sido "educada", isto é, iniciada a pensar por si mesma e suficientemente conduzida para fora – *ex-ducere* – a fim de que possa se virar sozinha. Ora, para isso, habitualmente é indispensável que ela encontre um ponto de apoio que a autorize a deixar o primeiro Outro, a mãe, ao qual, através de suas palavras, ela sempre está primeiro alienada. Esse ponto de apoio de que ela habitualmente dispõe é o que costumamos chamar um pai.

Aparece então a dificuldade específica que enfrentam nossas sociedades atuais. Se, como indicamos, elas produzem essa crise inédita da legitimidade que chega até a atingir a relevância do trabalho dos pais, a conseqüência seria esta: aqueles que se vêem abalados poderão abandonar a tarefa de preparar a criança para pensar, em outras palavras, para se sustentar no vazio. Logo, é o próprio pensamento que estaria confrontado com um risco inédito.

Desdobremos cuidadosamente essa articulação. Pais assim deslegitimados devem apelar para seus recursos próprios para assumir o trabalho de educação de seus filhos. A dificuldade é maior do que parece, pois *tudo se passa como se* os pais então tivessem passado a ser os responsáveis pelos limites que impõem aos filhos. Não podendo mais recorrer naturalmente a uma exigência terceira partilhada por todos, eles implicitamente se atribuem a responsabilidade plena e inteira do desamor aparente que lhes infligem. Entendemos que tentem evitar esse engano, deixando-se desviar da tarefa de educar, que se torna, por conseguinte, bem ingrata. Essa posição equivale a um "sei bem [que sempre se deve educar], mas, mesmo assim", segundo a fórmula consagrada de Octave Mannoni[8] que fornece a épura da renegação.

Do lado do filho, logo, do futuro sujeito em via de se constituir, nada espantoso ele tentar evitar passar pela dor de considerar os limites. Ele "aproveita" que os pais estão desviados de sua tarefa para se autorizar a se desviar também. Ele também se encontra desse modo inclinado a instaurar uma renegação, um "sei bem, mas, mesmo assim".

Nada querendo saber dessa evitação, pais e filhos constroem assim o que é preciso chamar uma *comunidade de renegações*. Esta vai entravar o trabalho – esse trabalho de subjetivação[9] – que a criança sempre tem de realizar para assumir por conta própria as obrigações da condição humana. É por esse viés que nossas sociedades não sustentam mais a construção do sujeito. Uma sutil aliança de fato se estabeleceu entre a geração dos pais, arrastada pela crise da legitimidade e ligada nos ideais da "sociedade de consumo", e a geração dos filhos, que podem assim evitar ter de crescer, privilegiando o jeitinho cotidiano.

---

8 O. Mannoni, "Je sais bien, mais quand même", in *Clefs pour l'Imaginaire ou l'Autre Scène*, Seuil, 1969, pp. 9-33.

9 Nós o chamamos de trabalho de subjetivação não sem saber que utilizar esse conceito aqui pode levantar questão. Com efeito, está convencionado para o psicanalista lacaniano que não é o sujeito quem subjetiva ao simbolizar, pois o sujeito é primeiramente o efeito da captura do corpo na linguagem e só existe enquanto tal a partir daí. Entretanto, num segundo tempo, esse sujeito deverá retomar essa "captura" por conta própria. Pensamos que o "trabalho de subjetivação" remete a essas duas operações. É precisamente reduzindo esse "trabalho" à captura do corpo na linguagem que de imediato se afasta qualquer possível influência do meio social sobre a construção dos sujeitos. Aliás, seria conveniente se perguntar que margem de manobra ainda resta ao sujeito e, a rigor, para que poderia bem lhe servir uma análise se for rejeitado o caráter duplo do "trabalho de subjetivação".

No nível singular, entendemos estar, daqui por diante, às voltas com uma estruturação particular do sujeito. Não se trata mais de estar confrontado com os tormentos do desejo, mas, bem antes, de ficar atolado num funcionamento ao abrigo dessas dificuldades que a dupla renegação veio selar.

No nível coletivo, daí resulta um problema maior: o desafio da modernidade, o de ter de reatar com a legitimidade, fica portanto impossível de ser aceito. Pois não vão então tornar-se cidadãos sujeitos por inteiro, mas antes indivíduos que se tornaram adultos sem terem sido obrigados a deixar a infância... e sem até saber disso. Nada será mais difícil que obter deles que reinventem a legitimidade. Dar novamente existência ao lugar de transcendência *via* lugar do pai, do chefe, em resumo, da exceção, equivaleria precisamente a aceitar enfrentar o que eles, até aí, conseguiram evitar. O que ressalta um paradoxo crucial: desde a noite dos tempos, nenhuma sociedade jamais deu tanta importância à singularidade do sujeito, mas nenhuma, igualmente, tão pouco preparou o sujeito para sustentar essa posição cujo advento ela no entanto torna possível. É esse paradoxo que atesta a crise atual da sociedade.

É a partir desse obstáculo que a máquina social emperra. Por não ter avaliado a dificuldade, e por ter assim cedido a essa confusão generalizada, ela vai sofrer uma série de conseqüências das quais só faremos aqui evocar dois dos mais atuais exemplos: a impossibilidade de tratar corretamente a violência e – vamos ver o que isso significa – uma desvalorização da fala que implica um apelo à falsa legitimidade das coisas.

Primeiro exemplo: no contexto de crise da legitimidade que acabamos de descrever – e que poderíamos considerar de maneira mais geral como o da pós-modernidade –, podemos constatar que a violência conhece um destino inesperado. Com efeito, esta só consegue "normalmente" emergir na criança quando seus primeiros outros – efetivamente os pais ou aqueles que lhes fazem as vezes – vêm lhe significar interdições, lhe dizer que ela tem de aceitar a perda do "tudo é possível". Mas também sabemos que, se ela não encontrar um outro capaz de suportar o choque de sua violência, esta não poderá evoluir nem se transformar em outra coisa, em outras palavras, sublimar-se, no sentido freudiano do termo.

Estará então fadada a seguir sua própria trajetória de destruição, estará entregue apenas a seu funcionamento, apenas a seu gozo mortífero.

Pais deslegitimados, muito ocupados em se interrogar sobre a legitimidade do que têm – ou não – que sustentar, não se sentem mais capazes de assimilar o golpe. Pior, consideram que não têm mais o dever de enfrentar isso. Mediante essa flutuação, essa "folga" nas engrenagens, o encontro *parent*-filho não ocorre; portanto, com muita freqüência, está como que "foracluído[10]": o pai [*parent*] se esquiva do ódio da criança ou a ele se subtrai, evitando sistematicamente o conflito. Neste caso, por não encontrar mais endereço para seu ódio, o jovem não se confronta mais com um outro que, antes dele, pôde se virar mais ou menos bem com este. Logo, não recebe mais o testemunho de que transformar seu ódio em outra coisa é necessário e possível. E disso resulta, como muito bem veicula sua maneira de falar, que ele não sente mais – como ontem dizia – ódio por seus velhos, de agora em diante ele só *tem ódio*! Tem ódio como teria gripe ou sarna, algo que o atinge, mas que ele não sabe apreender como seu, que, precisamente, ele não consegue subjetivar.

Quando, na geração seguinte, esse mesmo jovem, que, portanto, não terá sido levado a metabolizar seu ódio – nem a recalcá-lo, nem a sublimá-lo –, for confrontado com a geração de seus próprios filhos, ele estará como que diante de uma mancha cega, uma zona branca. Também será incapaz de suportar ser o endereço desse ódio. Mas desta vez à sua revelia, pois não terá encontrado outra via a não ser a de renegá-lo. Sustentaremos que uma situação como essa poderia ter um impacto maior, tanto sobre a construção das subjetividades quanto sobre o que Freud chamava o "trabalho da cultura" – *Kulturarbeit* – e do qual Nathalie Zaltzman dá esta judiciosa definição: "processo inconsciente, motor da evolução humana que tem por tarefa fazer os humanos viverem juntos, obrigando-os a transformar individual e coletivamente suas tendências mortíferas tanto quanto for possível[11]".

---

10. Na origem, trata-se de um termo jurídico que designa a destituição de um direito que não foi exercido nos prazos prescritos. É o que nos levará mais adiante a falar de *foraclusão do encontro*.

11. N. Zaltzman, "Le garant transcendant", in E. Enriquez, *Le Goût de l'altérité*, Desclée de Brouwer, 1999, p. 245.

É aqui que deveria ser colocada a questão do futuro do ódio em nossas sociedades ocidentais. Com efeito, só podemos nos perguntar se, neste contexto de crise da legitimidade, esse trabalho da cultura que nos força a *transformar individual e coletivamente as tendências mortíferas* está sempre suficientemente em ação. De modo mais preciso: as estruturas sociais atuais continuam a considerar tal tarefa um objetivo a ser atingido? Não são os acontecimentos violentos nos subúrbios na França, nem, exemplos entre outros no momento em que escrevemos, os recentes crimes trágicos que viram uma professora atacada a facadas por um de seus alunos na região parisiense[12], ou um jovem ser assassinado por outro que queria simplesmente roubar seu MP3 em plena estação de Bruxelas numa hora de movimento, que virão questionar a pertinência de tal interrogação.

Segundo exemplo: a impossibilidade de aceitar o desafio da modernidade, visto a manutenção programada do todo-poder infantil, induz novidade no "fazer político", na maneira como o poder é exercido em nossas sociedades. A esse respeito, Jean-Claude Milner falou justamente de uma "política das coisas[13]" para opô-la àquela das palavras e da fala. Por não ser mais operante, no entanto condenado a cumprir sua tarefa, o poder deslegitimado é levado a buscar nos fatos, nas "coisas", o apoio que a autoridade da fala não lhe dá mais. Decorrem avaliações de toda espécie, prescrições administrativas, questionários, perícias, sondagens, métodos, todos, que pretendem basear-se na positividade dos fatos para justificar as medidas a serem tomadas – que quase sempre vão ser restritivas. O que se espera de tal política? Que as coisas todas possam fazer desaparecer o vazio que as palavras sempre comportam[14], vale dizer, que a negatividade possa ser expulsa da condição humana. Uma nova legitimidade é assim buscada e falsamente encontrada nos fatos, nas coisas, dando a impressão de que é possível evitar levar em conta os efeitos da crise da legitimidade. Ao invés de assumir que a legitimidade está fundamentalmente sem apoio, nossas sociedades também renegam

---

12 *Le Monde*, 18 de dezembro de 2005.

13 J.-C. Milner, *La Politique des choses*, Navarin, 2005.

14 Vamos desenvolver tal formulação, que alguns poderiam achar incongruente, no capítulo seguinte.

a existência desse vazio e apelam apenas para os fatos – *soi-disant* brutos – para dar um novo pedestal à organização da vida coletiva. Assim, por exemplo, serão os números fornecidos pelos controles informáticos que decidirão o prosseguimento – ou não – da concessão de subsídios; será o computador que assumirá o lugar do empregado para autorizar o acesso a tal trem ou avião. Na realidade, não se remete simplesmente aos fatos, mas, antes, a uma ordenação numérica dos fatos, o que já constitui um recurso a um simbólico. Mas um simbólico que oculta sua dimensão de simbólico. Logo, o vazio de fato sempre está ali, mas, se ontem podia ser ocultado por Deus mesmo, hoje vê-se ocultado pelo que é apresentado como os fatos; na realidade, pelos números.

Ao nos referirmos ao que Freud e Lacan nos ensinaram, evocaremos mais adiante como o fato de falar sempre supõe ter consentido numa perda de gozo, em outras palavras, ter dado o devido lugar ao vazio. É esse o nosso lote de ser falante, de *parlêtre**, como, sabemos, Lacan gostava de dizer. Com efeito, essa aptidão para a linguagem que nos caracteriza gera dois lugares diferentes: aquele de onde um fala e aquele de onde o outro escuta. Escutar, em francês corrente, também pode ser sinônimo de obedecer. E tomar a palavra não deixa de evocar o fato de comandar. Logo, é através da fratura, da dissimetria irredutível entre esses dois lugares, que o vazio constitutivo continua a ser apreendido no cotidiano. É por isso que, ontem, avaliar o vazio que habita a fala na maior parte do tempo se fazia pelo viés do encontro com aquele que ocupava o lugar de Deus. Também é por isso que, hoje, sustentar a morte de Deus deveria caminhar junto com reinventar uma legitimidade sem transcendente substancial. Mas, diante do tamanho da tarefa, e sobretudo diante da crise que nos atinge e nos arrasta, alguns tendem, antes, a renegar a presença desse vazio, dessa negatividade no seio de nossa condição de seres falantes. E, fortalecidos por essa renegação, eles então apelam para as coisas, para o saber das coisas, para a "ciência" dirão às vezes, esperando ter assim adiado *sine die* o inevitável encontro com o vazio.

---

* Amálgama de *parler* [falar] e *être* [ser]. (NT)

Esse vazio, essa negatividade, essa perda, veremos que temos no entanto que transmiti-los de uma geração à outra em razão de nossa especificidade de sujeitos, de seres falantes. Por conseguinte, podemos afirmar que é a pane que hoje afeta o mecanismo de transmissão desse vazio que põe a civilização em crise.

Do esfacelamento do coletivo

Assim, os sujeitos de hoje primeiramente se definem como detentores da positividade. A configuração atual da sociedade foi marcada por uma mudança profunda, inédita ao mesmo tempo que inelutável, que levou o que chamaremos o Imaginário Social[15] a não mais transmitir a legibilidade da negatividade inerente ao humano.

Precisemos imediatamente – somos vigilantes quanto a esse ponto – que esse Imaginário Social, é verdade, só atinge de fato o indivíduo. E nem por isso necessariamente o sujeito. A distinção indivíduo-sujeito, que até aqui não fizemos, evidentemente é necessária e mereceria longos desenvolvimentos[16]. Digamos apenas por enquanto, e para simplificar, que, diferentemente do indivíduo "biológico" ou daquilo que cada um nomeia "eu" [*moi*], o sujeito, submetido às leis da linguagem, na verdade é o sujeito do desejo, aquele que aparece com as manifestações do inconsciente. Mas, ao mesmo tempo, podemos notar que polarizar-se

---

[15] Por Imaginário Social entendemos o que cada sociedade sempre teve o encargo de construir, a saber, uma ficção cujo caráter de estrutura simbólica não deixa dúvida alguma e que sustenta cada um de seus membros em sua tarefa de transmissão das condições necessárias para ali poder assumir seu lugar. Também é esse Imaginário Social que coleta e conserva aquilo a que todos naturalmente se referem.

[16] Permitimo-nos pelo menos lembrar o que nos relatou muito judiciosamente nosso colega B. Bremond, a saber, que Lacan, em seu texto *Meu ensino*, recentemente publicado (Seuil, 2005), evocava o que o termo sujeito encobre ao responder a detratores da seguinte maneira: "Guardo o sujeito... para fazê-los falar. No entanto, que loucura seria não retomar esse termo, cujo fio não sei o que de feliz na tradição filosófica nos conservou, desde o *Órganon* de Aristóteles. [...] O fato de o sujeito ter sobrevivido através da tradição filosófica é demonstrativo, se podemos dizer, de uma verdadeiro comportamento de fracasso do pensamento. Não é esta a razão para não deixar esse termo 'sujeito', no momento em que enfim se trata de fazer seu uso funcionar?" (p. 112).

nessa distinção também pode incitar a permanecer aquém daquilo que está em jogo. Com efeito, acabamos de mostrar como tal Imaginário Social podia ter domínio sobre a criança, vale dizer, sobre o sujeito em via de se constituir. Logo, seria ingênuo acreditar que esse Imaginário Social não poderia, no fim das contas, ter também algum efeito sobre o sujeito.

Assim, o efeito desse discurso refere-se primeiramente ao indivíduo, mas pode afetar o sujeito. Cabe a cada um saber como fez com a história que é a sua. Se movimentos fundamentais, como a manutenção do todo-poder infantil *via* ideologia da criança-rei por exemplo[17], podem ser identificados no meio de hoje, cabe a cada sujeito saber como a isso responder. Está em jogo a responsabilidade que cada um tem de identificar como deu o lugar devido à negatividade. O que nem por isso impede de se perguntar, para disso tomar ciência, como a apreensão dessa negatividade pelo coletivo foi modificada pela pós-modernidade.

Com efeito, a negatividade até há pouco era visível para todos *via* lugar de Deus – lugar sagrado, que automaticamente implicava a hierarquia, como lembra a etimologia dessa palavra: *hieros*, sagrado, e *arkhè*, comando. Assim, invertamos a leitura habitual: não era o conteúdo da crença religiosa que primava, mas na verdade aquilo que ela permitia transmitir. Ao organizar o laço social, a religião não era tanto para ser tomada ao pé da letra, se podemos dizer, quanto para ser considerada

---

[17] É o que indica muito bem o sociólogo Louis Roussel quando, para evocar a virada ideológica radical recentemente ocorrida, afirma: "A pequena 'fortaleza-família' tornou-se o lugar por excelência da felicidade. Daí decorreu a tentação de fazer de modo que não houvesse nem conflito, nem tensão com as crianças. A família tornou-se uma espécie de democracia; a obediência foi trocada pela negociação. Esta em si não é perigosa. Mas nem tudo deve ser resolvido pela negociação. É incentivar na criança a tentação, inata nela, do todo-poder. Também é privilegiar o momento presente às custas do futuro. É negar uma coisa absolutamente essencial na espécie humana: o respeito pela diferença entre as gerações. E sugerir uma equivalência, uma igualdade entre crianças e adultos [...] Esqueceu-se que a infância é um tempo de aprendizado progressivo da condição humana, da descoberta do real, da vida em sociedade e, portanto, das obrigações e dos interditos. Não se pode aprender a autonomia num mundo irreal, acolchoado, onde não existe nenhuma resistência dos pais nem da escola. Fazer da criança um rei é impedi-la de se tornar um cidadão. Da mesma forma que tratá-la como um adulto é impedi-la de se tornar adulto". Entrevista de L. Roussel, *L'Histoire*, nº 262, fevereiro de 2002, p. 50. Cf. também L. Roussel, *L'Enfance oubliée*, Odile Jacob, 2002.

como aquilo que permitia fazer que funcionassem os invariantes antropológicos, entre os quais colocamos na linha de frente a perda requerida pela linguagem e a negatividade que esta introduz. Era a maneira como estes conseguiam assim ser transmitidos que era importante. O fato de que fosse *via* religioso e com as inflexões repressivas veiculadas pelo patriarcado, decerto não deixava de ter incidências lamentáveis. O essencial, no entanto, era que a tarefa de transmitir esses invariantes fosse assim assegurada[18]. Hoje, se Deus como instância reguladora tornou-se obsoleto para nos dizer o que somos, esse desaparecimento não nos autoriza a dispensar a negatividade que a Ele cabia corresponder e que tínhamos assim podido transmitir. O fim da estruturação religiosa do social de modo algum nos livrou da necessidade de reconhecer coletivamente a negatividade que nos constitui.

Mas eis que a ideologia ambiente, fortalecida por essa confusão, nos deixa agora crer que estamos livres de Deus e da negatividade. Tudo se passa então como se, no nível coletivo, não estivéssemos mais às voltas com um *todos* incompleto que se sustentava pela falta, pela negatividade, mas com um *todos* completo e, portanto, aparentemente sem lugar algum para a negatividade. Mas essa mudança – real ou suposta – traz consigo a evicção daquilo que dá o lugar devido à singularidade de um qualquer entre este *todos*. A evicção daquilo que instaurava uma possibilidade de articulação, de enodamento entre o *todos* e o singular; entre o que é comum a *todos*, que sempre me precede, e o que é singular a cada um, que sempre deve excetuar-se deste *todos* a que pertenço; mas também entre o que consinto em perder para o *todos* e o que sustento de minha singularidade. Pois é apenas ao reconhecer a existência dessa articulação entre a exceção e o conjunto que posso, junto e ao mesmo tempo, ser membro de um grupo social e poder ser reconhecido naquilo que tenho de singular. É essa articulação que se perde num dispositivo em que o sujeito não faz mais senão participar positivamente do conjunto.

---

18 É assim que podemos ler o relato da Bíblia como um afresco que descreve o trajeto da humanização. Remetemos a esse respeito ao trabalho de exegese bíblica de André Wenin, *L'Homme biblique*, Cerf, 2004.

O que é chamado a hipermodernidade ou a pós-modernidade[19] operou assim uma mudança radical. Quando a sociedade estava organizada de acordo com um modelo religioso, o lugar do Outro – um Outro divino, no caso – sustentava o da negatividade: éramos todos filhos de Deus. Com a modernidade, fortalecida pelo apoio numa ciência em plena expansão, a democracia quis-se e declarou-se autônoma. Ao se dar conta de que o céu estava vazio, libertou-se de toda heteronomia, embora sem fazer desaparecer imediatamente o lugar do Outro. Dele se livrar supunha dar ainda – embora já de outra maneira – o lugar devido a esse Outro. Tornamo-nos, então, os filhos da ciência. Vai ser preciso esperar os anos recentes para que, graças a um liberalismo desenfreado, nos pensássemos e tentássemos nos construir como que completamente emancipados da falta[20]. Mas, por isso, tornamo-nos os filhos de Ninguém.

Por conseguinte, estamos sem lugar de exceção para podermos existir como sujeitos, gregários, capturados na massa, capturados no "todos", num "entodamento", *entodados*, diremos[21]. Por isso, somos cada vez mais dependentes dos outros – os "pequenos outros" – que nos cercam e que são os únicos capazes de nos enviar nossa identidade. Logo, tornamo-nos usuários, entregues aos ventos e marés das obrigações coletivas e das opiniões passadas pela mídia – tendo por único recurso, para quem não encontrar seu lugar nesse movimento e não conseguir seguir o ritmo infernal de nossa sociedade, ser reconhecido com vítima.

---

19 O uso de um termo em vez de outro poderia de imediato ser objeto de debate. Digamos simplesmente que pós-moderno (J.-F. Lyotard, *La Condition postmoderne*, Minuit, 1979) designa antes um estado consumado, uma modernidade ultrapassada como se diz em medicina de um coma irreversível que já se avizinha da morte. Ao passo que hipermoderno (G. Lipovetsky, *Les Temps hypermodernes*, Grasset, 2004) designa antes um fenômeno em curso. Nesse sentido, preferimos hipermoderno, porque, precisamente, o que está em jogo neste livro é saber, tratando-se das mudanças que estamos analisando, se, entre os indivíduos, estamos às voltas com reações em curso ou com efeitos já consumados. Preferimos no entanto permanecer prudentes e reservados diante desta questão crucial: estamos diante de uma mutação antropológica? Com efeito, parece-nos mais importante deixar a questão desdobrar-se que a ela responder apressadamente.

20 No Imaginário Social, o fato de não haver mais Outro, não haver mais alternativa social a ser combatida desde a queda do muro de Berlim, certamente deu consistência a essa percepção. É por isso que se costuma pensar na data de 1989 como início desta era atual.

21 Que o leitor nos perdoe estes neologismos que serão cada vez mais falantes na seqüência do texto.

Como diz muito bem o psicanalista Jean-Marie Forget em sua última obra, a respeito dos adolescentes, "trata-se de um passo em que o sujeito muda radicalmente de uma economia neurótica para uma economia perversa, em que a castração está excluída. A mudança efetuada pelo sujeito, homem ou mulher, é radical, ainda que seja feita à sua revelia. [...] A única maneira de evitar essa perversão na constituição de um grupo ou na adesão a um grupo consiste em assumir que os participantes vão partilhar suas faltas, ou a divisão que legitima suas falas, em condições que preservem a diferença de cada um e permitam evitar esse senão[22]".

Assim, estaríamos de agora em diante numa economia coletiva perversa, outra maneira de dizer que a negatividade não tem mais seu lugar reconhecido como constitutivo da vida coletiva. A negatividade – ou a castração em Forget – não é mais o que funda o laço social, mas o que, ao contrário, os sujeitos juntos renegam. O que, no entanto, de modo algum implica que os próprios sujeitos tenham a título individual se tornado verdadeiramente perversos. Mas, por não ser mais reconhecido como organizado pela amarração de todos no vazio umbilical, o laço social se apresenta como um simples modo de aderência a um "todos" completo, a um *entodamento*. Ocorre, então, uma virada: embora na realidade sempre antecedente aos indivíduos, o laço social agora se apresenta como que criado por eles, sem mais nada que legitime uma qualquer subtração de gozo em proveito do coletivo. Com efeito, nenhuma referência ao que precede pode mais ser invocada. De agora em diante só importa que os membros da coletividade funcionem em uníssono, e é obrigação para cada um aderir ao conjunto que fará as vezes de reconhecimento.

As conseqüências dessa mudança radical certamente estão longe de ter sido todas identificadas, ainda menos esgotadas. O laço social não se apresenta mais como condição prévia à existência do conjunto, com o qual todos de imediato estão em dívida. Os neo-sujeitos pensam que o laço social pode organizar-se sozinho, a partir deles mesmos. Esse modelo faz com que se vigiem mutuamente. Cada um só existe na medida em que está associado, "conectado" com outros. Só que, num tal contexto,

22 J.-M. Forget, *L'Adolescent face à ses actes... et aux autres. Une clinique de l'acte*, Érès, 2005, p. 116.

o peso da responsabilidade aumenta consideravelmente se o resultado esperado não for alcançado. Pois cada um agora carrega – mesmo sem saber – o peso do conjunto sobre os ombros. Assim é que muitos se sufocam, se deprimem e entregam os pontos, porque não conseguem sustentar essa maneira de funcionar, porque não encontram o mínimo de reconhecimento que se acham no direito de obter.

O primeiro sentido do verbo sufocar é transitivo, no sentido de asfixiar alguém. Como indica o [dicionário] *Robert historique de la langue française*, foi preciso esperar o século XVI para ver aparecer o uso intransitivo, no sentido de "faltar ar". Assim, a língua nos revela que, quando nos sufocamos, é que algo primeiro foi sufocado. Afirmaremos que o que hoje está sufocado é o lugar do transcendental. E por aí mesmo a exceção, o interstício, a falha, a fenda, a fissura, o hiato, a rachadura, a negatividade... Todas essas palavras que designam o que não cola, o que não estabelece relação, o que não é recíproco, o que não se comunica, o que resiste, o que escapa, o que o sujeito nunca vê de si no espelho, o que sai fora da imagem, o que está aquém – ou além – do simétrico, da paridade, da igualdade, da reciprocidade. Lembremos que Lacan chamou isso o "real" – que ele distingue do "simbólico" e do "imaginário". Por uma virada que teremos de explicitar, a própria existência dessa falha, "daquilo que não cola", desse real, hoje nos parece incongruente, ofensa a nossas competências, traumatismo a ser apagado, ferida que deve ser curada, doença vergonhosa, déficit a ser preenchido, vazio a ser esvaziado...

Aparece aqui uma importantíssima diferença em relação ao funcionamento tradicional da Cidade. Para termos uma idéia do tamanho disso, lembremos o que afirmava Hannah Arendt a respeito da Pólis grega: "A isonomia [ali] garantia a igualdade, não porque todos os homens nasceram ou cresceram iguais, mas, ao contrário, porque os homens, por natureza, não são iguais e precisam de uma instituição artificial, a Pólis, que, pela virtude de sua Nomos, os torna iguais[23]". Em outras palavras, a Cidade tinha um trabalho a cumprir, o qual implicava que, obrigatoriamente,

[23] H. Arendt, *Essai sur la révolution*, Gallimard, coll. Tel, 1990, p. 39.

cada um arregaçasse as mangas. A desigualdade era uma situação inicial, reconhecida como evidente, que era preciso transformar. Em compensação, nossas democracias modernas de imediato colocam a universalidade do princípio de igualdade. A socióloga Dominique Schnapper fala a esse respeito de *democracia providencial*. O que a caracteriza, diz ela, é que ali se busca de maneira prioritária a igualdade real e não mais apenas a igualdade formal dos indivíduos-cidadãos, o que tende a enfraquecer a comunidade dos cidadãos[24], ou, em outros termos, o próprio princípio do transcendental político. Pois "o que vai acontecer – pergunta-se ela – se a preeminência dada ao indivíduo for tal que ele não reconheça mais nenhuma autoridade exterior, até quando ele mesmo está na origem dessa autoridade?[25]".

Por causa dessa transformação radical, o simbólico não é mais o que permite apreender o real. Tornou-se, em compensação, fonte da injustiça. O real não é mais o irredutível contra o qual o choque é inevitável, ele se tornou um traumatismo que tem de ser reparado. Só o registro do imaginário é compatível com tal regime. O que permite não ter mais que levar em conta que, como vimos, o real é inevitavelmente traumático e o simbólico sempre é injusto, por estrutura, já que produz dois lugares assimétricos.

Essa passagem de um "todos" incompleto, que se sustentava pela negatividade, a um "todos" completo, que portanto dela se livrou, também nos levará a estabelecer uma distinção nas violências. Aquela dirigida contra o lugar de exceção – que assinala a incompletude – não é da mesma ordem que aquela dirigida contra o *entodamento*. Quando estamos às voltas com um "todos" incompleto, é o lugar de exceção que vetoriza para si a violência e que, na relação de forças que se institui, vai obrigar essa violência a se transformar – ainda que parcialmente – em

24 "A comunidade dos cidadãos não reúne pessoas físicas, mas sujeitos de direito. O cidadão não é um ser concreto", observa-a justamente. D. Schnapper, "La communauté des citoyens, utopie créatrice", *Le Monde*, 11 novembre 2004.

25 D. Schnapper, *La Démocratie providentielle. Essai sur l'égalité contemporaine*, Gallimard, 2002, p. 25. Cf. Também "La démocratie ou le refus des limites", in S. Théodorou (sob a direção de), *De la limite*, Parenthèses, 2006.

outra coisa. Quando estamos às voltas com um "todos" completo, a violência busca seu interlocutor e, por não encontrá-lo, dirige-se a todo mundo ou volta-se para o sujeito, que não encontra a quem endereçá-la. É uma diferença assim que pode ser notada entre, por exemplo, o crime do Cabo Lortie[26] e o de Richard Durn. O cabo Lortie mata três pessoas em 8 de maio de 1984 ao tentar invadir o Parlamento da província do Quebec, felizmente de férias naquele dia, e Richard Durn põe fim a seus dias aos 33 anos, em 30 de março de 2002, jogando-se do quarto andar das dependências da polícia judiciária no Quai des Orfèvres em Paris, dois dias depois de ter, durante uma sessão da Câmara Municipal de Nanterre, matado oito vereadores e ferido umas vinte pessoas, das quais catorze gravemente. Para dizê-lo esquematicamente, parece-nos que, se o crime do Cabo Lortie atestava um voto de assassinato do pai, do poder ou do governo, o de Richard Durn atesta antes uma vontade de separar-se da mãe, da enviscação gerada pelo fato de permanecer fusionado com ela. É esse atolamento que justifica seu ressentimento em relação a uma representação política desprovida da legitimidade de ontem, que é, por isso, incapaz de lhe trazer a ajuda esperada[27]. Em outras palavras e para ir rápido, se, para Lortie, o governo do Québec tinha o rosto do pai, para Durn, a Câmara Municipal de Nanterre tinha o rosto da mãe. Segundo suas próprias palavras, a única pessoa que ele havia "visado intencionalmente" fora de fato a prefeita de Nanterre, Jacqueline Fraysse, cardiologista de profissão.

---

[26] P. Legendre, *Le Crime du caporal Lortie*, Fayard, 1989.

[27] Aliás, é ao que nos envia a leitura desses crimes feita pelo psicanalista Michel Schneider ao enunciar: "Para além das aparências, os assassinatos de Richard Durn nada têm a ver com o crime de Lortie. Certo, ao contrário de outros assassinos em série, ele também não matou passantes, mas representantes do poder. Mas [...] não é o pai fonte de autoridade que é visado, nem a função simbólica do Estado: fundar o laço social sobre outra coisa que a força e o simples fato de dever viver junto. Não é, ao contrário, a ausência de autoridade, a ausência de pai credível chamando e dirigindo a sociedade rumo a objetivos de interesse geral, em nome de alguns ideais? Não é um poder que não consegue mais lhe falar em nome de outra coisa que da sociedade ou de si mesmo que era visado naqueles que merecem sempre menos a denominação de estadistas? Não é a ausência de Estado?". M. Schneider, "Des crimes de notre temps", *Esprit*, dezembro de 2002. Que fique claro, não se trata aqui de desacreditar os políticos, mas de considerar como a mutação do laço social que vamos mais adiante identificar vai levar os responsáveis pela Cidade a se transformarem de homens de *poder* em homens de *prover*.

Com efeito trata-se de distinguir a violência de um sujeito contra a soberania, contra a referência – o crime que questiona a referência absoluta, o terceiro fundador, o crime que ataca um princípio lógico, como o do Cabo Lortie –, e a violência de um sujeito contra a ausência de lugar onde inscrever sua singularidade – o crime nascido do fato de que um pseudo-sujeito de hoje, por ainda não ter uma falha onde se abrigar, só tenha à sua disposição o assassinato para se fazer ouvir, só "mortos para dizer isso". Estaríamos às voltas, nesse segundo caso, com um sujeito que não pôde pagar o preço de ser sujeito, por não poder inscrever sua dívida, e para o qual a única possibilidade de existir é então fazer, como diria Lacan, "furo no real", colocando sua passagem ao ato no lugar da impossibilidade de encontrar a falta no discurso social.

É por isso que o caso de Richard Durn[28] é paradigmático do que o laço social de hoje pode produzir. Para além do que tem de singular – o quadro provavelmente não deixa muita dúvida quanto a um diagnóstico de psicose –, só podemos ficar impressionados com a extrapolação ao coletivo a que esse drama convida. Não se pode relegar o que Durn escrevia em seu diário aos avatares de um delírio que seria só dele. Como não ouvir, ao lê-lo, as palavras de qualquer desprovido no mundo de hoje[29]? Sua incapacidade de encontrar um apoio qualquer no social para ali sustentar sua existência por certo tem a ver com a sua problemática individual, mas com toda certeza também com as condições de nossa vida coletiva. Nisso, aliás, Richard Durn vai ao encontro dessa clínica que hoje vemos se desenvolver no entrecruzamento do social e do psiquiátrico, que corresponde tanto às fobias escolares ou à obesidade infantil quanto às passagens destruidoras ao ato, como na célebre matança de Colombine nos Estados Unidos ou no terrorismo. O diário de Richard Durn nos faz entender a que ponto ele se sentiu incapaz de "possibilitar" sua existência, tanto estava na impossibilidade de encontrar no ar ambiente com o que sustentar um pouquinho que fosse seu desejo. É aqui que teremos de nos

---

28 Cf. a esse respeito J.-P. Lebrun, "Richard Durn ou la tragédie d'un enfant de Personne", *Psychologie clinique*, nº 17, "Qu'est-ce qu'un fait clinique?", verão de 2004.

29 Esse diário foi publicado em *Le Monde* de 10 de abril de 2002. Dele citamos longos trechos no artigo citado na nota anterior.

perguntar se a confusão generalizada na qual nos mergulha a evolução de nossa sociedade não poderia ter como conseqüência levar sujeitos a se viverem como que sem recurso diante do desconcerto em que estão.

Aliás, é no mesmo sentido que nos leva o filósofo Bernard Stiegler, ainda que o faça com outros conceitos, quando nos diz que "Richard Durn sofre de uma privação estrutural de suas capacidades narcísicas primordiais". Para esse autor, "há um narcisismo primordial tanto do 'eu' [*je*] quanto do 'nós'. [...] Vivemos uma época de grande sofrimento narcísico, caracterizada notadamente pelo sofrimento de um narcisismo do 'nós', por uma espécie de doença do 'nós'. Só sou 'eu' [*je*] na medida em que pertenço a um 'nós'. [...] Somos, hoje, enquanto somos 'eu' [*je*], essencialmente visados como consumidores. Ora, um consumidor não tem o direito de dizer 'eu' [*je*]; um consumidor não é mais nem um 'eu' [*je*] nem um 'nós', pois está reduzido ao 'a gente'. Está despersonalizado, desencarnado, e isto por princípio e por estrutura. O consumo tende a fazer o 'eu' [*je*] e o 'nós' se confundirem, anularem suas diferenças e as transformarem por isso mesmo num 'a gente'. A organização do consumo – que consiste em sincronizar os 'eu' [*je*] ao ponto de negar que sejam diferentes, porque um 'eu' [*je*] é uma diacronia, porque só posso dizer 'eu' [*je*] na medida em que meu tempo não é o tempo de vocês – é o que tende a anular o amor de si, o amor-próprio. Dizer que vivemos numa sociedade individualista é uma mentira patente, um engodo extraordinariamente falso. [...] Vivemos numa sociedade-rebanho, como compreendeu e antecipou Nietzsche, [que] tinha muito bem visto essa perda de capacidade de produzir uma diferença, e a tendência de sociedades injustamente ditas 'individualistas' a negar a exceção. Nossas sociedades pretensamente individualistas na realidade são perfeitamente gregárias[30]".

O aparecimento dessa estrutura gregária, de rebanho, de massa mais que de multidão, desse *formigueiro* como Stiegler em outro lugar a chama[31], tem por efeito levar o indivíduo-sujeito a evitar sua divisão

---

30 B. Stiegler, *Aimer, s'aimer, nous aimer. Du 11 septembre au 21 avril*, Galilée, 2003.

31 B. Stiegler, "Allégorie de la fourmilière", in *De la misère symbolique*, t. I, *L'époque hyperindustrielle*, Galilée, 2004.

subjetiva, a trocar seu trajeto de subjetivação por um pertencimento à massa: uma *individuação* mais que uma *individualização*, uma maneira de exigir poder contar-se um no rebanho, mais que impor-se o trabalho de sair dele e de assim realizar-se como sujeito autônomo e singular. Aliás, poderíamos pensar que o paradigma de um tal funcionamento social está em ação nessa invenção que não deixa de caracterizar nossa época: a televisão. Não é ao vê-la que nos sentimos como se fizéssemos parte dos outros – os milhões de telespectadores –, embora sejamos ao mesmo tempo reconhecidos como um? Assim, esse sujeito gregário encontra-se, sem querer, mais que nunca dependente de um reconhecimento social de sua singularidade que, no entanto, por estrutura, não pode lhe ser dada num tal dispositivo, pois tal reconhecimento deve ser simbólico e pediria por aí mesmo um apoio na negatividade. Tudo se passa como se o neo-sujeito quisesse apoiar-se nesse feixe de imagens que lhe envia o social *via* televisão, embora esta no máximo só possa lhe conferir uma identidade imaginária. A única saída imaginável: encontrar uma identidade simbólica graças ao apoio buscado nas imagens, mas contanto que essa identidade remeta a um além da imagem que, precisamente, esse mesmo social televisual não lhe mostra mais.

Assim é, por exemplo, que convém medir a distância que separa a atração suscitada pela figura do herói tradicional da atração que resulta da celebridade televisual[32]. O jornal *Le Monde* escrevia a respeito da juventude e seu fascínio pela "Star Academy": "Eles têm 6 anos, 9 anos ou 15 anos, vêem diariamente adolescentes virarem vedetes da canção e querem imitá-los. Para eles, a celebridade catódica, 'instância de apelo' da escola, tornou-se a principal fonte de reconhecimento[33]". Essa aspiração toda imaginária evidentemente é problemática ao permitir que se deixe de lado as pressões, no entanto irredutíveis, da individuação. Como afirma o filósofo Dany-Robert Dufour, a televisão opera como "um estádio do espelho televisual[34]", em que o sujeito se identifica plenamente com

---

[32] Cf. a esse respeito Z. Bauman, "Du martyr au héros, et du héros à la célébrité", in *La Vie liquide*, Le Rouergue/Chambon, 2006.

[33] *Le Monde*, 23 de dezembro de 2004.

[34] A distinguir precisamente do "estádio do espelho" que Lacan havia identificado como a fonte do reconhecimento do eu [*me*] – no sentido do "eu" freudiano, é claro.

sua imagem... com esta exceção: o erro da inversão da imagem (minha esquerda está à direita e vice-versa), erro necessário que "inscreve toda a vida numa linha de ficção". Ora, precisamente, a câmera não inverte a esquerda e a direita. Mas então, pergunta-se o autor, "como faço para me reconhecer em minha intimidade quando passo daquele que olha ao olhado, de diante do aparelho a dentro do aparelho? A resposta é simples: não sou eu que me reconheço, são os outros. [...] Nesse estádio do espelho audiovisual tão buscado hoje, pode-se portanto dizer que são os outros que me dizem (me ditam) quem e o que sou[35]". Em outras palavras, o que essa celebridade indica é a que ponto a organização coletiva sem querer hoje deixa de lado o que não é o mesmo, a alteridade. E como o que chamamos *entodamento* subverte na realidade o laço social.

Sempre há um *nós* nesse tal laço social, mas esse *nós* é um *nós* falso, é um *nós* que nega sua dimensão sempre prévia, um *nós* segundo, de certo modo, que deve por conseguinte correr atrás de sua legitimidade. Como não transmite mais essa primazia, não transmite mais o que lhe permite suceder a si mesmo. É nisso que esse *nós* está numa curiosa relação com os *eu* [*je*] que o habitam. O *eu* [*je*] e o *nós* vivem-se como co-presenças. Como apenas saturados da presença um do outro. O *nós* como o *eu* [*je*] não se excetuam mais. São agora apenas união e particularidades. Não são mais nem coletivo nem singular.

O laço entre os sujeitos desse social não inclui mais a negatividade; não passa mais pelo que falta a cada um dos protagonistas, pela disparidade – o espelho como que explicando a ficção – com a qual cada um deve se confrontar. Ele se coloca sob a batuta de um grande Tudo, de um *entodamento* digamos, sem falta, sem falha, sem limite. Ao assim fazer, escamoteia o real e o que liga os sujeitos não pode mais ser encontrado a não ser na busca do objeto positivado.

É nisso que se deve considerar seu funcionamento como equivalente àquele de uma economia coletiva perversa. Como já indicamos, isto não quer dizer que, nas sociedades atuais, estamos às voltas com um

[35] D.-R. Dufour, "Télévision, socialisation, subjectivation", *Le Débat*, nº 132, novembro-dezembro de 2004, p. 204.

conjunto de sujeitos perversos; são antes sujeitos convidados a partilhar um funcionamento perverso tal como veremos mais adiante. O que, como se sabe, é antes fascinante para os neuróticos, que constituem a maioria das populações.

Se for este, como pensamos, o caso típico com o qual estamos agora confrontados, vamos ter que nos esforçar para identificar as conseqüências clínicas dessa mudança de economia coletiva. Pois é desnecessário dizer que deixar crer que pode existir um regime do simbólico que escaparia à negatividade e ao esvaziamento que o especifica, que poderia mais nada dever ao lugar do transcendental, não seria responsável. Corresponderia a programar a erosão das intermediações sociais que permitem humanizar o inelutável confronto do sujeito com a perda de gozo. Uma perda de gozo necessária à inscrição tanto de seu pertencimento coletivo quanto de sua singularidade subjetiva.

1

O QUE FALAR IMPLICA

"O que significa que eu fale?", pergunta-se o filósofo italiano Giogio Agamben[1]. Falar significa que consinto no vazio, na perda, na negatividade, responde o psicanalista. Para fazer entender isso, é preciso consentir em efetuar um importante desvio. Ou antes, chegar de imediato ao essencial, a saber, dizer aquilo a que estamos obrigados em razão de nossa condição humana. Assim, vamos aqui pedir ao leitor que aceite nos seguir num desdobramento daquilo que implicam os conceitos da psicanálise, em particular lacaniana. Quem estiver familiarizado com esses conceitos está livre para deixar de lado este capítulo, nele com certeza não aprenderá nada que não saiba. Nosso interlocutor não será aqui o psicanalista, mas antes o homem comum que, em geral, não teve a oportunidade de avaliar a extensão do que falar implica.

Falo, logo..

Falar supõe um recuo, implica não estar mais em simbiose com as coisas, poder distanciar-se, não estar mais apenas no imediato, na urgência. Falar

---

1 G. Agamben, *Le Langage et la Mort*, Christian Bourgois, 1991.

exige um desapossamento, uma des-sideração, um desprendimento, um descolamento do real, põe em ato um desvio, uma distância obrigatória. É claro, de tanto praticá-la diariamente, essa distância é esquecida. Quem, pois, ao falar, pensa que assim garante de imediato uma posição de recuo, que já está sempre como que em exílio, sempre já um pouco em outro lugar?

A psicanálise claramente identificou após Freud e Lacan que somos seres de fala e de linguagem. De qualquer modo, e ainda que alguns evoquem regularmente a *soi-disant* linguagem dos animais, admite-se que essa aptidão para a linguagem, em toda a sua complexidade, é única. É o que caracteriza e especifica a humanidade, essa comunidade dos seres falantes.

Menos conhecidas são as conseqüências dessa especificidade. No entanto, são numerosas e determinantes. A linguagem é como que um sistema no qual o indivíduo humano deve entrar se quiser assumir seu lugar entre seus pares. Esse sistema tem suas obrigações, suas próprias regras, que lhe permitem funcionar e que se impõem por conseguinte a todo ser que fala, a todo sujeito, ainda que à sua revelia. Entretanto, desfaçamos logo uma ambigüidade. O que afirmamos até aqui supõe que um indivíduo existiria como sujeito antes de entrar no sistema de linguagem. A noção de inconsciente à qual Freud deu toda a sua pertinência remete de sua parte não "ao que não é consciente", mas a uma "Outra cena" – a expressão é de Freud para designar precisamente o inconsciente como um outro lugar que o da consciência –, na qual se determina o destino do sujeito. Para Lacan, essa Outra cena é a da linguagem – daí sua célebre fórmula: "O inconsciente é estruturado como uma linguagem" –, e é precisamente a passagem necessária pelo sistema de linguagem que faz de um indivíduo um sujeito e que lhe dá um inconsciente, estando esses dois movimentos estreitamente ligados.

Esse sistema de linguagem em si mesmo comporta regras. Quais? É um sistema constituído de significantes – as palavras –, que só valem por suas diferenças uns em relação aos outros e não enquanto tais. *Cavalo* só designa o animal que cada um conhece por convenção e apenas diferenciando-se de *cão* e *gato*. Em si, *cavalo* não designa nada. Passar pelo sistema da linguagem implica portanto submeter-se a seu funcionamento, no caso a um sistema descontínuo de significantes que apenas remetem uns aos outros e que por isso instauram uma distância irredutível entre as palavras e o que elas representam.

O fato de o futuro sujeito ter de passar por um sistema como esse condena-o a só se exprimir, a só se dizer, através da descontinuidade significante e, portanto, a encampar a estrutura desse sistema. Ele próprio está assim condenado à descontinuidade, em outras palavras, a sem cessar desaparecer e reaparecer. O sujeito, pelo fato de falar, de ser – segundo a fórmula de Lacan – um ser falante, nunca é, portanto, um sujeito pleno, mas um sujeito sempre já "dividido" pela linguagem, sempre "furado", atingido por essa descontinuidade, barrado e em via de se barrar; é o que vai marcá-lo com um inconsciente. Além disso, esse sistema vai subverter aquilo que de hábito serve de agente de transmissão da espécie no reino animal, a saber, o patrimônio genético. O que assegura a transmissão na espécie humana são, é claro, os genes, mas também e sobretudo os significantes. De certo modo, acrescentou-se o vazio. Pois, se o gene pode transmitir-se sozinho e de maneira positiva, o mesmo não acontece com o significante. Com efeito, considerar um significante, como vimos, implica que seja considerada a diferença com outro significante, logo, também o vazio que os separa.

Por isso consideramo-nos autorizados a dizer que a identidade de um sujeito é primeiramente negativa. Assim, por exemplo, o nome próprio supostamente diz o que sou. Mas na verdade ele é só uma concha vazia. Ele diz apenas quem eu sou, o lugar onde estou em minha genealogia, mas não comporta nenhum conteúdo. Em compensação, é a inscrição dessa negatividade constituinte que permite que um indivíduo exista como sujeito. Os filósofos, há muito tempo, nada vêm fazendo senão insistir nessa negatividade constituinte do sujeito. Para a psicanálise – é esta sua dimensão antropológica maior –, um sujeito não é um pleno que tem de se dizer no descontínuo da linguagem, ele é o que resulta desse descontínuo imposto pelo sistema da linguagem. A esse título, vemos desde já toda a importância da negatividade.

Mas vamos dar mais um passo. Logo, são os significantes – as palavras – que são primeiros e que, sob certas condições, vão permitir a emergência de um sujeito. Ora, essas palavras que vão fazer o sujeito emergir são as dos primeiros outros que o cercam: logo, estes apareceram como ocupantes do lugar do Outro. As palavras que permitiram que eu me tornasse sujeito são antes de mais nada aquelas de meus pais, por exemplo. Em outras palavras, o futuro sujeito – lembremos com efeito que, neste ponto, o sujeito ainda não é realmente sujeito, já que só o será no *só-depois*, após ter passado pelas palavras do Outro, pelo sistema da linguagem – está sujeitado aos significantes do Outro[2]. Isto significa que o que tenho de mais singular, minhas palavras, também é o que tenho de mais íntimo, o que acredito ser o único a pensar. E o que, no entanto, sempre é construído no material do Outro. Mas, então, como o "singular" de um sujeito pode constituir-se a partir do "comum" que lhe vem inteiramente do Outro?

É isto o que implica o processo da subjetivação: notemos antes de mais nada que a alteridade não está primeiro nos outros, mas no próprio seio de cada um. Em seguida que, se um sujeito pode emergir do que lhe vem do Outro, e até de seus primeiros outros, é porque, nesse lugar do Outro, sempre está faltante o significante que diz o que ele é. Em outras palavras, o Outro também está "barrado", marcado pela falta. E "não há Outro do Outro", como dizia Lacan, que acrescentava: "é o grande segredo da psicanálise". Com efeito, não há nenhuma garantia que, no Outro, dirá quem eu sou. Esse sistema de linguagem através do qual devo passar para emergir como sujeito é sem garantia final. E é, paradoxalmente, essa ausência de garantia que induz a própria possibilidade de minha singularidade, de meu desejo próprio. O fato de que o que me vem do Outro, e que me é indispensável para tornar-me sujeito, não me diga isso por inteiro é bem feliz. Pois, se não fosse assim, não haveria mais liberdade alguma possível.

Mas a questão permanece: como o futuro sujeito pode emergir num tal contexto? Em que condições pode tornar-se um sujeito singular com

---

2 Lacan distingue portanto dois "outros": um primeiro que ele escreve com uma minúscula, o outro que é o parceiro, e um segundo que ele escreve com uma maiúscula, o Outro que, para além do parceiro, designa a cena da linguagem que, anterior e exterior ao sujeito, no entanto o determina radicalmente. Notemos que esse grande Outro só é acessível a alguém através daqueles – os pais, e até mais diretamente a mãe – que lhe emprestaram carne.

as palavras do Outro a partir das quais ele é inteiramente construído? Por que não permanece completamente alienado no Outro? Como ele consegue se sustentar como sujeito a partir dessa negatividade que o constitui? Por que não permanece imerso no Outro, enviscado, incapaz de distinguir o que é dele e o que é do Outro?

É, precisamente ao se apropriar de novo desse vazio, dessa negatividade, ao fazer sua essa falta no Outro, ao aceitar essa ausência de garantia, ao abandonar a esperança de que o Outro o defina, que o sujeito pode traçar a própria via. Da mesma maneira que é preciso aceitar deixar a borda da piscina para nadar. Logo, ele só consegue isso após ter-se de certo modo autorizado a *fazer objeção ao Outro*. É esse trajeto que chamamos subjetivação. Um trajeto incontornável para cada sujeito uma vez que equivale ao trajeto da humanização. E que pode ser descrito como um confronto com a estrutura da linguagem daquele que ainda não é um sujeito, para assim se tornar: desse modo, o filho é antes de mais nada o que os pais dizem dele; depois, ao começar a falar, ao repetir as palavras que ouve, é como se endossasse o que é dito à sua volta e, até mais particularmente o que é dito dele. Mas, como todos sabem, vem em seguida a fase do Não! O momento em que ele vai repetitivamente refutar essa necessária alienação e em que é de seu próprio lugar que ele se defende de ser apenas o que os pais dizem dele. É nesse momento que ele faz objeção ao Outro e, como sabemos, é essa possibilidade que falta àquele que no *só-depois* se vai verificar como psicótico[3]. Restará o momento em que, fortalecido por ter assim se posicionado, ele deverá aceitar que o que era dito dele valia para ele, mas será então a partir de sua própria posição subjetiva que sustentará sua fala.

Aliás, essa necessidade de retirar-se para sustentar-se como sujeito deve sem cessar ser experimentada ao longo da existência, sempre que cometemos um ato. Com efeito, cometer um ato é antes de mais nada apoderar-se novamente de tudo o que sei, em seguida do que falta nesse

[3] Em poucas palavras, é o fato de não dispor desse ponto de apoio para fazer objeção ao Outro que é o próprio sinal da loucura. O que Lacan teorizou com o conceito de "foraclusão do Nome-do-Pai". Em outras palavras, falta ao sujeito psicótico o apoio (no Nome-do-Pai) que vem autorizar o futuro sujeito a fazer objeção ao Outro (materno).

saber. E é enfim tomar posição, assumindo as conseqüências desconhecidas do ato que cometo e que consistiu, de certo modo, em "furar" o saber. Como o saber, no fim das contas, sempre nos vem do Outro, é preciso que o sujeito consinta em se separar dele, em se retirar dele para cometer seu ato. Assim, por exemplo, dizer "te amo" pode por certo justificar-se pelas qualidades que achamos no ser amado, mas a fórmula nunca poderá ser deduzida apenas desse inventário; além disso vai ser preciso que o sujeito sustente essa fala que no fim das contas só terá valor por ser enunciada. Assim, o apaixonado decerto dispõe de um saber sobre o amado, mas é só ao aceitar "furar" esse saber que pode enunciar seu "te amo".

A hiância da linguagem

Essa distância que a psicanálise identifica em ação na fala não é imediatamente perceptível para um sujeito. Tem que lhe ser indicada, tem, como fazemos neste momento, que lhe ser posta diante do nariz. Pois o vazio que supomos presente na fala não tem estatuto conceitual naturalmente reconhecido. Logo, é difícil apelar para o senso comum para de imediato reconhecê-lo, para admitir que o que aqui afirmamos é pertinente. Mesmo assim, todos bem cedo experimentaram isso na existência e ainda o experimentam no dia-a-dia, na incógnita representada pelo desejo do outro. Sempre que estou em contato com um outro, ignoro pelo menos parcialmente o que ele quer de mim e, ainda que ele o explicite do modo mais completo possível, percebo que o que pode disso dizer está longe de esgotar a questão. Seu desejo permanece para mim uma incógnita. Estou ao lado desse outro, faço parte dele, caminho com ele, mas não sei realmente quem ele é, nem o que quer de mim para além do dizer pontual que pode me enviar. A partir dessa experiência cotidiana, é possível extrapolar o que se passa na criança mais nova. Sua apreensão do outro, do qual inteiramente depende, deixa-a confrontada com o que Freud chamava o *Hilflösigkeit*, o sem recurso, isto é, no fim das contas, com uma hiância. É esta última que lhe – nos – faz perceber o vazio suposto pela linguagem, pela negatividade implícita que habita o mundo dos humanos.

Dizendo de modo ainda mais simples, a primeira relação do filho com a mãe, que é seu primeiro Outro, está de imediato marcada pela presença dessa hiância, dessa brecha entre o que ela quer e o que ele percebe daquilo que ela quer. O filho é literalmente aspirado pelo que supõe que a mãe quer e espera dele. Assim sendo, ele ao mesmo tempo está bem cedo confrontado com a impossibilidade, para ele, de ser adequado ao que ela quer. Com efeito, o que ela quer, pelo fato de estar inscrita na linguagem, lhe é de imediato desconhecido – ainda que parcialmente –, pois permanece desconhecido para ela mesma. É essa incógnita transmitida ao filho que ele vai primeiro apreender como uma hiância, como um vazio. Este último será, é claro, rapidamente preenchido pelas palavras trocadas; portanto, não é espantoso que não tenhamos mais essa percepção natural do vazio que sempre habita a fala. Para percebê-lo de novo, será preciso passar por um trabalho conceitual, ou refazer a experiência, por exemplo na cura analítica.

Logo, falar especifica o humano, a humanidade, o ser falante. Entendamo-nos bem: é claro que não se quer aqui excluir os surdos-mudos da humanidade. A aptidão para a fala não depende apenas da integridade dos órgãos fonadores, ela se deve à colocação em prática da faculdade de linguagem – chamemo-la assim, ainda que hoje se fale mais de competência lingüística. Trata-se de poder servir-se desse sistema da linguagem no qual temos todos a capacidade de entrar, que em princípio podemos todos utilizar, exceto avatar por uma infelicidade da neurofisiologia. É até o que faz que sejamos da mesma espécie, da mesma família, da família dos seres humanos – dos *trumanos**, como os chamava Lacan.

Citar aqui Lacan é simplesmente dar a César o que é de César. Pois, se é a Freud que devemos a invenção da psicanálise, é a Lacan que devemos o verdadeiro reconhecimento disto: a linguagem não é uma simples ferramenta, ela é o que subverte a natureza biológica do humano e faz nosso desejo depender da língua.

* Alusão ao "trou", furo, buraco que constitui o "humano". (NT)

Convém continuarmos a nos espantar: nossa existência é inteiramente marcada, moldada até, pelas conseqüências dessa captura na linguagem. Logo, é o tamanho dessa condição de ser falante que deve ser avaliado, que deve ser explorado. Evidentemente, não nos espantamos mais com isso, como não dizemos mais a todo momento que quando respiramos é oxigênio que introduzimos no organismo. Aliás, não temos necessidade alguma de saber isso: funciona assim e para nós basta. E é por isso que esquecemos. Mas isso não deveria nos impedir de continuarmos a nos espantar. Somos os únicos animais que praticam a troca por palavras, que organizam suas relações e seus atos no cotidiano com blablablá. Somos eternos tagarelas, letristas volúveis, falastrões, palavrosos, que gritam, berram, que murmuram, que fanhoseiam, que pigarreiam, que se repetem, que insultam, que gemem, que dizem palavras de amor... É longa a lista daquilo a que nos autoriza nossa aptidão para a linguagem e, como já dizia Esopo, tanto para o melhor quanto para o pior. Mas a aptidão para a fala também se paga com um preço: somos habitados pelo vazio, pelo negativo, pela ausência. Pois a possibilidade da fala implica isso, como no Jogo do 15 ou de empurra-empurra: é preciso uma casa vazia para que os números possam "trocar de lugar" e "deslizar".

A condição humana não é apenas constituída pelo positivo que permite a fala, mas também pelo negativo em torno do qual esse positivo se organiza. É esse esvaziamento que surge como constituinte do cerne da linguagem, essa ausência aninhada na presença, esse furo cavado no real. Pode-se aqui pensar no gesto do ceramista que lhe permite moldar um objeto ao girar em volta de um vazio central. No mesmo movimento, ele fabrica o vaso e cerca um vazio.

É ali, por exemplo, que se deve procurar onde o ódio se origina. A razão de meu ódio é primeiro esse vazio que me habita, ao qual sou forçado a dar lugar pelo fato de que falo. É por isso que Freud punha o ódio – e não o amor – no início do humano. Enquanto seres falantes, tivemos, de uma maneira ou de outra, que pagar um tributo ao negativo. Inscrevemos em nós essa parte de negatividade. Essa obrigação implicada pela linguagem, esse pedaço retirado que assim ela veicula e ao qual não conseguimos nos subtrair, o que pode ele fazer além de suscitar o nosso ódio?

Nem por isso nos enganemos quanto ao endereço desse ódio. Com efeito, podemos nos enganar. O ódio pode endereçar-se àqueles que transmitem as obrigações da fala, a esses primeiros outros que nos cercaram, eles próprios já marcados por essa negatividade que acabamos de evocar; logo, "recheados" de uma ausência e causas visíveis da irredutível insatisfação. Mesmo assim não se deve esquecer que o endereço primeiro, original, do ódio deve ser buscado em outro lugar. Ele não visa primeiro aqueles que estão encarregados de nos transmitir nossa condição de homem ou de mulher, mas... esse vazio implicado pela fala.

Ousemos uma comparação para explicar melhor o peso dessa tese. Digamos que, para o psicanalista, a lei da linguagem está para o humano como, para o físico, a gravitação está para a massa. Nem uma única massa, por menor que seja, escapa à gravitação. Nem uma única parte de humano escapa a esse destino de ser cosigido pela Lei da linguagem. Tão logo tenho potencialmente a faculdade de falar, mesmo que eu ainda não fale, pelo mero fato dessa potencialidade inscrita em meu patrimônio genético, tenho de me confrontar com um mundo já organizado pela linguagem; logo, pela negatividade. O que caracteriza um mundo como esse é que toda presença comporta ausência. Por isso, a palavra pode alegrar, mas ao mesmo tempo decepciona. Pois a palavra – assim como o vaso do ceramista – não pode se desfazer do vazio pelo qual é habitada.

A potencialidade que todos guardamos secreta desde o nascimento em matéria de linguagem, pelo menos em princípio, não garante poder falar. Com efeito, todo um trabalho parece necessário para que a criança, esse *in-fans* – do verbo latino *fari*, falar –, que é um não-falante, se aproprie do uso da fala. Trabalho que cabe parcialmente aos primeiros outros que a cercam, os pais, a família, os professores, ou seja, aqueles que se encarregam de sua educação, e, mais geralmente ainda, à geração que a precede. Mas que também cabe parcialmente à própria criança: ela deverá consentir em tomar a fala, consentir primeiro em implicar-se em seu aprendizado, em seguida em dele se apropriar. Virá enfim o momento em que poderá e deverá também sustentar sua fala, logo, sustentar-se por iniciativa própria, assumir a responsabilidade de seu dizer.

É esse trajeto que chamamos tornar-se adulto. Um trajeto que supomos realizado quando o sujeito atinge a maioridade legal.

Falar supõe poder enunciar-se, estar em condição de engajar-se em sua fala, assumir sua responsabilidade. O que não é exigido cada vez que se fala. Ao falarmos, na maior parte do tempo nos conduzimos como quando dirigimos em auto-estradas sem nos preocupar a cada momento com o destino. Mas acontece de nossa responsabilidade nos ser lembrada de fora: por exemplo, quando o que dissemos feriu, contou, foi mais uma palavra. O fato de que o tenhamos querido ou não nada muda aí. Estávamos em nossas falas sem saber ou sem querer saber. Às vezes, ao contrário, prendemos a respiração para falar, questionamo-nos, duvidamos, sabemos que não estamos certos daquilo que vamos afirmar, mas mesmo assim dizemos. Às vezes, ainda, dizemos um sim, ou um não, sem conhecer todas as conseqüências disso. Pouco importa. Cada um de nós está obrigado, afinal, a assumir o desconhecido, a sustentar o que é preciso então chamar um ato, o ato de dizer. É então como que transpor um limite. Exemplo com freqüência citado: César atravessando o Rubicão. Muita gente atravessa, atravessou e ainda atravessará o Rubicão, esse pequeno riacho do norte da Itália, nem por isso será sempre um ato. Mas para o cônsul era manifestamente um: ao atravessar o Rubicão, ele sabia que estava entrando em guerra com Roma, embora sem conhecer o desfecho dessa guerra, mas assumindo de antemão todas as conseqüências de sua decisão. É por isso que, para nós, é o modelo de um ato.

Só quando sustentamos um ato é que podemos perceber, e até sentir, que a negatividade está inclusa na fala, que, embora falemos com palavras, estas implicam o vazio que no entanto parecem preencher, que, portanto, é a partir desse vazio que falamos. Que, no fundo, tudo o que aprendemos até aqui em nossa existência só terá servido para nos ajudar a sustentar esse confronto com o vazio, para suportar a ausência de verdadeiro ponto de apoio, tudo isso para que nosso dizer conte... ainda que nada seja menos garantido. É como se, com isso, toda a nossa história nos tivesse levado a poder nos engajar, passando por uma porta bem pequena, sempre estreita demais. Todo o nosso passado só está ali para vir em nossa ajuda nesse momento, para nos tornar possível uma fala. Às vezes, ao contrário, esse passado nos deixa em desvantagem.

Força-nos a nada poder dizer de novo, a só repetir, a nos proibir de inventar. Entretanto, no dia em que "eu" [*je*] falo, no sentido próprio da palavra, em que "eu" [*je*] coloco o ato de falar, sem inteiramente saber, mas assumindo tanto "o que sei" quanto "o que não sei", nesse dia, as justificações se esvaecem, as razões desaparecem. Resta apenas a angústia legítima de ter que falar a partir do vazio, embora nem por isso eu deixe de lutar. A angústia de sustentar o ato de dizer.

É preciso reconhecer que, na maior parte do tempo, quem fala esquece a força da fala. Logo, é um verdadeiro trabalho não se deixar desviar por essa perda, por esse vazio que habita a fala. Pois uma vez que esta emergiu, que a linguagem se desenrola, tudo se passa como se fosse o pleno da fala que ocupasse a primeira fila. Como se a presença da palavra assinalasse a origem da linguagem. Ao percorrermos as cadeias de palavras, não tornamos visível que falar é uma operação descontínua, que evidentemente falar supõe o esvaziamento do contínuo. Que foi preciso permitir tornar ausente o que estava presente e que só em seguida se pôde considerar presente o que fora assim tornado ausente. Assim, o filósofo Alphonse de Waelhens pôde escrever que a linguagem é "a prática da dialética da presença e da ausência. [...] A linguagem é o lugar original da metáfora [...] O importante é entender o que significam esse deslocamento e essa metáfora de que todas as linguagens são feitas. [...] A palavra é a um só tempo a presença e a ausência da coisa. Pela palavra, o sujeito se liberta da opressão da coisa, toma distância em relação a ela e, assim, a erige em si... [...]. Mas a palavra também visa a coisa e assim torna-a presente em sua ausência[4]".

A força da fala é verdadeiramente extraordinária: com efeito, falar permite evocar o que não está presente. Seja o elefante da África, o Taj Mahal, ou tal amigo que está distante. Logo, a aptidão dos homens para se mover na língua é prodigiosa. Aliás, ela está, pelo que autoriza, no próprio fundamento de tudo o que puderam realizar. Quem poderia não perceber que a construção das pirâmides do Egito ou andar na Lua não

---

4 A. de Waelhens, "Sur l'inconscient et la pensée philosophique", in H. Ey (sob a direção de), *L'Inconscient. VIe colloque de Bonneval*, Desclée de Brouwer, 1966, p. 378.

são só um assunto de músculos ou de competências técnicas, mas uma operação antes de mais nada simbólica, a serviço dos ideais da época? Quem poderia não perceber que é só graças às palavras que participamos dos acontecimentos do Oriente Médio ou da catástrofe da tsunami asiática? Mas essa aptidão para a linguagem tem que ser paga. Um preço pela humanização. Um preço pesado, que consiste em admitir a necessidade de uma perda, de uma subtração. Impossível ainda estar na presença plena, pois em razão de habitar a fala, ainda que eu me veja diante da "coisa real", do objeto bruto, é como se minha relação com este último permanecesse marcada por uma falta, por essa distância que a linguagem, no mesmo movimento, me havia autorizado e condenado a preservar. Aliás, é por isso que nenhum objeto me satisfaz realmente, nenhuma coisa pode preencher meu desejo de humano. Henry Michaux, em seus *Postes angulares*, faz sentir isso muito bem: "Senhor Tigre, é um toque de clarim em todo seu ser quando ele avista a presa [...]. Quem ousa comparar seus segundos com estes? Quem, em toda a sua vida, teve dez segundos de tigre[5]?". Ao contrário do animal, quando nos precipitamos sobre o objeto, seja ele qual for, arrastamos conosco essa distância, esse recuo de que dispomos, mas que, sobretudo, se nos impõe em razão de nossa aptidão para a linguagem. Se a palavra pode tornar a coisa presente até em sua ausência, ela também só pode perder a presença plena da coisa em razão da ausência que ela veicula. Logo, é preciso escolher: se recuso toda perda, então não há fala possível. Na verdade, é claro que se trata de uma escolha forçada. Não tenho realmente escolha, como nesse caso ilustrado pela expressão bem conhecida "a bolsa ou a vida?". O que quer que você escolha, diante de tal dilema, você perde, ou em todo caso consente numa perda.

Podemos mostrar de outra maneira, e de modo muito concreto, a importância da perda, desse "não há" na origem da fala, dessa impossibilidade veiculada pela linguagem e na qual cada ser deve consentir para humanizar-se. Veja uma criança, imagine-a inteiramente entregue a si mesma, sem confronto com os outros: sua fala, simplesmente, não

[5] H. Michaux, *Poteaux d'angle*, Gallimard, 1981, p. 58.

emergirá; e sua duração de vida aliás vai ser muito limitada. Temos a prova disso. É a história dos meninos-lobos[6]. Ou a do selvagem de Itard[7]. Ou ainda a da experiência instrutiva – mesmo que hoje nos apareça tão bizarra quanto cruel – de Frederico II de Hohenstanfen no século XIII. O imperador germânico, que convivia com filósofos, queria saber qual era a língua das origens. Confiou uns quarenta recém-nascidos a amas com a ordem de nunca lhes falar. Assim, pensava ele, elas poderiam observar que língua emergiria naturalmente: o latim, o francês ou o alemão? O resultado? Nenhuma dessas crianças atingiu a idade de oito anos e Frederico II não obteve resposta alguma à sua questão[8]. Sem apelo à vida pela fala do outro, a morte é rapidamente o fim do caminho. Mas é preciso consentir em levar em conta essa realidade.

Podemos aqui lembrar o que havia ressaltado o grande lingüista Roman Jakobson[9]. Em todas as línguas do mundo, nas linguagens dos bebês papai se diz com bilabiais e mamãe se diz com formas em *m-m*, única emissão fônica compatível com a sucção. Em outros termos, mamãe pode se dizer de boca cheia, mas, para dizer papai – logo, evocar um terceiro, praticar uma diferenciação significante –, é preciso que haja falta, ausência, vazio, como a casa vazia já mencionada no Jogo de empurra-empurra ou do 15. Uma condição que, sem ser suficiente, sempre é necessária, como uma prévia incontornável, para que o ato de falar prossiga.

A distância entre o homem e o animal, o que constitui a diferença fundamental entre os dois, encontra assim sua razão. Entre os humanos, não há mais instinto, não há mais comportamento programado de antemão, não há mais saber inscrito nos genes, não há mais "natureza" humana, não há mais necessidade a ser preenchida com o objeto apro-

---

6 Ver a esse respeito L. Malson, *Les Enfants sauvages*, 10/18, 2005.

7 J. Itard, *Victor de l'Aveyron*, Allia, 1998, e também O. Mannoni, "Itard et son sauvage", in *Clefs pour l'Imaginaire*, *op. cit.*, pp. 184-201.

8 Cf. a esse respeito J. Benoist-Mechin, *Frédéric de Hohenstufen*, Perrin, reeditado em 2004. O historiador, por sua vez, ao contar a anedota, contenta-se em concluir dizendo que, "infelizmente, Frederico nunca soube, pois todas as crianças morreram durante a experiência" (p. 355). Modo de não levar em conta o que a experiência implicava.

9 R. Jakobson, "Pourquoi 'papa' e 'maman'?" in *Langage enfantin et aphasie*, Minuit, 1969.

priado. O homem, como observa Dany-Robert Dufour, nasce prematuro, inacabado, inapto a viver sem o outro, submetido à dependência. É um "neotênico[10]", um ser que perdeu sua primeira natureza e que se viu forçado a inventar uma segunda"; por conseguinte, menos um ser abençoado pelos deuses que um fracassado maior. "Ele não habita no espaço já que não está adaptado em lugar algum, ele não habita no instante já que é sempre insuficiente[11]".

Essa linguagem que nos especifica, de que tiramos a justo título nossa soberba, de fato nos vem sempre de outro lugar, dos outros que nos precedem, daqueles da geração anterior. Por conseguinte, nenhum ser falante dela pode se dizer proprietário. Como já deixamos entender, as próprias palavras de um sujeito sempre lhe vêm de seus primeiros outros, daqueles que falavam antes dele, digamos, de maneira geral, do Outro. Logo, sua autonomia é muito relativa. É por isso que convém falar antes de out(r)onomia. Para assim pôr fim a toda idéia de autofundação. O humano é um out(r)ônomo, um autônomo a partir do Outro. O homem não pode se pensar auto-referido, reivindicar ser sua própria origem. Esta lhe escapa. Melhor até, é por ela lhe escapar que ele pode dela se prevalecer, que pode inventar mitos que a evocam, referir-se a um umbigo que a figura.

Essa questão fez correr muita tinta. Durante séculos, o homem tentou pensar sua origem. Não cessou de imaginar montagens para se dar uma ascendência. Daí o aparecimento dos deuses primeiro, de um único Deus em seguida, sempre para dar consistência à mesma idéia, a de uma força exterior que fornece ao homem seu fundamento, justifica sua existência, garante sua legitimidade no universo. Depois vieram o Iluminismo e a fórmula de Kant que dali por diante podia servir de bússola: "O Iluminismo é a saída do homem para fora do estado de tutela

---

10 Segundo a hipótese introduzida pelo anatomista Bolk em 1926 e retomada por Lacan desde seu artigo sobre a família. Cf. a esse respeito D.-R. Dufour, *Lettres sur la nature humaine à l'usage des survivants*, (Calmman-Lévy, 1999) e, mais recentemente, *On achève bien les hommes. De quelques conséquences actuelles et futures de la mort de Dieu* (Denoël, 2004), obra na qual a neotenia humana é a tese central de que o autor se encarrega de tirar todas as conseqüências.

11 D.-R. Dufour, *Lettres...*, *op. cit.*, p. 50.

pelo qual ele mesmo é responsável. O estado de tutela é a incapacidade de servir-se do entendimento sem a condução de um outro. Somos nós mesmos responsáveis por esse estado de tutela quando a causa não se deve a uma insuficiência do entendimento mas a uma insuficiência da resolução e da coragem de se servir dele sem a condução de um outro. Tem a coragem de te servires de teu próprio entendimento! É este o lema do Iluminismo[12]". O trajeto nem por isso tinha acabado. Com o século XX, e sobretudo com o aparecimento da pós-modernidade, a autonomização do homem vai ser maximizada. O homem tenderá a se pensar totalmente livre, a recusar tudo o que poderia ligá-lo a um umbigo situado em outro lugar que nele mesmo. Abusivamente, é claro. Pois sua liberdade está sempre por ser conquistada, nada realmente o autoriza a se pensar livre daquilo que deve aos outros, a não ter que fazer o trabalho de se separar daqueles que o precederam.

Esse lugar do Outro, onde o sujeito encontra as palavras que vão dizê-lo, não contém, sabemos, a única palavra que o teria de fato interessado, aquela que vai dizer quem ele é. Somente um nome e um prenome lhe serão dados. Mas o patronímico, se indica seu lugar na genealogia, não traz nenhum conteúdo, nenhum programa. No máximo, uma referência a um outro – através do nome do pai no caso mais geral – que já existe. À qual se acrescenta, *via* prenome, com o que não se confundir com irmãos e irmãs. O Outro que poderia dizer quem é o sujeito como tal, não o define, não lhe diz nada. Somente cava um vazio, uma falta, um lugar, onde o sujeito poderá amarrar sua existência.

Em razão dessas palavras que habitam o sujeito no interior, o Outro habita em seu próprio seio. No cerne do sujeito, em seu lugar mais íntimo, encontram-se as palavras do Outro, as quais, vindo de outro lugar, são para ele antes de mais nada estranhas. Foi essa alteridade que constituiu o sujeito, que o construiu, que o fabricou. Mas no cerne desse cerne, no meio do Outro, subsiste um furo, uma falta sobre a qual o sujeito deverá paradoxalmente apoiar-se para declinar sua própria singularidade.

---

12 E. Kant, *Qu'est-ce que les Lumières?*, GF/Flammarion, 2006, p. 4[illegible].

Duas faltas vão de certo modo se recobrir. A primeira é um furo cavado no Real pelo Simbólico, uma perda que instala o nada, *via* vazio da Coisa[13], no cerne da linguagem, como a casa vazia necessária para que certos jogos possam continuar. A segunda falta é aquela que está inscrita no campo do Outro, na linguagem, e que pode ser designada como um significante ausente. É preciso uma perda para que se instale a linguagem. Mas essa perda de certo modo se repete no interior da própria linguagem, esta uma vez instalada, já que sempre faltará o significante que diz o que sou.

Logo, uma falta no ser, aquela implicada pela linguagem, precede a falta no ter, no fato de ter ou não o falo. O que Freud havia identificado como determinante para a criança, a saber, o confronto com a diferença dos sexos, é assim crucial: é dessa maneira que cada ser humano vai apreender a falta no registro do ter. Uma falta que, em razão de sua aptidão para a linguagem, já operou no registro do ser.

Logo, se somos seres falantes, é bem porque, de uma maneira ou de outra, pagamos nosso tributo ao negativo. Mas temos de dar mais um passo. É ali onde pagamos o preço dessa necessária subtração, isto é, num lugar para cada um eminentemente singular, numa relação com aqueles que foram nossos primeiros outros, que somos mais nós mesmos. É precisamente ali onde essa perda aconteceu que cada um poderá ser, da maneira mais singular, sujeito. Logo, a surpresa é dupla: porque fica claro que é o vazio que constitui o cerne de nosso ser, e em seguida que é no lugar onde – e na maneira como – o sujeito se arrimou no vazio que jaz sua singularidade.

O fiador [garant] do humano

É protegendo esse vazio que o humano resiste, que ele pode ser muralha contra o desumano. Seja Primo Levi, Jean Cayrol, Jean Améry ou outras

13 Aqui, a Coisa não quer dizer o objeto no sentido banal. A maiúscula designa bem o conceito filosófico do ser na medida em que ele existe independentemente das condições de percepção e das circunstâncias.

testemunhas do horror nazista dos campos de extermínio, todos concordam com o que disse Robert Antelme[14] sobre o campo de extermínio: "Ele pode matar um homem, mas não pode mudá-lo". Fethi Benslama comenta muito judiciosamente essa fórmula, observando que a frase de Antelme comporta dois aspectos: "O primeiro diz que matar é possível. Foi pela relação com essa possibilidade que os fundamentos éticos foram formulados no modo do interdito, como o 'não matarás'. Mas o que o segundo aspecto da frase nos indica é outra base, bem diferente. O 'ele não pode' não designa o interdito e a possibilidade de sua transgressão, mas o impossível: 'ele não pode mudá-lo' significa que, sejam quais forem a tentação e a tentativa do homem, é impossível transformar um homem em outra coisa que um homem[15]".

O que pode garantir, até em circunstâncias extremas, que o humano esteja sempre aí? Podemos responder que, enquanto um homem permanecer em contato com esse vazio, enquanto a ele estiver amarrado, sua humanidade continua vivendo nele, ele permanece humano. E isso ninguém pode nem poderá jamais tirar dele. É a possibilidade de recorrer a esse vazio que sempre impõe, diante do mais inesperado comportamento, continuar a considerá-lo como sendo o de um homem. É o que Nathalie Zaltzman chamará de identificação sobrevivente: "No seio da realidade humana, no mais profundo do desabamento da evolução cultural no sentido freudiano (passagem do assassinato ao interdito do assassinato), eu concluía a análise da literatura concentracionária evidenciando a existência de um resto do humano, um resto não apagável da condição psíquica humana por toda tânato-política[16].

Assim, paradoxalmente, e era o que já indicava a frase de Antelme, é esse *não apagável da condição psíquica humana* que pode contrapor todo homem, pelo fato de ser um homem, àquele que, não contente de querer suprimi-lo, gostaria de atingir nele sua própria humanidade. Declarar que o homem judeu não é um homem, o que sustentavam os

---

[14] R. Antelme, *L'Espèce humaine*, Gallimard, 1957.

[15] F. Benslama, "Le propre de l'homme", in *Robert Antelme. Textes inédits sur l'espèce humaine*, Gallimard, 1996, p. 95.

[16] N. Zaltzman, *La Résistance de l'humain*, PUF, 1999, p. 23.

nazistas, na verdade se afigurava, e *a priori*, uma afirmação fundamentalmente impossível. Porque aquilo que é próprio da humanidade é – era e continuará sendo – sempre inacessível: é a negatividade constitutiva de cada homem, e ela não pertence a ninguém. O que não impediu os nazistas de quererem mesmo assim voltar-se contra essa humanidade do homem, ao buscarem suprimir não só cada vida, não só cada nome, mas também esse vazio que havia por trás de cada nome, por trás de cada vida. É por essa razão que não só queriam exterminar os judeus, mas também queriam, como sabemos, apagar todo rastro do próprio assassinato coletivo, até sua nomeação, por exemplo ao designá-lo pela expressão quase administrativa de "solução final".

Assim, devemos constatar que foi em Auschwitz que foi colocada em prática uma tentativa de mudança radical daquilo que, até ali, era evidente. Pensava-se que matar o homem era possível, desumanizá-lo, impossível. Ora, foi essa desumanização que foi querida, e parcialmente realizada, em todos os campos de extermínio e em todos os locais desses campos. O fato de isso ter sido querido, e coletivamente realizado, mesmo sem que se tivesse podido ir até o cumprimento total desse projeto insensato, bastou para quebrar essa certeza de que o vazio que faz o humano é inatingível. O voto de atingir o vazio inscreveu-se na história dos homens e doravante faz parte portanto do "patrimônio da humanidade"! Aliás, ele agora traz um nome: crime contra a humanidade. Assim, ao ligarmos Auschwitz e o fato de querer abolir o vazio que especifica o humano, desde já deixamos entender que esse nosso mundo não pode ser pensado tão facilmente. Ainda mais que não se pode crer que, a esse respeito, todo risco de repetição seria evitável. Nunca bastará gritar "Nunca mais isso!" para conjurar esse risco.

Notemos também que é a compreensão dessa perda, desse vazio, dessa negatividade, que nos permite imaginar a morte. No fim das contas, é esse vazio que impõe o derradeiro respeito, quando se está em presença da morte. O respeito da tumba, de uma vida de homem que existiu. É porque temos esse vazio em nós, porque o sabemos presente – ainda que não queiramos saber nada disso no cotidiano –, que podemos ter a consciência da morte, daquilo que é só ausência e de que não podemos, no fim das contas, nada dizer.

Também é ao permitir abrigar esse vazio que, paradoxalmente, falar pode manter em vida. Em seu célebre filme *Fale com ela*, Pedro Almodóvar nos mostra bem isso. Ele põe em cena dois homens na cabeceira de duas mulheres amadas que tragicamente afundaram no coma. Um deles, Benigno, fala com ela, lhe conta o que está vendo, continua a incluí-la em seu mundo, a dizer "nós" quando se dirige aos outros. Pela fala, ele a faz viver nos confins da morte, talvez até na morte. O outro, Marco, confrontado com o corpo inerte daquela que ele amou, não lhe dirige a palavra. Ele a deixará morrer – e mais tarde fará igual com seu amigo Benigno – por não lhe falar. A verdade da fala – a do dizer, bem mais que a do que é dito – é instituída nesse filme como aquilo que continua a manter o fio da vida numa existência, mesmo que terminada.

Almodóvar ilustra aí uma maneira de reinventar a fala – aquela dirigida ao morto vivo que está em coma – e de fazê-la manter-se no lugar de sua verdade. Falar, falar de verdade, não apenas recitar frases, não apenas se entregar ao bate-papo, supõe ter ligado o que se diz e o lugar do dizer. Logo, trata-se de não se satisfazer – como hoje nos pedem com insistência de todos os lados – com uma concepção da fala e da linguagem que as reduz a um método de comunicação. Um método complexo e sofisticado, decerto, mas considerado destinado unicamente a favorecer o voto de comunicar, a cuidar para que aquele que escuta entenda exatamente o que lhe é dito, e reciprocamente. Trata-se de notar que falar de modo algum equivale a honrar um qualquer contrato que poria os protagonistas num pé de igualdade, mas, de fato, antes convida interlocutores, e sempre que eles "interlocutam", a recorrerem a um pacto, a esse pacto simbólico instaurado pela linguagem, para além dos atores presentes. "Simbólico", como precisava Charles Melman, "não é um termo misterioso, quer dizer que toda relação com um parceiro ou com um objeto encontra-se enodada pela participação comum de ambos na perda fundamental que dali por diante vai unir e desunir, a um só tempo aproximar e ao mesmo tempo separar os dois protagonistas, trate-se dos dois parceiros ou trate-se de um parceiro e um objeto[17]".

---

17 C. Melman, "Qu'est-ce que le symbolique?", *Bulletin de l'Association lacanienne internationale*, nº 93, junho de 2001, p. 7.

Devemos lembrar aqui que o símbolo, do grego *symbolon*, é etimologicamente esse sinal de reconhecimento, esse objeto cortado em dois, esse caco que constituía um sinal de reconhecimento quando seus detentores podiam juntar seus dois pedaços.

Logo, são a perda, o vazio que especificam a condição humana. Em holandês, o título da obra de André Malraux *A condição humana* foi traduzido por *Het menselijke tekort*, a "falta humana". Não se podia dizer melhor! Que fique claro: não se trata aqui de glorificar esse vazio, de louvá-lo, de exigir que o sacralizem. Simplesmente, na linha direta daquilo que afirmamos, constatemos que *esse vazio deve ser respeitado*, que é preciso deixar-lhe seu lugar, não se deixar desviar pelo que o mascara, o encobre, às vezes até o obtura. Ainda menos pensar que o que o obtura fez com que desaparecesse. Ou que seria judicioso, quando ele parece surgir, querer erradicá-lo. Aliás, veremos mais adiante que hoje tudo de fato se passa como se quiséssemos evitar esse vazio, como se fizéssemos tudo o que é possível para que seja jogado no esquecimento.

O falo, índice do vazio

Para que não permaneça um furo hiante, convém que esse vazio[18] seja bordejado. Ele não é nem um pouco equivalente ao nada. O nada é o que precederia toda emergência do simbólico, o que, suporíamos – pois só pode ser suposto –, existiria antes de toda linguagem. O vazio, em compensação, só existe se tiver havido a elisão de algo, um escavamento do real. Só há criação – como a do ceramista – quando se faz emergir algo a partir de nada, nada... a não ser um vazio, mas um vazio que, justamente, não é nada. Logo, falar de vazio implica, de imediato, colocar em relevo aquilo que dele faz a borda. Cavar ausência dá um estatuto particular à presença que daí emerge. E faz desta um ponto de apoio para estar ao lado do vazio sem ser atingido de vertigem. Se cada um de nós é habitado

[18] Também remetemos a esse respeito a J. Legaut, *Les Lois de la parole*, Érès, 2003, e *L'R de rien*, a ser publicado (Érès, 2007).

por esse vazio e o habita, ele também deve, com efeito, dispor daquilo com que a isso fazer, de certo modo, objeção. Dispor de um meio de não ser engolido por ele. Como? Para o psicanalista, chega-se a isso graças ao que ele identifica como a instância fálica, que poderia ser qualificada de guardião do vazio. Essa maneira de conceituar como é possível enfrentar o vazio não esperou a descoberta de Freud para surgir no próprio cerne das sociedades humanas. É preciso lembrar a presença do Totem nas sociedades primitivas, ou do Ônfalo de Delfos na Grécia antiga, a pedra que indicava a origem do mundo? Era assim que se bordejava, se marcava com uma baliza, já se indicava aquilo que tinha a função de fazer limite ao vazio. O Falo – que Lacan escreve precisamente em seus textos [Φ], utilizando o símbolo matemático do vazio – indica o todo, ao mesmo tempo que atesta a presença do vazio. O Falo – a não ser confundido imediatamente, é claro, a isso voltaremos, com o simples órgão peniano – é, assim, o significante de exceção que, a um só tempo, designa o vazio e o pleno. Logo, não deve esquecer que é preciso abordá-lo por suas duas faces, como o deus Janus.

Para ilustrar de modo mais concreto o lugar do Falo na linguagem, já nos aconteceu evocar o jogo do Valete fedorento*. Como sabemos, o primeiro jogo que a criança aprende é a Batalha. Cada carta ali só tem valor porque vale mais, ou menos, que outra carta. Num duelo, o jogo nunca acaba, como se sabe, ou acaba pela "morte" de um dos dois parceiros, uma vez que este não disponha mais de cartas. O segundo jogo a que em geral a criança – em nossas esferas culturais – muito naturalmente tem acesso é mais elaborado. Trata-se do jogo do Valete fedorento, que também costuma ser chamado de Valete de espadas. Trata-se de retirar do jogo uma das 52 cartas, no caso o valete de paus, e, por conseguinte, de jogar com as 51 cartas restantes divididas entre os jogadores. Cada um destes tira uma carta no jogo daquele que se encontra à sua direita e tem uma carta tirada por aquele que se encontra à sua esquerda. Como um jogador pode descartar de seu jogo as cartas duplicadas – ele pode por exemplo jogar fora o cinco de ouros e o cinco de copas, os cinco

* Aqui conhecido como jogo do *fedor* ou do mico-preto. (NT)

vermelhos, se ele tem os dois na mão –; a única carta da qual ele nunca pode se livrar é o valete de espadas, já que ela não tem mais equivalente – não existe outro valete preto. Todos nós conhecemos o conjunto das manifestações que acompanham nos jogadores a passagem do valete de espadas de um a outro. Daí, aliás, o nome de "Valete fedorento" para esse valete que no final vai ficar nas mãos do perdedor.

Essa pequena evocação apresenta um certo interesse psicogenético: vemos que passo considerável, do ponto de vista da realidade psíquica da criança, representa o fato de poder passar do jogo da Batalha ao do Valete fedorento. Mas o segundo jogo permite sobretudo fazer com que apareçam as conseqüências da operação de linguagem para o ser humano. E mostrar em que consiste essa operação – o que Lacan designa como a produção da significação fálica – para cada indivíduo.

A especificidade atribuída ao valete de espadas pode ser lida como equivalente à significação dada ao Falo. Essa especificidade é o efeito da retirada prévia do valete de paus do jogo. Por causa dessa perda, o valete de espadas assume uma significação particular. Pelo fato de haver vazio, há uma borda, um "guardião" desse vazio que se apresenta como um pleno, mas que na verdade é apenas um semblante de pleno. É fácil compreender que, só pelo fato desse agenciamento que implica uma perda e uma prevalência dada a outra carta – no caso, o valete de espadas –, determinam-se duas posições possíveis, dois lugares diferentes: um, que toma o lugar dessa carta privilegiada, que de certo modo vetoriza dali por diante o jogo, vai lhe dar sua orientação; e o outro, que toma a posição comum, a de qualquer outra carta. A singularidade de cada carta "banal" – toda carta que não for o valete de espadas – tem pouca importância enquanto tal. Mas tem uma em relação – e somente em relação – à posição da carta privilegiada que ela não é.

Em outras palavras, e para a isso voltar, a linguagem "fura" o real pleno e esse esvaziamento acarreta o realce daquilo que vem no lugar da borda desse furo. Será o lugar do significante fálico, a exemplo do lugar do valete de espadas. Será o significante ao qual caberá lembrar que a linguagem "furou" o real, introduziu o descontínuo na continuidade do real. A partir dessa vetorização, tudo se passa como vimos num jogo de cartas um pouquinho elaborado que seja. Todas as cartas podem, em função do jogo escolhido, precisamente ocupar o lugar do valete de espadas: os trunfos, o coringa, o dez no jogo de manilha, a menor carta na grande miséria no jogo de *whist*, etc. Por analogia, podemos por conseguinte compreender que, para o sujeito, serão certas palavras às quais ele estará sujeito que poderão desempenhar esse papel. As palavras que terão para ele valor de significantes muito particulares, *significantes mestres* conforme a teoria lacaniana. Pois essas palavras lhe servem de "borda do furo": será, por exemplo, "adoção" para este, "bastardo" para tal outro, "aristocrata" ou "colaboração" ou "resistência" para outros, etc. Serão as palavras de sua história, aquelas que constituem a carta de seu horizonte. Palavras que aliás não são necessariamente conhecidas do sujeito, mas que, na oportunidade, virão dar uma conotação particular a tal ou tal acontecimento, tal ou tal encontro. Serão essas palavras que, com algumas outras, terão uma valência particular em seu saber inconsciente. Esse saber do qual Lacan dizia que é "o que o húmus humano inventa para sua perenidade de uma geração à outra[19]".

Logo, a instância fálica, o que Lacan chamava de significação fálica é o que torna habitável o vazio, o que permite conviver com ele no cotidiano, poder não ser por ele afetado além da medida, nele não se perder inteiramente, não ser engolido por ele. Mas se esse marco ocupa um lugar particular, um lugar mestre em relação ao vazio, também convém que não tome uma consistência tal que oculte completamente o fato de que é o vazio que ele indica, que é pelo vazio, por sua proximidade com o vazio, que ele conserva seu lugar de exceção. E sempre que encontro um outro, se não houver entre ele e mim o reconhecimento desse vazio, se esse reconhecimento for questionado, de certa forma vou estar em perigo. Talvez até, se esse vazio for negado, incapaz de correr o risco de ser absorvido pelo outro em questão, de me ver inteiramente sob seu alvitre. Assim, por exemplo, é indispensável e salutar que o outro que encontro não diga "minha verdade" para que eu não lhe seja completamente alienado.

Uma experiência banal, da vida corrente, permite compreender como convivemos com esse perigo e como o evitamos. Freqüentemente

---

19 J. Lacan, "Note italienne", in *Autres écrits*, Seuil, 2001, p. 311.

nos acontece não acreditar como favas contadas no que o outro diz que somos. Quando ele me trata como gênio ou como debilóide, não acredito nele nem um pouco, interrogo-me talvez, mas não adiro inteiramente, plenamente, às coisas que me são endereçadas. E, embora estas tenham a faculdade de me abalar, em geral disso me restabeleço muito bem após algum tempo. Prova, se for preciso, de que posso aceitar uma perda, conviver com o vazio, que tenho em mim com o que fazer objeção ao Outro, que, no inconsciente de que sou o sujeito, a significação fálica está instalada. Dispondo daquilo que me permite fazer objeção ao Outro, posso lhe dizer um Não! É, como já indicamos, o que o louco – o psicótico – precisamente não pode fazer. Por não dispor da dita significação fálica, ele corre o risco de a qualquer momento ser "aspirado" pelo Outro. E, se lhe acontece delirar, aliás é justamente para tentar construir para si uma maneira de existir diante dessa invasão possível pelo Outro, para conjurar esse risco que o Outro o faz correr. Aliás, é nesse sentido que Freud reconhecia no delírio sua dimensão de tentativa de cura.

Logo, o psicótico não tem com o que fazer objeção ao Outro. Mas acontece, nenhum de nós escapa disso, de estarmos, na oportunidade, numa situação senão equivalente pelo menos vizinha. Com efeito, às vezes estamos todos, ao abordarmos certos domínios que nos são singulares, particularmente pouco à vontade diante daquilo que o outro enuncia. Pois, embora não sejamos loucos, não dispomos das mesmas proteções em todos os recantos de nossa psique. Cada um de nós pode sentir-se ameaçado por um ou vários triângulos das Bermudas, por lugares, no seio de sua psique, onde a tempestade pode se desencadear, onde um abismo pode se apresentar. Mas, habitualmente, temos com o que fazer frente, já que nossa capacidade de linguagem nos permitiu instalar o que era preciso para disso se safar: o vazio que nos constitui e a possibilidade de enfrentá-lo.

O umbigo da linguagem

Logo, no cerne do húmus humano, encontra-se a linguagem e o que ela implica. As conseqüências disso são muitas, bem além daquilo que estamos apenas começando a explorar. Entre estas e a isso voltaremos, podemos evocar a inevitável propensão dos humanos ao mal-entendido, o fato de que de imediato supomos um saber no Outro, a importância, tratando-se de temporalidade, daquilo que se passa no só-depois, a diferença dos lugares ocupados pelos sujeitos, a existência de um princípio hierárquico, etc. Todas essas características constituem invariantes antropológicos, o que teremos de chamar o núcleo antropológico duro da subjetividade, aquele que podemos pensar como inamovível, irredutível, tanto decorre em linha direta dessa aptidão para a linguagem própria à espécie humana.

Por dever passar pela língua, o desejo humano, de fato, está como que atingido por um vício de estrutura. Sempre inadequado, é condenado apenas à representação. Ora, tal como precisa muito bem o filósofo Jean-Luc Nancy, "a representação não é a pura e simples presença: ela, justamente, não é o imediatismo do ser-colocado-ali, pois realça a presença desse imediatismo na medida em que o faz valer por meio de tal ou tal presença[20]". Logo, para o ser falante, não há mais pura e simples presentação, não há mais transparência, não há mais ser-ali que preencha. Nem, tampouco, acordo perfeito, concordância, harmonia total, comunicação ideal. Todas essas faltas não resultam de uma impotência provisória que um outro dia poderia ser diminuída, mas de uma impossibilidade radical, irredutível: é o preço pago para que a possibilidade da fala possa prosseguir. Logo, a passagem pela língua põe o mal-entendido e a dissimetria no cerne de nossas relações. Basta que haja fala para que dois lugares diferentes, de imediato, se constituam. O lugar daquele que fala e o lugar daquele que escuta. O do agente e o do endereço. O do começo e aquele a partir do qual prosseguimos. O do comando e o da obediência. Evidentemente, esses lugares podem ser ocupados por um, por outro, mas não é por isso que vai desaparecer a assimetria dos dois. Eles não são intercambiáveis. Pois, em razão da perda inicial necessária, o vazio e o pleno não se encontram em lugares simétricos. O vazio é a perda, o pleno está para sempre condenado a ser apenas um semblante

---

[20] J.-L. Nancy, *Au fond des images*, Galilée, 2003, p. 74.

de pleno. O reino do pleno chegou ao fim, abolido pela invasão do vazio. E o homem vive doravante sob o reinado do semblante.

Uma vez dado o lugar adequado à linguagem – um lugar hegemônico, já que nada a ele escapa da mesma forma que nenhuma massa pode escapar à gravitação –, vemos o quadro: um vazio e seu guardião – a instância fálica. Um "não há" que dá início ao mesmo tempo que um "há" para fazer as vezes de borda para esse vazio. É o nosso umbigo linguageiro. Logo, a partir daí, toda palavra é a um só tempo o vazio que a habita e o semblante de pleno em que consiste seu ser de palavra.

A fala e a sexuação

Vamos agora dar ainda mais um passo. Com efeito, como não perceber, sobretudo uma vez que identificamos o papel do falo, que homem e mulher vêm, como que no momento oportuno, cada um à sua maneira, representar essa dupla face da linguagem que evocamos?

O homem tem, visível em seu corpo, um órgão, o pênis, que, quando está turgescente, corresponde ao falo. Este último é apenas a representação dessa turgescência permanente. Ao inverso, a mulher não deixa de ter órgão sexual, mas não tem órgão visível exteriormente: ela não tem pênis, e essa ausência, para o observador, especifica sua anatomia. Em todo caso, é a percepção dessa diferença que a criança encontra, seja qual for seu sexo. Ela está diante dessa diferença e deve encontrar o meio de enfrentá-la.

Tal como é vista, essa anatomia também vai sofrer os efeitos das leis da linguagem. Será subsumida nas categorias pelas quais a linguagem obriga passar. A dissimetria já evocada entre o vazio e o guardião do vazio vai vir como que dar forma, como que imprimir sua marca ao que é só presença ou ausência de pênis. Esse "marcador" vai obrigar uma leitura dissimétrica: a ausência de pênis remete ao vazio ao passo que sua presença sustenta a representação fálica. Lacan muito cedo lembrava em seu ensino que "a razão da dissimetria se situa essencialmente no nível simbólico, ela está ligada ao significante. Não se tem que propriamente falar de sexo da mulher como tal. Em todos os casos, a simbolização não é a mesma, não tem a mesma fonte, não tem o mesmo modo de acesso que a simbolização do sexo do homem. E isso porque o imaginário só fornece uma ausência ali onde ele tem em outro lugar um símbolo muito prevalente[21]".

Por conseguinte, tudo se passa como se, com suas palavras, o homem se situasse, antes, naturalmente na vertente positiva do esvaziamento do real suposto pela linguagem. Uma mulher acaba, antes, situando-se na vertente negativa, ou seja, mostrando o vazio que a palavra supõe ao mesmo tempo que o oculta, tendo, por conseguinte, de imediato uma dificuldade maior: a assimetria dessas posições em relação ao lugar a ser tomado como ser falante sexuado visto os meios de que cada um dispõe. Com efeito, a vertente macho é congruente com a própria função da linguagem; a vertente fêmea é, por sua vez, indizível como tal.

Logo, é preciso, tanto para os homens como para as mulheres enquanto seres falantes, passar obrigatoriamente pela versão "aparentemente" macho. Aparentemente, já que é simplesmente o fato de o falo ter sido "extraído" a partir da imagem peniana que o coloca do lado macho. Mas, precisamente, o falo não é o pênis. É a linguagem que impõe essa passagem obrigatória pela via aparentemente macho, porque ela de certo modo "aproveita" a dissimetria da diferença dos sexos – um visível, o outro não – para fazer passar o que o caracteriza, a saber, essa dissimetria irredutível como rastro da negativação com que atinge o vivo. Essa obrigação ligada às leis da linguagem diz respeito – digamo-lo de novo pois é capital – tanto a um homem quanto a uma mulher. Este é tão forçado quanto aquela, já que os dois devem colocar corretamente o vazio. É o gesto do ceramista que faz o oco do pote. Em outras palavras, para prosseguir com a imagem do ceramista, a questão toda é saber se ele vai, nesse movimento, ocultar o vazio, abusando da consistência que ele vai dar ao conteúdo do pote, ou, ao contrário, mostrar a coabitação possível do pote com o vazio que o habita. Abusar dessa consistência sempre é um risco que se corre e, no caso em questão, tudo se passará como se recusássemos que o vazio habita o pote. Em outras palavras, esse

[21] J. Lacan, *Le Séminaire, Livre III: Les psychoses*, Seuil, 1981, p. 198

excesso de consistência seria, no mesmo movimento, recusa do feminino. Ao contrário, a capacidade de não precisar de consistência demais – consistência fálica demais, entenda-se – permite dar seu justo lugar ao vazio que constitui o pote... e o humano.

É por isso que Freud pôde sustentar que só há uma libido[22] e que ela é fálica. Isso não dá nenhuma superioridade aos homens. Aí se trata apenas de considerar a articulação entre sexualidade e linguagem para o ser falante. Em outros termos, ainda, tudo se passa como se a linguagem fosse unissexuada. Daí resulta que a repartição dos sexos não remete a dois sexos em posição simétrica, a um masculino e um feminino como um vermelho e um verde, um *animus* e um *anima*. Desde já, estamos sempre no dissimétrico: um "não há" inicial entra em ressonância com a ausência que caracteriza a anatomia feminina, sobre o fundo do qual vem constituir-se um "há" que ressoa com a presença peniana. É dessa maneira que os dois sexos se apresentam – homem e mulher não como vermelho e verde, para conservar esse exemplo, mas como vermelho e não-vermelho. E é assim que todo sujeito, para apreender a diferença dos sexos, deve efetuar um trajeto psíquico para conseguir dar o lugar devido ao feminino de outra maneira que referindo-se explicitamente à ausência de órgão.

Toda a questão, então, passa a ser como sustentar duas posições diferentes a partir de um único traço. Se a questão não é evocar homem e mulher como *animus* e *anima*, como encarar dois sexos diferentes com um único traço, o traço fálico? Aliás, é nesse mesmo movimento que Lacan não fala mais do falo mas de uma função fálica. Confrontado com essa dificuldade, ele se esmerou em encontrar uma solução satisfatória. Assim, falará do homem como todo-fálico, em outras palavras, inteiramente coagido pela positividade da linguagem, e de uma mulher como não-toda-fálica, ou seja, como não-toda coagida por essa positividade da linguagem, já que pode – e até deve, se quiser significar sua especificidade – mostrar a negatividade que a habita. O interesse maior

---

22 Cf. a esse respeito o texto que ele intercalou em 1923 em seus *Trois essais sur la sexualité*: S. Freud, "L'organisation génitale infantile", in *La Vie sexuelle*, PUF, 1969, pp. 113-116.

dessa repartição entre o todo e o não-todo é mostrar que, em razão de sua imersão na linguagem, os dois sexos têm uma relação com o falo, ou melhor, devem inscrever-se na função fálica, mas que essa inscrição não se faz da mesma maneira. O homem está todo inscrito, uma mulher está não-toda inscrita.

Podemos além disso notar por que, em relação a um enunciado macho, unívoco de certo modo, um enunciado feminino é duplo: uma parte está como que em espelho diante do enunciado macho, uma outra escapa a essa simetria. Para que feminino possa se exprimir, é preciso deixar lugar para essa abertura, para essa escapada. O que não permite nem um enunciado masculino que não suporte a contradição, nem tampouco um enunciado feminino que não assuma sua divisão. Neste último caso, com efeito, ou uma mulher apenas dá consistência à posição masculina, remetendo-lhe o mesmo, ou apenas a contesta, sem realmente sustentar outra, apenas se opondo.

Veremos mais adiante o quanto as próprias questões que nos preocupam estão presas nessa sutil dinâmica. Mas esse pequeno resumo de uma questão complexa permite que nos perguntemos como e em que um homem – mas também uma mulher – pode deixar-se atingir – ou não! – pelo feminino. Este último, com efeito, interpela um homem, mas igualmente uma mulher, já que lhe "pede" para deixar sua fala habitada pelo vazio, o que nem sempre é evidente, não está garantido de antemão.

Esperamos ter assim deixado entender o que Lacan significa ao afirmar – a expressão tornou-se célebre, mas em geral sem ser entendida – que "não há relação sexual[23]". Ele não evoca aí um banal fracasso da relação sexual, o que viria anular todo o interesse dessa elaboração, pois indica que nossa captura na linguagem é tal que acarreta irredutivelmente a impossibilidade de uma relação igual e simétrica entre os dois sexos,

---

[23] Esse enunciado volta várias vezes no ensino de Lacan. Assim, por exemplo: "A relação sexual não existe, exceto incestuosa, ou mortífera", in J. Lacan. "Le Séminaire, livre XXIV; L'insu que sait de l'une bévue s'aile à mourre", sessão de 15 de março de 1977, *Ornicar* nºs 17-18, 1979, p. 8. Cf., para um comentário dessa sentença lacaniana, o artigo de Ch Emerica, "Il n'y a pas de rapport sexuel", no *site* da Association lacanienne internationale, freud-lacan.com.

que permitiria aos dois corpos "fazer um" como facilmente acreditam os apaixonados. A assimetria da relação homem-mulher é inelutável, insuperável, pois é só conseqüência de nossa aptidão para a linguagem.

Tudo o que acabamos de evocar diz evidentemente respeito à vida dos indivíduos, ou, mais exatamente, de cada sujeito ou par de sujeitos. Ocorre o mesmo no nível coletivo? Só podemos responder, já deixamos entender, pela afirmativa. Pois a instalação da vida coletiva também supõe uma operação – sob todos os aspectos análoga – de esvaziamento, de subtração, de perda. O caso do par masculino-feminino que acabamos de examinar de certo modo representa o modelo de todas as nossas relações. Esse modelo é caracterizado por uma dissimetria devida não à anatomia – esta, ao contrário, permite muito bem encaixar a forma macho e a forma fêmea –, mas à linguagem. Como vimos, é a injeção da linguagem na humanidade que leva à assimetria tudo o que até ali poderia e deveria ter a ver com a simetria. Para dizer da forma mais simples possível, tão logo falamos as coisas não são mais evidentes, é o mal-entendido, talvez até o malogro garantido. Pois a adequação não é de nosso mundo. Longe de ser o que nos impede de ter êxito, como com demasiada freqüência acreditamos, essa impossibilidade de fazer Um com dois corpos – de sermos adequados um ao outro – é o traço maior de nossa condição de homens. Aliás, não é preciso ser grande sábio para perceber isso no cotidiano.

A sexuação e o coletivo

Logo, não há vida coletiva humana pensável sem reconhecer seu lugar a essa perda, a esse vazio que a linguagem implica[24]. O que faz que a vida coletiva dos homens não seja idêntica àquela de um formigueiro

[24] Para o leitor que conhece a obra de Lacan, ele identificará o parentesco entre o esquema da sexuação em Lacan e o que acaba de ser dito mais acima relativo à mutação do laço social. Remetemos, para o estudo rigoroso desse esquema, à obra de Christian Fierens, *Lecture de l'Étourdit. Lacan 1972*, L'Harmattan, 2002, e à de G. Le Gaufey, *Le Pastout de Lacan. Consistance logique, conséquences cliniques*, Epel, 2006.

deve-se justamente a isso, a essa negatividade que temos em comum. Aliás, podemos observar que as sociedades sempre se organizaram até o presente para transmitir essa necessidade da perda. Aqui também, como com a religião, devemos, para identificá-lo, inverter o modo de análise tradicional de nossas crenças e nossos costumes. De fato, até há pouco, a diferença dos sexos tal como a apreendíamos em nossas sociedades, e em particular a repartição dos papéis sociais conforme o sexo, tinham a incumbência de tornar visível a obrigação para cada um de educar-se e de ser educado em função de seu sexo anatômico. "Para cada um, uma educação segundo seu sexo", enunciou Mme de Maintenon[25]. Mas não se deve concluir rápido demais que um tal programa visava simplesmente manter uma certa ordem social "natural" ligada à observação da diferença das anatomias, a uma diferença "física". O que se tratava de perenizar, sem poder pensá-lo nesses termos, é claro, era bem antes o meio eficaz de transmitir a necessidade do vazio e a da hierarquia que obrigatoriamente a acompanha. Tratava-se, ao assegurar a perenidade dos papéis sociais, de perpetuar a transmissão da assimetria que a linguagem implica. Da mesma forma a ordem social organizada com base no modelo religioso, como dissemos, transmitiu até recentemente – à sua maneira e não sem avatares problemáticos – a assimetria implicada pelas leis da linguagem.

Podemos aqui citar, em apoio a nossa formulação, algumas observações recentes de Charles Melman, que alguns acharão abruptas mas que têm o mérito da clareza: "Não há agrupamento humano que não seja organizado sem referência a um chefe, a um chefe que comanda. [...] Tão logo isto é instalado, ocorre no seio desse agrupamento humano uma desigualdade entre seus membros, uma espécie de partilha entre os que estão do lado da chefia, isto é, que participam por delegação do exercício do comando, e os outros. [...] Parece que essa partilha entre os que estão do lado da chefia e os outros vem encobrir outra partilha, a da divisão, da separação dos sexos e, é claro, embora não seja perfeitamente

[25] Cf. a esse respeito P. Belot-Fourcade, "Maintenon(s) une éducation convenable à leur sexe", intervenção na Association lacanienne internationale nas jornadas dedicadas à "educação das mulheres" em 1993, inédito.

universal, nem válida para todos os casos, em todo caso parece que a chefia é reconhecida como um privilégio macho. [...] Os objetivos próprios a esse agrupamento podem ser escamoteados, esquecidos, apagados diante do que vai se tornar no interior desse agrupamento humano a busca do poder, a passagem para o outro lado, a mão posta sobre o poder por aqueles que até aqui se encontravam em posição julgada inferior, já que em posição de obedecer[26]".

Essas observações parecem-nos pertinentes porque mostram a que ponto uma diferença radical na organização coletiva – os chefes e os não-chefes – é necessária a fim de constatar legalmente regras que a linguagem nos impõe: dois lugares, o da instância fálica e o do vazio. Notemos, no entanto, que aí foi introduzida uma distinção entre chefe e chefia, pois se trata de reconhecer, *via* diferença dos "chefes" e dos "não-chefes", a dimensão irredutível da chefia. O que é imposto pela estrutura da linguagem é que a diferença dos lugares seja reconhecida enquanto tal. Que esses lugares sejam regularmente ocupados pelas mesmas pessoas nem por isso é imperativo, ainda menos que sua repartição entre as categorias de indivíduos seja inamovível. Com efeito, a distribuição concreta dos lugares não está mais em relação com a estrutura da linguagem, ela depende antes do agenciamento concreto de uma sociedade precisa. Entretanto, como não notar que, até há pouco, as sociedades de fato quase sempre se organizaram de tal maneira que se podia fazer corresponder os homens e os chefes de um lado, as mulheres e os não-chefes do outro? Ao organizar essa repartição e ao realizar esse amálgama, o que as sociedades conseguiam impor é que a estrutura da linguagem fosse levada em conta e transmitida.

Há só meio século – e sem entrar aqui nos detalhes das razões que permitiram essa mudança –, a congruência entre as repartições homens-mulheres de um lado e chefes-não-chefes do outro foi denunciada como abusiva e tornou-se, por isso, obsoleta. Dois elementos novos então emergiram: por um lado, a igualdade homens-mulheres e, por outro, a

---

[26] C. Melman, "La nouvelle déliaison sociale", in *Institutions et perspectives de lien social*, publicação da École Rhône-Alpes d'études freudiennes et lacaniennes, 2003, p. 131.

atenuação da diferença dos lugares. Com efeito, não parece que isto tenha sido avaliado: desconectar a diferença dos sexos da diferença dos lugares decerto permite pensar a igualdade homens-mulheres em relação à chefia, mas nem por isso abole a diferença dos lugares prescrita pela estrutura da linguagem. De fato, essas duas dimensões foram confundidas.

Por conseguinte, a questão que esse progresso "democrático" faz surgir é a seguinte: como continuar reconhecendo como necessária a diferença dos lugares, enquanto preço a ser pago à linguagem, tendo feito desaparecer o que, durante séculos, a tornara perceptível e se encarregava de transmitir sua necessidade? Que fique claro: de modo algum se trata aqui de preconizar um qualquer retorno ao modelo de antigamente, mas de notar em que condições o que é um progresso arrisca engendrar uma situação muito problemática. Pois é evidentemente um progresso em matéria de igualdade de chances reconhecer às mulheres um lugar outro que aquele que as condenava à obediência em que durante muito tempo foram mantidas. Mas ainda será possível falar com certeza de progresso se, por isso, acreditarmos estar livres da diferença dos lugares e da assimetria que ela gera?

Seja como for, da mesma maneira que homem e mulher não se situam como tais considerando apenas a anatomia, pois encontram sua especificidade na relação que têm com a função fálica, os grupos humanos se organizam segundo duas modalidades, uma que pode ser qualificada de "todo-com-chefia" – logo, com uma figura de exceção cuja legitimidade cada um reconhece –, e a outra, que tende a se tornar hoje prevalente, de "não-todo-com-chefia – logo, aparentemente sem a dita figura.

É crucial o que está em jogo: como, com a nova situação que caracteriza a sociedade atual, continuar a fazer entender a necessidade do vazio e as conseqüências inelutáveis que o fato de falar acarreta para os humanos? Como perpetuar a transmissão das obrigações que a linguagem prescreve e que molda a condição humana quando os meios colocados em ação para garanti-la se apresentam de modo inteiramente diferente? Até mesmo não são mais muito operantes já que nos incitam a crer que estaríamos liberados dessas obrigações?

Foi assim que apareceu o que chamamos "a grande confusão", cujas conseqüências, a isso voltaremos em detalhe, alcançarão tanto os sujeitos singulares quanto a vida coletiva. Digamos simplesmente nessa fase que, tratando-se dos primeiros, veremos difundir-se uma nova forma de perversão, que chamaremos "perversão comum"*, e que, para a segunda, como já deixamos entender ao falarmos de *entodamento*, é a própria existência da prevalência do coletivo em nossas sociedades que vai ser questionada, senão invalidada.

Terminemos com uma pequena história que permite ilustrar, ainda que aparentemente pelo absurdo, a importância daquilo que devemos ao vazio, da dívida dos humanos para com o vazio. Em 21 de agosto de 1911[27], uma segunda-feira, na época dia de fechamento dos museus parisienses, um certo Vincenzo Peruggia, pintor de paredes, apossou-se do quadro mais célebre do Louvre, *A Monalisa* de Leonardo da Vinci, para levá-lo para seu modesto apartamento parisiense. Uma vez tornado público o roubo, nos dias seguintes milhares de pessoas – até e inclusive algumas que jamais haviam posto os pés no Louvre – se precipitaram para ver... Deixemos ao leitor o cuidado de adivinhar o quê! E de identificar a lógica profunda, inconsciente, desse comportamento.

* Em francês, *perversion ordinaire.* (NT)

27 Remetemos para um comentário bem mais elaborado sobre esse caso à obra de D. Leader, *Faut-il voler la Joconde?*, Payot, 2003.

2

COMO TRANSMITIR... NADA

“Transmitimos o que ignoramos com o que acreditamos saber”, nos diz o escritor Pascal Quignard. Bela fórmula para afirmar o que acabamos de ouvir: que com palavras transmitimos não só pleno, um “conteúdo” positivo, mas também vazio, de certo modo... nada. É através de um saber que é transmitida a negatividade que o organiza. Logo, a transmissão do *húmus humano*, para retomar a feliz fórmula de Lacan, supõe essa transmissão do vazio. Mas como esta se opera precisamente?

Uma transmissão que se ignora

É claro que é possível sustentar que esse vazio se transmite no singular, de homem a homem, de pais a filhos. É sem dúvida alguma o caso, como mostra a teoria psicanalítica. Entretanto, e é o propósito deste livro, não podemos nos ater a essa resposta. Trata-se bem aí da via de transmissão essencial, mas é importante dar também seu justo lugar ao meio social no qual o sujeito cresce. Pois esse meio não deixa de ter efeitos sobre a maneira como a transmissão opera ou não. Logo, é pela transmissão do vazio pelo laço social que vamos aqui nos interessar, assim como por suas eventuais incidências sobre essa mesma transmissão de pais a filhos.

Evoquemos duas breves histórias para nos lembrar que a importância do vazio sempre foi reconhecida na sociedade humana. Primeiro, aquela[1] que conta que, há muito tempo, após uma batalha vitoriosa, um general acampava com seu exército para descansar ao pé de um morro. Ao levantar o olhar, ele vê um homem sentado nesse morro, logo, mais alto que ele. Cheio de cólera, ele sobe até o indivíduo para interpelá-lo: "Mas quem é você para se permitir sentar acima de mim? – General, responde o homem, o senhor me pergunta quem sou sem me dizer quem o senhor é? – Mas eu sou o chefe deste exército que você está vendo lá! replica o general. – E quem está acima do senhor? – O marechal, é claro! – E acima do marechal? – Só o rei está acima do marechal? – E acima do rei? – Mas nada está acima do rei! lança ainda, bastante irritado, o general. – Pois bem, eu sou esse nada", diz o homem, indicando por aí o ponto em que somos todos iguais.

Podemos achar igualmente falante, em seguida, a história deste rito, na Grécia antiga, relado pelo antropólogo e historiador Louis Gernet[2]: o general vitorioso, no momento de partilhar o botim após uma batalha, sempre começava por tirar um objeto qualquer. Era a condição necessária para que a partilha pudesse se operar.

Essa é uma maneira para nós de indicar que em todas as épocas se cuidou, de uma maneira ou de outra, de representar socialmente o vazio – ou a perda – necessário ao funcionamento da linguagem. Sempre se soube que era preciso pô-lo em cena coletivamente para que cada um pudesse avaliar seu tamanho e implicitamente encarar sua existência como evidente.

O laço social deve retomar por conta própria a necessidade de uma subtração. Digamos, de uma subtração de gozo, de um "menos-de-gozar". Convém aqui pararmos um instante no conceito de gozo tal como foi teorizado e utilizado por Lacan. Esse termo não deve ser entendido em sua acepção usual de "prazer real e íntimo que experimentamos plenamente" (dicionário Robert), embora nem por isso deixe de ter ligação

---

1 Relatada por Moustapha Safouan numa intervenção em Namur, novembro de 2002, inédita.

2 L. Gernet, *Anthropologie de la Grèce antique*, Flammarion, coll. Champs, 1982.

com este. Com efeito, comumente, o termo gozar remete ao gozo sexual e, a esse título, de fato mostra que tem ligação com o prazer e com seu auge, que permite atingir a plenitude. Mas, no mesmo movimento, o gozo está para além do prazer, da mesma maneira que, para Freud, a pulsão de morte está, segundo o título de seu célebre texto, "para além do princípio de prazer". Para dizer de modo simples, o gozo mesmo que não deixe de ter relação com ele, deve ser distinguido do prazer: se, por exemplo, beber um vinho de qualidade pode ser qualificado de prazer, o alcoolismo leva o sujeito a um gozo mortífero de que sabemos que ele será sobretudo escravo. Assim, vemos como o prazer supõe a integração de um limite, de uma negatividade, ao contrário do gozo, que não supõe nenhuma.

O gozo sexual de fato ocupa a esse respeito um lugar particular. De certo modo é até figura de exceção. Verifica-se como o único gozo que é sempre perfeitamente correto qualificar assim. Ao mesmo tempo, também se mostra positivo, legítimo, pois a plenitude que permite sentir é apenas pontual; logo, limitada. Assim, é aqui por extensão que a palavra gozo será utilizada. Ela designa o próprio funcionamento do sujeito que encontraria plenamente seu gozar – como o gozo que por exemplo supomos no animal – no mero fato de ser. "Se há algo que nos dá a idéia do gozar-se', diz Lacan, é o animal. Não se pode dar disso nenhuma prova, mas isso enfim parece bem estar implicado pelo que chamamos o corpo animal[3]". Podemos com relativa facilidade compreender que é preciso que esse gozo do ser, de uma adesão total a si mesmo, seja suprimido para que o sujeito possa pôr-se em busca de seu desejo singular. A clínica aliás nos fez conhecer o exemplo tão problemático de crianças que foram deixadas num tal gozo por falta de um meio humano, de um banho de linguagem; logo, sem nenhuma supressão pela fala humanizadora, como no caso, já evocado, das célebres crianças selvagens[4], de destino tão pouco invejável.

Logo, dizíamos, o laço social deve retomar por conta própria a necessidade de uma subtração de gozo, de uma perda, de um vazio. Em

---

3 J. Lacan, "La Troisième", *Lettres de l'École freudienne de Paris*, nº 16, novembro de 1975, p. 191.

4 Remetemos a esse respeito a L. Malson, *Les Enfants sauvages, op. cit.*, 1964.

seus trabalhos, Pierre Legendre afirma que o que se pode chamar o fato institucional, o trabalho de instituir a vida coletiva no sentido amplo, nada mais é que a organização da transmissão tanto do quadro dessa vida coletiva quanto do vazio que ele contém. Assim, ele ressalta: "Da mesma forma que o humano, para viver, exige uma cena e que nela se escreva um discurso, [...] da mesma forma toda sociedade, para existir, transpõe e transcende um lugar lógico vazio, fazendo dele o lugar de sombra e trevas que chamamos uma cena, em que vai se escrever o equivalente de um roteiro, o discurso das imagens que trazem o funcionamento institucional. [...] Tocamos aí no poder de instituir a vida, no fundo estrutural do agenciamento civilizador, pelo estabelecimento dessa cena que traz o edifício social, suporte das ficções que nos autoriza a pensar a ordem normativa de uma teatralização estruturante que deve ser contada. E é em torno desse ponto de negatividade positivada – a cena vazia povoada – que se articula o encontro do subjetivo e do social. [...] O termo teatralização é o mais apropriado para designar a operação linguageira constitutiva da institucionalização em sua raiz[5]".

Como Pierre Legendre repetiu de mil e uma maneiras ao longo de sua obra, "não basta produzir carne humana, ainda é preciso instituí-la para que ela viva, para que a vida se reproduza[6]". Isto nos permite chamar a atenção para este ponto extremamente importante para a continuação de nosso desenvolvimento: o subjetivo e o social enodam-se na necessidade de *instituir* o vazio ao mostrá-lo velado pela produção de uma ficção, por uma encenação, uma teatralização. E é assim que, em contrapartida, o sujeito pode se encontrar: "O laço social se estabelece quando o sujeito nele se encontra, quando ele se encontra no roteiro fundador e no agenciamento das regras e dos saberes[7]".

O fato de aqui citarmos os trabalhos de Legendre nem por isso nos faz admitir o conjunto do que ele diz. Se ele incontestavelmente conseguiu

---

5 P. Legendre, *De la société comme texte. Linéaments d'une anthropologie dogmatique*, Fayard, 2001, p. 25.

6 P. Legendre, *Filiation*, Leçons IV, "Fondement généalogique de la psychanalyse", Fayard, 1990, p. 10.

7 P. Legendre, *ibid.*

ressaltar a importância do funcionamento institucional, no entanto parece que não pôde evitar identificar a necessidade de preservá-lo com aquela da perpetuação do patriarcado. O impasse a que conduz esse segundo aspecto de sua obra nem por isso faz a pertinência do primeiro desaparecer.

Logo, o sujeito não se refere somente às palavras – aos significantes – de sua genealogia singular. Nem para a transmissão do vazio, nem para encontrar seu lugar no social. Não só porque essas palavras são evidentemente tributárias do social no qual se banharam, mas também porque a dependência radical do sujeito para com a linguagem de certo modo induz sua dependência para com a maneira como os sujeitos coletivamente encenaram sua relação com esse vazio, com essa negatividade constitutiva. Em outras palavras, institucionalização e subjetivação se interpenetram e caminham estreitamente juntas.

O que no entanto não é evidente para todos. Aliás, costumamos assistir a um conflito de influência entre aqueles que privilegiam os determinantes psíquicos e aqueles que põem acima de tudo os determinantes sociais. Os partidários da realidade psíquica reivindicam sua plena capacidade para dar conta da organização de um sujeito, o que costumam contestar os sociólogos, que insistem em que todo lugar seja dado ao conjunto das obrigações culturais. Essa oposição nos parece estéril e lhe falta o essencial. Por um lado, por fazer esquecer o quanto o social é submetido aos imperativos do singular e ao vazio que o constitui, tal como acabamos de indicar; mas também, por outro lado, por fazer, no mesmo movimento, desprezar o fato de que o singular é tributário da maneira como o social põe em cena a necessidade desse vazio.

Como judiciosamente observa o geógrafo Pierre Beckouche, "a arquitetura de uma sociedade não tem substância própria, validade em si; ela só tem, estritamente, eficácia na medida em que cada homem nela pode reconhecer algo de seu ordenamento psíquico próprio. [...] A ordem social só opera porque e se o sujeito nela reconhece a intermediação de sua própria simbolização[8]". De certo modo, trata-se de inverter a relação

[8] P. Beckouche, "Une approche lacanienne pour les sciences sociales", in *Le Débat*, nº 126, setembro-outubro de 2003, p. 137.

de determinação do psíquico e do social. A alienação não é primeiro social, ela é antes de tudo puramente individual, e radical, por causa da relação de cada um com a linguagem. Logo, com o vazio que esta última implica. Mas, paralelamente, a sociedade produz ficção para explicar esse lugar do vazio e, por isso, interfere nessa operação.

São as conseqüências dessa articulação entre o singular e o social que queremos tentar aqui desdobrar. Esse campo de trabalho de fato é pouco explorado já que, até então, como vamos ver, o caráter congruente dessas duas dimensões do humano quase sempre permitiu não ter de distingui-las.

A interação entre o singular e o social

Partiremos de um esquema talvez simples demais, mas eficaz, para fazer entender o que está em jogo nessa articulação do singular e do social. Imaginemos uma construção de cinco andares, ou, melhor, um conjunto de cinco círculos concêntricos que permite aproximar feito um *zoom* do geral para o particular. O círculo maior será aquele que remete ao nível que Lacan chamou o *húmus humano*, depois vem o nível do social humano, em seguida o da sociedade concreta, em seguida ainda o dos primeiros outros que cercam o sujeito, em outras palavras, o nível da família, e enfim o da realidade psíquica do sujeito.

1. Primeiro o nível do *húmus humano*. Ele remete a tudo o que acabamos de descrever, ao que devemos à linguagem, ao vazio que permite a distância que o fato de falar implica. Assim, todo ser falante, todo homem em princípio se excluiu do todo-gozo: ele sempre deverá se acomodar com uma supressão, com um limite a seu gozo. A Coisa que viria preenchê-lo – aquela mesma que poderia ter tido essa função, esse poder – é assim sempre faltante. Coisa por isso inominável, uma vez que nomeá-la já suporia ter integrado sua ausência. Foi o que Freud identificou em cada sujeito como recalque originário. Por conseguinte, o sujeito é de imediato marcado por uma decepção irredutível, por uma insatisfação incontornável, pois seu ser se organiza em torno de uma perda – essa subtração de gozo. E esta vai marcá-lo tanto como sujeito

singular quanto como participante de uma coletividade. Ela servirá de fundamento tanto para a Lei – coletiva – quanto para o desejo – singular. O que fará Lacan dizer que "toda formação humana tem por essência, e não por acidente, refrear o gozo[9]". Pelo mero fato de entrar no campo da fala, o sujeito deve consentir em um menos-de-gozar como início necessário à humanização.

Logo, por subtração de gozo é preciso entender a necessidade dessa supressão, de pelo menos um ponto de negatividade que valerá para o singular como para o coletivo. Não há meio de conceber um sujeito sem essa inscrição de um menos-de-gozar; mas tampouco há meio de conceber qualquer via coletiva sem uma perda na qual deve consentir cada um dos membros do coletivo.

Logo, a necessidade de recorrer a essa subtração de gozo será essencial para julgar se o funcionamento da vida coletiva, do "social", é tal que permite transmitir o fundamento da condição humana. Alguns dirão que é abusivo permitir-se julgar o funcionamento do social a partir da psicanálise. No entanto, é precisamente aí que, sustentado pela clínica e autorizado por sua contribuição teórica, o psicanalista vê-se habilitado a dizer algo específico. Ainda mais que não parece que outras disciplinas sustentem hoje esse discurso sobre a necessidade do vazio, da perda – com exceção da física e de uma certa lingüística.

2. O segundo nível, o da sociedade humana, organiza-se em torno de um interdito fundador, o do incesto. Desde os trabalhos de Lévi-Strauss, a universalidade da proibição do incesto é reconhecida como que especificando a ordem humana em oposição à horda animal. É essa necessidade de um "Não!" ao todo-gozar que serve de fundamento à Lei – ainda que, como acabamos de observar, é a Lei que parece no só-depois fundar esse "Não!". Este último será articulado por cada sociedade conforme suas modalidades próprias, que aliás farão sua especificidade cultural. Mas o fato é que, seja qual for, toda sociedade sempre achou que estava incumbida de organizar a transmissão dessa limitação de gozo *via* interdito do incesto.

9 J. Lacan, "Allocution sur les psychoses de l'enfant", in *Autres écrits*, *op. cit.*, p. 364.

Precisemos aí que falar de universalidade da proibição do incesto não equivale a falar de universalidade do complexo de Édipo. É o interdito do incesto como tal que se impõe como uma característica da sociedade humana, junto com o dever de renunciar ao todo-gozo metaforizado pelo gozo da mãe. Sempre se trata de se afastar do corpo-a-corpo com a mãe para assumir seu lugar de homem ou de mulher no social. E isso sem que para tanto a presença de um pai em carne e osso seja de imediato e sempre necessária. A esse respeito, remetemos por exemplo aos *Na* da China, sociedade sem pai, até sem tio, que no entanto impõe como qualquer outra deixar a mãe[10].

3. O terceiro nível é o da sociedade concreta na qual se encontram os homens em tal ou tal momento da história. Com efeito, toda sociedade faz referência a um conjunto de normas, de regras que vão atualizar a necessária perda de gozo. E isso ainda que cada uma delas a organize diferentemente, até mesmo de maneira aparentemente contraditória. Assim, por exemplo, o fato de beijar na boca não parecerá inconveniente na Rússia, ao passo que, na França e na Bélgica, é uma marca de afeição reservada à intimidade. Não faltam os exemplos para mostrar como esses diferentes interditos são levados em conta de maneira específica em cada cultura. Mas, no fim das contas, o que é visado é sempre a limitação fundamental do gozo. Notemos que, em nossas sociedades, até data recente, esse terceiro "andar" retomava por sua conta a transmissão do menos-de-gozar referindo-se ao patriarcado, a uma sociedade construída em torno do lugar prevalente do pai, daquele que ocupa o lugar de exceção na família. Com efeito, era através do papel e da autoridade do pai de família, sustentado pela aura que lhe atribuía o patriarcado, que se representava a necessidade de renunciar a possuir a mãe[11]. Mas esse

---

10 Cf. a esse respeito P. De Neuter, "As funções paternas à prova dos costumes e crenças dos Moso do Himalaia chinês", conferência na faculdade de psicologia da universidade Louis-Pasteur, Estrasburgo, março de 2003, in *Malaise et mal-être dans le couple, la famille et la sexualité*, caderno de leitura, difusão universitária Ciaco, Louvain-la-Neuve, 2005.

11 A esse respeito, lembremos a célebre fórmula de Balzac nas *Memórias de duas jovens casadas*, significando o fim desse "regime": "Ao cortar a cabeça do rei, a República cortou a cabeça de todos os pais de família".

patriarcado, como sabemos, reinava ao preço do silêncio das mulheres e da repressão do sexual.

4. O quarto nível, o da família, é o dos primeiros outros – na maior parte do tempo, os pais – que vão cercar a criança, o futuro sujeito. Eles têm a incumbência de tornar para ele presente a necessidade da perda. Vão levá-lo a consentir em renunciar ao todo-gozo, a fim de que possa desejar. Logo, é através da relação com essas pessoas que o sujeito vai encontrar um limite a seu gozo. Permanecendo voluntariamente imprecisos, nessa fase, não distinguiremos aqui pai e mãe, pois é a cada um dos dois – ainda que de forma diferente – que cabe essa tarefa. Entretanto, sabemos que é o gozo da mãe que é proibido ao filho, e isto por causa do pai, ou, melhor, do homem da mãe, pois a mãe do filho foi primeiro – ainda que por um momento – a mulher do pai. Sem entrar aqui em distinções e nuanças no entanto essenciais, digamos que, *grosso modo*, o todo-gozo é representado pela mãe ao passo que o pai, pelo mero fato de sua existência, vem representar a perda do todo-gozo, perda necessária à instalação da linguagem. No entanto, ainda que se faça do pai o agente que causa essa necessária perda de gozo – e era tanto mais verdade porquanto estávamos num sistema patriarcal –, a mãe nunca foi autorizada a se dispensar inteiramente desse trabalho de renúncia jogando-o sobre seu homem. Ela também sempre terá se sentido forçada a renunciar a ser tudo para seu filho e a fazer dele sua única coisa, tanto sabe que permanecer nessa posição condenaria o filho a não poder crescer. É claro, esse "trabalho" tem seus avatares e sempre se trata de encontrar uma via numa relação de forças antagonistas, mas é evidente que é o respeito por essa trajetória que permite o desabrochar do filho. Logo, é bem aos dois pais que cabe a tarefa de fazer o filho aceitar – o ainda *in-fans*, não ainda falante mas já sujeito potencial – a necessária subtração de gozo.

"Deixarás teu pai e tua mãe!", já dizia o texto bíblico. Aliás, devemos insistir na força do termo hebreu que significa ao filho a prescrição – literalmente – de *abandonar* pai e mãe[12].

[12] Conversa privada com o biblicista André Wenin.

5. No último nível, enfim, encontramos o que é preciso interiorizar para tornar-se sujeito em seu nome próprio. Nesse "andar", o sujeito deverá consentir, por iniciativa própria, em renunciar ao todo-gozo, logo, muito concretamente, ao todo-poder infantil. É esse limite que os psicanalistas chamam "castração". Em outras palavras, o sujeito terá que fazer sua a Lei da linguagem, a ela se submeter, para poder ter acesso a seu desejo. Esse trabalho é aquele que evocamos como o trabalho de subjetivação.

Em razão dessa mesma perda que se mostra necessária em cada nível do dispositivo, e que torna todos esses níveis de fato solidários, a linha divisória entre, de um lado, o gozo e, do outro, a linguagem e o desejo parece ser instalada pela Lei que os pais servem. Mas, olhando mais de perto, na verdade são as pressões da linguagem que foram "vestidas" pelo interdito do incesto para poderem assim ser transmitidas à geração seguinte. Pois é bem este o destino do ser falante, de sempre sofrer a obrigação de retirar-se do indeterminado e do infinito do gozo para advir a seu desejo de sujeito.

Logo, podemos aqui insistir em dois pontos com freqüência deixados na sombra. A saber, que as estruturas sociais sustentam, para cada um, o trabalho do "tornar-se sujeito". E que as normas mais fundamentais que a sociedade concreta nos impõe constituem meios – por mais inadequados que sejam – de dar corpo às obrigações da condição humana.

Notemos ainda que, ao distinguir esses cinco níveis, podemos sem dificuldade identificar com os dois primeiros o que se poderia chamar um "núcleo antropológico duro", o que permite não confundir a ordem linguageira específica ao humano e a ordem social em vigor conforme as culturas. Com efeito, será importante distinguir com precisão o que tem a ver com as obrigações ligadas à estrutura da linguagem na qual se banham os homens – ou seja, invariantes antropológicos – e o que só tem a ver com as contingências históricas.

O que acabamos de afirmar está bem resumido nesta formulação da psicanalista Colette Soler, lembrando a tese maior do ensino de Lacan: "O homem no sentido genérico, aquele de que falamos quando dizemos 'todo homem', tem duas condições, fora o que lhe vem do real, do vivo: uma condição que se deve ao fato de ser falante, e uma condição dita de 'discurso' – Freud dizia de civilização –, isto é, de ordenamento dos laços sociais numa dada cultura. A primeira condição é por definição trans-histórica; a segunda, sujeita às flutuações de época[13]".

A solidariedade tecida entre os cinco níveis que distinguimos permitiu, durante séculos, transmitir a necessidade da subtração de gozo que autoriza a especificidade do *húmus humano* e permite assim a instalação da gramática do desejo. Ora, temos que constatar que essa solidariedade hoje parece questionada. Pelo menos sua visibilidade se esfumou e estamos às voltas com as conseqüências desse "engano".

Em outras palavras ainda, entre o último "andar", o do sujeito, e o primeiro, o do *húmus humano*, corre um fio condutor: o da necessidade da perda, do vazio, para que o desejo próprio ao ser humano se organize. Aliás, é por isso que Freud sempre falou de "objeto perdido", de objeto por essência sempre já perdido, evocando por aí essa decepção fundamental que afeta todo sujeito, esse fundo de depressão que sempre forra seu interior. Também é por isso que o homem é o único ser vivo cujas condutas não são regradas de maneira inata; pelo que será portanto inadequado falar a seu respeito de instinto e mais apropriado falar de pulsão.

Logo, sustentamos que as sociedades humanas, através de suas especificidades, sempre se consideraram encarregadas de sustentar a transmissão do vazio pelo viés daquilo que se lega de uma geração à outra. Mas, paradoxalmente, é porque as estruturas sociais eram até há pouco congruentes com essa Lei da linguagem que elas naturalmente sustentavam o trabalho de subjetivação. A importância decisiva que tinham a esse respeito podia portanto permanecer na sombra e nunca aparecer, pelo menos para o sentido comum. Hoje, quando essa congruência é questionada, todo esse dispositivo deve ser inteiramente reconsiderado.

Um questionamento da solidariedade

Com efeito, pensamos, o leitor terá evidentemente entendido que uma transformação maior está em curso no que se refere a nossa vida coletiva.

---

13 C. Soler, "Le Saint et le Capitalisme", *Champ lacanien*, nº 1, 2004, p. 93.

Pois, daqui por diante, *tudo se passa como se* nossa sociedade, que podemos chamar *pós-moderna* com Lyotard, hipermoderna com Lipovestsky ou ainda sobremoderna com Augé[14], não transmitisse mais a necessidade de um vazio, da subtração de gozo. Antes daria a entender que enfim nos teríamos libertado de todo limite, um limite que aliás sempre foi um freio à felicidade, essa felicidade à qual hoje estaríamos assim, todos, no direito de pretender.

Insistamos de imediato no *tudo se passa como se*, pois não seria difícil demonstrar que se trata de uma aparência enganosa, que será precisamente a fonte daquilo que já evocamos como "a grande confusão". Com efeito, para que um homem seja humano, a subtração de gozo sempre é requerida, mas, como as estruturas sociais de ontem que lhe sustentavam a visibilidade – sua teatralização conforme a palavra feliz de Legendre – tornaram-se obsoletas, essa perda não aparece mais inscrita no programa no Imaginário Social. Por conseguinte, ninguém mais está naturalmente persuadido, sem ter que refletir sobre isso, de sua necessidade.

Se essa tese, como tudo o que formulamos até aqui, verificar-se fundada, não será difícil daí concluir que essa mudança no nível do social deveria ter conseqüências importantes na construção dos sujeitos. Mas, antes de encarar essa questão, perguntemo-nos primeiro como chegamos a essa ruptura de solidariedade entre nossos "andares" que privou de visibilidade a necessidade da perda. Ela foi provocada pela conjunção de três forças: o discurso da ciência, a deriva da democracia em democratismo, o desenvolvimento do liberalismo econômico sem rédeas. É sob o impulso dessas três forças convergentes que toda noção de limite tende a ser abolida. E por aí mesmo desaparece a negatividade que a esta cabia tornar perceptível.

Bem mais que uma simples convergência entre essas forças, deveríamos antes falar de uma evolução cumulativa. Primeiro foi preciso que se instalasse o discurso da ciência para permitir o aparecimento de uma nova distribuição do poder para os sujeitos humanos. Este em seguida encontrou sua tradução política com o advento da democracia moderna.

---

[14] M. Auge, *Non-lieux. Introduction à une anthropologie de la sur-modernité*, Seuil, 1992.

Seu desenvolvimento progressivo conduziu-o a se confundir com essa forma "degenerada" dessa organização da sociedade que chamaremos o "democratismo". E é este último que se verifica congruente com o neoliberalismo econômico desenfreado que hoje triunfa. Voltemos a esses pontos um por um.

Quando o discurso da ciência moderna organiza a nossa vida

Não é evidentemente difícil perceber que o discurso da tecnociência, quando permite no fim das contas produzir objetos ditos de consumo, tem a pretensão de nos preencher e portanto de nos livrar do vazio. Também é difícil não tomar como uma tentativa de supressão de todo limite as possibilidades atuais de avanços espetaculares em quase todos os domínios, que nos deixam ter esperança e que no entanto só empurram para mais adiante os limites. Difícil, enfim, não confundir com a supressão do impossível essa inflação de novos possíveis que experimentamos dia após dia na sociedade atual. Em outras palavras, difícil não tomar por uma ausência de finitude o que no entanto é apenas saída de um tipo de finitude.

Talvez seja preciso lembrar: o discurso da ciência não data de ontem. Já evocamos em outra obra[15] as três etapas de seu advento: seu nascimento entre os gregos, depois suas primeiras grandes conquistas na idade clássica com os avanços de Galileu, Newton e consortes; enfim, seu cumprimento, sua instalação enquanto discurso dominante, quando a tecnociência tornou o homem tributário de suas descobertas. Fizemos arbitrariamente iniciar esse terceiro momento com os primeiros passos do homem na Lua. Tratava-se simplesmente de sublinhar que, num tal meio, e como se sabe, todo encontro natural com o mundo exterior – sem aparelhamento técnico de alto nível – era mortífero. E que isto

[15] Cf. J.-P. Lebrun, *Un monde sans limites*, Érès, 1997, pp. 58-77 [publicado no Brasil pela Companhia de Freud].

não deixava de induzir, quiséssemos ou não, uma dependência radical e inteiramente nova em relação à tecnologia.

Pode-se facilmente identificar os efeitos subversivos dessa evolução da ciência sobre o Imaginário Social. Tomemos um exemplo. Todos conhecem esta fórmula que atravessou os séculos: *pater semper incertus est, mater certissima* (a mãe é certa, o pai, sempre incerto). Em outras palavras, a atribuição da paternidade – o reconhecimento da identidade do genitor – aparece, nesse contexto, como que resultando de um abuso de poder, de uma quase-impostura, já que nada a prova. Aquele que se diz o pai, neste caso exemplar, só tem certeza sobre um fundo de incerteza: o pai é apenas uma conjectura. É só por sua fala que ele sustenta sua asserção. Como, entretanto, não ver nessa afirmação – no caso, a de uma paternidade, que no entanto só pode ser suposta – um ato que instala um pleno a partir de um vazio?

Ora, desde há pouco mais de dez anos, e para voltar à fórmula citada acima, um pai pode doravante ser certo. Tão certo quanto a mãe. No sentido em que, graças ao mapa genético, podemos nos assegurar do fato de que o "dito" pai de fato é o genitor. Como não pensar que, nessa asserção, estabelecida de outro modo, nos livramos da incerteza, do vazio. O pleno não se afirma mais senão a partir dos conhecimentos. Não se trata mais de uma certeza sobre um fundo de incerteza, o que implica que se dê o lugar devido ao vazio sempre em ação, daqui por diante se trata de uma certeza certa.

O que quer dizer que, a partir do que se apresenta como incontornável, como provado, é possível chegar hoje a contestar a fala. Logo, é um pontapé num jogo de boliche milenar, já que subverte completamente o que estava instalado há muito tempo. Ninguém pensará em negar que se trata aí, primeiro, de um efeito da expansão da ciência, nem sequer, aliás, que é sob muitos aspectos um progresso. A descoberta das impressões digitais permitiu ser bem mais rigoroso – e portanto permitiu mais justiça – quando é preciso estabelecer a culpa de um assassino. Da mesma maneira, em muitos casos, pode ser útil poder dispor desse mapa genético para determinar uma paternidade. Entretanto, não podemos evitar constatar o efeito da desvalorização da fala que isso acarreta no Imaginário Social. Nem nos perguntar se, por esse fato mesmo, não voltamos a uma exigência de certeza num domínio em que era evidente que a incerteza podia muito bem ser assumida. Enquanto a paternidade de ontem de imediato nos confrontava com um universo de pseudocerteza, o fato de ela poder ser determinada pela genética hoje não nos incita a só encarar as coisas em termos de certeza?

Para dizermos de outra maneira, e mais nitidamente nos referirmos a conhecimentos, a letrinhas por exemplo, $E = mc^2$ não tem à primeira vista a aparência de influenciar consideravelmente nossa existência. Erro: é capital. Pois, e isso diz respeito igualmente àqueles que nada entendem de física, ninguém consegue disso escapar: essas letrinhas, queiramos ou não, agora nos fazem entrar na ordem do indiscutível. Por conseguinte, podemos nos fazer a seguinte pergunta: com essas letrinhas, estamos sempre, nesse meio humano tal como o identificamos, atingidos por essa marca do vazio, do fracasso, da inadequação, do impossível? Estamos ainda, para dizê-lo à maneira dos psicanalistas, no semblante? Se essa questão não induz obrigatoriamente em nós uma certa perturbação, é porque a resposta será diferente conforme formos cientistas, ou, ao contrário, um homem ou uma mulher comuns. Com efeito, se formos verdadeiros cientistas, afirmaremos que, evidentemente, com essas letrinhas, estamos sempre na linguagem e que as certezas da ciência sempre são provisórias, precárias. Admitiremos que, apesar da certeza que essas letrinhas introduzidas pela ciência veiculam, nem por isso podem pretender dar a última palavra, que se trata apenas de uma hipótese, de um modelo, o qual pode sem cessar ser questionado. Mas se, em compensação, formos um homem ou uma mulher comuns, provavelmente seremos levados a pensar que essas letrinhas remetem a uma verdade verdadeira, que daqui por diante não há mais nada a ser discutido, que a equação de Einstein ou o mapa genético têm desta vez a última palavra. Melhor ainda, pensaremos que os fatos – ou a ciência – podem enfim calar a falação e o palavreado. Em suma, no Imaginário Social comum, e para nos repetir, foi o curso da fala que perdeu uma boa parte de seu valor.

Eis, dito de modo muito – demasiado – simples, uma maneira de pensar o impacto do discurso da ciência. Que não é a ciência, insistamos. Mas que tampouco é a ideologia da ciência, como se diz com muita freqüência. Pois a evolução do Imaginário Social resulta, por certo, dos efeitos induzidos a partir dos progressos extraordinários da ciência, mas também, e sobretudo, daqueles que resultam dos não-ditos que ela veicula, dos modelos que ela propõe. O que nos leva, por bem ou por mal, quase sempre à nossa revelia, a, de certo modo, desarticular nossa posição para com o vazio, a deformar esse saber que nos permitia desde sempre admitir que nunca temos acesso à verdade verdadeira. Em razão de nossa captura na linguagem, nossa relação com o mundo é e permanece evidentemente organizada mais pela falta de objeto que pelo próprio objeto. Mas, a partir do momento em que o discurso da ciência organiza nossa existência, como é o caso hoje, a partir do momento em que letrinhas assumiram o lugar do obstáculo da fala, tudo se passa como se nossa relação com o mundo tal como era induzida por nossa condição de ser falante fosse profundamente modificada.

Essa mudança nos deixa crer – em todo caso pode nos deixar crer – que podemos escapar às leis da linguagem, que podemos nos emancipar do vazio que elas implicam, que, com as letrinhas da ciência, estamos enfim em condição de nos livrar da primazia do verbo. Poderíamos passar da fala aos fatos. A tal ponto, aliás, como mostra muito bem o psicanalista Roland Gori, que *a prova pela fala* hoje está em desuso, se é que já não está completamente desacreditada[16]. Foi-nos relatado que, durante uma recente exposição de agricultura, os camponeses participantes tinham decidido substituir as tradicionais palmas pelas quais concluíam suas trocas comerciais por contratos escritos. Assim, o pacto implicado pela fala hoje foi substituído pelo contratual permitido pela escrita. O que pode ser entendido de duas maneiras diferentes: alguns vão sustentar judiciosamente que, doravante, a escrita permite relativizar a fala, mas outros, os mais numerosos evidentemente, vão considerar, de maneira muito mais radical, que, graças à escrita, podemos enfim ser dispensados da fala.

Poderíamos multiplicar os exemplos para mostrar a que ponto o impacto natural da ciência sobre o Imaginário Social leva ao desaparecimento do impossível, à supressão do limite, à evicção do vazio que nos

[16] R. Gori e C. Hoffmann, *La Science au risque de la psychanalyse*, Érès, 1999.

constitui. Nem que seja dando a entender que, enfim, podemos nos apoderar das coisas, aproveitar a transparência dos fatos, reduzir tudo o que permanece impossível à manifestação de uma impotência provisória, que amanhã poderemos vencer.

Alguns, a justo título, nos retorquirão que os humanos desde sempre sonharam empurrar os limites para mais longe, superar as obrigações. Não quiseram eles sempre voar como pássaros, prolongar indefinidamente a esperança de vida, deslocar-se mais rápido e para mais distante, etc? Mas a lição do mito de Ícaro vale para todos os tempos presentes. Sua queda nos lembra que não é de modo algum proibido querer deixar a prisão, ainda que inventando asas, mas que é suicídio se aproximar demais do sol.

Ora, aproximar-se do sol, no terceiro milênio, não equivale a se deixar siderar, a se deixar agarrar pelos novos possíveis, como se eles não compreendessem mais sua parte de vazio, como se, pelo fato de podermos sem cessar deslocar os limites, pudéssemos nos deixar levar a pensar que não os havia mais. E, aliás, à nossa volta, o que ainda faz limite, um limite naturalmente reconhecido por todos, seja no domínio "físico" ou social? Com toda certeza, nem as distâncias, nem a gravitação terrestre, nem a velocidade. Nem o sexo, a anatomia ou o casamento. Nem sequer o nascimento, que, até há pouco, supunha necessariamente a troca sexual e agora se satisfaz com uma proveta. Como veremos mais adiante, um único limite funciona sempre naturalmente, e talvez ainda mais da mesma maneira que ontem: a morte, ontem recalcada, hoje antes renegada. Examinaremos o impacto dessa diferença.

Assim, os avanços da ciência permitiram deslocar efetivamente a maioria dos limites de ontem. Esse deslocamento cada vez mais rápido e cada vez mais geral costuma ser confundido no Imaginário Social com o puro e simples desaparecimento de todo limite. Ainda mais que esse imaginário é incessantemente solicitado pelas propagandas que fazem o elogio do "sem limite[17]".

---

[17] Podemos ouvir essa expressão, tal qual, numa recente propaganda de Bouygues para as telecomunicações: "Viva num mundo sem limite!".

O que no fim das contas permite de novo o discurso da ciência? Ao enunciar que era o genitor, o pai de ontem fazia isso apoiando-se no lugar de onde se comanda; logo, num argumento de autoridade. O pai de hoje tem a possibilidade, pela genética, de "demonstrar" sua paternidade. A ciência por aí mesmo autorizou uma mudança de legitimidade. Esta com efeito se deslocou: era exclusivamente fundada na fala, em outras palavras, no vazio de onde a fala se sustenta, ela agora tem a ver com a coerência lógica, a demonstração. Aliás, era o que estava em jogo no caso Galileu. Essa controvérsia pode ser interpretada *a posteriori* como um estigma precursor da nova distribuição do poder na modernidade. Assistiu-se aí a um enfrentamento entre duas leituras do mundo. Para além do conflito entre um homem de religião e um homem de ciência, era a primeira vez que à autoridade de um papa se opunha a autoridade da ciência. O nó do conflito? Duas modalidades diferentes de legitimação da autoridade. O processo de Galileu assinala o crepúsculo da legitimidade autorizada pelo todo-poder de Deus – entendamos: a da negatividade que Ele designava – em proveito de uma legitimidade nova fundada na cientificidade – a da simples coerência dos elementos positivos. Em outras palavras, o início do fim de uma legitimidade fundada na autoridade do enunciador em benefício de uma legitimidade fundada na autoridade conferida por enunciados que a coerência interna permitirá considerar científicos.

Assim, a ocorrência do discurso da ciência moderna deslocou a primazia de um desses modos de legitimação para o outro. A tal ponto que, na sociedade de hoje, a primeira dessas legitimidades com bastante freqüência é considerada obsoleta, talvez até de prazo vencido. E daí vem toda a dificuldade! Essa deslegitimação do argumento de autoridade na controvérsia científica estendeu-se ao conjunto do campo social, e tudo hoje se passa como se ele não devesse mais ser utilizado: quanto mais os conhecimentos prevalecem, mais ele cai em desuso. Daqui por diante, continuar a apelar para o argumento de autoridade freqüentemente vai de imediato ser considerado abusivo.

Assim, passamos, com o triunfo do discurso da ciência, de uma legitimidade que se sustentava – não havia outra possibilidade – de um pleno que se apoiava no vazio a uma legitimidade que se sustenta numa coerência lógica, que se apresenta sob os ouropéis de uma certeza que não se atravanca mais com o vazio.

Insistamos: não se trata aqui de imputar o que quer que seja à ciência, mas de identificar o que a progressiva dominação de seu discurso permite, a saber, ao se livrar do poder abusivo da enunciação, deixar crer que seria possível ficar sem ela. Na verdade, a cumplicidade que a partir daí pode se estabelecer entre a maneira de proceder da ciência e a de um sujeito, sempre desejoso de livrar-se de seu mal-estar 'estrutural", revela-se, a isso voltaremos, uma ligação perigosa. Mas, seja como for, o deslizamento aconteceu.

O triunfo de uma democracia "democratista"

Se foi o discurso da ciência que assim preparou, depois autorizou, afinal, a emergência de um Imaginário Social em que o lugar do limite, do vazio, do impossível não é mais irredutível, essa mudança só pôde ser integrada pelo sujeito pelo viés do pertencimento político a uma sociedade em que cada um doravante tem direito de fala e em que os direitos humanos são levados em conta. Foi o que se instalou a partir da Revolução Francesa. Foi o advento da democracia moderna que possibilitou o abandono do Imaginário Social que tornava cada um tributário de um grande Outro – personificado na figura de um Deus e de seu representante, o rei – e portanto forçosamente o limitava, o forçava a ocupar um lugar definido de antemão. Mas a democracia – tal como judiciosamente mostrou Claude Lefort[18] – reconhece, ao emergir, a existência de um lugar vazio como lugar do poder, precisamente ali onde, até então, se mantinha o teológico-político. Assim, a democracia, é preciso saber, é por excelência o regime político que cede lugar ao vazio e que pode por aí mesmo cumprir inteiramente a tarefa de transmiti-lo.

Mas, ao longo destes vinte últimos anos, a evolução da democracia a afastou de sua fisionomia de origem. Seu êxito – seu triunfo até

[18] C. Lefort, *Essais sur la politique. XIXe-XXe siècles*, Seuil, 1986.

– finalmente acabou constituindo um Imaginário Social em que cada um pode, considerando-se autônomo e auto-referido, pensar-se como definitivamente livre de toda heteronomia. Logo, como que autorizado a ocupar ele mesmo – e assim ocultar – esse lugar vazio.

Essa autonomia, essa imanência, primeiramente deverá ter sido conquistada. Foi preciso todo um trabalho – com numerosas idas e vindas durante dois séculos – para conseguir enfraquecer, depois anular a prevalência da heteronomia no Imaginário Social. Enquanto havia um grande Outro a ser combatido, a autonomia permanecia, de certa maneira, uma utopia, um objetivo a ser atingido. É por isso que só muito recentemente ela foi adquirida e não viria mais à cabeça de ninguém, em nossas democracias, recorrer à religião para organizar a vida política. A organização da vida coletiva tornou-se nossa tarefa, a de qualquer um. E podemos ler a entrada na hipermodernidade a partir daí: seu advento ocorre no momento em que "os desabamentos da modernidade", como diz Yves Bonnefoy[19], "enfim ocorreram", no momento em que essa imanência é considerada uma conquista até na cabeça de cada um. O Imaginário Social de hoje é o do momento em que, sendo a modernidade um fato consumado, a democracia não tem mais de lutar contra a heteronomia que ela sempre recusou e pode até prevalecer-se de ter-se totalmente emancipado de toda transcendência.

Aí encontramos de modo evidente e direto as teses de Marcel Gauchet, que, desde sua célebre obra sobre *O desencanto do mundo* até seus trabalhos recentes (*A religião na democracia, A democracia contra si mesma* ou *A condição política*[20]), estuda com rigor os efeitos do fim da religião como organizadora do laço social. É esse trajeto que acabamos bem recentemente por percorrer até o fim, até a saída da era durante a qual ocorreu a conquista da autonomia. Doravante, esta parece dada de imediato. Mas, por isso,

[19] Y. Bonnefoy diz da modernidade que ela é "a falha cujos derradeiros desabamentos ainda não ocorreram", Y. Bonnefoy, "*Readiness, ripeness*: Hamlet, Lear", prefácio a *Hamlet*, Gallimard, Folio classique nº 1069, 1978, p. 8.

[20] M. Gauchet, *Le Désenchantement du monde*, Gallimard, 1985; *La Religion dans la démocratie. Parcours de la laïcité*, Gallimard, 1998; *La Démocratie contre elle-même*, Gallimard, coll. Tel, 2002; *La Condition politique*, Gallimard, coll. Tel, 2005.

uma inversão das prevalências aconteceu: o coletivo, ontem preponderante, doravante encontra-se a reboque. A autonomia – que ontem vinha após a heteronomia e devia até ser incessantemente conquistada – torna-se garantia obrigatória. E Gauchet indica: "É sobre essa matéria que está em jogo a diferença decisiva com a figura clássica da cidadania. Esta repousava sobre a conjunção do geral e do particular, cada cidadão sendo chamado a se apropriar do ponto de vista do conjunto a partir de seu próprio ponto de vista. Na nova configuração que se desenha, é a disjunção que prevalece, cada um tendo de valorizar sua particularidade junto a uma instância do geral cujo ponto de vista em nenhum momento lhe pedem para adotar. Os responsáveis que se virem[21]".

Por conseguinte, é aqui que pode emergir o que chamaremos o "democratismo". É uma ilusão de ótica que deixa crer ao cidadão da modernidade democrática consumada que sua autonomia é dada de imediato. Mas a ilusão funciona e ele quer o tempo todo ser reconhecido em sua singularidade por um coletivo ao qual acha que não deve mais nada. No máximo, aceita não pisar o mesmo direito que reconhece ao vizinho. É essa leitura simplista, pelo cidadão, de sua nova condição que conduz ao democratismo, a saber, a crença nisto: a democracia se resumiria no fato de que cada um faz o que quer, contanto que não incomode o outro!

Por conseguinte, vemos bem que é toda a especificidade da democracia como organizadora de um lugar vazio que é esquecida. Pois esse lugar vazio doravante está inteiramente preenchido pela suficiência de qualquer um. O sujeito não se dobra mais à necessidade irredutível de passar pelos outros para existir enquanto sujeito tal como evocamos mais acima. Prossigamos ainda por um momento a leitura de Gauchet: "Acabamos de recuperar o poder sobre nós mesmos [...]. Essa derradeira conquista metafísica assumiu um rosto social inesperado. Ela acabou por emancipar os indivíduos. Libertou-os desses enquadramentos que perpetuavam a marca da ordem religiosa numa sociedade secularizada. Livrou-os do que podia subsistir de pressões relativas a tradições. Desligou-os do que podia ser para eles obrigação para com coletivos de

---

21 M. Gauchet, *Un monde désenchanté?*, Éditions de l'Atelier, 2004, p. 106.

referência, da família à Nação. Livrou-os da reverência hierárquica e dos laços de obediência para com a autoridade até consentida. Em suma, deu-lhes, ou tende a lhes dar, os plenos poderes sobre eles mesmos. Mas, ao fazer assim, esvaziou de sua substância a perspectiva de um poder coletivo. [...] Gozamos de uma liberdade sem igual de governar a nós mesmos, cada um em seu canto e por conta própria. Mas o horizonte do governo em comum, este, esvaeceu-se. A idéia de uma visão de conjunto da organização de nosso mundo não tem mais nem suporte, nem instrumentos, nem intermediário. Quase não podemos mais imaginar a ação histórica senão como a resultante de uma miríade de iniciativas dispersas, todas legítimas e todas firmemente decididas a nada ceder em sua independência[22]".

Como dizer melhor a emergência de um novo Imaginário Social em que o lugar da subtração de gozo em proveito do coletivo não é mais aceito, em que *tudo se passa como se* o consentimento no "menos-de-gozar" estivesse doravante com o prazo vencido? No mesmo movimento, tudo se passa como se, em continuação às mudanças de comportamento autorizadas pelo desenvolvimento e pelos progressos sem precedentes de nossa sociedade, essa perda que o social devia transmitir sequer fosse mais colocada no programa. Em compensação, buscar sempre mais gozo parece servir de ideal ou em todo caso propor-se como uma oportunidade. Por que atrapalhar-se com as pressões do desejo, confrontar-se com a angústia ou a precariedade do exercício do desejo? O "direito à felicidade" é reivindicado. Por isso, a solidariedade entre os diferentes andares dessa construção que faz o laço entre o singular e o coletivo aparece como que definitivamente rompida.

Quando reina a "lei do mercado"...

Tudo isso faz o leito da terceira força que evocamos, a saber, a economia de mercado sob sua forma sem rédeas, este neocapitalismo liberal que

[22] M. Gauchet, *La Religion...*, *op. cit.*, p. 84.

triunfa desde a última década do século xx. Com efeito, quando o vazio que habita tanto o singular quanto o coletivo vê-se desmentido pelo Imaginário Social, chegamos, como vimos, à suspensão de todo limite, de toda diferenciação dos lugares, de toda lei à qual temos que recorrer..., exceto apenas a pretensa "lei do mercado[23]", que na verdade é apenas um modo de regulação espontânea da vida em sociedade, e não apenas da economia no sentido estrito, em função dos interesses particulares. Estamos às voltas apenas com um aglomerado de individualidades, todas ocupadas em se proteger coletivamente dessa perda que o outro poderia lhes infligir e em erigir muralhas para neutralizar o risco de uma subtração de gozo.

O que ainda resume muito bem Gauchet: "Não podemos mais imaginar a coexistência humana em outros termos que sob os traços de um mercado generalizado, como o único modo de realização da compossibilidade entre liberdades iguais[24]". E ainda: "Não podendo o interesse geral ser concebido de outra maneira a não ser como a resultante *a posteriori* do livre concurso dos interesses particulares, encontramos por um outro viés as razões da revivescência da idéia de mercado. [...] Não é o mercado como instituição da economia no interior da sociedade que, no momento, está em questão, mas na verdade uma sociedade de mercado. [...] É a uma verdadeira interiorização do modelo do mercado que estamos assistindo – um acontecimento de conseqüências antropológicas incalculáveis, que mal começamos a entrever. [...] É a constituição íntima das pessoas que ela contribui para remodelar. Do dever de desinteresse que definia o homem público à injunção tácita de alinhar-se a seu interesse próprio o passo é imenso, e o que vem depois promete ser pesado[25]".

Quanto a isso, o liberalismo econômico pode ser considerado a cereja sobre o bolo. É bem congruente com a idéia de um sistema que nada mais faz senão ter confiança total numa auto-regulação espontânea. Desnecessário uma autoridade para regular a sociedade, plena confiança

---

[23] Cf. A. Rossi, *Le Mythe du marché*, Climats, 2005, e C. Arnsperger, *Critique de l'existence capitaliste. Pour une éthique existentielle de l'économie*, Cerf, 2005.

[24] M. Gauchet, *Un monde...*, *op. cit.*, p. 106.

[25] M. Gauchet, *La Religion...*, *op. cit.*, p. 86.

será dada à autonomia dos mercados. Graças ao que fabricou-se toda uma sociedade sobre o modelo do mercado. Nesse sentido, afirma o economista Ingrid France, "o liberalismo procede de uma ideologia que se nega como tal. O *parti pris* normativo que serve de ponto de partida para essa construção teórica é mostrar que os mercados constituem a instituição mais eficaz para regrar as atividades econômicas[26]".

Trata-se bem de um *parti pris normativo*: o neoliberalismo econômico cumpre o trajeto preparado pelo discurso da ciência e pelo deslizamento da democracia ao democratismo, do lugar do poder como lugar vazio ao lugar do poder como suscetível de ser ocupado por cada um. Da instituição à ausência de instituição. Da heteronomia à emancipação, liberando-se de toda dívida para com o Outro.

Quando não se pode mais contar com o outro

Insistamos ainda na importância da instância coletiva – institucional – para assegurar a representação, a figuração, a teatralização da necessária subtração de gozo. Pois a transmissão do vazio que ela permite está simplesmente em perigo quando a visibilidade da operação não está mais assegurada. Mas também devemos lembrar que é pelo viés daqueles que a cobrem e a mascaram que habitualmente a necessidade do vazio se torna presente. Assim, aparelhos institucionais, estruturas de poder, chefes vão "presentificar" para o conjunto da coletividade o que é preciso pagar como preço não só para garantir a existência da sociedade concreta a que pertencem os sujeitos, mas também para assegurar a existência da sociedade como tal. O lugar que eles ocupam é o do vazio e, mesmo quando o ocupam legitimamente, sempre podemos nos perguntar por que cada um consente em que alguns estejam nesse lugar. Assim, La Boétie interrogava-se sobre a servidão voluntária. Mas não é precisamente por essa servidão estar primeiramente inscrita em cada um de nós como

---

[26] I. France, L'Impasse de la théorie économique orthodoxe. Aux origines de la dérive libérale, Working Paper LEPII-CNRS, université Grenoble II, maio de 2005.

estigma de nossa dependência em relação ao Outro que deixamos mais facilmente outros ocuparem esse lugar?

É bem o que lembrava Pierre Beckouche quando precisava, como já indicamos, que "a arquitetura de uma sociedade [...] estritamente só tem eficácia na medida em que cada homem nela consegue reconhecer algo de seu ordenamento psíquico próprio". Mas, inversamente, esse laço íntimo entre sujeito e sociedade é percorrido no outro sentido. Para instalar seu *ordenamento psíquico próprio*, o sujeito tem, na maior parte do tempo, necessidade da *arquitetura da sociedade* na qual ele se constrói como sujeito. Uma interação que é preciso estudar mais de perto. Ainda mais que essa interação, que nunca havia sido realmente identificada e analisada até então, encontra-se pelo menos maltratada durante esse período de mutação.

É evidente que sempre ocorreram mudanças toda vez que um modelo de funcionamento da sociedade substituiu outro. Sempre que um poder instalado vê-se destituído por outro, daí resulta um momento de abalo. Uma situação que aliás encontramos na clínica mais banal, quando, por exemplo numa equipe, um chefe é destituído e se fica esperando outro. Todos conhecem esse contexto de crise, aliás às vezes bem difícil de ser atravessado, tanto é grande a incerteza em que estão mergulhados os protagonistas. Mas o que assistimos é diferente. Não se trata de uma mudança na maneira de ocupar o lugar do vazio, que suporia que continuássemos a reconhecer implicitamente a sua existência. Trata-se de passar a um modelo em que esse vazio não tem mais seu lugar, em que tudo se passa como se tivéssemos conseguido nos livrar de sua necessidade. Foi o que chamamos a crise d*a* legitimidade. Ontem, esse vazio estava esquecido por trás daquele que o ocultava, estava recalcado; hoje, esse vazio é renegado, é como se não fizesse mais parte da situação!

Essa mutação, cuja estrutura vamos estudar mais adiante, afeta profundamente os dois andares inferiores de nosso esquema. Do lado dos adultos, observa-se uma deslegitimação daqueles e daquelas – pais, educadores, políticos, etc – que têm de transmitir as condições do desejo. Em outras palavras, uma deslegitimação daqueles que têm de fazer entender a outros que uma subtração de gozo é necessária para que advenha o desejo humano. Como já evocamos, esses homens e essas mulheres encarregados de uma tarefa específica e essencial não se encontram mais sustentados pela instituição social e, por isso, não têm armas para suportar a violência e o ódio que são a única coisa que pode surgir naqueles que se vêem por eles forçados a questionar seu todo-poder, doravante diminuído. Pois essa violência e esse ódio, é preciso lembrar, não devem de modo algum ser desacreditados: destinados a ser "integrados" ao longo do trabalho de subjetivação, eles vão ser o próprio motor daquilo que vai se tornar o desejo. Mas contanto que se consinta, é claro, em renunciar a colocá-los em ato.

Do lado das crianças ou dos jovens, a conseqüência dessa esfumação, dessa demissão de fato dos adultos, não é pequena. Encontramo-nos numa situação que já qualificamos em outra obra de "experiência limite[27]", com sujeitos que são forçados a só poder "tirar" de si mesmos o que é necessário à condição humana. Por não poder mais contar com o outro para colocar o limite, o sujeito de hoje, para que essa operação ocorra, agora só pode contar consigo mesmo. Mas receber o limite do outro ou dever impô-lo a si mesmo não é nem um pouco equivalente. Impô-lo a si mesmo – tarefa a ser recomeçada sem cessar, como se a subtração de gozo não se tivesse inscrito – é muito mais difícil. Pode ser extremamente pesado de carregar.

Lembremos como Kierkegaard, em *Temor e tremor*, mostra a diferença de coragem que implica o ato de Abraão em relação ao de Agamenon. Este último, ao sacrificar a filha Ifigênia, dispõe da aprovação de todos os gregos, que esperam, graças a seu ato, obter dos deuses os ventos favoráveis que os levarão a Tróia. Enquanto que, ao levar Isaac ao Monte Morija, Abraão só pode contar, num estado de solidão absoluta, com a própria fé. "A diferença que separa o herói trágico de Abraão salta aos olhos. O primeiro ainda permanece na esfera moral. Para ele, toda expressão do moral tem seu *telos* numa expressão superior do moral. [...] Bem diferente é o caso de Abraão. Ele atravessou com seu ato todo o estádio moral. [...] A história de Abraão comporta uma

[27] J.-P. Lebrun, "Malaise dans la subjectivation", in *Les Nouveaux Désarrois du sujet*, Érès, 2001.

suspensão teleológica do moral[28]". É essa saída da moral, essa solidão absoluta na qual ele se encontra contrariamente a Agamenon, que explica o suplemento de coragem que é necessário a Abraão e de que todos hoje devem dar prova, já que desmascaramos a ficção que organizava o social e nos dispensava dessa prova.

Outras conseqüências se afiguram ainda mais importantes. Com efeito, é possível notar que, por se tratar da vida coletiva, quando a geração que se segue não pôde tomar apoio sobre a que a precedeu, quando ela teve de se construir contando apenas com as próprias forças, por falta de uma transmissão adequada, é toda a relação com a anterioridade, com a dívida para com a geração precedente, que se vê subvertida. Nessas condições, devemos nos espantar que não seja mais possível apelar para o que é evidente, para o que ontem se chamava o bom senso, para regular as condutas?

Um exemplo bem banal de que fomos testemunha ocular. Uma jovem mãe, o filho nos braços, afirmava recentemente que sabia bem que tinha de frustrá-lo, que não devia lhe dar tudo, mas, ao mesmo tempo, como o alimentava, sempre que ele chorava ela se perguntava se mesmo assim não devia lhe oferecer o seio... Questão bem comum mas que, ao mesmo tempo, remetia a um desafio essencial para essa mãe e sua singularidade. O que prevalecia não era o fato de saber a que, nessa situação, ela se referia, nem ainda como, já bem cedo, podia transmitir ao filho, cercando-o de suas palavras e de sua voz, a necessidade de suportar uma falta, a possibilidade de não ser saciado imediatamente. Não era isso que lhe importava, o que contava era saber se ela devia naquele momento ser frustrante ou não. Ora, isto, no caso, não é absolutamente o que está em jogo! O importante não é que a resposta concreta que for dada seja adequada, é que ela seja transmitida por essa mãe, em função de suas próprias referências. O que poderia ter assim consistido para ela, por exemplo, em retornar a seu saber próprio para ser capaz de dar a entender a esse filho que, é claro, ele tinha boas razões de chorar, visto que já tinha que assumir a decepção fundamental atinente à sua condição humana, mas

[28] S. Kierkegaard, *Crainte et tremblement*, Aubier, 1984, p. 91.

que ela estava ali para lhe mostrar que isso não era destrutivo. Que ele ia poder suportar a falta, que até, ao contrário, era o que no futuro lhe permitiria desejar. Essa jovem mãe tem obrigatoriamente uma vantagem sobre o filho, mas é preciso que ela reconheça essa anterioridade e o saber que a acompanha como legítimos. Uma legitimidade que se ancora em sua própria negatividade e não no saber positivo de suas competências parentais.

O que desapareceu no caso em questão foi a base comum – o vazio – na qual essa mãe deveria ter naturalmente podido se apoiar para intervir junto a seu filho. Em vez de poder recorrer ao que ultrapassa ambos – a negatividade que é a parte comum dos dois –, ela está como que forçada a procurar lhe fornecer *a* boa resposta materna.

Mas, nesse caso, tudo pode ser a cada vez renegociado, tudo sempre é suscetível de ser remanejado, uma resposta desalojando a outra. Logo, não há mais temporalidade, não há mais tempo para decantar e para constituir um suporte sobre o qual se apoiar, que faça terceiro, um suporte comum do qual nenhum pai se sente proprietário mas ao qual todos eles possam recorrer. Por isso, toda resposta arrisca passar por uma manifestação de autoridade arbitrária.

Não ficaremos espantados, diante desse novo contexto, com o fato de que, por exemplo, recitar uma lição diante do quadro negro não é agora tão natural na escola. Por outro lado, a frase cada vez mais utilizada – "Mas com que direito o senhor me pergunta isso?" –, dirigida pelo aluno ao professor, torna-se bem lógica com essa nova distribuição do poder.

3

A MUTAÇÃO DO LAÇO SOCIAL

É incontestável que os modos de regulação social não funcionam mais como antes em nossas sociedades. A referência à norma naturalmente admitida e reconhecida, ao ideal implicitamente partilhado, à hierarquia veiculada pela tradição, todas essas coisas que cada geração até ainda há pouco se dava a incumbência de transmitir às seguintes, tudo isso – é o mínimo que se pode dizer – está seriamente questionado. Vivemos hoje numa coletividade que se declara e se quer plural, pluralista, que evoca referências diversas em função dos sujeitos envolvidos, que quer levar em conta as diferenças culturais e impor que sejam respeitadas, ainda mais se disserem respeito a grupos minoritários. Numa sociedade assim, evidentemente não é compatível recorrer a um Outro do qual seríamos todos devedores, até mesmo as crianças. Hoje, está muito mais em questão chegar a construir – reconstruir – normas em função de cada situação, com os protagonistas, e levando em conta elementos que vão permitir, senão viver juntos, em todo caso viver a vários.

Tornou-se agora um lugar comum: estamos diante de uma crise de referências, não sabemos mais a quais delas nos agarrarmos para enfrentar as modificações introduzidas pelo triunfo irrestrito da modernidade e dos valores que ela veicula. Seja qual for nossa interpretação desse fenômeno, é preciso reconhecer que hoje, com efeito, estamos em todos os campos confrontados com um conjunto de problemas cruciais e na maioria inéditos: deve a sociedade consentir num voto de mudança de sexo, no casamento de homossexuais, na adoção de uma criança por casais de *gays* ou de lésbicas? Deve ela autorizar a escolha antecipada do sexo da criança, a clonagem, a eutanásia, a livre escolha do nome próprio? Onde vai ela encontrar a energia necessária à busca da melhoria do nível de vida? Como impedir o aquecimento do planeta e como economizar a água? Etc.

A evolução radical de nossas sociedades induziu mudanças que levam muitos sujeitos a enfrentar dificuldades inéditas. Mas, embora se trate mais do que nunca de simplesmente cuidar para que prossiga a transmissão do *húmus humano*, isto não pode corresponder a querer, por essa razão, salvar as antigas modalidades do funcionamento social. Ainda que, neste ponto, os psicanalistas estejam hoje divididos, bem como o conjunto dos pesquisadores.

É por isso que, a fim de tentar superar essas divisões, parece-nos precioso tentar uma leitura estrutural dessa mutação do laço social cujas implicações acabamos de perceber.

A morte da "sociedade hierárquica"

Essa transformação inédita da organização do laço social a que assistimos há uma ou, no máximo, duas dezenas de anos tem um impacto direto sobre nossa maneira de teatralizar, dando-lhe figura, o que identificamos como o núcleo antropológico duro do *húmus humano*. Com repercussões sobre o conjunto dos modos de organização e das práticas que fazem uma sociedade "ficar de pé". Essa subversão sem precedente é que, como vamos ver, deve ser responsabilizada pelo que estamos assistindo.

Identificar a estrutura dessa mutação deveria permitir que evitássemos sucumbir tanto à miragem dos amanhãs que cantam quanto à ilusão pessimista daqueles que vêem nessa mudança o sinal de nossa decadência. Duas posturas, dois belvederes ciclópicos que permanecem aquém das implicações que temos de levar em conta a fim de aceitar o desafio que o mundo atual nos impõe.

Por contaminar o conjunto do campo social, essa mutação deixa, por exemplo, na falta de ser identificada, os pais questionarem os educadores, estes últimos os políticos, e vice-versa. Embora todos, na verdade, arrastados por essa mudança, estejam impotentes. O que, aliás, em hipótese nenhuma impede alguns – por exemplo os promotores de novos "produtos" educativos ou de todas as espécies de *coaching* ou de *relooking* – de habilmente se aproveitarem da nova repartição do poder para fazer disso uma abundante fonte de lucros.

Uma nota, aqui, se impõe: se de bom grado evocamos o termo quase degradado – tanto é hoje utilizado – mutação, é em referência à "teoria das catástrofes[1]" do matemático René Thom, que renovou a abordagem da topologia. Seus trabalhos, que tiveram sua hora de glória há algumas dezenas de anos, mostram que uma mutação procede não tanto de um corte radical, ainda que nisso culmine, mas sobretudo de uma série de pequenas mudanças que se adicionam. Mudanças mínimas que subitamente acarretarão, num certo momento e em razão de seu acúmulo, a transformação completa da forma de uma figura, de um objeto, de um sistema – em todo caso da forma que têm tal como a percebemos. É no fim das contas assim que a mutação se inscreve e se revela operante. Assim, impõe a todos uma mudança de percepção do objeto observado a tal ponto importante e determinante que é comparável, por exemplo, à mudança de ponto de vista acarretada pelo fato de se levar em conta que era a Terra que girava em volta do Sol e não o inverso.

Poderíamos – nos diz o escritor e crítico literário Pierre Bayard – "imaginar como o epistemólogo Norwood Russell Hanson, a cena em que um heliocentrista e um geocentrista, instalados no mesmo lugar sobre uma colina, um ao lado do outro, assistem juntos a um nascer do sol. Aparentemente, o espetáculo que observam os dois homens, colocados no mesmo lugar do universo e no mesmo ponto do tempo, é idêntico. É um mesmo planeta que é observado para além da mancha luminosa. São raios

---

1 Uma "catástrofe" pode ser definida como uma modificação de forma que conduz ao aparecimento de uma descontinuidade. Existe toda uma variedade de aplicações da teoria das catástrofes, desde a deformação das vigas em engenharia até as instabilidades que provocam distúrbios nas prisões.

semelhantes que partem do astro... [...] Pode-se dizer que esses dois homens vêem a mesma coisa. Mas para o geocentrista a Terra está no centro do sistema solar, onde ocupa o lugar principal que lhe foi atribuído desde a origem do mundo, ao passo que para o heliocentrista ela não passa de um planeta entre outros, mal saído do anonimato. Assim, o primeiro percebe um Sol girando em volta da Terra imóvel, ao passo que o segundo percebe um Sol fixo em torno do qual gira o planeta no qual ele se acha.

A diferença de sistema geral do mundo onde se situam os dois homens modifica completamente o espetáculo a que assistem. [...] A diferença de paradigma não se contenta em dar a eles visões irredutíveis de coisas comuns, o que implicaria que essas coisas tivessem existência fora do conjunto do sistema de representações com o qual as recobrimos para percebê-las. Ela tampouco dá valores diferentes ao que eles vêem. Na verdade, faz deles, por mais próximos que pareçam estar um do outro, os habitantes afastados de dois planetas distintos[2]".

Devemos tem em mente o que pode ser o impacto dessa mutação se quisermos medir o tamanho daquilo com o que hoje estamos às voltas. A vida coletiva ontem era reconhecida como organizada, implícita e explicitamente, pela presença legítima, identificada por cada um, em todos os lugares do sistema, de uma posição de exterioridade, de um lugar de exceção; em outras palavras, de uma transcendência. Essa organização do laço social estava em adequação íntima com o que Claude Lefort chamava uma "ficção teológico-política". Mas deixamos, ao longo das duas últimas décadas, esse modelo de sociedade no seio do qual o lugar de exterioridade – a transcendência – desempenhava um papel primordial. Pois, quando o modelo em questão era asperamente combatido, e já em declínio, esse lugar, com efeito, ainda permanecia inscrito, marcava sempre com sua impressão a sociedade. Hoje, é fato consumado que as sociedades se desprenderam da estrutura religiosa e que, por conseguinte, passamos – sem ruptura aparente, de modo quase insensível – a um funcionamento coletivo que se emancipou de qualquer referência a uma posição de exterioridade ou à transcendência. Foi desse modo assinado

[2] P. Bayard, *Enquête sur Hamlet. Le dialogue de sourds*, Minuit, 2002, p. 108.

o que alguns chamaram "o ato de falecimento da sociedade hierárquica[3]", o que ao mesmo tempo provocou o desabamento de uma crença essencial, a que conferia um papel central ao político[4].

Há transcendência e transcendência

Daí vem que uma recusa sistemática de tudo o que possa evocar a transcendência é doravante nossa palavra de ordem. Quem tiver a fala de imediato vai desacreditar, e até à revelia do interlocutor, o que ele identificar como com ela relacionado. Assim, o objetivo aí não é mais só opor contraditoriamente uma opinião a outra, um "não é isso" ao "é isso" enunciado. Doravante será desacreditado obrigatoriamente qualquer "é isso", pelo simples fato de que ele se autoriza a sair do lote, a se enunciar. Evidentemente, não é um tal voto que está fixado no frontão de nosso Imaginário Social. Ao contrário mesmo, já que cada um, nos dias de hoje, aparentemente está convidado a dar a sua opinião e a seguir a sua via. Pluralismo exige. Mas a seqüência inevitável não é anunciada: embora cada um esteja convidado a se exprimir, está fora de questão que uma opinião saia do lote, que produza conseqüências, já que então se juntaria a esse lugar de exceção doravante marcado de ilegitimidade. Em conseqüência, toda enunciação é visada por esse processo que nos arrasta. Assim, a recusa de toda transcendência decorre apenas de uma posição ideológica... embora evidentemente afirme que a ideologia está no outro campo. Afinal, o efeito previsto é forçar todo mundo a cessar de manter uma posição, a se resignar ao pronto-para-pensar. Em outras palavras, trata-se de "reduzir as cabeças", conforme a feliz fórmula de Dany-Robert Dufour[5], título de sua obra eloqüente que analisa essa nova maneira de funcionar em nossa sociedade.

---

3 P. Rosanvallon, I. Théry... [et. al.], *France: les révolutions invisibles*, Calmman-Lévy, 1998.

4 Cf. a esse respeito B. Stiegler, "De la croyance en politique", *Le Monde*, 1° de julho de 2004. Ou, mais recentemente, J.-C. Guillebaud, *La Force de conviction*, Seuil, 2005.

5 D.-R. Dufour, *L'Art de réduire les têtes. Sur la nouvelle servitude de l'homme libéré à l'ère du capitalisme total*, Denoël, 2003 [publicado no Brasil pela Companhia de Freud].

Mas se recusarmos o pronto-para-pensar e aceitarmos a volta a uma posição metafísica transcendental, isso corresponde a deixar de lado uma distinção bem importante. Enunciar isto é recusar diferenciar a transcendência transcendente da transcendência imanente, confundir a transcendência e o transcendental. Por transcendência transcendente entendemos a transcendência em seu sentido habitual, religioso, que habitava a vida coletiva de antes da modernidade, e que esta radicalmente questionou. Quando era assim agenciado, garantindo a existência de um grande Outro – no caso, Deus e seu representante[6] –, o social transmitia a necessidade de um lugar de exceção, exterior ao conjunto, maneira de fazer aceitar a necessidade do menos-de-gozar necessário à humanização. Hoje, está admitido no Imaginário Social que esse Outro não existe, que ninguém habita o céu – o que de modo algum impede a fé, mas a relega ao domínio estritamente privado. Mas será que por isso não há mais lugar Outro, ainda que vazio? A necessária persistência do Outro como lugar que suporta a existência de qualquer um, do qual ninguém pode pretender ser o proprietário, isso é que tem a ver com uma transcendência imanente, com um transcendental. E que permanece um invariante da condição humana. É o que já afirmamos a respeito de nossa identidade de ser falante que nos permite fazer entender essa distinção. O Outro ao qual ontem nos referíamos encobria duas coisas diferentes e emaranhadas: uma – a pessoa do Outro – que tinha uma existência substancial, *via* teológico, e a segunda – o lugar do Outro –, que só possuía uma existência lógica, em razão da linguagem. Aquilo de que a modernidade conseguiu nos livrar foi da existência substancial da transcendência, o que aqui chamamos a transcendência transcendente. Mas nem por isso estamos livres de sua existência lógica, o que chamamos a transcendência imanente, ou o transcendental. Ora, é precisamente o que a pós-modernidade quer nos fazer crer[7].

---

6 Cf. E. Kantorowicz, *Les Deux Corps du roi*, Gallimard, 1989.

7 Aqui, é mais justo falar de pós-modernidade em vez de hipermodernidade ou de sobremodernidade na medida em que se evoca uma sociedade na qual é considerado evidente o desaparecimento da transcendência imanente ou do transcendental.

A leitura de uma obra particularmente apaixonante e engajada, a que o filósofo Philippe Mengue dedicou a *Deleuze e a questão da democracia*, pode sustentar aqui nosso propósito. A tese da obra é simples. Formado na filosofia de Deleuze, o autor se autoriza a interrogar sua pertinência crítica nesses tempos de mutação de laço social – o que ele nomeia "mudança de sentimento epocal" –, pelo menos no que se refere à democracia e à política. Ele presta homenagem aos conceitos e sobretudo à iniciativa deleuziana, demonstrando sua pertinência ao longo dos anos 70 para entender os desafios da modernidade e para pensar o além dessa modernidade. Entretanto, Philippe Mengue nos dá a entender que esses conceitos não são mais operantes quando se trata, como hoje é a tarefa que nos cabe, de pensar a evolução da vida coletiva.

"Retraduzida por Deleuze, nos diz Philippe Mengue, a tarefa moderna da filosofia enuncia-se assim conforme a palavra de ordem – vinda direto de Nietzsche – derrubar o platonismo. Com efeito, segundo o ascendente niezscheano, o platonismo nada mais é que a própria metafísica, e ele se define pela dualidade do sensível e do inteligível e pela valorização do último em detrimento do primeiro. Com essa virada, Deleuze anuncia [...] que a filosofia é moderna 1. quando é antimetafísica; 2 quando seu princípio reside no de imanência total, radical, ou seja, na recusa de toda transcendência, de toda dimensão vertical do pensamento em proveito da mera horizontalidade de um plano contínuo de existência de vida, de pensamento, que ele mais tarde vai chamar *plano de imanência*[8]".

Essa palavra de ordem, que não nos parece apenas a de Nietzsche ou de Deleuze, remete, é claro, à nossa situação do início do século XXI, tanto é hoje difundida a idéia segundo a qual todo questionamento das práticas sociais atuais pode ser suspeito de querer contribuir para restaurar a transcendência substancial de ontem e de portanto estar ligado à metafísica.

Mas em que, segundo Philippe Mengue, Deleuze "malogrou" sua abordagem do político e mais precisamente da democracia? "O que faz com que Deleuze perca inteiramente esse plano próprio do pensamento

[8] P. Mengue, *Deleuze et la question de la démocratie*, L'Harmattan, 2003, p. 25.

político? Seu preconceito intelectualista contra o conceito e sua fascinação modernista pela mudança a qualquer preço fazem-no passar ao lado da evidência própria ao político. A preocupação com o político é a de um mundo estável e comum e esse mundo deve ser positivamente construído; por inteiro, pois não se fará naturalmente, nem por si mesmo, em razão da pluralidade das opiniões e dos interesses necessariamente divergentes e em conflito que elas representam[9]".

O que leva o autor a precisar que Deleuze, ao propor que se adote o que ele chama sua "micropolítica", permanece no pré-político por não esgotar a dificuldade maior que encontra, a saber, que "as organizações de poder estabilizam, ordenam, regulam, e por aí nunca ligam os indivíduos, seus desejos, seus interesses sem ao mesmo tempo oprimi-los[10]". A hipótese de Mengue sobre esse "malogro", levada na surdina, não é de natureza a nos espantar: ele a atribui ao fato de que Deleuze se livrou da psicanálise, e bem particularmente do pensamento de Lacan. Assim, ele afirma: "Fica claro que Deleuze, com todo o esquerdismo e o historicismo que lhe são subjacentes, é incapaz de pensar o fato inegável de que a ordem do jurídico-político está para sempre na impossibilidade de satisfazer plenamente o desejo humano enquanto tal. Chamaremos, com Jacques Lacan, 'ético' esse pensamento do desejo[11]".

Notamos bem aí o ponto de insuportável não só para o pensamento deleuziano, mas para o pensamento hipermoderno simplesmente. Os dois, com efeito, observam que o que organiza, obriga. E que é insuportável. Ora, ao se querer recusar toda obrigação, o que acaba recusado é a própria organização; logo, tanto o político quanto a democracia. Por conseguinte, é isto o que hoje não se pode admitir: que obrigação e liberdade são as duas faces de uma mesma moeda e por isso são indissociáveis. O que não quer dizer, é claro, que não existam obrigações abusivas contras as quais convém mais que nunca se revoltar. Mas, ao se querer suprimir toda obrigação, só se consegue favorecer a emergência de novas obrigações. De outro tipo, com certeza, mas não menos cons-

[9] *Ibid.*, p. 161.
[10] *Ibid.*, p. 149.
[11] *Ibid.*, p. 193.

trangedoras. Em outras palavras ainda, no campo do desejo humano o vício de funcionamento é de estrutura.

Uma outra abordagem do paradoxo

Logo, a questão permanece bem atual: Podemos acabar com a transcendência? Dela nos livramos de fato?

É porque o fim da transcendência transcendente não implica de imediato o fim da transcendência imanente que recusamos falar, como fez Durkheim, de anomia. A sociedade atual, decerto, coloca problema, mas nem por isso é anômica.

Falar de *mutação do laço social* supõe que passemos de um sistema a outro. Mas, mesmo que o novo sistema ainda não esteja realmente identificado, de modo algum se trata do puro e simples desaparecimento de toda ordem estabelecida. É no entanto nesses termos que pensam, explicitamente ou não, aqueles que interpretam a situação atual como o resultado de um declínio. O que não é o nosso caso. Ler o que se passa, como propomos, como conseqüência de uma mudança do modo de funcionamento da sociedade no entanto não nos autoriza a não querer saber se o regime que agora teríamos deixado e que incluía a necessidade do vazio – *via* transcendência substancial – era apenas uma contingência histórica – mesmo tendo durado vários séculos –, ou se respondia a uma necessidade permanente. Não podemos deixar de nos perguntar se o regime de que nos emancipamos era o único "eficiente" ou se representava apenas uma modalidade concreta encontrada por nossos ancestrais, ainda que sem querer, para figurar e assumir o que é necessário ao *húmus humano*. Restaria então assinalar em que o modelo atual assume de outro modo – ou não – a dita necessidade.

Assim, trata-se de saber se o regime da hierarquia substancial é o único suscetível de funcionar bem e de saber se é legítimo fazer o lugar de exceção que caracteriza o regime hierárquico coincidir com a própria hierarquia. Em outras palavras, a hierarquia conforme a tradição é parte integrante do invariante antropológico ou é uma variável histórico-cultural?

De nosso lado, como dissemos, sustentamos que o fim da transcendência nem por isso é sinônimo de anomia, pois outro regime da vida coletiva instalou-se. Com efeito, no mesmo movimento que vê desaparecer o regime da tradição, o lugar deste é assumido por outro tipo de laço social. Na falta disso, já estaríamos na anarquia. A tese do desabamento generalizado do Simbólico[12], que tem seus partidários, vê-se aqui, portanto, senão dispensada pelo menos fortemente relativizada. Mas nem por isso devem ser minimizados os efeitos de desapontamento que a mutação em curso pode provocar.

Para entender a estrutura dessa mutação, propomos recorrer aos famosos paradoxos de Russell oriundos de sua reflexão sobre a teoria dos conjuntos[13]. Com efeito, pensamos ter abandonado um modo de funcionamento que dispunha da consistência ao mesmo tempo que da incompletude para nos organizar conforme um regime que privilegiasse a completude e a inconsistência. Ao colocar em evidência "a classe das classes que não pertencem a si próprias", o autor dos *Principia mathematica* enunciava um princípio de limitação interna à organização de um sistema simbólico. Ele mostrava que era preciso escolher entre um sistema consistente e incompleto e um sistema completo e inconsistente. É preciso entender "consistente" no sentido matemático do termo, isto é, sem contradição lógica interna. Assim acontece, por exemplo, com a frase bem conhecida segundo a qual "todos os cretenses são mentirosos". Se considerarmos que Epimênides, que a pronuncia, é ele mesmo cretense, daí se conclui que ele é mentiroso. Mas então que valor tem ainda a frase que ele acaba de enunciar? Levar em conta o fato de que Epimênides é cretense obriga a declarar a fórmula inconsistente. Ao contrário, não se perguntando sobre sua origem, tratando Epimênides em lugar de exceção, a formulação torna-se consistente, sem contradição lógica interna. Em outras palavras, o que esse tipo de paradoxo faz emergir é

---

[12] A esse respeito, remetemos a nossa conversa com J. de Munck e D.-R. Dufour, "Convém falar hoje de dessimbolização?", in J.-P. Lebrun e de E. Volckrick (sob a direção de), *Avons-nous encore besoin d'un tiers?*, Érès, 2005.

[13] Nisso só fazemos seguir o ensino de Lacan. Poderíamos ter aqui igualmente nos referido a seu célebre esquema da sexuação.

que forçosamente façamos uma escolha entre um conjunto consistente, mas que supõe a incompletude, já que um de seus elementos deve ser excluído (Epimênides não pode ser mentiroso ao pronunciar a fórmula), ou um conjunto completo, mas então marcado de inconsistência, em outras palavras, no qual verdades podem contradizer-se radicalmente (Epimênides é mentiroso conforme a fórmula, mas não é mentiroso ao enunciá-la). Escolha forçada, portanto, conforme o que nos ensinam a lógica moderna e seu estudo dos paradoxos, entre incompletude e consistência de um lado, ou completude e inconsistência do outro.

Assinalemos sobretudo que, para Russell, só existia uma maneira de sair desse paradoxo: era preciso passar a um sistema meta, o que ele chamou sua "teoria simples dos tipos". Em outras palavras, para sair do impasse, é preciso admitir que é impossível não recorrer a uma exterioridade, ainda que apenas virtual, através de uma incontornável hierarquização dos níveis lógicos. Se Russell demonstrou, *via* paradoxos, a possibilidade de existir um sistema completo e inconsistente, mal tinha assim aberto a questão e ele a fechava, afirmando que, do ponto de vista lógico, uma transcendência sempre se verificava necessária. Logo, não podemos deixar um sistema incompleto e consistente, ainda que seja preciso reconhecer que a existência de outro sistema é uma possibilidade lógica. Como mais tarde dirá Hofstadter[14], Russell vai, no próprio movimento de sua descoberta, "erradicar os meandros estranhos", ou seja, suprimir a possibilidade de recorrer a um sistema completo e inconsistente a fim de poder suprimir no mesmo golpe as esquisitices que daí resultariam.

O caso nem por isso está encerrado. Até aqui, todos os cientistas acreditavam poder descrever e explicar o mundo com a ajuda de teoremas, com raciocínios sem falha, como os praticamos em matemática ordinária. Mas Gödel, em 1931, demonstra, por um lado, que em certos casos é possível demonstrar uma coisa e seu contrário – por excelência, um caso de inconsistência – e, por outro lado, que existem verdades matemáticas impossíveis de ser demonstradas. Com seu teorema de incompletude, ele

---

[14] D. Hofstadter, *Gödel, Escher, Bach*, Interéditions, 1985.

demonstra que nenhum sistema jamais poderá gerar todas as verdades da teoria dos números sem ser, ao mesmo tempo, inconsistente.

Assim, de agora em diante, as duas vias – a da incompletude e a da inconsistência – tornam-se vias que podem ser tomadas. Torna-se igualmente possível, então, ler a modernidade como a escolha da obrigação lógica que, a partir da ciência e em ruptura com a religião, autoriza a destituição da exceção soberana e corolariamente a da ordem social organizada a partir dela.

Portanto, é assim que podemos ler a mutação que experimentamos: a passagem de uma sociedade hierárquica – logo, consistente mas incompleta, já que tira sua consistência de sua incompletude – a uma organização social que, ao contrário, aspira à completude, mas ao preço da inconsistência.

A saída do teológico-político

Sabemos que essa mutação da organização coletiva só foi possível porque nos emancipamos da transcendência substancial, religiosa. E aliás foi bem porque nos libertamos do lugar da exceção do rei – que a figurava – que a democracia pôde advir. Logo, hoje estamos experimentando as conseqüências de uma escolha já antiga. Quanto a isso, só podemos estar de acordo com Marcel Gauchet em sua maneira de descrever a saída da religião: "O que quer dizer saída da religião? Não só a retirada das crenças, mas também o fato de as sociedades terem se desprendido da estruturação religiosa. Pois a religião, na plenitude do termo, não é só um sistema de convicções, é uma maneira de ser das comunidades humanas. Nesse sentido, pode-se falar de sociedades religiosas; o próprio laço social, o poder político, a forma do coletivo são constituídos pela religião. Progressivamente, em cinco séculos, o Ocidente saiu desse mundo – é o fundo do que chamamos a modernidade[15]".

---

[15] M. Gauchet, "La laïcité a gagné mais elle a changé de sens!", in *L'Histoire*, nº 289, julho-agosto de 2004, p. 81.

Lembremos sucintamente o que foi o trajeto da democratização. A cidade cristã de santo Agostinho apresentava um mundo consistente e ordenado. Cada coisa tinha seu lugar e nada questionava a solidariedade entre os diferentes "andares" do mundo: família, governo, poder espiritual, etc. Evidentemente, esse belo edifício devia enfrentar dificuldades no nível da realidade, dos fatos, mas nada o ameaçava no nível do direito. A modernidade mostrou que esse mundo era uma construção, uma montagem. Por conseguinte, o mundo que imaginamos foi percebido como que desprovido da legitimidade consistente que até ali ele podia reivindicar. E a história de nossa adesão à modernidade – chamemo-la conquistadora – só terá sido a do questionamento lento e progressivo, mas radical, dessa consistência. A pirâmide organizada hierarquicamente repousava apenas num engodo, numa ilusão, a da exterioridade radical de um Outro substancial – no caso, de Deus. Uma vez desmascarada essa ilusão – e o que ela acarretava, ou seja, a existência não discutível de um lugar de exceção absoluta –, vimo-nos diante de um sistema que perdera o que lhe dava sua consistência[16].

Assim, chegamos ao fim do percurso no qual nos lançou, apoiada no Iluminismo, a revolução democrática. Dois séculos foram necessários para alcançar esse objetivo, para que acontecessem todos os efeitos dessa mudança radical. Como escreve o sociólogo e psicanalista Eugène Enriquez, "ao proceder à execução de Luís XVI, os revolucionários não abatem nem uma pessoa, nem um símbolo. Eles edificam pela primeira vez na história das grandes nações uma sociedade sem fiador [*garant*] transcendente, uma sociedade da imanência[17]". Aliás, já poderíamos ler em ação nas palavras desse autor – se por outro lado não conhecêssemos seus trabalhos que proíbem atribuir-lhe esse engano – um pouco da confusão atual. Pois *fim do fiador transcendente* não é sinônimo de

[16] Devemos essa idéia a J. de Munck. Nós a desenvolvemos longamente e a colocamos em ressonância com nossas próprias elaborações. Cf. "Les politiques de la subjectivité dans les sociétés postindustrielles", in *Santé conjuguée*, nº 20, avril, 2002. Também "Réseau, gouvernance, inconsistance", in *Quarto*, nº 82, outubro de 2004, "Les psychothérapies au risque de la gouvernance".

[17] E. Enriquez, "Pourquoi la guerre?" in *Les Figures du maître*, Arcantère, 1991, p. 214.

imanência. É até precisamente uma distinção que nos parece essencial. O projeto da modernidade de fato é trocar o fiador transcendente de ontem pelo transcendental tal como foi elaborado pela racionalidade. Mas a decapitação de Luís Capeto também mostra que a ambigüidade de imediato está presente: para libertar-se do fiador transcendental teria bastado destituí-lo; decapitá-lo vai mais longe, de certo modo antecipa o que hoje se cumpriu. O voto regicida estava em ação ao mesmo tempo que o voto democrático. Foi por isso que ainda foi preciso que nos libertássemos, não mais desta vez apenas da exceção, mas de seu lugar, um trabalho que levou dois séculos e cujos buscados efeitos só recentemente foram obtidos. Com efeito, enquanto prosseguia o "combate" para nos livrar da exceção, continuamos a reconhecer sua existência; logo, a considerar que estávamos num mundo sempre organizado pela incompletude. Mas, quando chegamos a realmente nos emancipar da transcendência substancial, quando os atores se libertaram de toda heteronomia, quando toda referência ao religioso viu-se relegada apenas à esfera privada, foi então – e somente então – que alcançamos a imanência, que caímos num mundo sem exterioridade, organizado implicitamente de maneira completa e inconsistente. Isto sem bem saber se em conseqüência também estávamos livres do transcendental. Logo, tudo se passou como se o cumprimento do projeto democrático também tivesse culminado no esgotamento de toda forma de transcendência.

Uma mutação de efeitos universais

Assim, é no termo do percurso que acabamos de descrever que situamos o momento de "catástrofe" – no sentido dado por René Thom a essa palavra – que assinala a mutação inédita que estamos observando, essa mutação do "estar juntos" na qual somos *arrastados* – e não apenas embarcados, como na aposta de Pascal. É essa mudança de regime simbólico que põe nossa visão do mundo e nossas subjetividades de cabeça para baixo, tanto quanto a passagem de uma visão geocêntrica a uma visão heliocêntrica. Com freqüência, é claro, tivemos que enfrentar problemas inéditos. Mas, desta vez, não podemos mais contar com nossa maneira tradicional de estar juntos – que implica a incompletude e a consistência, mas ao mesmo tempo também a legitimidade do lugar da exceção – para lhes trazer soluções. Não podemos mais contar, para salvar a coerência do conjunto do sistema e para identificar suas contradições, com a ex-sistência – Lacan escrevia ek-sistência para ressaltar sua exterioridade – de pelo menos uma asserção indecidível.

Nossa representação da decisão, por exemplo, tornou-se assim radicalmente diferente da de ontem. Com efeito, era evidente que a partir dessa posição de exterioridade – senão evidente para todos, em todo caso reconhecida por todos – uma decisão legítima podia ser tomada. Para dizê-lo de maneira imajada, era evidente que a autoridade e o comando vinham de cima – aliás, é o que nos faz evocar a esse respeito um regime simbólico essencialmente vertical ou piramidal. Hoje, considera-se, ao contrário, que a decisão final – se é que ainda consideramos necessário tomar uma! – deve emergir de um confronto de opiniões, de uma discussão entre os protagonistas, após conversas entre todos os interlocutores. Logo, encontramo-nos num regime simbólico horizontal ou de redes. Não é mais o que está no exterior que tem a precessão, é a totalidade do próprio conjunto que deve ter a última palavra. Como bem se vê no abandono do conceito de universal pelo de global ou de mundial, a passagem da universalidade à globalização. E entendemos, por isso, a violência intrínseca que essa mudança veicula[18].

A legitimidade de uma instrução, de uma "ordem", até recentemente, não deixava dúvida na medida em que vinha do lugar de exceção, desse lugar de transcendência. E, se contestassem sua pertinência, o eventual conflito que daí resultava supunha a existência dos dois lugares, o de onde isso comanda e o de onde isso obedece e contesta. O que assinala bem a incompletude e a consistência. Hoje, a legitimidade de uma decisão só é de fato reconhecida – na medida em que o seja, o que é o melhor dos casos[19] – se tiver obtido o acordo das partes em presença, se todas as

---

[18] Cf. por exemplo, a esse respeito, J. Baudrillard, "La violence de la mondialisation", *Le Monde diplomatique*, novembro de 2002.

[19] Reconhecer que uma decisão sempre acaba tendo que ser tomada equivale a dar de novo implicitamente o lugar devido à incompletude – ainda que não seja como se fazia ontem. Aliás, pode-

interações que possam ser afetadas por esta tiverem sido cuidadosamente exploradas. O que supõe, evidentemente, que se tenham exprimido as opiniões mais contraditórias, mas também que todos os interlocutores tenham sido – ainda que virtualmente – consultados. O que assinala bem a inconsistência e a completude.

Foi toda a vida coletiva que, por isso, desabou. Ela não se sustenta mais por uma ordem preestabelecida que transmite regras, mas por uma ordem que deve emergir dos próprios parceiros – se é que consentimos que emerja. Vemos no entanto o interesse dessa mutação: os atores supostamente devem se implicar, não são mais apenas submissos. Podem engajar-se mais como sujeitos, e o saber próprio a cada um pode contribuir para a realização do projeto coletivo. Mas também se pode de imediato constatar as dificuldades que surgem: como disso não concluir que tudo o que é transmitido pela tradição daqui por diante parece sem interesse, já está sempre com a validade vencida? E como conciliar todas as opiniões singulares, forçosamente diferentes? Como fazer para que todos os particularismos caminhem juntos? Num regime como esse, a autofundação e o individualismo são "naturalmente" prevalentes, como conseqüências lógicas dessa mutação. Sem que nenhuma vontade deliberada tenha incentivado essa mudança, sem que qualquer escolha moral ou ética tenha sido operada.

Com efeito, o individualismo que dizemos caracterizar nossas sociedades deve ser compreendido como uma conseqüência dessa mutação e não, tal como costumamos crer, como sua causa. Num coletivo em que a opinião de cada um é indispensável para obter uma legitimidade consensual, em que se enfrenta a dificuldade de não ter mais pólo que represente o próprio coletivo, somos conduzidos a deixar essa polaridade nas mãos apenas dos indivíduos. O que evidentemente vai, no mínimo, causar conflitos de interesses.

---

mos remeter aqui à "teoria da racionalidade limitada" do economista Herbert Alexander Simon, bem conhecida dos especialistas de ciências de gestão e que explica como toda decisão implica incompletude (querer tomar a qualquer preço a melhor decisão, mostra Simon, corresponde a não poder decidir).

Quando ocorre um caso como este, é pertinente falar de deriva perversa da democracia tal como o faz Pierre Beckouche: "A democracia pode ser vivida se cada um conseguir viver num mundo da negociação onde a regra é mais construída que dada *ex ante* de maneira rígida. Mas é preciso falar de deriva perversa se o objetivo passar a ser que a jurisprudência substitua a Lei, que o "direito a" substitua a cidadania, o duelo substitua o terceiro, a regulação substitua a regra, o procedimento o processo, o biscate a função, o comum o coletivo, o indiferenciado o diferenciado, a igualdade a hierarquia. No reino dos irmãos, os indivíduos são reis[20]".

Num mundo como este, que lugar resta para que ao menos subsista a assimetria se ela é suscetível de lembrar a hierarquia? E como, sem poder a ela recorrer, sustentar ainda um qualquer movimento coletivo? De que lugar poderíamos defender um projeto que vale para todos, já que esse simples objetivo equivale a dar a quem o persegue o lugar da exceção, hoje desacreditado e de imediato suspeito de permitir que quem o ocupe cometa abusos?

Assim, o conjunto de nossas regras éticas está afetado. Tomemos, por exemplo, aquela que ainda há pouco valia para todos os médicos, segundo a qual estes deviam, sem nenhuma ambigüidade, dedicar-se a manter a vida por todos os meios? A partir do momento em que a eutanásia tem direito de cidade[21]", em que dar a morte não constitui mais em si uma transgressão – notadamente nas mentes e não só nos textos legiferantes –, todo recurso ao antigo sistema de valores, completamente abalado, torna-se difícil, até mesmo impossível. Pelo simples fato de aceitar a possibilidade da eutanásia, o médico, no entanto sempre – em princípio – a serviço da vida, vai se tornar, em certos momentos em todo caso, um assassino potencial. O objetivo aqui não é desacreditar eventuais modificações do costume e da lei, mas medir o tamanho da mudança profunda em curso, que permitirá evocar uma verdadeira virada antropológica.

---

20 P. Beckouche, *Le Royaume des frères. Aux sources de l'État-nation*, Grasset, Le Collège de philosophie, 2001, p. 192.

21 Como é o caso há pouco na Bélgica legalmente. E em outros lugares quase sempre *de facto*.

Numa só palavra, a nova estruturação do laço social reorganiza por completo nossa vida coletiva. Em geral, até sem que percebamos. São, por conseguinte, novos critérios, novas referências, novos agenciamentos, sempre necessariamente plurais, que foram instalados em nossa vida coletiva. Dando prova de desconfiança profunda para com toda "vetorização" que só poderia vir lembrar a possibilidade de uma transcendência substancial. Por isso, as obrigações que mesmo assim continua a nos impor a condição humana não estão mais visíveis. Do que decorre uma grande confusão.

4

A GRANDE CONFUSÃO

Vamos empregar a expressão "a grande confusão[1]" para caracterizar as conseqüências da mutação do laço social que ocorre em nossas sociedades no início do segundo milênio. E sobretudo as incidências dessas mudanças nas subjetividades.

Com efeito, é importante perceber o tamanho desse fenômeno que descrevemos quando recorremos, como acabamos de fazer, aos paradoxos de Russell e que pode ser interpretado de duas maneiras diferentes. Essa mutação que nos arrasta vai com freqüência ser naturalmente apresentada como significando que assistimos em nossa sociedade atual ao desaparecimento puro e simples da incompletude; logo, ao desaparecimento da necessidade da perda, de toda hierarquia e, no fim das contas, da legitimidade, por quem quer que seja, de ocupar o lugar da exceção entre os outros. Veremos como essa visão da mudança em curso implica conseqüências muito concretas tanto no nível coletivo quanto no

1 Inspirando-nos no título da obra do especialista de história econômica e de antropologia Karl Polanyi que, em 1944, falava da "grande transformação" para designar a maneira como a famosa crise dos anos 30 impôs ao mundo a reintrodução, em primeiro plano, de uma dimensão social na economia. Cf. *La Grande Transformation. Aux origines politiques et économiques de notre temps*, Gallimard, 1983.

nível individual. Podemos pensar também, olhando mais de perto, que assistimos bem antes ao simples desaparecimento de uma das maneiras possíveis de significar e transmitir o imperativo da perda, de levar cada um a aceitar essa subtração de gozo que permite ao humano ser humano. Neste caso, e vamos nos esmerar, faltará sobretudo se perguntar, tão precisamente quanto possível, de que nova maneira essa tarefa sempre necessária poderá hoje ser preenchida.

Entretanto, fica claro que a primeira interpretação hoje é muito amplamente majoritária. Com efeito, ela se impõe a todos aqueles que não sabem ou não podem tomar a distância necessária para analisar a transformação em curso. Daí resulta essa confusão generalizada que caracteriza nosso mundo atual e dá conta de seus impasses. Tomemos, primeiramente, alguns exemplos.

Um primeiro exemplo de "grande confusão": o assédio no trabalho

O assédio moral, "conceito" – com aspas, é claro – hoje bem conhecido dos ambientes do trabalho, conheceu uma ascensão fulgurante. Foi após a publicação de um livro escrito pela psiquiatra Marie-France Hirigoyen[2] em 1998 que, apenas três anos mais tarde, em janeiro de 2002, será votada na França uma lei dita de "modernização social" contra o assédio moral no trabalho. Uma performance rara, quase única, em matéria de rapidez para inscrever na legislação um fenômeno recentemente identificado. Num artigo em que analisa a gestação do "conceito", Jean-Pierre Le Goff[3] observa que o aparecimento deste é pouco posterior, entre outras coisas, à publicação do livro do psiquiatra e psicanalista Christophe Dejours, *Sofrimento na França, a banalização da injustiça social*[4], obra que evoca o sofrimento no trabalho e que também foi um sucesso de livraria.

---

[2] M.-F. Hirigoyen, *Le Harcèlement moral*, Pocket, 2000.

[3] J.-P. Le Goff, "Que veut dire le harcèlement moral?", in *Le Débat*, n°s 123 e 124, janeiro-fevereiro de 2003 e março-abril de 2003.

[4] C. Dejours, *Souffrance en France. La banalisation de l'injustice sociale*, Seuil, 1998.

O assédio moral, se admitirmos – não é nosso propósito aqui discutir esse ponto problemático – que essa noção imprecisa ainda encobre um fenômeno preciso e delimitável, pode certamente ser uma causa de sofrimento no trabalho. Todos sabem que as condições de trabalho tornaram-se particularmente difíceis nestes últimos anos. A precariedade, o risco de descentralização sem réplica possível, a dependência em relação a planos de reestruturação que se sucedem uns aos outros, etc, tudo isso joga sobre os ombros do trabalhador um peso psíquico considerável. Embora os constrangimentos sofridos não possam ser comparados com aqueles impostos pela maneira de tratar os operários e empregados no século XIX, o trabalho nem por isso hoje deixa de veicular uma grande violência, igualmente deletéria embora pareça mais "soft" e menos ostentatória[5]. Logo, não se trata aqui de contestar *a priori* o interesse da rápida evolução do direito que permitiu apelar para medidas legais a fim de enfrentar um real sofrimento.

Entretanto, a introdução do assédio moral na esfera jurídica – um novo delito – e a enorme importância da campanha nos meios de comunicação que acompanhou sua "promoção" não produziram necessariamente os efeitos anunciados[6]. A generalização e a banalização dessa noção também permitiram encontrar uma justificação para a vontade de muitos de retirar do trabalho sua dimensão de trabalho – logo, de "tortura", como lembraremos evocando a etimologia da palavra: *tripaliare*, torturar, atormentar com o *tripalium*. No entanto, parece sobretudo que o trabalho sempre foi e permanece um dos modos mais habituais de sublimação e que, forçosamente, uma sublimação exige por parte do sujeito que ele renuncie a algo para poder alcançar outra coisa. Logo, em

---

[5] Para se convencer disso, bastar assistir a alguns filmes recentes: *Ressources humaines* de Laurent Cantet, *Violence des échanges en milieu tempéré* de Jean-Marc Moutout e *Sauf le respect que je vous dois* de Fabienne Godet. Este último filme é o primeiro, a nosso conhecimento, em que se faz um estreito paralelo, sutilmente mostrado, entre a subjetividade "privada" do herói – François, interpretado por Olivier Gourmet – e sua reação durante um drama com o qual é confrontado na empresa.

[6] Cf. a esse respeito as atas do congresso de 6 de novembro de 2004 no Instituto Regional de Formação de Reims, "Souffrance et harcèlement au travail", organizado pela Association des psychiatres pour la formation (ardpf@laposte.net).

si, todo trabalho só pode naturalmente veicular consigo uma dimensão de sofrimento ligada à renúncia que ele exige. Em outras palavras, é preciso continuar a distinguir o que é da ordem de um sofrimento inerente ao fato de trabalhar e o que é da ordem de um sofrimento excessivo, devido por exemplo a condições de trabalho abusivas ou às manipulações daqueles que ocupam os lugares de poder em todos os níveis.

Nosso propósito não é aqui decidir entre essas duas hipóteses em tal ou tal situação concreta problemática no quadro do trabalho. Queremos simplesmente dizer que é desejável que essa distinção entre sofrimentos de natureza diferente continue a ser identificada. Ainda que a tarefa do médico do trabalho, talvez até, às vezes daqui por diante, a do tribunal, normalmente consista em trazer uma resposta. Com efeito, o que hoje ouvimos incita a pensar que o dossiê do assédio e, em particular, a maneira como é tratado pela medicina do trabalho merece exame. Evoquemos, por exemplo, a atitude de um médico do trabalho que nos foi relatada por uma consultora de empresa[7]. Durante seu primeiro encontro com o pessoal de uma organização para esclarecer um pedido de intervenção que lhe fora endereçado após um caso de suposto assédio num serviço, ela havia lançado para terminar: "O que vocês estão esperando da minha intervenção?". Foi-lhe respondido – os termos são exatamente estes – por este médico: "Que você acabe com o sofrimento no trabalho!". Frase com certeza rápida, lapidar, em todo caso inconsiderada, mas no entanto significativa da confusão em curso. Poderia com toda certeza ser corroborada por muitos outros exemplos. Com efeito, uma demissão pode não ter repercussões sobre o sujeito em questão, não ter sofrimento que ele tenha que metabolizar? Uma empresa pode ser outra coisa que um lugar onde se enfrentam interesses extremamente divergentes, seja a respeito da qualidade de vida dos que nela trabalham, inclusive com suas incidências na vida privada, ou da lógica dos lucros que a empresa e seus acionistas esperam realizar graças à produtividade do pessoal? Uma tarefa coletiva pode não engendrar uma oposição necessariamente conflituosa

[7] Agradecemos aqui a Solange Lapeyrière por nos ter fornecido esse exemplo. Remetemos também a seu artigo "Le harcèlement moral, une affaire collective et culturelle", *Travail et emploi*, nº 97, janeiro de 2004.

entre sensibilidades diferentes que ela vai ter de tornar compatíveis com a prática por todos dos trabalhos a serem realizados? Logo, de qualquer maneira sofrimento no trabalho haverá. E a questão é portanto bem distinguir qual é irredutível, ligado ao próprio fato de trabalhar, e qual, ao contrário, resulta de um eventual assédio.

Um outro exemplo de que tivemos conhecimento. Uma encarregada de serviços gerais [uma faxineira], como agora se deve dizer, mãe recente, pede uma mudança completa de seus horários na empresa, mas sem sucesso, já que esta construiu sua organização baseada numa divisão do trabalho pouco compatível com tal solicitação. Ela no entanto vai obter do médico do trabalho um meio de justificar seu pedido do ponto de vista "médico" – embora, na realidade, sua pretensão por outro horário sirva sobretudo para que ela tenha um mais compatível com o da creche. Esse caso, que parece dos mais banais e sem grandes implicações, na verdade é paradigmático, mostrando que a confusão que nos arrasta subverte completamente o que deveria permanecer da ordem do bom senso. A saber, no caso, que, ainda que se possa lamentar quando isso penaliza um trabalhador de baixo escalão, uma empresa, se quisermos que funcione, não pode ser forçada a adaptar toda a sua estrutura organizacional às aspirações dos membros do pessoal individualmente para preservar o "conforto" destes.

É preciso acrescentar que esse caso exemplar também poderia terse manifestado numa empresa que evitasse uma exigência legal – por exemplo a das trinta e cinco horas semanais – submetendo seu pessoal a uma organização horária infernal? Nesse caso, é evidente que não se trataria mais de sofrimento no trabalho, mas de assédio moral. O que não impede que a confusão vá consistir em poder invocar o assédio para justificar a recusa da obrigação sempre imposta pelo trabalho.

Ao dar a entender que o menos-de-gozar não está mais no programa, a evolução que é a nossa deslegitima qualquer um que tenha a tarefa de lembrar que a perda está inscrita em nossa condição, que o sofrimento ligado a essa perda sempre é inevitável. Assim, isto conduz aquele que deveria lembrar concretamente a necessidade dessa obrigação – o médico do trabalho em nosso último exemplo – a tornar-se aquele que, ao contrário, autoriza a livrar-se dela. Pois tudo a isso o incita. Com efeito, para falar a verdade, por que o médico em questão deveria ter suportado o peso de uma recusa diante do pedido de um membro do pessoal pouco favorecido, uma vez que a confusão reinante lhe permite considerar legítimo esse gênero de reivindicação?

Infelizmente, foi assim que foi aberta a via para que fosse estendido a todo sofrimento o conceito de assédio moral. Este, assim pervertido, agora é efetivamente evocado – o que acarreta os excessos que podemos imaginar – para designar toda obrigação que o trabalho implique, tenha isso uma relação ou não com um qualquer assédio propriamente dito.

Efeito perverso de uma medida por outro lado justificada, poderão retorquir. Com certeza. Mas efeito perverso suscitado por aqueles mesmos que estão incumbidos de combater os desvios da legalidade, já que foi justamente o legislador quem se apressou a dar – decerto numa preocupação de agir bem – força de direito à noção imprecisa de assédio moral. Logo, ali mesmo homologou a confusão de que falamos, contribuiu para difundi-la. Como se esse mesmo legislador também tivesse confundido sua tarefa de sustentar o lugar de exceção, seu lugar de terceiro em matéria de justiça, com o objetivo de estar em acordo com aqueles que ele deveria dirigir – no sentido de conduzir na boa direção – e que, no caso, ele se contenta em representar. Neste caso, a rapidez com a qual a lei foi adotada não deve mais ser interpretada da mesma maneira.

Outro exemplo ainda, cujas implicações são mais amplas, desta vez questionando os empregadores. O psicanalista Jean-Marie Forget observava recentemente que Laurence Parisot, presidente do patronato francês, inventou no último congresso do Medef um neologismo que resumia as ambições patronais a respeito dos contratos de trabalho: a "separabilidade". "Deveria tratar-se daqui por diante de poder separar-se por consentimento mútuo, 'licenciar-se' de certo modo", precisava Forget[8]. Nesse caso, trata-se bem de uma renegação daquilo que liga a empresa e o assalariado, do real da diferença dos lugares onde cada um se situa. Com certeza um efeito da leitura da situação atual em termos

[8] J.-M. Forget, "Séparabilité, néologisme ou symptôme", artigo de 14 de maio de 2006 no *site* da Association lacanienne internationale, cf. Freud-Lacan.com.

de completude e inconsistência. Mas que contribui para reforçar a confusão generalizada que denunciamos e que não por acaso tem a ver com a agravação do sofrimento no trabalho: como assumir o sofrimento "normal" engendrado por uma demissão se não é nem reconhecido que esse ato dificilmente suportável me vem de outra parte, que não fui eu quem o decidiu? Evidentemente, nada espantoso se a réplica dos trabalhadores diante de um patronato que sonha com "assalariados autodescartáveis", o que resulta, aliás, da mesma confusão, consistir em invocar com a maior freqüência possível o sofrimento "anormal" de um assédio moral.

O discurso sobre a igualdade dos sexos

O discurso sobre a igualdade dos sexos também é testemunha dessa grande confusão que caracteriza nossa época. Onde está a origem da hierarquização e da desigualdade dos sexos? Deve ser buscada, como afirma Françoise Héritier, nos próprios fatos, em outras palavras, na situação que há séculos dá prevalência aos homens no que se refere ao poder, naquilo que então chamou de "a manipulação simbólica do real" por seus beneficiários nas sociedades arcaicas? Ou antes na estrutura da linguagem, na diferença dos lugares que esta inevitavelmente engendra? Em *O pensamento da diferença*, o primeiro tomo do livro dedicado ao *Masculino/Feminino*, ela descreve claramente o modelo arcaico dominante: "Não se encontra em nenhum sistema no mundo uma relação homem/mulher ou caçula/primogênito – nas quais o primeiro dos dois termos está na posição dominante – que equivalesse a uma relação pai/filho. Não se encontra nenhum sistema tipo de parentesco que, em sua lógica interna, durante suas regras de engendramento, suas derivações, leve a se poder estabelecer que uma relação que vai das mulheres aos homens, das irmãs aos irmãos seria traduzível numa relação em que as mulheres seriam primogênitas e em que pertenceriam estruturalmente à geração superior". E ela evoca "essa relação de desigualdade que não é biologicamente fundada, prova, se for preciso, de que todo sistema de parentesco é uma manipulação simbólica do real, uma lógica do social[9]". No segundo tomo de seus trabalhos relativos ao *Masculino/Feminino*, a autora prossegue sua reflexão sobre essa questão. "Este livro [...] tem como subtítulo *Dissolver a hierarquia*. Eu desejava, acrescenta ela, intitulá-lo 'Soluções da hierarquia' em razão da multiplicidade de sentidos da palavra 'solução'... mas parece que essa riqueza não podia ser entendida diretamente pelo leitor. *Dissolver a hierarquia* é, desse ponto de vista, um título mais eficaz pelo fato de soar como um programa. Se *O pensamento da diferença* estabelecia uma constatação, *Dissolver a hierarquia* indica as questões dos tempos atuais e futuros[10]".

Não se poderia dizer melhor. A confusão de fato está em ação. Se só podemos aprovar a reinterrogação e a crítica do *modelo arcaico dominante*, esse questionamento nem por isso implica que seja necessário escolhermos como programa "dissolver a hierarquia". Talvez seja um título que atraia mais o leitor de hoje, favorável à promoção da igualdade entre os sexos, mas a dificuldade é que é preciso, a nosso ver, inverter a análise para não cair na confusão e tirar daí conseqüências tão "politicamente corretas" quanto enganosas.

Se a desigualdade dos sexos serviu de suporte à lógica social e autorizou o funcionamento do *modelo arcaico dominante*, foi porque era preciso que os homens dominassem ou porque era preciso inscrever no social a assimetria dos lugares que a linguagem prescreve? Se a segunda hipótese for boa, é preciso reconhecer que a diferença dos sexos prestava-se maravilhosamente bem ao "apoio" a essa obrigação, induzindo, é claro, um mal-entendido que durante séculos impôs o silêncio das mulheres, tratadas como inferiores, na vida da Cidade. O objetivo aqui de modo algum é minimizar os efeitos negativos, para a metade do gênero humano, de tal subterfúgio. Mas ressaltar que a etapa nova que hoje se transpõe deveria consistir então em desconectar a diferença dos sexos dessa assimetria e não em promover a dissolução da hierarquia. Pois a existência de uma "relação de desigualdade que não é biologicamente fundada" não traz

9 F. Héritier, *Masculin/Féminin*, t. I, *La Pensée de la différence*, Odile Jacob, 1996, p. 67.

10 F. Héritier, *Masculin/Féminin*, t. II, *Dissoudre la hiérarchie*, Odile Jacob, 2002, p. 11.

necessariamente "a prova [...] de que todo sistema de parentesco é uma manipulação simbólica do real, uma lógica do social". O que é deixado fora nessa interpretação é que essa relação de desigualdade é induzida pelo próprio simbólico, em outras palavras, pela linguagem.

Logo, a questão a ser resolvida deveria ser esta: como cessar de fazer coincidir essa assimetria que imediatamente implica a hierarquia que nos impõem nossa condição de ser falante e a diferença dos sexos? Ir além daquilo que até aqui só foi um modelo de funcionamento social posto em prática "na falta de melhor" e que aliás permitiu favorecer a constituição subjetiva, ainda que também tenha tido conseqüências funestas. Se fazer coincidir diferença dos sexos e diferença dos lugares serviu para que, no Imaginário Social, fosse transmitida a necessidade da perda que a linguagem implica, o que é preciso, daqui por diante, não é reivindicar a dissolução da hierarquia, mas antes encontrar outra maneira de levá-la em conta tal que a diferença dos sexos não tenha mais de ser utilizada no social para transmitir a irredutibilidade da diferença dos lugares. Que seja levada em conta a diferença dos sexos é uma coisa, que seja preservada a diferença dos lugares é necessariamente outra. O desafio que nos lança a modernidade consiste em achar como organizar a sociedade para que não seja mais necessário ligar essas duas "obrigações". Trata-se de sair do colapso entre diferença dos sexos e superioridade dos machos, não de se livrar de toda diferença e de toda hierarquia.

Homens e mulheres podem encontrar-se diferentemente posicionados em relação à diferença dos lugares, como em relação ao Falo, sem que de imediato suas respectivas posições impliquem uma hierarquia. A confusão consiste em deixar pensar que o fim da hierarquia como tal resolverá a questão da desigualdade entre os sexos no social. Não se faz assim nada além de promover uma vez mais a idéia de uma possível democracia igualitária que dispensaria a necessidade de compor de outro modo que ontem com a diferença dos lugares – é o que chamamos o democratismo[11].

[11] Por democratismo designamos a concepção da democracia que a resumiria assim: cada um pode fazer o que quiser, contanto que não perturbe o outro. Uma concepção que dispensa o reconhecimento da perda, da subtração de gozo, na instituição democrática.

Logo, é possível – como com a religião – inverter a análise: patriarcado e dominação masculina devem ser considerados as modalidades fictícias graças às quais foi transmitida a necessidade irredutível de um menos-de-gozar. O fato de podermos hoje nos convidar a nos libertar dessa "manipulação simbólica do real" nem por isso leva a que possamos nos libertar da hierarquia. Ceder lugar à diferença dos sexos sem que seja necessário encontrar-lhe uma ancoragem na anatomia ou na repartição dos papéis sociais tradicionais é um programa, veremos, que poderia bastar em si mesmo.

Pois, ainda que aceitemos nos juntar ao voto de Françoise Héritier quando ela deseja "fundar a relação dos sexos na ausência de hierarquia[12]", nem por isso teremos feito desaparecer a questão mais difícil de resolver para cada humano, isto é, a hierarquia que resulta da diferença dos lugares instaurada pela fala. Pois, de duas coisas uma, ou a dificuldade é ocupar um lugar prescrito pela lógica do social, ou a dificuldade é encontrar para si seu lugar e mantê-lo por si mesmo. Dois filmes recentes, que só têm em comum o fato de terem sido apresentados no Festival de Cannes em 2006, explicam bem o que assim permanece sempre uma dificuldade para o sujeito, hoje como ontem, a saber, encontrar seu lugar e mais ainda seu lugar "conforme seu sexo" seja qual for a lógica do social em ação. No filme de Sofia Coppola, *Maria Antonieta*, a heroína é seguida de perto no trajeto árduo que tem de percorrer para vir a ocupar um lugar, o de rainha, de Primeira-dama da França, e isso desde a idade de 14 anos, já que foi então designada, é claro que sem ser consultada, a delfina destinada a se casar com o futuro Luís XVI. Ao inverso, Nanni Moretti, em *O Caimã*, põe em cena um produtor de cinema de série B da era Berlusconi que nunca encontra seu lugar, de tanto ter que inventá-lo ele mesmo e de não dispor de "quadro" sobre o qual possa se apoiar para isso. Está permanentemente perdido, sem saber como ocupar seu lugar de produtor tanto quanto o de pai ou de amante. Duas angústias diferentes em dois séculos de intervalo, mas tão profundas e patéticas uma quanto a outra. Para propor um discurso rigoroso sobre a diferença dos sexos,

---

12 F. Héritier, *Hommes, femmes, la construction de la différence*, Le Pommier, 2005, p. 168.

é portanto útil fazer o inventário daquilo que, para além das diferenças culturais e das evoluções históricas, permanece invariante[13]. A anatomia não é mais *o* destino[14], mas não deixa de ser *um* destino. Esquecer isso é, uma vez mais, participar dessa grande confusão que nos submerge.

O que significa o direito à "vida privada"?

A noção hoje tão valorizada de "direitos humanos", de tanto ser aplicada a fenômenos de alcance contraditório, também parece sujeita aos efeitos da confusão generalizada. É claro, trata-se em primeiro lugar de fazer respeitar um conjunto de direitos cuja legitimidade ninguém mais hoje em dia contesta tanto correspondem a liberdades fundamentais para todo ser humano. Como, notadamente, o direito de não ser submetido à tortura ou a tratamentos desumanos ou degradantes, de não ser reduzido à escravidão, de não ser preso injustamente. Mas essa noção bem rápido foi estendida para ser aplicada a outras situações, chegando-se até a falar hoje correntemente, por exemplo, de direito ao "respeito pela vida privada".

Dispor dos "direitos humanos" parece representar em nossas sociedades o mínimo absoluto que o Estado deve doravante garantir aos cidadãos. Mas o que parece assim desde já resultar da evidência merece um segundo exame. Pois a noção de direitos humanos na verdade cobre um campo tão vasto quanto confuso. Tomemos, assim, o exemplo da vida privada.

Primeiramente, o que designa a noção de vida privada e o que deve aí ser protegido? Trata-se daquilo que se passa em minha habitação, de minhas escolhas amorosas e profissionais na medida em que se parecem com as de todo mundo, vale dizer, em que são "normais" e portanto aceitáveis

---

13 Deve-se pensar que é por acaso se, nos dois filmes evocados aqui, é uma mulher – Maria Antonieta – que é tomada como modelo da dificuldade de encontrar seu lugar no mundo de ontem, um homem – o produtor de cinema – no de hoje?

14 Freud havia retomado a fala de Napoleão e vimos que o ensino de Lacan permitiu reler de outro modo a sentença freudiana (cf. capítulo 1).

por toda a sociedade? Mas, então, quem determina essa normalidade? Ou, no outro extremo, trata-se de poder reivindicar que seja admitido qualquer traço de minha vida privada, qualquer escolha pessoal, e que seja considerado um traço da vida privada? Tomemos o exemplo de um caso recente, bem instrutivo, a respeito de Camille e Mônica, dois transexuais que há pouco vivem juntos como duas mulheres. Elas se definem como "as duas metades de uma laranja". Camille foi, na juventude, um homem, que conseguiu ser operado para mudar de sexo. Em 1999, "ele" também obteve uma modificação do estado civil e agora tem papéis de identidade em que "ela" é chamada Camille Joséphine. Mônica também é uma transexual. De origem argentina, "ela" transformou seu corpo com hormônios e injeções de silicone, veste-se feito mulher, mas permaneceu, no estado civil, homem[15]. Sob a foto de seu passaporte figuram o nome de Benito Martin Leon e a indicação sexo masculino.

Logo, Mônica, sempre Benito aos olhos da lei, e Camille Joséphine são bem, do ponto de vista do estado civil, respectivamente homem e mulher e, assim, pediram para se casar. O que, do ponto de vista legal, é virtualmente possível. Nada, aparentemente, pode a isso se opor: Benito, de sexo macho, deseja tomar por esposa Camille Joséphine, de sexo feminino. Evidentemente, em caso de casamento, Mônica-Benito não teria mais tido posteriormente a possibilidade de pedir uma mudança de estado civil para ser reconhecida como mulher. A não ser que daqui até lá o casamento homossexual tenha sido autorizado na França. No entanto, Camille e Mônica queriam que sua união fosse reconhecida como a de duas mulheres. Embora Camille e Mônica fossem sempre dois homens geneticamente falando.

O casamento lhes foi recusado. A justiça emitiu uma opinião negativa, estipulando que, por esse pedido, na verdade "o casal quer permitir fazer a sociedade evoluir ao prendê-la na armadilha de sua própria lógica". Recusado porque casamento militante sem verdadeiro projeto matrimonial. A réplica da mui ativa interassociativa LGBT (Lésbica, *gay*, bi e trans) não tardou. Seu porta-voz denunciou "uma decisão chocante e

---

15 Ver notadamente *Le Monde* de 27 de abril e 30 de maio de 2005.

discriminatória". Pois, "embora a lei autorize Camille e Mônica, de sexos diferentes, a se casar, o procurador reportou-se apenas à subjetividade... decisão que despreza o vivido de Camille e Mônica". Por outro lado, uma centena de pessoas – entre as quais numerosos intelectuais – que haviam apoiado o pedido caíram de pancadas nesse "insulto feito a todas as pessoas transexuais e transgêneros".

Em artigo recente, Marie-Thérèse Meulders-Klein, eminente membro da Academia Internacional de Direito Comparado, observa: "A noção de 'vida privada' não é só uma das mais abundantes e indeterminadas, além disso está invadida por ideologias, por ressentimentos em relação ao passado, pelas religiões e a moral, por juízos de valor e frustrações que a tornam particularmente explosiva. É o que torna sua abordagem tão difícil. [...] Sob o título 'vida privada', [...] a maioria dos temas evoca primeira e invencivelmente um cuidado de respeito pelos direitos da pessoa numa sociedade de mercado cada vez mais complexa, tecnologizada e midiatizada, assim como de equidade e justiça quanto às necessidades fundamentais, exigindo um dever de proteção por parte do Estado contra os terceiros e contra suas próprias usurpações ou faltas. [...] Mas, com efeito, desde mais ou menos os anos 70, o verdadeiro objeto do debate não é tanto a proteção da intimidade no sentido de tranqüilidade e confidencialidade ou de liberdade de ir e vir e de cuidar de suas atividades, bem evidentemente essenciais, quanto o da libertação do sujeito de quaisquer limites em todas as matérias existenciais de sua vida pessoal, sexual, afetiva e familiar, que no entanto não são estranhas à vida da coletividade[16]".

Vemos bem o que provoca a confusão em matéria de vida privada. Primeiro, a noção é aplicada a domínios bem diferentes, tanto o direito à intimidade quanto o direito à autonomia, tanto o direito de proteger a vida privada em relação aos outros quanto o de protegê-la em relação ao Estado. Além disso, ela agora inclui com freqüência o direito de fazer reconhecer a singularidade, embora sem reconhecer que é preciso

[16] M.-T. Meulders-Klein, "L'irrésistible ascension de la 'vie privée' au sein des droits de l'homme", comunicação no colóquio sobre a vida privada, Montpellier, novembro de 2004, inédito.

perder alguma coisa para que o coletivo exista; sem consentir em ceder o que quer que seja em suas prerrogativas; sem aceitar estar ainda ligado pelo projeto comum. Essa segunda vertente, que ganha cada vez mais importância a partir dos anos 70, ainda está em plena expansão. Assim, poderemos obter – acaba de ser dito na Corte Européia de Estrasburgo – que práticas sexuais sadomasoquistas, por mais violentas que sejam, sejam reconhecidas legítimas por tribunais pelo simples fato de que foram livremente consentidas entre os parceiros. E isso, em caso de conflito, seja qual for o tamanho do ataque à dignidade humana do outro que essas práticas possam ter comportado.

Mas, paradoxalmente, não é do lado dos usuários do direito, que ainda poderiam ter o álibi da ignorância, que encontramos o que há de mais revelador para ilustrar a grande confusão relativa ao respeito pela vida privada. É antes do lado dos próprios juristas que se deve ir pesquisar. Podemos julgar, por exemplo, lendo a motivação de uma decisão da Corte Suprema do Canadá que trata do sentimento de discriminação. "A dignidade humana, segundo este, significa que uma pessoa ou um grupo sente respeito ou estima de si. Ela tem a ver com a integridade física e psicológica e com a assunção pessoal. No sentido da garantia de igualdade, a dignidade humana nada tem a ver com o estatuto ou a posição de uma pessoa na sociedade em si, mas antes se refere à maneira como é razoável que uma pessoa se sinta diante de uma dada lei[17]".

Assim, o argumento levantado pela interassociativa LGBT que havia denunciado o fato de que "o procurador se reportara apenas à subjetividade e desprezava o vivido de Camille e Mônica" era bem representativo, paradigmático, dessa confusão que já se manifesta até no nível do Estado. Como, com efeito, a Corte Suprema de um Estado pode chegar a sustentar que "a dignidade humana nada tem a ver com o estatuto ou a posição de uma pessoa na sociedade em si", exceto participando dessa confusão que denunciamos?

Encontramos aqui uma posição análoga àquela, evocada mais acima, do médico do trabalho. Por que caberia ao Estado – ou àqueles que

[17] M.-T. Meulders-Klein, *ibid.*

o representam – suportar a reprovação que inevitavelmente vai suscitar uma intervenção que consiste em lembrar que há uma subtração de gozo na qual se deve consentir? Marie-Thérèse Meulders-Klein mostra como, na Europa, a prevalência das opiniões da Corte Suprema dos direitos humanos incitou aqueles que lêem a noção de vida privada como que ligada apenas à defesa da autonomia a endereçarem suas reivindicações às autoridades de Estrasburgo. Esta doravante funciona para eles como o lugar de um recurso sempre possível, ainda mais porque a dita Corte não é insensível à ideologia ambiente: "A Corte, é verdade, refere-se incansavelmente à opinião pública e ao estado das idéias e dos modos ao afirmar que a Convenção deve ser 'um instrumento vivo' e evolutivo. Mas, além de não estar escrito em lugar algum que o direito deve seguir o fato, e em substância o estado das mentalidades e dos modos, que pode ser tão bom quanto detestável, até mesmo imaginário, o fato é que a própria opinião pública, em matérias tão sensíveis quanto os modos sexuais e as escolhas existenciais, é continuamente trabalhada pelos grupos de pressão e os meios de comunicação, e se cala por ter medo da censura do politicamente incorreto, como se a liberdade de pensamento e expressão não tivessem mais direito de cidade[18]".

Não podemos nos espantar de ver o direito à vida privada tornar-se um desafio central para os partidários da promoção da autonomia a qualquer preço. Com efeito, eles compreenderam que uma certa leitura que podemos propor dessa noção servirá à causa que advogam. A mutação do laço social incita a pensar que nossa existência se auto-engendra, que pode, portanto, ser dispensada da relação com os outros, que mais nenhuma supressão deve vir nos marcar, que basta nos arrumarmos entre nós, entre iguais, a menos que seja mais justo dizer apenas: entre egos*. E tudo isso conduz a querer proteger a qualquer preço uma certa concepção do direito à vida privada das mais discutíveis.

Poderemos pensar que, apesar de tudo, o bom senso permanece dominante: diante desse pedido de casamento de um casal homossexual

[18] M.-T. Meulders-Klein, *ibid.*

* Mesma pronúncia em francês: *égaux* [iguais] e *ego.* (NT)

– Camille e Mônica são geneticamente homens e psiquicamente vivem como mulheres – mas ao mesmo tempo heterossexual – juridicamente Camille tem uma identidade feminina e Mônica permaneceu Benito –, a maioria dos cidadãos reage no mesmo sentido e desaprova uma reivindicação que julga "excessiva". E portanto nos satisfazer com uma posição com certeza ainda amplamente majoritária hoje. Mas seria pura ilusão. O que hoje permanece suspeito arrisca bem não ser mais amanhã[19]. Além disso, não se encontrará muita razão lógica para impedir que a noção de vida privada se estenda ainda mais. A encarregada de serviços gerais, apoiada por um médico em sua reivindicação de que fosse a empresa que se adaptasse a seu caso e não o inverso, não achava legítimo obter satisfação ao fazer afinal prevalecer seus puros interesses privados?

É preciso olhar a realidade de frente: a mutação do laço social, se cai na confusão, produz um tipo de funcionamento social que conduz a deslegitimar de imediato toda objeção à extensão da vida privada entendida como progresso da autonomia. Afinal, podemos pensar, por que não? Se essa concepção da vida em sociedade é o efeito de uma confusão que incita a programar a supressão de tudo o que a ela se opõe...

O que põe em evidência a coragem que hoje é necessária para ir contra a corrente do Imaginário Social ambiente. Isto simplesmente por uma razão independente das opiniões que professamos, por uma razão puramente lógica. Num mundo que aspira abertamente à completude e à inconsistência, podemos ter opiniões diferentes, mas aquele que se opuser à maioria implícita de imediato é seriamente desacreditado. Não só porque contradiz o espírito do "democratismo", mas porque implicitamente pretende sustentar-se por esse lugar de exceção que não pode mais existir. Não é não tolerar a crítica ou a oposição que aqui está em jogo; é erodir tudo o que faz obstáculo ao que chamamos o *entodamento.*

---

19 Parece-nos premonitório que uma centena de personalidades, dentre elas o filósofo Didier Eribon, o sociólogo Eric Fassin, o psicanalista Michel Tort e outros, tenham denunciado essa recusa do casamento de Camille e Mônica. Perguntavam, falsamente ingênuos, se agora era preciso não só que os dois parceiros do casal fossem de sexos diferentes, mas também que se vestissem como pessoas de sexos diferentes conforme as convenções tradicionais, que eles se consideram tais, etc.

É preciso ter lido o diário do filósofo alemão Victor Klemperer[20] para ver como, semana após semana, detalhe por detalhe, um verdadeiro *entodamento*[21], no sentido preciso que damos a esse neologismo, aconteceu na sociedade alemã sob o nazismo. Esse testemunho permite avaliar o tamanho do que pode ser a contaminação progressiva de toda uma população por um Imaginário Social. Um processo aterrorizante, que, para chegar a seu termo, leva seus "agentes" a utilizarem métodos radicais, insidiosos e eventualmente perversos. Como o recurso a uma inversão de papéis e de norma que consistia, para nazistas, que se apresentavam como alemães como os outros, a se porem eles mesmos a difamar o governo à espera de ver as reações das pessoas que os cercavam. Isso, é claro, a fim de poder denunciá-las imediatamente caso tivessem mostrado reticências demais em protestar contra o que diziam. Não encontramos às vezes a estrutura dessa inversão que opera no sistema totalitário nazista, respeitadas as devidas proporções, é claro, em nossa sociedade atual, por exemplo quando um intelectual – ou toda pessoa cuja fala possa ter um mínimo alcance – vê-se imediatamente qualificado de ultrapassado tão logo não manifeste um certo fascínio pela supressão de qualquer limite?

Da dificuldade de ser um trabalhador social na sociedade de hoje

Assim, não devemos nos espantar ao constatarmos que o conjunto dos trabalhadores sociais em nossa sociedade experimenta enormes dificuldades para cumprir sua função. Com efeito, são eles – no sentido amplo que vai dos assistentes sociais aos educadores de rua passando pelo leque de todas essas profissões que giram em torno do laço social – que carregam o peso da contradição existente entre, de um lado, o Imaginário Social

[20] V. Klemperer, *Je veux témoigner jusqu'au bout. Journal 1942-1945*, Seuil, 2000, p. 247.

[21] Lembremos que introduzimos esse neologismo para descrever um coletivo sem lugar de exceção reconhecida e em que o conjunto dos membros vêem-se por isso gregarizados, presos na massa. Vale dizer, estão organizados em torno de uma renegação de incompletude. Remetemos, a esse respeito, à nossa introdução.

que mantém a grande confusão que denunciamos e, do outro lado, as exigências irredutíveis que um verdadeiro encontro implica. São eles que sofrem – ainda que sem querer – os efeitos das contradições existentes entre essas duas modalidades do laço social. É ao trabalhador social que é pedido que se vire com o fato de que o "modelo" ambiente é uma coisa e que a situação de campo – em que o confronto com a realidade é incontornável – é outra. Tomemos um caso muito difundido, que implica uma decisão crucial, o de crianças maltratadas. Desde a segunda guerra e durante um longo período, diante de uma família que maltratava, a ideologia ambiente pedia que fosse pronunciada a destituição parental e que se tirasse a criança da família para uma colocação em instituição ou numa família de substituição. No entanto, não faltaram os abusos sempre em nome do Bem. Quem não tem na memória o filme de Ken Loach, *Ladybird*, em que uma jovem mãe luta para manter a guarda dos filhos? Hoje, o ar ambiente exige – conforme o jargão na moda – que primeiro se tente "reparentalizar", logo, valorizar de novo as competências parentais e, para isso, organizar reuniões de preparação, mas também concretamente quase que proibir qualquer intervenção que possa conduzir a que um juiz pronuncie uma destituição parental. Logo, diremos ao eventual educador em primeira linha em tal situação que ele deve privilegiar, a despeito de tudo se for o caso, o meio familiar de origem. Embora, com muita freqüência, todos saibam muito bem, por exemplo, que este só aparentemente vai aceitar seguir as ordens decretadas para se conformar ao modelo comportamental proposto e assim escapar à destituição e à colocação dos filhos. O trabalhador social será convidado a fazer um contrato com a família e vai se ver dividido entre o que prescreve a ideologia do todo contratual característica do novo sistema do laço social e a necessidade na qual ele se encontra de ter de assumir um lugar diferente, por exemplo fora do acordo da família, para poder proteger as crianças.

O peso do que é prescrito, eventualmente contra todo bom senso, pela nova situação do laço social vai por conseguinte recair por inteiro sobre seus ombros. Ele vai ter que consentir na ideologia ambiente e renunciar a uma intervenção separadora, ou pagar caro de sua pessoa para sustentar a pertinência de uma decisão como essa junto às autoridades jurídicas responsáveis[22]. Ele é quem carregará a responsabilidade por essa contradição e vai assim se ver confrontado com o que com freqüência experimentará como uma impossibilidade de encontrar uma saída satisfatória para a situação. Vai estar então marcado por um vivo sentimento de impotência, ainda mais insuportável porquanto a categoria do impossível não é mais reconhecida no Imaginário Social de hoje, que impõe ser eficaz, ter "resultados".

Nada espantoso que se tenha tornado muito difícil para o trabalhador social manter seu lugar. De onde tiraria ele ainda sua legitimidade para intervir? Uma dificuldade que reforça, em geral, o fato de que a origem do mal-estar não é identificada. Diante da delinqüência dos jovens, o trabalhador social deve "sustentar" um encontro em que, no fim das contas, o objetivo seja sempre fazer admitir a subtração de gozo – não se pode fazer qualquer coisa – e a diferença dos lugares – entre o dele e o do interlocutor para começar –, embora o contexto social renegue essas necessidades. Vamos lhes aconselhar negociar, obter o acordo daqueles a quem ele se dirige, sustentar a proximidade, acompanhar, etc; iniciativas em si inteiramente judiciosas e louváveis, mas contanto que o trabalhador social possa sempre sustentar-se por esse lugar diferente, caso contrário ele chegaria a esta situação mais que paradoxal: será ele quem vai se ver pedinte diante de um jovem em dificuldade, eventualmente delinqüente, que, por sua vez, não endereça pedido algum no qual se sinta verdadeiramente implicado.

Assim, para dizê-lo talvez de modo um pouco bruto, não é impossível que nossa evolução social nos leve simplesmente a nos livrarmos das contradições insolúveis veiculadas pela grande confusão atual jogando-as para o conjunto daqueles que chamamos os trabalhadores sociais. Quando o parentesco responsável – veremos mais adiante por quê – não está mais naturalmente no programa, é a competência parental que lhes é prescrito sustentar; e, quando isso não funciona – como costuma ser inevitavel-

[22] Devemos acrescentar que esse fator deveria ser levado em conta para analisar as derrapagens tanto no caso Dutroux na Bélgica quanto no caso de Outreau na França.

mente o caso –, são eles que devem carregar o peso do fracasso.

Os trabalhadores sociais daqui por diante estão obrigados a suportar, na verdade, aquilo que nossa modalidade de laço social deixa de lado. Quem, no entanto, melhor do que eles – para além do concreto de suas intervenções – poderia medir o tamanho do fato de que um problema social só pode pretender encontrar uma solução se for primeiramente reconhecido como o caso de um sujeito? Mas de onde poderiam eles daqui por diante tirar a legitimidade que permite comunicá-lo e reconhecê-lo a fim de poder engrenar uma dinâmica "virtuosa"? São bem antes, como vimos, forçados a endossar o ideal de uma "sociedade do prover". Ontem, podiam apoiar-se no lugar de exceção, do qual pelo menos eram provisoriamente os representantes, estavam legitimados pela incompletude, pois era evidente que se devia poder suportar perda. Assim, conservavam uma margem de manobra que com bastante freqüência permitia que tivessem êxito em operações de reintegração da margem, essa margem da sociedade que, de outro modo, arriscava a exclusão. É claro que a tarefa nem por isso era fácil, mas era clara, legível. Hoje, o trabalhador social deve agir no escuro. Pedem-lhe que participe do acompanhamento dos excluídos, mas sem que possa mais apoiar-se no lugar da incompletude, no lugar de exceção, o que ele no entanto precisa fazer para que ocorram esses encontros no singular que podem dar valor ao que fazem e permitir operar com eficiência[23].

Quando o governo cede a vez à governância

Um novo termo apareceu no final dos anos 80 e sutilmente se infiltrou nas frases das elites sociopolíticas, bem particularmente no universo bruxelense da administração da União Européia: a "governância" democrática. Assim, passaríamos de um sistema hierárquico de governo da sociedade a um sistema de regulação e gestão dos diversos interesses dos

---

[23] Cf. P. Belot-Fourcade, J. Bonneau, J.-P. Lebrun, C. Melman, B. Vandermersch (sob a direção de), *Que serait un travail social qui ne serait ni théologique, ni politique?*, Éditions de l'Association lacanienne internationale, 2006.

atores dessa sociedade. Alguns, por exemplo o ensaísta Yves Michaud, batem de imediato na novidade do conceito: "De repente, o termo mostra em cor-de-rosa um poder em que dominam os interesses dos atores e as interações informais e contratuais entre eles e não a brutal imposição do poder[24]". Mas vemos o que implica esse deslizamento semântico do tradicional governo à "governância". Costuma ser considerado impertinente – e politicamente incorreto sem dúvida alguma – interrogar-se sem galhofa sobre os deslizamentos de sentido na língua[25]. No entanto, é particularmente pertinente entregar-se na oportunidade a tal exercício se quisermos tentar decodificar uma evolução radical. Se é preciso – como com isso nos enchem os ouvidos – tirar lições do passado, não é inútil tomar exemplo em Victor Klemperer[26], que acabamos de evocar e que se dedicou, desde 1933, ao estudo das mutações da língua alemã. Por exemplo, ele havia notado como o termo "fanático", palavra sempre empregada num sentido reprovador pelos filósofos iluministas, passara, com o desenvolvimento da ideologia nazista, a tomar o sentido laudatório de um caráter apaixonado.

"Governância", como indica o dicionário histórico da língua francesa, foi introduzido no Senegal graças à ação filológica e política do presidente Senghor para designar os serviços administrativos de uma região. Mas esse termo, há uma ou duas décadas, tem antes de tudo a ver com o vocabulário do gerenciamento. Fala-se de "governo de empresa" (*corporate governance*) ou de governância desde os anos 90 para designar um tipo de organização do poder nas sociedades cotadas na Bolsa que preserva os interesses dos diversos *stakeholders* (as "partes interessadas"). No entanto representa *de facto* a maneira moderna de forçar os dirigentes das empresas a geri-las no interesse dos acionistas, a valorizar e garantir os investimentos desse *stakeholder* – em teoria, proprietário da empresa – que supostamente não foi suficientemente bem tratado ao longo dos períodos precedentes em que os lucros, durante a repartição anual, nem

[24] Y. Michaud, "La gouvernance", *Le Nouvel Observateur*, nº hors-série, "Mythologies d'aujourd'hui", julho-agosto de 2004.

[25] Cf. N. Malinconi, *Petit abécédaire de mots détournés*, Labor, 2006.

[26] V. Klemperer, *LTI. La langue du IIIe Reich*, Albin Michel, 1996.

sempre lhe eram repassados de maneira privilegiada. Assim, uma gestão moderna, para simplificar, é de agora em diante uma gestão que coloca em primeiro plano os imperativos de enriquecimento dos acionistas em detrimento – pelo menos relativamente – da situação das outras "partes interessadas", ou seja, no essencial, o Estado, os fornecedores e outros prestadores de serviços, os dirigentes (que no entanto usufruem cada vez mais do tratamento favorecido concedido aos acionistas graças a suas *stock-options*) e, com bastante freqüência em último lugar, os simples assalariados. É sobretudo uma gestão eficaz do ponto de vista financeiro, do ponto de vista do balanço de fim de ano em que aparecem os lucros; logo, daquilo que pode ser mais facilmente medido em nossas economias modernas.

O que significa essa troca que vê um termo do vocabulário administrativo e de gestão substituir aquele que tinha o hábito de exercer sua atividade no campo político? Significa que a ação política doravante estaria ela mesma deslizando para uma simples variante do gerenciamento na moda dos anos 2000, forçada a se limitar a prerrogativas burocráticas para satisfazer seus diversos *stakeholders*? Em todo caso, é o que suspeita o editor e ensaísta Éric Hazan, em sua recente pequena obra que ele dedica à língua da Quinta República (em latim, LQR): "Governância fez sua entrada na LQR, tomando partes de mercado a governo (ligado demais a Estado), a direção (disciplinar demais), a gerenciamento (tecnocrático demais, embora bem antigo na novilíngua)". E acrescenta um pouco mais adiante que, da mesma maneira, "a noção de empresário – que até há pouco designava um pequeno empreiteiro de obras – perfeitamente se enraizou para tentar tomar o lugar da noção de 'chefe de empresa' (hierárquica) e a de 'patrão' (que é um pouco arcaica quando associada a 'patronato'). É preciso tomar cuidado com a terminologia. 'Empresário' é positivo, 'patrão' é autoritário, 'chefe de empresa' é tecnológico. Vemos o cuidado de nossas elites em afinar o vocabulário da LQR[27]".

Talvez houvesse muito a dizer sobre a ideologia veiculada pela última moda gerencial – notadamente a atenção primordial dada ao

[27] E. Hazan, *LQR. La propagande du quotidien*, Éditions Raisons d'agir, 2006, p. 30.

resultado e antes de tudo ao resultado financeiro – que tendem a adotar aqueles que nos governam, como indica o deslizamento semântico que acabamos de identificar. Mas, para nos atermos a nosso propósito central, observaremos sobretudo que o efeito de deslegitimação de todo lugar de transcendência, de tudo o que ocupa um lugar de exceção, evidentemente também atinge o político. Que o próprio termo governo tenha se tornado obsoleto e tenha sido judiciosamente substituído pelo termo governância já basta para mostrar isso. Mas o que se deve entender por governância, uma vez que esse termo, bem preciso quando se fala de gerenciamento, foi importado para o domínio político, em que as implicações, *a priori*, não são as mesmas? Trata-se de promover uma nova maneira de governar que leve em conta transformações da sociedade o que quer que se pense destas? Ou então se trata assim de veicular – ainda que como suplemento – a proposta implícita de um governo acéfalo, que recuse toda hierarquia e se contente em gerir o Estado em proveito de seus diversos *stakeholders*, a saber, todos os interesses particulares?

Evidentemente, para quem promove a governância, a primeira hipótese é a boa. Mas a segunda, imaginamos, nem por isso deve ser rejeitada. Assim, estaríamos em harmonia com um Estado que se daria por objetivo estar apenas a serviço de seus cidadãos! Estamos por conseguinte no direito de nos perguntar se, no nível da cena européia por exemplo, não estaria aí a razão pela qual nossas elites políticas costumam ser reduzidas a propor um programa – não se ousa mais dizer um projeto, ainda menos um ideal – apenas gerencial, e isso em detrimento de uma verdadeira política.

Se é evidentemente preciso levar em conta as mutações da arte de governar, também é preciso medir o tamanho da confusão introduzida por essa noção de governância se, com esse vocábulo, o que significamos é simplesmente que queremos evitar ter de governar. Pois governar ou até dirigir não é gerir! Para ir rápido, digamos que governar implica poder sustentar uma conflitualidade, ao passo que gerir supõe sobretudo evitar isso, estar em condição, em todo caso, de apagar-lhe os efeitos. E é o aparelho institucional que deve fornecer àqueles e àquelas que ocupam o lugar de exceção a legitimidade necessária para que possam suportar tomar decisões que têm um real impacto e que em geral não são de imediato populares, sobretudo, bem entendido, junto àqueles cujos interesses particulares não são servidos, mas também porque não esposam as idéias da época. Numa configuração em que é a gestão que se impõe, a arte, quase sempre, vai estar só na esquiva e no trabalho incessante de retirada das minas.

Os dois aspectos do "governar" – dirigir e gerir – podem ter sua utilidade e sem dúvida alguma sempre houve uma estreita solidariedade entre eles, como prova, aliás, em francês o sentido antes impreciso da palavra gestão, às vezes simples sinônimo de administração, às vezes equivalente do termo anglo-saxão gerenciamento, que evoca o ato de dirigir. Mas quando a grande confusão opera, quando um – o fato de dirigir, de decidir – acaba por se apagar em proveito do outro – o fato de gerir no sentido administrativo do termo –, quando, no caso, toda noção de governo desaparece no seio da governância, a questão merece ser colocada: quem para então poder ainda realmente dirigir um país?

As instituições em crise

Essa confusão de que vemos os efeitos paralisantes, talvez até deletérios em tantos domínios, podemos vê-la em ação através das dificuldades que com tanta freqüência constatamos ao sermos confrontados com a clínica da instituição[28]. É particularmente interessante observar o funcionamento das pequenas equipes que trabalham no campo psico-médico-social, pois trata-se aí de microcosmos de existência coletiva particularmente sensíveis às mudanças que ocorrem na vida social. Essas equipes são confrontadas tanto com os avatares do coletivo nesse período de mutação quanto com os problemas vividos pelos sujeitos que as compõem. Estes últimos, com efeito, costumam estar bem desamparados, na medida em que a capacidade de ação é inteiramente determinada pela aptidão que têm para enfrentar, graças às suas competências, as dificuldades subjeti-

---

[28] Reservamos para uma obra futura o estudo sistemático e rigoroso de tal "clínica" com a qual estamos confrontados através do que é aceito chamar supervisões institucionais.

vas dos pacientes e aquelas do funcionamento institucional. Em outras palavras, a eficácia terapêutica do trabalho dessas equipes é diretamente proporcional à capacidade de seus membros de se viverem como adequados à tarefa.

Nesses lugares institucionais, pode-se atualmente fazer uma dupla constatação. Impossível, primeiro, não ficar marcado por uma impressão geral, confirmada por numerosíssimos indícios, que revela um estado de insatisfação e desânimo na maioria das equipes, tanto no campo especificamente psiquiátrico – equipes de tratamento – quanto no vasto campo do que se costuma chamar o psicossocial – equipes socioeducativas. O que nos dizem as pessoas que fazem parte dessas equipes se as interrogarmos? Elas não agüentam mais, afirmam, assumir e cumprir corretamente suas tarefas. Não conseguem mais trabalhar realmente em equipe. Têm dificuldade de se acomodar às obrigações financeiras mas também gerenciais e administrativas cada vez mais drásticas. Sentem-se, aliás, sistematicamente reprimidas por imperativos puramente gerenciais. Só com dificuldade conseguem integrar uma jovem geração de colegas que não respeitam mais os princípios nem as orientações de ontem, que, por exemplo, não querem mais se investir da mesma maneira que os mais antigos no trabalho. Têm o sentimento de não poder mais utilizar bem seu espírito de iniciativa. E de não mais poder contar com o apoio de uma hierarquia reconhecida e aceita, de dever sempre buscar inutilmente um inatingível consenso, sob pena de serem acusadas de não respeitar um funcionamento democrático. Não se pode mais ocupar, notam ainda, um lugar de autoridade sem logo ser suspeito de entregar-se a abusos de poder. Não se pode mais adquirir uma legitimidade suficiente para dirigir ou enquadrar. Deve-se sem cessar enfrentar a urgência, sem verdadeira orientação, sem saber aonde se vai e ainda menos aonde se quer ir. Paremos aqui esta ladainha, ela é sem fim.

No entanto, segunda constatação, ao longo de viagens de supervisão de equipes ou de responsáveis, ficamos impressionados com o dinamismo de que podiam dar prova quando os ajudávamos a voltar ao trabalho coletivamente. Observamos essa mudança marcante quando, por exemplo, pudemos permitir que "lessem" de outro modo os processos nos quais se encontravam presos, enquanto equipe, que notassem que, longe de ser apenas a conseqüência de um estado de esgotamento, seus problemas aparentemente insolúveis eram sobretudo conseqüências da confusão engendrada pela mutação em curso e inédita da estruturação do laço social. Em outros termos, bastava, para modificar a situação por completo, tornar legíveis suas dificuldades ao fazer com que tomassem consciência de que a autonomia a que pretendemos todos doravante a justo título, se nos livra da heteronomia, também nos deixa no desconhecimento disto: a dissimetria dos lugares, a necessidade da existência do lugar de exceção, continua a vigorar.

Ao conseguirmos, é crucial, tornar novamente visíveis esses imperativos, percebemos que permitimos que as pessoas envolvidas se sentissem aptas a suas tarefas – após terem, é claro, se prestado aos procedimentos de reconhecimento em vigor – e que pudessem novamente ocupar com toda legitimidade seu lugar, implicando sua singularidade no trabalho e assumindo o risco que ele comporta.

Quando conseguimos identificar a derrapada para a confusão e suas conseqüências, entendemos por que não é mais possível ocupar o lugar da exceção, tornado ilegítimo, por que cada vez mais desconfiamos do ato do sujeito, até reduzi-lo a um trapo, por que as novas palavras de ordem, os funcionamentos de massa, o gregarismo estão presentes, conduzindo a novas práticas trabalhadores e equipes cujos resultados serão medidos, e que serão eventualmente sancionados, graças ao emprego de procedimentos de avaliação cada vez mais minuciosos.

Logo, a depressão generalizada não é tanto o efeito de uma qualquer vontade deliberada das autoridades de desanimar os trabalhadores sociais – ainda é preciso que não sejam vítimas do interesse de nossas economias de mercado de lidar unicamente com consumidores e não com sujeitos responsáveis –, mas antes a conseqüência dessa mutação que longamente descrevemos.

É preciso lembrar aqui que, ao se tirar do sujeito singular a possibilidade de cometer atos, estamos num modelo característico das sociedades totalitárias. Quando, por exemplo, nos perguntamos por que as pessoas comuns puderam participar do nazismo, de uma tal destruição coletiva, sempre acabamos, no fim das contas, nesta resposta: elas deram seu aval quando e ali onde deveriam ter-se retirado do "funcionamento coletivo" a partir de uma posição ética de sujeito. É evidentemente a mensagem de Hannah Arendt em sua célebre obra sobre Eichmann e a banalidade do mal[29]. Mas, de modo ainda mais trágico, é o que mostra o historiador Christopher Browning[30] a respeito do sinistro percurso dos 500 homens do 101º batalhão de reserva da polícia alemã, composto essencialmente de pais de família velhos demais para serem enviados ao *front*, operários, vendedores, artesãos, empregados de escritório civis que nunca tinham sido nazistas militantes. Esses homens, que abateram à queima-roupa mais de 1.500 pessoas num único dia, assassinaram em dezesseis meses, diretamente com uma bala na cabeça, 38.000 judeus, embora até lhes tivesse sido permitido recusar participar dessa matança coletiva. Mas nenhum se recusou[31]!

Eis o que deveria levar a refletir aqueles que, a justo título mas talvez nem por isso sempre com discernimento, militam pelo "Nunca mais isso!". O objetivo aqui de modo algum é gritar contra o perigo da volta dos totalitarismos que conhecemos no passado, é simplesmente indicar que foi a desarticulação do singular e do coletivo que pôde engendrar a comum aptidão humana para a mais extraordinária desumanidade. E que, desta, estamos portanto longe de estar protegidos.

Para voltar às equipes do campo psico-médico-social, trata-se portanto de não deixar que se fechem em queixas diversas, até as mais justificadas como, por exemplo, aquelas sobre as restrições de orçamento e pessoal, de não deixar que assim se condenem, demolindo afinal portas abertas, mas de lhes fornecer as ferramentas que lhes permitam ler o que lhes acontece e, a partir daí, construir as respostas que convêm. Os dirigentes e os responsáveis pelas instituições e serviços – e isto vale, aliás, igualmente para os políticos – hoje estão designados a um lugar que não conseguem mais manter sem serem relegitimados por uma lei-

---

29 H. Arendt, *Eichmann à Jérusalem. Rapport sur la banalité du mal*, Gallimard, 1966, 1991, Folio Histoire nº 32.

30 C. Browning, *Des hommes ordinaires*, Les Belles-Lettres, 1992.

31 Devemos remeter aqui ao trabalho inédito de Contardo Calligaris, "Pesquisa sobre a perversão como patologia social, a paixão da instrumentalidade", tese de 1993; e, mais perto de nós, ao trabalho de Regnier Pirard, "Clínica da banalidade: perversões comuns", intervenção na jornada de estudos da Faculdade de Psicologia da Universidade de Nantes, maio de 2005, inédito.

tura da nova estruturação do laço social. Não se trata de reposicioná-los de maneira idêntica no lugar de ontem, trata-se de fazer que entendam que esse lugar continua existindo mas que agora é preciso ocupá-lo de outro jeito. A tarefa é, decerto, difícil, pois tudo se passa como se hoje fosse preciso merecer esse lugar, como se poder ocupá-lo passasse a ser tributário do reconhecimento daqueles sobre quem a autoridade supostamente deve se exercer. Mas é aí que é preciso impedir as confusões, que é preciso introduzir distinções. Se os membros de uma equipe têm a liberdade de dar sua opinião, essa opinião não deve necessariamente ter força de decisão; se aquele que ocupa o lugar de exceção daqui por diante estiver submetido a procedimentos nos quais são partes interessadas aqueles sobre quem ele exerce uma autoridade, isto não significa nem um pouco que eles estão por isso no direito de dirigir em seu lugar, etc. Eis o que é necessário para que o lugar de exceção possa ser reconhecido em sua nova legitimidade e que um fulano aí possa se engajar, com seu estilo próprio. Em seguida, os membros das equipes, numa espécie de efeito dominó, também poderão engajar-se num ato. É o que chamamos a estrutura institucional do ato.

Num mundo sem criador

Esses poucos exemplos fizeram com que entendêssemos que quase sempre estamos na "grande confusão" porque, como vimos, tudo nos leva a crer que nos libertamos da autoridade tutelar que habitava nosso céu e, por conseguinte, de toda necessidade de uma qualquer autoridade para manter juntas as sociedades. Nietzsche, já, era extremamente lúcido para profetizar a mudança que afeta nossas sociedades: "Nem todo o Ocidente tem mais esses instintos de onde nascem as instituições, de onde nasce o futuro: talvez nada esteja em oposição mais absoluta a seu 'espírito moderno'. Vivemos para hoje, vivemos muito rápido – vivemos sem nenhuma responsabilidade: é precisamente o que chamamos 'liberdade'. Tudo o que faz que as instituições sejam instituições é desprezado, odiado, afastado: acreditamos estar de novo em perigo de escravidão tão logo é ouvida a palavra 'autoridade'"[32]. Fortalecidos pois o "grande Outro" não existe, como achamos ter aprendido ao nos livrarmos de suas encarnações, nós nos libertamos da transcendência e, no rastro, pensamos também ter-nos libertado de tudo o que tem a ver com o transcendental. No entanto, a questão permanece: é realmente possível que os seres falantes que somos dispensem toda relação com o transcendental embora a fala ponha este último em lugar *de facto*: estamos realmente "libertados"? Podemos apenas pensar em termos de uma auto-regulação como a isso nos convida a pretensa lei do mercado?

Basta abrir a imprensa diária ou ligar o rádio ou a televisão para constatar o que engendra tal crença em nossa "libertação" sempre que surge um problema novo de sociedade. As opiniões chovem, com freqüência contraditórias – a busca da pluralidade exige. Os veredictos dos peritos que solicitamos não são menos diversos. Com efeito, estes só fazem copiar ou recopiar – quando não são os primeiros a se exprimir – as posições em presença, os peritos não sendo evidentemente mais neutros que aqueles a quem cabe esclarecer[33]. Além disso, hoje não é mais evidente que a opinião de um perito tenha mais valor que a do homem da rua, da mesma forma que mais facilmente sustentaremos que a obra de um artista não tem necessariamente mais pertinência que a de um amador. Seja a respeito do clima, da violência na escola, do uso do véu nos colégios, da intervenção americana no Iraque, da obtenção da palma de ouro em Cannes, talvez até de uma exposição de pintura, todos os pontos de vista podem hoje se enunciar e, para a maioria daqueles que os escutam, eles se equivalem. Quando uma reportagem de rua é realizada para uma rádio ou uma televisão, as palavras de um perito, do

[32] F. Nietzsche, *Le Crépuscule des idoles*, citado por M. Revault d'Allonnes em *Le Pouvoir des commencements, op. cit.*

[33] A esse respeito, remetemos, por exemplo, ao trabalho de Laurence Gavarini "Les configurations familiales: objet sociologique, dispositif psychique et point de friction éthique", in F.-R. Ouellette, R. Hurtubise e R. Joyal (sob a direção de), *Familles en mouvance: quels enjeux éthiques?*, Presses de l'université de Laval, Québec, 2005. O autor escreve notadamente: "Com efeito, não somos todos – intervenientes e público – interpelados a contrapé num registro em que explicitamente se pressupõe que o conhecimento e a postura científica podem não ser objetivos e neutros mas ao contrário engajar convicção e responsabilidade dos pesquisadores?".

jornalista e do homem da rua são colocadas no mesmo plano, sem que se experimente a necessidade de hierarquizá-las. Como, então, forjar-se uma opinião? Como decidir? Tornou-se pelo menos difícil.

Se recusarmos distinguir fim da transcendência e fim do transcendental, o que nos espera é evidentemente simples de imaginar. Vamos assistir a uma continuação pura e simples do movimento de emancipação, vamos nos esforçar para limitar, vamos assim nos livrar etapa após etapa do regime anterior e vamos nos alegrar cada vez um pouco mais por podermos progressivamente nos libertar de toda figura de autoridade.

Mas se uma exterioridade escondesse outra, se a hierarquia teológico-política que ontem organizava a sociedade só tivesse existido, seja qual for seu rosto aparente, para "atualizar" o lugar da transcendência – em outras palavras, o transcendental –, para fazer entender a necessidade da perda que permanece um invariante lógico e antropológico? Então, a interrogação quanto ao futuro permaneceria inteira.

É interessar-se pela estrutura da modernidade, aqui decerto bem rápido resumida, perguntar em que consiste a autonomia recentemente conquistada pelos humanos em detrimento da hierarquia até então instalada. O mundo de ontem não podia ser pensado sem que fosse suposta a existência de um "ator" que lhe era exterior e que havia permitido que ele se construísse. Em outras palavras, um criador. Deus e seus "representantes", por excelência, em nossas sociedades monoteístas. O mundo de hoje, ao contrário, pretende demonstrar que é possível dispensar toda figura divina, todo ator exterior. O princípio de auto-emergência, de auto-engendramento está portanto no cerne da modernidade, ainda que tenha sido preciso esperar os tempos recentes para que se cumprisse no Imaginário Social esse avanço, para que se realizasse tal programa[34]. Ainda é preciso identificar as condições necessárias para que essa auto-emergência

---

[34] Tal como afirma M. Gauchet: "O que se joga de decisivo no curso dos anos 70 é a passagem da convicção de que é preciso uma autoridade superior para manter juntas as sociedades à confiança numa regulação espontânea, em outras palavras, à fé no mercado como modelo geral das relações sociais. Os fanáticos da organização se transformaram em zelotes da interação automática". In *La Condition historique, op. cit.*, p. 304.

ocorra e não se contentar em pensar que, para que ela aconteça, é preciso apenas emancipar-se do criador, do absoluto substancial.

Deve-se portanto fazer o inventário dessas condições que forjaram o sujeito de hoje. E também, no mesmo movimento, o dos impasses com os quais este último está confrontado. Pois todo o desafio da confusão atual está aí: pode-se crer impunemente que é possível ficar sem o lugar de exceção sem por isso ter que usá-lo, parafraseando uma fórmula de Lacan?

O que se ocultava, no regime da tradição, era o caráter de semblante da consistência de nosso modelo de sociedade. Naturalmente, Deus, o rei, o chefe, o pai possuíam uma "espessura", que o lugar que ocupavam lhes dava. Não se devia perceber demais o artifício sobre o qual repousava o edifício, o fato de que se tratava, para o "ator", de um papel a ser representado. Nesse sentido, o lugar de exceção não era apenas um lugar lógico ocupado por alguém, mas um conjunto lugar-e-ocupante aderentes um ao outro. Foi preciso a cada vez derrubar esse conjunto para passar a outra coisa..., vale dizer, para que de novo, de uma maneira ou de outra, o lugar fosse ocupado e o conjunto se tornasse novamente operacional. O Pai freudiano, o pai da horda, que ele evoca em seu famoso livro *Totem e tabu*, é bem o protótipo mesmo desse Pai de exceção: ele não se contenta em ocupar um lugar, ele o encarna, ele é esse lugar. Aliás, é nisso que ele é fora-da-lei, não submisso à Lei: um Pai como esse pensará até que se estivesse submetido à Lei não poderia assumir seu papel e seu estatuto de exceção. Com o risco em que se incorre, é evidente, de ocultar completamente, como por exemplo numa tirania, o fato de que esse lugar não passa de um lugar e que está apenas ocupado. Um caso como esse, no entanto, apresentava uma vantagem: não deixava subsistir dúvida alguma quanto à dissimetria dos lugares, não tolerava a sombra de uma hesitação em sua disparidade, forçava, de certo modo, a medir o tamanho do lugar de exceção. O que conduzia tanto à servidão voluntária e ao reconhecimento espontâneo da autoridade do chefe quanto à situação em que o chefe, sobretudo quando era um tirano, ou era obedecido sem a menor discussão... ou era derrubado.

Mas as derrubadas de poder, no entanto numerosas na História, em geral não mostraram a que ponto a existência do lugar de exceção e a consistência do modelo de sociedade repousavam em semblante. Se podemos fazer remontar ao século XII o apogeu de um Deus-pai[35], entretanto é preciso notar que esse enodamento do religioso e do social já viera temperar o poder do Pai romano, que tinha direito de vida e morte sobre seu filho: doravante o lugar do rei é o de um representante, ele não faz mais senão representar o poder de Deus, ele só ocupa então seu lugar por delegação. Como se sabe, será preciso esperar a Revolução Francesa para instaurar o funcionamento democrático, em outras palavras, para que fique claro para todos que, se esse lugar existe, ele está vazio[36], não é propriedade de ninguém. Os efeitos dessa destituição induzida pela modernidade não nos atingiu de imediato. Ainda foi preciso esperar dois séculos para que essa nova distribuição dos papéis marcasse o conjunto dos indivíduos e que chegássemos à situação atual em que o lugar de exceção não dispõe mais de uma legitimidade espontânea.

Ontem, o semblante se referia à consistência, hoje à completude. Ontem, o que se ocultava era que aquele que dirigia fazia isso a partir do vazio; hoje, o que se oculta é que a diferença dos lugares sempre funciona, sempre é necessária. Com efeito, estamos sempre lidando com uma pseudocompletude, pois o que deveria ser a *verdadeira* de qualquer maneira está sempre fora das palavras, não pode ser dita: se pudéssemos dizê-la, isso suporia que ela já foi amputada da perda a que nos obriga a linguagem. Logo, há bem duas maneiras de ler a completude. Ou como

---

35 Cf. a esse respeito J. Delumeau e D. Roche (sob a direção de), *Histoire des pères et de la paternité*, Larousse, 2000.

36 Lembremos a esse respeito como Claude Lefort resume essa mudança de perspectiva: "O poder monárquico era um poder incorporado na pessoa do príncipe. Nem por isso julguemos que este detinha o todo-poder. No auge do absolutismo, a monarquia francesa não era um despotismo. Acima do príncipe, havia a lei e a sabedoria divina. Mas este parecia um mediador entre os homens e Deus. [...] A um só tempo sujeitado à lei e acima das leis, o príncipe trazia em si mesmo, em seu coração, em sua voz, em seu corpo imortal, sobrenatural, ao qual estava acasalado seu corpo natural, mortal, o princípio da geração e da ordem do reino. [...] Ora, é em referência a esse modelo que podemos medir o tamanho da mudança radical inaugurada pela democracia... [...] O que vem à tona é a noção nova do lugar do poder como lugar vazio. Aqueles que exercem a autoridade política de agora em diante são simples governantes, não podem apoderar-se do poder, incorporá-lo. [...] A noção de um lugar que chamo vazio, porque nenhum indivíduo, nenhum grupo pode ser a ele consubstancial". C. Lefort, "Démocratie et avènement d'un lieu vide", in *Psychanalystes*, nº 2, mars 1982, p. 17.

uma completude que é *realmente* uma, mas que "esquece" que é só um semblante em nome da lei da linguagem. Ou como um semblante de completude, mas que, pela maneira como se apresenta não torna mais imediatamente visível que a incompletude, *via* lugar da exceção, está sempre ali, que é um lugar sempre logicamente necessário, até mesmo que deverá ser construído para poder ser momentaneamente ocupado por um singular qualquer. É claro, naturalmente, renegação obriga, a distinção vai se esfumar, inclinando-nos a crer na possibilidade de uma completude verdadeira e consumada. E aliás é por isso que aceitamos naturalmente fundir-nos numa pseudocoletividade, neste todos sem o *ao-menos-um* da exceção que nos condena a esse *entodamento* de que falamos mais acima.

Logo, não podemos nos limitar a constatar que nos livramos da exceção substancial, nos satisfazer em gozar do "fim do dogma paterno[37]", ainda que, por outro lado, de fato disso tenhamos que tomar ciência. Um trabalho suplementar nos cabe, considerando as pressões da estrutura da linguagem: é preciso dar novamente seu justo lugar, logo, sua legitimidade, à exceção, reinventá-la. Mas desta vez sem a esperança de podermos dela nos livrar jogando-a para um "ator" que momentaneamente a ocuparia. Teremos que assumir ser cada um responsável pela efetuação desse trabalho. Pois cabe a cada *um*, doravante, pagar seu tributo à necessidade lógica desse lugar. E é com essa novidade que estamos às voltas, a etapa suplementar a ser inscrita no programa da modernidade.

Um regime novo de laço social, decerto ainda balbuciante, está portanto se instalando. Organizado apenas a partir dos próprios sujeitos e das interações entre eles, das redes, essencialmente horizontais, que implicam aleatório, contingência, relativo, ali mesmo onde antes reinava – talvez até com rigor – certeza, necessidade e absoluto que emanavam de um sistema de organização social vertical. Podemos evidentemente aderir à ideologia ambiente, dominante, que nos inclina a pensar que essa horizontalidade emergente nos emancipa por completo da verticalidade. Também podemos pensar, teremos entendido, que essa abordagem é

[37] Conforme o título da recente obra de Michel Tort (Aubier, 2005).

pelo menos simplista e que a horizontalidade triunfante não dispensa dever ainda recorrer a uma verticalidade. Ainda que seja a esse bagaço de verticalidade que subsiste enquanto rastro da perda exigida para que se mantenha nossa aptidão para a linguagem.

Se nos ativermos à primeira leitura – horizontalidade à exclusão de toda verticalidade –, só podemos querer prosseguir indefinidamente o esforço *soi-disant* democrático – é o que chamamos o democratismo – para culminar no desaparecimento de toda diferença dos lugares e de toda hierarquia... lamentando, aliás, cheios de nostalgia, esses antigos fundamentos da vida coletiva de que não dispomos mais. A segunda leitura, por sua vez, evidentemente não conduz a elidir a diferença dos lugares, ainda que não possa estar em questão reproduzir pura e simplesmente o sistema precedente, a maneira como esses lugares eram ontem ocupados. Assim, continuaremos a pensar que a posição de exceção tem sempre seu lugar lógico, ainda que não tenha mais substância própria, e nos autorizaremos, por exemplo, a exigir daqueles que ocupam a dita posição que nem por isso se considerem acima das leis, logo, livres da Lei[38]. Entretanto, deveremos procurar lhes deixar, no campo assim novamente balizado e no respeito pelos procedimentos, uma latitude suficiente para que possam se engajar singularmente em preencher tal função simbólica – no sentido usual do termo. Em outras palavras, o lugar de exceção não é mais determinante, não dita mais sua lei ao conjunto, mas continua a instituir, continua a servir de referência.

Para fornecer um exemplo esclarecedor dessa mudança, vejamos um campo de futebol. O árbitro nele era ontem soberano. Sua arbitragem, com a ajuda dos bandeirinhas, tinha força de lei, ainda que arbitrária. E danem-se os seus humores, suas eventuais afinidades, sua visão pouco corajosa... De qualquer maneira, sua autoridade devia se exercer, não estava em questão questioná-la. Com a ajuda de diversas evoluções, como a presença permanente das câmeras de televisão, o tamanho das implicações, a difusão desse esporte eminentemente popular, tudo o

[38] A Lei, com uma maiúscula, é a da linguagem, do humano como tal; as leis são aquelas que os humanos construíram, elaboraram. Remetemos ao capítulo primeiro.

que tinha a ver com a subjetividade do árbitro foi progressivamente, senão eliminado, pelo menos seriamente reduzido, diminuído, controlado, limitado. E apelamos para a arbitragem da câmera, a arbitragem apoiada por imagens que não enganam, dando enfim ao público ou a seus representantes um direito de vigilância sobre o arbitrário do árbitro. Nasceu daí a esperança de uma arbitragem perfeita, sem mancha, enfim rigorosa, científica.

No entanto, olhando bem de perto, de fato não é possível se livrar disso, não é possível se desfazer do poder discricionário do árbitro, ainda que extremamente reduzido. Além do mais, o mais obtuso dos torcedores sabe muito bem que é preciso que alguém ocupe esse lugar. Caso contrário, aliás, esse momento de vida coletiva que chamamos um jogo de futebol não só perderia seu gosto – poder gritar contra a injustiça é essencial para o espectador – mas também arriscaria virar regularmente um pugilato. E, desta vez, sem a presença de um árbitro, mas apenas em torno da bola.

As duas leituras da mutação em curso

Podemos qualificar a primeira das duas leituras possíveis da mudança a que nos convida a modernidade como se conduzisse a um discurso de *exterioridade ausente.* Com efeito, nesse caso, ou a exterioridade – a do lugar de exceção – está perdida, ou seu desaparecimento é programado. Encontram-se, então, paradoxalmente do mesmo lado aqueles que crêem que o lugar de exceção está perdido, os "pessimistas" – que de modo grosseiro poderemos identificar como politicamente de direita – e aqueles que crêem que ele deve perder ainda mais, que é preciso fazer com que desapareça, os "otimistas" – que poderemos esquematicamente fazer corresponder à esquerda.

De acordo com os primeiros, os pessimistas, teríamos ficado livres de toda transcendência. Daqui por diante, e de uma vez por todas, teríamos acabado com ela, logo, com a exterioridade. Eles lamentam isso, sentem saudades do tempo em que existia um lugar de exceção substancialmente ocupado e transmitido de geração a geração pela tradição. Lêem nossa evolução como inquietante, como o sintoma de um declínio, talvez até de uma decadência. Lêem a dificuldade, senão a impossibilidade, de encontrar soluções para nossos problemas como a conseqüência de um desabamento da ordem simbólica. Esta gerou, acham, o esfacelamento do laço social e até, para alguns, a anomia de que falava Durkheim. No mesmo movimento, identificam Maio de 68 como o momento em que isso tudo começou, logo, como a causa de todas as infelicidades. E tomam como pretexto o que consideram uma deriva tanto para justificar políticas reacionárias e prescrever a volta de um poder forte quanto para desqualificar tudo o que surge de novo. Com efeito, nada de interessante pode ocorrer fora do funcionamento hierárquico tradicional.

Os segundos, os otimistas, interpretam essas mesmas dificuldades como conseqüências do percurso inacabado rumo à democracia e à igualdade que daí deveriam resultar. Para eles, trata-se de promover novos dispositivos simbólicos para esperar obter esse suplemento de igualdade apesar da resistência das organizações do passado. Essas mudanças vão enfim nos libertar do regime de outrora que sempre só fez confortar o poder instalado e garantir sua transmissão. Tal leitura da situação os leva a medir o tamanho do fracasso de uma primeira modernidade, que permaneceu prisioneira de sua relação com uma filiação metafísica da lei. E portanto a visar uma segunda modernidade, que enfim assumiria outro regime do simbólico "destranscendentalizado", logo, pensam, democratizado.

Essas duas abordagens, que paradoxalmente se encontram para fazer uma só, nos incitam, ou a um retorno nostálgico à situação *quod ante*, ou a uma aceleração do processo no relativismo.

Por outro lado, uma segunda leitura da mudança atual conduz a aceitar a relatividade daquilo que ontem se apresentava como absoluto e incita a inventar uma maneira diferente de levar em conta a irredutível diferença dos lugares. Aqueles que escolheram essa ótica vão escolher como programa (re)construir o lugar da exceção. Sustentam um discurso de *exterioridade situada ou re-situada*. O lugar de exceção, segundo eles, não está mais substancialmente ocupado e não é mais transmitido pela tradição. Não tem mais o caráter de absoluto e a consistência que parecia esconder. No entanto, está sempre presente na estrutura do "ser falante", dos seres humanos, mas relativizado. Daqui por diante, está em segundo plano. Não desapareceu, apenas se retirou da frente do palco. Pois é sempre logicamente necessário, visto o laço estreito entre a existência desse lugar de exceção e a subtração de gozo exigida pela humanização. Logo, não é justificado agarrar-se ao passado, à maneira como essa necessária condição prévia à humanização era transmitida, pois esta veiculava consigo a aderência entre o lugar e seu ocupante. Seguia-se um conjunto de dificuldades, indo do incentivo indireto ao abuso de poder ou da generalização da quase imunidade de que usufruíam os governantes até à propensão dos humanos à obediência cega de que as experiências de Stanley Milgram[39] sobre "a submissão à autoridade" dão uma idéia. Mas se é necessário revisitar inteiramente tudo o que a antiga maneira de fazer supunha inamovível, nem por isso se trata de pensar que é possível disso se libertar totalmente, disso liberar-se, como se fosse possível abstrair-se de leis tão intangíveis quanto as leis da gravitação. Não está em questão, em virtude dessa segunda leitura, prometer novos amanhãs que cantam afirmando que podemos nos dispensar do trabalho a ser cumprido para nos tornarmos um sujeito humano, não está em questão deixar-se levar pela ideologia esperta que consiste em fazer crer que não há mais ideologias, não está em questão deixar-se arrastar na direção de utopias novas sem dar seu lugar ao caráter utópico da utopia, à impossibilidade que de imediato a caracteriza.

Assim, o que precisamos perceber bem, para voltarmos aos paradoxos analisados por Russell, é que a subtração de gozo consiste *no próprio paradoxo* e não apenas em sua versão "consistência e incompletude". No entanto é verdade, repetimos, que foi por essa via – a da incompletude e do lugar de exceção – que a necessária subtração de gozo foi identificada e tornada visível para todos e por todos durante séculos. Ao passo que, hoje, uma guinada ocorreu, e é pela via da inconsistência que temos que entendê-la. Em outras palavras, deve-se distinguir duas incompletudes:

[39] A experiência do psicólogo americano Stanley Milgram visava estimar a que ponto um indivíduo pode dobrar-se às ordens de uma autoridade que ele aceita, mas que entra em contradição com sua consciência. Os resultados foram surpreendentes e bem inquietantes. Essa célebre experiência foi mostrada no filme de Henri Verneuil, *I de Ícaro*, com Yves Montand.

uma, inelutável como o é um vício de estrutura, ligada à nossa especificidade de seres falantes, à subtração de gozo necessária à instalação da linguagem; a outra, contingente, ligada à escolha que foi feita de entender essa perda *via* laço social construído sobre o modelo religioso. Durante séculos e séculos, não distinguimos essas duas incompletudes. Simplesmente porque não éramos capazes de distingui-las. A perda ligada à linguagem só era perceptível através do limite que impunham as figuras de Deus, do Pai ou do Totem. O Simbólico equivalia ao patriarcado e o patriarcado ao Simbólico. Era apenas *via* encontro com aquele que ocupava substancialmente o lugar de exceção que se inscrevia para cada um a necessidade da subtração de gozo.

Foi, então, precisamente no lugar desse encontro que a guinada – a *catástrofe* no sentido de René Thom – ocorreu. Como não encontramos mais no coletivo o lugar da exceção, passamos a achar que dali podíamos deduzir que não tínhamos mais que inscrever a perda de gozo. O sujeito pós-moderno então foi convidado bem naturalmente a desmentir que essa perda ainda fosse necessária. Ora, para que exista o desejo do ser falante sabemos que é condição necessária ele ser confrontado com o menos-de-gozar. Isto, seja qual for a via escolhida para garantir sua transmissão – completude e inconsistência ou incompletude e consistência.

Daqui por diante, "escolhemos" antes a completude e a inconsistência, e a legibilidade da incompletude embaralhou-se. Entretanto, a subtração de gozo permanece necessária por trás do que é sempre semblante de completude. Pois a incompletude estrutural sempre é aceita, em razão da linguagem como sabemos. Se hoje é dissimulada, a questão é saber como torná-la visível e legível. Caso contrário, só restará experimentá-la *via* inconsistência.

Logo, o risco de confusão é maior. Nessa nova distribuição dos papéis, tudo deixa pensar que a completude agora está acessível. E de certa maneira está, já que mais nada justifica que alguém possa escapar à lei que agora vale para todos, sem exceção[40].

---

[40] Assim, por exemplo, podemos lembrar a definição que dá hoje da saúde a OMS: estado de completo bem-estar. A prescrição é clara: a felicidade está no programa da humanidade! O direito à saúde que é por toda parte proclamado pode, aliás, disso se deduzir. Como se nossa saúde, agora, dependesse dos outros, logo, do Estado. Outra coisa seria falar de direito a cuidados.

Paradoxalmente, o regime da completude impõe que exerçamos ainda mais nossa faculdade de julgar. Tomemos um exemplo, o da eutanásia. Toda vez que sua eventualidade se apresenta, é preciso começar do zero, repensar a integralidade do problema, reinventar uma maneira de aplicar a lei que só será válida para esse caso preciso, como notadamente mostrou um recente processo muito citado na imprensa francesa que culminou na absolvição de um médico[41]. Ao passo que, ontem, nos apoiávamos apenas num princípio geral – a interdição total de tal ato – que tinha força de lei para todos. Mas, em conseqüência, alguns podem ver nisso uma ausência de referência, até aquela que propunham as leis, já que o que era evidente, isto é, que o médico não matava, que ele servia à vida, literalmente se evaporou, já que, até num domínio dos mais sensíveis, a pluralidade das opiniões agora tem direito de cidade. Alguns, é verdade, clamam contra o perigo maior, contra o risco de abusos de todas as espécies – por parte das equipes médicas, dos herdeiros, etc – diante dos doentes e de todos os humanos em fim de vida. Seus temores, evidentemente, não são sem fundamento. Mas podemos continuar a usufruir dos avanços da medicina sem levar em conta os efeitos outros que felizes que eles produzem? Podemos desviar o olhar, decidir ignorar os efeitos daquilo que nós mesmos hoje produzimos, a saber, no caso, o fato de tornar possível a manutenção da vida para além dos limites considerados naturais? Podemos, em tal caso, evitar nos interrogar sobre o que é uma vida?

É verdade que a figura de Pôncio Pilatos hoje está de volta. Pois como fazer para, diante da dificuldade de tomar uma decisão, lavar as mãos? Dizendo de modo mais simples, ontem, sim era sim e não era não. Hoje, temos que relativizar o sim tanto quanto o não, trata-se até, em certos casos, de reconhecer que os dois podem ser aceitos simultaneamente sem no entanto se anularem! Daí a pensar que sim equivale a não é só um passo, que dá vontade de dar. Entretanto, evidentemente, sim e não de fato ainda devem ser distinguidos! Mas quem é preciso ser

---

41 Trata-se da eutanásia pedida por Vincent Humbert e que a mãe assumiu com a ajuda do Dr. Chaussoy. Cf. F. Chaussoy, *Je ne suis pas un assassin*, Pocket, 2004.

para a cada vez se impor percorrer novamente todo esse trajeto para poder fundar sua opinião? Não é mais cômodo fazer como Pôncio Pilatos, sobretudo se for impunemente?

É por isso que tendemos a aceitar a confusão entre as duas leituras da modernidade? É sedutor, fascinante mesmo, porque essa confusão permite, pensamos, que funcionemos "facilmente" com um pronto-para-pensar que arrasta consigo toda reflexão crítica. E faz de imediato passar por uma marca de resistência à mudança, e portanto por "reacionária[42]", qualquer interrogação por menos rigorosa que seja por parte daqueles que não querem resignar-se a essa "facilidade". E, no entanto, essa confusão traz ainda mais conseqüências uma vez que diz respeito antes de mais nada ao lugar de exceção, e por aí mesmo a esse lugar da estruturação lógica onde se organizam tanto a subjetividade quanto a vida coletiva.

No entanto, o preço a ser pago na vida em sociedade por ter aceitado essa confusão pode de imediato ser calculado: não há mais ponto ideal implícito a partir do qual fazer o coletivo existir, apenas ordens explícitas que valem para todos; não há mais falta no Outro social na qual se alojar para novamente se apropriar de sua condição de humano; não há mais tampouco abrigo para o singular, apenas lugar para particular; não há mais aquilo que Rimbaud chamava os "comuns impulsos". Em outras palavras, não há mais estruturas sociais que possam vir em ajuda ao sujeito para que ele possa se separar desse Outro ao qual teve primeiro que se alienar e possa se tornar assim um verdadeiro adulto.

Num mundo que se apresenta completo e inconsistente, se a confusão descrita mais acima não for suspensa por um trabalho de pensamento,

[42] A esse respeito, é bem interessante evocar a polêmica suscitada pela obra de Daniel Lindenberg, *Le Rappel à l'ordre. Enquête sur les nouveaux réactionnaires* [*A chamada à ordem. Investigação sobre os novos reacionários*], Seuil, 2002. Essa obra volta-se contra uma série de autores, de Gauchet a Taguieff passando por Manent, Ferry, Trigano, Michéa e alguns outros, que têm precisamente por ponto comum não aderir a esse movimento de "liberalização" forçada que descrevemos. Essa polêmica, que havia sido divulgada na revista *Le Nouvel Observateur* de 21 de novembro de 2002, foi paradoxalmente "esfriada" pelos próprios leitores. Em sua edição de 26 de dezembro, a própria revista dava a palavra a seus leitores e escrevia: "O dossiê 'Somos todos reacionários?' suscitou numerosas reações, e quase uma única resposta substancial: sim, e ainda bem! [...] Nem por isso se trata de saudades dos 'bons velhos tempos' mas antes do desejo de reinventar a modernidade".

não haverá mais lugar para o sujeito enquanto singular, já que o lugar lógico necessário a seu reconhecimento simbólico como que desapareceu. É o que nos conduz a qualificar nossa sociedade de *sujeiticida*. "Suicidado pela sociedade", já dizia Artaud a respeito de Van Gogh: a sociedade não lhe havia deixado lugar para se sustentar como sujeito. Em seu caso, havia transformado em não-lugar o lugar do sujeito.

As conseqüências dessa confusão generalizada são impressionantes em vários pontos de nosso funcionamento social. Como não ficarmos surpresos ao vermos com que energia, hoje, os sujeitos reclamam, no mesmo movimento, ser reconhecidos em sua especificidade de homossexuais, deficientes, cicloturistas..., e refutam a quem quer que seja o direito de vir lhes impor um limite, lhes significar que não se pode fazer tudo, notadamente por leis? Como apelam ao Estado para serem reconhecidos e como, simultaneamente, recusam tudo o que viria exigir que aceitem suportar uma perda qualquer – a menor subtração de gozo – em proveito do coletivo?

Diante dessas reivindicações eminentemente paradoxais, a esfera política tem-se revelado cada vez mais impotente em agir, em decidir. Com efeito, ela não dispõe mais da legitimidade que lhe permitiria sustentar sua tarefa. Ainda mais que cada político encontra-se inteiramente tributário de sua reeleição, logo, dos eleitores que ele só pode decepcionar, já que, ao cumprir sua função, ele só pode lhes trazer o que esperam contanto que seja capaz de lhes retirar algo em proveito do coletivo a que ele deve "servir". Ele vai então buscar dominar a situação de outra maneira, em geral não se apresentando mais como o ocupante do lugar de exceção mas evocando regulações, por exemplo "científicas". Vai inventar outro tipo de controle social, *via* esfera administrativa e burocrática. Mas, ao apostar nessa uniformização inédita da paisagem cidadã, tornará muito perigosa toda tentativa de sustentar sua singularidade. Ainda que mascare esse perigo por trás de uma aparente tolerância à escolha de qualquer um.

Para enfrentar todos esses efeitos problemáticos, não se trata, como dissemos, de preconizar a volta à ordem antiga, mas antes de trocar uma transcendência substancial, encarnada, por uma transcendência apenas lógica, reconhecida como irredutível – um "iminimizável mínimo" escrevia Beckett em *Capaz do pior* [Worstward Ho][43] – por ser ela um efeito de nossa aptidão para a linguagem. É apenas o reconhecimento da necessidade desse "lugar lógico" que pode permitir que continuemos a realizar a articulação do narcisismo do *eu* [*je*] com o do *nós*, para retomar uma formulação já evocada de Bernard Stiegler[44].

Por outro lado, deixar persistir a confusão entre essas duas maneiras de ler a mutação que ocorre hoje deslegitima todos aqueles que normalmente ocupam o lugar da exceção, no caso tanto os pais, os educadores e os professores quanto os diretores de instituições ou os responsáveis políticos. E é bem o que costuma acontecer: estes não são mais reconhecidos como se pudessem intervir legitimamente desse lugar. Ou, mais sutilmente, continuam a ser reconhecidos como ocupantes legítimos desse lugar..., mas encontram-se invalidados de fato caso tomem por iniciativa própria, como seu estatuto deveria lhes permitir, qualquer decisão que não teria feito consenso previamente. E esse fenômeno não diz respeito apenas àqueles que tiveram acesso aos lugares de poder: será desqualificado da mesma maneira todo sujeito sempre que quiser engajar sua singularidade num projeto qualquer.

Do Terceiro aos terceiros

Podemos igualmente abordar o problema que nos preocupa evocando a questão, hoje com freqüência debatida, do papel do terceiro[45] na sociedade atual. Notamos bem que, num sistema incompleto e consistente, como aquele a que estávamos acostumados há séculos, é com um Terceiro com maiúscula que estamos às voltas, um Terceiro que recebe sua legitimidade do lugar de exterioridade que ele ocupa, que tira sua pertinência por já estar ali antes de cada um dos outros atores e parceiros do sistema e à arbitragem do qual pode ser enviado todo eventual conflito entre estes.

---

[43] S. Beckett, *Cap au pire*, Minuit, 1991, p. 47.

[44] Remetemos o leitor à introdução.

[45] Remetemos aqui, para maiores precisões sobre esse tema, à obra dirigida por J.-P. Lebrun e E. Volckrick, *Avons-nous encore besoin d'un tiers?*, *op. cit.*

Por outro lado, num coletivo organizado de maneira completa e inconsistente, como é cada vez mais o caso em nossas sociedades industrializadas do início do século XXI, o terceiro deverá ser construído pelo próprio funcionamento dos membros do coletivo, pelo confronto das diferenças. Sua legitimidade, aliás, virá do fato de que ele terá assim emergido naturalmente numa dada situação no meio dos atores, a partir dos parceiros. Será, por conseguinte, um terceiro que não merece mais senão uma minúscula, um terceiro pontual, precário, esporádico, frágil, e que só poderá se pensar plural.

Mas, uma vez mais, a confusão opera: o desaparecimento do grande Terceiro de ontem não equivale ao desaparecimento do terceiro. Ora, esse terceiro não põe ao abrigo das dificuldades, nem do risco de deriva. Evoquemos simplesmente, por exemplo, as numerosíssimas horas de reunião que podemos passar nas equipes médicas de diversas instituições a negociar e renegociar sem cessar para designar o terceiro – trata-se de um indivíduo ou de uma instância – ao qual recorrer. Essa modalidade de funcionamento supõe que se passe por cada um para chegar a um consenso entre "parceiros". Mas esses próprios parceiros, por não poderem recorrer como outrora a um Terceiro indiscutível, ainda que fosse simplesmente a direção da instituição, tendem afinal a recusar qualquer solução que venha limitá-los, ou seja, em geral, qualquer solução simplesmente. O que vai obrigar a equipe, por essa razão mesma já que isso se passa à revelia de todos, a sem cessar reconstruir o terceiro, já que, no mesmo movimento, é possível construí-lo depois anulá-lo, talvez até produzir não-terceiro[46]. E o que é verdade para uma equipe médica não o é menos para todas as instituições confrontadas com o mesmo problema. Até o próprio Estado. Lembremos, a esse respeito, estas poucas palavras proféticas de Nietzsche relativas ao Estado após a morte de Deus, o Estado que não é mais um Estado: "Os indivíduos dele só vão olhar o lado em que ele lhes puder ser útil ou nocivo e vão por todos os meios se aplicar a sobre ele exercer influência. [...] A todas

[46] Segundo uma expressão judiciosa do filósofo político André Berten numa entrevista com o autor.

as medidas que forem tomadas por esse governo faltará qualquer garantia de duração. [...] Ninguém sentirá mais em relação a uma lei outro dever que inclinar-se momentaneamente diante da força que essa lei traz consigo: mas imediatamente procurar-se-á miná-la com uma força nova, uma nova maioria a ser formada[47]".

Embora doravante aceitemos falar de simples terceiro a ser coletivamente construído ali onde ontem pensávamos em termos de grande Terceiro, uma questão permanece. Nesse contexto de laço social, como pode um sujeito suportar que lhe tirem um pedaço da suficiência e da autonomia, em outras palavras, como pode suportar uma perda? Como, nessas condições, vai ele conseguir trabalhar com outros para construir um terceiro que forçosamente vai lhe tirar um pedaço? E como, por conseguinte, evitar que esse terceiro a ser construído nada mais seja que uma instância sem verdadeira "terceiridade", mas antes, à disposição dos parceiros, pronto para ser explorado?

Vejamos, por exemplo, os trabalhos dos pesquisadores Michel Callon, Pierre Lascoumes e Yannick Barthe[48], que propõem na obra *Agir num mundo incerto* o esquema de uma nova concepção da decisão:

escolha decisiva (decisão tradicional)	encadeamentos de encontros (decisão em incerteza)
um momento único, um ato	uma atividade iterativa encadeando decisões de segunda importância
uma decisão tomada por um ator legítimo	implicando uma rede de atores diversificados conforme as responsabilidades
cercado pela autoridade científica ou política	reversível, aberta a novas informações ou a novas formulações daquilo que está em jogo

Vemos bem, nas duas colunas do quadro acima, que o modelo da decisão consistente e incompleto encontra-se na parte esquerda ao passo que o modelo inconsistente e completo encontra-se à direita. De um

[47] F. Nietzsche, *Humain, trop humain*, in *Œuvres*, t. I, Robert Laffont, coll. Bouquins, p. 648.

[48] M. Callon, P. Lascoumes e Y. Barthe, *Agir dans un monde incertain. Essai sur la démocratie technique*, Seuil, 2001.

lado, uma decisão tomada tendo por base uma legitimidade substancial a partir da posição de exterioridade e que repercute numa intervenção sustentada pela autoridade. É o exemplo do chefe que decide a partir de seu lugar de chefe, esse lugar mesmo legitimado por uma organização social que o reconhece nesse lugar e que o investe com o peso da tradição. Do outro lado, uma decisão tomada em grupo após acordo com os diversos protagonistas implicados nessa decisão e que, no momento mesmo em que é adotada, desde já está sujeita novamente à discussão em função de qualquer nova distribuição dos papéis, logo suscetível de ser novamente decidida. Dos dois lados, é claro, o objetivo é chegar a uma decisão, mas não da mesma maneira e não com o mesmo resultado. E note-se, nesse quadro, que estamos falando de decisão e não daquele que decide.

Citemos um trecho do comentário feito pelos autores da tese sobre o livro que escreveram: "Esta obra não é um discurso em defesa de um retorno à barbárie. Seu argumento principal é que a democracia por delegação não consegue mais gerir os inumeráveis excessos engendrados pelas ciências e as técnicas. Em lugar algum está afirmado que seja preciso jogar no lixo a democracia por delegação. O livro propõe o estabelecimento de uma democracia dialógica que venha enriquecer, nutrir a democracia por delegação e não assumir o seu lugar[49]".

No fundo, quem poderia deixar de aderir a tal projeto? Vemos de imediato as vantagens do processo: um verdadeiro procedimento democrático em que os saberes das pessoas envolvidas são levados em conta e que não se resume a uma pura e simples subordinação. Daí um enriquecimento da democracia delegativa pela democracia dialógica. Mas como não entender, tão logo aparece o cabeçalho do capítulo onde figura o quadro acima – "A ação medida ou como decidir sem cortar*?" –, que a questão está longe de ser tão simples.

Com efeito, como pensar que, nos casos figurados na parte direita, seja possível *decidir sem cortar*? Quem, devendo decidir, poderia evitar ter de cortar? O novo método de decisão pode evidentemente reconhecer

---

49 *Ibid.*, p. 347.

* A frase em francês é, após o "ou", "comment décider sans trancher". *Trancher* é também, em francês, "decidir". (NT)

valor nos processos de acordo, mas nem por isso podemos nos achar completamente liberados do método de ontem, ainda que reconhecendo ser necessário que subsista o lugar de onde podemos cortar, mesmo que não seja mais "substantificado" como ontem através da legitimidade do chefe.

Logo, o problema é precisamente saber se, com um modo de funcionamento em que se pensa poder abster-se de decidir [*trancher*], o que é designado pelo termo terceiro de fato ainda é um terceiro, mesmo sem a envergadura do Terceiro de ontem. Não se trata antes aí de um processo que se resume a um simples registro das práticas de reciprocidade ou de acordo? E que deixa de lado o que pode constituir um recurso – logo, se origina no transcendental – caso os protagonistas não cheguem a se entender, embora a tarefa no entanto exija uma finalização da decisão? Com efeito, de duas coisas uma: ou os sujeitos só podem negociar até um certo ponto, de maneira limitada, mas então uma transcendência de imediato é reposicionada; ou os sujeitos podem tudo negociar, mas então como poderiam evitar o prosseguimento infinito da negociação, sem jamais decidir, se nenhum terceiro puder separá-los?

Pois como afirma ainda o filósofo Jean De Munck: "A norma social jamais se reduz a um simples acordo contratual entre dois indivíduos. A norma sempre faz referência a uma exterioridade, cuja pressão pesa sobre a própria interação [...] A obrigatoriedade da norma não pode ser fundada em vontades individuais. É claro que podemos criticar a versão substancialista [...] dessa exterioridade, mas, em sua estrutura formal, o argumento é conclusivo. Em outros termos, a interação só institui se for instituída[50]".

Tudo isso vem lembrar que a passagem de uma sociedade consistente e incompleta a uma sociedade inconsistente e completa não nos livra da necessidade de conservar o lugar de exceção, ainda que daqui por diante seja preciso dar-lhe outra modalidade. Crer o contrário introduz uma confusão cujos efeitos já podemos ver o quanto são numerosos e destruidores. Precisamente porque é a possibilidade de conservar a ter-

---

[50] J. De Munck, "De la loi à la médiation", in *France: les révolutions invisibles, op. cit.*, p. 319.

ceiridade que está assim em jogo. Não se deve confundir terceiridade, produzida só pela necessidade simbólica, com uma pseudoterceiridade produzida por atores que mantêm o domínio sobre sua existência, sobre sua substância e sobre o que ela devia garantir.

O que fazer?

Basta observar nossa dificuldade de suportar toda dissimetria ou de aceitar toda decisão que não nos convém, nossa suspeita sistemática para com tudo o que ocupa um lugar de exceção, nossa desconfiança para com aquele que exerce uma autoridade, nossa tendência a recusar tudo o que é enunciado *ex cathedra*, etc. Em todos os níveis da vida social, mas também da vida intelectual, a confusão parece prosperar e operar. E ela deixa na maior parte do tempo num grande embaraço, como vimos com os trabalhadores sociais, a maioria das pessoas que trabalham no meio, confrontadas com o cotidiano daqueles que são vítimas de seus efeitos.

A situação impõe, como diz muito bem Marcel Gauchet numa conversa com Luc Ferry, uma reflexão que deve se desdobrar em duas frentes: "Trata-se de pegar no passado as forças dessa eficácia estruturante do religioso. E trata-se, comparando, de reler o modo de estruturação da sociedade que se desprende de uma compreensão religiosa de sua ordem[51]".

Com efeito, a dificuldade é dupla. Por um lado, aqueles que se apoiavam nessas roupagens encontram-se sem proteção para exercer sua função e com freqüência numa perturbação tal que não conseguem mais enfrentar os problemas que supostamente devem tratar. Por outro lado, aqueles que, sem se deixar atingir por essa confusão, inventam e trilham modalidades novas para trabalhar raramente vêem seus esforços reconhecidos, ainda menos apoiados.

O que fazer? Dois discursos principais disputam a concordância, o do retorno à ordem de ontem em que se respeitava a autoridade e o

---

[51] L. Ferry-M. Gauchet, *Le Religieux après la religion*, Grasset, 2004, p. 53.

do programa libertário da autonomia máxima. O primeiro tranqüiliza e, juntando-se a preconceitos bem instalados, sempre arrisca obter um franco sucesso ainda que uma simples restauração do passado na verdade não seja de modo algum imaginável. O segundo atrai tanto aqueles que acham pesada demais a tarefa de ter de pôr ordem novamente e difícil demais ter de suportar a violência que disso resulta quanto àqueles que, em busca de novidade e de palavras de ordem incessantemente renovadas, podem assim ter a ilusão de estar na dianteira do progresso.

Existe uma terceira via, entendemos, que deverá ser trilhada. Recusando defender tanto a idéia de um qualquer retorno à ordem de ontem quanto a de uma liberação incondicional de tudo o que nos constrange, ela no entanto é estreita, pois vai dever de novo passar pelos sujeitos ao um por um para dar de novo seu justo lugar à dimensão coletiva. Ora, esses próprios sujeitos, ao um por um, estão, como vamos agora avaliar, consideravelmente influenciados por essa mutação. Mas já sabemos que se trata no mínimo de constatar o fato de que, no meio do vau onde estamos, a ausência de legibilidade daquilo que nos acontece favorece a confusão generalizada que produz efeitos antes inquietantes. Ainda mais inquietantes porque, na maioria dos casos, será preciso esperar a geração seguinte para conhecer de verdade o alcance desses efeitos – notadamente daqueles relativos à educação.

Logo, há uma certa urgência, para não dizer uma urgência certa, a ser enfrentada. A teoria psicanalítica mostrou – graças à sua dimensão antropológica que a clínica verifica todos os dias – que a linguagem nos obriga a ceder lugar ao limite, à perda, à negatividade. A hierarquia de ontem lembrava isso ainda que fosse ocultando-o. No mundo de hoje, como vimos, a necessidade dessa perda não está mais na ordem do dia e até pensamos dela estar livres. O que corresponde a renegar uma realidade. Bem ao contrário, é a necessidade dessa perda que deve sempre ser transmitida de geração a geração para que os humanos conservem sua especificidade de humanos. Mas como assumir essa tarefa se o laço social parece estar sendo criado pelos próprios indivíduos, se nenhuma referência ao que precedeu[52] pode mais ser invocada para legitimar aqueles que no entanto continuam tendo que cumpri-la?

A esse respeito, podemos remeter à obra particularmente estimulante de Georges Balandier, que escreve: "Por trás dessas buscas, a mesma questão se formula: a força esvaziada de transcendência pode ser civilizadora, e não só uma produção inaudita de meios inauditos? Essa questão chama outra: é possível aderir a 'novos começos' sucessivos, oriundos do próprio movimento da supermodernidade, sem o suporte de uma parte de passado? É estúpido e nefasto crer acabada a História do homem, que estaria enfim inteiramente autônomo, separado e plenamente livre para se realizar. Também é perigoso crer acabada a ação política, substituída pela governância dos 'competentes'. Uma, a História, e o outro, o político, fazem um único corpo. Um corpo com freqüência insubmisso, que pede mais que uma debilitante gestão decretada perita[53]".

Antes de ir mais adiante, são as conseqüências da renegação coletiva da necessidade da perda sobre a própria vida psíquica que temos de identificar em ação. Pois não só a confusão atual subverte radicalmente a vida coletiva ao privá-la de toda dimensão transcendental – isto justificando falar de "inatualidade do político[54]" – mas também induz dificuldades maiores no trajeto dos sujeitos singulares. Bem particularmente, vamos ver mais em detalhe, por sua incidência na educação. Pois é evidentemente no momento de sua construção que o sujeito vai estar mais sensível aos efeitos dessa confusão generalizada.

---

52 Vários filmes recentes evocam hoje essa dificuldade de poder recorrer ao que precede. Pensamos em *Sue perdida em Manhattan* [*Sue Lost in Manhattan*] de Amos Kollek, em *Rosetta* dos irmãos Dardenne, ou ainda em *Millenium Mambo* de Hou Hsiao Hsien, sem esquecer evidentemente *O homem sem passado* de Aki Kaurismäki.

53 G. Balandier, *Le Grand Dérangement*, PUF, 2005, p. 117.

54 Segundo o título judicioso escolhido para servir de título a um dos últimos números da revista *Critique*.

5

EDUCAÇÃO, LAÇO SOCIAL E SUBJETIVIDADE

A crise geral da legitimidade que afeta nossas sociedades modernas acabou atingindo, sabemos, os próprios pais. Se essa mutação atinge assim a educação, diz respeito até à construção da subjetividade e suas conseqüências arriscam ser determinantes para todos. Ainda mais que é por excelência a educação que vai atar laço social e subjetividade.

Evocamos longamente mais acima a fisionomia da mudança atual e o efeito de confusão que ela só pode provocar. Temos agora que precisar com o maior rigor possível como esse fenômeno radical produz seus efeitos em matéria de educação. Efeitos necessariamente importantes já que a grande confusão que identificamos incita a apagar toda hierarquia dos lugares, até e inclusive a primeira de todas, a mais evidente até bem há pouco para qualquer um, aquela induzida pela diferença de gerações. O que de mais desusado, hoje em dia, que uma famosa fórmula como "Honrarás teu pai e tua mãe" na maioria das famílias?

Assim, hoje teríamos chegado à etapa seguinte àquela que Hannah Arendt havia bem identificado quando evocava, já há meio século, a crise da educação: "No mundo moderno, o problema da educação se deve ao fato de que, por sua própria natureza, a educação não pode desprezar a autoridade, nem a tradição, e que deve mesmo assim exercer-se num mundo que não está estruturado pela autoridade nem reservado para a tradição". Diante dessa dificuldade, sua resposta era a mais clara possível: "Isso significa que não cabe apenas aos professores e aos educadores, mas a cada um de nós, na medida em que vivemos juntos num único mundo com nossos filhos e com os jovens, adotar para com eles uma atitude radicalmente diferente daquela que adotamos uns com os outros. Devemos firmemente separar o domínio da educação dos outros domínios, e sobretudo o da vida pública e política. E é só ao domínio da educação que devemos aplicar uma noção de autoridade e uma atitude para com o passado que lhe convenham[1]".

Em outras palavras, para Hannah Arendt, a réplica à crise que ela identificava reclamava que se tomasse muito cuidado em manter em matéria de educação a diferença de gerações. Mas eis que, menos de cinqüenta anos mais tarde, é essa própria diferença de gerações que é questionada! E tudo leva a pensar que a deslegitimação com que se sentem hoje atingidos os pais tem uma relação estreita com o descrédito sofrido pelo lugar de exceção, esse lugar que eles deveriam poder ocupar aos olhos dos filhos. Mais grave: é até a existência desse lugar de exceção, como vimos, que vem sendo hoje objeto de uma renegação. Ora, sem o apoio proporcionado pela garantia de ter boas razões para ocupar seu lugar de ascendente na geração, como os pais poderiam assumir sua tarefa de pais? E por aí a de transmitir aos filhos o fato irredutível de que nem tudo é possível, de que para se tornar adulto é preciso aceitar a perda, aceitar a necessidade de uma subtração de gozo?

As questões que vamos aqui abordar dirão respeito, de modo mais amplo que à educação propriamente dita, a todo o campo do ensino e da formação. Com efeito, por princípio, aquele que precisa ser ensinado ou formado supõe forçosamente que aqueles da geração de cima estejam em condição de fazê-lo. Assim, o campo da pedagogia universitária, por exemplo, tem de enfrentar os mesmos problemas que todos os campos ligados à educação. Aliás, não é no ensino superior que o abandono cada vez mais freqüente e louvado do ensino *ex cathedra* em proveito de técnicas de aprendizado e de auto-avaliação transforma os antigos

1 H. Arendt, "La crise de l'éducation", in *La Crise de la culture*, op. cit., p. 250.

professores em simples *acompanhantes de saber*? Lembremos o que dizia recentemente George Steiner: "O que me assusta um pouco no momento atual é que, por ser muito sério, o segundo plano dessa relação foi durante muito tempo teológico. É uma autoridade transcendente, religiosa, cuja relação com o mestre é uma forma secular. Se isso desaparecer por completo – pois está em via de extinção –, é muito provável que essa forma, que é o eros da alma, que é um pouco a música da alma, desapareça também[2]".

Com sujeitos consumados – é evidente que falamos aí daquilo que está combinado chamar maiores ou adultos –, poderíamos esperar enfrentar a "grande confusão" fazendo com que compreendessem o que se passa, que não se iludissem mais quanto à possibilidade de se libertarem das obrigações que nos impõem a condição humana e mais precisamente as leis da linguagem. Mas com sujeitos em devir, com aqueles que ainda não atingiram a maioridade, que ainda devem portanto interiorizar essas obrigações, a questão é como eles vão conseguir isso, com quem vão poder contar para fazê-lo. Pois, cada vez mais, *tudo se passa como se* os pais – mas também os educadores, os professores, etc – não dispusessem mais da legitimidade que permitiria que ocupassem, durante o tempo necessário à subjetivação, o lugar de exceção. Como, então, poderão cumprir sua função para com esses sujeitos em devir?

Se o objetivo, na sociedade atual, for de fato vivermos sem o lugar de exceção na medida em que substancial e imutavelmente ocupado por tal ou tal figura, atingi-lo só é possível, como já vimos, se continuarmos mesmo assim a nos servir desse lugar como sempre logicamente inscrito. Mas para que esse lugar lógico esteja inscrito foi preciso que ele se inscrevesse antes, que tivéssemos conhecido um tempo de impregnação durante o qual o lugar de exceção foi efetivamente ocupado, se possível ao menos pelos pais. Ora, se "a grande confusão" reina no nível da geração que deve ocupar em carne e osso, ainda que momentaneamente, esse lugar de exceção para a geração de baixo, a simples necessidade de fazer

---

2 G. Steiner-C. Ladjali, *Éloge de la transmission. Le maître et l'élève*, Albin Michel, 2003.

esse lugar lógico existir arrisca não ser evidente para o futuro sujeito[3]. Teríamos, então, que enfrentar um problema sério: uma verdadeira ruptura na transmissão entre gerações.

Quando a diferença de gerações é questionada...

Se o estado de adulto consiste em não precisar de pais, a criança, por sua vez, precisa primeiro ser ajudada por alguns outros da geração que a precede. É o que se chama a educação. E, a esse respeito, não podemos pôr no mesmo plano um "ainda não" sujeito e um "já" sujeito. Para o primeiro, o lugar Outro, a alteridade, ainda tem que se inscrever nele. Assim, ele tem que encontrar um outro que consista em ocupar efetivamente para ele o lugar de exceção para permitir essa inscrição. Anterioridade, alteridade e autoridade caminham aqui juntas. Se esse outro faltar à chamada, é a transmissão entre gerações que é comprometida. Ora, se a geração de cima não estiver em condição de identificar na paisagem de hoje a diferença entre os dois tipos de incompletude[4] que distinguimos, logo o que é preciso preservar a qualquer preço apesar das evoluções da sociedade, ela não disporá dos fundamentos que lhe permitem sustentar o confronto com aqueles perante os quais sua autoridade deve se exercer. Arrisca então entrar em funcionamento o que em outra obra chamamos "uma lógica de inferno[5]": não "sustentando" mais o encontro com a geração seguinte, ela não a obriga mais ao trabalho de subjetivação e a

---

[3] É evidente que aí se trata de uma questão crucial: no fim das contas, é preciso ou não é preciso que esse lugar seja ocupado em carne e osso por alguém? Essa questão está colocada da mesma maneira na própria teoria psicanalítica. Dizendo rápido, Freud considerava que o personagem do pai era necessário. Lacan, no início de seu ensino, relativiza essa necessidade e o pai se torna simbólico e opera pelo simples fato de existir na fala da mãe. Mais tarde, no entanto, em seu ensino, ele vai dar nuanças a esse relativismo, pois se a paternidade agora é só uma função, sua eficácia no entanto se deve – ao menos parcialmente – à maneira como a função de fato foi mantida por um pai concreto.

[4] Lembremos: uma incompletude de estrutura, que força a escolher entre dois sistemas simbólicos, e uma incompletude que caracteriza um dos sistemas, aquele que se apresenta como incompleto e consistente e que servia de modelo à tradição.

[5] J.-P. Lebrun, "Une logique d'enfer", in *Les Désarrois nouveaux du sujet*, Érès, 2001.

abandona à própria sorte. A criança é como que entregue a si mesma. Suas chances de aceitar de maneira satisfatória a "concorrência" entre gozo e desejo, de não privilegiar sistematicamente o gozo mortífero em detrimento da preservação do desejo, vão estar consideravelmente diminuídas. E quando couber a ela substituir a geração anterior, vai se encontrar bem deficiente para por sua vez garantir a necessária transmissão à geração de depois.

A questão crucial colocada pela mutação do laço social a que assistimos é portanto esta: a troca da incompletude (e da consistência) pela inconsistência (e a completude) é compatível com a própria idéia de educação? Pois para se liberar de uma concepção substancial da exceção – logo, das figuras da autoridade no sentido tradicional do termo – é preciso já dispor de um psiquismo de adulto. A título individual, a criança não é capaz de se separar da tutela da figura de exceção se não a tiver encontrado antes. A criança não está em condição de libertar-se de um ponto de exterioridade se este primeiramente não tiver existido um pouco para ela. Pois a criança sempre chega num mundo já ali antes dela, por esse fato a sua dependência inicial é inelutável. É forçosamente a partir dessa dependência que ela deverá construir sua autonomia, que não lhe é dada de imediato. Não há liberdade que não deva ser conquistada. Logo, é errôneo postular que uma criança possa naturalmente encontrar-se numa situação de troca e reciprocidade com os adultos, como muitos pensam, em razão da mutação do laço social. Pior ainda: a vontade de lhe prescrever que de imediato persiga esse novo ideal de autonomia coloca-a na absurda posição em que dela é exigido que seja livre!

O objetivo aqui de modo algum é lamentar a evolução atual para mais igualdade democrática. Mas temos que mostrar que essa evolução não pode acontecer de modo satisfatório se não nos preocuparmos com seu alicerce no nível psíquico individual. Temos que permanecer lúcidos e nos perguntar o que é psiquicamente necessário para que um sujeito entre na nova situação do laço social. Para ser capaz de assumir seu lugar na sociedade e de contribuir para a vida coletiva. Uma verdadeira educação para a cidadania democrática implica uma reflexão sobre essas exigências prévias. Deve revelar que não podemos nos contentar em tirar proveito dos direitos adquiridos desconhecendo o que realmente implica o "trabalho da cultura" necessária à aquisição da autonomia[6].

É verdade que a tarefa de ajudar aqueles da geração seguinte a consentir na subtração de gozo é ainda mais difícil de cumprir porque a visibilidade dessa necessidade não está mais assegurada no social. Deve-se reconhecer que as sirenes da ideologia consumista ambiente, propondo como ideal a plena disposição imediata daquilo que parece poder inteiramente nos satisfazer, não incentivam aqueles que deveriam fornecer a prescrição do menos-de-gozar a manter a posição. Elas vêm, ao contrário, confirmar a corrida ao mais-de-gozar sem fim. Nada espantoso, assim, se, por exemplo, o pai ou mãe separado do antigo cônjuge costuma não proibir o que quer que seja ao filho para não anuviar à força de interditos os poucos fins-de-semana e o pouco tempo que passa com ele. Não quer correr o risco, dirá em geral, de não ser mais amado por ele. O amor espontâneo dos filhos pelos pais no entanto sempre foi a alavanca que permitia aos segundos fazer com que os primeiros crescessem, permitia ajudá-los a consentir nas renúncias necessárias à instalação de uma economia de desejo. Mas a situação se inverteu: agora são os pais que vivem à espera do amor dos filhos. Às vezes ao ponto de não mais ousar lhes impor um qualquer limite.

Essa modificação da maneira de se comportar dos pais já mereceria longos desenvolvimentos. Vai de par com o profundo remanejamento do estatuto da criança nos últimos dois séculos. O sociólogo Paul Yon-

6 A esse respeito, podemos ainda seguir Marcel Gauchet quando indica: "Nada garante, afinal, que a sociedade democrática deva automaticamente fabricar as personalidades de que a política democrática teria necessidade. A consagração do indivíduo não desemboca *ipso facto* na consagração de um indivíduo apto ao governo da coletividade por ela mesma. Poderia até ser o contrário. Essa interrogação confere seu alcance estratégico ao problema da educação. As dificuldades inéditas e crescentes que o empreendimento educador encontra no seio de nossas sociedades em nada são dificuldades de método que uma modernização bem compreendida permitiria resolver. São dificuldades de princípio que as reformas miríficas destinadas a tratá-las invariavelmente se limitam a amplificar, na falta de reconhecê-las pelo que são. [...] Está entendido que a educação tem por fim formar o indivíduo. [...] Mas a partir do momento em que colocamos essa independência no ponto de partida, como se ela tivesse a ver com o estado de natureza, em que pretendemos fazer dela a própria força das aquisições, tornamos profundamente problemática a construção cultural dessa independência. [...] Na verdade, fabricamos dependentes com pretensão de independência". M. Gauchet, *La Démocratie contre elle-même, op. cit.*, p. XX.

net[7] assim descreveu magistralmente como a família, outrora "célula de base da sociedade", tornou-se "célula de base do indivíduo". Uma transformação que sobrevém após esta mudança capital, no entanto pouco ressaltada, que é a queda da mortalidade infantil. A quase certeza de ter agora um filho com garantias de viver acarretou o aparecimento de uma lógica dominante da criança desejada[8]. A criança não se vê mais tributária de pais para quem o engendramento era regulado por uma instância terceira – era preciso, por exemplo, ser abençoado pelos deuses para que a criança nascesse. Ela é, ao contrário, dependente de pais que pessoalmente a "quiseram". Como diz muito bem Paul Yonnet, essa evolução traz conseqüências maiores: "De certa maneira, pode-se dizer que a criança, na relação educativa mas também na relação cotidiana, não vai parar de interrogar os pais a propósito de qualquer coisa, para verificar se é uma criança do desejo de criança: 'Por que você se opõe ao que eu quero fazer, ao meu desejo, já que me desejou?". É esta a interrogação subliminar que percorre e domina o conjunto da relação criança-pais. Os pais, por sua vez (mais particularmente a mãe), colocam-se sem cessar a questão inversa: "Mas por que me oponho a seu desejo já que o desejei?". Em nome de que os pais refreariam os desejos de sua prole, quando obedeceram aos seus para tê-la[9]?".

Num tal contexto, colocar um limite não é mais evidente e o risco incorrido é a criança não ser mais nem incitada, nem chamada a crescer psiquicamente, é não poder mais assumir seu lugar de homem ou de mulher no social. Nesse caso, estaríamos às voltas com uma "crise das vocações" para a humanização. Logo, se a deixássemos se desenvolver, vemos o que "a grande confusão" poderia gerar: que fosse entravado o trabalho necessário para tornar-se sujeito, ou mais geralmente que se

[7] P. Yonnet, *Le Recul de la mort. L'avènement de l'individu contemporain*, Gallimard, 2006.

[8] A esse respeito, remetemos ao artigo notável de M. Gauchet "L'enfant du désir" ["A criança do desejo"], in *Le Débat*, nº 132, dezembro de 2004, em que ele faz o inventário das conseqüências dessa mudança. Notemos que ele utiliza uma formulação imprópria para o psicanalista, que neste caso preferirá dizer *criança querida*, reservando a denominação "criança desejada" para a criança do desejo inconsciente dos pais.

[9] P. Yonnet, "Les conséquences psychologiques et sociales du recul de la mort", in obra coletiva, *Monstres et merveilles de la modernité*, Descartes et Cie, 2003, p. 142.

enfraquecesse a prescrição do "trabalho da cultura" no sentido freudiano da expressão, isto é, "a soma total das realizações e instituições pelas quais nossa vida se afasta da de nossos ancestrais animais e que servem para dois fins: a proteção do homem contra a natureza e a regulamentação das relações dos homens entre si[10]".

Com efeito, a psicanálise evidenciou que o fundo de nosso desejo é incestuoso e mortífero, mas que é próprio da humanização renunciar a seu cumprimento, em outras palavras, consentir em integrar um limite. O trabalho de subjetivação no fim das contas nada mais é que a tarefa de todo sujeito para sustentar a divisão entre gozo e desejo. Divisão irredutível, pois o desejo é construído com o material do gozo ao qual ele deve renunciar. Assim, Lacan afirmava: "O gozo tem que ser recusado para poder ser atingido na escala invertida da Lei do desejo[11]". Logo, a lei do húmus humano prescreve durante a vida e para cada um, *tão longe quanto possível*, transformar os votos, no início sempre "naturalmente" incestuosos e mortíferos uma vez que emanam das primeiras relações do filho com os pais, em qualquer outra coisa que autorize tanto o desabrochar pessoal quanto o da coletividade.

Para levar a cabo essa tarefa, foi preciso, desde a noite dos tempos, respeitar a diferença de gerações. A geração de antes sempre se impôs àquela de depois. Esta última não escolhe a anterior, ela está submetida à obrigação de herança. Pode aceitar ou recusar assumir seu lugar na cadeia, mas não tem o poder de decidir o que quer que seja relativo à geração que precede. A transmissão da precedência vai se fazer em função da maneira como a geração que a produziu nisso consentiu ela mesma. Se esse consentimento não tiver ocorrido na geração precedente, caberá à geração seguinte dele se encarregar. E sem ter nem testemunho nem modelo que ateste essa precedência que, no início, sempre é vivida como uma obrigação mas pode e deve transformar-se em aquiescência, embora nem por isso o sujeito tenha que ficar em posição de pura e simples submissão. É bem este o programa encontrado na célebre frase de Gœthe:

---

[10] S. Freud, *Malaise dans la civilisation*, PUF, p. 32.

[11] J. Lacan, "Subversion du sujet et dialectique du désir", in *Écrits*, Seuil, 1966, p. 827.

"O que herdaste de teus pais, adquire-o para possuí-lo!".

Realizar essa apropriação nem sempre acontece sem problemas. Na maior parte do tempo, implica atravessar momentos de conflito – quase sempre na adolescência. Haverá confronto com a geração de cima. Assim é que, há lustros, os pais aceitam a violência dos filhos homens – e das filhas – como um mal necessário, que permite que as crianças construam suas armas como os gatos constroem as garras. Mas se a geração que precede não sustenta mais o confronto, se não endossa mais a violência de seus jovens, é como se deixasse à geração seguinte a incumbência de resolver sozinha o problema que ela deixou de lado.

Hoje, pais e filhos vêm sendo convidados a negociar contratos que vão reger suas relações. À primeira vista, essa evolução poderia significar que se pôs fim a um regime de autoridade arbitrária, como um ganho democrático. Mas seria um erro acreditar nisso. Pois a relação de educação não pode se resumir numa relação contratual. Ao contrário do que costumam afirmar os defensores do mercado, como certo banco que lançou recentemente um produto novo, o "contrato de mesada[12]".

Estamos aqui diante de uma ilustração típica dessa grande confusão que estamos denunciando: toma-se por uma relação contratual o que é fundamentalmente da ordem de um pacto. Com efeito, a contratualidade supõe uma reciprocidade, uma relação em espelho. E ela não esgota o laço entre dois sujeitos. De que natureza então é esse laço que vai além do caráter contratual? Só podemos defini-lo como se resultasse de um pacto, isto é, de uma relação que inclui em seu seio a negatividade, a subtração de gozo que cada um dos dois parceiros aceitou e que faz deles seres humanos, em outras palavras, seres submetidos a uma Lei que vai mais além deles, da qual ninguém é proprietário e que não está à disposição de ninguém. Se a relação em espelho não esgota a relação entre humanos, é porque esta última deve dar seu lugar ao que escapa, ao impossível, ao Real. Sempre o mesmo tributo a ser pago à linguagem, essa necessidade de casa vazia para o Jogo do 15 poder ser jogado. Como

---

12 Um banco belga, para ajudar os pais a "otimizar o uso de uma conta corrente para os jovens", em suma, para fazer deles clientes desde a infância, chegou recentemente a aperfeiçoar e propor um "contrato de mesada".

dizer melhor que Claudel quando falava do poema: "É preciso que haja no poema um número tal que impeça contar"?

Quando o lugar de exceção era reconhecido como legítimo, reconhecia-se a importância da assimetria e do ternário como um mais além do espelho. Doravante, em geral pensamos poder tudo reduzir ao binário, ao que é simétrico, em espelho. Mas a estrutura do humano permanece ternária, não pode ser reduzida ao binário[13]. E se, como dizia Kant, "o homem é a única criatura que deva ser educada", é precisamente porque a educação está incumbida de humanizar a criança, esse ser não ainda falante, conduzindo-a a integrar e a respeitar as leis da fala e da linguagem.

Pais perturbados, filhos perturbadores

Hoje, a diferença dos lugares – notadamente entre pais e filhos – e a necessária subtração de gozo não se apreendem mais pelo reconhecimento espontâneo do lugar da exceção, o que portanto nos obriga a voltar à questão da autoridade[14]. O lugar de onde a autoridade podia se exercer ontem estava substancialmente ocupado e transmitido pela tradição; hoje, sabemos, esse modelo está em crise. Mas, aí ainda, há duas maneiras de ler essa crise. Podemos pensar que nos libertamos de toda autoridade. Ou então, embora reconheçamos a relatividade do argumento de autoridade, e a necessidade de conversar e até de negociar com os outros, nem por isso consideramos que vivemos num mundo sem limite e que podemos anular a diferença de lugares. Essa diferença, notadamente aquela entre as gerações, continua, conforme essa segunda leitura da mudança atual, em vigor, é sempre suscetível de ser alegada, de ser de certo modo chamada em socorro caso a negociação não chegue a um resultado satisfatório.

---

13 Remetemos a esse respeito à obra maior de D.-R. Dufour, *Les Mystères de la trinité*, Gallimard, 1990 [Traduzida no Brasil pela Companhia de Freud].

14 Cf. a esse respeito J.-P. Lebrun "Quelle crise pour l'autorité?", in *Enfances, adolescences*, nº 2, 2001.

Se, agora, pais e filhos tornaram-se parceiros na educação, nem por isso seus lugares podem ser permutados. Pois isso implicaria transformar os pais em pedintes e só faria agravar uma situação já difícil. O resultado dessa inversão de lugares só poderá acarretar na criança a recusa, talvez até a anorexia. Com efeito, é muito difícil para um pai ou mãe situar-se em seu lugar, fortalecido por sua legitimidade para ocupá-lo, e esperar que ocorra o confronto ou, ao contrário, dever cuidar para que os filhos o reconheçam como pai ou mãe, obrigado para isso a suscitar, talvez até a reclamar o confronto. Uma virada como essa só pode tornar ainda mais difícil ousar ocupar o lugar de pais, já que tudo leva então à tomada de poder pelos filhos. E é por isso que as nossas sociedades finalmente pedem, vamos ver, uma "reparentalização".

Remetemos aqui ao que afirmava há alguns anos o sociólogo e demógrafo Louis Roussel em sua obra *A infância esquecida*: "O que deve resumir melhor a natureza da pressão social sobre a criança é a escolha mais ou menos deliberada de só moldá-la por motivos em que as gratificações presentes vencem as razões a mais longo prazo. Para convencê-la, renunciamos às ameaças e à violência aparente e, como a criança é sobretudo sensível ao que é próximo, vamos tentá-la com a promessa de um benefício imediato: vamos seduzi-la[15]". Logo, chega-se assim a uma transmissão pela sedução mais que pela educação.

Ilustremos um pouco isso com um exemplo. Uma seqüência televisada de alguns minutos mostrava recentemente, numa hora de grande audiência, o calvário dos pais da pequena Julie que, aos dois anos, fazia a lei em casa. Sempre que a mãe exige algo, a menina começa a berrar sem parar, dessa maneira obrigando a mãe a ceder no que ela exige. O pai, por sua vez, tenta intervir mas não obtém mais resultados. Somos em seguida levados a observar o comportamento de Julie, na rua, quando passeia com a mãe e, no carrinho, o irmãozinho de meses. Julie anda sem parar para todos os lados, obrigando a mãe a correr atrás dela, que às vezes deixa até o carrinho parado no meio da rua. A fim de tentar distraí-la e de pôr um termo em suas corridas desesperadas, a mãe per-

---

[15] L. Roussel, *L'Enfance oubliée, op. cit.*, p. 69.

gunta a Julie se quer ganhar um chapéu. Aliás, bastou esta última lhe enunciar o voto para que este se transforme em reivindicação e para que mãe se precipite sobre essa oportunidade, esperando assim escapar ao enfrentamento permanente com a filha. Na loja de chapéus, Julie corre para todos os lados, some sob as prateleiras, atravessa correndo todos os cantos da loja e acaba deixando completamente de lado os chapéus. É a mãe quem persistirá em sustentar sua pretensa demanda e chegará até a lhe comprar um. Toda essa seqüência é patética, tanto a instabilidade motora de Julie deixa os pais completamente tontos e, sobretudo, desarmados diante de seu comportamento. O pior aparece talvez quando Julie, em visita aos avós maternos, comporta-se desta vez... de modo completamente normal.

É claro, Julie corre em todas as direções, é claro que fica com raiva à menor exigência dos pais, é claro que é ela quem vence e faz a lei na família, infligindo aos pais uma verdadeira lição que os remete à total impotência em que se encontram. Mas o que sobretudo fica claro, olhando essa série de imagens, é a que ponto a mãe espera encontrar na filha uma verdadeira interlocutora. Como se, aos dois anos, esta já pudesse estar em condição de ocupar essa posição. A mãe parece estar na impossibilidade de se dirigir à sua criança como a uma criança; tudo se passa como se esta já devesse ser uma pequena adulta que deveria por si mesma poder pôr fim a seus excessos. Em outras palavras, a mãe não assume seu papel de pai [*parent*], que consistiria em conter, se preciso com autoridade, os excessos da filha pequena. Ela não se reconhece como mãe, ela se posiciona como parceira da filha. Por isso, a angústia aumenta na criança. Uma angústia diretamente proporcional ao todo-poder que a mãe a deixa experimentar. Quanto a isso, poderíamos a justo título falar de uma verdadeira renegação de infância.

Tudo se passa como se, agora, os pais estivessem "perturbados por ser pais", indica a justíssimo título a psicanalista e professora de psicopatologia Françoise Hursltel[16]. A pais perturbados, filhos perturbadores, acrescentaríamos de bom grado. E há razão, quando o discurso social

---

[16] Entrevista com a autora. Mas remetemos a F. Hurstel, *La Déchirure paternelle*, PUF, 1997.

deslegitima a "pressão por corpos", como diz a professora de psicopatologia clínica Françoise Parot a respeito das crianças hipercinéticas – essas crianças que se mexem o tempo todo e que hoje se tornou freqüente tratar com uma anfetamina, a ritalina[17]. "A falta de limites simbólicos, escreve ela, a que cada criança, no entanto, deve ter direito para nascer para sua humanidade, as deficiências da atribuição dos lugares por adultos 'submersos' traduzem-se então por uma ausência de limites corporais, físicos: a criança não se segura mais, sua presença está como que desenraizada, infundada. [...] Esse gênero de criança é descrito como 'vítima de um déficit de atenção', mas é a atenção dos adultos à sua volta que está deficiente ou inadaptada, e é isso que a angustia. [...] Quadro que corresponde a aí se confundir com as novas psicopatologias infantis e deixa pensar que crianças estão em falta de pais embora tenham pais[18]".

Tudo isso diz respeito tanto à construção do aparelho psíquico do sujeito quanto à construção da vida coletiva. Sem consentimento na perda e na diferença de lugares, em nome de que haveria uma vida coletiva? E, sem perda, não haveria tampouco possibilidade de singularidade subjetiva.

Sempre é através do encontro com um outro concreto – vamos mais adiante chamá-lo um *outrem* – que pode interiorizar-se, para o sujeito, sua capacidade de suportar a negatividade, a perda inscrita na condição humana. Ao descobrir que esta já estava inscrita no psiquismo dos humanos da geração precedente, ele percebe que essa negatividade é indispensável, que é até a partir dela que se pode aumentar o campo dos possíveis para cada um.

Examinemos dois exemplos antagonistas. O primeiro remete a uma situação na qual nos organizamos para evitar o encontro que implicaria confrontar-se com a perda, com a subtração de gozo. Hoje, uma criança não precisa mais viver numa família particularmente rica para possuir um

---

[17] Cf. a esse respeito S. Gross, "Comment empêcher la vérité de sortir de la bouche des enfants? À propos du prétendu syndrome hyperkinétique", in *Essaim* nº 3, "Dépossessions subjectives", printemps 1999.

[18] F. Parot, "Pourquoi les enfants ne tiennent plus en place?", in *Le Débat*, nº 132, novembro-dezembro de 2004, p. 130.

televisor no quarto. As estatísticas nos dizem que mais de uma criança em duas já está nesse caso! Não há dúvida alguma que o aparecimento desse objeto no quarto da criança permite uma certa pacificação: não é mais necessário acordo no seio da família para saber que programa escolher, não há mais conflitos inúteis a respeito de tal decisão quando inevitavelmente acabamos decidindo, não há frustração nem atrito com a alteridade do outro. Logo, tudo pode se passar como se, muito judiciosamente, tivéssemos assim chegado a evitar tanto o confronto com a autoridade quanto a violência que disso pode resultar. Mas, olhando mais de perto, não é antes, para a criança, uma oportunidade específica de encontro que é perdida? O pai, de seu lado, parece ter tomado uma decisão legítima. Mas não conseguiu ele assim sobretudo evitar cumprir sua tarefa ao se preocupar prioritariamente em afastar o risco de ser momentaneamente o lugar de endereço do ódio que qualquer choque poderia ter feito funcionar? Não podemos entender graças a estes casos a verdade da frase desses jovens que dizem "ter ódio" como dizemos ter gripe ou sarna já que não encontram lugar aonde endereçar esse ódio?

Assim, deveremos nos espantar se, nesse momento inelutável em que o jovem vai encontrar algo que lhe escapa, que não está previsto no programa de "seu" único gozo, que vai confrontá-lo com a irredutível inadequação de dois gozos – por exemplo num fracasso, escolar ou amoroso –, ele não puder encontrar em seus próprios recursos psíquicos com o que enfrentar? Poderão resultar comportamentos inadequados, que parecerão desproporcionados em relação à situação, podendo ir da crise de cólera clássica à tentativa de suicídio. Esses comportamentos só farão "assinalar" o desamparo destruidor no qual esse confronto tardio com o real terá mergulhado o jovem em questão.

A escalada, aliás, só poderá prosseguir. Com efeito, quem vai estar ali para amparar e apoiar um jovem que manifesta reações tão discordantes? O apelo ao terapeuta profissional vai se impor na maior parte do tempo. O que o jovem só poderá entender como a confirmação de que mais ninguém "normalmente constituído" pode lhe indicar saída. Fizemos então a volta completa desse círculo vicioso: a criança, abandonada a si mesma sob o pretexto de lhe evitar a renúncia e a conflitualidade implicadas pelo fato de crescer, vê confirmar-se seu sentimento de que está "sem recurso" para enfrentar suas dificuldades, sua angústia, porque sempre lhe permitiram evitar todo confronto com o limite, todo confronto com um impossível que é justamente o que torna possível levar adiante projetos.

Segundo exemplo. Falemos desta vez de um verdadeiro encontro, aquele evocado pelos realizadores belgas, os irmãos Dardenne, em seu filme *O filho*, bem notado no Festival de Cannes em 2002. O roteiro conta a história de um pai cujo filho foi morto por um outro adolescente. Pelo acaso das circunstâncias, esse pai vê-se convidado a responsabilizar-se por este último, ao sair da prisão, para ensinar-lhe o ofício de carpinteiro. Sem muito bem saber por que, ele aceita cuidar do jovem que não sabe que está tratando com o pai de sua vítima. Quando esse pai, que não pára de atormentar esse jovem, lhe pergunta se ele agora lamenta ter cometido o crime, ele lhe responde: "Lamento, porque peguei cinco anos!". Essa reposta não assinala, é claro, a interiorização do interdito de matar. Essa interiorização só vai realmente acontecer para esse jovem quando o pai, arrastado por seu gozo de saber quem é esse garoto que matou seu filho, ao ponto de ter aceito iniciá-lo em seu ofício de carpinteiro, lhe revelar quem ele é. Tomado de pânico diante desse homem que de repente se apresenta como o pai de sua vítima, o jovem foge. O pai o persegue, o agarra, imobiliza-o no chão, está em condição de estrangulá-lo..., mas não o faz. Em outras palavras, renuncia a seu próprio gozo de matar. Os realizadores aí não se enganaram[19]. É bem nesse momento que se inscreve para o jovem assassino o interdito de matar. Com efeito, após essa cena, vemos o jovem voltar de sua fuga e retomar, com o mesmo mentor, seu aprendizado. A transmissão do necessário menos-de-gozar inscreveu-se através de um confronto com um outro concreto que mostrou a própria renúncia.

Sem confronto desse tipo, a obrigação de transformar as tendências mortíferas tão longe quanto for possível, como dizia Nathalie Zaltzman ao se referir ao "trabalho da cultura", não é mais prescrita. Nem por isso diremos que se trata, com nossos exemplos, de problemas de socie-

[19] A nosso ver, o que faz o sucesso dos filmes dos irmãos Dardenne e justifica a consideração que têm é a universalidade de certos traços da condição humana que eles nos mostram, que colocam de novo na ordem do dia, poderíamos até dizer.

dade. Seria desconhecer que antes se trata, a cada vez, de um processo no qual cada um põe em jogo sua responsabilidade por inteiro. Ora, quando falamos de problemas de sociedade, tendemos a aprovar a idéia preconcebida de que, a título individual, nada pode ser feito para frear a evolução que é assim identificada. Estamos aí na situação contrária. É urgente reconhecer que doravante cabe a cada "um" não se esquivar à tarefa de transmitir sua parte de humanidade.

Voltaremos mais adiante a essa "nova responsabilidade do sujeito" a que nos obriga a mutação do laço social. Mas já podemos ilustrar com a ajuda de uma vinheta clínica que devemos ao trabalhador social e psicanalista Jean-Pierre Thomasset, que intervém no quadro da ajuda social à infância, de que maneira alguns conseguem com mais ou menos facilidade enfrentar essa responsabilidade. "Um pai, conta ele, queixa-se de que todas as noites seu filho de três anos monopoliza a mãe até bem tarde de madrugada. Após o ritual do adormecimento (histórias, cafunés, canções) hoje considerado indispensável, o menino interrompe a cada quinze minutos os encontros tardios dos pais com repetidas chamadas: 'mamãe!', 'estou com sede!', 'estou com fome!', 'estou com frio!', 'estou com medo!'... A mulher fica então num vaivém entre marido e filho para dar de beber, de comer, levar cobertor ou acender uma luz... com a necessidade de retomar a cada vez o ritual incontornável, o tempo passado junto ao marido ficando reduzido a quase nada. Ao escutar a queixa desse homem manifestamente espoliado em sua vida de casal, veio-me esta interpelação: como se explica que o senhor deixe assim roubarem a sua mulher? Ele voltou algum tempo depois dizendo-me que o assunto estava resolvido. Na mesma noite do nosso encontro, após ter deixado desenrolar-se o rito habitual de adormecimento, deixando assim o lugar ao desejo da mãe, ele mesmo subiu à primeira chamada e disse no tom de alguém que não admitirá réplica: você, agora, deixa a mamãe em paz! O menino, proibido, é o caso de dizer, cessou de imediato suas reivindicações".

O ponto mais determinante que a nossos olhos revela essa vinheta clínica é, como muito bem observa seu autor[20], "o fato de que tudo

[20] J.-P. Thomasset, "Contrer le réel aussi hors cure", in C. Centner (sob a direção de), *L'insistance du réel*, Érès, 2006, p. 109.

mudou quando o pai interveio com um tom que não admitia réplica". Esse pai em dificuldade, tirando a lição da interpelação do interveniente como em efeito dominó, viu-se capaz de sustentar para seu filho um obstáculo, de fazer ouvir o que tinha a dizer sem deixar ao filho escapatória possível. Nem concessão, nem discussão. Uma enunciação unilateral, assimétrica. Fora de questão buscar o acordo da criança, fora de questão admitir uma reciprocidade, uma igualdade de estatutos, ainda menos – à primeira vista em todo caso – evocar, mesmo que de modo implícito, os valores democráticos. Nada de cólera tampouco, nem de furor, irritação ou enervamento, sinais todos de impotência como sabemos. Com efeito, o autor acrescenta muito judiciosamente que: "Esse achado do pai[21] só teve efeito por nomear justamente os três lugares. Agora, você, criança e filho, vai deixar em paz aquela que reivindico enquanto homem para ser, ela, minha mulher. Talvez não tivesse sido igual se ele tivesse dito num acesso de raiva: 'deixa a mamãe em paz!', o que o teria colocado em rivalidade fraterna e teria antes feito o conflito estourar". Em outras palavras, tratava-se bem ali de fazer "entender" um obstáculo, um limite, mas sem que a intervenção pudesse dar consistência a um pai imaginário todo-poderoso, que só então teria cessado de manter o filho no temor da castração. Dizendo de modo bem simples, eis um exemplo de transmissão da castração bem-sucedida, na medida precisamente em que permitiu a saída da angústia de castração.

Por que insistir na necessidade, para a criança, de encontrar uma fala cujo tom indique que ela "não admite réplica"? Porque essa fala vai precisamente inscrever a necessidade do limite ao todo-gozo. Ela vai obrigar a uma perda, vai delimitar um real, uma hiância, um vazio. E, no mesmo movimento, vai significar à criança a possibilidade de sustentar-se diante dessa perda, de confrontar-se com ela. Assim, ela circunscreve

---

[21] Alguns poderiam pensar que esse achado é antes o do trabalhador social. Talvez chegassem até a dizer que o pai só fez repeti-lo, aproveitando para isso o uso que é feito nas duas intervenções do significante "mulher". É precisamente essa leitura que contestamos ao ressaltarmos, ao contrário, a qualidade dessa intervenção. Dizendo rápido, nestes tempos de confusão, não se pode minimizar o interesse que pode haver em situar corretamente as implicações. Foi o que aconteceu neste exemplo, que para nós é paradigmático da interlocução de que vamos falar no capítulo 4 da terceira parte.

a existência com um ponto de exceção a partir do qual sua própria fala poderá constituir-se diante da hiância, da incerteza que sempre vai habitá-la. Vai portanto transmitir – e introduzir a – a possibilidade de uma fala que só se autoriza por si mesma. O fato de essa fala ser mantida primeiro por um outro real – um outrem –, no caso o pai, vai servir de resposta para o filho à questão da impossível auto-referência. Por essa razão, paradoxalmente, ele daqui por diante vai estar autorizado a poder enunciar-se por si mesmo.

Deve-se notar a que ponto esse dispositivo paradoxal agora parece incongruente e politicamente incorreto numa sociedade como a nossa. Com efeito, a idéia segundo a qual ocupar ou até simplesmente "sustentar" esse lugar é de imediato uma posição abusiva de fora-da-Lei é hoje unanimidade ou quase. É claro que a possibilidade de abuso existe, mas podemos notar que esse lugar também está, ao mesmo tempo, submetido à Lei[22]. Poderíamos até afirmar que, precisamente, ele só é "ocupável" por um sujeito se o dito sujeito estiver ele mesmo submetido à Lei.

Aí ainda, podemos introduzir uma vinheta clínica que nos ajudará a entender bem o que está em jogo no debate. Na véspera de uma saída de férias, um pai de família, constatando que os resultados escolares de sua filha demonstram mais uma vez seu desinteresse, reprime-a severamente. No dia seguinte de manhã, esta foge de casa, contrariando assim a partida projetada. Refugiou-se na casa de uma amiga, que, a seu pedido, telefona para o pai a fim de preveni-lo da presença da amiga em sua casa. O pai, já tranqüilizado, vai até à casa da amiga em questão, fala com a filha, negocia com ela, mas sem conseguir convencê-la a sair de férias com a família. Recusando-se – por motivos que lhe são desconhecidos, dirá ele – a exercer uma autoridade que "não admite réplica", ele renuncia a obter dela o que deseja, e deixa-a ali onde ela está. Ao voltar para casa, encontra

[22] Por Lei com uma maiúscula é preciso entender as leis da humanização, em outras palavras, as leis da linguagem de que falamos no capítulo primeiro. Essa Lei supostamente está aquém ou além das leis da Cidade. Quando a Lei e as leis da Cidade não são congruentes, quando as segundas abandonam sua referência implícita à primeira, isso acarreta um conflito maior. Por exemplo, aquele que conduz Antígona a opor-se a Creonte, que ela acusa de não respeitar as leis não escritas – em outras palavras, a Lei – quando ele proíbe o enterro de seu irmão.

uma mensagem telefônica da filha rebelde, dizendo-lhe que eles podem com toda tranqüilidade sair sem ela de férias, que ela voltará ao domicílio familiar, que vai passar as férias estudando. Se seu trabalho escolar não estiver feito corretamente quando eles voltarem, então, acrescenta ela em sua mensagem, o pai poderá puni-la. Ao nos contar essa história, o pai lembra que a mãe se zangou ao ficar sabendo do fracasso da negociação, perguntou-lhe até se era mesmo um pai. Com efeito, ele mesmo significa bem que para ele teria sido impossível sustentar um enfrentamento qualquer para trazer "à força" a filha para casa.

Essa historinha, eloqüente, mostra bem o que pode ser um enfrentamento sem saída entre um pai e o filho, desta vez uma adolescente. O que está em jogo é o mesmo que mostramos com a precedente vinheta clínica. A filha do pai em questão ainda não foi desalojada de seu lugar de criança todo-poderosa, a necessidade da "perda" ainda não se inscreveu realmente para ela. Logo, é a própria filha quem vai indicar em que condição consente ser punida pelo pai. O que aliás deixa de passagem entender a que ponto ela estaria aliviada por não estar mais em condição de ocupar assim todos os lugares. Podemos, com certeza a justo título, formular a hipótese de que "algo" no inconsciente do pai impede este de poder significar à filha "no tom de alguém que não admitirá réplica" que ela não tem outra escolha senão acompanhar os pais nas férias. Essa eventualidade, é claro, não legitima sua posição, sua incapacidade, no fim das contas, tanto de levar a contento uma simples negociação quanto de exigir obediência. Mas mostra bem o que não se inscreve para a adolescente, talvez por não estar inscrito do lado do pai mas certamente também porque o discurso social o permite.

Logo, esse pai é deixado inteiramente entregue a si mesmo, isto é, precisamente, no fim das contas, a seu inconsciente. Ora, é inteiramente sobre os ombros do pai concreto que repousa o peso da transmissão daquilo que permite sustentar sua existência aceitando enfrentar o vazio, a perda. O fato de um pai poder apoiar-se no Imaginário coletivo decerto nunca bastou para que se transmitisse a necessidade da perda de gozo, mas o fato de o pai de hoje não poder mais a isso recorrer induz a dificuldade que experimentam muitos pais e mães de sustentar sua tarefa educativa.

Além disso, num tal contexto – chamemo-lo de "negociação vivamente aconselhada" –, a criança ou o adolescente encontra com o que dar consistência à sua tendência bem compreensível de recusar todo aquele que queira desalojá-la do lugar de rei que ela abusivamente continua ocupando. Maneira de fazer entender que a balança daqui por diante poderia pender em excesso do outro lado. Com efeito, tudo se passa como se, em conseqüência, o objetivo não fosse mais fazer tudo para que a criança se torne adulto mas permitir que o adulto permaneça criança!

Uma ideologia dos direitos da criança

Os "direitos da criança", há uns bons vinte anos, estão com tudo. Somos de toda parte chamados a levá-los em conta. Quem, aliás, não sustentaria hoje que uma criança tem direito ao respeito, que é preciso cuidar para que sua educação seja assegurada nas melhores condições, que é inaceitável que crianças sejam exploradas, maltratadas e, pior ainda, abusadas sexualmente? Logo, está fora de questão contestar aqui a pertinência desse cuidado.

Entretanto, para alguns, garantir à criança seus "direitos" equivale a de imediato supor-lhe capacidades, as de um homem maior, que ela não tem, a reconhecer-lhe o direito a exprimir uma opinião ao mesmo título que um adulto, a dirigir-se a ele como se fosse capaz de assumir plenamente as conseqüências do que diz. Ora, o essencial para uma criança é também e sobretudo poder "crescer". Ela deve ser capaz de cumprir um trajeto que não podemos deixar que ela deixe de lado. E temos de ajudá-la para que possa cumpri-lo nas melhores condições.

Assim, temos de ao menos reconhecer que adultos e crianças encontram-se em lugares diferentes e tirar as conseqüências desse estado de fato. Nem por isso se trata de pensar – conforme uma ideologia que durante muito tempo foi dominante – que a criança é apenas uma concha vazia que a educação vai se encarregar de encher. Mas tampouco se trata de permitir que a geração dos adultos fuja de sua "missão", dessa tarefa que consiste em inscrever a criança em sua linhagem e em lhe transmitir sua cultura, mesmo que seja para legar-lhe a capacidade crítica que vai permitir que depois questione os valores daqueles que a precederam.

Ora, e é essa a dificuldade que encontramos; a promoção dos "direitos da criança", após a confusão que identificamos mais acima, hoje é arrastada pela corrente poderosa do democratismo que se deu por tarefa livrar-nos de toda desigualdade. Por isso, a preeminência do adulto, e por extensão sua diferença de lugar em relação à geração seguinte, tornou-se suspeita. Como se só pudesse permitir a reedição dos abusos de poder de ontem. Na verdade, não se trata mais de respeitar a criança como um sujeito em devir, mas antes de considerá-la de imediato como um sujeito por inteiro..., o que precisamente, por definição, ela não é.

Pensar que "a criança é uma pessoa", para retomar o aforismo bem conhecido de Françoise Dolto, quer dizer que há em cada criança a potencialidade de um desejo em devir a ser respeitado. Mas isso certamente não significa que é preciso realizar todos os seus votos ao pé da letra ou que é preciso pedir sua opinião a respeito de decisões que não são de sua competência. Dizer que uma criança é potencialmente um "sujeito desejante" não quer dizer que ela de imediato seja efetivamente desejante. Para parafrasear de novo um aforismo célebre, não se nasce sujeito desejante, torna-se!

Assim, paradoxalmente, ao darmos hoje à criança esse lugar central, é seu próprio trajeto de criança que estamos roubando. Com efeito, ser considerada *a priori* um sujeito por inteiro a autoriza a evitar o fato de que deve primeiro assumir sua alienação em relação aos outros dos quais depende antes de ter, depois, que se separar deles. No caso, são então sobretudo os adultos que se esquivam: não assumem mais sua tarefa que consiste em sustentar o confronto, em ser e permanecer os interlocutores da geração seguinte. Numa palavra, os pais esquivam-se de suas responsabilidades, a começar por aquelas ligadas à função educativa.

Medir o tamanho dessa deriva não é deixar de lado os "direitos da criança", é aí ainda apontar a dificuldade que tem hoje a democracia triunfante de pensar corretamente a questão das diferenças de gerações. E portanto, também, a da educação. Logo, o objetivo aqui é não ceder à confusão entre dois "reis", a criança-rei ao abrigo de qualquer supressão infligida pelo respeito ao lugar de exceção, e o adulto-rei que se autoriza a ocupar o lugar de exceção ao se submeter à Lei. O segundo é seguramente legítimo, o mesmo não acontece com o primeiro.

Encontramos essa confusão por exemplo sob a pena de um sociólogo famoso, François de Singly, ao afirmar que: "O direito dos indivíduos a se tornarem eles mesmos constitui a crença central da segunda modernidade que se impõe a partir dos anos 60. Os críticos da nova educação esquecem totalmente esse fato, por isso não entendem por que a relação com a criança mudou! Ora, se a educação muda e deve mudar, é porque o adulto que a criança deve se tornar tampouco atende mais à mesma concepção. A criança mudou de identidade: não porque os adultos se inclinariam diante da criança 'rei', mas porque todo indivíduo, jovem ou não, é consagrado 'rei' numa sociedade individualista[23]".

Logo, é possível a confusão entre o sujeito consagrado "rei" em nossa sociedade individualista e o sujeito que quer persistir em seu todo-poder infantil. É pertinente? Não seria preciso distinguir a posição daquele que persiste em se fazer surdo a qualquer supressão que lhe viesse do outro e a posição daquele que se autoriza a sustentar até seu termo a busca de sua via singular?

Aliás, restaria perguntar o que significa esse caráter de rei que hoje pertenceria a todos. Lembremos o que Claude Lefort dizia do trabalho do Príncipe, a saber, que ele aparecia como *mediador entre os homens e Deus*. Se, hoje, Deus desapareceu, daí podemos deduzir duas coisas bem diferentes: ou que o sujeito, por estar sem Deus, de imediato se tornou rei, e portanto único mestre de sua história; ou que ele agora se tornou por sua vez mediador entre os homens e aquilo que Deus representava, o semblante a que Deus dava figura para nos obrigar a respeitar a Lei, aquela que se impõe aos seres falantes. Mas o Rei tinha um encargo particularmente pesado pelo fato de ser forçado a sustentar esse lugar sem face a face, a tal ponto que, como adivinhara Pascal, ficava particularmente sensível à melancolia: "Se o rei não tiver o que chamamos

---

[23] F. de Singly (sob a direção de), *Enfants/adultes. Vers une égalité de statuts?*, Universalis, 2004, p. 21.

divertimento, ele fica infeliz e mais infeliz que o menor de seus súditos que brinca e que se diverte[24]".

A novidade de nossa modernidade, no ponto em que hoje se encontra, parece-nos situar-se neste lugar preciso: deixar agora a cada sujeito a tarefa de ser ele mesmo o mediador entre os homens e a Lei da linguagem que, até ontem, era "vestida" – e mascarada – por Deus. Cumprir essa tarefa é condição necessária para poder colher os frutos de sua emancipação para com Deus, a saber, conseguir libertar-se enquanto adulto da sujeição ao Pai e poder inventar seu trajeto singular. Por outro lado, crer, para um homem, que bastaria medir o tamanho de sua nova realeza para conseguir assumir sem problema sua condição de adulto arrisca conduzi-lo a uma forte desilusão. Esse trabalho não teria ficado mais fácil para o homem em questão mas mais difícil. Porque ele estaria privado desse ponto de apoio visível necessário para libertar-se. Só ao se confrontar com essa dificuldade é que ele poderá então ser portador de potencialidades novas.

Hoje, assim, cada um é rei. Podemos dizê-lo, mas que não esqueçamos de acrescentar que de agora em diante cabe a cada um assumir o que, ontem, era apenas a tarefa do Rei: a de fazer de modo que o reino se sustente no vazio. Não poderemos nos limitar apenas a nos apropriar de seus privilégios e não de seus deveres. Pois o que só seria então um regicídio bem-sucedido não levaria em consideração o programa de uma modernidade que cada um deve ainda realizar por conta própria.

---

[24] Remetemos a esse respeito ao comentário feito por Dany-Robert Dufour do imponente trabalho que a autofundação do rei Luís XIV supunha. Cf. D.-R. Dufour, *On achève bien les hommes, op. cit.*, pp. 167-187.

6

UMA VIRADA ANTROPOLÓGICA

Como viver juntos respeitando e até favorecendo as singularidades de cada um? Essa questão se colocava de outro modo antigamente, quando os lugares na sociedade eram dados de antemão. O viver juntos era de evidência prevalente. Ninguém encontrará rastro da questão do singular no cidadão da Grécia antiga, não mais que no romano do Império. No homem da Idade Média tampouco, pois o indivíduo só tinha então por destino servir à tarefa que o coletivo lhe prescrevia, o qual, em contrapartida, dava sentido à sua existência. "Na Idade Média, nos diz o historiador Jérôme Baschet, ser cristão não é uma questão de escolha, sequer de crença. É antes de tudo uma questão de fato: é cristão quem nasceu no seio da Cristandade. É uma identidade obrigatoriamente recebida, ao mesmo tempo que o nome e a própria existência social: o batismo desempenha um papel tão fundamental que adquirir o estatuto de cristão e nascer para a sociedade são uma única e mesma coisa[1]". É preciso esperar o romantismo e o início do século XIX para que seja reconhecido o lugar da singularidade, *via* lugar da emoção subjetiva, da "maneira de sentir" como escrevia Baudelaire em "O pintor da vida

---

1 J. Baschet, "Hors de l'Église, point de salut!", *L'Histoire*, nº 305, janeiro de 2006, p. 37.

moderna", marcando assim o início dessa busca do novo: "Assim ele vai, corre, procura. O que busca? Com toda certeza, esse homem tal como o retratei, esse solitário de imaginação ativa, viajando através do grande deserto de homens... busca esse algo que nos permitirão chamar a modernidade[2]".

Até ali, portanto, a própria possibilidade de uma invenção singular do destino era tênue. O trajeto de cada um era primeiramente organizado pela sociedade a que ele pertencia. E esse pertencimento tinha um preço: era preciso nada menos que consentir, como sendo evidente, em abandonar as próprias pretensões. Talvez não se pudesse impedir alguns, dispostos a assumir um grande risco, de transgredir as normas da sociedade e de sustentar uma posição de exceção. Mas tratava-se precisamente de exceções. Em compensação, desde que o sistema democrático se impôs em nossos países e acabou até por se afigurar prevalente, sem concorrente, até propor-se como modelo para o conjunto do planeta[3], cada um é reconhecido como no direito de se perguntar o que quer fazer de sua existência. E portanto cada um se acha na norma quando entende inventar seu destino. Vamos nos perguntar quais são os efeitos sobre a vida dos sujeitos dessa mudança radical, o culminar – como já mostramos – de uma longa evolução.

Uma inversão das prevalências

Quem poderia, *a priori*, não ficar feliz com o que parece um processo de libertação individual? No entanto, no segundo olhar, o assunto não parece tão simples. Como vimos, essa evolução talvez nos tenha de certo modo levado a um nível alto demais, até o ponto em que perdemos de vista em nome de que uma pretensão à escolha singular podia ser limitada. Pois onde encontrar, hoje, o que vai decidir entre uma escolha

---

2 C. Baudelaire, *Œuvres complètes*, Gallimard, La Pléiade, 1961, p. 1163.

3 O que evidentemente é problemático. Remetemos a esse respeito por exemplo a T. Todorov, *Le Nouveau Désordre mondial*, Robert Laffont, 2003.

singular que permaneceria articulada às exigências da vida coletiva e uma escolha singular que não teria outra legitimidade a não ser sua própria reivindicação de existir?

O assunto, aliás, complicou-se consideravelmente. Por um lado, porque os progressos técnicos e as mudanças sociais põem sistematicamente à prova todas as referências adquiridas, aquelas até, relativas à vida de cada um do nascimento à morte, que eram mais evidentes[4]; por outro lado, porque só o fato de colocar a questão da articulação da vida individual com o coletivo doravante parece incongruente, talvez até um atentado insuportável e traumatizante ao que é considerado resultante de "É minha escolha!" ou de "Cada um com sua história[5]".

Em nosso mundo que agora parece se apresentar completo e inconsistente, o fiel da balança definitivamente pendeu para o lado do singular, ao passo que, antes, pendia mais para o lado do coletivo. Não haveria aí com o que se alarmar se a virada que estamos descrevendo não pudesse logicamente acabar favorecendo, talvez até impondo a dissolução do coletivo. E portanto, aliás, no mesmo movimento, esfumando, talvez até apagando toda instância apta a reconhecer o direito ao trajeto singular que acreditávamos ter adquirido. É bem o que Freud já identificava quando escrevia que o "impulso de liberdade [...] também pode ser o efeito da persistência de um resto de individualismo indomado e formar então a base de tendências hostis à civilização[6]".

Ninguém pode reivindicar apenas por si mesmo. E os outros com quem podemos contar para assentar nossa legitimidade só podem trazer esse apoio na medida em que eles mesmos recorrem a uma instância que supera os únicos protagonistas presentes. Vimos como o desaparecimento progressivo do terceiro caminha junto com a crise da legitimidade inédita com a qual estamos às voltas. Num mundo que pretende ser completo,

---

4 Pensemos, por exemplo, no sexo – masculino ou feminino – que ninguém tinha a possibilidade de discutir, no casamento que era reservado a duas pessoas de sexo diferente, na maternidade que era sempre certa, na fotografia que representava o real e portanto não enganava, no nascimento que resultava forçosamente de um ato sexual, na morte que não dissociava morte psíquica e morte física, etc...

5 Conforme o nome de dois programas de televisão que fizeram grande sucesso nestes últimos anos.

6 S. Freud, *Malaise dans la civilisation, op. cit.*, p. 45.

essa instância terceira, se não tiver sido anulada, só pode estar no mínimo mascarada, já que, se a reconhecêssemos, estaríamos assim evidentemente reintroduzindo o lugar da exceção de que devemos precisamente nos livrar. Mas só resta então a "mesmice" a ser reconhecida, e de modo algum a alteridade. E por querermos nos reconhecer apenas entre mesmos, só conseguimos empurrar para mais tarde a necessidade de ceder lugar ao outro. O que prepara a chegada da segregação. A cada inevitável encontro com o outro, tenderemos a recuar para vacúolos identitários, um recuo que só vai se amplificar.

Talvez aí possamos encontrar a origem tanto dos recuos identitários nacionalistas quanto da ausência de solidariedade que constatamos em nossas sociedades modernas e que com tanta freqüência deploramos. Pois, para que a solidariedade se perpetue, é indispensável que o direito ao trajeto singular não implique a rejeição de um laço social que suponha que impomos um limite a esse mesmo trajeto singular.

A evolução que aqui evocamos não pode ser considerada a conseqüência de uma estratégia individualista, uma escolha deliberada de tal ou tal sujeito em particular. Trata-se apenas da maneira geral de tratar a questão do destino do sujeito a partir da mudança de regime de funcionamento que a sociedade conhece. Com efeito, agora, é só num tempo segundo que o sujeito deixa ao Estado, na medida em que este representa a sociedade, a incumbência de carregar a dimensão coletiva. Pois ele se dá o direito e os meios de poder recusar esse Estado caso este venha a impor limites incompatíveis com o que o sujeito reivindica como sua liberdade. Vemos surgir aqui o que agora se espera do Direito: que siga bem de perto a evolução dos modos, que regule as trocas entre os diversos atores da sociedade preenchendo, com leis e regulamentações, tudo o que hoje é designado como um vazio jurídico.

Marcel Gauchet nota judiciosamente: "Todas as sociedades humanas que conhecemos funcionaram com base na identificação, assegurada conforme modalidades diversas, do indivíduo com o coletivo, de uma maneira ou de outra. Pela primeira vez, estamos numa sociedade em que está rompido esse laço entre o indivíduo e o coletivo; a identidade dos indivíduos não é mais feita de uma relação com o coletivo; o que evidentemente assinala um salto no desconhecido bem vertiginoso por suas conseqüências, quando começamos a detalhá-las. Estamos, em outras palavras, em sociedades que não compreendem a fórmula que lhes permite caminhar e que, nessa medida, são levadas a destruí-la. É esse salto no desconhecido, essa inversão de precedência, que arrasta consigo um cortejo de conseqüências que nos leva a falar de uma verdadeira virada antropológica[7]".

O termo virada parece-nos justificado[8]. Em topologia, uma virada é uma mudança brusca de direção, uma mudança que nos põe pelo avesso. Logo, uma virada não implica uma ruptura ou uma descontinuidade. É uma virada a partir de um ponto fixo. Assim, ao falarmos de virada, evocamos, entre o antes e o depois, uma mesma e única realidade, mas que se apresenta de maneira completamente diferente, como quando invertemos um dedo de luva. Esse termo é útil para marcar a idéia de que com essa passagem de um regime de funcionamento a outro na sociedade não se transpõe uma fronteira, um limite que excluiria um em relação ao outro e que logicamente conduziria a opô-los. Assistimos simplesmente a uma mudança topológica que modifica completamente a maneira como esses regimes se apresentam. Logo, é possível opor um regime incompleto e consistente a um regime completo e inconsistente, mas essa oposição nem por isso exclui a possibilidade de um deslizamento de um a outro. Podemos assim nos deparar com esses dois regimes diante de uma mesma e única realidade discursiva, a exemplo da superfície mœbiana[9], essa banda de Mœbius com a qual Lacan nos familiarizou, que se caracteriza

---

7 M. Gauchet, intervenção em Namur, março de 2004. E ele acrescentava: "É nesse sentido preciso que eu propunha falar de 'democracia contra si mesma'". Cf. M. Gauchet, *La Démocratie contre elle-même*, *op. cit.*

8 Propuseram-nos, no lugar desse termo, o de *torção*. Pareceu-nos que *virada* era ainda mais congruente com uma mudança que implicava uma modificação da relação com a norma. Entretanto, "torção" pode ser totalmente aceitável. Ainda seria preciso que não apresentasse o inconveniente de autorizar a ler o que se passa como uma verdadeira perversão, o que vamos precisamente questionar mais adiante.

9 Figura topológica muito simples que pode ser obtida tomando uma banda – como uma fita – de papel e colando suas duas extremidades após ter efetuado uma torção de meia-volta. Essa figura matemática tem a particularidade de não ter mais apenas uma única face se um dedo a percorrer. Logo, podemos percorrê-la sem nunca encontrar borda e deslizar imperceptivelmente de uma face à outra.

pela colocação em continuidade, por corte e torção, das duas faces de uma fita que no entanto são evidentemente oponíveis *a priori* como que representando cada uma o avesso da outra.

Aliás, podemos nos perguntar se os dois regimes já não funcionaram juntos, talvez até desde sempre, a novidade residindo unicamente na mudança de prevalência entre eles.

Uma subversão sem precedente

A mudança que ocorreu é radicalmente subversiva. Sua conseqüência primeira: não se vai mais considerar evidente que existe um lugar de exceção – esse lugar antes ocupado, como vimos, por diversas figuras, e notadamente pelo pai. Assim, retiraram desse lugar a um só tempo a visibilidade e a legitimidade, a tal ponto que somos finalmente convidados a renegar sua existência. Deve até ter sido assim que a mutação do laço social que identificamos conduziu, no sujeito moderno, à promoção, na linha de frente, de outro mecanismo psíquico que o "clássico" recalque, a saber, a renegação ou – como também se diz – o desmentido. Voltaremos a isso.

Daí também decorre, e de modo bem natural, um deslizamento que podemos observar até na vida cotidiana. Num mundo organizado num modo completo e inconsistente, as pessoas não se orientam mais a partir da identificação do lugar de exceção, em outras palavras, graças a uma espécie de vetorização de seu universo, mas apenas por tentativas e erros – na medida no entanto em que ainda constituam prova e experiência. Podemos ver concretamente como é colocada em prática essa nova maneira de encarar a existência se nos interessarmos pelos personagens de um filme choque do realizador e artista contemporâneo Larry Clark, intitulado *Ken Park*, do nome de um de seus "heróis", lançado em 2005.

Nesse longa-metragem, cinco adolescentes – Shawn, Peaches, Claude, Tate e, é claro e sobretudo, Ken Park –, todos de classe média, tentam matar o tédio na pequena cidade de Visalia, na Califórnia, não muito longe de Los Angeles. A primeira tomada nos faz seguir Ken Park

– Krapnek como o chama Shawn em *verlan*[10], invertendo as letras de seu nome –, na hora em que chega ao *skate park* da cidade. Ele se senta, abre a bolsa, pega uma câmera que ele põe em movimento e orienta para seu rosto, depois pega um revólver, pousa o cano na têmpora e atira. Ken Park nos conta que concebeu essa encenação da própria morte após ficar sabendo que a namorada poderia estar grávida por culpa dele. O tom está dado: o personagem entende escapar à responsabilidade que o espera e "endereça" sua morte por suicídio – por intermédio do vídeo – àqueles – seus pais? – que entenderão assim que ele não tinha outra saída.

"Cada um desses jovens deverá sobreviver à respectiva família, pois elas disfuncionam: os adultos se servem dos filhos e usam o sexo de modo impróprio", indica o realizador. Na verdade, pelo que mostra o filme, os pais sobretudo não assumem mais nem um pouco sua função de ponto de referência para os filhos e aliás se apresentam eles mesmos completamente desorientados. Assim, os jovens vão procurar seu caminho como podem, sem poder contar com a geração que os precede. O que dá o seguinte quadro.

Shawn tem por família apenas a mãe. Ele tem uma namorada, Hannah, mas também dorme com a mãe desta enquanto a mais jovem das filhas fica grudada na televisão, vendo filmes em que o sexo predomina. Ele passa o tempo tentando comparar o jeito de fazer sexo da mãe e da filha assim como o seu próprio e o do pai de Hannah.

Claude tem um pai alcoólatra, que o despreza, o xinga de incapaz por não ter como ele uma musculatura viril. Um pai que lhe joga na cara que a mãe acha que ele é viado, que vê-lo lhe estraga o dia! Esse "rapaz sensível", como diz a mãe, passa o tempo a cortar as unhas desta. Quando os pais se encontram, é para enunciar que breve vão ter enfim cada um um filho: *você fica com o seu*, diz o pai à mãe, *eu quero o meu!* Claude vai fugir de casa ao ser confrontado muito diretamente, em pessoa, com o desejo homossexual de seu pai.

Peaches é filha de um homem viúvo, que continua a venerar a desaparecida de uma maneira próxima de um delírio místico. O pai sur-

[10] Gíria que consiste em inverter as letras de certas palavras. (NT)

preende a filha fazendo amor com o namorado, obriga-a a fazer o papel da defunta, impondo-lhe imitar a cerimônia de seu casamento depois de tê-la obrigado a vestir as roupas da mãe.

Tate, que nunca teve namorada, vive com os avós e joga regularmente Scrabble em família. Vai matar o avô, porque este trapaceia no jogo inventando palavras que não existem, depois a avó, porque não respeita sua intimidade entrando em seu quarto para obrigá-lo a comer frutas para as quais ele não está nem aí.

O que caracteriza todos esses adolescentes é que de fato estão lidando com pais que não ocupam seu lugar. Assim, são levados a apreender o mundo dos adultos a partir de uma posição igualitária. Estão como que privados de um confronto com um pai [*parent*] que estaria num lugar diferente e prevalente, o que evidentemente permitiria que tivessem uma orientação, ainda que arriscando depois dela se distanciar. Não têm, portanto, "modo de usar" para a existência. Como não podem se apoiar em referências vindas de outra parte, vêem-se forçados a tatear em permanência para tentar se encontrar na sociedade em que vivem. Trocando em miúdos, esses adolescentes abordam o mundo mais pela inconsistência que pela incompletude. É como se nada os preparasse para enfrentar a realidade, e o ensaísta Olivier Rey escreve a respeito dos jovens desse filme: "Para sair da fusão, do enlace incestuoso inicial, para renunciar ao gozo imediato e absoluto e entrar na arena do desejo, a intervenção de um elemento terceiro é necessária. Esse terceiro poderia ser apenas a necessidade. Afinal, o princípio de realidade não tem de ser assumido, ele sempre acaba se impondo por si mesmo. É próprio da realidade não poder ser duravelmente dispensada. Mas quando sua irrupção não é preparada, civilizada, ela se impõe de maneira feroz. A separação, por ser deixada ao arbitrário e à brutalidade das circunstâncias, só vai ser mais terrível e destruidora: num mundo que não sabe assumir a perda, adolescentes cultivam entre si a miragem polinésia de uma vida idílica. Mas o que vai acontecer se um filho for concebido? O denominado Ken Park, colocado diante desse prazo final, se suicida[11]". E o destino desses

---

[11] O. Rey, *Une folle solitude. Le fantasme de l'homme auto-construit*, Seuil, 2006, p. 38.

cinco jovens de fato é pelo menos problemático. Dois acabarão muito mal: um suicídio para Krapnek, um duplo assassinato para Tate. Quanto aos três outros, vamos encontrá-los no final do filme numa seqüência de sexualidade a três. O autor deixa portanto supor que é recolocando em primeiro lugar o sexo entre aqueles de uma mesma geração que estes últimos ainda têm chances de se safar melhor.

Aliás, a evolução da relação com o gozo sexual aparece bem como uma das conseqüências maiores da virada antropológica. Quando mais acima descrevemos o que era preciso entender por gozo, evocamos o modo como só o gozo sexual se encontrava naturalmente em lugar de exceção. A mutação que experimentamos tem por efeito tirar do gozo sexual seu caráter de exceção. Este agora se tornou um direito para cada um, um produto consumível, sem o lastro de qualquer caráter excepcional: deve, ao contrário, poder ser atingido sempre e por toda parte, estar ao alcance da mão ou do sexo. O escritor Régis Jauffret descreve admiravelmente num curto relato intitulado *A tentação do clitóris* essa nova maneira de pensar que ali se exprime pela boca de uma mulher: "Você entende que reclamo o gozo que me é devido, não posso aceitar por mais tempo esses orgasmos pequenininhos feito pênis de recém-nascidos, eles fazem o meu coração bater menos que um lance de escadas quando o elevador está quebrado. Além disso, com o tempo, meu estoque de anos a viver está murchando e vivo sempre à espera de minha parte de beatitude. [...] Enquanto contemporânea, tenho direitos imprescritíveis, entendo bem fazer que sejam respeitados[12]".

De gozo de exceção com o qual os outros gozos podiam ser medidos, o gozo sexual tornou-se um devido, uma espécie de satisfação exigível e banalizada. Toda a vetorização da existência pelo primado do gozo sexual vê-se por aí mesmo recusada.

Segue-se ainda outro aspecto da virada antropológica, o que se poderia considerar um deslocamento do coração do reator que move a sociedade. Numa sociedade incompleta e consistente, esse coração é um sujeito ancorado no lugar de exceção, assim amarrado à negatividade

[12] R. Jauffret, *La Tentation du clitoris*, suplemento dos Inrockuptibles, 23 de julho de 2003.

implicada pela linguagem. É daí que tudo se comanda, daí que é emitido o que se costuma chamar, desde que Lacan o teorizou, o "discurso do Mestre[13]". Pudemos perceber-lhe o caráter às vezes abusivo, notadamente numa sociedade organizada no modo patriarcal. Entretanto, o importante, com esse discurso, é que "eu" [*je*] só excepcionalmente decide, só quando aceita pagar o preço caro para ocupar o lugar da exceção. Também é, por essa razão, a figura do herói que se perfila nesse lugar, a figura daquele que sustentou uma ação de exceção. Por outro lado, em nosso mundo completo e inconsistente, em que está acabada a exceção, o coração do reator é agora o próprio sujeito, com sua vontade, sua amarração na positividade[14], daí a freqüência da fantasia de homem autoconstruída.

Por conseguinte, é seu banal cotidiano que o sujeito, após o desaparecimento do herói excepcional, vai querer ressaltar. Mas, como um aturdido, ele arriscará desabar sempre que não estiver mais no "topo" ou reconhecido "na ponta" por seus pares. Vai portanto submeter-se a várias tiranias para conservar seu lugar de escolha. Por exemplo, para manter a forma, se tiver meios, será "treinado", arriscando alienar-se ao eu ideal de um *alter ego*. Com efeito, ele precisa ligar-se aos vizinhos, esses outros com quem ele partilha a existência, pois não tem referência que lhe traga a menor garantia a partir de um lugar próprio inscrito no Outro em sua legitimidade de sujeito atuante. Ele se apresenta como tributário do ambiente, é esponjoso, absorve tudo o que o cerca. O coração do reator é

---

[13] Lacan criou o conceito de "discurso" para descrever os diferentes tipos de relação que podiam ter entre si os sujeitos na medida em que dependem da linguagem. Ele respectivamente identificou o discurso do Mestre, o discurso histérico, o discurso universitário e o discurso analítico. Por discurso do Mestre, ele entende o tipo de laço social em que um sujeito se submete à enunciação de um comando, como por exemplo o discurso que organiza a sujeição política.

[14] Deve-se notar que Lacan introduziu já tarde um quinto discurso, o "discurso capitalista", resultante da transformação do discurso do mestre antigo ao colocar no lugar de agente, de motor, não mais o comando, o significante mestre, mas o próprio sujeito. Assim, nessa sociedade capitalista, teríamos todos paradoxalmente passado a ser exceções. Cada um nela é doravante seu próprio mestre. O efeito da dominação específica a esse discurso recém-nascido é que ele não comporta mais impossível. O discurso em questão só pode portanto se acelerar, como um processo sem limite, sem fim. Ver a esse respeito S. Lesourd, *Comment taire le sujet? Des discours aux parlottes libérales*, Érès, 2006.

bem agora ele, ali onde ele está, mas por essa mesma razão é preciso sem cessar estimulá-lo, motivá-lo a agir. Também é preciso repetitivamente formá-lo, para não dizer formatá-lo. Com efeito, ele não tem mais naturalmente com o que enfrentar a existência só com o bom senso como aqueles que puderam amarrar-se na negatividade que nos constitui.

Se falamos de virada a respeito dessas mudanças, é que uma báscula operou, uma inversão aconteceu. A tal ponto que estamos no direito de nos perguntar se continuamos às voltas com a mesma economia psíquica. Uma economia psíquica que está presa em tal exigência de gozo não é, como já deixamos entender ao falarmos de *entodamento*, o que se costuma chamar uma economia desejante. É uma economia na qual a subtração de gozo – em outras palavras, toda limitação ao gozo – parece ter sido retirada do programa. Assim, não está mais nem um pouco estruturada como uma economia na qual a perda ou o limite permitem que se inscreva o lugar da falta; logo, do desejo.

Este último ponto evidentemente é capital. Com efeito, entendemos mostrar, sabemos, que a ausência de figuração da necessidade da perda – ou do limite – em nosso social induz a renegação de sua existência e constitui uma ruptura ao suprimir por aí mesmo a necessidade de sua transmissão. Não são, evidentemente, fatos em si observáveis e verificáveis à primeira vista por qualquer um. Como já indicamos, estamos sobretudo às voltas com um *tudo se passa como se*. Nesse novo regime do laço social, tudo se passa como se não houvesse mais transcendência, tudo se passa como se houvesse desaparecimento do limite assim como da necessidade do menos-de-gozar. Mas esse *tudo se passa como se* tem conseqüências bem reais: traços essenciais da estrutura dos seres falantes que somos não são mais figurados no Imaginário Social, e é essa ausência de figuração que vai operar uma virada, a qual vai repercutir nos sujeitos. Esse processo irá tanto mais a seu termo porquanto, por meio do efeito da crise da legitimidade sobre a educação, poderá atingir o sujeito que está se constituindo.

Podemos nos perguntar se essa economia fundada no gozo é verdadeiramente nova ou não. Até certo ponto, não existiu sempre? Ou, ao contrário, devemos admitir que agora estamos "produzindo" novos sujeitos, neo-sujeitos? A nosso ver, essa economia subjetiva de fato sempre existiu, mas é sua prevalência e portanto sua banalização que hoje constituem uma essencial novidade. Pois, a partir do momento em que essa economia se torna dominante, isso vem abalar radicalmente nossa maneira de estar no mundo. Essa mudança nos obriga a revisar toda a nossa concepção da normalidade. E põe em déficit a capacidade do próprio sujeito de entender que sua economia funciona fora da economia desejante. É a partir ultrapassagem deste último limite que aliás devemos nos perguntar se não estamos às voltas com o que Marcel Gauchet chamou "uma mutação antropológica equivalente a uma interiorização do modelo do mercado". De fato, esses sujeitos assim construídos, porosos, sem verdadeira coluna vertebral, flutuantes, inteiramente tributários do ambiente, muito influenciáveis, não nos permitem fazer o retrato-robô de um sujeito – se é que se pode falar de sujeito visto o que dele resta – excelente consumidor? Talvez seja preciso relativizar o diagnóstico na realidade, para não enclausurar de antemão totalmente esses sujeitos em seu funcionamento, desta vez em razão de nosso próprio discurso. Pois o que vamos mostrar é que sempre permanece imaginável e desejável – nessa economia psíquica – retirar o obstáculo que o *como se a subtração de gozo não fosse mais necessária* induziu – ainda que toda a dificuldade seja ter, daqui por diante, de cumprir assim uma espécie de trabalho suplementar, o que outrora era uma tarefa quase automática, evidente. E nos perguntar que modo de intervenção pode ser operante para que cada sujeito realize esse trabalho.

Logo, é preciso identificar as características de base dessa economia centrada mais no gozo. A que "modelo" ela se liga? Disso podemos ter uma idéia precisa observando que o funcionamento que ela supõe é o de sujeitos que persistem em viver numa economia unicamente materna. Ao passo que uma economia desejante implica não só uma consideração do lado paterno, mas a dos dois lados, combinando a contribuição dos dois pais. Vamos avançar aqui para descrever o modelo doravante dominante – lembrando a homofonia que Lacan utilizou passando do pai à perversão (*père-version*) –, o conceito de *mèreversão*.

Mas por que essa economia hoje acabou prevalecendo? Como, mais precisamente, fazer o laço com a mutação do laço social que descrevemos? Ou, ainda, qual é a força em jogo que, ontem, costumava assegurar a superação desse domínio na economia materna quando nos dirigíamos para a idade adulta e que, hoje, não estaria mais operante?

Antes de responder a essas questões, vamos primeiro "desdobrar" um pouco a fenomenologia desses neo-sujeitos que funcionam nessa economia. Ao ressaltar aqui alguns de seus traços, não pretendemos propor uma fenomenologia tipo mas antes permitir uma abordagem concreta daquilo de que falamos, sensibilizar o leitor para o que pode hoje ser encontrado na clínica cotidiana de um "psi". Assim aparecerá igualmente a especificidade das dificuldades engendradas por essa clínica.

Fenomenologia dos neo-sujeitos

O Sr. Jacques, pelos cinqüenta anos, apresenta-se sem antecedentes, um homem quase até sem história. Não vem falar de uma dificuldade específica que quer resolver mas antes depositar como que num único bloco no consultório do psicanalista sua insatisfação na existência e seu mal-estar. Será preciso todo um trabalho para levá-lo a contar alguns elementos de sua história e evocar sua família. Vai acabar queixando-se da existência persistente nele de zonas imprecisas, como se lá ele não existisse. Já consultou numerosos terapeutas mas de modo algum resolveu um problema de alcoolismo. Pode beber quantidades importantes de álcool mas nunca aparece em estado de embriaguez, nem nas sessões com o psicanalista nem tampouco fora. Tem sobretudo um sentimento de vazio interior, sente uma necessidade intensa de sensações. Só quando vive com grande intensidade é que sente viver. Caso contrário, como diz muito bem, tudo lhe parece insípido. E é essa insipidez que lhe é insuportável na vida cotidiana.

O Sr. Victor, mais jovem, dirige uma pequena empresa. Antes, dividia com um amigo a direção de uma sociedade análoga mas mais importante. Entrou em conflito com esse amigo após desvios financeiros de que diz ter sido vítima. Sente uma viva cólera só de lembrar esse passado e não parece conseguir superar o ódio e a amargura que lhe inspira o antigo sócio. O Sr. Victor foi casado e tem três filhos. Não esconde seus sérios problemas de dependência de maconha e em relação às prostitutas que consome bastante. Queixa-se de acesso de pânico, não chegando nunca a fazer o que é preciso no momento em que é preciso. Está preso numa situação de endividamento particularmente complexa, obtendo regularmente novos prazos de pagamento mas sem chegar a respeitá-los. Poderia bem, por essa razão, acabar em breve falido e arriscar talvez até a prisão. Uma situação que o obrigaria a voltar para a casa da mãe, da qual então ficaria em seguida definitivamente dependente. Ele diz continuamente "viver numa espécie de sonho". Conta ter sempre mantido uma má relação com a mãe, que no entanto continua a lhe fornecer dinheiro, e ter conhecido, por outro lado, um pai antes cúmplice – quando vivo, cuidava de sua contabilidade. Aliás, foi a partir da morte deste último que tudo piorou consideravelmente. Ele pensa com freqüência em suas viagens de jovem e evoca um périplo na Índia onde pôde com toda liberdade "ouvir a água do rio correr". Vem sempre às sessões de terapia, mas para pedir o tempo todo que o psicanalista lhe diga o que deve fazer.

A Srta. Virginie, por sua vez, tem uns vinte anos. É professora primária e de imediato se apresenta assustada, perdida. Durante as consultas, chora mas trata-se antes de um escorrimento ininterrupto; ela significa ao psicanalista que "é assim!", que ele não deve se preocupar com isso, que seus choros não querem dizer nada. Sua verdadeira queixa é não conseguir nunca escolher, sempre tem de pedir a opinião dos outros e, como estes acabam sempre sendo contraditórios, sabe ainda menos o que deve fazer. É a última de quatro filhos. Traz, como os irmãos e irmãs, o patronímico da mãe, porque esta recusou o casamento para poder transmitir o nome de seu pai a ela. Em sessão, seu discurso constantemente termina em brancos, ela começa as frases e não as termina. Tem o tempo todo medo de ser julgada, embora saiba perfeitamente que isso de modo algum entra na função do psicanalista. Quando lhe fazem perguntas, fica como que proibida, não sabendo o que responder. Essa incapacidade a fragiliza ainda mais. Tudo se passa como se o desdobramento de sua fala fosse impossível.

O que de mais banal hoje que casos como esses que descrevemos nessas três apresentações sumárias. Porém não é inútil constatar primeiro o fosso que os separa daqueles que em geral encontrávamos não faz nem vinte anos. Queixas histéricas ou sintomas obsessivos claramente articulados ontem constituíam a maioria das demandas. Uma conflituosidade inerente ao desejo aparecia na maior parte do tempo no primeiro plano das problemáticas e a neurose se apresentava como a resposta do sujeito para se desprender da figura de um pai poderoso demais ou, ao contrário, sem força suficiente para representar o terceiro diante da expectativa materna. Hoje, as dificuldades de que estamos falando na verdade não se encontram no cerne de uma demanda endereçada ao psi; fornecem antes oportunidades de mostração e parecem ligadas a uma enviscação do sujeito num gozo do qual ele não consegue se libertar. Durante a cura, ficamos impressionados com a ausência de fala e portanto também de associações, com a impossibilidade que de entrar na fala, de fazer a menor escolha, com a presença incômoda de compensações aditivas, com um apelo adesivo ao outro que não permite muito guardar essa distância no entanto necessária ao trabalho analítico. Podemos ler isso como a prevalência de uma relação com o materno, uma vez que o endereçamento ao pai não conseguiu o mínimo que fosse se sustentar.

Visto o quadro, não nos espantaremos de constatar que ele tem conseqüências sobre a própria maneira como esses neo-sujeitos constituem seu endereçamento ao Outro. Por exemplo, eles acham "normal" que seja o psicanalista quem de imediato decrete o que faz sintoma. E vão se achar na incapacidade de colocar eles mesmos[15] palavras sobre o que constitui seu sofrimento. Como se tivessem permanecido no puro ressentido e só pudessem vir mostrar suas dificuldades mas sem de fato conseguirem delas se apropriar por um dizer. Aliás, é nisso que se pode estabelecer uma diferença em relação à expectativa histérica do olhar do outro. Se a histérica vem dar a ver para que se leia no que ela mostra o que ela não consegue dizer, se ela se queixa para articular o que é seu sofrimento, o neo-sujeito mostra tudo sustentando no

---

[15] Evidentemente, é neste "eles mesmos" que recai a diferença em relação à cura clássica cuja épura fora dada em sua época pelo título do célebre livro de Marie Cardinal: *Les Mots pour le dire* [*Palavras para dizer*] (Grasset, 1975).

mesmo movimento que não há nada a ver, nada a ler nisso. Tudo se passa como se ele desdobrasse seu estado mas sobretudo para não ter de ser dele o sujeito.

Nisso, os neo-sujeitos estão bem em harmonia com o discurso atualmente em voga. Para esses sujeitos, não há história, talvez até não haja anamnese, em outras palavras, não há dívida que eles consintam em assumir em relação ao passado, aos avós, à genealogia. Congruente com o ar ambiente, o neo-sujeito reivindica poder escolher a partir de si mesmo. Assim, por exemplo, será bem fácil hoje poder escolher o nome, o do pai ou da mãe. E soberanamente decidir atribuir um prenome original, prenome de flor ou até de marca de carro, ao filho. Nenhuma excentricidade pode ser rejeitada, já que cada uma delas mostra, à sua maneira, a criatividade do sujeito e atesta a autonomia a que ele de imediato pretende ter acesso.

Se esse neo-sujeito visa ainda mais encontrar-se numa relação de mostração, podemos supor que é porque desconhece e portanto recusou – sem querer – a perda implicada pela representação. Além disso, podemos garantir que essa mostração está incumbida de suplementar seu desarrimo. Com efeito, ela supostamente deve lhe fornecer uma marca identitária positivada. Logo, seu endereçamento ao outro – ao psicanalista – não será somente, como se poderia pensar com demasiada simplicidade, tingido de uma demanda de reconhecimento. Vai antes traduzir a exigência, não do olhar do Outro, mas da sensação de sua presença, preço pago por não estar ainda de fato separado do Outro. Trata-se ali de se proteger dos efeitos depressivos de uma identidade que não está arrimada na negatividade.

Veremos que essa ausência de arrimo deve ser correlacionada à operação psíquica do desmentido, a qual, como diz muito bem o psicanalista Guy Lérès, trará, uma vez colocado, "um certo número de conseqüências reais, ignoradas quando o desmentiroso inaugura o movimento [...] como mostra o exemplo do drogado. Se sua adição o afasta do desejo enquanto sexual e portanto da castração, é ao preço de encontrar um supereu bem mais exigente que o levará a um gozo consumível sem fim. O desmentiroso acredita fazer uma operação simples, uma recusa sem equívoco, mas logo é arrastado numa lógica arcaica que lhe escapa[16]".

Para esse neo-sujeito, só a relação com o excesso vem lhe dar um sentimento de realidade. Podemos evocar, por exemplo, os excessos de decibéis – que chegam a provocar distúrbios auditivos nos jovens –, os excessos ponderais tão correntes hoje, a necessidade de praticar esportes perigosos, etc. Mas devemos sobretudo entender que essa "necessidade" de estar no excesso serve a uma lógica da sensação que doravante vai prevalecer sobre a da representação. Como dizia muito simplesmente um paciente, "eu tenho sempre que bater no muro para saber que ele está ali"! Essa busca de sensações talvez seja uma conseqüência desse desarrimo que o sujeito no entanto ignora, mas no mesmo movimento permite manter essa ignorância ao obter um arrimo de substituição. Essa relação com o excesso e com as sensações funciona como um procedimento que conserva a satisfação pulsional embora pague o preço à realidade. A frase "não sinto", hoje usada freqüente para designar o que não reconheço como justo, que não posso fazer meu, é um bom indicador do deslizamento que se operou: não é mais do ato que tiro minha certeza de sujeito nem do fato de ocupar ainda que momentaneamente o lugar de exceção, mas da sensação, do "sentido" que devo sem cessar contrariar.

Essa aderência exigida pelo sujeito ávido de sensações, sem distância, é vista em ação, por exemplo, no filme *Rosetta* dos irmãos Dardenne, um retrato de uma jovem perturbada de hoje que recebeu uma palma de ouro no Festival de Cannes no final dos anos 90. Os cineastas, aliás, para que possamos perceber isso, ficam o tempo todo "colados" na heroína com a câmera[17]. "Esse procedimento dá perfeitamente conta da expectativa incessante de Rosetta, que só consegue se ater a uma identidade toda positiva, a que recebeu de um outro, um rapaz que a reconheceu como capaz de trabalhar e na qual ela se agarra. Você se chama Rosetta, eu me chamo Rosetta... você encontrou um trabalho, eu encontrei um trabalho... você tem uma vida normal, eu tenho uma vida normal... você

---

16 G. Lérès, "Démensonges", *Essaim*, nº 12, primavera de 2004, p. 159.

17 Cf. a esse respeito R. Prédal, "Stylistique, réalisme effet de réel. La caméra à l'épaule des frères Dardenne", in *Contre Bande*, nº 14, Université de Paris-I, 2005, pp. 59-72

não vai cair no buraco, eu não vou cair no buraco... murmura-se sem parar a heroína para adormecer[18]".

Com seu trabalho, a atriz Émile Dequenne evoca com justeza o lado estreito da personagem, a pós-adolescente inteiramente travada que está menos na busca de sua identidade que da sensação desta, agarrando-se a um trajeto que escolheu para si, e sem distância, sem possibilidade de afastamento em relação ao que lhe acontece. Rosetta antes de mais nada deve ser Rosetta, ser esse prenome, ser apenas um prenome, repetir os próprios gestos, percorrer o caminho que conhece, encontrar o esconderijo onde arruma seus escarpins de cidade necessários para trabalhar e trocá-los por botas de borracha, assumir a mãe perdida e seus desvios..., é ela, só ela, que só pode contar com ela, que só existe pelo que faz. Madeleine Mairlot, crítica de cinema, fala muito bem de Rosetta em termos "de focalização sobre o corpo, de renegação de distância, de crise de falta: a face impenetrável da atriz, [...] se nada reflete, é porque não se vê agir, não se reflete. Rosetta não sabe, sente. Não vê os que a cercam pois não tem vontade de fazê-lo: olhar é um luxo, ela só pode espiar. [...] A ausência de distanciamento corresponde à incapacidade/impossibilidade da jovem de ter sobre o que faz, e sobre quem ela é, um olhar reflexivo[19]".

Logo, essa economia psíquica privilegia uma relação de imediatismo, o que hoje se chama uma relação de adição ao objeto[20], o qual não só é mantido pela publicidade mas às vezes é até literalmente inventado por ela. Não estamos mais às voltas com um sujeito que escolhe seus objetos baseado na perda do objeto, mas com um pseudo-sujeito que identifica "o que o faz andar" nos produtos que lhe são propostos pela publicidade. Como o desmentido se referiu à negatividade, é a positividade que faz as vezes de característica do objeto, o que vem conotar

---

18 L. e J.-P. Dardenne, *Rosetta, suivi de La Promesse. Scénarios*, Petite bibliothèque des Cahiers du cinéma, 1999.

19 M. Mairlot, *Il était une fois... Rosetta*, éditions du Céfal, 2005, p. 137.

20 O psicanalista e professor de psicopatologia Regnier Pirard evoca "uma clínica adesiva", fazendo assim alusão à viscosidade da libido com a qual se espantava Freud a respeito do Homem dos lobos. Cf. "Clinique de la banalité: perversions ordinaires", intervenção na jornada de estudos da faculdade de psicologia da Universidade de Nantes, maio de 2005, inédito.

a relação com este, como veremos mais adiante, com uma dimensão aparentemente perversa.

Podemos supor que ali se dá a entender o efeito do fato de que o social não obriga mais a que se leve em conta a dimensão de negatividade incluída no objeto uma vez que este está marcado pelo significante, pela linguagem. Mas, no mesmo movimento, vai tender a desaparecer a necessidade de dever dele se separar. Assim, é todo o trabalho de separação que o sujeito pode agora crer-se "autorizado" a evitar, chegando até a pensar, como a isso precisamente o convida o social, que esse trabalho não tem mais razão de ser. É claro, no momento de uma separação obrigada, surgirá um cortejo de dificuldades e sintomas. Estes vão atestar o desamparo em que será mergulhado o sujeito por uma separação real, já que o trabalho simbólico de luto implicado por uma separação poderá ter sido até ali evitado, em todo caso sem cessar rechaçado. Por não ser sido inscrita no psiquismo do sujeito essa separação, essa perda, é o objeto que passará a servir de desejo. Servir de desejo, pois esse desejo só é então um desejo falso, que não pagou o preço da falta para se constituir.

O neo-sujeito, por conseguinte, não poderá enfrentar a exigência de incessantemente atualizar a operação de separação inaugural por um ato. É por isso que Virginie não pode entrar no menor ato de fala. O neo-sujeito só poderá entrar num ato se a isso for forçado, por exemplo por ocasião de uma escolha profissional ou amorosa. Mas aí não encontrará paz alguma, ao contrário do que acontece com o neurótico banal. Arrisca até amargamente lamentar sua escolha, não ter tomado outra via, seja aliás qual for essa via. Pois a escolha que deveria ter cumprido vai estar acima de suas forças psíquicas, tanto todo trabalho de separação terá até ali sido evitado. Será para ele fonte de angústias, que ele vai sentir como impossíveis de serem enfrentadas. Se, no neo-sujeito, o gozo prevalece sobre o desejo, não é portanto por escolha deliberada, mas por incapacidade de deixar esse gozo. Daí a emergência de uma patologia que não resulta mais de uma conflituosidade sem saída mas que procede de uma enviscação no mortífero.

O neo-sujeito vai por outro lado estar em busca de transparência, em busca daquilo que mais acima chamamos uma política das coisas, em outras palavras, de uma língua que seria exata, como a novilíngua de Orwell. Vai identificar no defeito de comunicação, na ausência de adequação das palavras às coisas, a causa de todos os seus males. Com efeito, ele riscou, "zapeou" sem querer o irredutível mal-entendido que, de estrutura, surge no coração das trocas humanas. Como exige transparência, em geral sequer percebe que assim se conduz sem pudor, sem vergonha[21]. Sempre por falta de uma arrimo na negatividade, ele está sem domicílio fixo, em errância, nômade, aberto a todos os ventos, sem hábitos nem espessura, disposto a agarrar quando pode a oportunidade que se apresenta, o que dá a seu trajeto um caráter imprevisível, barroco, sem orientação bem definida. Vai se sentir invertebrado, flexível, sem capacidade crítica, absorvendo o que o cerca como uma esponja, e portanto particularmente sensível ao que vem dos meios de comunicação, de uma plasticidade aberta a todas as manipulações. Zapeia, surfa nas obrigações da existência, não pára no lugar, sempre na encruzilhada dos fluxos e contrafluxos de um tráfego incessante, o da cidade que funciona ou o seu próprio, aparentemente sem nenhum arrimo no que faz a comum condição humana, sempre em trânsito. Assim acontece com Bruno, o herói de *O menino*, outro filme dos irmãos Dardenne, que eles acompanham passo a passo com a câmera na mão para entender seu percurso: ele tenta sem fim se virar. Às vezes, ao contrário e a exemplo de *Rosetta*, o neo-sujeito – o que não está mais "confortável" – vai antes procurar se defender o tempo todo, garras de fora, da intrusão, da estranheza, da alteridade, obrigado a um recuo medroso sobre um destino que ele considera preestabelecido, em relação ao qual não pode dar um passo atravessado, incapaz de dar lugar ao inesperado, à surpresa, como que forçado, como se mesmo assim fosse preciso dobrar-se, a só poder quebrar-se.

O neo-sujeito também experimenta dificuldades maiores com a temporalidade. Assim, Bruno, para voltar a esse personagem tão típico, está "em movimento permanente na esfera atemporal dos fluxos (de transportes, telecomunicações, transações): as chamadas recebidas no

21 O que é o próprio tema da obra de Bernard Stiegler, *Constituer l'Europe. Dans un monde sans vergogne*, Galilée, 2005.

celular ritmam sua vida, seus atos, perturbam a alternância dia/noite e o sono. Bruno não pára de se mexer, de gesticular, de se cercar de ruídos para fugir dos pensamentos. Mesmo quando espera um "contato" à beira de um rio, ele remexe na água com uma vara, de maneira impulsiva. Em momento algum ele se "coloca". "[...] Para Bruno, 'situar-se' reduz-se a ligar-se, conectar-se com o fluxo de uma circulação desenfreada, puramente transacional, horizontal, atemporal, que coloca tudo no mesmo plano. É uma lógica mercantil levada ao extremo, isto é, ao ponto em que ela se fecha sobre si mesma, tornando-se auto-referencial e excluindo assim toda posição de exterioridade[22]". O tempo, para Bruno como para todo neo-sujeito, de fato não tem lugar, não se desenrola. Digamos, para retomar uma fórmula célebre, que ele não dá tempo ao tempo. "É a ausência quase total em sua fala de tempo gramatical. Nem passado, nem futuro. Ele sempre fala no presente", nota judiciosamente o psicanalista Jean Périn[23]. Só é levado em conta o presente, o imediato, o tudo e agora. Podemos evocar aqui o "curto-circuito" do tempo pós-moderno: *circuito curto mas também curto-circuito.*

O neo-sujeito manifestamente se agarra à prevalência da imagem, mas a uma imagem sem além. Esta não serve de "degrau" rumo à fala mas antes de proteção contra ela. "A característica fundamental da imagem é seu imediatismo, sua resistência primitiva à mediação[24]", lembra a justo título a filósofa especialista da imagem Marie-José Mondzain. Logo, é fácil compreender que o golpe aplicado no trabalho de subjetivação na sociedade atual tem como conseqüência a prioridade deixada à imagem e mais particularmente à imagem saturadora. Aliás, essa saturação da imagem vai voltar-se contra o neo-sujeito. Por falta de um descolamento possível, ele ficará escravo da imagem, como o somos de um programa a ser efetuado sem distanciamento possível. E Marie-José Mondzain acrescenta: "O que cola nos olhos não é visto, o que cola nas orelhas

---

22 I. France, "*L'Enfant.* Quando a carteira GSM faz as vezes de documento de identidade...", inédito.

23 J. Périn, "Un laps de temps", intervenção nas jornadas da Associação Lacaniana Internacional, "Le temps dans la psychanalyse", março de 2004, inédito.

24 M.-J. Mondzain, *L'Image peut-elle tuer?*, Bayard, 2002, p. 59.

não é ouvido, só à distância é que se mede a chance dada aos olhos e aos ouvidos de ver e ouvir". Alguns daí concluem que imagens de morte vistas na televisão podem engendrar violência. Não se deve ir rápido demais. Não é porque a imagem é violenta que ela é perigosa e capaz de provocar uma passagem ao ato. Ela só representa um perigo qualquer se o sujeito que a olha for dispensado de subjetivar o que vê, se não for mais obrigado a se tornar sujeito diante da imagem, a ler a imagem até em seu além. Como diz muito bem numa única frase Marie-José Mondzain: "Se o espectador de um crime se tornar criminoso é justamente porque não é mais espectador[25]".

A palavra não é a imagem. Lembramo-nos de uma frase e ela fica inscrita em nossa carne, com uma exatidão por vezes cruel; a imagem, esta, é uma lembrança, uma reconstituição, uma encenação. Ora, é essa diferença entre a palavra e a imagem que é renegada pelo neo-sujeito. O mecanismo do desmentido que ele conseguiu fazer funcionar, vimos, graças ao Imaginário Social como que abusivamente o protegeu desse além da imagem que abre a via à palavra. Após colocar-se ao abrigo da palavra na imagem, ele pode fazer aliança com a imagem para imunizar-se contra o significante. Assim, a propósito das imagens da Shoah que nos propõem em diversas obras, o filósofo Jean-Luc Nancy sentia a necessidade de fazer distinções: "É normal que as imagens proliferem. Não há razão alguma para rejeitá-las, não se trata de ser iconoclasta, mas de interrogar, a cada vez, a natureza da imagem: ela 'satura'? esgota um sentido, ou não? Um filme como *A lista de Schindler* esgota seu sentido, o *Shoah* de Lanzmann não o esgota. Mas este último não é o único filme nem a única imagem possíveis. A questão é a da inscrição na imagem de uma abertura, de uma não completude, de um inimaginável. Há imagens-olhares e imagens viajantes: as segundas querem ver o invisível. É a pornografia, um querer-ver mais que um ver, um querer gozar-de-ver[26]".

Apostemos que essa mesma prevalência da imagem que protege da palavra não deixa de ter incidência nas dificuldades que ocorrem no

---

[25] *Ibid*, p. 61.

[26] J.-L. Nancy, "Sur la Shoah, 'il y a des images de voyeurs et des images-regards'", *Le Monde*, 28 janvier 2005.

ensino, por exemplo, este fato, constatado pelo especialista da educação Adrien Barrot, de que, hoje, os alunos não escutam mais[27]". Da mesma forma, Dany-Robert Dufour nota que os alunos "agora sentem as maiores grandes dificuldades de se integrar no fio do discurso que distribui alternativa e imperativamente cada um em seu lugar: aquele que fala e aquele que escuta[28].

Como não é mais forçado a aceitar como evidente a irredutibilidade da diferença dos lugares, o neo-sujeito pode deixar-se flutuar ao sabor da onda – surfar – passar de um canal significante a outro – zapear –, sem efetuar, portanto, o trabalho que se impõe para apropriar-se de sua posição de sujeito. Um modo de funcionamento que resulta da orientação que ele tomou sem ter disso consciência, vendo-se, por isso, incomodado mais tarde pelas conseqüências incômodas e danosas dessa "escolha". É então que vai lhe acontecer procurar uma consulta, por exemplo para o que hoje chamamos uma "fobia escolar" ou uma "fobia social". Pelo menos se for ele quem tiver tomado a iniciativa para buscar resolver seus problemas, pois é mais freqüente que sejam primeiro outros que se inquietem com sua sorte. Neste último caso, o mais corrente, portanto, o sujeito está evidentemente sem demanda, no pior simplesmente incomodado – ele ou aqueles que cuidam dele – pela incompatibilidade entre o que é necessário para apreender a realidade escolar e esse autoerotismo no qual foi deixado comprazer-se. Logo, o neo-sujeito, sempre à revelia evitando a subjetivação, não vai elaborar verdadeira demanda em que estaria engajado, ele virá oferecer à vista do outro seu mal-estar, mostrar seu comportamento do qual constata que não lhe traz as satisfações prometidas. Como o espaço que deveria tê-lo separado do Outro não está de fato constituído, é numa postura de aderência que ele se endereça ao que ainda é só para ele – a isso voltaremos mais em detalhe – um bagaço de Outro. Por conseguinte, podemos apreciar a nova dificuldade com a qual está confrontado o clínico, habituado a trabalhar a partir da demanda.

---

27 A. Barrot, *L'enseignement mis à mort*, J'ai lu, 2000.

28 D.-R. Dufour, *L'Art de réduire les têtes, op. cit.*, p. 160.

Esse neo-sujeito também está exposto, bem mais que o neurótico de ontem, à queda de tensão, à depressão. Com efeito, o que faz sua "vertebralização", seu tônus, só se sustenta sobre ele mesmo já que sua "escolha" da auto-referência o condenou a perder o laço com o terceiro. Vivendo como que sem terceiro, tende ainda mais, é claro, a colar nos outros que encontra, sempre à espera de vê-los resolver em seu lugar problemas que não reconhece como seus. No lugar da tensão desejante do sujeito ele colocou a obrigação da sensação, de "sua" sensação, o que o leva a recorrer apenas a seu corpo próprio, ou antes ao que sente ser seu corpo próprio.

Quando lhe acontece evocar seus "traumatismos", como hoje costuma fazer, esse neo-sujeito sempre se apresenta como vítima. Na verdade, em sua história não costuma haver rastro algum do que mereça de fato ser chamado um traumatismo. Mas, como perdeu todo recurso à mediação significante, o sujeito está imerso em tal confronto direto com o real – num entre-dois "sem nome" – que efetivamente se vê numa radical incapacidade de confiar na língua, de recorrer às virtudes da linguagem para enfrentar suas dificuldades.

Há então todo um trabalho a ser feito para levá-lo a restaurar essa confiança na língua que o habita. Evoquemos a esse respeito o notável filme *A esquiva*[29], que obteve recentemente um sucesso tão justificado quanto inesperado, no qual vemos um grupo de jovens de subúrbio passar de uma linguagem-eructação – sem corte entre as palavras, o que aliás a torna quase incompreensível pelo espectador – ao uso da língua de Marivaux. Uma metamorfose provocada pelo simples aprendizado de uma cena dos *Jogos do amor e do acaso* para o espetáculo de fim de ano do colégio. O filme mostra como, nessa ocasião, um desses jovens, Krimo, até ali incapaz de ir além de seu amor mudo pela tônica e soberba Lydia, poderá enfim lhe servir uma declaração em regra de sua chama.

Nesses neo-sujeitos, vamos ficar sabendo sem surpresa, aí ainda, que a culpa cede facilmente o lugar à vergonha. O deslocamento do centro de gravidade do sujeito do Outro para ele, em virtude de sua estrita auto-

[29] Filme de Abdellatif Kechiche, 2004.

nomia, só pode fazer a culpa, sempre primeiramente experimentada em relação ao Outro, deslizar para a vergonha que primeiramente sentimos para com nós mesmos. O fato de se tomar como estando na própria origem está no cerne mesmo dessa virada. Dany-Robert Dufour evoca a esse respeito a histerologia, figura de retórica que designa a mudança radical da ordem natural, seja cronológica ou simplesmente lógica. O exemplo dado pelo dicionário Robert para ilustrar esse termo está em *A Eneida*: "Deixai-nos morrer e nos precipitar no meio dos inimigos". É claro, é impossível precipitar-se se está morto! No entanto, é a realizar essa figura embaraçadora que se vê convidado o neo-sujeito em razão de sua renegação: "O sujeito [pós-moderno] postula algo que ainda não existe (ele mesmo) para engrenar a ação ao longo da qual ele deve acontecer como sujeito! Ora, como esse apoio é profundamente capenga, talvez até inexistente, o ato ou fracassa ao se diferir sem cessar, ou se cumpre, mas colocando o sujeito na situação de ver-se dar uma volta na qual não pode acreditar. O sujeito se vê então como um impostor[30]".

Aliás, para terminar de pintar esse quadro rápido, restava-nos evocar ainda esse traço até então pouco freqüente na clínica, o sentimento de impostura. Não vai aqui se tratar de uma verdadeira impostura mas bem de um sentimento, de uma impressão: o sujeito sente-se impostor, embora não o seja necessariamente. Podemos aqui fazer eco à crise da legitimidade evocada mais acima para explicar também que muitos sujeitos, desacreditados pelo Imaginário Social quanto à possibilidade de ocupar o lugar de exceção, hoje estão por isso atingidos por um sentimento de impostura. Mais radicalmente, como bem resume a ensaísta Belinda Cannone numa notável pequena obra: "Se hoje o impostor é tão difundido, é que ele é um homem normal, isto é, desejante, sem patologia extraordinária, mas colocado numa sociedade que não oferece mais ponto de referência exterior único e firme, de modo que da postura que ele atinge, ele sempre pode pôr em dúvida a legitimidade[31]".

---

30 D.-R. Dufour, *L'Art de réduire les têtes*, *op. cit.*, p. 108.

31 B. Cannone, *Le Sentiment d'imposture*, Calmann-Lévy, 2005, p. 97.

Os impasses do mesmo

Um filme recente de Jacques Audiard, *De bater meu coração parou*, mostra bem a dificuldade encontrada por um sujeito que deve "gerir" ele mesmo sozinho o ódio que o habita. Tom trabalha no ramo imobiliário, gere bens, organiza expulsões brutais. Seu pai – admiravelmente interpretado por Niels Arestrup – é um pai companheiro e bandido. Pergunta ao filho o que acha de sua nova conquista – embora saiba muito bem que não se pergunta isso ao próprio filho –, faz negócios de maneira suspeita e arrasta o filho em suas tramóias. Até lhe propor acertar suas contas, no sentido próprio do termo, isto é, bater naqueles que não consegue mais submeter simplesmente porque ele mesmo não tem mais força para isso. Em suma, esse pai não é um pai porque a diferença dos lugares e das gerações que ele está encarregado de sustentar em relação ao filho está esfumada, anulada até, em proveito de uma assistência mútua, de uma colaboração, de uma cumplicidade, de uma seqüência de arranjos. Tom obedece, executa os contratos do pai. Chegará até a pedir à nova amante deste último, que nesse meio tempo já o havia deixado, para voltar, mediante indenização, à cabeceira do pai para velar por ele e vigiá-lo. Esse encontro frustrado com o pai – com aquele que podia introduzi-lo na alteridade –, essa ausência de pai até – não existe assinante no endereço paterno –, Tom (o ator Romain Duris, que interpreta o papel maravilhosamente bem) paga um preço caro por isso: o ódio o habita e ele não sabe o que fazer. Encontrar um semblante de satisfação no que lhe rendem mutretas de todos os gêneros não o alivia em nada, não o tranqüiliza, ao contrário, isso o atrapalha, o embaraça, o entrava, o atravanca, o enrola, lhe pesa. Seu próprio corpo trinca, se agita sem parar, selvagem, não ficando no lugar, sacudido, como que infatigavelmente febril.

Um dia, por acaso, entre um crime e outro, Tom se vê diante do velho professor de sua falecida mãe, outrora pianista célebre. Este lembra a ele que o achava um menino particularmente dotado para o teclado e o convida a vir fazer um teste. O herói do filme encontra um mestre – enfim, um lugar de endereçamento – que lhe faz sinal, que o chama para uma vocação. Ele agarra a oportunidade de reatar com a linhagem materna e também de medir-se com a pressão, o limite, o da partitura musical. Ali mesmo onde o encontro não ocorrera por meio do pai, ele vai tentar realizá-lo pela via da mãe, mas confrontando-se com o rigor de uma lei, a da música. Uma nova chance para o sujeito de fazer a distinção entre submissão à obrigação e consentimento no interdito para poder constituir seu desejo e não servir ao gozo do outro – no caso, o outro paterno. Isso graças à professora de piano que ele contratou, uma chinesa recentemente chegada a Paris, que não fala francês mas que nem por isso vai se privar de vituperar – em chinês – quando seu aluno recusar as exigências necessárias ao prosseguimento de seu projeto. O fato de o interlocutor do herói se exprimir numa língua estrangeira deve ter algo a ver com a possibilidade dessa conversa. O que não pôde acontecer na língua materna de Tom poderá acontecer na música, com a ajuda de alguém que, para conversar com ele, não pode passar pelas palavras – o que de imediato inscreve a dimensão do estranho, da alteridade – mas apenas pelos gestos do corpo e a referência aos imperativos da escrita musical. Mas não podemos esquecer a raiva que continua a animar Tom quando, diante das exigências que requer o estudo do piano, parece não aceitar aquilo a que no entanto se obrigou.

Fazer de novo o teste – de tornar-se músico – e desta vez passar, inscrever-se na língua do outro, trocar o entrelaçamento indistinto com os outros pela existência de um terceiro, aceitar regras e obrigações, por isso achar para seu ódio uma via de saída, não contar mais com aquele pai que de qualquer modo não está presente, retomar por conta própria o trabalho de subjetivação que, até ali, sempre foi evitado, apoiar-se em quem quer bem lhe emprestar, um seu convite (o agente de sua mãe), o outro seu rigor (o professor de piano), aceitar só poder contar com as próprias forças para pôr-se à altura de uma inscrição na lei comum a todos, passar assim a esponja nesses ilegítimos gozos mafiosos nos quais sufocava seus dias: é isto que está em jogo, e não é pouco, para Tom. Ele consegue se mostrar à sua altura, mas não sem ter de aceitar perder todos aqueles que nada entendem do trajeto que ele se impõe (a começar, é claro, por seus colegas e cúmplices de seqüestros), não sem ter de se impor ficar parado sobre uma cadeira na frente do piano, não sem se confrontar com seus demônios raivosos, não sem aumentar o ódio que o habita, obrigá-lo, forçá-lo, fazê-lo entrar nos trilhos representados pelas teclas pretas e brancas. É sozinho que ele agora deve empreender, suportar, já que ninguém quis ajudá-lo a fazer isso em seu tempo, o forçamento de seu corpo que esse novo percurso requer. Aliás, não se trata só de um forçamento, é também a única maneira que lhe resta de aprisionar seu ódio, de domesticar sua violência pulsional – de "homesticá-la", teria com certeza sugerido Lacan –, de engambelá-la, de amaciá-la, de não lhe dar livre curso, em suma, de civilizar-se.

Nem por isso devemos nos deixar fascinar pela escolha de se lançar nessa prova de recuperação. A tentativa é decerto feliz mas o êxito não é garantido. A audição não se passará como Tom esperava. A razão aparente dessa decepção: a noite agitada que ele acaba de passar por causa dos antigos parceiros de crimes. Mas, na verdade, o trilhamento da nova via está sobretudo longe de ter sido suficientemente cumprido. Durante os trinta primeiros anos de sua vida, Tom seguiu a via do gozo do ódio, do descuido pulsional. Mudar o curso da existência é como querer modificar o leito de um rio: trata-se de um trabalho de titãs que deverá ser repetido todos os dias. Um trabalho desse tamanho é necessário para que, progressivamente, ele possa renunciar a esse gozo e outra maneira de gozar – articulada às palavras – possa abrir uma via. Mas mesmo que Tom chegasse a isso, mesmo que enfim lhe fosse possível inscrever sua existência de outra forma, essa nova construção nem por isso deixaria de ser frágil, provavelmente nunca teria a estabilidade de uma construção que tivesse sido realizada no momento oportuno, em sua jovem idade.

Essa fragilidade será o preço a ser pago pelo neo-sujeito que quiser pôr-se novamente em ordem de marcha numa idade mais avançada, avançada demais deveríamos dizer. Evidentemente, o ódio de Tom terá encontrado nesse trajeto *via* música uma outra saída, terá aliás ficado mais tênue no consentimento que terá enfim dado ao limite e à necessidade de inscrever para si mesmo uma subtração de gozo, uma perda irredutível. É claro, o efeito de seu confronto com a lei dos humanos por meio do piano e com um outro – no caso, uma outra – para ajudá-lo nisso será fazer com que aceite dar início ao trabalho de subjetivação que ele até ali conseguira evitar. Entretanto, os acontecimentos da vida – o assassinato do pai por um malfeitor russo e o encontro fortuito, dois anos mais tarde, com esse assassino de seu pai – vão fazer com que deslize novamente na direção do gozo de outrora. Vão conduzi-lo pelo caminho da vingança; logo novamente pelo caminho do gozo de seu ódio. Desta vez, ele no entanto não vai transpor o interdito do assassinato: depois de ter golpeado sem limites, depois de quase ter castrado o adversário, durante vários segundos Tom hesitará em apertar o gatilho do revólver, o corpo inteiro a tremer em razão do trabalho psíquico que ele tem de cumprir para não ceder a essa "vontade" de matar o assassino de seu pai – e também evidentemente, por deslocamento, seu pai simplesmente.

Seu ganho psíquico decerto está ali, naquele interdito do assassinato que ele agora é capaz de assumir, de sustentar. É um ganho enorme, mas podemos ao mesmo tempo perceber seus limites. Pois também é preciso calcular o custo da operação, desse reordenamento numa idade avançada demais, logo frágil. Aliás já não é muito freqüente essa recuperação poder ocorrer, pois, na maior parte do tempo, quando um sujeito se construiu sem dever desde a primeira idade ceder lugar à alteridade, ele constitui para si uma imunidade para com todo confronto com Outrem. Essa imunidade arrisca torná-lo capaz de perpetuar sem cessar a evitação, e isso até a morte chegar: o sujeito arrisca realmente encontrar a morte real antes da alteridade. Em seguida, mesmo supondo que um sujeito tente, talvez até que tenha êxito na prova de recuperação – em outras palavras, no melhor dos casos –, esse trabalho tão exigente, em termos de renúncia, não o colocará ao abrigo de uma repentina recaída por ocasião de tal ou tal acontecimento. Pois não ter consentido em que outros – seus primeiros outros, entende-se – inscrevessem a alteridade nele em tempo útil, no momento oportuno, isto é, quando o resultado da operação estava fora de seu alcance, não lhe deixa outra saída senão a de ter de inscrevê-la ele mesmo. O que assinala bem o insolúvel paradoxo com o qual estamos aí confrontados, já que é próprio da alteridade não poder depender unicamente do sujeito.

Este último ponto é essencial. Lembremos este aviso que já emitia Kant em seu *Tratado de pedagogia* ao afirmar: "A disciplina submete o homem às leis da humanidade e começa a fazer com que ele sinta a força das leis. Mas isso deve acontecer cedo. Não há ninguém que, tendo sido negligenciado na juventude, seja capaz de perceber na idade madura em que foi negligenciado, na disciplina, ou na cultura (pois podemos nomear assim a instrução). Aquele que não é culto é bruto; aquele que não é disciplinado é selvagem. A falta de disciplina é um mal pior que a falta de cultura, pois esta pode ainda ser reparada mais tarde, ao passo que não se pode mais expulsar a selvageria e corrigir um defeito de disciplina[32]". Aproveitemos essa lembrança para notar que quando toda a cultura ambiente deixa entender que essa "disciplina" não é mais necessária é provável que, ao contrário do que dizia Kant, o sujeito na idade madura não seja mais capaz de perceber "em que ele foi negligenciado". Não é exatamente o que acontece com o sujeito de nossa pós-modernidade?

O que a história de Tom – exemplo paradigmático – deixa bem claro é a enorme dificuldade com a qual está confrontado o sujeito quando não tem outra saída a não ser ter de disciplinar a si mesmo. Que tente conseguir isso numa idade avançada, aos trinta anos, deve evidentemente ser creditado a seu favor, mas essa iniciativa não deixa de assinalar uma carência que está longe de ser sem conseqüências. Se a alteridade for imposta à criança enquanto ela se constrói, ela está e permanecerá no centro de sua subjetividade, será inexpugnável, fora de seu alcance; ao passo que se couber à criança integrá-la mais tarde, a alteridade não se inscreverá na criança da mesma maneira, ela permanecerá – até no melhor dos casos – revogável, continuará indefinidamente a depender de seu bem querer. No primeiro exemplo, a intervenção dos primeiros outros junto à criança lhe retira das mãos a incumbência do reconhecimento da alteridade e a força a renunciar a gozar de seu ódio. A inscrição da alteridade é arrimada àqueles que fizeram o trabalho para ela. Estes poderão por conseguinte desaparecer sem dano já que as marcas e os rastros da supressão a que forçaram a criança permanecerão inscritos, acessíveis. No segundo exemplo, essa operação, resultado de um empreendimento só do sujeito, sempre poderá ser apagada.

A raiva de Tom, quando, diante do piano, tem dificuldade de tolerar essa disciplina que ele no entanto escolheu, pode ser interpretada

[32] E. Kant, *Traité de pédagogie* [1776], Hachette, 1981.

como o resultado de um conflito interior que o desestabiliza. É o sintoma de que a reversibilidade sempre é possível. Pois não é mais ódio contra o que o constrange que ele exprime, é a raiva de ter de se impor essa via que ele mesmo escolheu e, para isso, de ter de renunciar àquela que até ali era a dele. Com efeito, o que ele quer, no mesmo movimento, ele não quer. Sua raiva resulta desse antagonismo presente nele, que ele agora toma por obrigação superar. Ora, o preço dessa operação é exorbitante, à altura do que ele havia evitado pagar até ali. O peso da clivagem agora está inteiramente sobre seus ombros, e, ainda que o outro possa ajudá-lo, não pode lhe ser de nenhum socorro para decidir o desfecho dessa tentativa de mudar de percurso. Logo, sua raiva é também a raiva de estar abandonado a si mesmo. Ele pudera evitar confrontar-se com a separação, é preciso agora que se arranque!

É assim que se deve justamente entender a expressão "estou me arrancando", hoje corrente entre certos jovens para dizer que estão indo embora, que abandonam uma saída noturna ou um grupo? Será também nesse registro que se deve interpretar uma inversão espantosa e inédita relativa à dor da separação durante a primeira entrada da criança na escola maternal, já que, como afirmam numerosos testemunhos, hoje, não são mais as crianças que choram nessas circunstâncias mas bem antes os pais?

Nova economia, novo sujeito?

Como explicar o funcionamento daquele que chamamos um neo-sujeito? Mostramos como a mutação do laço social e a grande confusão que se seguia deslegitimavam quem estivesse encarregado de fazer a criança crescer. O que deixa o sujeito de hoje totalmente abandonado a si mesmo, com a possibilidade de – talvez até um convite a – não ter de crescer. Em todo caso, tudo vai se passar como se ele não estivesse mais obrigado à reorganização de suas pulsões (sob o primado do fálico), nem a passar por uma reatualização do recalque. Por não estar mais obrigado a renúncias por seus primeiros outros, ele está naturalmente convidado a manter seu funcionamento auto-erótico e a poder assim recusar fazer, para retomar as palavras da psicanalista Martine Menès, "de um indivíduo orientado só pela lei de seu todo-poder imaginário um sujeito de desejo correlato à Lei[33]". É com os efeitos de um duplo desmentido – o que chamamos uma *comunidade de desmentidos ou de renegações* – que estamos às voltas aqui. Pois são tanto os pais – confortados pelo discurso social atual – quanto a criança *que sabem bem* que sempre há uma perda a ser inscrita *mas* que *mesmo assim* fazem como se não fosse nada.

A força que obriga a tornar-se sujeito de desejo é assim de certo modo posta de lado num momento determinante da história da criança. O que produz esse dispositivo? A organização psíquica do neo-sujeito, em todo caso à primeira vista, não é a de um psicótico – ele não é "louco" no sentido tradicional do termo. Vimos que ela tampouco parece ser a do neurótico de ontem, nem a de um perverso "clássico". Mas então, que estrutura atribuir a esse sujeito? Alguns, como Charles Melman, respondem que estamos diante de uma nova economia psíquica, a qual seria sem precedente. Mas ainda que concordemos pura e simplesmente com esse diagnóstico, que seríamos tentados a relativizar, isso no entanto não resolveria a questão que acabamos de colocar.

É preciso lembrar que a economia psíquica de cada um tem, pelo menos na origem, um caráter duplo, em razão do emaranhamento de dois modos de funcionamento diferentes mas solidários. Na verdade, aquilo que é produzido pela articulação de duas economias – uma ligada à mãe, a outra ao pai – é que opera no trabalho de subjetivação.

Poderíamos dizer, para simplificar, que o filho começa por estar em relação com a mãe, esta sendo seu primeiro outro, a primeira pessoa que ocupa para ele a cena do Outro. Um "outro mesmo", já que ela é a um só tempo outro que ele mas ao mesmo tempo a carne da qual ele emana. O corpo e a sensação desempenham evidentemente um papel predominante na relação mãe-filho, ainda que, de imediato, a linguagem, as palavras estejam em jogo na conversa. É num segundo tempo que vem a relação com o pai, com aquele que pode por conseguinte ser considerado um "outro outro". Não é preciso ser um entendido no

---

33 M. Menès, *Un trauma bénéfique: "la névrose infantile"*, Éditions du Champ lacanien, 2006, p. 13.

assunto para perceber que se deve passar por esse "outro outro" para colocar corretamente a alteridade, que não basta ter estado às voltas com um "outro mesmo" para realmente medir o tamanho do que é o outro. É nisso que essa passagem de um primeiro outro a um segundo é o degrau incontornável para chegar à vida com os outros, à vida em sociedade. Aliás, sabemos clinicamente que a maneira como essas primeiríssimas relações se tiverem inscrito no aparelho psíquico da criança determinará sua capacidade ulterior de dar seu lugar à alteridade.

Podemos ler a estruturação edipiana como a mudança da marcha lenta da relação mãe-filho para a marcha acelerada da relação mãe-pai-filho. É graças a assunção dessa relação, e ao que ela implica, que o filho poderá ter em si os meios de apreender e enfrentar a vida social. Logo, não é para si mesmo que o pai deve ser, num dado momento, preferido à mãe, é simplesmente porque cabe a ele permitir essa iniciação a uma apreensão outra – realmente outra, sem relação com o mesmo – da realidade. Mas essa passagem obrigatória pelo pai só é capital por dar acesso ao que em seguida vai permitir ficar sem ele, da mesma maneira que ele já ajudou o filho a ficar sem a mãe. Nesse sentido, cabe à mãe levar o filho a ficar sem ela, a se separar, e, para isso, pode, no melhor dos casos, contar com o pai. Mas se cabe ao pai ajudar o filho a ficar sem a mãe, cabe a ele também levar o filho a ficar sem ele, em outras palavras, cabe a ele levá-lo a poder sustentar-se só, no vazio.

A distinção que fizemos aqui é por certo justa mas grosseira. Pois, ao opormos assim as tarefas da mãe e do pai, arriscamos fazer crer, o que seria um erro, que as ditas tarefas devem permanecer estrita e especificamente as de cada um dos dois pais, talvez até de suas respectivas funções. E fazer por conseguinte crer que a resposta edipiana é uma resposta obrigatória, embora se trate apenas da modalidade – que foi? – mais comum para garantir a instalação da capacidade de confrontar-se com a perda. Nem por isso é a única. Nessa fase, e para a comodidade da exposição, vamos no entanto nos autorizar a manter essa oposição artificial entre pai e mãe, que permite explicar o que costuma acontecer hoje.

Acrescentemos ainda que a vertente paterna da economia psíquica, a que introduz à alteridade, aparecerá necessariamente como intrusiva, talvez até traumática, já que virá romper com um primeiro funcionamento que só se tramava entre a mãe e o filho. Dizendo de modo mais simples, tornar-se o filho do pai permite escapar a essa situação que consistiria em permanecer somente o filho da mãe, mas contanto que se consinta no que só pode parecer uma fratura dolorosa.

Temos que supor que existe uma força em ação, primeiramente para obter a passagem do primeiro circuito ao segundo – de uma marcha à outra –, em seguida para permitir que o sujeito voe com as próprias asas. Aliás, em todos os momentos, a clínica vem nos trazer o testemunho de que esse trajeto por vezes não pôde ser percorrido. Porque a colagem – em outras palavras, a ausência de separação – à mãe persiste, caso mais freqüente, mas também, não é tão raro, em razão de uma colagem ao pai.

Sem ainda identificar precisamente o que é essa força de atração na direção do além das primeiras relações familiares, lembremos logo que, desde o advento do mundo judeo-cristão, essa operação se apoiou num social que dava ao pai a preponderância, naquilo que comumente é chamado o patriarcado. Uma "solução", sabemos, que tinha por efeito levar à neurose: esta, com efeito, é o que permite permanecer no amor – ou no ódio – do pai mais que esmerar-se em adquirir a autonomia que a relação com este último torna possível. Os meninos acabavam levados a separar amor e desejo, as meninas a se calar. Nos dois casos, evitava-se ter de sustentar-se no vazio. E se pensarmos no laço intrínseco entre vazio e feminino, podemos acrescentar que assim era o feminino que, por ali mesmo, também era rejeitado.

A isso voltando uma vez feitas essas considerações, qual é pois essa força que puxa o sujeito para mais subjetivação? É o que chamamos o Imaginário Social, que sempre desempenhou o papel – e é ainda verdadeiro hoje, embora esse papel tenha sido modificado de maneira problemática – de uma força ativa na construção do sujeito. Com efeito, no nível – no "andar" – da sociedade concreta, importa, como já mostramos, que seja figurada e portanto tornada visível a todos a necessidade de uma perda, de uma subtração de gozo. O discurso social significa assim ao sujeito os invariantes antropológicos a que ele não pode escapar.

Ora, é nesse lugar que mora hoje a dificuldade, já que, no social, tudo se passa como se essa pressão não se exercesse mais. Como a prescrição de subjetivação não tem mais legitimamente a força de um constrangimento, seu processo fica consideravelmente enfraquecido.

E, num segundo tempo, estamos então às voltas com as conseqüências desse enfraquecimento.

É por isso que nós, psicanalistas, não podemos mais deixar de considerar a que ponto a força do social é e sempre foi parte interessada na evolução de um sujeito. Adquirimos o hábito de esquecer isso a pretexto, que decerto parece *a priori* justificado, de só estarmos às voltas nas curas com o sujeito e a estrutura *via* trama familiar. É claro, é a partir do discurso dos pais que é construído o inconsciente de um sujeito. Mas o inconsciente não é só familiar, ele também é social. O que não podemos ignorar ao nos interessarmos por essa força de que falamos e que sempre obrigou os humanos a se tornarem sujeitos de desejo. Aliás, nossa hipótese é que a "identificação primária com o pai" que Freud introduziu em sua obra *Psicologia coletiva e análise do eu* [*moi*] representava uma maneira, precisamente, de falar dessa força.

Para Freud, essa identificação primária é a primeira e a mais importante identificação do indivíduo: "A identificação com o pai da pré-história pessoal [...] parece não ser o resultado ou o desfecho de um investimento de objeto; é uma identificação direta e imediata, anterior a todo investimento de objeto[34]". Ora, o que é aqui designado por "identificação com o pai" não remete à necessidade da perda, à obrigação do esvaziamento do real pelo simbólico? De certo modo, o simbólico só se torna prevalente baseado nesse esvaziamento que é sua condição necessária. A identificação primária nada mais seria então que o que acontece com a incorporação da linguagem no corpo que implica a subtração de gozo. Aliás, pode-se notar que Freud antes de mais nada falou da identificação com o pai como de uma incorporação.

Logo, nada espantoso se, quando a necessidade da perda não estiver figurada, representada, teatralizada, quando arriscar por aí mesmo não ser mais o desafio de uma transmissão, nos virmos diante de uma situação que ameace a humanização, o que Monette Vaquin chamou um "risco antropológico[35]".

---

34 S. Freud, *Essais de psychanalyse*, Payot, 1981, p. 243.

35 M. Vaquin, "Réflexions sur la notion de 'risque anthropologique'", in *Alliage*, n.os 48-49, outono 2001.

Hoje, seja como for, a bandeira do patriarcado está a meio pau em nossa paisagem social. Com certeza em definitivo, ainda que alguns, inevitavelmente, proponham uma volta atrás para ficar tranqüilos. Assim, fortalecidos por essa libertação, muitos crêem poder caminhar para sempre numa via nova. Mas são eles capazes de distinguir realmente o que representa um progresso e o que poderia afigurar ser uma regressão sem precedente com essa mudança de percurso? O abandono do confronto com um pai, órfão da legitimidade que lhe era assegurada pelo patriarcado, pode conduzir tanto a permanecer – ou a se tornar novamente – o filho da mãe quanto a inventar para si um novo futuro. E a via regressiva sempre é sedutora. A frase já evocada de Gœthe que Freud gostava tanto de citar – "O que herdaste de teu pai, adquire-o para possuí-lo!" – poderia então transformar-se em: "O que herdaste de tua mãe, nenhuma necessidade de adquiri-lo para possuí-lo!". Um convite a não mais se confrontar com os avatares do desejo e a preferir a enviscação no gozo mortífero. Sabemos que é um risco dos mais reais no mundo atual no qual tudo nos leva a gozar ainda mais e imediatamente – tudo, e agora![36] – e a curto-circuitar o irredutível mal-estar veiculado pelo desejo. Se essa regressão prevalecesse, seria a possibilidade do pensamento – e até de "pensar" simplesmente – que tenderia a desvanecer, pois, como já mostramos, nenhum pensamento é possível apenas no registro do imediato.

Os dois regimes da economia psíquica

Até nova ordem, somos sempre os filhos de dois pais diferentes – ainda que fossem clones, não poderíamos nomeá-los da mesma maneira. Essas duas metades que se conjugam para que se constitua nossa economia psíquica são assimétricas por estarem inscritas na linguagem, como explicamos mais acima. Essa assimetria nos obriga a uma certa claudicação

[36] Alusão a um *slogan* famoso de Maio de 1968: *Nous voulons tout et tout de suite!* [Queremos tudo e agora]. (NT)

psíquica, ao mesmo tempo que torna possível o encontro do outro, para além do outro até, do outro outro, trocando em miúdos, o encontro da alteridade simplesmente. O que nos permite consentir – e não só suportar (sub-portar como ensina a etimologia) – no confronto com o inesperado, a surpresa, o encontro, o choque – ainda que felicidade ou infelicidade.

A diferença entre os dois regimes, o primeiro, o que é regido pela relação com a mãe, e o segundo, o que é regido pela relação com o pai, desempenha assim um papel decisivo na constituição da economia psíquica. Logo, continuamos a explorar essa diferença. Charles Melman, em *O homem sem gravidade*, respondendo às nossas questões, fez isso. Ele nos dizia que a relação com a mãe é da ordem "da evidência e da positividade". A relação com o pai, em compensação, é "da ordem da fé ou daquilo que nós, analistas, chamamos o pacto simbólico". O primeiro regime "regra, com efeito, a questão da causa". Radicalmente: "A mãe é a causa do filho. E assim se estabelece um regime em que a mãe, na medida em que presente no campo da realidade, isto é, na medida em que não se funda por nenhum mistério mas por seu próprio poder, por sua própria autoridade, vê-se investida dessa potência que é para todos os seres humanos a potência suprema, isto é, a referência fálica. A mãe torna-se assim a encarnação do falo. [...] O que não quer dizer que o pai, um dos dois genitores, não tenha servido para nada, mas sua função parece acessória, nem um pouco necessária. Logo, mãe e filho bastam para assegurar a continuidade de uma cadeia de gerações que tem assim a vantagem de ser sem mistério. [...] Estamos aí no regime da metonímia, é a contigüidade que organiza o conjunto de nosso mundo. A invocação do pai como metáfora, característica do patriarcado, vem efetivamente introduzir uma ruptura nessa simplicidade aparentemente feliz, em que tudo é "natural"[37]".

Guardemos principalmente desse desenvolvimento que o primeiro regime, o da relação com a mãe, não dá – ainda – seu lugar à fissura, à rachadura, à falha. Ele permite supor, em compensação, que

---

[37] C. Melman, *L'Homme sans gravité*, *op. cit.*, p. 96.

a adequação é possível, que a naturalidade é evidente, que a transparência pode ser total.

Talvez seja duplamente preciso relativizar essa leitura. Por um lado, esse funcionamento segundo o *regime do mesmo*, poderíamos dizer, é fundamentalmente necessário à criança bem jovem, na medida em que sua prematuridade é tal que ela é incapaz por um tempo de confrontar-se por si mesma com o mundo. Por outro lado, a relação com a mãe evidentemente não pode ficar limitada a esse único modo de funcionamento. Com efeito, vimos como, já muito precocemente, o regime especificamente materno também vem – ainda que sob forma potencial – introduzir a falha. Por conseguinte, devemos prestar atenção para não cair numa simplificação abusiva que levaria a uma espécie de diabolização da mãe, à sua redução à "Imaginariamãe"*. Entretanto, poderemos aproveitar essa descrição algo esquemática mas não desprovida de pertinência para posicionar e precisar nosso propósito.

E a relação com o pai? "O pai está, é claro, como a mãe, presente na realidade, mas não recebe de modo algum seu poder de si mesmo. Ele só o recebe por ser a metáfora de uma instância em si inapreensível, invisível e que ocupa o campo não mais da realidade, mas daquilo que Lacan chama o real, em outras palavras, um inacessível que nada tem de 'natural'. [...] Essa instância fálica encontra-se por conseguinte radicalmente deslocada já que não é mais parte interessada no campo da realidade. O pai não se tornou a encarnação, mas o representante da dita instância fálica. [...] É a dimensão do real que é assim introduzida no campo do psiquismo, da especulação mental. E, com ela, também é introduzido um efeito que se poderia dizer traumatizante, pois fica claro que essa operação implica que os objetos com os quais eu poderia me satisfazer vão ser sempre substitutos, semblantes. Logo, há perda. E a condição de meu desejo, de seu cumprimento vai portanto ser correlata a essa perda. Passagem, portanto, de um mundo positivo e simples que imaginamos feliz – toda demanda ali encontrando sua satisfação natural,

---

* Jogo de palavras entre *imaginaire* [imaginário] e *imagimère* [que traduzimos por "imaginariamãe"]. (NT)

que o seio vai, bem entendido e de maneira inesgotável e inegável, imaginarizar – a um regime que em si mesmo é traumático, já que consiste na introdução da dimensão do real. O desejo está doravante fadado a se manifestar sempre em vão. E os objetos, longe de serem esses objetos pré-adaptados, preparados para mim no mundo, tornam-se, ao contrário, representativos da vaidade de meu desejo[38]".

Esse comentário nos permite pôr em oposição – ainda que seja de maneira algo abusiva – os dois regimes. O primeiro inaugura o funcionamento psíquico, mas permanecendo de certo modo na simetria, na duplicação do jeito das bonecas cegonhas, na relação em espelho[39]. Como deixa muito bem entender Charles Melman, esse mundo da relação com a mãe deixaria até supor uma correspondência termo a termo entre a palavra e a coisa. Em outras palavras, ele faria da linguagem um sistema simbólico que recobriria ponto por ponto o real e que, por isso, não permitiria emancipar-se completamente do imediatismo: tratar-se-ia apenas de uma troca de um sistema por outro. Entrevemos, por outro lado, o quanto um regime como esse é congruente com a concepção clássica da verdade, entendida como adequação entre a coisa e sua representação. É evidente que se deve introduzir um outro regime, incompatível com essa concepção, para dar conta de nossa aptidão para a linguagem, de nossa capacidade de participar de um sistema simbólico autônomo que implica o incessante envio dos significantes uns aos outros: para isso, é preciso que seja levada em conta a assimetria, que assuma seu lugar aquilo que escapa, que possamos assim nos libertar do imediato. E é o que permite o segundo regime, o da relação com o pai, que vem perturbar a reciprocidade, a simetria, a relação em espelho, impondo de certo modo ceder lugar ao vazio. É graças à inscrição da perda como ponto zero, como na origem, que o simbólico poderá assumir sua autonomia, que não será mais recobrimento do real. As palavras podem então, e então

---

38 *Ibid.*, p. 97.

39 A imagem do espelho não é simétrica, mas a colocação em evidência por Lacan do "estádio do espelho", do momento em que a criança percebe sua imagem no espelho, é mesmo assim instigadora de uma relação somente imaginária. Será preciso o apelo àquela que carrega a criança para nomeá-la, para introduzir o Simbólico na dita relação.

somente, autonomizar-se, separar-se das coisas que elas designam, os significantes não valendo mais senão pelas diferenças entre si. Assim, o real se posiciona como o que escapa ao simbólico. E é o impossível que se encontra por conseguinte inscrito, como que pelo efeito *troumatizante** do pai, conforme os termos de Lacan. É por isso que se deve passar a esse segundo regime para que a falha, o vazio, encontre seu lugar, tenha sua legitimidade.

É claro que evocar pai e mãe para dar conta do que acontece nesses dois regimes nos faz correr o risco de "imaginarizar" o que, na verdade, tem antes de mais nada a ver com a obrigação lógica. Assim, a exemplo de Melman, deveríamos falar de metáfora e metonímia mais que de pai e mãe. Sendo bem esquemáticos, lembremos que a metáfora, diferentemente da metonímia, "faz furo", no sentido em que supõe uma troca significante e a irredutibilidade de uma perda. Assim acontece, aliás, com a metáfora paterna, que implica que o significante do desejo da mãe seja trocado pelo significante do Nome-do-Pai; logo, que esse desejo da mãe desapareça na operação, para produzir a significação fálica[40]. O que vale para toda metáfora: assim, quando designo o *rei* forte e corajoso pelo termo *leão,* a força e a coragem desaparecem, ao passo que o leão toma o lugar do rei. Em compensação, na metonímia – o fato, por exemplo, de designar trinta *navios* por trinta *velas* –, se também há troca, há além disso manutenção de um laço – aqui aquele entre a parte e o todo – entre as duas palavras.

É a essa diferença entre a metáfora e a metonímia que nos referimos *via* regimes do pai e da mãe, diferença entre um tropo em que a separação entre os significantes é cumprida até seu termo e um outro em que a separação modera a persistência de um laço; logo, permanece inacabada. De um lado, um corte franco, do outro um corte incompleto. Notemos por certo aqui que pode haver, como sabemos, foraclusão da metáfora, em outras palavras, não inscrição do corte, o que provoca um desenvolvimento metonímico infinito, sem "ponto de estofo" para pará-

* Amálgama criado por Lacan a partir de *trou* [buraco, furo] e *traumatisant* [traumatizante]. (NT)

40 Remetemos para a explicitação desses conceitos ao primeiro capítulo da primeira parte.

lo. Ou então recalque da metáfora, com um desenrolar metonímico que mascara cuidadosamente que a perda encontra sua origem no furo que a constitui. Ou ainda desmentido da metáfora pela metonímia: houve inscrição da perda, mas o encadeamento metonímico não tem outra finalidade senão sua recusa. O que respectivamente assinala a constituição de estruturas psicóticas, neuróticas ou perversas.

Logo, as referências ao pai e à mãe no fim das contas não passam de modalidades da referência ao funcionamento da linguagem. O que deve necessariamente conseguir inscrever-se para que a linguagem possa funcionar a pleno regime – na marcha rápida, poderíamos dizer – é o furo, a perda implicada pela metáfora.

Sempre exagerando, diremos portanto que pudemos identificar a presença dos dois regimes e até seu entrelaçamento em toda economia psíquica "normal". É o emaranhamento desses dois regimes que permite que a realidade psíquica se instale em cada sujeito. Mas contanto que o funcionamento do regime paterno possa prevalecer sobre o do regime materno, o que Freud aliás considerava um "progresso da civilização[41]". Na verdade, só fazemos aqui retomar o que evocamos no início da obra ao tomarmos o exemplo da criança que transpõe uma etapa decisiva ao aprender sucessivamente a jogar o jogo da Batalha e o jogo do Valete fedorento.

As estruturas sociais em cada sociedade concreta até o presente sempre contribuíram para favorecer essa passagem necessária de um regime ao outro. Não para trocar o segundo pelo primeiro, nem para que o pai suplante a mãe, mas para que o regime da relação com a mãe possa ser "reorganizado" pelo regime da relação com o pai, de tal modo que sejam tornados possíveis o acesso à alteridade e a instalação do real. Logo, é fortalecido por esse trajeto e essa dívida para com cada um dos pais que o sujeito encontra sua "normativação", em outras palavras, pode

---

41 Lembremos a célebre formulação de Freud em *L'Homme Moïse et la religion monothéiste*, Gallimard, 1986, p. 213: "A passagem da mãe ao pai caracteriza uma vitória da vida do espírito sobre a vida sensorial; logo, um progresso da civilização, pois a maternidade é atestada pelo testemunho dos sentidos ao passo que a paternidade é uma conjectura, é edificada sobre uma dedução e sobre um postulado".

orientar-se no trabalho de subjetivação: passar de uma economia em que predomina o gozo a uma economia em que se inscreve o desejo.

Trata-se, no fim das contas, através da articulação dos dois regimes, de instalar o que vai permitir que o sujeito se separe tanto do pai quanto da mãe. Com efeito, o regime da relação com o pai representa apenas um meio para ter acesso ao que é prescrito pela aptidão para a linguagem. Mas o regime ligado à mãe, dissemos, para além da relação em espelho, da relação com o gozo, também está de imediato incumbido de introduzir à economia do desejo. Isto pelo viés daquilo que alguns chamam o proto-simbólico.

O trabalho de instalação do Simbólico para o sujeito a vir não pode por conseguinte ser considerado um apanágio apenas paterno: também cabe à mãe introduzir a ele, *via* processos mais finos e menos consumados com certeza, mas igualmente indispensáveis. Poderíamos aqui, por exemplo, evocar os trabalhos de nossas colegas Lina Balestriere e Jacqueline Godfrind, que indicam, cada uma à sua maneira, como a mãe realiza esse trabalho de proto-simbolização.

Assim, Lina Balestriere, referindo-se, no caso, ao *Esboço para uma psicologia científica*, a primeira grande obra do Freud dos primórdios, escreve a esse respeito: "Na origem existem as tensões, poderíamos dizer, as subidas bruscas de excitação endógena. Elas revelam a impotência original do ser humano e convocam a pessoa caridosa que vai efetuar a ação necessária à descarga da tensão. [...] O conceito 'mãe' é o operador que faz da diferença no nível da excitação o pivô do desprendimento de um agente no *hic et nunc* da presença no *Erlebnis* de apaziguamento. O movimento de apaziguamento é portador de potencialidades simbolizadoras, em sua relação originária com a presença. [...] Esse trabalho de diferenciação é a base não linguageira da linguagem, que terá por tarefa nomear e pensar e por aí desabrochar numa rede cada vez mais complexa as possibilidades de diferenciação. [...] Ele inscreve a base sem a qual a linguagem perde seu enraizamento corporal[42]".

---

[42] L. Balestriere, "Les précurseurs du tiers", in *Avons-nous encore besoin du tiers?*, J.-P. Lebrun e E. Volckrick, *op. cit.*, p. 25. Remetemos também a L. Balestriere, *Freud et la question des origines*, De Boeck, 1998.

Jacqueline Godfrind, por sua vez, conceitualiza, após notadamente trabalhos pioneiros do psicanalista inglês Wilfred Bion, discípulo turbulento de Melanie Klein, "as premissas da simbolização" assegurada pela mediação materna. A mãe, diz ela, empresta seu aparelho de pensar ao filho. E ela insiste nas "qualidades psíquicas da mãe, fecundantes do potencial de partida de que dispõe o bebê: a receptividade pela mãe das mensagens motoras, sensoriais, afetivas do filho; a colocação em sentido dessas mensagens numa comunicação empática; mas também a modulação de uma certa distância, tempo ótimo da ausência e da frustração que deixam ao filho um espaço para elaborar a falta. [...] As aquisições mentais que se constroem nessa época, seja qual for a qualidade, não correspondem, *stricto sensu*, a um funcionamento simbólico. Para que este se instale, é preciso [...] que a alteridade seja aceita depois elaborada[43]".

Podemos assim evidenciar a especificidade da função simbolizadora materna. O "regime paterno", ainda que desempenhe nesse domínio um papel prevalente, não é portanto o único suporte da ordem simbólica. O que leva bem em conta a psicanalista Monique Schneider ao evocar "as duas formas diferentes que a recusa do corte pode assumir. Ao desejo de encaixe indefinido, conduzindo à representação de uma genealogia materna construída à imagem das bonecas russas, corresponderia, na vertente paterna, a representação de uma elongação telescópica a sobreviver, imutável, à mudança das gerações. Numa e noutra figuras, a continuidade estaria assegurada com a ajuda de uma estrutura espacial específica: retilínea para dizer a filiação paterna, encurvada e envolvente para figurar a filiação materna[44]".

Logo, se o pai não tem o monopólio do Simbólico, ele pode no entanto abusar de sua função para trocar o caráter mortífero do atolamento no materno pelo caráter mortífero do próprio simbólico. Pois, por ser morte da coisa, a palavra também é em si mortífera. Para sustentar essa afirmação, basta aqui evocar São Paulo e sua célebre fórmula da epístola aos coríntios: "A letra mata, mas o espírito cria a vida".

43 J. Godfrind, *Les Deux Courants du transfert*, PUF, 1993, p. 42.

44 M. Schneider, "Inceste maternel, inceste paternel", in *Études freudiennes*, nº 35, maio de 1994.

Não devemos portanto nos deixar levar por uma primazia a ser concedida ao regime paterno sem considerar que esta só é justificada por estar a serviço da inscrição na cultura e na vida social; logo, do vivente humano. Como já dissemos, é bem mais a articulação em hélice dupla desses dois regimes – para delimitar o real – que é determinante para o sujeito e que nada mais constitui que sua divisão subjetiva, já que essa articulação não pode fazer outra coisa – a não ser com uma clivagem – senão assumir a irredutível não-relação desses regimes.

Devemos aqui notar que é nesse ponto preciso que se situa na ideologia ambiente o que se costuma chamar *o deslocamento do traumatismo*. Com efeito, se perdermos de vista que a sexualidade humana é traumática porque só é humana sob a obrigação de estar inscrita nas palavras e, portanto, por de ofício perder a possibilidade de estabelecer relação entre os dois sexos, vamos ler o traumatismo na irrupção daquilo que vem romper o encanto da relação com a mãe. A coisa não é falsa, já que a intervenção paterna de certo modo é o trauma iniciador – mas portanto salvador – que prepara para suportar o real e assim para bordejar o real pelas palavras. O verdadeiro trauma, o que efetivamente é destruidor, é quando o real é sem pai, sem palavras para bordejá-lo. No deslocamento a que hoje assistimos, o pai se tornou o agente do trauma, embora seja meio de humanizar, e são tanto o angelismo da criança quanto a pretensa beatitude do regime materno que são então confirmados. O trauma, por isso, se deslocou: ali onde a descoberta freudiana designava a natureza traumática da sexualidade humana, doravante é a impossibilidade de permanecer apenas no funcionamento conforme o regime materno que se torna o trauma! Deve-se acrescentar que as conseqüências desse deslocamento são numerosas ao mesmo tempo que pouco identificadas[45]? O resultado é que o alcance da descoberta por Freud da sexualidade infantil está em via de cair completamente no esquecimento, embora o discurso sobre o sexual agora esteja exposto à vista de todos[46].

---

[45] Elas vão da justificação da caça aos pedófilos à denúncia dos abusos sexuais, passando por essa dificuldade para os responsáveis pela educação – pais, educadores, professores... – de enunciar interdito, pois é considerado traumatizante.

[46] A esse respeito, remetemos à notável sétima aula intitulada “Crise de sexo” do livro de A. Badiou, *Le Siècle*, Seuil, 2004, pp. 103-118.

Pai e patriarcado

Mas voltemos ao texto de Melman: ao evocar em *O homem sem gravidade* os dois regimes, aquele ligado à mãe e aquele ligado ao pai, Charles Melman acrescentava uma afirmação que deliberadamente apagamos ao evocar até aqui os dois regimes: ele ligava diretamente o regime da relação com o pai ao patriarcado. Ora, isto coloca uma questão diretamente ligada ao que tratamos: é legítimo considerar que a existência do regime paterno e a do patriarcado caminham juntas? Retomemos o que ele dizia precisamente: "O pai tornou-se não a encarnação mas o representante dessa instância. Logo, a diferença entre os dois regimes deve-se a isto: com o patriarcado, é a dimensão do real que é assim introduzida no campo do psiquismo, da especulação mental[47]".

Podemos identificar aí – em todo caso nessa passagem – que ele faz um amálgama entre pai e patriarcado[48]. Mas o regime paterno – no sentido em que é aquele que induz a metáfora – é necessariamente congruente com o patriarcado? Ou, para colocar a questão de outro modo mas também diretamente, o patriarcado foi apenas um modo de organização da sociedade contingente historicamente ou, ao contrário, resulta de uma necessidade estrutural? Esse regime de que nos emancipamos era em si mesmo necessário ou só representava uma modalidade concreta encontrada – ainda que sem querer – por nossos ancestrais para figurar a necessidade da metáfora – logo, da perda – e organizar sua transmissão[49]?

---

[47] C. Melman, *op. cit.*, p. 98.

[48] Aliás, interpelamos de modo bem direto Charles Melman a esse respeito numa das entrevistas que constituem *O homem sem gravidade* (*op. cit.*): "Ao encarar assim o patriarcado, assimilando-o simplesmente a uma ordem ligada a um pai 'traumatizante', aquele que você acaba de descrever, não é redutor?". Sua resposta: "Mas, caso contrário, não há pai! Se o pai não é aquele, então não é um cara sério, não é um pai".

[49] Poderíamos propor dar dois sentidos diferentes ao termo patriarcado: um sentido estreito, que guardaríamos aqui, e um sentido amplo. O sentido amplo se referiria então à denominação tradicional empregada desde o início do século XX em sociologia para designar, como indica o [dicionário] *Robert historique de la langue française*, um tipo de organização social em que a autoridade familiar e política é exercida pelos homens, chefes de família, isto por oposição ao matriarcado. Quanto ao sentido restrito, ele se limitaria a designar um tipo de organização so-

Se a emergência de neo-sujeitos deve-se precisamente à crise da legitimidade que descrevemos, portanto aos efeitos da dificuldade encontrada pelo pai concreto, pois ele não pode mais apoiar-se no discurso do social para preencher sua função, também não se deve esquecer que o que está em jogo na modernidade, como várias vezes indicamos, é permitir que o sujeito se sustente no vazio. Logo, que enfrente a nova distribuição de papéis na sociedade inclusive quanto a seus efeitos sobre a coletividade.

Em outras palavras, coletivamente, a trajetória que é a nossa hoje, e que pela força das coisas nos leva a abandonar o patriarcado, pode ser lida como um avanço social – da mesma maneira que se trata de um avanço numa trajetória individual quando acabamos indo para além do pai, quando conseguimos ficar sem ele. Nesse sentido, com efeito, simplesmente não conseguimos também ficar sem o pai no nível do coletivo? Com certeza, mas nem por isso se pode confundir "evitar o pai' e "ficar sem ele". A evitação de modo algum constitui um desfecho satisfatório, aceitável. Não se deve confundir "livrar-se do patriarcado", ponto a que chegamos hoje, com "livrar-se do pai", o que equivale a recusar servir-se do operador paterno; logo, igualmente do regime paterno na medida em que ele representa o degrau que introduz o sujeito no social.

Resta entretanto saber como, diante do filho, um pai que perdeu sua legitimidade social poderá sustentar seu dizer ou calar-se sem ser de imediato qualificado de autoritário ou de demissionário. É bem o que hoje costumamos observar clinicamente. O problema, portanto, persiste: o pai, órfão do apoio do patriarcado, não dispõe mais de uma legitimidade evidente para assentar sua intervenção. Tem de remediar a perda de reconhecimento social apelando para seus próprios recursos, graças a seu percurso pessoal. O que arrisca acontecer, por não conseguir identificar esse desafio, é que ele renuncie a representar seu papel e que *abandone* o filho à mãe e bem evidentemente também a mãe a seu filho.

É óbvio que a sociedade patriarcal pode ser dita toda-fálica pois tinha se organizado inteiramente em torno da prevalência do macho e,

---

cial em que a intervenção paterna é reconhecida como legítima – e, por isso, também, o regime paterno – sem que possa no entanto coincidir com uma autoridade política. Mas isso corresponderia a querer salvar o amálgama e só faria nos afastar um pouco mais da questão colocada.

por isso, fazia coincidir referência ao Falo e dominação masculina. Passar a uma sociedade que não é mais toda-fálica é passar a uma sociedade que não se sustenta mais como antes da insígnia fálica, que não recorre mais apenas a esse modo para legitimar a fala. Sustentar-se pela consistência do cetro não é mais a única modalidade do tomar a palavra. A referência a esse marco único que vale para todos não é mais evidente. Outros funcionamentos são possíveis, outras maneiras existem para "habitar" a fala. Em compensação, ainda que não emanem mais do mestre de antigamente, essas falas continuam a ser falas, e sempre estão portanto submetidas às leis da linguagem.

É por isso que conseguir sustentar o desafio da modernidade também é conseguir organizar-se como sociedade *não-toda* fálica e não em sociedade *toda-não* fálica! O todo-fálico de ontem – a centralização, o modelo vertical, a estrutura piramidal... – deve ser inteiramente repensado. Ele é levado a ceder o lugar para que advenha uma sociedade que seria não-toda falicamente organizada – as redes, a plataforma, o associativo, a sociedade pluralista, o modelo horizontal, as estruturas abertas suscetíveis de estender-se ao infinito... Mas nem por isso devemos crer estar livres das questões de autoridade e hierarquia. Estas últimas devem certamente ser pensadas de outra maneira, mas continuam devendo sempre ser pensadas[50]. Pois se confundíssemos a saída do patriarcado com o fim do regime paterno isso nos levaria em linha reta rumo a um arcaísmo matriarcal[51]. Alcançar a margem do além do patriarcado, o que tanto

[50] Quanto a isso, podemos por exemplo meditar sobre este aviso de François Ost, jurista e filósofo, que, ao questionar o pensamento em rede, afirmava: "Não nos esquivaremos desta questão crítica: por trás do espelhamento das redes e do farfalhar de suas inumeráveis comunicações, sob a aparência do triunfo do diverso e do plural, não estaríamos assistindo, muito pelo contrário, a um irresistível avanço da uniformidade, sob a forma, desta vez, da integração econômica globalizada, da homogeneização dos códigos culturais e da padronização do pensamento?", In F. Ost, "La pensée en réseau", *La Libre Belgique*, 21 de fevereiro de 2002.

[51] Não é a obra de Michel Schneider *Big Mother* que virá nos contradizer quanto a este ponto: "Por ser menos paterno e masculino, o poder nem por isso se feminiza. Ele se maternaliza. [...] No total, afirma ainda Michel Schneider, o principal negócio dos políticos na fase atual do Welfare State é portanto assegurar não um desenvolvimento econômico e social, mas um melhor-ser físico e psíquico. [...] O Estado-mãe estaria condenado, pela própria extensão de seu poder de meio protetor, a não mais assegurar as funções primeiras do Estado simplesmente? Pois Big Mother é não só um Estado materno, mas um poder maternante. [...] A definição do cidadão em política,

desejam os que desprezam a modernidade, não é de modo algum uma tarefa fácil, um resultado garantido de antemão. Para atingi-lo, primeiro é preciso não ceder ao apelo das sereias [*tão-rainhas*]* mães.

Assim, a inversão de prevalência entre os dois "regimes" induz o fim da neurose tal como a conhecíamos ontem em razão da primazia da relação com o pai. Mas deve-se notar que a prevalência da relação com a mãe – a *mèreversão* – que disso se deduz é portanto a conseqüência daquilo que não acontece mais, a renúncia habitual à mãe doravante ausente. Num livro notável dedicado a *Sade e a lei*, François Ost mostra e demonstra de que modo uma virada está em ação na perversão: "Perverter é virar – e até virar totalmente, o prefixo 'per' sugerindo a idéia de uma radical determinação da atitude. Ora, essa 'per-spectiva' (esse olhar resoluto) viu o que não deveria ver e acabou dizendo o que deveria ser calado. Esse traço, absolutamente constante, já figura no relato de Sodoma, essa Sodoma onde Sade elegeu domicílio desde a escrita de sua primeira obra: *Os 120 dias de Sodoma*, uma eternidade". E mais adiante: "O avesso, em que, presumimos, cabe a perversão, foi identificado sob os traços do obsceno, do sinistro e do i-mundo. [...] O direito, em compensação, mantém-se na resolução firme de desviar-se disso; um interdito fundador é assim valorizado, respeitá-lo condiciona toda sociabilidade possível. [...] Desse ponto de vista, a cultura surge para nós como uma conquista frágil empreendida sobre esse mal inicial. Não mais o avanço pacífico e majestoso de um ideal originário que se desenvolve através dos séculos mas antes a 'virada de uma maldição', Ló desviando-se de Sodoma[52]".

O que revela assim François Ost, de maneira bem precisa, é a irredutível necessidade de uma renúncia para instalar a cultura e a lei. *A contrario*, é a inversão, a desnaturação desse interdito fundador – e

---

como a do sujeito em psicanálise, foram profundamente modificadas pela maternalização das relações entre indivíduos. O Estado é uma boa mãe, deixando seus filhos tornarem-se homens? Ou então sonha ele manter-nos na infância?". M. Schneider, *Big Mother, Psychopathologie de la vie politique*, Odile Jacob, 2002, pp. 18 e 60.

* Jogo homofônico: *sirènes* [sereias] e *si* [tão]-*reines*[rainhas]. (NT)

52 F. Ost, *Sade et la loi*, Odile Jacob, 2005, pp. 25, 45 e 279.

não apenas a desmedida – que o perverso sustenta com todas as forças. Quando as estruturas sociais não põem mais em seu programa *a firme resolução de se desviar*, a necessidade de renunciar, então, naturalmente, vamos supor que toleram que disso possamos nos achar dispensados. É isso que chamamos *mèreversão*. O quadro clínico do neo-sujeito será o de um sujeito que permaneceu apenas filho da mãe. Logo, é essa virada que aproxima essa posição da estrutura perversa. Esta, com efeito, cabe inteira numa virada: um fetiche ali onde há efetivamente uma falta, uma presença, portanto, ali onde é a ausência que reina.

Pode-se então afirmar que o "modelo" da perversão vai tornar-se o modelo comum? O que arriscaríamos, pois, tornando-nos todos perversos? Seria simplista, e precipitar as coisas. Não é porque sujeitos participam de uma economia perversa, dissemos, que, por isso, eles mesmos são perversos, no sentido em que teriam a ver com a estrutura perversa. Falar de *mèreversão*, veremos, nos conduzirá a dar prova da mesma prudência para evocar o destino dos neo-sujeitos.

7

RUMO À GENERALIZAÇÃO DE UMA PERVERSÃO COMUM?

A vida psíquica dos neo-sujeitos da modernidade, nesses tempos atuais em que a força organizadora e repressiva do patriarcado não é mais operante, possui características que a distinguem profundamente da vida psíquica de seus avós. O essencial: neles não é mais tanto o recalque que está em ação, como era o caso no "neurótico normal" a que estávamos acostumados, mas antes a renegação ou o desmentido. Em outras palavras, o mecanismo em ação na perversão. Entretanto, sabemos que é preciso distinguir essa perversão atual – tornada a tal ponto freqüente que pode ser qualificada de comum – da estrutura perversa propriamente falando, à qual ela não parece corresponder. Portanto, comecemos por aí.

Atualidade do desmentido

É de uso fazer remontar na obra de Freud a emergência da *Verleugnung* – termo que será traduzido por renegação [*déni*], depois, também, por desmentido [*démenti*] – a um texto de 1923 dedicado a uma nota que ele deseja intercalar, como ele mesmo diz, em sua teoria da sexualidade. Nesse escrito intitulado "A organização genital infantil", paradoxalmente, não é propriamente falando o conceito mesmo de *Verleugnung* que aparece, sequer o verbo *verleugnen*, mas o verbo *leugnen*. Freud descreve assim o que acontece entre os meninos pequenos: "Sabemos como reagem às primeiras impressões provocadas pela falta de pênis. Eles negam – *sie leugnen* – essa falta e crêem ver apesar de tudo um membro; lançam um véu sobre a contradição entre observação e prejulgamento, indo buscar que ele ainda é pequeno e que logo vai crescer, e chegam lentamente a esta conclusão de grande alcance afetivo: antes, em todo caso, ele de fato esteve ali e posteriormente foi retirado. A falta de pênis é concebida como o resultado de uma castração e a criança agora se vê no dever de enfrentar a relação da castração com sua própria pessoa[1]".

Anteriormente, Freud introduziu o que ele considera poder trazer de novo nesse momento em sua teoria da sexualidade, a saber, precisamente que, se considerarmos "essa organização genital infantil", notamos que "o que a diferencia da organização genital definitiva do adulto [...] reside nisto: para os dois sexos, um único órgão genital, o órgão macho, tem um papel. Logo, não existe um primado genital mas um primado do falo".

No texto de 1924, "A perda da realidade na neurose e na psicose", Freud vai utilizar o termo *verleugnen* para evocar o que provoca a perda da realidade na psicose. Faz dele um processo psíquico, reconhecido como tal, em que a ação de recusar a realidade prevalece amplamente em relação àquela de aceitá-la. Assim, a noção de *Verleugnung* permanece ainda na ambigüidade. Nesse texto, para ilustrar seu pensamento, ele expõe um caso de histeria, o de uma jovem apaixonada pelo cunhado que fica abalada diante do leito de morte da irmã pelo seguinte pensamento que lhe vem à mente: "Agora que ele está livre, vai poder casar com você". Essa representação de desejo, nos diz Freud, é recalcada e vai retornar em dores histéricas. E ele prossegue escrevendo: "A reação psicótica teria sido renegar – *verleugnen* – o fato da morte da irmã[2]". Ele assim põe bem em evidência que o recalque e a *Verleugnung* são para

---

[1] S. Freud, "L'organisation génitale infantile", in *La Vie sexuelle*, PUF, 1969, p. 115.

[2] S. Freud, "La perte de la réalité dans la névrose et dans la psychose", in *Névrose, psychose et perversion*, PUF, 1973, p. 300.

ele dois processos diferentes, um referindo-se ao que se poderia chamar uma escolha neurótica, o outro a uma escolha psicótica.

Num texto de 1925, "Algumas conseqüências psicológicas da diferença anatômica entre os sexos", Freud descreve a renegação em ação tanto na menina quanto no menino e utiliza então explicitamente o termo *Verleugnung*: "É o processo que eu gostaria de descrever como renegação – *Verleugnung* – que entra em cena; não parece nem raro nem muito perigoso para a vida mental da criança, mas, nos adultos, ele introduziria uma [psicose[3]]".

Enfim, em seu texto de 1927 "O fetichismo", é o mecanismo da *Verleugnung*, no caso da "castração" materna, que Freud coloca no cerne do processo do fetichismo: "O fetichismo é o substituto do falo da mulher (a mãe) no qual acreditou a criança pequena e ao qual, sabemos por quê, ela não quer renunciar". É nesse texto que Freud se opõe a Laforgue, um dos pioneiros da psicanálise na França, que propunha antes falar de escotomização. Essa palavra, com efeito, "desperta a idéia de que a percepção foi completamente varrida [...] embora, ao contrário, a situação que descrevemos mostre que a percepção permanece e que empreendemos uma ação muito enérgica para manter sua renegação[4]". O que ele identifica aqui é o que vai mais tarde qualificar de clivagem, em outras palavras, o fato de abandonar e de conservar simultaneamente uma crença.

Freud introduz nesse mesmo texto dois elementos suplementares ao evocar as vantagens que se dá o sujeito fetichista. Primeiro, ele ressalta que "o que os outros homens buscam e aquilo por que devem suar não exige esforço algum do fetichista". Em seguida, que o fetiche "poupa" ao fetichista tornar-se homossexual ao emprestar à mulher esse caráter pelo qual ela se torna suportável enquanto objeto sexual[5]".

Essa "progressão" entre a renegação da castração na criança – a incontornável primeira reação diante da ausência de pênis na gente feminina – e a renegação do homossexual macho – que não pode, por essa razão,

---

3 O texto alemão fala de psicose, e não de neurose como foi escrito na tradução francesa.

4 S. Freud, "Le fétichisme", in *La Vie sexuelle, op. cit.*, p. 116.

5 *Ibid.*, p. 116.

eleger como objeto sexual aquela cuja anatomia é feminina – merece que aí nos detenhamos. Com efeito, podemos nos perguntar a partir de quando passou a ser oportuno falar de fato de perversão. Onde passa a linha de demarcação? Colocar-se essa questão, no entanto, supõe implicitamente que não pretendemos validar a idéia geralmente admitida segundo a qual o conceito de *Verleugnung* é específico da estrutura perversa.

Com efeito, é notável que, no trajeto teórico que acabamos de seguir rapidamente, tenhamos passado da perversão polimorfa infantil à estrutura do mesmo nome sem que a linha de demarcação entre as duas tenha de fato jamais sido identificada e examinada. De qualquer forma, é preciso constatar que o mecanismo da *Verleugnung* está tanto em ação na criança quanto no perverso. E sobretudo que, ao situar a operação da *Verleugnung* nesse momento da infância em que o filho do homem está todo ocupado por sua investigação da sexualidade e a fabrica com teorias sexuais infantis, Freud reconhece explicitamente a existência de uma *Verleugnung* que pode ser qualificada de normal. Essa operação é simplesmente aquela que permite que toda criança comece a enfrentar a descoberta da castração. Ele começa renegando sua percepção e inventa uma teoria – a mais simples: o que falta à mulher vai lhe crescer mais tarde! – para tornar compatível sua crença e a realidade. É por esse viés que ele consegue e ao mesmo tempo se força a confrontar-se com a castração.

Se, por outro lado, é possível definir a perversão no sentido estrito – uma das três grandes estruturas psíquicas com a neurose e a psicose – como "a experiência de uma paixão humana em que o desejo é suportado pelo ideal de um objeto inanimado[6]", vemos bem que a linha de partilha que permite isolar sua especificidade passa pelo reconhecimento da alteridade. Só seria então verdadeiramente perverso aquele que fosse levado a dever negar radicalmente a alteridade do outro – seu caráter vivo –, a dever instrumentá-lo.

Em seu texto de 1938 "A clivagem do eu [*moi*] no processo de defesa", Freud, a partir do caso de um fetichista, desenvolverá de modo

[6] J.-P. Hiltenbrand, artigo "Perversion" em R. Chemama e B. Vandermersch, *Dictionnaire de la psychanalyse*, Larousse, 1998.

ainda mais explícito sua concepção das origens e do funcionamento do desmentido: "A conseqüência habitual, considerada normal, do pavor de castração é que o menino pequeno cede à ameaça [...] – ele não leva mais a mão aos órgãos genitais –, renunciando assim total ou parcialmente à satisfação da pulsão. Mas [...] nosso paciente safa-se de outro jeito. Arrumou para si um substituto para o pênis da mulher, em vão buscado: um fetiche. Assim, ele renegou a realidade, mas salvou o próprio pênis. [...] Esse ato de nosso paciente nos impressiona na medida em que constitui uma maneira de desviar-se da realidade, processo que de bom grado reservaríamos à psicose. E dele não difere muito, mas apesar de tudo queremos suspender ainda nosso julgamento, pois, numa observação mais atenta, descobrimos uma diferença que é importante. O menino pequeno não contradisse simplesmente sua percepção, não alucinou um pênis ali onde não se podia ver, unicamente procedeu a um deslocamento de valor, transferiu a significação do pênis para outra parte do corpo. [...] Esse deslocamento por certo só se referiu ao corpo da mulher; para seu próprio corpo, nada mudou. Essa maneira, que seríamos tentados a qualificar de esperta, de tratar a realidade decide o comportamento prático do menino pequeno". E Freud acrescenta ainda que "simultaneamente à criação do fetiche, aparece nele uma angústia intensa do castigo pelo pai, [...] angústia que, ela tampouco, nada diz da castração. Com o socorro da regressão a uma fase oral, ela surge como angústia de ser devorado pelo pai".

Neste último texto, Freud nos diz assim de modo bem claro como, graças a esse mecanismo da renegação, duas leituras contraditórias de um fato podem doravante coexistir simultaneamente: "Por um lado, *o autor de uma renegação* rejeita a realidade e não se deixa nada proibir; por outro lado, no mesmo tempo, ele reconhece o perigo da realidade, assume, sob forma de um sintoma mórbido, a angústia diante dessa realidade e busca ulteriormente dela se proteger[7]".

O interesse dessa breve lembrança da evolução da concepção da *Verleugnung* em Freud é duplo. Primeiro, mostrar a que ponto esta faz parte da evolução normal da criança, embora também seja a modalidade

[7] S. Freud, *Résultats, idées, problèmes*, t. II, PUF, 1985, p. 284.

de entrada no fetichismo e na perversão, talvez até na psicose. Em seguida, identificar a que ponto é determinante a intervenção da pressão para que a criança encontre uma saída para a situação que enfrenta.

Sem precisarmos nem um pouco para isso recorrer a uma teoria dos estádios ou a uma concepção evolucionista da maturação da criança, devemos no entanto notar que é preciso que a criança percorra um trajeto para não ficar em sua posição de perverso polimorfo. Supomos que a *Verleugnung* inicial – normal na infância, segundo Freud – vai progressivamente ceder o lugar ao levar em conta da realidade. Esse trajeto vai ser cumprido sob a obrigação, a de dever ceder lugar à realidade, de não poder ficar no auto-erotismo do sonhador ainda que acordado. Essa obrigação, o laço social de ontem a suportava, e até mesmo a impunha, a tornava em todo caso presente em permanência, ao passo que o de hoje deixa-a como que em suspenso.

No mundo das gerações precedentes, o dispositivo social, solidariamente com a família, assumia essa função necessária para que o sujeito se constituísse como ser falante, se preparasse para se tornar um dia adulto. A necessidade de aceitar a perda de gozo era naturalmente entendida *via* confronto com aquele – a começar pelo pai – que ocupava o lugar da exceção. Essa perda era inscrita no programa *via* interdito do gozo do corpo próprio, do auto-erotismo. Segundo um esquema idêntico, as pulsões parciais na criança – oral, anal... – deviam unificar-se sob a prevalência do falo, que, como significante de exceção, vetorizava todo o campo pulsional. A *Verleugnung* que a criança utilizava para opor-se à perda de gozo no caso em questão tinha poucas chances de prosseguir.

Num mundo completo e inconsistente, como o que tende a promover a sociedade atual, essa vetorização está de imediato desacreditada, talvez até anulada, já que a posição daquele que proíbe está deslegitimada. Assim, o sujeito preso nessa configuração não pode mais contar com a pressão vinda de seus primeiros outros. No entanto, deve sempre reorganizar sua pluralidade pulsional sob o primado da vetorização fálica, mas sem, daqui por diante, ter de levar em conta o que se enuncia a partir de um lugar de exceção. Nesse caso, a tarefa de renunciar à sua renegação é mais difícil de ser cumprida. E, por conseguinte, o mecanismo psíquico a que esse sujeito é amplamente convidado a recorrer com o tempo é, ainda e sempre, essa *Verleugnung*, essa renegação ou desmentido, que ele praticou "normalmente" bem no início de seu trajeto na existência.

O que acontece com nosso neo-sujeito na medida em que são precisamente as forças que até ontem obrigavam a medir o tamanho da alteridade que são hoje questionadas, até mesmo decretadas obsoletas? Na falta de poder contar com um apoio – o lugar de exceção – para efetuar a renúncia necessária para dar seu lugar ao outro, eis que ele é antes convidado a não dever se cansar, a não fazer esforço algum, como dizia precisamente Freud do fetichista.

Verleugnung vem, como acabamos de ver, do verbo *leugnen*, mentir. Mas esse conceito de imediato colocou um problema de tradução. Pois se, em francês, o verbo *dénier* remete a um só tempo à *dénégation* [denegação] e ao *déni* [renegação], esses substantivos não querem dizer a mesma coisa. A denegação (*Verneinung*) designa o procedimento pelo qual o sujeito enuncia sob forma negativa um de seus desejos até aqui recalcado... e continua a se defender diante desse desejo ao negar que ele lhe pertença. É o famoso exemplo do sonhador que, evocando a mulher que aparece em seu sonho, logo ressalta: o que é certo é que não é minha mãe! Seu comentário assinala uma primeira aceitação, mas denegada (aqui uma *Verneinung*), da moção pulsional recalcada. Em compensação, há desmentido ou renegação (*Verleugnung*) quando o sujeito recusa reconhecer a realidade de uma percepção que o perturba, mediante o que ele a exclui: ele somente a entreviu e todo seu movimento psíquico é de rejeitá-la.

Como Freud se interessou pelo mecanismo psíquico da *Verleugnung* em relação ao que acontece na perversão, a renegação foi habitualmente – e abusivamente, segundo nós – considerada como se assinalasse a estrutura perversa. Uma vez que o sujeito disse seu primeiro sim à linguagem (*Bejahung*), é preciso, como já indicamos, que ele diga não, que recuse, que objete ao Outro. Sem essa possibilidade de objetar, ele permanece pura e simplesmente alienado, encontra-se então na psicose. Para objetar, ele dispõe de três mecanismos possíveis: a repetição[8] do recalque

[8] Repetição, porque a possibilidade de fazer objeção ao Outro é equivalente ao recalque dito originário. É este último que falta na psicose e o mecanismo causa dessa ausência é designado, desde Lacan, pelo termo "foraclusão" (*Verwerfung*) do Nome-de-Pai".

(*Verdrängung*) inaugural, a denegação (*Verneinung*) ou o desmentido (*Verleugnung*). Com o recalque, o sujeito põe de lado, no inconsciente, significantes correlatos a uma pulsão inaceitável. Com a denegação, ele recusa a emergência de uma moção pulsional, mas, ao levá-la "negativamente" em conta, dá um primeiro passo rumo a seu reconhecimento. Essas duas operações de certo modo se fazem no interior mesmo do sujeito. Mas no caso do desmentido, como vimos em ação na criança, a operação se refere à realidade e não é portanto somente intrapsíquica. Assim, o menino começa por se proteger da angústia de castração efetuando um desmentido sobre a ausência de pênis na menina ou na mãe. Ao recusar a realidade da percepção, ele pode continuar a crer na existência de um falo em todo mundo, não precisa encarar a existência de dois sexos anatomicamente diferentes. E, sobretudo, põe-se assim ao abrigo, pois não precisa assumir a conseqüência para seu próprio corpo daquilo que percebeu e que o teria confrontado com a angústia de castração.

Por se referir à realidade, esse mecanismo implica mais – e de outra forma – a presença do outro que o recalque. Por isso, o que esse outro vai dizer ou não dizer vai influenciar a criança, eventualmente até autorizá-la a se manter na via ilusória de seu desmentido. Aliás, é nesse sentido que falamos da importância da pressão exterior e que podemos encarar, *a contrario*, a existência de *uma comunidade de renegações*. É bem a resposta do outro que, ao recusar o prosseguimento da falsa crença, vai fazer objeção à manutenção do desmentido. Ou, ao contrário, se quanto a isso houver uma cumplicidade, levar o "desmentiroso" a prolongar seu desmentido. Em todo caso, fica claro que idas e vindas entre realidade e psique são necessárias para que o desmentido, sempre naturalmente "convocado" a respeito de uma realidade difícil de admitir, seja progressivamente abandonado.

Lacan, como lembramos mais acima, mostra que o falo é o indício da perda que a linguagem implica, o significante da perda de gozo. O que tem por conseqüência que – para além daquilo que Freud designava pelo reconhecimento da perda do pênis pela criança – a renegação se refere à necessidade da perda de gozo. Somos assim levados a pensar que o neo-sujeito, por não poder usar com eficácia o recalque já que não tem mais à disposição a força da repressão patriarcal para forçá-lo a isso, vê-se antes naturalmente convidado a partilhar a cumplicidade com a eventual renegação sustentada pela mãe[9]. Ora, como esta está em harmonia com o discurso social, o sujeito poderá aí encontrar com o que alimentar sua própria recusa da castração.

O que ele então se vê mais que convidado a fazer é objeção à necessidade da subtração de gozo ao desmenti-la, e a no mesmo golpe fechar-se na crença de que há meio de não se servir da instância paterna. Em outras palavras, a *saber bem* que é preciso aceitar que haja perda, *mas* a *mesmo assim* recusar consentir nisso, concordando dessa maneira com a fórmula já indicada de Octave Mannoni que resume o que está em jogo no desmentido: *sei bem, mas mesmo assim...*

Aliás, notemos – o que está longe de não ter importância – que para traduzir *Verleugnung* temos a escolha dos termos. Podemos coletar em diversos autores pelo menos cinco expressões diferentes: *désaveu* [desaprovação], *déni* [renegação], *démenti* [desmentido], *répudiation* [repúdio][10] e, além disso, esta proposta de Lacan: "louche refus" ["recusa suspeita"][11]. Essa profusão de traduções[12] já é em si mesma reveladora da pluralidade das significações em uso. Talvez tenha também uma relação com o fato de que a *Verleugnung* é um mecanismo que abre a possibilidade, para retomar um dos raros provérbios ainda em uso nos nossos dias, de "comer o bolo e guardar o bolo". Um mecanismo psíquico que permite, ao mesmo tempo, aceitar e recusar, dizer sim e não! Logo, é bem indicado apelar para isso num mundo completo e inconsistente onde os contrários aparentemente não se opõem.

---

9 Não se deve necessariamente dar a essa renegação uma conotação patológica. Seria possível dizer que a mãe arrisca a renegação só pelo fato de querer ser apenas mãe, em outras palavras, de não procurar permanecer mulher.

10 Todos termos retomados por exemplo na obra de C. Rabant, *Inventer le réel. Le déni entre perversion et psychose*, Denoël, 1992.

11 Lacan traduziu assim o termo *Verleugnung* em sua "Proposição de 9 de outubro de 1967 sobre o psicanalista da Escola", *Scilicet*, nº 1, 1968, p. 25. Texto retomado em *Autres Écrits*, *op. cit.*, pp. 253-254.

12 Deve-se acrescentar que outros termos foram empregados, não para uma tradução direta de *Verleugnung*, mas para tentar descrever o processo em questão. Assim, J.-L. Chassaing falou, por exemplo, de "recusa" em "Mais qui a dit? a qui? Praticiens du cas, passeurs de langues", intervenção no Congresso Internacional Ética e Cidadania, Curitiba, novembro de 2000, inédito. Nós mesmos propusemos "virtualização" em "'Nommer à' équivaut-il à une virtualisation du 'Nom-du-Père'?", in André Michels (sob a direção de), *Actualité de l'hystérie*, Érès, pp. 280-287.

Mas uma vez que o desmentido acaba assim ocupando um lugar privilegiado, o sujeito acaba bem desprovido. Não pode mais contar para sua organização pulsional com a vetorização fálica. Pois ao aceitar acreditar que pode dizer sim e não sem que haja contradição, ele se impede de empreender qualquer trabalho de renúncia. Proíbe-se de confrontar-se com a realidade incontornável na qual sim não é não, fica portanto difícil para ele até saber que sim não é não. Temos que ter idéia de que, como dizia muito bem Guy Lérès, "o desmentiroso acredita fazer uma operação simples, uma recusa sem equívoco, mas logo é arrastado numa lógica arcaica que lhe escapa".

Ressaltemos numa das primeiras obras de qualidade escritas sobre o desmentido, a do psicanalista Bernard Penot, um ponto sobre o qual nos parece bom insistir. Algo, diz ele, escapa radicalmente ao desmentiroso. Ainda que, no caso da renegação, as duas vertentes da relação com a realidade estejam presentes, a um só tempo reconhecimento e refutação, resta, com efeito, que a refutação da percepção engendra uma foraclusão, tem um efeito foraclusivo, um efeito de "desinscrição" ou de não-inscrição. "Se aceitarmos adotar a ótica segundo a qual renegação e foraclusão estão situadas na mesma vertente dos avatares da psique – aquela onde se exercem os efeitos de uma abolição simbólica –, isso implica que é muito relativizado o papel do próprio eu [*moi*] como agente dessa abolição. Parece que esse fato se impõe mais facilmente ao espírito do observador em presença de casos em que a psicotização é manifesta e a foraclusão identificável: poucos psicanalistas pensam seriamente hoje em imputar o surgimento de um estado delirante à estratégia defensiva do eu [*moi*] do paciente; em geral é então admitido, ao contrário, como desejável reforçar a capacidade defensiva desse eu [*moi*], a fim de que ele esteja em condição de não se deixar mais dissociar[13]". Expressa num vocabulário decerto diferente do nosso, essa abordagem do desmentido nem por isso deixa de colocar de um modo bem diferente um problema essencial. O efeito da renegação – ou do desmentido –, como o da foraclusão, consiste numa abolição simbólica. Mas é apenas de uma das

---

[13] B. Penot, *Figures du déni*, Dunod, 1989, p. 36.

duas vertentes da clivagem. E na outra vertente, não há precisamente abolição. É portanto bem na coexistência simultânea desses dois aspectos que reside a especificidade dos efeitos do desmentido.

Confrontados com o desmentido, não somos, por essa razão, obrigados a escolher entre presença e ausência da significação fálica, entre neurose e psicose. É até precisamente a especificidade do desmentido produzir uma organização psíquica que, por uma de suas vertentes, reconhece a realidade, e, pela outra, não a reconhece. O efeito obtido será que o significante fálico vai de fato estar instalado no sujeito mas que, ao mesmo tempo, tudo se passará como se não dispusesse dele. O que significa que o desmentiroso é capaz, como dissemos, de fazer objeção ao Outro; logo, de escapar à psicose. Mas que, no mesmo movimento, esse efeito de abolição simbólica não situa o desmentiroso somente na neurose, em todo caso não na neurose banal, clássica.

A razão pela qual insistimos nessa hibridez do desmentiroso, na clivagem induzida por sua "escolha" do desmentido, deve-se à incidência que esse funcionamento terá sobre o tipo de intervenção clínica que podemos imaginar. Com efeito, se o lermos como um neurótico banal, recusaremos levar em conta que não se trata para esse sujeito de ter acesso aos elementos recalcados[14]. Logo, não é possível limitar-se a esperar que o desmentiroso queira ir mais longe em sua cura, por exemplo, pois isso não vai acontecer. Não entra no campo das possibilidades desse sujeito dar prova por si mesmo de tal querer. O analista que fica em sua postura tradicional a esse respeito evita ter de proceder de modo um pouco diferente do de hábito mas ignorando infelizmente que, como indicamos, o desmentiroso é particularmente dependente do outro.

Logo, a *Verleugnung* (desmentido) não é equivalente nem à *Verdrängung* (recalque), nem à *Verneinung* (denegação), já que seu processo não se refere aos significantes. O desmentido refere-se à própria realidade,

---

[14] Encontramos isto sob a pena de René Roussillon: "De nada serve esperar com paciência que o que trabalha o sujeito venha à luz numa representação, isso só pode perdê-lo um pouco mais, afastá-lo; é preciso tomar a iniciativa, construir a cena do laço, a cena em que a questão do laço com o que se cliva pode ou vai poder ser representada e encontrar uma inteligibilidade". In *Agonie, clivage et symbolisation*, PUF, 1999, p. 55.

aos rastros de percepção. O desmentido opera no nível do processo de arquivamento dos rastros da percepção, sobre a "cifração". Daí, talvez, a tradução de Lacan – recusa suspeita – para *Verleugnung*. A suspeição ligada à recusa é aquela que quer que o desmentido se refira à inscrição, ao rastro da percepção, e não ao representante, não ao significante, ao contrário do que acontece no recalque.

"Em seu *Esquema do aparelho psíquico*, lembra-nos a psicanalista Brigitte Lemérer, Freud mostrava que os rastros de percepção só se imprimem pelo tempo de um raio no sistema de percepção. A tradução no sistema inconsciente faz desses rastros percepções das representações subjetiváveis. Mas essa tradução não se efetua sem perda. Estruturalmente, todo processo de cifração, todo processo de arquivamento dos rastros da percepção produz um resto que é refugo do recorte significante, que é o real do texto, seja esse texto o saber inconsciente ou um escrito. É esse real que faz o quadro do texto e dá a esse texto sua consistência particular. É esse real que, como não-saber, ordena o saber do texto. É nesse ponto que opera o desmentido. Ele faz passar ao refugo, ao real, a significação recusada que, por conseguinte, letra em suspenso, habita o texto com sua presença fantasmática". E Lemérer acrescenta: "Esse refugo fora-do-texto, o sujeito não 'sabe' dele, nunca soube. É nisso que o desmentido difere do recalque: não há, no inconsciente, outra representação do refugo fora-do-texto que seu desmentido. [...] A *Verleugnung*, portanto, produz, no nível do processo de cifração, um deslocamento de letras graças ao qual a significação incompatível é velada e passa ao refugo. Mas nem por isso essa significação deixa de estar foracluída: ela se inscreve no texto como que entrevista e colocada em refugo, ela insiste no texto como desmentida por ele[15]".

Logo, as conseqüências do desmentido são diferentes das do recalque ou da denegação no sentido que, como esse mecanismo não é apenas intrapsíquico de início, aquilo sobre o que se referiu o desmentido não está mais à disposição do sujeito. De certo modo lhe escapa. Logo, é um mecanismo de defesa do sujeito que se refere à realidade, que faz

---

[15] B. Lemérer, *Les Deux* Moïse *de Freud (1914-1939)*, Érès, 1997, pp. 47 e 98.

coexistir o fato de ter medido o tamanho dessa realidade e o de tê-lo de imediato afastado, o que permite, no mesmo movimento, conservar a satisfação pulsional e pagar o preço à realidade. E é apenas a clivagem assim introduzida que poderá ser apreendida pelo sujeito. Não há nesse caso possibilidade de acesso aos significantes recalcados. O desmentido falsificou um pouco a realidade, graças a isso a significação insuportável que esta comporta vê-se velada e reduzida a um refugo.

Essa pequena entorse da realidade arrisca ser tanto mais problemática para o sujeito uma vez que é preciso que o outro – um outro, pelo menos – tenha fomentado ou, no mínimo, confirmado a renegação. Até é preciso sobretudo que o outro – a mãe, por exemplo – convide o futuro desmentiroso a abordar assim a realidade e que, uma vez instalado o mecanismo na criança, esta última não possa mais reabrir a questão na medida em que for partilhada a comunidade de renegações, selada de um lado ao outro por uma preocupação comum de nada querer saber daquilo a que se refere o desmentido. Veremos então multiplicarem-se no psiquismo do sujeito zonas imprecisas, espaços brancos que se constituirão como zonas enquistadas, verdadeiros equivalentes atualizados daquilo que funcionou como a *comunidade de renegações* inicial.

Evidentemente, o que é então particularmente nocivo é não só o convite que assim foi feito ao futuro sujeito para desmentir a falta motora de seu desejo, mas também e sobretudo a entropia na qual ele vai por aí mesmo ser naturalmente arrastado. Ligado ao outro enquanto desmentiroso, ele está na impossibilidade de sair sozinho desse impasse.

O falecido Joël Dor descrevia com precisão esse efeito de entropia. "De uma certa maneira, escrevia ele, é porque o discurso significante materno deixa em suspenso o questionamento da criança sobre o objeto do desejo da mãe que essa questão brota e leva a criança a conduzir sua interrogação para além do lugar onde sua identificação fálica encontra um ponto de parada. O discurso da mãe dá assim à criança um 'segundo sopro' que lhe assegura um ponto de apoio que lhe permitirá projetar, rumo a um horizonte ainda mais enigmático, o que ela já pressente, sem querer, como sendo da ordem da castração e da lei. Essa 'colocação em suspense' trazida pelos significantes maternos mobiliza então a criança rumo a um alhures que a desprende do jogo do desejo imediato que ela negocia com a mãe em concorrência com o pai. Uma vez que essa colocação em suspense encontra o mínimo substrato para se suspender, a dinâmica tende para um estado em que a entropia prevalece sobre esse esforço psíquico que a criança tem de produzir para combatê-la[16]".

Logo, trata-se bem, com o desmentido, de um mecanismo perverso, na medida em que age na perversão, embora nem por isso se tenha necessariamente estruturado uma perversão no sujeito que o utiliza. Tudo se passa como se o duplo discurso atual do social, propondo gozar sem entrave* da sociedade de consumo embora ao mesmo tempo saiba muito bem que o limite ao gozo sempre é necessário, de imediato convidasse o sujeito à suspeição, a essa recusa suspeita evocada por Lacan. Uma expressão que deixa bem entender que se trata a um só tempo de uma recusa, de uma recusação do "Não!" implicado pela fala, e de uma maneira de olhar torto para sustentar a manutenção de duas possibilidades contraditórias diante de uma percepção.

Ontem, o sujeito confrontado com a solidariedade entre esses "andares[17]" que evocamos – *húmus humano*, sociedade humana, sociedade concreta, família e sujeito – era forçado a encontrar o "segundo sopro" que ia levá-lo a abandonar sua identificação fálica – a menos, é claro, que elementos próprios à sua história singular já o tivessem empurrado para o desmentido. Mas hoje, ao deixar crer que não está mais inscrito o "Não!" incontornável para o sujeito preso na linguagem e, melhor até, ao prescrever um "gozar!" sem limites, o social incita o sujeito a suspender sua trajetória. A entropia prevalece, em detrimento do esforço psíquico que o sujeito deve produzir para assentar a primazia do desejo sobre o gozo[18].

---

[16] J. Dor, *Structure et perversions*, Denoël, 1987, p. 139.

* Alusão ao famoso slogan de Maio de 68: *Vivre sans temps mort et jouir sans entrave* [Viver sem tempo morto e gozar sem entrave]. (NT)

[17] Cf. nosso cap. 2.

[18] Podemos aí evocar, a título de exemplo falante, o belo filme de François Ozon, *Sous le sable* [Sob a areia], no qual a heroína, magistralmente interpretada por Charlotte Rampling, cada vez mais se afunda no desmentido da morte do marido. O fato de esse roteiro ter-se construído conforme era filmado, como diz o realizador, como se tivesse sido sensível às idéias da época, de essa história por outro lado não nos parecer nada ter a ver com o fantástico, nos diz a que ponto esse mecanismo da renegação hoje está em via de se tornar familiar para nós.

A pregnância dessa entropia provoca a dificuldade de subjetivar encontrada na clínica do neo-sujeito. Diremos que esta nos confronta com o que já chamamos a "mèreversão", ou seja, uma perversão da ordem do artefato, ou uma perversão "comum", que será apenas a resposta do sujeito ao duplo discurso secretado pelo social da modernidade consumada. Duplo discurso que George Orwell já evocava, em *1984*, ao descrever o "duplo pensamento" como "o poder de guardar simultaneamente no espírito duas crenças contraditórias e de aceitar as duas".

Uma aliança sutil – o que chamamos uma *comunidade de renegações* – pode assim ser selada entre um regime materno que evita o regime do pai e o discurso do social quando participa dessa grande confusão que descrevemos. Ao permanecer somente filho de sua mãe, o neo-sujeito pratica o desmentido para evitar a subjetivação, ao passo que o verdadeiro perverso faz do desmentido seu próprio modo de subjetivação, o qual lhe permite aniquilar a alteridade do outro ao instrumentá-la.

Num filme aparentemente sem pretensões mas temivelmente perspicaz, *Thomas está apaixonado*, o realizador belga Pierre-Paul Renders põe em cena um personagem agorafóbico ao ponto de não sair mais de seu apartamento – hoje se falaria de fobia social, talvez até se evocasse uma transposição européia da síndrome japonesa hikimori[19] – e de não estabelecer mais relação com os outros a não ser pelo viés de sua tela de computador. O contrato de seguro que Thomas contraiu com La Globale lhe forneceu até o psicoterapeuta graças ao qual ele conseguiu não deixar mais a mãe entrar em seu universo a não ser uma vez por semana. No que se refere ao pai, uma pura e simples ausência. Como a terapia não se mostra eficaz o bastante aos olhos da citada companhia de seguros, esta resolve apelar primeiro para um clube de encontros, depois para os serviços de uma prostituta internauta. Essa "prostituterapeuta", que purga com esse trabalho a pena por uns crimes que cometeu anteriormente, cuidará bem de lembrar a seu cliente-paciente virtual que ele

[19] Síndrome recentemente identificada no Japão, que se caracteriza por uma reclusão voluntária – e portanto pela recusa de todo contato social tanto com as pessoas mais próximas quanto com a escola ou o trabalho – em jovens adultos entre 20 e 30 anos; seriam mais de um milhão na sociedade japonesa, mas fica cada vez mais evidente que esse fenômeno não se limita a esse país.

tem o direito de dizer "Não!" e de buscar outra pessoa para esse serviço. Mas eis que surge o amor à primeira vista, Thomas fica apaixonado. Será apenas essa nova intrusão do outro em sua existência que se mostrará capaz de curá-lo de sua agorafobia. Thomas apaixonado aceitará deixar seu casulo virtual para pôr-se em busca de sua dulcinéia, em terreno desta vez descoberto.

Esse filme nos fala de um sujeito que parecia não dispor mais das coordenadas do desejo e da condição humana. Uma mãe intrusiva da qual ele só consegue se defender com muitas dificuldades, uma ausência de toda referência paterna, mas em compensação um social – *via* uma companhia de seguros – inteiramente fadado a lhe garantir o gozo, vão deixá-lo à deriva, sem possibilidade de se confrontar com seu desejo. Só a transmissão de uma ausência, de um "Não!", através de uma escolha – no caso amorosa e portanto promissora –, permitirá que o sujeito disponha de um novo sopro, que dinamize aquilo que havia sido abandonado à entropia. Devemos nos espantar de ver assim o amor surgir como a última via para tirar Thomas do impasse? Ou devemos antes lembrar aqui a frase de Lacan, em seu seminário *A angústia*: "Só o amor permite ao gozo condescender ao desejo[20]"? Ainda é preciso que o sujeito aceite passar pela subjetivação *via* angústia e não ficar no que hoje é comumente chamado a gestão de seu estresse.

No caso do neo-sujeito, não estamos às voltas com uma perversão estruturada como tal mas com a persistência do recurso ao mecanismo da renegação bem além do tempo "normal". Hoje, a configuração do social é tal que favorece esse fenômeno. O processo de subjetivação, a saber, o que permite a um *infans* crescer para assumir seu lugar no social, torna-se mais difícil de ser levado a cabo quando o fato de empreendê-lo não é firmemente sem cessar adiado. Entre uma mãe que dificilmente consente no "desmaternamento[21]" e um sujeito que quer a ela permanecer sujeitado, a cumplicidade pode então se instalar, o benefício da operação para o segundo consistindo justamente em poder evitar esse trabalho de

---

[20] J. Lacan, *Le Séminaire, Livre X: L'Angoisse*, Seuil, 2004, p. 208.

[21] Termo introduzido por Maria Torok, *Une vie avec la psychanalyse*, Aubier, 2002, p. 167.

subjetivação. Não podemos entender que, por assim poder se esquivar à sua enunciação, o neo-sujeito vê-se então organizado no nível psíquico como que por uma fobia generalizada, já que não remetendo a nenhum significante fóbico particular?

No caso de Ludwig, relatado pela psicanalista Irène Diamantis, vemos concretamente em ação, *via* dispositivo transferencial, o que é instalado por aquele que chamamos o neo-sujeito. "Em sessão, Ludwig falava tão baixo e articulava tão pouco que eu precisava prestar ouvido para adivinhar o que ele me dizia. Daí a energia que eu devia mobilizar para escutar, e a grande tentação de não fazer nada que eu tinha de superar. Benefício secundário para Ludwig, pois é o que, transferencialmente, ele buscava: que eu o deixasse tranqüilo sem nunca interpelá-lo[22]".

Essa recusa de ouvir, essa maneira de recusar o outro de que Ludwig nos dá um exemplo vai bem no sentido daquilo que o neo-sujeito quer sustentar. O que ele nos ajuda a evidenciar é como a articulação entre os dois "regimes", entre o regime da relação com a mãe e o da relação com o pai, entre metonímia e metáfora, pode ver-se questionada. O desmentido se apresenta como a via mais cômoda para chegar a isso. Como ainda afirma Bernard Penot: "Haveria uma condição prévia ao acesso de um sujeito qualquer ao exercício da negação pela qual ele (o sujeito) vai poder marcar seu início de existência: que um certo reconhecimento seja efetuado em sua mãe, uma consideração de sua própria falta. Assim, a *Bejahung* freudiana consistiria essencialmente numa afirmação-reconhecimento de sua própria falta. Observamos na prática que o sucesso dessa operação – sobre a qual se funda o próprio acesso à simbolização – vai depender da capacidade da mãe de reconhecer sua própria falta e de a isso fazer um pouco corresponder a pessoa do pai de seu filho (e não exclusivamente seus objetos parentais internos a ela). É a condição mínima necessária para que ela acabe sendo 'marcada' de modo eficaz pela castração aos olhos do filho[23]".

---

22 I. Diamantis, *Les Phobies ou l'impossible séparation*, Aubier, 2003, p. 235.

23 B. Penot, *Figures du déni*, *op. cit.*, p. 35.

É com a ausência de tal marcação que hoje quase sempre estamos às voltas. Insistimos no fato de que o desejo humano é organizado pela ausência de objeto em condição de satisfazê-lo inteiramente. Essa ausência é correlata ao próprio fato da linguagem, que permite essa dialética da presença e da ausência. Para a criança, a maneira de ter acesso a essa necessária ausência faz-se por meio dos primeiros outros que cercam sua existência. É a ausência da mãe que vai lhe servir de campo de experiência para apreender a ausência do objeto. Mas insistamos, como aqui faz Penot, no fato de que a razão da ausência da mãe deve ser *a pessoa do pai e não só seus objetos parentais internos a ela.* Em outras palavras, é preciso que a mãe reconheça uma causa sexual – no caso, a relação sexual que ela teve com o pai do filho – para sua ausência, única capaz de significar, de maneira irredutível, sua dependência radical a um outro que ela. Ela mostra assim o regime de dependência específica em que se encontra todo humano. É nesse sentido que se pode dizer que é apenas, no fim das contas, o envio a uma causa sexual que permite fazer objeção à fantasia de partenogênese.

Se a mãe for reconhecida como ausente, por exemplo, por razões de luto, trabalho, doença física, melancolia, etc, o efeito não será o mesmo que se sua ausência for motivada sexualmente. Pois, nesses casos, não poderá aparecer e ser induzida a entrada forçada no processo de trocas, de dom e de contradom que a diferença dos sexos, a dissimetria que ela veicula, o real com o qual ela se confronta vai implicar.

O objetivo aqui não é afirmar que só a realidade conta, talvez até apenas a realidade do pai. E ainda menos disso tirar conclusões que desacreditariam sem apelação, por exemplo, as novas parentalidades. É tomar ciência de que é a leitura da realidade pela criança em termos de realidade que se refere ao sexual que é a mais apta a transmitir o que ela precisa para funcionar da melhor forma. Aliás, poderíamos acrescentar que, paradoxalmente, isso vale tanto para os casos de um bebê de proveta ou de uma criança nascida de um casal homoparental. Pois será ainda aí o real do sexual que deverá encontrar seu lugar no inconsciente do sujeito para dar seu justo lugar ao que a estrutura da linguagem exige, ao que é prescrito pela condição humana. Nada menos que isso! É por isso que, independentemente dos anátemas ou dos elogios progressistas suscitados pelos parentescos novos, não podemos desconhecer as dificuldades que estes poderiam ter de enfrentar, nem tampouco ignorar que essas dificuldades também podem ser encontradas – com certeza sob forma diferente – nas condições habituais de engendramento.

Para dizê-lo em termos mais clínicos, a renegação, o desmentido, numa evolução dita normal, aos poucos cede a vez no filho a outro modo de apreensão da realidade, que acaba fazendo com que este aceite sua própria origem sexual, em outras palavras, reconheça que a mãe, de quem ele se achava o objeto privilegiado, se refere primeiro a um outro que ele, e isso apesar de todo o amor com que ela o cercou. A descoberta pelo filho de que não foi ele quem primeiro esteve em jogo para a mãe, de que, além disso, ele mesmo é apenas o produto da relação que ela teve com um outro é e certamente continuará sendo – para além da realidade concreta – a via régia para que se inscreva em seu inconsciente a dimensão do real. Para que essa inscrição possa se operar, não é necessário que a relação da mãe com o pai tenha prosseguido, pois o que importa para o filho, nesse trajeto da subjetivação, é que ele identifique que sua mãe estava fadada a outro, antes mesmo de sua própria existência.

Em outros termos, fim do todo-poder infantil e consentimento no real caminham juntos. E vão marcar o sujeito conforme este for reconhecendo que a ausência da mãe – e portanto a subtração de gozo que isso acarreta para ele – é – foi – causada pelo desejo sexual, pela presença sexual de um homem, no caso seu pai.

Logo, está claro que para o sujeito toda a questão reside em consentir em que seja uma causa sexual que se responsabilize pela perda da presença materna. A experiência clínica não deixa pairar dúvida a esse respeito: esse consentimento está longe, talvez até muito longe, de ser de imediato adquirido, antes resulta da elaboração pela criança de um saber inconsciente, uma vez que as teorias que ela constrói para explicar o nascimento das crianças são apenas os sinais aparentes dele.

Observaremos ainda que toda operação de envio ao terceiro – em particular pela mãe quando toma tal ou tal decisão – só vai assumir seu lugar justo no inconsciente do filho se for, no fim das contas, referida a essa verdade sexual. Por não estar ancorado nessa verdade sexual, todo apelo ao terceiro veicularia sempre com ele uma esperança de reciprocidade, de simetria, de concordância possível. Cedo ou tarde, de repente se revelaria a dimensão de impossível que caracteriza essa esperança. Mas, enquanto isso, o obstáculo do impossível seria mantido à distância, culminando em sua esfumação senão em seu apagamento puro e simples.

Da neurose normal à perversão normal

Assim, o neo-sujeito e o perverso *stricto sensu* têm em comum importantes proximidades de funcionamento mas nem por isso podem, e de longe, ser assimilados um ao outro. Seus objetivos aliás são bem diferentes: o primeiro usa o desmentido para evitar a subjetivação, o segundo, ao contrário, faz dele seu fundamento. Uma economia perversa pode engajar sujeitos num laço em que funcione a renegação da falta sem que por isso os sujeitos sejam eles mesmos perversos: é o que já havíamos revelado com o que chamamos o *entodamento*[24]. Mas por que então, mais além do que já afirmamos, o que toca à própria perversão hoje também nos diz respeito diretamente?

"O que é a perversão?" – perguntava-se Lacan, em seu primeiríssimo seminário. E ele respondia: "Ela não é simplesmente aberrância em relação a critérios sociais, anomalia contrária aos bons modos, embora esse registro não esteja ausente, ou atipia em relação a critérios naturais, a saber, que ela derroga mais ou menos à finalidade reprodutora da conjunção sexual. Ela é outra coisa em sua própria estrutura. Não é por nada que se disse de certos pendores perversos que eles estão num desejo que não ousa dizer seu nome. Com efeito, a perversão se situa no limite do registro do reconhecimento, e é o que a fixa, a estigmatiza como tal. Estruturalmente, a perversão tal como a delineei no plano imaginário, só pode se sustentar num estatuto precário que, a todo instante, do interior, é contestado pelo sujeito. Ela sempre é frágil, à mercê de uma inversão, de uma subversão, que faz pensar na mudança de sinal que operamos

[24] Cf. o que dele dissemos na introdução.

em certas funções matemáticas – no momento em que passamos de um valor de variável ao valor imediatamente seguinte, o correlativo passa do mais ao menos ao infinito. Essa incerteza fundamental da relação perversa, que não consegue se estabelecer em nenhuma relação satisfatória, faz uma face do drama da homossexualidade. Mas também é essa estrutura que dá à perversão seu *valor*. A perversão é uma experiência que permite aprofundar o que no sentido pleno podemos chamar a paixão humana[25]".

É bem provável que a prevalência hoje outorgada ao regime da relação com a mãe incite ao modelo perverso na medida, precisamente, em que consideramos este, tal como Lacan a isso nos convida, ligado a um impasse no registro imaginário. Entretanto, sabemos que a subjetividade do perverso encontra-se organizada a partir do desmentido assumido como tal ao passo que, no caso do neo-sujeito, o desmentido cujo peso ele carrega à sua revelia antes de mais nada permite que ele não subjetive. Logo, do lado da perversão, uma estrutura, do lado do neo-sujeito, uma evitação, talvez até uma recusa de estruturação. Neste último caso, trata-se sobretudo de uma manutenção à distância do falo, talvez até de imunizar-se contra ele, ainda que arriscando um dia ver uma "crise" acontecer. No dispositivo que estamos descrevendo, tudo parece se passar, de modo bem concreto, como se o objetivo fosse evitar o encontro com o falo *via* evitação da relação com o pai[26]. É por essa razão que aqui falamos de *perversão afálica* ou de *mèreversão*. Ou ainda de fenômenos "de aspecto perverso[27]", como às vezes dizia Lacan.

Mas por que então continuarmos a nos referir à perversão? Por pelo menos duas razões. Ao nos referirmos a essa estrutura, primeiro, a oportunidade nos é dada de lembrar o que Lacan chamava seu "valor". Em seguida, estamos então em condição de dar o passo a mais que con-

---

[25] J. Lacan, *Le Séminaire, Livre I: Les Écrits techniques de Freud*, Seuil, 1975, p. 246. (Grifo nosso.)

[26] Aliás, isso viria explicar, parcialmente em todo caso, a predominância de uma "transferência real" de que fala Charles Melman em *O homem sem gravidade* (*op. cit.*, p. 182 e *sqq.*) pois o encontro com o falo só se faria então com a mãe que, esta, diferentemente do pai, o encarna mais que o representa.

[27] Relatado por G. Lérès in "Démensonges", *op. cit.*, p. 170.

siste em poder integrar o que faz a ossatura da perversão no programa da normalidade.

Lembramos como São Paulo posicionava-se contra a lei, como ele sustentava que "não estamos mais sob a lei, mas sob a graça". Sobre isso, lembremos como Lacan, no início de seu seminário sobre a transferência, restitui o "valor" da perversão: "Se a sociedade acarreta, por seu efeito de censura, uma forma de desagregação que se chama a neurose, é num sentido contrário de elaboração, de construção, de sublimação digamos a palavra, que pode ser concebida a perversão quando é produto da cultura. E o círculo se fecha, a perversão trazendo elementos que trabalham a sociedade, a neurose favorecendo a criação de novos elementos de cultura[28]".

Podemos aqui entender que o "valor" da perversão aparece *quando ela é produto da cultura.* Mas o que quer dizer ser produto da cultura se não for juntar-se ao social? Logo, inscrever-se num outro regime que apenas o materno e articular-se o bastante ao simbólico para atar o corpo e as palavras? Mas o "valor" da perversão também é, por exemplo, sua capacidade de interpelar o pai, de revelar a maneira como este pode mortificar o simbólico, em outras palavras, de intimar o pai a medir o tamanho do fato de que, para além do efeito mortificante que têm, as palavras sempre devem estar a serviço do vivo. Uma maneira de prevenir o risco de um retorno a uma religião do simbólico.

Por outro lado, ao se abordar a perversão a título de uma estrutura clínica que tem seu "valor", aliviada de toda conotação pejorativa, talvez seja possível entender de outro modo os sujeitos que se viram convidados pelo discurso social a funcionar na prevalência do regime da relação com a mãe. Em particular, é possível entender melhor como, para os neo-sujeitos com os quais lidamos hoje, não estamos diante de uma perversão que se construiu como um desafio ao regime paterno, mas diante de uma pseudoperversão, que resulta da ausência de confronto com o regime paterno. Essa leitura daquilo que então chamamos "uma perversão comum" autoriza repensar a normalidade nela integrando a

[28] J. Lacan, *Le Séminaire, Livre VIII: Le transfert*, Seuil, 1991, p. 1943.

perversão. No século XX, Freud teve êxito na operação que no fim das contas consistia em tornar a neurose normal. Não deveríamos, forçados pelos remanejamentos do laço social a que assistimos, fazer igual com a perversão?

"É um fato que existem pessoas que se curam [com a psicanálise], e que se curam da neurose, talvez até da perversão que tenham[29]", anunciava Lacan no fim de um congresso da Escola Freudiana sobre a transmissão. Essa formulação deixa entender que é possível "curar" os neuróticos, e por vezes um perverso. Mas também é possível entender aí que a psicanálise pode curar um sujeito da neurose e às vezes chegar até a "tratar" a perversão. Em outras palavras, atingir, para além da neurose, esse outro regime de funcionamento, e isso num único e mesmo sujeito. Nossa colega Monique Tricot[30] reagiu a esse respeito contando-nos a seguinte anedota: durante uma sessão de supervisão com Lacan, ela o tempo todo se perguntou se o paciente de quem ela falava era um caso de neurose obsessiva, como à primeira vista ela pensava, ou então, talvez, um perverso. E Lacan lhe dizia: "Mas nós todos fomos perversos!".

De fato, nós todos fomos perversos durante a infância, à qual, até nova ordem, ninguém ainda escapou. Todos nós partilhamos esse voto de nos ater ao gozo do todo-poder infantil. Ora, tal como com simplicidade formula o psicanalista e professor de psicopatologia Serge Lesourd: "A perversão é um modo particular de relação com o gozo, partilhada pelo conjunto da humanidade, que vem opor uma recusa ao limite dado ao gozo. A perversão, em seu sentido psicanalítico, é a maneira como um sujeito, num domínio preciso de sua relação com o semelhante, recusa, nega, desaprova a impossibilidade do gozo pleno e total[31]". E o próprio Freud, evocando as conseqüências de nossa organização psíquica precoce em nossas vidas de adultos, escrevia: "Das formações infantis, apesar de toda a evolução ulterior, nada perece. Todos os desejos, moções pulsionais, maneiras de reagir, pontos de vista da criança ainda estão presentes

---

29 J. Lacan, in *Lettres de l'École*, nº 25, vol. II, 1979, p. 220.

30 Cf. também M. Tricot, "De l'enfant roi à l'enfant terreur", in P. Chemla (sob a direção de), *Résistances et transferts*, Érès, 2004.

31 S. Lesourd, *Comment taire le sujet?*, *op. cit.*, p. 180.

de maneira probante no homem maduro e podem reaparecer em condições apropriadas. Não estão destruídos, mas apenas recobertos[32]".

Se "nós todos fomos perversos" como lembrava Lacan à sua interlocutora, perversos, no sentido estrito, nem todos continuamos a ser, ainda menos nos tornamos. Mas aquilo com o que hoje estamos às voltas naqueles que chamamos sem presumir sua estrutura os neo-sujeitos de fato está relacionado com o funcionamento perverso. As dificuldades psíquicas específicas desses neo-sujeitos estão ligadas ao enfraquecimento social da prevalência do Simbólico – embora esta nem por isso tenha desaparecido – em proveito de uma promoção do Imaginário. Foi essa mudança radical que produziu a virada antropológica que estamos descrevendo.

Os sujeitos que nascem num tal contexto social vêem-se numa situação que não tinha muita chance de existir ontem, sob o regime do patriarcado. Estão no entanto sempre irredutivelmente inscritos no Simbólico – como escapar a essa necessidade? – mas com a possibilidade de recusar-lhe a marca, a impressão. Podem permanecer, no sentido que Lacan dava a essa expressão, "não-tolos[33]", mostrando-nos assim que não é tão simples ser a um só tempo filho da mãe e filho do pai[34]". Como que nascidos, mas sem terem advindo, sem se tornarem verdadeiramente sujeitos adultos, como que permanecidos num *no man's land*.

Por deverem se confrontar com a impossível satisfação, com o mal-estar da inadequação entre o mundo das palavras e o das coisas, com a incomunicabilidade, seja no casamento ou no social, alguns acabam vendo-se diante de um "não está bem" irredutível. Outros instalam-se no novo regime, querem não mais querer, querem poder ficar sem esse querer imposto pelo imperativo fálico. Em outras palavras, querem recusar a modalidade de gozo prescrita pela linguagem para poderem celebrar uma Outra, não submetida a todos esses avatares que limitam o dito gozo. Ignoram que, ao assim fazerem, o que privilegiam é o gozo

---

32 S. Freud, "L'intérêt de la psychanalyse", in *Résultats, idées, problèmes 1890-1920*, t. I, PUF, 1998, p. 206.

33 É o título de um dos seminários de Lacan, o do ano 1973-74, inédito: "Les non-dupes errent".

34 S. Ginestet-Delbreil, *Du désaveu à l'errance*, Diabese, 2003, p. 203.

imediato do objeto, é um modo de gozar em que o laço com o objeto não é mais mediado pelo significante, e que, então, esse objeto se torna o organizador do gozo. Por não ter feito o trabalho de separação permitido pela linguagem, é então a adição que está no programa.

Logo, tudo se passa como se o neo-sujeito não conseguisse realmente se inscrever no regime paterno, como se tivesse sido impedido, depois tivesse sido mantido nesse estado de impedimento. A esse respeito, Lacan introduziu uma distinção capital, aquela entre o "nomeado para" que ele diferencia do que ele havia chamado o "Nome-do-Pai[35]". Em seu seminário "Les non-dupes errent", durante a sessão de 19 de março de 1974, ele afirmava: "Há algo cuja incidência eu quero designar. Porque é o viés de um momento que é aquele que estamos vivendo na história. [...] O que estamos vivendo é bem precisamente isto. [...] Esse Nome-do-Pai é trocado por uma função que nada mais é que a do nomear-para [*nommer-à*]. Ser nomeado-para algo, eis o que surge numa ordem que de fato acaba tomando o lugar do Nome-do-Pai. Exceto que, aqui, a mãe em geral se basta sozinha para designar-lhe o projeto, para fazer-lhe o rastro, para indicar-lhe o caminho. [...] E mesmo nos casos em que, por acaso, enfim, acontece de por um acidente ela não estar mais ali, é mesmo assim ela, seu desejo, que designa a seu moleque esse projeto que se exprime pelo nomear-para. [...] Ser nomeado para algo, é isso que, para nós, nesse ponto da história em que estamos, acaba preferido ao que acontece com o Nome-do-Pai". E durante a sessão de 11 de junho de 1974 do mesmo seminário, Lacan vai acrescentar diante de seu público: "Pela primeira vez na história, vocês podem, vocês, errar*...".

Mas o que significa essa diferença entre "nomear para" e Nome-do-Pai? Voltemos antes de mais nada ao que é uma nomeação. Se recorrermos ao dicionário, nomeação pode ser entendido de modo transitivo ou intransitivo. De modo transitivo, nomeamos algo por um nome, por exemplo, nomeamos um conjunto de fenômenos meteorológicos tufão,

---

[35] Para lembrança, é o apoio no Nome-do-Pai que vem autorizar o futuro sujeito a fazer objeção ao Outro materno.

* Note-se que *errer* [aqui traduzido por *errar*] tem em francês apenas o sentido de *flanar, vaguear* (NT).

e por isso, a palavra tufão assume o lugar da descrição desses fenômenos; podemos chamar essa nomeação transitiva de metafórica já que o nome dado desaparece com um conjunto de outros nomes e estes doravante se afiguram inúteis para designar o fenômeno. Em compensação, para uma nomeação intransitiva, trata-se de nomear para algo. Assim, quando nomeamos o Sr. X diretor-presidente, essa nova denominação doravante é acrescentada a ele, mas não desaparece com o nome que ele usava. Essa nomeação deveria antes ser dita metonímica, pois não exige o desaparecimento do primeiro significante. Por isso, o sujeito tem a liberdade de pensar que foi por si mesmo que ele efetuou essa nomeação, que ele não se submeteu à perda exigida pela língua.

É bem esta a diferença entre o fato de nomear esse menino Jacques (transitivo) ou de nomear Jacques para tal ou tal posto (intransitivo). Aliás, notemos que seria mais justo comparar nomear esse menino Jacques com nomear esse menino para tal posto. Mas estamos habituados a supor que antes de ser nomeado para tal ou tal posto, esse menino já foi nomeado Jacques. Ora, precisamente, é aqui que se passa a novidade na história – "neste ponto da história em que estamos", diz Lacan: é que este "nomear" pode não se acrescentar ao Nome-do-Pai, mas ao contrário tomar seu lugar. Em outras palavras, que não é certo que Jacques tenha sido nomeado como tal, ou ainda que a nomeação desse menino para esse posto esteja articulada com o fato de esse menino ter sido nomeado Jacques. Em outras palavras ainda, essas duas nomeações podem caminhar sozinhas, cada uma conforme suas próprias modalidades; logo, sem que o "nomear para" seja de modo algum amarrado na operação do Nome-do-Pai[36].

[36] Se fosse preciso tomar um exemplo para ilustrar a troca do Nome-do-Pai pelo "nomeado para", poderíamos evocar a diferença entre tomar o lugar num trem modelo antigo – hoje, ainda poderíamos dizer "normal" mas com certeza não mais por muito tempo – e num TGV [Trem de grande velocidade]. Todos sabem o que autoriza o preço pago pelo bilhete num trem modelo antigo: o direito de viajar no lugar que eu desejo em função, é claro, das disponibilidades e considerando as obrigações mínimas do regulamento, tais como a diferença entre a primeira e a segunda classe. Hoje, quando pego um lugar no TGV, o empregado do guichê me designa, pelo computador, um lugar. Nesse caso, não se trata de um livre percurso, trata-se de uma atribuição, e por isso a possibilidade de modificar o horário ou o itinerário escolhido fica consideravelmente mais difícil, senão impossível. Podemos dizer que, no antigo sistema, o acesso à viagem me é

Essa distinção não deixa de ter conseqüência para o sujeito, como também notava recentemente o psicanalista Christian Demoulin: "A nomeação faz nome próprio ao passo que o nomeado-para faz atributo. Em outras palavras, a nomeação é uma metáfora ao passo que o nomeado-para é uma solução metonímica na ausência de uma metáfora. O nomeado-para faz ponto de estofo e parece-me ser o equivalente no nível simbólico da parada sobre a imagem. O sujeito aí encontra uma garantia que faz parada em sua deriva metonímica. Mas o nomeado-para está sempre submetido a uma possível revogação[37]".

Em seguida, Lacan nos diz que *a mãe em geral basta* para a operação do "nomear para". Em outras palavras, não há necessidade de intervenção do terceiro. Aliás, quantas vezes não ouvimos hoje que é preciso considerar que a mãe também é competente para exercer a função paterna, que não se trata mais de ver nisso um privilégio qualquer do pai? Se, num sentido, a observação é fundada, é igualmente verdadeiro que o limite desta é que a mãe não poderá ser o pai real. Mas quantas vezes não devemos entender sob esse enunciado que, por ser suficiente para exercer a função paterna, a mãe pode dispensar toda intervenção terceira? Se, de fato, daqui por diante é o "nomear para" que prevalece, o simples fato de remeter a uma "terceiridade" basta para sua instalação; não se afigura de modo algum necessário que essa terceiridade dê voz, faça entender que ela é sempre enunciação, que ela implica uma amarração num corpo, num alhures. Imaginamos muito bem o que pode dar esse tipo de dispositivo: terceiro sim, sob forma de enunciados, mas terceiro que se enuncie, não! Terceiro sim, mas ele não pode se atualizar, em outras

---

dado pelo fato de pagar minha dívida e me é deixada uma grande latitude para o uso do lugar que por esse único fato adquiri, ao mesmo tempo que meu lugar não me é dado como tal. Logo, eu tinha direito a um lugar, mas nem por isso sabia qual, exceto uma reserva. Por conseguinte, ter direito a meu lugar não me dispensava de ter de encontrá-lo. Paradoxalmente, as vantagens do TGV juntam-se a obrigações inesperadas, que se afiguram mais consistentes que aquelas implicadas pelo sistema tradicional. Mas, sobretudo, tudo daqui por diante se passa como se o direito de fazer a viagem compreendesse *de facto* a designação de meu lugar e me autorizasse a evitar ter de tomá-lo. Podemos portanto dizer que receber meu tíquete ao pagar a minha dívida basta para me autorizar ao percurso e tem a ver com o Nome-do-Pai; por outro lado, receber uma atribuição de lugar parece bem ter a ver com um "nomear para".

37 C. Demoulin, *Nommé à*, texto inédito.

palavras, terceiro virtual! Ora, toda a dificuldade clínica está bem nesse lugar: que uma mãe deva recorrer a Outro, passa ainda, mas que às vezes deva consentir em entregar-se nas mãos de um terceiro para uma decisão que não vai no sentido que lhe agrada é outra história! Uma coisa é que seja reconhecida terceiridade, outra coisa que seja enunciada a partir dessa mesma terceiridade uma fala arrimada no corpo daquele que a enuncia e que, além disso, essa fala seja reconhecida como legítima, por exemplo ao poder referir-se ao funcionamento do social.

Assim, com essa distinção introduzida pelo "nomeado para", podemos retomar de outro modo o que aqui sustentamos. Pois se, como lembra Lacan, *a mãe basta*, isso quer igualmente dizer: não precisa de metáfora, a metonímia basta. Ora, no regime da relação com a mãe prevalece a metonímia e tudo se passa como se o social que descrevemos – completo e inconsistente – não prescrevesse mais chegar à metáfora. Ao assim fazer, ele compromete a inscrição do Outrem, e a ausência deste último deixa o sujeito em pane de subjetivação, não o força a se inscrever, *via* encontro com um outro real, na neurose. O que lhe é assim permitido de fato *pela primeira vez na história é errar* como dizia Lacan, ser um não-tolo[38]. Embora não seja por isso que o social atual inscreva o sujeito na estrutura perversa, ele o deixa como que em suspenso, num parêntese, ele o abandona à perversão polimorfa infantil – a *mèreversão* – sem lhe prescrever sair dali. O fenômeno Tanguy[39] aqui poderia servir de paradigma.

Aquele que viesse perturbar essa "ordem" só poderia ser percebido como um impedidor de girar – de gozar? – em círculo, como um intruso. Hoje, é aliás considerado de boa qualidade – Imaginário Social ajudando – poder manter à distância um tal perturbador, não deixá-lo colocar interdito, até mesmo gritar arriscando traumatismo se ele quiser

---

[38] A esse respeito, seria bem judicioso pôr em série desmentido, "nomeado-para" e "discurso do capitalismo" (o quinto discurso evocado por Lacan numa conferência em Milão para designar um laço social em que é, em aparência, o sujeito quem comanda mas em que as conseqüências fazem que não haja mais de fato laço social) para designar aqueles que Lacan identificou como *os não-tolos* [*les non-dupes*].

[39] Envio ao filme de Étienne Chatiliez.

de fato intervir. Deslegitimado à primeira vista, ele além disso agora é rapidamente acusado de cometer abusos caso persista. Nesse contexto, o sujeito pode manter-se no limbo, satisfazer-se com o grau zero do desejo[40]. E nessa operação, vamos ver, o desmentiroso perde cada vez mais o uso daquilo que vamos chamar a estrutura Outrem.

Podemos entender que, nesse dispositivo, a intervenção do terapeuta a partir do regime paterno seja sem efeito algum. Ela só vai poder deslizar como a água sobre as penas do pato. E sabemos que esperar que sujeitos assim construídos encontrem sua via, confrontando-os com os imperativos da estrutura e deixando-os diante do silêncio do Outro, é, num primeiro tempo em todo caso, sem esperança. Por conseguinte, com freqüência só vai restar uma única via operante. É preciso consentir em passar pela proximidade com o regime materno, aceitar remeter em espelho o que organiza o sujeito, refazer com ele o caminho que leva aos impasses que ele encontrou com suas derivas e suas errâncias, fazer com que tenha uma dimensão de tudo o que ele evita e recusa. E assim progressivamente permitir que o sujeito sinta que a impossibilidade de encontrar uma saída diante de suas questões deve-se a ele ter desmentido, a não ter querido passar pelos arcanos da metáfora, pelo regime da relação com o pai, em outras palavras, pelas leis que a linguagem nos prescreve. Logo, mas a isso voltaremos, retomar o trajeto ali onde ele se atolara, não cedendo no que pôde assim ser evitado.

---

40 Remetemos aqui ao romance de P. Gandelman, *La Seule Femme de son fils* (Grasset, 1995), que descreve admiravelmente essa enviscação de um sujeito.

8
OS "SEM OUTREM"

Já deixamos entender que os neo-sujeitos têm um modo de funcionamento que em si mesmo não é inédito: já foi possível observá-lo, ainda que não fosse tão freqüente até há pouco. O que é novo é que ele se espalha rapidamente, em razão das profundas mudanças que afetam o social, a tal ponto, como vimos, que se pôde então falar do aparecimento de uma nova economia psíquica. Logo, podemos nos perguntar onde a clínica já encontrou tal funcionamento psíquico – assim *mèreversamente* orientado.

Assim é que, não sem surpresa à primeira vista, pudemos achar que essa economia já estava aparentemente legível no quadro clínico de um homem que, durante a vida inteira, manteve relações extremamente ambíguas com a psicanálise[1] – uma ambigüidade feita de atração e repulsa, dizia um de seus próximos. Estamos falando aqui de um sujeito considerado em sua época – e é ainda verdade – pouco banal, já que se trata de Jean-Paul Sartre.

---

[1] Aliás, é o que diz também Elisabeth Roudinesco no texto que ela lhe dedica: "Jean-Paul Sartre: la psychanalyse sur les rives ombragées du Danube", in *Philosophies dans la tourmente*, Fayard, 2005, pp. 71-121.

Um questionador inesperado: Jean-Paul Sartre

Em sua autobiografia, intitulada *As palavras*, o autor lembra a ausência de seu pai e o lugar de escolha que ele ocupou junto à mãe: "A pronta retirada de meu pai me havia gratificado com um 'Édipo' bem incompleto: eu não tinha Supereu, de acordo, mas tampouco tinha agressividade nenhuma. Minha mãe era minha, ninguém contestava a minha tranqüila posse[2]". Ou ainda: "Eu era órfão de pai. Filho de ninguém, fui minha própria causa, cúmulo de orgulho e cúmulo de miséria, feminizado pela ternura materna, insosso pela ausência do rude Moisés que me havia engendrado, enfatuado pela adoração de meu avô, eu era puro objeto, fadado por excelência ao masoquismo se somente tivesse podido crer na comédia familiar[3]".

Sartre nasceu em 1905 e perdeu o pai quando tinha apenas quinze meses. Foi alimentado pela mãe e viveu sozinho com ela os cinco primeiros meses de sua existência. Nessa idade, o pai, marinheiro, é trazido de urgência por razões sanitárias: está gravemente doente. A família vai se instalar no campo, na região da família paterna, esperando sua cura. O pequeno Jean-Paul é confiado à avó paterna. Tão logo é separado da mãe, sua saúde, muito rápido, se deteriora: ele vai agonizar ao mesmo tempo que o pai. Quando este morre, ele vai ao encontro da mãe e, juntos, vão viver na casa dos avós maternos. Até que Anne-Marie, sua mãe, se case de novo. Assim, as relações entre Jean-Paul e sua mãe serão caracterizadas durante uns dez anos por uma intensa intimidade. Em todo caso, ele só é filho de sua mãe, admitindo-se, aliás, que só seja o filho. Como prova, em *As palavras* – uma obra que devia inicialmente chamar-se *João sem Terra* [*Terre*], bem próxima foneticamente de *João sem pai* [*père*], como judiciosamente observou Jean-Bertrand Pontalis –, do padrasto ele não vai dizer uma única... palavra!

Considerando Sartre um *não-tolo* que se salvou pela escrita, a psicanalista Suzanne Ginestet-Delbreil resume por sua vez assim essa situação:

---

2 J.-P. Sartre, *Les Mots*, Gallimard, 1964, p. 24.

3 *Ibid.*, p. 94.

"Em suma, essa relação privilegiada com a mãe nada tem de particularmente patológica. Ela é freqüente. A mãe se casou de novo tão logo teve a oportunidade com um amigo de seu marido, encontrado a primeira vez ao mesmo tempo que ele. Em outras palavras, embora as circunstâncias tenham induzido essa fusão mãe/filho, estamos no direito de supor que o desejo de Anne-Marie estava em outra parte e não se polarizava em seu filho. Sartre nunca aceitou esse casamento. Sofreu por isso mas podemos nos perguntar se esse trauma não o salvou: obrigado a romper esses laços incestuosos, [...] Sartre sofreu mas, ao mesmo tempo, conseguiu adaptar-se ao exterior, aos outros, conseguiu enfrentá-los[4]".

Seríamos menos afirmativos para certificar o caráter não patológico dessa relação. Ao evocar o ano de 1914 – ele tem então nove anos –, Sartre escreve assim: "Minha mãe e eu tínhamos a mesma idade e não nos deixávamos. Ela me chamava de seu *chevalier servant*, de seu homenzinho; eu lhe contava tudo. Mais que tudo: engolida, a escrita se fez murmúrio e saiu de novo por minha boca; eu descrevia o que eu via, o que Anne-Marie via tão bem quanto eu, as casas, as árvores, as pessoas, eu inventava sentimentos pelo prazer de lhe contar, tornei-me um transformador de energia; o mundo me usava para se fazer fala. Começava com uma conversa anônima na minha cabeça: alguém me dizia: 'Ando, me sento, bebo um copo d'água, como um bombom'. Eu repetia em voz alta este comentário perpétuo: 'Ando, mamãe, bebo um copo d'água, me sento'. Pensei que tinha duas vozes, uma delas – que mal me pertencia e não dependia da minha vontade – ditava à outra suas palavras; decidi que eu era duplo. Esses distúrbios leves persistiram até o verão: eles me esgotavam, eu me irritava e acabei ficando com medo. 'Está falando na minha cabeça', eu disse à minha mãe que, por sorte, não se preocupou[5]".

Logo, a intimidade com a mãe não deixava de suscitar algumas perturbações. Mas o fato é que, dessa relação fusional, Sartre acabou sendo expulso: um trauma salvador, com certeza devido ao novo companheiro

---

4 S. Ginestet-Delbreil, *Du désaveu à l'errance*, *op. cit.*, p. 66.

5 J.-P. Sartre, *Les Mots*, *op. cit.*, p. 177.

de Anne-Marie a quem Jean-Paul no entanto não reconhece nenhuma realidade. O que deve ser de fato aqui chamado um desmentido – é como se esse homem não existisse – vai ao lado da existência das *duas vozes*, com a *decisão de ser duplo*.

Porém não há dúvida alguma: não se trata de psicose. Pois se o confronto com o outro real do Outro materno pôde assim ser evitado por Jean-Paul, no mesmo movimento, no entanto, um outro Outro tinha efetivamente sido reconhecido por ele, a saber, o pai de Anne-Marie, seu avô materno. Neste caso, não há foraclusão do Nome-do-Pai mas um trabalho ativo por parte do pequeno Jean-Paul para manter o laço privilegiado com a mãe, ainda que apenas imaginário.

A história da intervenção do avô a respeito dos cabelos de Jean-Paul é eloqüente a esse respeito: "Meu avô ficava irritado com o meu cabelo comprido: 'É um menino, dizia ele à minha mãe, você vai acabar fazendo dele uma menina; não quero que meu neto se torne uma franga molhada!'. Anne-Marie resistia; acho que teria gostado que eu fosse uma menina de verdade; com que felicidade ela teria enchido de coisas boas sua triste infância ressuscitada. [...] Um dia – eu tinha sete anos –, meu avô não agüentou mais: pegou-me pela mão, anunciando que estava me levando para passear. Mas, mal tínhamos virado a esquina, ele me empurrou para o cabeleireiro dizendo-me: vamos fazer uma surpresa para a sua mãe. [...] Olhei com bondade meus cachos rolarem sobre o avental branco que me apertava o pescoço e caírem no chão, inexplicavelmente sem cor; voltei glorioso e tosado. Houve gritos mas não beijos e minha mãe se trancou no quarto para chorar: tinham trocado sua filhinha por um menininho. Havia pior: enquanto balançavam em volta das minhas orelhas, minhas belas inglesas haviam permitido que ela recusasse a evidência da minha feiúra. Agora, no entanto, meu olho direito entrava no crepúsculo[6]".

O avô paterno não deixa o pequeno Jean-Paul obedecer ao desejo de sua mãe. Mas ao lembrar aqui sua vesguice*, Sartre talvez deixe também

6 *Ibid.*, p. 87.

* Note-se que o termo empregado em francês – *loucherie* – foi anteriormente traduzido por *suspeição* ao se falar da *recusa suspeita* [*louche refus*] de Lacan. (NT)

entender de que maneira ele mantinha simultaneamente as duas crenças, seu estrabismo significando talvez, no corpo, a coexistência simultânea de sua dupla vida: uma que, graças ao apoio do avô materno, levava em conta a separação em que ele tinha de consentir, a outra que recusava deixar Anne-Marie. Como o pequeno Jean-Paul ia se virar com o voto materno de querê-lo menina? A intervenção do avô não deixa dúvida quanto à obrigação de renunciar a renegar a realidade. Logo, trata-se de consentir nela, mas, ao mesmo tempo, isso não pode estar em questão já que significaria o abandono da intimidade com a mãe.

Podemos supor que o pequeno Sartre foi bem protegido da psicose pelo avô ou, mais exatamente, pelo lugar deste último na cabeça da mãe. Mas, no mesmo movimento, esse avô e o lugar que ele ocupa na cabeça de sua filha Anne-Marie o protegem de ter de levar em conta que houve um outro homem que marcou a vida de sua mãe: seu pai. Encontramos aqui a trama do que vamos desenvolver mais adiante: o Outro que protege Outrem. Sartre não dá lugar algum a uma representação de cena primitiva em que é o homem da mãe que é reconhecido como a causa sexual da perda, para ele, de sua mãe. Ele permanece numa posição que o mantém aquém do cumprimento metafórico.

Esse não cumprimento que nosso colega Jean-Paul Hiltenbrand interpreta como uma defesa contra o Nome-do-Pai[7] vê-se bem ilustrado pela maneira como a palavra é deixada em suspenso, em seu vôo rumo à coisa. Em *A náusea*, Antoine Roquentin, sentado num bonde, evoca essa suspensão: "Apóio minha mão na banqueta mas retiro-a precipitadamente: isso existe. Essa coisa sobre a qual estou sentado, sobre a qual eu apoiava a minha mão, chama-se banqueta. Foi feita de propósito para que a gente possa sentar em cima [...]. Murmuro: é uma banqueta, um pouco como um exorcismo. Mas a palavra fica nos meus lábios: recusa ir pousar-se sobre a coisa. Ela permanece o que é, com sua pelúcia vermelha, milhares de patinhas mortas, no ar, todas rígidas, patinhas mortas. Aquele ventre enorme voltado para cima, sangrando, redondo, intumescido com

---

7 Cf. a esse respeito J.-P. Hiltenbrand, *Insatisfaction dans le lien social*, Érès, 2005, p. 253.

todas as suas patas mortas, ventre que flutua nesta caixa, neste céu azul, não é uma banqueta[8]".

Podemos evocar aqui a suspensão metonímica, o não cumprimento da metáfora, o desmentido, mas nem por isso são encontrados em Sartre os indícios de uma estrutura perversa no sentido habitual do termo. Ele permanece antes do lado da criança perversa polimorfa. Apenas se banha no *mesmo*, e é por essa via que ele tenta alcançar *o outro*. Não há verdadeiramente reconhecimento de que o outro escape a todo domínio, seja da ordem do real. Assim, por exemplo, em seu comentário de *As palavras*, o crítico Claude Burgelin indica: "Não escapou a ninguém que as biografias [que Sartre escreveu] eram projeções autobiográficas de uma audácia nos limites da desenvoltura. Sartre parasita Baudelaire, devora Flaubert, vampiriza Genet. Ele os ensartriza mais que os lê e muda o curso da história deles para fazer disso o relato inexorável, trágico, de um fechamento e de uma armadilha, do qual ele monta e desmonta as forças dialéticas com ardente obstinação. Mas trata-se menos de uma captura narcísica ou de uma apropriação violenta que de uma busca necessariamente contraditória do mesmo (do duplo) que seja ao mesmo tempo um outro[9]".

A anexação por Sartre desses escritores – seria preciso dizer de *seus* escritores – deve ser precisamente entendida como uma vontade de atingir o outro sem de fato conseguir. Mas não sem "desdobrar", nessa oportunidade, toda uma gama de atenções e percepções que o tornam sensível à alteridade e que ele próprio insufla nessas biografias, no que chamou "romances verdadeiros".

Logo, o paradoxo merece toda a nossa atenção, pois permite entender o que para Sartre fascina ao mesmo tempo que é insuportável na psicanálise. Christian Demoulin observa a justo título que "Sartre não estabelece laço entre sua própria posição subjetiva e a estrutura do discurso familiar no qual ele está preso. É o que lhe permite pensar a psicanálise como apenas existencial, como se as escolhas dos sujeitos

---

8 J.-P. Sartre, *La Nausée*, Gallimard, Folio nº 805, p. 178.

9 C. Burgelin, *"Les Mots" de Jean-Paul Sartre*, Gallimard, 1994, p. 27.

fossem independentes da cadeia dos discursos[10]".

A reserva, talvez até a hostilidade de Sartre para com a psicanálise, deve-se à censura que ele lhe endereçava por ser uma forma de sujeição e alienação. A própria idéia de inconsciente não lhe era acessível, já que ele havia construído para si seu próprio mito. E, nos diz ainda Claude Burgelin, "ele faz sua a lição de Freud que Leiris já acomodou à sua maneira: a verdade de um ser se diz no emaranhado de suas fantasias, ficções, sonhos e outros roteiros[11]". Nada mais afastado da psicanálise, já que ele renega toda dependência para com o discurso inconsciente; mas nada mais próximo também, já que ele tira de sua própria história o conjunto dos determinantes que o constituíram e a partir dos quais ele se constituiu como sujeito.

Estamos aí diante de uma proposta eminentemente paradoxal, como se ele tivesse sido um neo-sujeito antes da hora: "Eu tentava arrancar as imagens da minha cabeça e realizá-las fora de mim, entre verdadeiros móveis e verdadeiros muros, brilhantes e visíveis tanto quanto aquelas que escorriam nas telas. Em vão, eu não podia mais ignorar minha dupla impostura; eu fingia ser um ator fingindo ser um herói. Mal comecei a escrever, pousei minha pena para jubilar. A impostura era a mesma mas eu disse que considerava as palavras a quintessência das coisas. Nada me perturbava mais que ver minhas patas de mosca trocarem aos poucos seu luzir de fogos-fátuos pela morna consistência da matéria: era a realização do imaginário[12]".

Entretanto, a vontade não basta para confrontar o jovem Sartre com a alteridade verdadeira. Como afirma Suzanne Ginestet-Delbreil, é evidentemente a escrita que salva Jean-Paul Sartre do impasse – a escrita[13]

---

10 C. Demoulin, "Sartre, de la mauvaise foi à l'ontologie", *L'En-je lacanien*, nº 2, Érès, 2004, p. 130.

11 C. Burgelin, *ibid.*, p. 34.

12 J.-P. Sartre, *Les Mots, op. cit.*, p. 94.

13 Com efeito, a escrita supõe uma tríade: primeiro, trata-se de não ceder ao todo-gozo, em seguida, ela exige a obrigação da colocação em forma e enfim promove o trilhamento da singularidade. As leis da escrita intransitiva tornar-se-iam dessa maneira paradigmáticas daquilo que implica o que mais adiante chamaremos a *nova responsabilidade do sujeito* na sociedade atual. Aliás, talvez seja por isso que hoje pululam os diários íntimos, os ateliês de escrita e até as publicações romanescas.

é com certeza uma das vias régias para os neo-sujeitos. E é ainda, como ele aliás explicita em sua autobiografia, o avô materno, Charles Schweitzer, neto de Alberto do mesmo nome, que foi a esse respeito determinante: "Eu escrevia sobretudo porque era o neto de Charles Schweitzer".

Logo, encontramos bem com Sartre, embora haja um avô que faça ofício de Nome-do-Pai, essa relação com a *mèreversão* que descrevemos nos "não-tolos", aqui por razões de história singular. Numerosíssimos elementos poderiam vir escorar ainda um pouco mais essa tese. Citemos alguns: além desse sentimento de impostura que ele experimentou durante a existência inteira, as renegações [*reniements*] incessantes – "Num instante, sei que me renegarei e que já me traio" –, a má fé como equivalente do desmentido – "A má fé tem portanto em aparência a estrutura da mentira. Só que, o que muda tudo, na má fé, é de mim mesmo que mascaro a verdade[14]" –, a relação de Sartre com as mulheres – "Eu era antes um masturbador de mulheres que um copulador" –, o lugar de Simone de Beauvoir como leitora primeira de todos os seus escritos – "Sequer uma única linha de Sartre foi escrita sem seu imprimátur[15]!" –, sua rejeição da passividade como insuportável, o que lhe teria tornado impossível a perspectiva de uma cura psicanalítica – "A esse respeito, podemos nos referir às declarações de J.-B. Pontalis[16]" –, sua personalidade clivada – "Aqueles que o conheceram, e praticaram, podem falar de sua extraordinária faculdade de foracluir um pensamento precedente, contrário ao seguinte[17]" –, o inacabamento da maioria de suas obras, sua fantasia de auto-engendramento... A respeito desta última fantasia, esta passagem de *As palavras* é eloqüente: "Tudo se passou na minha cabeça; criança imaginária, defendi-me contra a imaginação. Quando revejo minha vida, dos seis aos nove anos, fico impressionado com a continuidade de meus exercícios espirituais. Eles com freqüência mudaram de conteúdo mas o programa não variou; eu havia feito uma falsa entrada, eu me retirava

---

[14] J.-P. Sartre, *L'Être et le Néant*, Gallimard, 1976, p. 83.

[15] B. Lallement, *Sartre, l'improbable salaud*, Le Cherche-Midi, 2005, p. 149.

[16] Entrevista com J.-B. Pontalis, in DVD *Sartre* publicado por ocasião da exposição Sartre na Biblioteca Nacional da França, março-agosto de 2005.

[17] *Ibid.*, p. 65

para trás de um biombo e recomeçava meu nascimento na hora certa, no minuto em que o Universo silenciosamente me reclamava[18]".

O interesse que existe em ler a estrutura de Sartre como a de um "neo-sujeito" antes da época, de um "não-tolo" no mundo de ontem, também é de nos perguntar se isso em boa parte não justificou essa reserva para com a psicanálise que já foi sublinhada. Como se ele a tivesse censurado por não estar em condição de levar em conta seu próprio funcionamento psíquico, ou pelo menos um funcionamento psíquico idêntico ao seu. Como se ele a tivesse desacreditado porque a achava tolhida demais na referência ao pai e não aberta o bastante para essa perversão comum ligada a um funcionamento psíquico organizado em torno apenas do regime da relação com a mãe. Aliás, poderemos lembrar a esse respeito que, no fim das contas, Sartre na verdade nunca deixou concretamente sua mãe.

O escritor e polemista Mathurin Maugarlonne – na verdade, François George – reserva um grande lugar, em sua abordagem de Sartre ao qual dedicou numerosos textos, à problemática da relação com o pai. Durante suas conversas, o autor de *As palavras* vai censurá-lo vivamente por dar tanta importância a uma ausência: "Ele recusa admitir que esse pai ausente tenha podido exercer um efeito. [...] Ouso perguntar-lhe se ele mantém sua teoria do inconsciente, ou antes, da consciência. 'Mantenho', respondeu-me num tom de bravata, antes de acrescentar misturando humor e melancolia: 'Porque não tenho mais tempo nem forças para construir uma nova teoria!'[19]".

Logo, o que temer ao se submeter à lei paterna? Sartre responde: "Se tivesse vivido, meu pai teria se deitado inteiro sobre mim e me teria esmagado. Por sorte, morreu cedo". Nem por isso ele deixa de ser sensível ao que poderia ter-lhe trazido uma paternidade: "Um pai, acrescenta ele, me teria aliviado de algumas obstinações duráveis; fazendo de seus humores meus princípios, de sua ignorância meu saber, de seus rancores meu orgulho, de suas manias minha lei, ele me teria habitado; esse

---

18 J.-P. Sartre, *Les Mots, op. cit.*, p. 94.

19 M. Maugarlonne, *À la rencontre des disparus*, 2004, p. 176.

respeitável locatário me teria dado respeito por mim mesmo. Sobre o respeito, eu teria fundado meu direito de viver. Meu genitor teria decidido o meu futuro: engenheiro militar de nascença, eu estaria garantido para o resto da vida[20]".

O que temia o autor de *A náusea*, pensamos, era se tornar um filho do pai. Não tanto porque isso lhe pediria para deixar a mãe, mas antes porque isso o teria forçado a se tornar filho dos dois pais. O que o teria forçado a passar de uma economia organizada em torno do regime da relação com a mãe a uma economia que conjuga os dois regimes para apreender o real. Ora, quando a *mèreversão* teve – por demais – tempo de se instalar, o apelo do pai não permite deixar a mãe sem recusá-la, no que o sujeito não pode consentir "sem aí perder a alma" de certo modo.

Deixar a mãe é sempre metáfora daquilo que é necessário perder para poder encontrá-la como outro. E se a coesão mãe-filho permanecer forte demais por muito tempo, a possível intervenção de um outro real é questionada. O sujeito só vê nos outros encontrados uma ameaça à sua singularidade.

De tudo isso, depreende-se que contentar-se em pensar que Sartre foi surdo e cego à psicanálise seria a um só tempo errôneo e pouco instrutivo, embora até seu caso e seus escritos nos confrontem com questões essenciais para a compreensão de nosso mundo atual como para a psicanálise. Aliás, não é exagerado afirmar "que as objeções de Sartre em relação à psicologia dita das profundezas mostravam não sua cegueira mas sua perspicácia[21]". Dar-lhe esse crédito de modo algum corresponde a renunciar aos conceitos da psicanálise. Trata-se simplesmente de aceitar ainda mais ser interpelado pelo autor de *As palavras* uma vez que sua posição subjetiva se construiu, por razões de história pessoal, conforme o mesmo esquema que aquele que identificamos como caracterizando o neo-sujeito – e que vamos agora abordar como um "sem Outrem".

---

20 J.-P. Sartre, *Les Mots*, *op. cit.*, p. 18

21 Segundo as palavras do filósofo Philippe Cabestan, mas por outras razões. Cf. "Sartre et la psychanalyse: cécité ou perspicacité", in *Cites*, nº 22, 2005, p. 100.

Quando o encontro é evitado...

Para Freud, a constituição da realidade supõe uma dessexualização, vindo o princípio de realidade de certo modo corrigir as conseqüências da prevalência do princípio de prazer. Para Lacan, a realidade é apenas a resultante da conjunção do Imaginário e do Simbólico. É preciso além disso ceder lugar ao real, que é diferente da realidade. A realidade toma consistência ao mesmo tempo que a fantasia do sujeito e é por isso dependente da perda imposta ao sujeito pela entrada no sistema simbólico da linguagem. Em razão dessa perda irredutível, o real é inacessível, impossível de dizer.

Podemos pensar que, nos neo-sujeitos da sociedade atual, essas operações permaneceram inacabadas, não puderam ser "finalizadas". Se de fato é bem este o caso, como supomos, deve haver uma relação direta entre as particularidades da vida psíquica e a mudança que afeta profundamente a sociedade, o social, marcando tanto os primeiros outros do sujeito, em particular os pais, quanto o próprio sujeito.

Nem por isso se trata de atribuir imediatamente a origem das dificuldades encontradas pelas novas gerações exclusivamente ao social, ainda menos só aos pais. Pois o próprio sujeito, com veremos, não está exonerado de sua responsabilidade uma vez instalada essa organização psíquica. Entretanto, o importante é notar que as dificuldades a serem enfrentadas não são mais aquelas com as quais estávamos habituados no quadro da neurose banal. Nem por isso se trata de psicose, e vamos novamente ressaltar por quê. Seria então preciso falar, a respeito dos neo-sujeitos, de "*borderlines*", de *estados limites*, ainda que em detrimento dos psicanalistas lacanianos[22] que, na maioria, não gostam muito que se utilizem esses qualificativos que não remetem a nenhuma das grandes estruturas subjetivas isoladas por Freud? A descrição da fenomenologia particular dos neo-sujeitos e do modo como funcionam originalmente

[22] Podemos aqui remeter às Jornadas da Association lacanienne internationale em Namur em 1995 em torno dessa problemática, que organizamos. As atas dessas jornadas foram publicadas em *Le Bulletin freudien*, nº 29, 1997.

mostrou que mereciam que fossem situados de outro modo que negando sua especificidade. É por isso que gostaríamos de propor falar de *sujeitos do limbo* ou, vamos ver por quê, de *sujeitos sem Outrem*.

O quadro que descrevemos mais acima, com um dos pais deslegitimado em sua função de exceção – uma invalidação que diz sobretudo respeito ao pai, mas que nem por isso poupa a mãe – e um filho que só pode contar consigo mesmo, remete a uma situação em que o que se evita é simplesmente o encontro com a alteridade do outro.

O que entender por encontro? Não o que costumamos significar com esse termo, isto é, o fato para duas pessoas de se acharem em contato, de se aproximarem, de estarem em relação estreita uma com a outra, esse momento pontual em que elas só fariam *um* a partir de dois. Aprendemos no início desta obra, com Lacan, que o verdadeiro encontro implica deixar seu lugar à subtração de gozo, à perda, que portanto sempre se trata no fim das contas de uma não-relação[23]". Colette Soler, por exemplo, enuncia com muita pertinência que "o gozo que se acomoda pelo dois do encontro deixa fora o do um do corpo, efeito da impossibilidade, com esses dois gozos, de fazer apenas um[24]". Logo, todo encontro supõe que, ao contrário do que se entende na vida corrente, o sujeito tenha consentido em que uma parte de gozo tenha sido extraída de seu corpo – o que chamamos o menos-de-gozar, como efeito da linguagem – e que tenha aceitado ser entregue a cada vez, no encontro com o outro, à repetição dessa perda.

Assim, para haver encontro, é preciso que o sujeito tenha consentido em deixar-se "desregular" por sua entrada na linguagem em proveito de uma regulação nova em que consiste a coordenação de seu gozo com o significante – o que Lacan nomeava a "outra satisfação". Mas, por essa razão, tornou-se um sujeito sempre um pouco moroso, como também

[23] Em poucas palavras, é bem o que se passa no encontro amoroso: uma vez acabada a "lua de mel", o estado amoroso deve confrontar-se com o encontro da alteridade do outro. Momento como se sabe sempre difícil e em que mais de uma relação vê o início de seu fim. Só é no entanto bem a partir desse momento que se deve de fato falar de encontro se consentirmos em dar seu lugar a esse real que sempre escapa.

[24] C. Soler, *L'Inconscient à ciel ouvert de la psychose*, Presses universitaires du Mirail, 2002, p. 96.

dizia Lacan, "por não encontrar alojamento a seu gosto", já que não pode encontrar "um" no encontro.

É nesse lugar preciso do psiquismo do sujeito que ele será tributário, para enfrentar essa dificuldade, de ter havido – ou não – encontro com um "pai real" – entendamos por aí não necessariamente o genitor mas alguém diferente da mãe, que tenha consentido em endossar a decepção que inevitavelmente essa perda do "gozo um" engendrou. O que é permitido pelo confronto com essa presença de um "pai real" é o choque com alguém que vai aceitar ser considerado responsável por essa subtração de gozo e que, ao mesmo tempo, vai de certo modo permitir que o sujeito faça a experiência progressiva das obrigações da condição de ser falante, que sinta que impossível pode existir e que assim consinta na felicidade limitada; logo, banal.

O que nos leva a voltar ao que implica a deslegitimação das figuras de exceção, e em particular daquela desse pai, que evocamos mais acima. Esquematizando um pouco, diremos que hoje estamos às voltas não com um Nome-do-Pai foracluído (o que acarretaria a psicose), nem com um pai fraco (histeria), nem tampouco com um pai para o qual a mãe faz a lei (perversão no sentido estrito), mas bem antes, neste caso de perversão comum, com um pai mandado para os confins, deixado às margens, sempre de fato ali mas inoperante, desautorizado, como que sem voz[25]. A crise da legitimidade pode bastar para manter esse "pai real" a uma distância grande demais, para impedi-lo de se engajar em sua relação com o filho. Ele vai ficar como que sem se molhar, satisfazendo-se em estar ali sem realmente interferir, como que em suspenso, sem controle, na expectativa de uma legitimidade que não virá, como se todo ato de sua parte enquanto pai estivesse de imediato comprometido pelo discurso social ambiente – o que chamamos o Imaginário Social.

É o que já dizia, em 1972, de maneira mais rigorosa ao evocar uma situação desse tipo no congresso da École lacanienne de Paris, Moustapha

---

[25] Deveria ser feito um inventário dos filmes recentes em que o pai está sem voz, no sentido próprio tanto quanto no figurado do termo. Cf. também a esse respeito R. Coudert, "Le temps des pères", in *Agenda de la pensée contemporaine*, PUF, 2006 ou J.-F. Rauger, "Coups d'œil sur le malaise américain", in *Le Monde* de 10 de setembro de 2006, que constata que no Festival de Deauville 2006 a maioria dos filmes tem por tema a falência da figura paterna.

Safouan quando se perguntava: "O que acontece com o sujeito quando a significação fálica é a única a ocorrer ao longo de sua história, quando nenhuma mediação paterna real vem remanejar os efeitos imaginários da metáfora paterna?". Em outras palavras, quando não há articulação com um pai real, quando não há encontro e portanto nenhum remanejamento possível da instância paterna por meio da figura daquele que só é então um pai fantasma. E Safouan afirma: "Pois bem, disso resulta o Édipo invertido. Não o Édipo invertido como componente normal no complexo, mas na medida em que Ruth Brunswick nele designa a derradeira força patogênica no caso do homem dos lobos[26]".

Esse célebre caso clínico de Freud, não por acaso, evoca justamente o que designamos com a noção de estados limites. Aliás, o próprio Lacan havia falado do homem dos lobos como de um "*borderline*"[27]. Safouan prosseguia: "Não há dúvida alguma que, para este último, seu pai era Deus: aquilo em cuja direção deviam orientar-se seus esforços para ser. Ele queria ser um 'senhor como papai'. Daí uma expectativa fálica que não só o colocou numa posição feminina, mas que o empurrou para uma identificação ativa com a mãe chegando até à reprodução de seus sintomas". Ele ainda evocava a particularidade estrutural do sujeito – o homem dos lobos – que residia nisto: "A expectativa do falo era proporcional à força com a qual ele havia repudiado, foracluído, a ameaça de castração, vale dizer que era sem limite". E ele acrescentava numa nota para diferenciar seu caso do de um psicótico: "Essa foraclusão distingue-se daquela de Schreber, uma vez que constitui um mecanismo de defesa e não um defeito primordial do simbólico como tal[28]".

Logo, estamos diante de uma desinscrição, de uma foraclusão de um gênero diferente daquela habitualmente descrita, notadamente a respeito do célebre caso do presidente Schreber, sob o termo de foraclusão do Nome-do-Pai, assinalando a psicose. Esta implica a ausência do significante de exceção que, no Outro, vai permitir que o gozo se

---

26 M. Safouan, De la fonction du père real, in *Études sur l'Œdipe*, Seuil, 1974, p. 131.

27 "Esse caso *borderline* que é o homem dos lobos", enuncia ele na sessão de 19 de dezembro de 1962 de seu seminário sobre *A angústia, op. cit.*

28 M. Safouan, *op. cit.*, p. 135.

limite e que, a esse título, constitua "um defeito primordial do simbólico como tal". Aqui, no caso do homem dos lobos, o quadro é diferente, já que a foraclusão de que estamos falando é posta em ação pelo próprio sujeito para se defender da ameaça de castração. Ou seja, para evitar assumir em seu próprio nome a exigência da renúncia ao todo-gozo. Logo, não é difícil pensar que este caso possa resultar da conjunção de duas "posições", de um duplo movimento simultâneo: o de um pai real que não sustenta o encontro *e* o de um sujeito que "disso se aproveita" para rechaçá-lo, para recusar toda pertinência à sua eventual intervenção. Mas, paradoxalmente, se o sujeito de fato parece levar a melhor, é num jogo do tipo "quem ganha, perde". Pois quanto mais tiver êxito, a cada vez, em parecer sair vencedor desse "confronto", na verdade desse não encontro, mais vai se ver vencido no que concerne ao essencial, a saber, à sua capacidade de desejar.

Se, nos dois casos, estamos diante de uma foraclusão, as situações no entanto são bem diferentes. Na psicose, trata-se de certo modo de uma foraclusão essencialmente passiva, já que o sujeito é forçado a se confrontar com um meio marcado por uma carência simbólica maior. Neste caso que tentamos fazer emergir, a foraclusão parece ser antes a resposta do sujeito diante da ausência de encontro com um pai concreto que teria estado em condição de fornecer o modo de usar do acesso ao desejo. Logo, há conjunção de uma demissão do pai real e de uma renegação pelo sujeito, não do Nome-do-Pai, mas de sua atualização por um pai concreto. Vimos que a renegação – o desmentido – comporta uma vertente de abolição simbólica. É por isso que o sujeito pôde chegar à foraclusão, uma foraclusão que poderá ser qualificada de ativa, já que é primeiro o efeito de sua escolha.

A ausência de encontro – poderemos falar, neste caso, de *foraclusão do encontro* – organiza a nova modalidade daquilo que só é então um pseudolaço social. O que é sugerido por exemplo com muito talento por Gus Van Sant em seu filme *Elefante*, premiado em Cannes em 2003. Baseando-se no trágico crime da matança em Colombine nos Estados Unidos há alguns anos, um massacre de alunos aparentemente "gratuito" por dois de seus colegas, o realizador escolheu uma direção que mostra muito bem as omissões em série que caracterizavam a vida daqueles jovens. No colégio, os alunos vão e vêm sem nenhum confronto entre eles; o diretor chama alguns em seu escritório mas não diz nada; o educador "anima" uma discussão sobre a vida sexual e sua dupla vertente homo-hétero, mas isso não conduz a nada a não ser permitir obter uma coleção de opiniões dadas umas após as outras e todas consideradas equivalentes; o professor de ginástica lembra uma regra – é preciso vir de *shorts* ao ginásio –, mas não tira nenhuma conseqüência do fato de que essa lembrança não tem nenhum efeito; o estudante de fotografia percorre os corredores do colégio e se entrega à sua ocupação favorita sem trocar uma palavra com ninguém... Todo esse universo transpira o *clean* e a pletora de possíveis, mas sem que encontro algum aconteça. Podemos nos limitar a gravar os vaivéns de cada um para explicar o que se passa. Aliás, o realizador procura representar diversas vezes a mesma tomada de acordo com diferentes pontos de vista, como que para de imediato relativizar a especificidade dos protagonistas. Como diz muito bem o crítico de cinema Patrice Blouin, "neste mundo novo, contemporâneo, cada ser é um vetor solitário, trazendo consigo seu sistema pessoal de abscissa e ordenada, seu ritmo e seu compasso. Nada de estabelecido nem de fixo preexiste à sua colocação em marcha. Não existe outro mundo comum senão aquele descoberto pelo entrecruzamento progressivo de seus diferentes percursos. Toda cena vivida é por conseguinte suscetível de se repetir, cada vez trazida por um novo ponto de vista, sem que se possa preferir um ângulo a outro nem hierarquizá-los entre eles. No colégio de *Elefante*, ninguém fica confinado numa cela mas todos parecem prisioneiros da própria liberdade de movimento, condenados a errar eternamente nesse inferno relativo apenas esbarrando-se levemente. O mal aqui não é um acidente fortuito mas a resultante desse modo de funcionamento. Com efeito, basta que duas trajetórias individuais parem por um instante de andar uma ao lado da outra harmoniosamente para que se misturem e formem um nó de fixação. [...] Cercados por eles mesmos, até no abraço amoroso, eles não estão mais aptos a retornar ao grande balé coletivo. Vão matar os colegas para pôr um termo no incessante deslizamento dos corpos[29]".

[29] P. Blouin, "Plume d'éléphant", in *Cahiers du cinéma*, nº 583, outubro de 2003, p. 15.

O que esse caso revela? O que desencadeou aquela violência? A ausência de encontro com o outro, repetidas vezes evitado, só pode deixar intacto o todo-poder infantil do sujeito. E portanto deixá-lo também sem meios psíquicos de metabolizar a alteridade. Apesar desse funcionamento, o sujeito só pode cedo ou tarde acabar tendo um verdadeiro encontro – ainda que através de um fracasso escolar ou amoroso –, e é então o caráter incontornável desse encontro que se torna a causa do trauma. Que, nesse momento, alguns só consigam revidar pelo modo reflexo da defesa é decerto uma primeira fonte de violência, com freqüência já desenfreada mas ainda "clássica", senão banal. Mas alguns, por sua vez, arrastados no impasse deste mundo no qual afinal não têm lugar algum, não vêem outra saída senão friamente "atirar para tudo o que é lado" a fim de existir. E, no fim das contas, talvez não haja outro motivo para tal violência senão a impossibilidade em que eles se encontram de poder enfrentar o que o modo de funcionamento que têm pelo desmentido até ali permitiu que evitassem.

Essa *foraclusão do encontro* é apenas – para parafrasear a formulação de Lacan a respeito do caso freudiano do pequeno Hans que ele dizia "abandonado pelas carências simbólicas das pessoas à volta" – a resposta de um sujeito abandonado pelas carências simbólicas devidas à grande confusão em que hoje se encontra o social. Vamos propor aqui com prazer uma descrição que devemos a Raphaël Gély, filósofo e fenomenista: "Quando não há práticas e terceiro social, o sujeito não pode mais fazer outra coisa a não ser refugiar-se numa abstração mentalista. Ainda que esse sujeito experimente bem uma realidade que lhe resiste, ele no entanto não experimenta esse risco normativo constitutivo de toda vida significante. Os indivíduos não se expõem mais e não se encarnam mais em seu agir. Só temos agora indivíduos que se chocam uns com os outros e fazem contratos uns com os outros. Mas a resistência desse real não permite que os indivíduos realmente se subjetivem na relação que podem ter uns com os outros. Cada um permanece no fundo fechado em si mesmo[30]".

---

[30] R. Gély, "Les usages du tiers", in J.-P. Lebrun e E. Volckrick (sob a direção de), *Avons-nous encore besoin d'un tiers?*, *op. cit.*

Logo, convém de fato ser circunspecto, apesar da presença de uma foraclusão, antes de considerar psicóticos esses neo-sujeitos. O que evidentemente só tem importância teórica ou terminológica. Primeiro porque imaginamos a que ponto o efeito de um diagnóstico de psicose – ainda que uma psicose que qualificaríamos de "comum[31]" como fizeram certos colegas ao estenderem seu campo para que se referisse àqueles que chamamos neo-sujeitos – não deve ser desprezado em suas incidências "sociais" sobre a vida de um sujeito. Depois, porque ao nos limitarmos a uma escolha do tipo "ou neurose ou psicose", proibimo-nos poder levar em conta a especificidade do mecanismo da clivagem nesses casos que têm a ver com o que chamamos "a perversão comum". Enfim, porque o diagnóstico de psicose deixa de lado a articulação da subjetividade com o social, isto cuja pertinência tentamos mostrar, a um só tempo para compreender o que hoje acontece e para poder eventualmente intervir com discernimento.

Esmerar-se em evidenciar essa articulação de fato não era até aqui essencial. Pois a estruturação do mundo de ontem era tal que o sujeito não corria os mesmos riscos: ele não tinha muito a possibilidade de dispensar-se de dever desviar-se da *mèreversão*[32]. Considerando o que era o motor dos processos que o levavam a evoluir, a crescer, o confronto com a ausência, com a perda, era inevitável. Não ocorre mais o mesmo quando, como hoje, o número desses sujeitos que permanecem no regime materno parece crescente. Assim, continuemos a procurar conhecer melhor essa modalidade de funcionamento.

---

31 J.-C. Maleval, "Éléments pour une appréhension clinique de la psychose ordinaire", intervenção durante o seminário da Découverte freudienne sobre "Psicose e laço social", Toulouse, 18-19, janeiro de 2003, inédito. E também *La Psychose ordinaire. La convention d'Antibes*, Agalma, 2005. Entretanto, continua pertinente evocar em alguns desses casos a possibilidade de "psicoses não desencadeadas". Cf. a esse respeito A. Lysy-Stevens, "Ce qu'on appelle des psychoses 'non déclenchées'", *Les Feuillets du Courtil*, nº 12, junho de 1996.

32 F. Ost, em sua obra já citada, evoca isso tudo ao insistir na inversão como traço da verdadeira assinatura perversa. Mas um avesso que faz forçosamente referência a um direito: "O direito mantém-se na firme resolução de desviar-se da mãe pré-edipiana; um interdito fundador assim se ressalta, cujo respeito condiciona toda sociabilidade possível. O escudo de Perseu é o símbolo dessa consideração indireta do Outro e, de modo mais geral, da mediação da lei na medida da ação". F. Ost, *Sade et la loi*, *op. cit.* p. 45.

Um visto de permanência no limbo

Em *A música do acaso*, Paul Auster descreve seu personagem central "como se ele em definitivo nada tivesse a ver com o que ia lhe acontecer". E prossegue: "E se não estivesse mais implicado por seu próprio destino, onde se achava então, que fim levara? Talvez tivesse vivido tempo demais no limbo, pensava, e agora que experimentava a necessidade de se redescobrir, não tinha mais pontos de referência[33]".

Foi tentando entender a dinâmica em ação nos neo-sujeitos que fomos levados a um episódio esquecido da cristandade, aquele, justamente, do limbo. Durante muito tempo se interrogou sobre o estatuto que convinha outorgar às crianças que morriam sem ter sido batizadas. Em outras palavras, às crianças que já fossem do registro simbólico mas sem ter sido realmente afetadas por este – se entendemos que nosso pertencimento ao religioso era a maneira de significar ontem o pertencimento à condição humana. Em sua obra *A comunidade que vem*, Giorgio Agamben evoca essas crianças do limbo ao se referir ao *Tratado* de São Tomás: "Com efeito, segundo o teólogo, a pena infligida às crianças mortas sem batismo, cuja única falta é o pecado original, não pode ser uma pena aflitiva, como a do inferno, mas unicamente uma pena privativa tal como a ausência perpétua de toda visão de Deus. Entretanto, ao contrário dos danados, os habitantes do Limbo não experimentam nenhuma dor por essa privação; pois são providos apenas de um conhecimento natural e não sobrenatural, este estando implantado em nós pelo batismo; não se sabem privados do soberano bem, ou, se o sabem, não poderiam por isso se afligir mais que um homem razoável sofre por não poder voar[34]".

Esse estatuto próprio às crianças do limbo merece que nele nos detenhamos, que examinemos mais de perto o destino desses sujeitos privados da visão de Deus. Podemos ver, graças ao historiador Jacques Le Goff[35], como a questão do limbo atravessou a história do cristianismo.

---

33 P. Auster, *La Musique du hasard*, Livre de Poche, 1995, p. 64.

34 G. Agamben, *La Communauté qui vient. Théorie de la singularité quelconque*, Seuil, 1990, pp. 12-13.

35 J. Le Goff, "Les limbes", in *Nouvelle revue de psychanalyse*, nº 34, *L'attente*, Gallimard, outono de 1986.

Para enfrentar a ameaça de heresia pelagiana – os pelagianos distinguiam a vida eterna e o reino dos Céus –, Santo Agostinho, no concílio de Cartago, em 418, mandou condenar essas crianças ao fogo do inferno. Mas, a partir do final do século XI, a geografia do Além se move ao mesmo tempo que a concepção do pecado. Segue-se o nascimento do purgatório, esse lugar de espera provisória no qual é preciso encontrar um equivalente para a eternidade a fim de acolher as crianças mortas sem batismo. Desse fato nasce o limbo das crianças. Por analogia, nasce também o limbo dos patriarcas, atribuído aos santos trazidos dos infernos por Cristo. O limbo recobre "esses dois lugares separados mas que se parecem por sua função de lugar de espera de seres humanos que não conheceram o batismo. [...] A palavra *limbus* significa em latim borda e o limbo designa duas bordas do Inferno[36]". São Tomás lhes reservou um destino mais invejável ao distinguir duas espécies de males que podemos conhecer no Além: a pena do dano, privação da visão de Deus, e a pena dos sentidos, dores sentidas pelo corpo e a alma. Para Tomás de Aquino, as crianças no limbo sofrem apenas a pena do dano. Ao fim da Idade Média, a recusa do acesso ao paraíso para as crianças mortas sem batismo – muito numerosas na época visto a elevada mortalidade infantil – suscitou uma viva resistência popular. Eminentes personalidades eclesiásticas deram a isso repercussão e finalmente chegou-se até a imaginar, no início do século XVI, a possibilidade de obter de Deus um milagre que ressuscitaria a criança morta por um breve prazo – um *sursis*, um descanso – durante o qual seria possível rapidamente batizá-la. Esta última "invenção" suscitou o nascimento dos "santuários de descanso" que eram encarregados de permitir o batismo de crianças mortas. Os jansenistas em seguida fizeram do limbo objeto de uma nova disputa doutrinal, mas foi em última instância a bula *Auctorum Fidei* do papa Pio VI que, em 1794, pôs um ponto final na controvérsia, ao atestar que "era legítimo crer na existência de um limbo das crianças no qual as almas daqueles que morrem só com o pecado original são punidas com a pena do dano sem a pena do fogo[37]".

---

[36] *Ibid.*, p. 163.

[37] Citado por J. Le Goff, *ibid.*, p. 170.

Por analogia com essas crianças do limbo, poderíamos dizer que os sujeitos "produzidos" por nosso laço social atual estão *a priori* privados da prevalência do simbólico, ou mais exatamente privados dessa relação com o "pai real" que vem "atualizar e finalizar" a metáfora paterna. As conseqüências dessa privação não são equivalentes à perversão, pois devem-se principalmente às obrigações que o laço social impõe – ou melhor, não impõe – ao sujeito. Mas a "resposta" deste se apresenta com traços de perversão, já que, para construir essa resposta, ele só dispõe do registro da relação com a mãe. Com efeito, é a relação com a mãe, e não com o pai, que é e permanece prevalente na perversão, encarnando a instância fálica. Segue-se uma positivação do objeto de gozo, que escapa à negativação que sua marcação pelo significante deveria implicar. A economia que daí resulta permite que o sujeito fique assim ao abrigo do regime da imparidade, da falha, da rachadura, da dissimetria. Uma economia que, como aquela ligada à verdadeira perversão, favorece – talvez até imponha – a supervalorização da imagem. É a parada sobre imagem[38] que a cada vez fará "ponto de estofo" à metonímia, impedindo-a provisoriamente de desdobrar-se indefinidamente. Mas, em conseqüência, essa organização pode ficar sem cessar ameaçada, é preciso sem cessar refazer a operação. Por não estar arrimado no lugar certo – isto é, na perda, no furo –, o neo-sujeito em compensação se considera no direito de obter um ponto de ligação que o inscreveria – enfim de uma vez por todas – em seu lugar.

Podemos encontrar outro eco para essa criança do limbo tão próxima do neo-sujeito num artigo de Marcel Gauchet dedicado às crianças do desejo[39]. O autor examina o que de novo é revelado nos sujeitos pelo fato de "a reprodução doravante ser uma ação deliberada e dominada". Ele se interroga: "O que implica ser causado por um desejo? O que quer dizer advir a si quando a existência está a esse ponto suspensa

---

[38] Lembremos que o perverso pára na imagem da calcinha para não ter de levar em conta a "castração" da mulher.

[39] Os psicanalistas evidentemente falariam no caso de crianças "do querer", já que têm o hábito de reservar o termo desejo ao desejo inconsciente.

à espera de outrem[40]?". O artigo desdobra notavelmente a importância dessa mudança sobre a parte de "terceiridade" comprometida na filiação. Ontem, os pais estavam como que atravessados pelo processo da vida, que os superava. Hoje, o domínio da fecundação de certo modo deslocou o eixo da transmissão: de agora em diante é a vontade dos pais que determina sozinha o nascimento da criança. Mas isto modifica a distribuição dos papéis: "O engendramento é irredutivelmente a experiência da descoberta e da acomodação ao imprevisível de um novo ser. Como não continuaria sendo? Exceto que a experiência se desenrola tendo ao fundo outro horizonte de espera. Ela era o próprio atestado de que está em jogo na reprodução um processo que nos supera. Esse desconhecido que procedia de si fornecia o sinal por excelência da força impessoal da vida de que somos apenas o agente. [...] Acontece de outro jeito com a criança de si. Ela é esperada em pessoa. Ela advém sob o sinal da antecipação de seu ser [...] que pede poderosas projeções, bem mais ainda inconscientes que conscientes, projeções destinadas a pesar muito sobre o destino do ser que elas envolvem – projeções carregadas de um desafio crucial, já que a rigor está em jogo uma renegação do inesperado do vivo. [...] Não deixamos de manter as crianças na idéia de que queriam vir, de que foram escolhidas pelo que são, em suma, de que sempre estavam ali, de que, se nasceram, de modo algum advieram[41]". Como definir melhor crianças que teriam permanecido no limbo, *nascidas mas de modo algum advindas*?

As conseqüências de um destino como esse são amplamente explicitadas por Marcel Gauchet: "Muitas crianças do desejo jamais vão saber bem quem são, nem o que querem. Em graus diversos, a elas vão faltar o poder que nasce de sentir-se absolutamente contável por seus atos e por seu destino, bem como a segurança de sua unicidade ao mesmo tempo que de sua banalidade. [...] A calorosa estima de si que teremos procurado lhes insuflar não vai ter resolvido nada: algo lhes terá faltado, justamente, para adquirir esse si, para se tornarem elas mesmas. [...] Vão

---

[40] M. Gauchet, "L'enfant du désir", *Le Débat*, nº 132, p. 99.

[41] *Ibid.*, p. 115.

permanecer perpetuamente dependentes desse desejo que as trouxe à vida, cheias de amor pelos autores de seus dias, com uma inextinguível necessidade de beber na fonte dessa garantia, mas às vezes também cheias de um ódio indizível por esse dom da existência que lhes proíbe ser. É o resgate a ser pago por um modo de entrada no círculo do humano. A individualização precoce a que foram submetidas terá perturbado, talvez até bloqueado a consumação da individuação[42]".

Esse "algo [que] lhes terá faltado" é a arrimo na negatividade, também é a visibilidade da perda que a possibilidade de se apropriar da fecundação veio ocultar. Em outras palavras, o espaço que separa as gerações não está mais incluído no programa. Em compensação, o que, por isso, está implicitamente reconhecido é a via direta, a realização da fantasia de partenogênese. Será por isso que o termo parentalidade – que, deve-se ainda notar, expulsa a diferença dos sexos – hoje se impôs com tanta facilidade?

É possível identificar o preço a ser pago. O sujeito pode ficar no limbo, ele não é empurrado para fora do ninho. Não está mais naturalmente forçado a confrontar-se com a realidade conforme um esquema inscrito nele e que os pais já tinham eles mesmos integrado. Ao contrário, está no direito de continuar a sonhar, a inventar para si o que poderia ter sido outra vida – teria bastado que os genitores o concebessem de outra maneira. O mais nocivo: essa zona do limbo pode lhe parecer viável a longo prazo. Ele pode sentir-se ao abrigo de dever compor-se com o aleatório de seu destino próprio, achar argumento para autorizar-se a suspender o confronto com a realidade. Pode ficar enroscado nesse espaço de entre-dois, nesse antro-dois, nesse paliativo para a existência, a ek-sistência. A completude que doravante é seu cotidiano de certo modo lhe deu um visto de permanência no limbo.

A título de ilustração, não resistimos a citar este trecho clínico da obra de Jean-Bertrand Pontalis intitulado precisamente *A criança do limbo*: "Faz anos que ouvi estas palavras vindas do divã e minha surpresa permanece intacta: 'Fui desejado por minha mãe, sou o filho que ela de-

---

[42] *Ibid.*, p. 120.

sejava'. O homem que as pronuncia era muito alto, muito forte, o que, curiosamente, fazia crescer meu espanto. Eis que, remontando para além mesmo de seu nascimento, ele sabia, sem a menor sombra de dúvida, a menos que não quisesse crer, que era ele o desejado, talvez até que estivesse na origem do desejo que o pai e a mãe haviam experimentado um pelo outro, numa certa noite de verão – e por que não? nessa única noite. Ele sabia onde e quando. [...] No entanto, algo não batia bem, ele fracassava em tudo o que empreendia [...]. Só seu corpo de atleta merecia ser cultivado, só ele podia assegurá-lo de que seria para sempre o filho desejado, o filho maravilhoso. [...] Era preciso que nada se mexesse, que nada de novo visse o dia. Aquele homem imóvel, de desejo apagado, seria um morto plenamente satisfeito[43]?".

O paradoxo desse sujeito: ele é, a um só tempo, precoce demais na autonomia e incapaz de verdadeira autonomia! Por estar investido, de imediato, como indivíduo por inteiro, ele está entravado diante de seu próprio trabalho de individualização. A conseqüência disso é um inacabamento, uma vantagem conseqüente dada à entropia. Resulta o que Jean-Paul Hiltenbrand chama uma *apatia do desejo*[44], expressão que preferimos a depressão, precisamente para distingui-la desta última tornada socialmente pau-para-toda-obra, para tudo – logo, nada – esconder.

Os "sem Outrem"

O espaço do limbo também foi explorado por Michel Tournier, quando atualizou à sua maneira o Robinson Crusoé de Defoe em *Sexta-feira ou os limbos do Pacífico*[45]. Esse romance, desde sua publicação em 1967, suscitou a admiração unânime da crítica. Também foi notado por Gilles Deleuze, que lhe dedicou um artigo edificante[46] – baseando-se nos

---

[43] J.-B. Pontalis, *L'Enfant des limbes*, Gallimard, Folio nº 3463, 1998, p. 49.

[44] J.-P. Hiltenbrand, *Insatisfaction dans le lien social*, Érès, 2005, p. 253.

[45] M. Tournier, *Vendredi ou les limbes du Pacifique*, Gallimard, Folio nº 959, 1967.

[46] G. Deleuze, *Michel Tournier et le monde sans autrui*, in *Logique du sens*, Minuit, 1960 – texto retomado à guisa de posfácio na versão do romance de Michel Tournier publicado na Folio.

últimos trabalhos dos lacanianos da época[47]. Deleuze vê na figura de Robinson a de um perverso: "Este Robinson nada faz de perverso propriamente falando; e, no entanto, como livrar-se da impressão de que ele próprio é perverso, isto é, segundo a definição de Freud, aquele que se desvia quanto aos objetivos? [...] O perverso não é mais um eu [*moi*] que deseja, o Outro, para ele, não é um objeto desejado, dotado de existência real. O romance de Tournier no entanto não é uma tese sobre a perversão. Não é um romance de tese. Nem um romance de personagens, já que não há outrem[48]". Deleuze lê o romance de Tournier como se ele contasse o aprendizado de uma "vida sem outrem", como "um romance experimental indutivo" que descreve os efeitos da ausência de outrem.

Deleuze e Tournier virão aqui nos ajudar dando corpo ao conceito de Outrem, que entendemos distinguir tanto do grande Outro, lugar da fala e da linguagem, quanto do pequeno outro, designando antes o semelhante e que pertence ao registro do imaginário. "Outrem tem a mesma etimologia que outro, isto é, o latim *alter*. Mas é tomado aqui no dativo, é o outro "ao qual". Logo, Outrem indica uma noção de endereço, de destinação, de movimento[49]". Outrem é o outro ao qual eu me endereço. O Outrem que queremos aqui introduzir não deve no entanto ser entendido apenas como o outro em carne e osso. Também se trata daquilo que se inscreveu no psiquismo em razão do encontro realizado em seu tempo com um Outro concreto, no caso com aquilo que chamamos "pai real". Logo, haveria o Outro como cena da linguagem, o outro como *alter ego*, e o Outrem, como a implicar que se tivesse inscrito o rastro do encontro com um outro em carne e osso. Nesse sentido, o Outrem estaria para o Outro lacaniano como o pai estaria para a mãe. Não um Outro do Outro, que não existe, não só um outro Outro cuja

Talvez seja útil precisar que esse trabalho data de antes da escrita de *O anti-Édipo* e de *Mil platôs*, obras muito críticas para com uma certa – até mesmo "a" – psicanálise por Deleuze e Guattari.

47 Tratava-se essencialmente dos trabalhos publicados na obra *O desejo e a perversão*, com interrogações de P. Aulagnier, J. Clavreul, F. Perrier, G. Rosolato, J.-P. Valabrega, Seuil, 1967.

48 G. Deleuze, *op. cit.*, p. 354.

49 P. de Georges, *Éthique et pulsion*, Payot, 2003, p. 228. Devemos a nosso encontro com o autor durante jornadas de trabalho em Nantes o fato de termos percebido que ele nos havia precedido em nosso interesse por *Outrem*.

mera existência no discurso da mãe – em outras palavras, o Nome-do-Pai – basta para descompletar o Outro materno, mas o rastro inscrito no sujeito do outro concreto que sustentou para ele a descompletude – no caso, sempre sexual[50] – do Outro; logo, a perda. Também é aquilo sobre o que pode atuar o desmentido, que diz respeito, como já indicamos, não a significantes mas a rastros de percepção. O desmentido agiria então no rastro daquilo que significou ao sujeito que Outrem suprimiu sexualmente a mãe.

Mas voltemos a Deleuze: "Outrem não é nem um objeto no campo de minha percepção, nem um sujeito que me percebe: é primeiro uma estrutura do campo perceptivo, sem a qual esse campo em seu conjunto não funcionaria como funciona. Que essa estrutura seja efetuada por personagens reais, por sujeitos variáveis, eu para você e você para mim, não impede que ela preexista, como condição de organização em geral, aos termos que a atualizam em cada campo perceptivo organizado – o seu, o meu. Assim Outrem-*a-priori* como estrutura absoluta funda a relatividade dos outrens como termos que efetuam a estrutura em cada campo. Mas qual é essa estrutura? É a do possível[51]".

Logo, Outrem é o que, por existir, até mesmo por proibir, torna possível, "possibilita*" se nos perdoarem o neologismo. E toda a questão em torno da qual gira o Robinson de Tournier, segundo Deleuze, é a seguinte: trata-se de declarar os efeitos da presença da estrutura Outrem a partir daqueles de sua ausência. Assim, por exemplo, ao constatar que não poderá mais usar *Virginie*, o barco encalhado, Robinson começa incansavelmente a construção de uma embarcação que ele de antemão batiza de *Evasão*. Ao terminá-la, decide lançá-la ao mar. A tarefa bem rápido se afigura impossível: sozinho, ele não pode arrastar na areia, até a água, um casco daquele peso. "Este primeiro fracasso, escreve Tournier, revelou-lhe a gravidade de um problema no qual nunca pensara a sério. Foi a oportunidade para ele de descobrir um aspecto importante da metamorfose que seu espírito sofria sob a influência de sua vida soli-

[50] Remetemos ao que foi afirmado no capítulo precedente.
[51] G. Deleuze, "Michel Tournier et le monde sans autrui", in *Logique du sens*, *op. cit.*, p. 357.
* Em francês não existe esse verbo. (NT)

tária. O campo de sua atenção parecia ao mesmo tempo aprofundar-se e encurtar-se. Ficava para ele cada vez mais difícil pensar várias coisas ao mesmo tempo, e até passar de um assunto de preocupação a outro. Percebeu assim que outrem é para nós um poderoso fator de distração, não só porque nos perturba o tempo todo e nos arranca de nosso pensamento atual, mas também porque só a possibilidade de sua chegada lança uma onda de luz sobre um universo de objetos situados à margem de nossa atenção, mas capaz a qualquer instante de se tornar o centro dele. Essa presença marginal e como que fantasmática das coisas com a qual ele não se preocupava no imediato fora aos poucos se apagando da mente de Robinson. Ele estava dali por diante cercado de objetos submetidos à lei do tudo ou nada, e era assim que, absorvido pela construção de *Evasão*, perdera de vista o problema de como pô-lo a flutuar[52]".

Assim, o fato de não haver mais outro concreto aos poucos esfumara Outrem, conduzindo o sujeito a poder absorver-se na tarefa que se prescrevera sem de modo algum se preocupar com a ligação dessa tarefa com outros elementos no entanto determinantes para o êxito do empreendimento. Esse primeiro efeito do desaparecimento de Outrem remete bem ao que chamamos "a foraclusão do encontro". Retomemos ainda o exemplo de Rosetta, a heroína do filme dos irmãos Dardenne já evocado. Tudo se passa como se ela se apegasse da melhor forma possível ao programa que se atribuiu. Atarefada em seu mundo interior sem Outrem, ela mantém o rumo, mas é um rumo que não lhe permite o encontro com o outro. A tal ponto que não hesitará em denunciar ao patrão os desfalques daquele que se tornou seu namorado, Riquet, com o único objetivo de ter, ela, um trabalho, sem de modo algum se dar conta de que, com seu comportamento, se apoderava do trabalho prometido ao namorado. Neste caso, Rosetta não está agindo por voto de suprimir o outro; ela não está cumprindo uma fantasia de assassinato. Seu comportamento vem mais porque essa dimensão de um cumprimento mortífero de fato não está presente, não foi subjetivada. Ele é só a conseqüência

[52] M. Tournier, *Vendredi...*, *op. cit.*, p. 41.

do fato de o lugar faltar para o outro, em seu universo assim encolhido, por não ter integrado a estrutura Outrem.

Logo, o que descreve o Robinson de Tournier é o que advém quando desaparece Outrem. "Essa solidão crescente é a praga mais perniciosa do homem ocidental contemporâneo[53]", vai mais tarde escrever o autor de *Sexta-feira*, que, por outro lado, vai ele mesmo formular uma definição do limbo[54]: "Local reservado às almas dos justos e das crianças mortas antes da vinda de Jesus Cristo[55]".

Em fevereiro de 1709, cinco anos depois de ter sido deixado numa ilha deserta a 600 quilômetros das costas chilenas, ao ser recolhido pelo capitão Woodes a bordo de seu barco o *Duque*, Alexandre Selkirk quase não conseguia mais falar. "Só pronunciava as palavras pela metade e no início tivemos muita dificuldade para ouvi-lo[56]!". Robinson, por sua vez, escreve em seu Logbook: "Vejo dia a dia ruírem pedaços inteiros da cidadela verbal na qual nosso pensamento se abriga e se move familiarmente como a toupeira em sua rede de galerias. Pontos fixos nos quais o pensamento se apóia para progredir – como andamos sobre as pedras que emergem do leito de uma torrente – esboroam-se, afundam. Surgem dúvidas sobre o sentido das palavras que não designam coisas concretas". Assim, por não freqüentar mais o outro concreto, a linguagem perde o fôlego, e o Outrem acaba se esfumando. "A solidão não é uma situação imutável em que eu me encontraria mergulhado desde o naufrágio do *Virginie*. É um meio corrosivo que age sobre mim lentamente, mas sem descanso e num sentido puramente destrutivo. [...] Assim, acompanho com horrível fascinação o processo de desumanização cujo inexorável

---

53 M. Tournier, *Le Vent Paraclet*, p. 221.

54 Aliás, a palavra "limbo" [no sentido teológico e no literário o francês usa apenas a forma plural *limbes* (NT)] deu muita dificuldade aos tradutores do Robinson de Tournier, pois as línguas nórdicas, notadamente, só permitem traduzi-lo de modo imperfeito. Assim, em alemão, por exemplo, traduziu-se o título por *Freitag oder in Schlosse des Pazifik*, ou seja, literalmente: "Sexta-feira ou o seio – o ventre – do Pacífico". Isto dito, o que estava em jogo foi bem percebido: o limbo tem a ver com a persistência de uma relação com o ventre materno; em outras palavras com o que chamamos a *mèreversão* [No Brasil, o livro teve por título *Sexta-feira ou os limbos do Pacífico*, Editora Bertrand, 1999]. (NT)

55 M. Tournier, "Les mots sous les mots", *Le Débat*, nº 33, 1985.

56 Relatos contados in "Robinson, le vrai", *Le Monde*, 19 de julho de 2005.

trabalho sinto em mim. Agora sei que cada homem traz em si – e como que acima dele – uma frágil e complexa construção de hábitos, respostas, reflexos, mecanismos, preocupações, sonhos e implicações que se formou e continua a se transformar pelos toques perpétuos de seus semelhantes. Privada de seiva, essa delicada eflorescência murcha e se desagrega. Outrem, peça mestra de meu universo[57]".

E quando, na versão de Tournier, Robinson vê-se diante de Sexta-feira, não é mais como um outrem que ele o encontra, ao contrário do que acontece em Defoe. Aliás, a tal ponto que quando chega o navio salvador Robinson prefere ficar em sua ilha, imaginando como única salvação "encontrar o caminho dos limbos intemporais e povoados de inocentes", não sendo mais capaz de restaurar os outros homens em sua função de outros para ele, tanto a estrutura Outrem nele foi aniquilada. O trabalho de Robinson – seu imenso trabalho para sobreviver sem outro – em Tournier no fim das contas culmina apenas nessa obrigação de tirar a lição da destruição de Outrem. "Era isso Outrem, dirá Robinson, um possível que se esmera em passar por real. E que fosse cruel, egoísta, imoral rejeitar essa exigência, é tudo o que sua educação havia inculcado a Robinson, mas ele a havia esquecido nesses anos de solidão, e agora se perguntava se algum dia conseguiria recuperar a dobra perdida[58]".

E Deleuze, então, se pergunta: "Essa dissolução progressiva mas irreversível da estrutura não é o que o perverso atinge por outros meios, como em sua ilha interior? Para falar como Lacan, acrescenta ele[59], a 'foraclusão' de outrem faz que os outros não sejam mais apreendidos como outrens, já que falta a estrutura que poderia lhes dar esse lugar e essa função[60]". O que nos faz entender o neo-sujeito com o desenvolvimento de sua perversão, essa perversão "comum" e não "estrutural" que não é realmente uma, como sabemos, é precisamente a conseqüência desse

---

[57] M. Tournier, *Vendredi, op. cit.*, p. 61.

[58] M. Tournier, *ibid.*, p. 47.

[59] Abusivamente com certeza, pois esse conceito de foraclusão de Outrem, a nosso conhecimento, não existe em Lacan. E o conceito de foraclusão do Outro não é equivalente a ele. É até todo o interesse dessa leitura de Deleuze ter introduzido a distinção.

[60] G. Deleuze, "Michel Tournier et le monde sans autrui", in *Logique du sens, op. cit.*, p. 359.

desaparecimento do encontro, do Outrem. Deleuze aliás acrescenta: "Nesse sentido, a estrutura perversa pode ser considerada aquela que se opõe à estrutura Outrem e assume o lugar dela. [...] Tudo nos persuade, do ponto de vista do comportamento, de que a perversão nada é sem a presença de outrem: o voyeurismo, o exibicionismo, etc. Mas do ponto de vista da estrutura é preciso dizer o contrário: é porque a estrutura Outrem falta, substituída por outra estrutura bem diferente, que os 'outros' reais não podem mais desempenhar o papel de termos que efetuam a primeira estrutura desaparecida, mas, apenas na segunda, o papel de corpos-vítimas ou o papel de cúmplices-duplos, de cúmplices-elementos. O mundo do perverso é um mundo sem Outrem; logo, um mundo sem possível. Outrem é o que possibilita. [...] Toda perversão é um outrocídio, um altrucídio; logo, um assassinato dos possíveis[61]".

A mutação do laço social que identificamos introduz assim (por meio da grande confusão que habitualmente ela engendra) o desaparecimento de Outrem. Não do grande Outro, como dissemos, pois continuamos a falar, continuamos a estar na linguagem, mas de Outrem, entendido como o que permite ceder lugar à irrupção de uma alteridade concreta, o que permite sustentar o choque com o estranho.

Logo, talvez fosse judicioso acrescentar ao conceito do grande Outro o de Outrem. Trata-se aí de uma seqüência lógica à distinção de regimes que evocamos mais acima, regime da relação com a mãe, regime da relação com o pai. Como a mãe costuma ser aquela que ocupa o lugar do primeiro grande Outro da criança, poderíamos muito bem acrescentar que o pai concreto – enquanto homem da mãe – é aquele que ocupa o lugar do Outrem, o lugar do rastro de que houve sexualmente outro[62]. Esse conceito de Outrem teria o mérito de ceder lugar ao que resulta do encontro concreto com "pai real", não só como encontro carnal mas também através daquilo que esse encontro carnal inscreve – se não for o tempo todo evitado – no aparelho psíquico do sujeito.

---

[61] *Ibid.*, p. 372.

[62] Lembremos, de passagem, que, como já foi explicado, o mais paradoxal é que essa estrutura deverá estar presente no aparelho psíquico do sujeito ainda que este tenha sido concebido fora da diferença dos sexos, como é o caso de um bebê de proveta ou de uma criança nascida de um casal homossexual.

Logo, o visto de permanência no limbo que hoje costuma ser dado não poderá caminhar junto com a não inscrição de Outrem, seu desmentido. O neo-sujeito poderá portanto ser também chamado um "sem Outrem". Para o neo-sujeito, como Outrem não está inscrito para ele, sua relação com o outro por conseguinte faltou. Mas, no caso, por uma razão bem diferente daquela suposta pelo malogro ao qual obriga a estrutura da linguagem. Se essa estrutura acaba obrigando o sujeito a inevitavelmente perder o outro, a ausência de Outrem lhe evita, em todo caso durante um certo tempo[63], o encontro marcado com esse fracasso irredutível, e portanto deixa ao contrário subsistir indefinidamente a ilusão de seu possível êxito. O gozo do "tudo sempre possível" é salvaguardado para evitar a supressão imposta pelo Outrem. Foi então o Outro que, paradoxalmente, o protegeu e o protege de Outrem!

É claro que poderão nos objetar que no fim das contas nos entregamos aqui a uma identificação do universo psíquico dos neo-sujeitos antes de tudo em termos de déficit. O argumento com certeza merece ser levado a sério. Mas não é ideológico, senão dogmático, por mais bem intencionado que seja? Pois o que hoje se passa no social, como mostramos, engendra bem o desaparecimento do modo de estruturação dos sujeitos até aí em vigor; logo, um déficit. Reconhecer isso só pode ajudar a melhor proceder com os neo-sujeitos às voltas com dificuldades. Além disso, se um déficit foi evocado, é para melhor identificar o que hoje está em ação de um ponto de vista psíquico, a saber, por um lado uma instância, o Outrem, pela qual nos tínhamos pouco interessado até aqui, e por outro lado um mecanismo, o desmentido, ele também pouco explorado na medida em que desempenha um papel maior nas patologias atuais.

Também podemos, para legitimar nossa iniciativa tão necessária, remeter ao próprio Freud. Já em 1925, em seu prefácio ao livro do professor-educador que era seu aluno, August Aichhorn, *Juventude desorientada*, ele imaginava o que convinha fazer quando faltavam "o acesso ao pleno

63 Tudo sendo saber se este "certo tempo" não é precisamente aquele em que a impressão [*empreinte*] é possível.

desenvolvimento de certas estruturas psíquicas e uma atitude particular para com o analista, essas condições perfeitamente determinadas" que ele agrupava "em nome da 'situação analítica'" e que, precisamente, podemos dizer indisponíveis nos "sem Outrem": "Quando esses elementos faltam, escrevia Freud, como é o caso na criança, no jovem carente, e, em regra geral também, no criminoso impulsivo, convém pôr em ação uma prática outra que a análise, prática que no entanto convergirá com ela em sua intenção[64]". Logo, é bem a entender esse déficit que somos convidados pelo fundador da psicanálise em pessoa.

---

[64] S. Freud, prefácio ao livro de A. Aichhorn, *Jeunes en souffrance*, Champ social, 2005, p. 6.

9

O ANALISTA HOJE

Tudo o que evocamos ou sustentamos até aqui no fim das contas nos confronta com uma série de questões relativas à prática psicanalítica. Estamos em condição de intervir como analista, mas também como interveniente psi no sentido amplo referindo-se à psicanálise, quando estamos às voltas com sujeitos – esses neo-sujeitos de nossa sociedade pós-moderna – com um funcionamento psíquico que privilegia a renegação? Essa configuração, em outros termos, impediria o trabalho analítico? Se não for o caso, é preciso mudar, em parte até mesmo profundamente, a maneira de intervir? E se for, em quê? Qual é, com efeito, a incidência do desmentido de Outrem identificado nesses sujeitos sobre a condução do trabalho da cura psicanalítica ou até fora da cura? E em que é preciso se apoiar, portanto, de um ponto de vista teórico, técnico e prático, para repensarmos nossas intervenções?

Alguns, de fato, declaram o trabalho analítico doravante impossível com tais sujeitos. A evocação de uma nova economia psíquica aliás parece dar a entender que aqueles cuja vida psíquica é regida por essa economia não teriam mais a ver com a cura psicanalítica, o "quadro" deles juntando-se ao que se costuma chamar o inanalisável. Com sujeitos como esses, que não formulam verdadeira demanda ao analista, não supõem que ele tem um saber, não haveria mais transferência, ou apenas uma transferência real, um curto-circuito, não autorizando o recuo necessário ao trabalho de elaboração psíquica. Logo, a psicanálise estaria sem domínio sobre eles.

Outros não reconhecerão nenhuma especificidade nesse neo-sujeito, não darão portanto lugar, e de qualquer modo atenção particular, ao que nomeamos a ausência de Outrem. Mas ler, em conseqüência, o caso desse sujeito como se remetesse a uma neurose banal, talvez até a uma psicose – ainda que latente, não desencadeada ou "comum" –, vai conduzir a adotar uma certa estratégia quando nos vemos diante dele. E a questão de fato será então saber se esta permitirá levar em conta como seria preciso a problemática do sujeito.

Na realidade, não é possível para um "psi" desinteressar-se totalmente pelas incidências da mudança em curso em nossa sociedade. Pois a novidade da fenomenologia clínica que hoje se difunde não nos parece muito contestável. Com efeito, vemos emergir um conjunto de comportamentos, de maneiras de agir e de sintomas que podemos ligar de modo bem direto à confusão engendrada pela mutação do laço social que evidenciamos. Para ficarmos apenas no campo das crianças e dos adolescentes, podemos evocar um amplo leque de dificuldades clínicas novas que vão, sem ordem nessa enumeração, do abandono dos estudos até a recusa da escola passando pelo que hoje chamamos as fobias escolares, da anorexia masculina tornada mais freqüente à síndrome da criança hipercinética, da obesidade infantil – em nítida progressão ao ponto de se tornar um problema de saúde pública – às adições de todas as espécies – jogos eletrônicos, produtos tóxicos –, das passagens ao ato cada vez mais freqüentes e da depressão que se generaliza à síndrome dos hikimori[1], dos comportamentos perigosos por perda de referências simbólicas à irrupção da violência, sob formas pouco usuais antes, tanto na vida privada quanto na vida coletiva... Sempre se pode discutir para saber se essa situação nova questiona ou não a concepção tradicional da estruturação psíquica dos sujeitos, mas

1 Lembremos que se trata da síndrome recentemente identificada no Japão, que se caracteriza por uma reclusão voluntária entre jovens adultos de 20 a 30 anos.

podemos nos perguntar se ela não deveria ter conseqüências sobre as maneiras de intervir dos psis.

Retomemos uma observação de Colette Soler a respeito da psicanálise de crianças, mas que extrapolamos sem dificuldade para a psicanálise dos adultos arrastados na virada antropológica que descrevemos: "O lugar nítido do desejo como efeito da subtração de gozo não está arrumado. [...] Ou então a criança já é sujeito, pela operação, não do Espírito Santo, mas da significância, e o analista acaba se alojando no lugar já cavado do desejo, ou então estamos às voltas com uma criança para a qual o sujeito não apareceu no real, criança-objeto, criança-gozo, se quisermos. Nesse caso, o analista deverá alojar-se num lugar que só pode ser o do Outro primordial[2]".

Podemos considerar como o efeito maior da grande confusão que descrevemos o fato de que ela convida a renegar que é sempre a perda que habita o coração do *húmus humano.* Mas como, então, naquele que por aí mesmo permaneceu uma criança perversa polimorfa, talvez até uma criança-objeto, uma criança-gozo, a subtração de gozo pode ainda instalar-se? Em outras palavras, como vai se inscrever nesse caso "o lugar nítido do desejo"?

A questão evidentemente é fundamental. Pois colocá-la é interrogar-se sobre o modo de funcionamento do analista diante dessa situação. Segundo Colette Soler, assim, a tarefa é clara: "Quando a criança é aquela que chamei a criança-objeto, cabe ao analista transmitir a operação do significante, isto é, produzir o que não aconteceu e que chamamos de maneiras diversas: corte, separação, negativação, furo. Em outras palavras, engendrar, ali onde faltava, um efeito-sujeito que tem o alcance de uma defesa contra o real. Poderíamos chamar isso a psicanálise invertida no sentido positivo do termo, pois é uma operação que vai do real ao Simbólico e que cria o efeito de negativação, ao passo que, no discurso analítico como habitualmente o entendemos, a operação é inversa, visando uma travessia do Simbólico e do Imagi-

---

2 C. Soler, "L'Enfant et le désir de l'analyste", 17e journée du Cereda, séries de la Découverte freudienne, Presses universitaires du Mirail, vol. 17, dezembro 1994, p. 9.

nário rumo ao real da pulsão, para uma suspensão pelo menos parcial das defesas[3]".

Com efeito, tudo se passa como se esse modo de organização psíquica não favorecesse o trabalho de elaboração, o sujeito podendo não se "sentir" responsável por sua fala. Como se esta não o comprometesse como sujeito. E vai então ser difícil para ele levar a cabo atividades, mesmo simples – tal a leitura, por exemplo –, tanto vai estar submetido a funcionamentos que privilegiam o imediatismo e o tornam por conseguinte particularmente lábil.

Nosso colega Guy Lérès interroga-se claramente a esse respeito: "Não é proibido pensar que a uma cultura induzida pelo capitalismo e a ciência correspondem sujeitos mal arrimados a um símbolo central e fadados ao desmentido. Tão logo este se afirma ou, ao contrário, se apaga, os efeitos do desmentido estão ali e com eles o recuo para um gozo preservado, parcial e regressivo. [...] Logo, não é proibido ter esperança de que a análise tenha alcance sobre esses sujeitos e que o analista proceda um pouco melhor [...] e reintroduza a função da castração no discurso[4]". Como, na prática, concretizar essa esperança, que também é a nossa?

Outra maneira de fazer

Evidenciamos que tudo se passa como se, a partir da possibilidade que lhe era significada de evitar a subtração de gozo, ou antes de renegá-la, o neo-sujeito se dera por programa aproveitar por completo essa oportunidade. Ele vai se esquivar, tanto quanto possível, e senão rechaçar em todo caso sempre para mais tarde a consideração da perda com a qual está inevitavelmente confrontado o ser falante, em outras palavras o trabalho de subjetivação. Com esse funcionamento, toda renúncia surge para ele como uma dor insuperável. Só lhe resta então fugir avançando. Todo o seu trabalho psíquico daqui por diante será dedicado a preservar-se do

---

3 C. Soler, *ibid.*, p. 10.

4 G. Lérès, *Démensonges*, *op. cit.*, p. 171.

Outrem, a impedir por todos os meios o confronto com a realidade.

Diante dessa problemática, como proceder? Para abordar essa questão de maneira bem concreta, evoquemos, a título de ilustração, a história edificante desse escroque fora de norma que foi Frank Abagnale, cujas aventuras Spielberg recentemente mostrou em seu filme *Prenda-me se for capaz*. Fugindo, bem jovem, do domicílio familiar devastado pelo divórcio dos pais, Abagnale inicia uma carreira de impostor magistral. Começa fazendo-se passar por piloto de avião e consegue, graças a documentos falsos, que lhe paguem um salário. Mais tarde, faz-se passar por médico, depois por advogado, imprime notas e cheques falsos, casa-se sob falsa identidade... Uma vida totalmente fabricada, com um talento louco. Belinda Cannone nota: "Quando a natureza da impostura não a torna revoltante, ela se torna fascinante. Pois quanta genialidade, quanto trabalho, quanto sentido de observação, quanta imaginação, quanta perseverança são necessários para ser um grande impostor! [...] De onde vem, pois, essa genialidade da impostura em Abagnale? O filme sugere respostas. Filho único e amado de um homem falastrão que é especialista em pequenas mutretas e se acha muito esperto, ele sofre a dupla decepção de assistir à falência profissional lamentável de seu pai e ao divórcio que a isso se segue. O impostor aqui é antes de mais nada o pai – o fanfarrão que finalmente vai revelar-se digno de pena... De repente, por mimetismo, ele desenvolve reais talentos de impostor. [...] O que faz ele senão reparar, indefinidamente restaurar o pai[5]?".

Podemos sobretudo notar que Abagnale começa a empregar seus talentos de impostor no momento em que foge de casa, quando o advogado encarregado do divórcio de seus pais pede-lhe para escolher – por meio do fato de ter de colocar sua assinatura num documento – com qual dos pais ele quer viver. Evidentemente, a identificação com o pai é determinante em sua história; ela explica a escolha da impostura, já que esse pai não havia conseguido ocupar o lugar que deveria ter sido o dele, o de um pai. Mas o que é ainda mais determinante, a nosso ver, é

---

5 B. Cannone, *Le Sentiment d'imposture*, *op. cit.*, p. 97.

que essa identificação era apenas imaginária, que ela não era simbólica, que ela não havia pagado o preço da metáfora, do vazio que esta supõe. Abagnale, com efeito, retoma por certo o comportamento paterno, mas não pode sobretudo suportar a dor nele suscitada, não só pela obrigação de ter de escolher entre pai e mãe no momento do divórcio, mas também e sobretudo de ter de além disso colocar sua assinatura num documento nessa oportunidade, isto é, de ter de subjetivar essa escolha. É a perda implicada pela escolha a que é forçado que ele recusa, e que engendra sua fuga incessante na impostura.

Mas para tratar a questão que nos interessa é sobretudo a segunda parte do filme que vai reter nossa atenção. Vamos acompanhar aí como evolui a relação entre o impostor inveterado tornado escroque de alto nível para o bem de sua causa e o agente do FBI O'Reilly que o persegue sem trégua. O inspetor vai acabar pondo as mãos nele, vai prendê-lo e fazer com que seja condenado a uma pena severa – a justiça não levará em conta sua juventude como circunstância atenuante uma vez que as somas roubadas eram consideráveis. Três anos mais tarde, o mesmo O'Reilly lhe propõe um acerto em sua pena, convidando-o em troca a se tornar consultor do FBI no âmbito da repressão às fraudes. Abagnale aceita, mas, após ter por algum tempo prestado bons e leais serviços, é de novo picado pela vontade de se mandar. Numa noite de sexta-feira, na hora do fechamento dos escritórios do FBI, ele está no aeroporto, lugar simbólico enquanto quadro inicial de suas imposturas. O inspetor O'Reilly, de olho em cima, o encontra. Lembra a ele que, se deixar o bom caminho, se não retomar o trabalho no FBI na segunda-feira de manhã, ele estará definitivamente se condenando a passar a vida na prisão. Diz-lhe, por outro lado, ter vindo só, sem o apoio das forças da ordem, sem outra "arma" que sua determinação de lembrar a ele sem compromisso, sem outro poder que o de lhe fazer aquele "discurso". Pois, agora, acrescenta, cabe a ele decidir consentir na lei, ninguém tem o poder de fazê-lo em seu lugar.

Logo, Abagnale tem de enfrentar de novo essa obrigação representada pelo trabalho de subjetivação que ele sempre havia evitado. Mas desta vez em presença de um outro que sustenta para ele o que está em jogo, que lhe indica que essa obrigação é incontornável, que é portanto bem possível a ela se submeter. Podemos considerar que esse encontro improvisado nos fornece o modelo da intervenção daqui por diante necessária se quisermos nos investir de modo útil junto aos neo-sujeitos. O que mostra a importância da tarefa daquele que vai estar às voltas com tais pacientes, a saber, aí segundo mais uma fórmula de Guy Lérès, "trazer de volta a castração, ou romper o sonho que deixava o desmentiroso na porta de seu desejo[6]". Em outras palavras, intervir *via* uma *presença real* para ser aquele que tornará possível que uma nova chance seja dada a que Outrem possa se inscrever.

Uma tripla operação é necessária para que possa ser invertido o processo que mantinha o sujeito "na porta de seu desejo". Primeiramente, será preciso que possa ser cortada a fuga "metonímica" do sujeito, que seja significada uma parada – é o caso de dizer com nosso exemplo – e sobretudo uma parada concreta – fisicamente, se for preciso –, uma vez que o simbólico sozinho aqui é inoperante. Em seguida, o investimento de um outro deverá forçar o sujeito a dar lugar à negativação, a renunciar ao todo-poder. Enfim, aquele que fizer então ofício de outro real deverá acompanhar o sujeito para levá-lo a assumir ele mesmo a tarefa de reatar com uma economia desejante.

Numa entrevista realizada durante o lançamento do filme de Spielberg, o escroque arrependido – tornado um importante homens de negócios – conta que, quando as pessoas lhe perguntam, pensando em suas múltiplas imposturas, qual é a façanha de que sente mais orgulho, ele costuma responder que é a de ter podido libertar-se da impostura.

Uma despesa extra para o analista

Voltemos a partir de uma observação de Charles Melman em *O homem sem gravidade*: "De certa maneira, estamos assistindo ao fim de uma época, a uma liquidação – em termos analíticos diríamos uma liquidação coletiva da transferência –, o que é a fonte de uma liberdade bem notável". E ele

6 G. Lérès, *ibid.*, p. 171.

acrescenta, quando lhe pedíamos para precisar se, tratando-se da transferência, "esse laço afetivo particular identificado por Freud", ele evocava realmente seu desaparecimento: "Sim. Uma liquidação da transferência na medida em que esta é suscetível de recorrer tanto a pessoas quanto a blocos de saber. Não há mais nem autoridade, nem referência, nem tampouco saber que se mantenha – justamente graças à transferência. Estamos agora só na gestão, não há mais práticas[7]".

Essa afirmação bem parece estar na linha do que sustentamos aqui ao denunciarmos a grande confusão atual. Em nosso mundo marcado pela rejeição da transcendência, onde, por essa razão, a existência do lugar da exceção não é mais reconhecida como evidente por todos, onde são celebradas as virtudes de uma paridade generalizada, tudo aparentemente acarreta essa "liquidação coletiva da transferência". Como transferência poderia surgir, seja em relação a um analista, a um professor ou até a um saber até então supostamente estabelecido, se todo mundo ocupa um lugar equivalente, se nada nem ninguém constitui exceção?

No entanto, como vimos ao nos interrogarmos sobre as mudanças em curso, não devemos confundir rápido demais fim da transcendência e fim do transcendental, supressão da visibilidade do lugar de exceção e desaparecimento efetivo desse lugar que a "captura" do homem na linguagem logicamente supõe. Logo, talvez seja preciso também permanecer prudente aqui, e empregar alguns condicionais antes de anunciar que o sujeito da hipermodernidade teria acabado, inevitavelmente e para sempre, com a transferência.

Se, com os neo-sujeitos, observamos bem uma recusa da transferência, esta não seria, se podemos dizer, artefatual? Com efeito, em tais casos, não se trata forçosamente de uma recusa do sujeito de engajar-se numa relação transferencial, mas antes, como pudemos evidenciar, daquilo que resulta do próprio movimento no qual esse sujeito foi arrastado e que de certo modo o imunizou contra a alteridade – isso antes mesmo que ele soubesse o que esta podia significar para ele. Essa distinção é essencial. Pois caso se afigurasse fundada, como pensamos, seria preciso

[7] C. Melman, *op. cit.*, p. 20.

tirar disso conseqüências, notadamente "técnicas", perguntar-se como será afetada a colocação em prática do "desejo do analista[8]". Com efeito, caso ocorra um deslocamento do lugar da transferência, como não se interrogar sobre a necessidade de um deslocamento concomitante do desejo do analista?

Que os neo-sujeitos não se engajem mais espontaneamente numa transferência, que não considerem mais de imediato evidente que o Outro ao qual se dirigem possa constituir um Sujeito suposto Saber, que, em compensação, eles venham "mostrar" o que não vai bem até sem disso se queixar, sem nada perguntar, que às vezes quase nada saibam da própria história, que, em todo caso, de modo algum associem suas dificuldades à dita história, que, nas instituições onde psicanalistas os encontram, eles apareçam como a um só tempo não-tolos e desorientados, todos esses fatos não devem incitar ao desânimo. Pois assinalam – insistamos! – não o que poderia surgir como uma ausência de transferência mas bem antes o que chamaríamos a desativação da dimensão transferencial nesses sujeitos.

O problema clínico maior que isso coloca: o analista deverá então operar a partir desse lugar Outro desativado. Como intervir a partir de um lugar Outro se esse lugar à primeira vista surge "como" recusado? Antes de mais nada é preciso, antes de voltarmos a essa questão, identificar bem o que se passa. O neo-sujeito não foi forçado à subjetivação. Logo, ele pôde crer que o *zapping*, a deslizada, a evitação do impossível, o funcionamento sem controle, o gozar consumidor, por exemplo, podia lhe fazer as vezes de desejo, em outras palavras, que a corrida ao bem-estar podia tomar o lugar, como se dele fosse o equivalente, da coragem de desejar. Ele se vê com um desejo falso mas que possui o que à primeira vista pode parecer uma vantagem sobre o "verdadeiro" desejo, aquela de não comportar preço a ser pago, ainda menos dívida a ser contraída e assumida. Mas esse sujeito, por conseguinte, não é mais senão um bagaço de sujeito, que será forçado, se quiser encontrar uma saída para esse

8 Conceito introduzido por Lacan para designar aquilo em que opera na cura analítica a presença concreta do analista.

impasse, a fazer sozinho o caminho que vai do limbo do "sem nome[9]" à singularidade.

Do lado do analista que consente num encontro com esse sujeito, não ficaremos espantados de vê-lo enfrentar imediatamente duas dificuldades. Primeiro, ao se esforçar como é seu dever em permitir que o paciente se confronte com as características da estrutura, com as obrigações da condição humana, o que evidentemente implica seu silêncio e sua neutralidade benevolente, ele arrisca repetir esse "sem nome" no qual o sujeito está atolado, confortar o que chamamos mais acima a "foraclusão do encontro". Em seguida, como dissemos, sua intervenção nunca poderá emanar senão de um lugar bem particular, já que, como sabemos, a dimensão transferencial estando à primeira vista mais ou menos recusada, esse lugar arrisca ser considerado uma espécie de lugar vazio.

Evoquemos, para ilustrar essas dificuldades, o caso da Sra. A. Esta veio nos ver há uns doze anos e seguiu durante cinco anos um percurso analítico clássico, habitual, conforme o esquema conhecido. Durante esse período, ela trouxe certas modificações em sua existência, que manifestamente não deixavam de ter relação com sua cura. Ela no entanto pôs um termo nesse trabalho, e de uma maneira que estava longe de nos satisfazer, ainda que por estar então num estado depressivo sintomático demais para que tivesse a ver com aquele que pode assinalar o fim da cura. Durante três ou quatro anos, não tivemos mais notícias dessa paciente, até o dia em que ela retomou contato. Disse-nos que queria prosseguir o trabalho que havia empreendido anteriormente. Mas como agora estava numa situação financeira precária, não queria refazer uma análise "clássica". Preferia antes continuar em face a face, ao ritmo de uma sessão por semana. Consentimos em adotar esse dispositivo, pois a razão precisa pela qual ela decidira voltar a nos ver parecia-nos muito interessante. Ela dizia que continuava não sabendo falar de si, nem em público, nem em privado. Uma placa de chumbo caía inevitavelmente sobre ela no momento em que devia "enunciar-se". Durante dois anos, esses encontros aconteceram em face a face, que na oportunidade beiravam a discussão,

[9] Cf., a esse respeito, o cap. 8.

em que às vezes até manifestávamos nossa intolerância, nossa desaprovação diante de sua ausência de enunciação, chegando até a lhe dizer de maneira repetida que se ela não quisesse tentar falar não aconteceria nada. Um dia, ela chegou para a sessão dizendo em substância: "Pronto, pensei. Vim aqui fazer uma cura durante vários anos. Durante esse trabalho, o lugar que você ocupou foi mais ou menos análogo àquele do pai com quem não pude estabelecer contato [ela vivia num meio patriarcal que repousava em várias gerações]. Essa relação com meu pai sempre foi muito difícil, tanto por minha causa quanto por sua ausência concreta em seu lugar [o pai esquivava-se o tempo todo do encontro]. A análise que fiz aqui antigamente repetiu isso, e não pude lhe dizer naquela época tudo o que me vinha à mente porque eu não tinha a certeza de que você estava ali. Mas após esses dois anos durante os quais voltei a vê-lo obtive a segurança de que você estava bem ali. Nessas condições, eu gostaria de voltar ao divã, porque, atualmente, sustentar a livre associação em face a face para mim é difícil demais". Seu trabalho então foi retomado no divã, e, manifestamente, num outro modo que antes.

Eis, para nós, uma ilustração a um só tempo das dificuldades transferenciais evocadas mais acima que podemos encontrar com certos sujeitos e da maneira como uma mudança pode ocorrer em tais casos para tornar possível o trabalho. A situação analítica, no caso, só tinha primeiramente repetido, na transferência, a ausência de Outrem. E é outra prática, uma prática de "conversa" em face a face, que se afigurou necessária para que fosse suspenso um pouco que fosse o desmentido de Outrem.

Em sua obra já citada *Figuras da renegação*, Bernard Penot escreve a respeito das curas daqueles que chamamos os neo-sujeitos: "Tudo vai se passar como se esses pacientes (aqueles que são organizados pela renegação) deixassem a algum 'outro', ao analista notadamente, a tarefa de pensar para eles o impensável, de articular o incompatível. Mas isso requer, por parte desse 'outro', uma despesa psíquica considerável, através de um vivido com freqüência penoso. Esse desvio pela economia psíquica do terapeuta vai assim afigurar-se, nos casos marcados pela renegação, uma condição necessária, mas infelizmente não suficiente, para que o sujeito consiga integrar esses dados num jogo simbólico enfim dominado pelo princípio de prazer[10]". Com efeito, como já indicamos, se o psiquismo do neurótico "clássico" é organizado pelo recalque, o do neo-sujeito o é pelo desmentido. Logo, ele não tem um acesso possível a seu material inconsciente *via* suspensão do recalque como os outros pacientes, daí a necessidade para o analista de também se implicar de outro modo na cura.

Em sua obra seguinte, *A paixão do sujeito freudiano*[11], Bernard Penot evoca um circuito pulsional gerador da função sujeito. Em outras palavras, ele insiste no fato de que o trabalho de subjetivação sempre se faz *via* Outro – entendamos: também *via* analista. E ele quer mostrar que quando essa subjetivação tiver sido evitada por um desmentidor – que, por isso, conservando seu "todo-poder", vai querer perpetuar o que ele considera um benefício ao desativar o processo de subjetivação –, será preciso, para que a situação evolua, que esse sujeito encontre um outro que queira bem fazer o trabalho em seu lugar, em todo caso iniciá-lo, já que nenhum outro que ele mesmo poderá evidentemente levá-lo a seu termo. Esse trabalho efetuado "no lugar" do paciente remete ao que chamamos a necessidade de "uma despesa psíquica extra". Ele supõe um engajamento diferente do "desejo do analista" na cura.

Poderíamos tomar como exemplo típico desse engajamento diferente daquele que de hábito ocorre com o neurótico "banal" uma intervenção, tornada célebre na literatura psicanalítica, de Winnicott. Este, dirigindo-se a um de seus pacientes masculinos, lhe diz um dia: "Estou escutando uma moça. Sei perfeitamente que você é um homem mas é uma moça que estou escutando e é a uma moça que estou falando. Digo a essa moça: você está me falando da inveja do pênis[12]". Como relata com certo humor Winnicott, esse paciente havia prosseguido sua análise durante mais de um quarto de século sem dela obter o efeito desejado. Ao ouvir a intervenção de Winnicott, o paciente, após um pequeno tempo de reflexão, retorquiu: "Se eu me pusesse a falar dessa moça a alguém, iriam me tomar por um louco". Winnicott – e é aí que o que está em jogo no

---

[10] B. Penot, *Figures du déni, op. cit.*, p. 26.

[11] B. Penot, *La Passion du sujet freudien. Entre pulsionnalité et signifiance*, Érès, 2001.

[12] D. W. Winnicott, "La créativité et ses origines", in *Jeu et réalité*, Gallimard, 1971, p. 102.

trabalho torna-se realmente interessante – conta assim a continuação: "As coisas poderiam ter ficado aí mas não lamento, considerando o que se seguiu, ter ido mais adiante. A observação que fiz surpreendeu a mim mesmo; ela confirmava o que eu havia afirmado. Digo: 'Não se tratava de você que falava disso com alguém. Sou eu quem vejo a moça e que ouço uma moça falar embora, na realidade, seja um homem quem está no meu divã. Se há alguém louco, sou eu[13]'".

O traço saliente dessa intervenção deve-se a isto: o analista comunica ao analisando que ele endossou a posição da mãe, renegando o sexo do filho na própria loucura dela; ele permite assim que o paciente leve em conta o que justamente ele não sabia e – sublinhamos – *não podia saber*. Vemos bem aqui como a necessária despesa psíquica extra do analisando teve de ser antecipada pela despesa psíquica extra do analista. É toda a problemática em torno da *psicanálise ativa*, essa evolução da técnica psicanalítica que Ferenczi preconizava, que se acha assim recolocada na ordem do dia.

Tudo se passa como se, nos casos que estamos evocando, o sem Outrem do neo-sujeito devesse primeiramente ser atualizado e trabalhado no próprio analista. Isto, decerto, com o risco de ir injetar no sujeito suas próprias fantasias. Mas neste ponto preciso em que é a ausência de Outrem que prevalece nada parece ser mais nocivo que a repetição dessa ausência na transferência.

Um desvio pelo "bootstrap"

Para continuar a esclarecer nossa afirmação sobre o desafio com o qual está confrontada a prática analítica pelos neo-sujeitos, façamos um desvio por um conceito da física teórica, sobre o qual nossa atenção foi atraída por um recente livro escrito a quatro mãos por um físico – Edgar Gunzig – e uma jornalista científica – Elisa Brune. Intitulado *Relações*

13 *Ibid.*, p. 103.

de incerteza[14], essa obra evoca, com efeito, o "booststrap", um conceito, não exatamente novo, assim chamado em referência a um episódio da vida do célebre barão de Münchhausen, oficial que serviu no exército russo contra os turcos em 1740 e a quem aconteceram muitas aventuras extraordinárias, as quais não cessaram de inspirar escritores e cineastas. Durante uma dessas aventuras, não podendo contar com ninguém além de si mesmo para sair fora do lodaçal onde caíra, o barão teria tido "a idéia genial" de puxar as correias de suas botas para provocar o movimento que lhe permitiria desgrudar. Ou ainda, conforme uma versão um pouco diferente, afundando-se no lodaçal com o cavalo, ele teria puxado os próprios cabelos para sair do pântano. Literalmente, "'*bootstrap*' quer dizer: levantar a si mesmo puxando as botas. Designa por aí todo mecanismo segundo o qual um processo se automantém, sem precisar do mundo exterior. [...] A idéia do "*bootstrap*", de um ponto de vista físico, significa, por exemplo, que o universo se auto-engendra sem recorrer a um impulso exterior[15]".

Entendemos imediatamente o que essa metáfora autorizaria pensar caso se afigurasse não ser pura criação imaginária. Ora, Edgar Gunzig – eminente físico, autor de várias obras sobre o vazio quântico[16] – conseguiu demonstrar a pertinência matemática desse conceito de *bootstrap*. O que permitiu, por exemplo, que questionasse radicalmente a teoria do Big Bang. Como todos sabem, esta última implica um acontecimento fundador; logo, uma origem substancial, um ponto exterior a partir do qual o universo se teria construído. Em outras palavras, para imediatamente estabelecer o laço com o nosso campo, uma espécie de exceção. Ao contrário, evocar a possibilidade do *bootstrap* é supor que é possível ficar sem qualquer princípio exterior para explicar um fenômeno como a origem do universo. "É uma idéia teórica, diz Edgar Gunzig, um pouco como o movimento perpétuo, mas é possível imaginar aplicá-la a circunstâncias particulares, como o início do universo. Pois, por definição, não

[14] E. Brune e E. Gunzig, *Relations d'incertitude*, Ramsay, 2004.
[15] *Op. cit.*, p. 75.
[16] *Le Vide. Univers du tout et du rien*, Éditions Complexe, 1998.

existe mundo exterior ao universo. Logo, para se pôr em movimento, o universo deve bem, de uma maneira ou de outra, alimentar-se por si mesmo (pelo menos se excluirmos o toque de varinha de condão)". E acrescenta, fazendo assim ele mesmo, sem querer, a emenda com nosso assunto de interesse: "A linguagem é um belo exemplo [de *bootstrap*]. Como é definida uma palavra? Por outras palavras. E é verdade para todas as palavras. Não é necessário princípio exterior. O sistema se mantém sozinho, amarrado por milhares de definições cruzadas das quais nenhuma utiliza outra coisa a não ser palavras. O *bootstrap* perfeito. Assim, quando abrimos o dicionário de uma língua estrangeira, ficamos totalmente excluídos do sistema, porque nos faltam as "primeiras palavras" que são necessárias para compreender qualquer palavra. Então, como fazem as crianças para aprender a falar? Elas não utilizam o dicionário, essa ferramenta reservada aos iniciados que já estão no sistema. Elas adquirem uma compreensão imprecisa de um monte de coisas ao mesmo tempo, que vão ficar cada vez mais nítidas todas juntas. Nunca se entra num *bootstrap* por um único elemento de cada vez[17]".

Se Edgar Gunzig pôde demonstrar a pertinência desse conceito de *bootstrap* em física, autorizando-se então a abalar algumas certezas, o "romance" totalmente autobiográfico que ele escreveu com Elisa Brune deixa entender várias vezes como esse procedimento também funcionou em sua própria existência. Com efeito, mostra ele de maneira bem convincente, é bem por um *bootstrap* que ele mesmo pôde safar-se, várias vezes, de situações no entanto aparentemente inextricáveis. Essa evocação de sua vida já sugere sozinha que esse conceito não precisa ser reservado ao campo restrito da física teórica e que poderia bem ser útil a todo aquele que quisesse dele se apropriar para explicar outros fenômenos, e notadamente a força dos desafios do desejo. Tentemos, pois, a experiência.

Tomemos um sujeito e sua realidade psíquica. Toda a questão é saber como esse sujeito pode chegar a sustentar seu desejo singular. Sabemos, evidentemente, que ele se elabora espontaneamente a partir de um ponto de apoio exterior, o que se chama na maior parte do tempo *um*

[17] E. Brune e E. Gunzig, *op. cit.*, p. 75.

pai. Mas vem sempre o momento em que é preciso abandonar esse ponto de apoio. O avanço que esse sujeito é então levado a fazer faz bem com que perceba, no só-depois, o quanto esse ponto de apoio só teve valor, eficácia operatória, enquanto instância iniciadora de um processo.

Por conseguinte, a referência ao *bootstrap* poderia nos ajudar a identificar a despesa psíquica extra exigida, quando atende tais neo-sujeitos, da parte do analista? Em que o analista tem vantagem sobre seu paciente? Não é, normalmente, por seu saber, já que este deve ser posto de lado para deixar advir a singularidade do caso. Mas como muito bem observava Moustapha Safouan, não é por isso que ele é sem saber: "De todos aqueles que sabem, o psicanalista distingue-se pelo fato de ser o único que sabe não que não sabe nada, em cujo caso não escapará, queira ou não, a um sentimento de alguma impostura, e sim pelo fato de possuir o saber que lhe permite impedir essa investidura [como aquele que sabe][18]". Em outras palavras: o que distingue o analista é que ele esteja em condição de sustentar essa operação pela qual pode ocorrer, no sujeito, o efeito *bootstrap*. É por isso que se exige dele não só uma análise pessoal, mas também uma "limpeza em regra" a ser refeita regularmente através sobretudo das "supervisões" ou das novas "séries" de análise: é preciso – e ele precisa – assegurar-se de que será capaz de sustentar regularmente essa operação.

Aliás, identificamos aí o efeito positivo que pôde ter para numerosíssimos neuróticos o fato de serem repetitivamente ouvidos por um analista, mesmo muito silencioso. Pois isso permite reproduzir artificialmente essa experiência do *bootstrap*, ali onde todos os conselhos e as interpretações achavam-se progressivamente afogados num excesso de simbolização, até mesmo de psicologização. Mas entre os neo-sujeitos enviscados no gozo, para eles é impossível, só pelas próprias forças, induzir esse efeito *bootstrap*. A grande confusão que deu ampla vantagem ao gozo sobre o desejo impõe por conseguinte outro tipo de intervenção que o silêncio e a neutralidade benevolente – um *faltar de outro modo*[19]

---

[18] M. Safouan, "La proposition d'octobre 1967, dix ans après", in *Lettres de l'École*, nº 23, abril de 1978, p. 11.

[19] J. Lacan, Le Séminaire, Livre XXV: "Le moment de conclure", sessão de 10 de janeiro de 1978, inédito.

como dizia Lacan no fim de seu ensino – para pôr em marcha ou reativar o processo de subjetivação. Serão antes "a intervenção" benevolente, a prática de conversa, ou seja, a interlocução – noção à qual vamos voltar –, que se afigurarão necessárias para sustentar o que se apresenta como uma ausência de transferência nos neo-sujeitos.

Logo, é ao analista que cabe agora o trabalho de explorar o impasse no qual o paciente se encontra a fim de significar a saída possível efetuando ele mesmo um primeiro *bootstrap*. O que de modo algum equivale a propor-se como modelo, mas a mostrar que existe a possibilidade de encontrar outro modo de fazer, de inventar, contanto que use o que prescreve a estrutura da linguagem. No caso em questão, não se trata mais para o analista de pensar que ele ainda dispõe de antemão de um lugar de exceção. Trata-se, em compensação, de pôr-se à procura, com o sujeito, desse lugar nele, e de assim iniciar um processo. Constituir-se o elemento essencial do trabalho não é então nem a conseqüência de um voluntarismo analítico, nem tampouco a marca de uma ética nova do engajamento do analista, mas simplesmente uma maneira de dirigir a cura que leva em conta o regime de evitação da subjetivação no qual se inscreve o sujeito contemporâneo. Essa escolha, evidentemente, estará longe de ser sem conseqüências.

A interlocução doravante necessária

Já evocamos que, em sua obra dedicada aos dois *Moisés*, Brigitte Lemérer lê a intervenção de Freud reinterpretando a estátua de Moisés de Michelangelo[20] como uma intervenção sobre um desmentido cultural. Os trabalhos dos críticos de arte que são autoridade sobre a obra de Michelangelo transmitiam até então a imagem de um Moisés raivoso ao ver o bezerro de ouro, preparando-se para quebrar as Tábuas da Lei. Como já indicamos, ao prestar atenção em dois detalhes – o deslocamento da mão direita de Moisés e a disposição das Tábuas da Lei que seu braço

[20] S. Freud, "Le Moïse de Michel-Ange", in *Essais de psychanalyse appliquée*, Gallimard, 1933.

retém para que elas não caiam –, Freud reinterpreta a estátua: Moisés, nos diz ele, não se prepara para quebrar as Tábuas da Lei, mas retém sua cólera para preservá-las! Ele renuncia ao gozo da cólera para garantir a transmissão da Lei.

"É essa significação, escreve Brigitte Lemérer, que é desmentida pelas interpretações dos conhecedores em matéria de arte. As descrições permitiram jogar no lixo a significação que dizia que as Tábuas terão sido salvas por Moisés graças a um deslocamento da posição da mão direita do Moisés e das Tábuas da Lei: com efeito, estas são descritas tais como teriam sido logo antes de Moisés reter sua cólera. Os textos dos conhecedores em matéria de arte operaram um ligeiro deslocamento dessas duas letras[21], o que fez ir para o lixo a significação subversiva, incompatível com a crença comum. Vemos como, neste caso, o deslocamento de letras falsificou a temporalidade. Segundo os conhecedores em matéria de arte, Moisés é apresentado no momento em que vai quebrar as Tábuas, o gesto originário está a ponto de ser cumprido. A restituição por Freud das duas letras ao lugar delas permite que ele leia que o gesto originário já está escrito no texto de pedra, que o texto de pedra realiza esse gesto uma vez que ele não vai ocorrer. Freud nos apresenta com 'O Moisés de Michelangelo' uma linda descrição clínica de um caso de *Verleugnung* – desmentido – culturalmente instituído[22]".

Assim, a intervenção de Freud permite ir mais longe na análise da obra e decifrá-la a partir de dois detalhes – aos quais ele dá o estatuto de lixo, de gralha*, de erro – que inscreveram no texto de pedra uma clivagem. É seu único trabalho, sua única "invenção", que permite a suspensão do desmentido que os críticos de arte mantinham. Acrescentemos que esse texto – "O Moisés de Michelangelo" –, Freud não o assinou com seu nome quando ele foi publicado. Há decerto numerosas interpretações possíveis dessa preocupação de anonimato, mas não é proibido pensar

---

[21] Assinalemos, para a boa compreensão dessa citação, que o que é chamado letras são os dois detalhes da obra de Michelangelo que Freud levou em conta. Não são significantes, mas rastros da operação de colocação no lixo, do desmentido que foi operado.

[22] B. Lemérer, *op. cit.*, p. 97.

* No sentido de erro tipográfico, troca de letras. Em francês *une coquille* [uma concha]. (NT)

que, ao contrário de seus outros escritos, este, em razão de seu conteúdo, colocou-lhe um problema de legitimidade. O que não deixa de fazer eco à crise da legitimidade que hoje atinge todas as potenciais figuras de exceção, inclusive o psicanalista.

Um exemplo diretamente clínico poderá permitir que também ilustremos de que maneira o trabalho do analista pode assumir a forma de uma intervenção do mesmo tipo que aquela que acabamos de descrever. Um paciente evoca várias trechos de análise. Ao longo de um deles, ele havia regularmente contado a seguinte seqüência. Ele se dirige, criança, para o banheiro da casa. Ao se aproximar, percebe, pela porta entreaberta, que sua mãe já está ali e que está nua. Ele pára de chofre. Ouve então a mãe lhe dizer, num tom irônico, que ela sabe bem que ele gostaria de ver, mas que não pode! Ele se retira, constrangido, mas sobretudo em cólera. Porque – como de hábito – sua mãe faz com que ele endosse um desejo que, naquele instante em todo caso, não é o dele. Em sessão, ele interpreta sua cólera como a recusa de assumir seu desejo incestuoso. Mas, naquele momento, o silêncio de seu analista deixa-o confrontado com o impasse de seu desejo incestuoso. Ao ouvi-lo relatar essa mesma lembrança, numa segunda cura, um outro analista reage imediatamente significando ao paciente: mas você observou um tempo de parada; logo, você bem se proibia de ver a sua mãe nua! A cena toma então outra significação bem diferente. O que até ali desembocava num impasse abre uma via nova. O desejo incestuoso do paciente também estava às voltas com o desejo incestuoso da mãe. O segundo analista pôde revelar uma renegação porque ele leu o detalhe de outra forma, para que aparecesse em sua função de resto. Ele não continha verdade recalcada, mas travestia uma realidade de tal modo que esta se tornara inutilizável. É no efeito desse trabalho ativo do analista, no caso do desmentido, que queremos insistir.

"As gralhas, diz ainda Brigitte Lemérer a respeito do texto de Freud, são outras tantas falhas na unidade e na coerência 'do' texto. Elas não têm o valor de lapso ou de atos falhos; não escondem um pedaço de verdade recalcada, não são representações substitutivas de uma representação recalcada, são o indício de que um desmentido está em ação no texto. Logo, não se trata de analisar, de interpretar essas diversas gralhas mas de resolvê-las por um trabalho de construção. Em (seus dois) *Moisés*, Freud segue a pista desses erros, dessas contradições e dessas lacunas que inscrevem tantas clivagens nos textos que são autoridade. A construção que ele tece, inventa, deve – é um dever ético – reinscrever os pequenos nadas desprezados, deve resolver as 'gralhas', isto é, permitir que a significação desmentida se realize como letra, em seu lugar, nessa construção[23]".

O que devia fazer Claude Rabant dizer, em um ensaio sobre a renegação, que, "da mesma forma que o conceito de interpretação estava ligado ao de recalque, o conceito de construção está ligado ao de renegação[24]". Mas temos que relativizar, que dar uma precisão a esse assunto. Pois o termo construção poderia dar a entender que o importante é a elaboração substitutiva de que pode então dispor o sujeito. Ora, pensamos que não é o conteúdo da elaboração enquanto tal que é determinante. O essencial deve-se ao fato de essa elaboração ser o fato de um outro, precisamente um outro que, "ao emprestar seu aparelho psíquico" ao analisando – segundo uma expressão de Jacqueline Godfrind[25] que sempre nos pareceu pertinente –, reintroduz Outrem, e até Outrem em ação.

Com efeito, não basta propor construções para enfrentar o desmentido. A crítica de Charles Melman a esse respeito é pertinente quando ele enuncia: "A construção sempre instala um sujeito da frustração ou da privação. [...] Não há construção que virá desembocar no que vai acontecer com a instalação de um sujeito do desejo[26]". O que é obtido pela intervenção do analista não vale tanto para nós como construção que traria um suplemento à história do sujeito quanto como um encontro com a presença real do Outro. Um encontro com Outrem, com a carne de um outro, assinalando que a estrutura Outrem está – e até estava – de fato ali, ainda que seja renegada. Assim, a expressão "emprestar seu aparelho psíquico" pode ser entendida como significando, para o analista, que ele aceita funcionar como um Outrem, que ele consente em

---

[23] B. Lemérer, *op. cit.*, p. 99.

[24] C. Rabant, *Inventer le réel. Le déni entre perversion et psychose*, Denoël, 1992, p. 63.

[25] J. Godfrind, *Les deux courants du transfert*, *op. cit.*, p. 118.

[26] C. Melman, "Qu'aurions-nous à construire?" in *Bulletin freudien*, nº 39, 2002, p. 161.

ser primeiramente um outro concreto para permitir que o sujeito saia de sua posição de imunidade consecutiva a seu desmentido inicial. É o Outrem como corpo em ação – e não apenas como Outro do significante – que o sujeito encontra quando o analista se encarrega do refugo, consente em fazer o trabalho de reler as "gralhas". "Nem lembrança, nem esquecimento, nem recalque, o surgimento do saber insabido de uma impressão sobre o corpo é tornado possível pela intervenção do analista, pela presença real do analista em sua dimensão de corpo[27]", afirma à sua maneira Suzanne Ginestet-Delbreil.

É assim que o analista mas também todo interveniente que recorra à análise pode reconhecer esses sem Outrem em sua organização específica e não faltar a um eventual encontro marcado. Pois se isso pode ser uma chance, para os sem Outrem, de encontrar um analista "que proceda um pouco melhor e que reintroduza a função da castração no discurso[28]", este está longe de ter o monopólio desse encontro. Podemos, por exemplo, evocar o caso dessa professora que, cansada de suportar o comportamento repetitivo de um aluno que se esmerava em lhe trazer seu apoio, até e inclusive quando ela fazia observações a seus colegas, acaba lhe perguntando abruptamente: mas que idade você tem? O jovem lhes responde: 18 anos! E ela lhe retorquiu: você fala como alguém de 45 anos, e me chateia ter na minha sala um aluno dessa idade! Por que você não volta aos seus 18 anos? A frase provocou uma nítida mudança no comportamento desse jovem. Exemplo eloqüente, mostrando que uma certa prática de conversa merece mais que nunca ser prosseguida, ao mesmo tempo que reinventada, que ela não espera o quadro da cura para ser operante, que sempre que uma fala vinda do outro mas arrimada ao real do sujeito puder ser dirigida, é uma chance que não pode ser perdida.

Para qualificar tais intervenções, proporemos retomar a noção um pouco esquecida, em particular entre os psicanalistas, de *interlocução*. Para definir esse termo, Alain Rey, no recente dicionário cultural em língua

---

27 S. Ginestet-Delbreil, "Interprétation ou construction", in *Les Lettres de la Société de psychanalyse freudienne*, nº 15, 2006.

28 G. Lérès, *Démensonges*, *op. cit.*

francesa[29], indica "discursos trocados por interlocutores" e prossegue citando um texto de Lacan: "A própria retranscrição de seu discurso gravado, ainda que feita pela boca de seu médico, não pode, por a ele chegar sob essa forma alienada, ter os mesmos efeitos que a interlocução psicanalítica". Na verdade, trata-se de um trecho do famoso discurso de Roma, no qual Lacan evocava igualmente a interlocução desta maneira: "Quando o sujeito se engaja na análise, ele aceita uma posição mais constituinte, em si mesma, que todas as instruções com as quais ele se deixa mais ou menos enganar: a da interlocução, e não vemos nenhum inconveniente no fato de essa observação deixar o ouvinte desconcertado[30] [*interloqué*]".

O que conota a palavra *interlocução* encontra-se de fato em *interloquer* [desconcertar, interromper], que vem do latim clássico *interloqui*, ou seja, interromper para falar, cortar a fala de alguém*. O verbo primeiro toma do latim seu emprego jurídico no sentido de interromper um procedimento por um julgamento dito então *interlocutório*. Esse adjetivo qualifica uma decisão judiciária que, ao prejulgar o fundo da demanda, ordena uma medida de instrução mas sem estatuir definitivamente sobre as pretensões das partes. Aparece portanto aqui no uso jurídico desse termo a noção de *prejulgar o fundo da demanda* que não deixa de nos lembrar o que está em jogo com certos pacientes hoje na medida em que um desmentido supostamente está em ação. Além disso, *interloqué* é sinônimo de atrapalhado, de desconcertado, talvez até de *ficar embasbacado, sem palavras*. O [dicionário] *Le Robert* chega até a evocar a expressão familiar *ficar de boca aberta*. Vale dizer que se trata bem, com a interlocução, de *reintroduzir a função da castração no discurso*.

A interlocução de que fala Lacan no início de seu ensino, olhando de perto, remete sobretudo a uma instância terceira, de imediato para

---

[29] A. Rey (sob a direção de), *Dictionnaire culturel en langue française*, Le Robert, em 4 volumes, 2005.

[30] J. Lacan, *Écrits*, Seuil, 1966, p. 258.

* A palavra *interlocution* [em português interlocução, no sentido de conversa entre duas pessoas, mas também de interrupção do discurso pela fala de outros interlocutores] ainda não está dicionarizada em francês. Em contrapartida, o francês tem o verbo *interloquer* [desconcertar, interromper] que por sua vez não existe em português. (NT)

além da intersubjetividade à qual ele ainda atribui, na época do relatório de Roma, um lugar central. Mas aquilo em que queremos insistir é no fato de que seria preciso que fosse doravante o analista quem colocasse a possibilidade da interlocução em seu programa. Sem por isso deixar-se levar a reatar com uma prática lembrando aquela na qual culminaram os avatares da técnica ativa de Ferenczi[31], a saber, a análise mútua.

Pois, tratando-se do que nos retém aqui, nada de mútuo no horizonte. A interlocução à qual pode autorizar-se o analista a partir daquilo que ele ouve é aquela que pode servir de degrau para a Dritt Person de que fala Freud a respeito do chiste, enunciando que, ao contrário do cômico que implica apenas duas pessoas, o *Witz* sempre implica uma terceira.

Assim, a interlocução diz respeito menos ao analisando, de imediato implicado num endereçamento como deixava entender Lacan, que o analista na medida em que cabe a ele fazer um pedaço de caminho – tomar esse caminho que o analisando não pode percorrer espontaneamente. Este último, com efeito, não pode por si mesmo ter acesso ao que ele renegou, e é preciso daqui por diante contar com a possível interlocução do analisando pelo analista. Por ter-se deixado habitar por seus significantes, o analista pode consentir em remeter a seu paciente o que ele entende disso, ou, melhor ainda, interpelá-lo a partir do que ouviu no que lhe foi dito. É nesse sentido que se pode dizer que ele *empresta seu aparelho psíquico* no lugar preciso onde aquele de seu analisando está em pane, conseqüência da renegação que ele colocou.

Com os neo-sujeitos, são essas intervenções – do analista mas também, como dissemos, de certos outros, ainda que não sejam terapeutas – que se afiguram eficazes em *reintroduzir a função da castração no discurso.* Podemos evocar aqui, por exemplo, o funcionamento de uma classe de adaptação* tal como mostra muito bem um documentário de Marie Frapin, *Os filhos do Big Bang*[32]. Seguimos com grande interesse nesse filme o trabalho de uma professora, Frédérique Landoeuer, e de toda a equipe educativa da classe de adaptação de um colégio da região de Monpellier.

---

[31] Cf. a esse respeito M. Stanton, *Sandor Ferenczi et la technique active*, PUF, 1997.

* A *classe-relais* tem por objetivo principal reintegrar o aluno à escola. (NT)

[32] M. Frapin, *Les Enfants du Big Bang*, Films du Grain de sable, 2004.

Trabalhando com um grupo de seis a oito adolescentes, ela tenta dar-lhes novamente a vontade de aprender ao situá-los novamente, no sentido em que disso falamos no início desta obra, na filiação do humano. Para isso, ela em geral utiliza tanto a referência aos mitos quanto um envio aos conhecimentos admitidos sobre as origens da humanidade. Enquanto se desenrola esse percurso, assistimos ao desdobramento de uma seqüência de interlocuções. Frédérique Landoeuer consente em tomar as coisas ali no ponto em que estão esses jovens e, a partir daí, tece de novo uma trama simbólica de que eles podem em seguida aos poucos se apropriar. Assim, a Sônia, que chega, mais uma vez, atrasada, ela diz: "Você está atrasada, Sônia?". "Estou, responde a adolescente, porque estou cansada". "E você acha que basta como razão?, pergunta-lhe a educadora sempre num tom inofensivo, sem nenhuma referência a uma regra preestabelecida e que deveria ser evidente. Eu também estou cansada, acrescenta ela, mas não é por isso que estou atrasada!". Indicação de um quadro a ser construído, interpelação a partir da inserção dos dois interlocutores na situação.

O conjunto do filme mostra que a educadora tenta por pequenos toques levar os jovens a perceber como caíram na própria armadilha, mostrando-lhes que é possível fazer de outro jeito, e isso sempre a partir de situações que os colocam diante de um impasse. Ela observa a justo título: "Para se proteger, muitos desses jovens desenvolveram um comportamento de impunidade. Eles funcionam no imediatismo e querem tudo, e logo. Na maioria, são incapazes de suportar uma frustração, limites, regras, a lei. [...] Quando são colocados diante de uma real situação de aprendizado em que a resposta não é dada imediatamente mas em que é preciso estabelecer laços, estabelecer relação, ao se verem diante do vazio, perdem contato com a realidade e alguns tentam fazer o quadro explodir. As situações de aprendizado reativam neles angústias profundas, e a frustração requerida pelo ato de aprender é insustentável. Como o equilíbrio psíquico deles repousa sobre a evitação da frustração, eles não podem tolerar estar sós e não saber". Frédérique Landoeuer resume assim sua iniciativa: "Não cessei, diz ela, de fazer com que eles refletissem sobre o fato de que não eram inteiramente responsáveis por todas as dificuldades por que passavam, mas que tinham sempre a escolha entre se tornarem responsáveis por progredir, ou então continuarem a perturbar, a recusar aprender[33]". O cerne dessa iniciativa é perceptível: trata-se de aceitar acompanhar os sujeitos, tentando, por toda parte onde for possível, ajudá-los a consentir nas obrigações da subjetivação, no que eles até aqui recusaram com as conseqüências que conhecemos. Esse acompanhamento não é nem silencioso, sequer neutro, ele está na incessante interlocução, na intervenção benevolente.

Podemos aqui evocar também o trabalho da psico-socióloga Marilia Amorim[34], que, apoiando-se em diversos trabalhos de filósofos bem como numa prática clínica e pesquisas sobre "os meninos de rua" no Brasil, levanta a hipótese de uma mutação que afetaria as formas de saber e de discurso. Ela se interessou mais particularmente pelas três grandes formas de saber segundo ela: Mytos, Logos e Metis.

O Mytos é um saber narrativo que se constrói habitualmente no diálogo articulado entre três lugares: eu, tu e ele. Nesse tipo de saber, o que é validado é a existência, que se opõe assim ao esquecimento: é verdade o que se mantém como contado e transmitido, o que não foi esquecido na memória coletiva. Falar é aqui fazer existir. O Mytos nesse sentido faz laço social. O Logos, por sua vez, não faz laço social. Ele é um saber binário entre eu e ele, que deve excluir tudo o que pode impedir uma comunicação de tipo unívoco, precisa. É nisso que ele é um enunciado bem mais que uma enunciação. O que valida esse saber é a oposição do verdadeiro e do falso. Nesse tipo de saber, só conta o ponto de vista do objeto, os interlocutores só estão ali a seu serviço. A cena do Logos precisa do mestre e do aluno para poder ser demonstrativa, ela portanto precisa da cena do Mytos para se instalar. Resta a Metis, ou o saber prático – lembremos que seu paradigma é o do navegador (Ulisses), do caçador, do guerreiro... Com a Metis, não estamos mais na esfera das verdades mas na do êxito, da eficácia. Não estamos mais em relações de alteridade, mas numa relação de metamorfoses, em que o sujeito se torna ou o objeto ou o outro sujeito que está à sua frente. É um saber de sobre-

---

[33] F. Landoeuer, "Débattre sur des mythes en classe relais", *L'Agora. Revue internationale de didactique de la philosophie*, nº 26, também publicado em *Le Sociographe*, "Approches du trouble du comportement. L'enfance et l'adolescence par gros temps", numéro hors-série, 2005.

[34] M. Amorim, *Raconter, démontrer... survivre*, Érès, 2007.

vivência, que apaga a distinção dos lugares, pois, com a metamorfose e a virada, os lugares não se definem mais, não se fixam mais. É bem toda a alteridade que é questionada no saber Metis. Só importa que tenhamos êxito por ações pontuais, sob a pressão do instante, na rapidez.

O que Marília Amorim sustenta é que a pós-modernidade parece investir ainda mais na forma Metis, em que "nenhum regime de verdade se impõe mais, nem o da *aletheia* arcaica, nem o da ciência. É o critério de eficácia que assim se teria tornado dominante e autônomo". Graças ao que, é bem rumo a uma diluição da alteridade que, segundo essa autora, nos dirigimos. No saber Metis, "não encontramos o trabalho identitário de todo discurso. A identidade não é o que está em jogo nessa cena. E a alteridade cessa portanto de ser colocada e suposta como condição prévia e inelutável".

Vemos aqui de que maneira o saber Metis é o que, fora do laço social (Mytos) e fora da racionalidade (Logos), pode continuar sua corrida, ainda que o fato de se cortar dos dois outros saberes seja bem problemático. É o tipo de saber que parece impor-se nesses tempos de pós-modernidade pelo simples fato de que é o da sobrevivência, aquele que permanece quando Outrem se apagou, talvez até desapareceu.

Uma nova responsabilidade

Somos levados a concluir disto tudo que o psicanalista deve hoje assumir uma nova responsabilidade, e a um duplo título. Esta com efeito diz respeito tanto à sua clínica no cotidiano quanto ao que tem a ver com a dimensão antropológica da psicanálise.

Primeiramente, trata-se de consentir em se confrontar com uma nova clínica. O psicanalista – e de maneira mais ampla aquele que se refere à psicanálise em sua prática – deverá portanto procurar identificar as conseqüências clínicas inesperadas da clivagem produzida pela nova situação do laço social. E levar isso em conta em sua prática. Principalmente, terá de ouvir sujeitos que serão no mesmo movimento levados a poder tomar apoio na significação fálica e a não tê-la à disposição. Terá de reler a sua clínica à luz dessa virada, a impossibilidade para o neo-sujeito de ocupar o lugar do mestre, por exemplo, não devendo ser confundida com a recusa de um obsessivo. Da mesma forma, terá de estar atento e ser acolhedor quando estiver às voltas com as defesas por vezes inesperadas que o neo-sujeito inventa para tentar enfrentar, apesar de tudo, as pressões da estrutura.

É guardando no espírito que coexistem e estão sempre em ação – ainda que seja de maneira clivada nos neo-sujeitos – os dois regimes da economia psíquica – aquele ligado ao pai e aquele ligado à mãe – que ele deverá levar em conta o que hoje acontece[35]. Pois o que ontem se chamava neurose normal era na verdade a neurose articulada ao discurso social do patriarcado e esta, graças à mutação do laço social, vê-se hoje suplantada por uma neurose de aspecto perverso, aquela que nos conduziu a evocar uma "perversão comum", articulada por sua vez ao pseudodiscurso social da pós-modernidade.

A importância dessa mudança não pode ser subestimada. Pois é todo o campo da perversão que, assim, se encontra profundamente modificado. Não é mais possível limitá-lo considerando apenas a perversão "de estrutura", arrimada em sua origem médico-legal, que nos permitia considerar a normalidade ao abrigo de sua contaminação. Não é mais possível pensar que o mecanismo da estrutura perversa, o desmentido, deva ser reservado apenas a essa organização psíquica. Da mesma maneira que Freud demonstrou que éramos todos tecidos a partir da trama da neurose, hoje temos de medir o tamanho, não de que arriscamos todos nos tornar perversos, mas de que a perversão diz respeito a todos nós. E isso, aliás, há muito tempo, ainda que o patriarcado até há pouco tivesse permitido permanecer, neste ponto, no desconhecimento.

[35] O que poderia concordar com uma tese de Jacqueline Godfrind que, no quadro de outra teorização, indica: "Descrevi, nos estados limites, a conflitualização da relação de base com o objeto com, por corolário, os distúrbios da simbolização; eu opunha esse funcionamento àquele que caracteriza, em princípio, os neuróticos, a aptidão deles para a simbolização dando lugar ao desdobramento da neurose de transferência. Ora, na realidade da clínica, as coisas são bem menos nítidas. A quem sabe a isso ser sensível todo analisando apresenta um encaminhamento simultâneo dessas duas correntes transferenciais cujas manifestações alternam". In J. Godfrind, *Les Deux Courants du transfert*, *op. cit.*, p. 31.

Daqui por diante, o campo da perversão desdobra-se sustentando-se por essa "interiorização do modelo do mercado" ao qual fazia referência Marcel Gauchet. Pois a congruência é patente: ao renegar a necessidade de uma regulação que lhe escapa, o neo-sujeito se contenta com aquela que lhe parece compatível com seu próprio interesse e o de seu semelhante. Essa recusa de se fundar na negatividade deixa-o na errância do não-tolo, tendo como únicas referências seus semelhantes, essa massa de pequenos outros à qual ele vai aderir ou contra a qual vai se chocar. Assim fazendo, fortalecido por essa *comunidade de renegações*, ele desvia o laço social de seus objetivos, ele o perverte. Não existe mais senão um agrupamento de indivíduos *entodados* – seguem-se os recuos identitários com os efeitos de segregação que só podem disso decorrer – tendo por projeto comum a evitação da subjetivação. É o êxito das virações do sujeito que lhe faz as vezes de apropriação do impossível.

Ao nada querer ouvir dessas questões, ao se obstinar na referência a dogmas, de qualquer ordem (simbólica) que sejam, o psicanalista faltaria ao encontro marcado com a clínica do atual. Ao se confinar apenas na referência aos grandes textos "históricos" da psicanálise, ele se impediria de produzir os avanços e as invenções que até então sempre pôde realizar. Ao se limitar a uma leitura do inconsciente que não leva em conta mudanças das figuras do Outro, ele se veria incapaz de identificar a mutação em curso. E arriscaria ver sua disciplina arrastada com a grande confusão que essa mutação acarreta.

Com efeito, o desmentido pode estar em ação no próprio psicanalista. E de bom grado levantaríamos a hipótese de que é uma de suas *negligências*[36] não ter suficientemente levado em conta de que maneira a organização social determina até no mais íntimo a estrutura psíquica dos sujeitos.

Alguns tenderiam a desacreditar sistematicamente – ao denunciarem uma prática de "simples" psicoterapia – o que é necessário fazer durante uma cura quando faltou o trabalho de estruturação do sujeito.

---

[36] Fazemos aqui alusão a uma interessantíssima contribuição de Brigitte Lemérer na qual ela insiste na presença do desmentido no próprio cerne da teoria psicanalítica. B. Lemérer, "Négligences", in *La Psychanalyse: chercher, inventer, réinventer*, Érès, 2004.

Mas "quando esses elementos [necessários à cura] faltam", como já dizia Freud, não convém "pôr em ação uma prática outra que a análise, prática que no entanto convergirá com ela em sua intenção[37]"?

Devemos precisar que tais desafios estão no centro do debate eminentemente atual que surgiu em vários países em torno da avaliação das práticas de psicoterapia e do reconhecimento legal da especificidade da psicanálise? O psicanalista pode simplesmente transferir essas questões para os psicoterapeutas ou, ao contrário, deve assumi-las inteiramente, considerando que é preciso trabalhá-las?

Então surge a questão da dimensão antropológica da psicanálise. Com efeito, diante dessa evolução, o psicanalista pode "esquecer", cedendo à grande confusão que denunciamos, aquilo que sua disciplina foi uma das únicas a identificar, a saber, a dívida que nós todos temos de pagar em razão mesmo de sermos seres falantes[38]. É claro, o filósofo já tinha à sua maneira lembrado que habitávamos a linguagem, que ela era nosso abrigo. É claro, o poeta nos diz isso cada vez que se exprime. Mas é ao psicanalista que cabe daí tirar as conseqüências. E isso lhe confere, mais que nunca, a responsabilidade de ter de sustentar sua posição, a nenhuma outra semelhante na Cidade.

---

[37] S. Freud, prefácio ao livro de A. Aichhorn, *Jeunes en souffrance, op. cit.*

[38] Cf., a esse respeito H. L'Heuillet, *La psychanalyse est un humanisme*, Grasset, 2006.

EPÍLOGO

O conjunto do trajeto a que convidamos o leitor neste livro levou-nos a descrever as conseqüências da renegação em nossa sociedade atual. A "grande confusão" que denunciamos na verdade nada mais é que o conjunto dos efeitos produzidos por essa renegação da perda de gozo que é implicada – e pela qual é habitada – a condição humana.

O desmentido, esse procedimento que participa do recalque mas que tem um efeito de foraclusão, desde sempre faz parte da organização psíquica do sujeito. Mas o tipo de laço social organizado sobre o modelo patriarcal de ontem havia permitido que o sujeito – e igualmente a psicanálise – desconhecesse sua incidência fora do caso da perversão no sentido estrito.

Hoje, com o fim do patriarcado, neurose e recalque tendem a perder sua prevalência e o mecanismo psíquico do desmentido, até então confinado na sombra, aparece em primeiro plano. Foi, como vimos, um outro "regime" do aparelho psíquico, o materno ou o metonímico, que assumiu a vez. Os sujeitos são então implicitamente convidados a manter um funcionamento fundado no desmentido bem para além da infância, e ao mesmo tempo a prolongar-lhe os impasses até à adolescência e mesmo até à idade adulta.

Por conseguinte, somos forçados a não nos contentar em ler a problemática dos sujeitos de hoje como se resultasse da neurose, em todo caso não no sentido tradicional, já que esta supõe a prevalência do recalque. Se estamos sempre às voltas com neuróticos, eles não podem ser neuróticos "comuns" já que neles continua a prevalecer o desmentido. Nem por isso são perversos no sentido estrito – no sentido da estrutura perversa. Mas são muito porosos à perversão, tendem a esposar-lhe a economia. Propomos falar deles como de "perversos comuns", perversos "sem Outrem".

Na Viena de 1900, Freud mostrou que a neurose era, para todos, a maneira mais banal de funcionar, a mais comum. O que, é claro, não o impediu de identificar sujeitos para os quais a neurose era patológica. Não teríamos, um século mais tarde, mutação do laço social ajudando, que daí fazer a mesma constatação com a perversão?

Constatar a virada antropológica que caracteriza os tempos atuais nos permitiu colocar em discussão em que a perversão nos diz respeito. Esta não pode mais referir-se apenas à patologia médico-legal que nos fez conhecê-la. Doravante é preciso considerar igualmente essa perversão comum e saber que ela diz respeito, em graus diversos, a qualquer um.

Mas o nosso perverso comum está em posição tão difícil se, no fim das contas, é só com uma simples neurose articulada em torno de um recurso ao desmentido que estaríamos às voltas com ele? Não se deveria subestimar as dificuldades que ele tem de enfrentar. Pois, sabemos, o desmentido inicial, se for mantido, comporta efeitos inesperados e o desmentidor não tem, posteriormente, mais nenhum domínio sobre eles. Para este último, por um lado a necessidade da perda foi percebida, mas, pelo outro, nada ainda foi perdido. Logo, a cada vez que for confrontado com a possibilidade de uma perda, ele vai se encontrar numa posição sem recurso, de *Hilflösigkeit*, de desamparo original.

Em nossas sociedades ditas avançadas, é o objeto de consumo, aparentemente livre de toda negatividade, que será então proposto ao sujeito para permitir que ele não soçobre. Esse engodo, ao qual o sujeito vai portanto poder se ligar, vai ajudá-lo sobretudo a perenizar a evitação do confronto com a perda. Como muito judiciosamente nota Alain Didier-Weill, com efeito, "o objeto fetiche oferece uma solução possível a essa experiência de desamparo. [...] Ao passo que a angústia, ligada a um excedente de objeto, não pode ser apaziguada pela proposta do objeto fetiche, o desamparo, este, sem outra ambição que ser arrancado de si mesmo, busca saciar-se com qualquer objeto[1]".

Aquilo a que o neurótico desmentidor abre assim a via é bem, digamos de novo, à possibilidade de continuar sem fim a dispensar-se do encontro com a perda. Graças a isso, preferindo permanecer "mère-versamente" orientado, não só ele se instalará na perversão comum, mas sobretudo lá será instalado sem mesmo saber.

A armadilha vai se fechar sobre ele ao mesmo tempo que se terá constituído uma *comunidade de renegações*, nem o social nem o sujeito querendo nada saber daquilo que eles cuidam cada um de evitar. Com tal bloqueamento, é todo o trabalho da cultura que arrisca ver-se marcado de entropia – entramos então no tempo da dessublimação, tal como mostra Bernard Stiegler.

Certo, a linguagem, o simbólico preexistem ao sujeito. Mas o acesso ao simbólico nem por isso está garantido de antemão. Deve ser conquistado por cada sujeito. Constrói-se a partir do corpo. E essa construção supõe ter-se desviado do corpo a corpo, daquilo que habitualmente ocorre com a mãe, da mèreversão. Ao "esquecermos" esse trajeto necessário, condenamos o neo-sujeito a dever permanecer confinado a sua sorte inicial, mantemo-lo em seu lugar de desmentidor.

O interdito – como o recalque – perdeu hoje seu lugar preeminente. O que nem por isso nos autoriza a dele nos acharmos dispensados, ainda menos de sua enunciação. Mas isso nos força a entender que ele se funda no impossível, e não o inverso. E que temos de agora em diante que encontrar impossível, perda em ação em cada um de nós. "Se designamos por metáfora paterna a marca – é o caso de dizer – significante primeira, ela requer outra coisa que o encontro de um puro significante, e requer isso no bom momento. É claro, para isso é preciso outro, radicalmente Outro [...], mas para isso é preciso também corpo – de certo modo incesto como espaço potencial", escreve a justo título Olivier Grignon[2]. Logo, não é o simbólico como tal que é preciso salvar, ainda menos sua

---

1 A. Didier-Weill, "La psychanalyse, le politique et le désir", *Insistance*, nº 1, outubro de 2005, p. 16.

2 O. Grignon, *Le Corps des larmes*, Calmann-Lévy, 2002, p. 197.

"ordem", é a possibilidade de instalá-lo. Para isso, aquilo em que se deve consentir é em se confrontar com o Outro *via* Outrem.

Tal como o enuncia de modo muito claro Olivier Rey: "Não se trata de voltar à modernidade, mas de evitar que ela culmine no oposto daquilo que ela visava por uma cegueira sobre suas condições de possibilidade[3]".

Logo, é essa nova distribuição dos papéis que agora deve ser enfrentada. E para conseguir isso é preciso recorrer ao que podemos chamar, desta vez, *a nova responsabilidade do sujeito.* Se, com efeito, o sujeito ontem podia se apoiar no discurso social para dispor da legitimidade que lhe permitia assegurar a transmissão do *húmus humano*, hoje ele não consegue mais isso. Ao contrário até, deve antes tomar distância desse discurso e encontrar em seus próprios recursos o antídoto ao programa de gozo sem limites ao qual está implicitamente convidado. Agora cabe só a ele engajar sua singularidade para fazer emergir este fato incontornável: que continue a existir a Lei à qual estamos todos submetidos. Cabe a ele identificar o que, ontem, podia limitar-se a encontrar no Imaginário Social. Cabe ao sujeito singular reinscrever o que ele deve ao coletivo. Cabe a ele fazer as distinções que se impõem para fazer objeção à grande confusão que se instalou. É esta a responsabilidade extra à qual o intima o desafio da modernidade nestes tempos ditos pós-modernos.

O que está em jogo é de porte, pois se esse "trabalho" não for cumprido só pode instalar-se o que a clínica nos dá a ver: um perverso comum como um Robinson numa ilha que, desta vez, não está deserta mas povoada de outros que eles mesmos não passam de Robinsons. Segue-se uma ausência de Outrem, apesar da presença do Outro e dos outros, e por isso um entrave ao trabalho da cultura.

Em compensação, do lado dos analistas, daqueles que se referem à psicanálise e de todos aqueles que são confrontados com neo-sujeitos, introduzir as diferenciações que se impõem, trabalhar para contribuir para reencontrar a Lei dos humanos, repensar um universal fundado no desprendimento e na irredutível negatividade que nos habita ao mesmo

---

3 O. Rey, *Une folle solitude, op. cit.*, p. 327.

tempo que na pluralidade de suas possíveis encarnações, tudo isso pode abrir uma nova via, ainda mais que, pela primeira vez na história, uma sociedade – nossa sociedade pós-moderna – torna isso possível. Mas, como diz muito bem Dany-Robert Dufour, supõe consentir em fazer "a experiência de uma transcendência que cada um traria de maneira imanente em si[4]".

Logo, o objetivo não é nos enganarmos, pensarmos apenas que perdemos um mundo e que estamos deslizando na decadência e no declínio. Estamos num momento verdadeiramente inédito, que nos obriga antes a pensar de outro modo a articulação do singular e do coletivo.

Com o que ficarmos à primeira vista tranqüilos. Contanto que cada um dos sujeitos assuma sua responsabilidade, contanto que pai e mãe se situem em função da nova distribuição dos papéis, o que ontem se fazia *via* laço social deveria hoje poder se apagar *via* cada um dos próprios sujeitos. Mas será tão simples assim? Com efeito, se o sujeito de hoje só pode contar consigo mesmo para dar novamente legitimidade ao lugar de exceção, resta que isto não pode ser atingido apenas individualmente pois, como vimos, é justamente um dos efeitos maiores da ideologia ambiente desacreditar quem quer que venha para esse lugar.

Logo, é não só "uma nova responsabilidade do sujeito" que deve ser promovida, mas também "uma nova responsabilidade do sujeito só com os outros". Pois na falta de dar seu lugar a essa dimensão coletiva, não há meio de permitir que esse sujeito assuma sua responsabilidade.

E é bem com isso que nos vemos confrontados quando, por exemplo, falamos de democracias moles. Em outras palavras, democracias incapazes de decidir e sustentar uma qualquer orientação sem precisar de ampla maioria – talvez até de consenso – para fazer isso, já que toda decisão será sistematicamente recusada uma vez que arriscaria ser contra o todo-poder dos votos privados dos cidadãos. Uma democracia "forte" só poderá existir se restabelecer uma legitimidade que permita àqueles que são responsáveis pelo destino do coletivo tomar decisões sem precisar "colar" nos desejos de cada um.

---

[4] D.-R. Dufour, *On achève bien les hommes*, *op. cit.*, p. 346.

Mas a confusão em que estamos na maior parte do tempo conduz aqueles que pensam a partir de seus gozos singulares e aqueles que assumem o encargo do coletivo a mutuamente se neutralizarem.

Para superar essa situação, será no entanto preciso que cheguemos a restabelecer em nossas sociedades essa legitimidade que hoje falta ali onde sua existência é necessária. Mas isto exige sujeitos já capazes de sustentar uma função crítica. Ora, esse aprendizado da função crítica não é outro que a construção da possibilidade de pensar. Logo, tudo depende do que a sociedade tiver exigido e obtido dos futuros sujeitos: em outras palavras, não há meio de esperar produzir sujeitos capazes de discernir o que continuam a dever ao coletivo sem que tenham sido antes de mais nada introduzidos por esse mesmo coletivo nas exigências da condição humana. Logo, é à educação – no sentido amplo – que devemos aqui remeter. Mas também é aí que mora a dificuldade, já que, vimos isso aqui também, reina a confusão generalizada.

É nesta crise inédita que nos debatemos. Estamos condenados, num primeiro tempo em todo caso, à errância e ao improviso para enfrentar a situação. Mas, para efetuar esse trabalho tateante, resta que é preciso orientar-se. A psicanálise pode – e, segundo nós, até deve – contribuir para construir essa orientação. Ainda mais por ser uma das únicas disciplinas, no contexto de racionalidade triunfante que é o nosso, capaz de explicar o que é não-todo racional, logo também a subjetividade, o que é um sujeito. Foi o que tentamos fazer com este livro, esperando ter cumprido um primeiro gesto: ajudar a poder ler o que nos acontece, condição prévia para qualquer tentativa de enfrentar isso de forma conveniente.

AGRADECIMENTOS

Partes desta obra foram publicadas inicialmente sob forma de artigos publicados em diversas revistas. Cada um desses artigos foi inteiramente remanejado para entrar no projeto do livro. Entretanto, fazemos questão de endereçar nossos mais vivos agradecimentos aos comitês de redação destas revistas – *Apertura, Le Bulletin freudien, La Célibataire, Carnets de l'école Sigmund Freud, Cliniques méditerranéennes, Clinique lacanienne, Le Coq héron, Le Débat, Essaim, L'Information psychiatrique, La Lettre du GRAPE, Passages, Psychiatres, Psychologie clinique, Revue du CREAI, site Internet de l'Association lacanienne internationale, site Internet Psychasoc*, a coleção Temps d'Arrêt (Coordenação da ajuda às vítimas de maus-tratos da comunidade francesa da Bélgica) – que, ao nos acolherem assim, à medida que avançava o nosso questionamento, contribuíram amplamente para a publicação de nosso trabalho.

Queremos também agradecer a todos aqueles que nos convidaram para intervir em conferências, jornadas de estudos ou de formação, ou ainda em colóquios e congressos, e que ao nos solicitarem permitiram assim que puséssemos à prova as nossas teses. O interesse, as críticas, as questões vieram sustentar nossa elaboração e facilitaram nosso encaminhamento.

Obrigado a meus colegas da Association lacanienne internationale e da Association freudienne de Belgique.

Enfim, nosso reconhecimento a Marcel Gauchet, aos participantes dos grupos de trabalho, aos membros do grupo Asphère. Assim como àqueles e àquelas que, ao se associarem à rede Húmus, subjetividade e laço social e ao projeto Turbilhão permitiram que essas questões fosse debatidas sem reservas mas com cordialidade.

Enfim, queremos agradecer bem particularmente a Nicole Malinconi e Lina Balestrière, Céline Bizet, Marie-Rose Boodts, Christian Centner, Roland Chemama, Jacqueline Godfrind, Dany-Robert Dufour, Jean-Paul Hiltenbrand, Martine Lerude, Yun Mabille, Soonam Mabille, Janine Marchioni-Eppe, Christine Mosseray e Françoise Petitot, para o conjunto de suas observações generosas e críticas. Lugar particular para amigos de longa data, Anne e Marc Grommelinck, assim como Pierre Malengreau, com quem a troca nunca cessou. E enfim, um obrigado muito grande àquele que me leu – e releu – como editor, Renaud de Rochebrune.

Companhia de Freud
editora

OBRAS PUBLICADAS

Alô, Lacan? — É claro que não.	*Jean Allouch*
"Inseto"	*Claire Castillon*
A Anatomia da Terceira Pessoa	*Guy Le Gaufey*
A Angústia e o Desejo do Ouro	*Diana Rabinovich*
A Arte de Reduzir as Cabeças	*Dany-Robert Dufour*
A Clínica da Identificação	*Clara Cruglak*
A Clínica do Escrito	*Jean Allouch*
A Criança Adotiva	*Nazir Hamad*
A Criança na Clínica Psicanalítica	*Angela Vorcaro*
A Crise de Adolescência	*Octave Mannoni e outros*
A Crueldade no Feminino	*Sophie de Mijolla-Mellor*
A Descoberta de João	*Marcelo Pio da Costa*
A Equação do Sonhos	*Gisèle Chaboudez*
A Erótica do Luto	*Jean Allouch*
A Escola do Sujeito	*Claude Dumézil*
A Escritura Psicótica	*Marcelo Muniz Freire*
A Estrutura na Obra Lacaniana	*Taciana de Melo Mafra*
A Etificação da Psicanálise	*Jean Allouch*
A Experiência da Análise	*Norberto Ferreyra*
A Fadiga Crônica	*Pura H. Cancina*
A Fantasia da Eleição Divina	*Sergio Becker*
A Feminilidade Velada	*Philippe Julien*
A Ficção do Si Mesmo	*Ana Maria Medeiros da Costa*
A Hora do Chá na Casa dos Pendlebury	*Alain Didier-Weill*
A jovem e a mãe	*Leila Maroune*
A lei do gênero: uma história cultural do terceiro sexo	*Laure Murat*
A Lógica do Gênero	*Laure Murat*
A Morte de Deus	*Dany-Robert Dufour*
A Morte e o Imaginário na Adolescência	*Silvia Tubert*
A Paixão do Sujeito Freudiano	*Bernard Penot*
A perversão comum: viver juntos sem o outro	*Jean-Pierre Lebrun*
A Psicanálise: dos Princípios Ético-estéticos à Clinica	
A Pulsão de Morte	*Michel Plon (org.)*
A Quarta Mulher	*Paul Tabet*
A Saúde Totalitária	*Roland Gori*
A segunda morte da ópera	*Slavoj Zizek e Mladen Dólar*
A sexualidade na aurora do século XXI	*Org. Sonia Alberti*
A Significação do Falo	*Diana Rabinovich*
A Topografia de Lacan	*Jean-Paul Gilson*
A Transferência	*Taciana de Melo Mafra*
A Violência na Adolescência	*Pierre Kamerer*
Abandonarás teu Pai e tua Mãe	*Philippe Julien*
Adolescência e Psicose	*Edson Saggese*
Adolescência, violência e a lei	*Vários*
Amor de Mãe	*José Nazar*
Amor e Ódio	*Michele Benhaim*
Anorexia	*Éric Bidaud*
As Construções do Universal	*Monique David-Ménard*
As Figuras do Real	*Patrick Delaroche*
As identificações e a identificação sexual	*Org. Arlete Mourão e Miriam Nogueira Lima*
As Intervenções do Analista	*Isidoro Vegh*
As Psicoses	*Philippe Julien*
Autor do crime perverso	*Marie-Laure Susini*
Cine Imaginarium: da arte de fazer psicologia, comunicação e cinema	*Org. Alvaro de Pinheiro Gouvêa*
Ciúmes	*Denise Lachaud*
Clínica da Pulsão	*Diana S. Rabinovich*
Clínica dos Fracassos da Fantasia	*Silvia Amigo*
Clivagem e Modernidade	*Roland Chemama*
Comer o Livro	*Gérard Haddad*
Como se Chama James Joyce?	*Roberto Harari*
Crianças na Psicanálise	*Angela Vorcaro*
Crueldade no Feminino	*Sophie de Mijolla-Mellor e Julia Kristeva*
Da Paixão	*Jacques André*
Dependência Química na Adolescência	*Hélio Fernandes Mattos*
Dez Conferências de Psicanálise	*Moustapha Safouan*
Dicionário da Justiça	*Löic Cadiet*
Dicionário da Sexualidade Humana	*Philippe Brenot*
Do Amor do Outro ao Amor de Si	*Patrick Delaroche*
Do Pai à Letra	*Hector Yankelevich*
Elissa Rhaís	*Paul Tabet*
Elogio da corrupção: os incorruptíveis e seus corruptos	*Marie-Laure Susini*
Empatia Psicanalítica	*Stefano Bolognini*
Enigma do Incesto	*Laure Rozen*
Escrita e Psicanálise	*Ana Costa e Doris Rinaldi*
Estados de Abandono	*Jacques André*
Estética da Melancolia	*Marie-Claude Lambotte*
Figuras do Real	*Ginette Michaud*
Fim da Picada	*Guilherme Knabb e Mariana Friedheim*
Freud, Wallon, Lacan: a criança no espelho	*Émile Jalley*
Gide-Genet-Mishima	*Catherine Millor*
Gostar de Mulheres	*Autores diversos*
Harry Potter: anjo ou demônio?	*Org. Isabelle Smadja e Pierre Bruno*
Hitler – A Tirania e a Psicanálise	*Jean-Gérard Bursztein*
Invocações	*Alain Didier-Weill*

Lacan e o Espelho Sofiânico de Boehme	*Dany-Robert Dufour*
Lacaniana I	*Moustapha Safouan*
Lacaniana II	*Moustapha Safouan*
Letra e Pulsão de Morte	*André Green*
Littoral	*A Criança e o Psicanalista*
Littoral	*Luto de Criança*
Littoral	*Do Pai*
Littoral	*O Conhecimento Paranóico*
Lógica das Paixões	*Roland Gori*
Mal-Estar na Procriação	*Marie-Magdeleine Chatel*
Michel Foucault: a Inquietude da História	*Mathieu Potte-Bonneville*
Mulheres de 50	*Daniela Di Segni e Hilda V. Levy*
Neurose Obsessiva	*Charles Melman*
Nietzsche e o Demônio do Meio-dia	*Jean-Baptiste Botul*
No Reino das Mulheres	*Irène Frain*
O Adolescente e a Modernidade Tomos I, II e III	*Congresso Internacional de Psicanálise e suas Conexões – Vários*
O Adolescente e o Psicanalista	*Jean-Jacques Rassial*
O Adolescente na Psicanálise	*Raymond Cahn*
O Amor ao Avesso	*Gérard Pommier*
O Caminhante Analítico	*Victor Smirnof*
O Complexo de Jocasta	*Marie-Christine Laznik*
O conto machadiano: uma experiência de vertigem	*Lucia Serrano Pereira*
O Desejo Contrariado	*Robert Lévy*
O Desejo da Escrita em Ítalo Calvino	*Rita de Cássia Maia e Silva Costa*
O Desejo do Psicanalista	*Diana S. Rabinovich*
O Dia em que Lacan me Adotou	*Gérard Haddad*
O Discurso Melancólico	*Marie-Claude Lambotte*
O Divino Mercado	*Dany-Robert Dufour*
O Espelho do Artista	*Yolanda Freyre*
O Homem sem Gravidade	*Charles Melman*
O Inestimável Objeto da Transmissão	*Pierre Legendre*
O Inferno do Dever	*Denise Lachaud*
O Jornalista e seu Poder	*Gerard Spitéri*
O Nó Górdio	*Carlos Eduardo Leal*
O Olhar e a Voz	*Paul-Laurent Assoun*
O Próximo	*Isidoro Vegh*
O psicanalista, o que é isto?	*Roberto Harari*
O que Acontece no Ato Analítico?	*Roberto Harari*
O Sexo Conduz o Mundo	*Colette Chiland*
O sexo da verdade: erotologia analítica II	*Jean Allouch*
O Sexo do Mestre	*Jean Allouch*
O Significante, a Letra e o Objeto	*Charles Melman*
O Sorriso da Gioconda	*Catherine Mathelin*
O Sujeito em Estado Limite	*Jean-Jacques Rassial*
O Transexualismo	*Henry Frignet*
Órgãos sem corpo: Deleuze e conseqüências	*Slavoj Zizek*
Oriente Médio: Povos Autoritários Sociedades Bloqueadas	*Philippe Draz Vincent*
Os Discursos e a Cura	*Isidoro Vegh*
Os Discursos na Psicanálise	*Aurélio Souza*
Os Errantes da Carne	*Jean-Pierre Winter*
Os Mistérios da Trindade	*Dany-Robert Dufour*
Os Nomes do Pai em Jacques Lacan	*Erik Porge*
Os Nomes Indistintos	*Jean-Claude Milner*
Paixões do Ser	*Sandra Dias*
Para uma Clínica do Real	*Isidoro Vegh*
Paranóia	*Jean Allouch*
Poetas, Crianças e Criminalidade... Sobre Jean Genet	*Alba Flesler / Claudio Martyniuk / Fernando Sabsay / Isidoro Vegh*
Por Que Não Há Relação Sexual?	*Roberto Harari*
Por que, afinal, matamos?	*Francisco Ramos de Farias*
Princípios do Marketing Zen	*Roland Z. Carvalho*
Procuro o Homem da Minha Vida	*Daniela Di Segni*
Psicanálise de Crianças Separadas	*Jenny Aubry*
Psicanálise de Pais	*Durval Checchinato*
Psicanálise e Análise do Discurso	*Nina Leite*
Psicanálise e Infância: Clínica com crianças	*Renata Petri*
Psicanálise e Saúde Mental	*Org. Sonia alberti e Ana Cristina Figueiredo*
Psicanálise e Tempo	*Erik Porge*
Psicanálise: Uma prática teorizada	*Org. Ângela Coutinho*
Psicose, Perversão, Neurose	*Philippe Julien*
Psicoterapia-Psicanálise-Didática 1 – debates	*Analyse Freudienne Presse*
Psicoterapia-Psicanálise-Didática 2 - debates	*Analyse Freudienne Presse*
Quartier Lacan	*Alain Didier-Weill*
Reflexões Sobre a Questão Gay	*Didier Eribon*
Respire	*Anne-Sophie Brame*
Revista Internacional nº 1	*A Clínica Lacaniana*
Revista Internacional nº 2	*A Histeria*
Revista Internacional nº 4	*As homossexualidades*
Roubo de Idéias?	*Erik Porge*
Separações Necessárias	*Emilio Rodrigué*
Série Conexões em Psicanálise	*Função Paterna*
Série Conexões em Psicanálise	*Constituição do sujeito*
Sombra do Teu Cão	*Jean Allouch*
Transferência e Estados Limites	*Jacques André*
Trata-se uma Criança – Tomos I e II	*Congresso Internacional de Psicanálise e suas Conexões – Vários*
Trilhamentos do Feminino	*Jerzuí Tomaz*
Um Homem de Palavra	*Nazir Hamad*
Um Jeito de Poeta	*Luís Mauro Caetano da Rosa*
Um Mundo sem Limite	*Jean-Pierre Lebrun*
Um Narrador Incerto, entre o Estranho e o Familiar	*Lucia Serrano Pereira*
Um Percurso em Psicanálise com Lacan	*Taciana de Melo Mafra*
W. R. Bion – Novas Leituras - I e II	*Arnaldo Chuster*